DICCIONARIO FUNDAMENTAL
DEL ESPAÑOL DE MÉXICO

Dirigido por

Luis Fernando Lara

Equipo de redacción

Coral Bracho
Fernando Cervantes
Polett Levy (gramática)
Ester Nondlak
Francisco Torres Córdova
Ana Castaño
Laura González Durán
Ricardo Maldonado (gramática)
Laura Sosa Pedroza
Carmen Delia Valadez (gramática)

Revisión y corrección

Laura Aguilar Fisch
Francisco Segovia
Carlos Villanueva Vázquez

Documentación

Luz Fernández Gordillo
Diana Maciel Gaytán

Equipo de investigación estadística y computacional

María Isabel García Hidalgo
María Pozzi
Jorge Serrano
Roberto Ham Chande
Javier Becerra
Jaime Rangel

Diccionario fundamental del español de México

El Colegio de México
Fondo de Cultura Económica

Primera edición,   1982
Segunda edición,   1993
   Primera reimpresión, 1995

D. R. © 1982, FONDO DE CULTURA ECONÓMICA
D. R. © 1993, FONDO DE CULTURA ECONÓMICA, S. A. DE C. V.
D. R. © 1995, FONDO DE CULTURA ECONÓMICA
Carretera Picacho-Ajusco 227; 14200 México, D. F.

ISBN 968-16-4243-0 (Segunda edición)
ISBN 968-16-1328-7 (Primera edición)

Impreso en México

PRÓLOGO

Este *Diccionario fundamental del español de México* tiene varias finalidades: la primera, contribuir a la educación lingüística de niños y adultos de la enseñanza elemental, que comienzan a aprender la lectura y la escritura de su propia lengua e inician el desarrollo de su conocimiento reflexivo de la realidad que los rodea, de la historia y de la ciencia. El diccionario tiende a ayudarlos en su comprensión del uso del vocabulario y a ampliarles el horizonte de los significados de unas palabras que no por comunes dejan de reunir interpretaciones y experiencias variadas y ricas de la comunidad mexicana. La segunda, ser un instrumento útil para la enseñanza del español a los hablantes de lenguas indígenas interesados en esa segunda lengua que es la del país en el que viven y del que históricamente forman parte. La tercera, servir a quienes han cursado su primera enseñanza, desean conocer mejor la lengua española y pretenden formarse un criterio más claro y mejor documentado acerca de ella.

Este diccionario es una versión primera y reducida de un trabajo iniciado hace ocho años, dirigido al estudio y la publicación de lo que es el uso contemporáneo de la lengua española en México: el *Diccionario del español de México*. Ambos han tenido su origen en el interés del Estado mexicano por mejorar el conocimiento y el uso de la lengua española entre todos los mexicanos; como el segundo es una obra de gran tamaño, que ha requerido un buen número de años de trabajo y habrá de requerir varios más, ha parecido necesario y hasta urgente que este pequeño *Diccionario fundamental* pueda utilizarse de inmediato para la educación elemental. Por eso, durante el año de 1981 y parte de 1982 se destinaron los fondos asignados en el fideicomiso para la elaboración del *Diccionario del español de México* a la preparación y redacción de esta obra.

Además del trabajo del equipo lexicográfico dedicado a ella en El Colegio de México, le han prestado su valioso asesoramiento los miembros del Consejo Consultivo del *Diccionario del español de México*, especialmente Tomás Segovia, los doctores Ramón

Riba, de la Universidad Autónoma Metropolitana en Iztapalapa y Javier Valdés, del Instituto de Biología de la Universidad Nacional Autónoma de México; los biólogos Alfonso García Aldrete, Rafael Martín del Campo, Andrés Reséndez, José Sarukán y Bernardo Villa, del mismo Instituto; el maestro Leonardo Manrique, del Departamento de Lingüística del Museo Nacional de Antropología; los abogados Dr. Héctor Fix Zamudio, del Instituto de Investigaciones Jurídicas de la Universidad Nacional Autónoma de México; Sergio Antonio Canale, Francisco José Martínez y Francisco Torres García; el Dr. Lorenzo Meyer, del Centro de Estudios Internacionales de El Colegio de México; el Ing. Federico Mata, el Ing. José Luis Villanueva, y el Prof. Mario Stern. Todos ellos aportaron valiosa información sobre los usos técnicos del vocabulario en sus áreas de especialización; de todos modos, cualquier error de información o de concepción en la definición de los términos utilizados debe considerarse responsabilidad del equipo lexicográfico del diccionario.

Colaboró asimismo en la revisión del texto Enrique Díez Canedo, hijo, maestro de español por muchos años y experimentado revisor de originales de organismos internacionales.

Finalmente, el trabajo paciente de mecanografía y preparación del material para la publicación estuvo a cargo de las Sritas. Laura Flores y Beatriz Yáñez.

INTRODUCCIÓN

EL LÉXICO de una lengua es tan grande como la experiencia
· que tiene una comunidad de los objetos que la rodean, de sus
percepciones, de sus emociones y de su pasado. Cada hecho, cada
fenómeno, cada sentimiento pueden dejar su huella en las palabras. Y las palabras, al independizarse de lo que las motivó,
constituyen el más eficaz instrumento para la memoria de las
experiencias pasadas y para la expresión de las experiencias
nuevas. Así es como las palabras comunican: acarrean recuerdos
precisos del pasado y sirven de puente para que las experiencias
individuales se transmitan a todos los miembros de la sociedad.

Las palabras, pues, están ligadas al trabajo y al pensamiento;
se han venido creando durante cientos de años en correspondencia con todos los intereses de los seres humanos. Hay palabras
para designar muchos objetos de la naturaleza, como los cientos
de miles de plantas, la enorme variedad de animales, los aspectos del campo cuando se siembra y se cosecha, los diferentes
vientos, las varias formaciones del terreno, etc., etc.; hay palabras también para designar lo que hacen los seres humanos
cuando trabajan, cuando juegan, cuando manifiestan sus emociones y sus deseos; hay, por último, palabras para hablar de
cada conocimiento nuevo, de cada descubrimiento científico,
de cada técnica y de cada aspecto de una técnica. El léxico de una
lengua suma, por esos motivos, muchos miles de palabras diferentes.

Pero también hay unas palabras, que en la mayor parte de las
lenguas del mundo no pasan de dos mil, con las que se entienden
los miembros de la comunidad independientemente de sus oficios
o sus especializaciones. Son las que forman el núcleo, el conjunto
fundamental del léxico de una lengua. Estas palabras son comunes; sin ellas no se podría hablar la lengua de una manera eficaz
y comprensible para los demás. Los que han recibido la lengua
como materna las utilizan casi sin darse cuenta; los que aprenden la lengua más tarde necesitan dominarlas para llegar a
hablarla de modo fluido y seguro.

Usar las palabras no es conocerlas. Cada una de ellas, aunque sea común, puede tener múltiples significados que no todos saben en su totalidad; y reúne, además, una serie de propiedades gramaticales que se desconocen si no ha habido una educación que las haga evidentes.

Lo mismo pasa con el resto de la lengua: si la capacidad para hablarla es parte de la naturaleza del ser humano, las características del modo de construir oraciones y textos con ella y las posibilidades que ofrece para lograr una expresión ajustada a los más precisos intereses del pensamiento o del sentimiento no se conocen desde la cuna; son el fruto de una cultura formada a lo largo de la historia que la educación transmite a los miembros de la comunidad lingüística.

De ahí la importancia de que, cuando comienza la educación de una persona, se inicie también el proceso de hacerle conscientes las características de su vocabulario fundamental así como las posibilidades que le ofrece para mejorar su comprensión del mundo que la rodea y para hacer más clara su expresión de aquello que piensa o siente.

COMPOSICIÓN DEL DICCIONARIO FUNDAMENTAL

Cuando se inició la elaboración del *Diccionario del español de México** se consideró necesario reunir muestras de todo tipo de textos hablados y escritos en la República Mexicana para formar un corpus del español realmente usado en ella que permitiera obtener un conocimiento riguroso del uso del vocabulario en el que se basara la redacción de la obra. Ese *Corpus del español mexicano contemporáneo* (1921-1974) quedó compuesto por mil textos provenientes de todas las regiones del país, de toda clase de hablantes y de una amplia variedad de géneros.

Cada texto, a su vez, formado por cerca de dos mil palabras, permitió hacer un estudio estadístico basado en dos millones de apariciones de palabras. Del estudio, efectuado con la computadora del Centro Electrónico de Procesamiento y Evaluación "Dr. Arturo Rosenblueth" de la Secretaría de Educación Pública, se obtuvo una lista de cerca de 68 000 vocablos diferentes, cada uno de ellos documentado con los datos estadísticos necesarios para

---

* Una exposición amplia y detallada de aspectos importantes de la investigación se encuentra en L.F. Lara, R. Ham Chande e I. García Hidalgo, *Investigaciones lingüísticas en lexicografía*, El Colegio de México, México, 1980.

poder conocer su uso y la manera en que se distribuye entre los diferentes géneros de texto y entre distintas zonas geográficas.

Al acumular los vocablos que constituyen el 75% de todas las emisiones lingüísticas cultas en el español de México, se comprobó que están formadas por 1 451 palabras. Esta acumulación es el vocabulario fundamental. A primera vista tiende uno a sentirse sorprendido por lo que parece ser un número muy bajo de palabras; pero, como se decía antes, una constante entre muchas lenguas del mundo parece ser que su vocabulario fundamental se aproxime a esa cifra y no pase de dos mil palabras. Así lo han demostrado las investigaciones hechas sobre lenguas tan diferentes como el chino, el japonés, el francés o el inglés.

El estudio estadístico también reveló que a partir del límite trazado para el vocabulario fundamental, el léxico aumenta en relación con la enorme variedad de temas especializados que están contenidos en los textos hasta llegar, en el caso del corpus mexicano, a los 68 000 vocablos. Por supuesto que toda persona usa y conoce más palabras que las que contiene su vocabulario fundamental; y que difícilmente llega a conocer tantas como contiene el corpus, ni siquiera cuando se trata de los propios lexicógrafos, de escritores o de traductores, cuyo oficio propicia el conocimiento del vocabulario.

La elaboración del vocabulario fundamental es, pues, el resultado de un estudio estadístico para el que no se tomaron en cuenta otros criterios.

Intervino en cambio, en la redacción de esta obra, la orientación hacia el uso culto de la lengua, que es el que interesa desde el punto de vista educativo, en el que se arma la mayor parte de los mensajes del orden nacional y en el que se comunican los mexicanos con el resto de los hispanohablantes. Pero ello no significa, de ninguna manera, falta de aprecio de la rica, expresiva y legítima habla regional, popular o familiar mexicana, habla que es siempre la raíz y la razón de ser de la lengua, cuya variedad es signo de la riqueza de las experiencias de cada pueblo y de cada región del país; como tal, no se aprende en la escuela, sino dentro de la comunidad en la que uno vive. De ahí que no se la haya tomado en cuenta en este diccionario; corresponderá al *Diccionario del español de México* registrarla y reflejarla adecuadamente.

Pero puesto que, como se explica antes, el diccionario se ha orientado hacia la consulta escolar, ha sido necesario comple-

11

mentar el vocabulario fundamental con algunos de los vocablos temáticos que aparecen en los libros oficiales de texto, y en particular con los términos que se utilizan en la propia educación de la lengua española, es decir, los que constituyen la terminología gramatical y lingüística a que recurren los maestros para enseñar a comprender las características del idioma. Sin duda esa terminología y las de la enseñanza de las ciencias naturales y sociales une a los educandos desde hace diez años, y expresa los conocimientos y los valores que comparten y habrán de compartir las generaciones jóvenes.

Las terminologías, como todas las convenciones que se hacen para unificar los textos de un mismo campo, están sujetas tanto a aportes de diferentes tendencias científicas y pedagógicas, como a cambios producidos por la influencia del tiempo y de las situaciones sociales en que se crean. En el caso de la terminología lingüística y gramatical se ha respetado aquella que fijan los libros de texto, y a la vez se han introducido algunas referencias a terminologías más antiguas pero igualmente válidas, con objeto de propiciar la comunicación entre generaciones que han recibido educación distinta.

El *Diccionario fundamental del español de México* reúne así algo más de 2 500 vocablos. Cada vocablo, a su vez, es un vehículo de varios significados. Aproximadamente 15 000 son los significados o *acepciones* que corresponden a este diccionario.

Con la idea de que el servicio que preste el diccionario sea completo en lo referente al uso de la lengua, se han agregado algunas tablas para facilitar la consulta de la ortografía, la puntuación, las conjugaciones de los verbos y los usos de los tiempos verbales. A manera de apéndices aparecen tablas de gentilicios importantes, mexicanos e hispanoamericanos; una tabla de escritura de los números y otra dedicada a nombres de los días, los meses y los colores.

CARACTERÍSTICAS DE LA DEFINICIÓN

La investigación arriba mencionada produjo también una enorme lista de contextos de uso de cada palabra, documentados en novelas, periódicos, libros de texto, trabajos científicos, cancioneros, manuales de mecánica y artesanías, historietas, fotonovelas, telenovelas, etc., y grabaciones de conversaciones con personas de todo México. Esos documentos constituyeron la principal fuente de datos para analizar el significado de las palabras que contiene este diccionario. Un análisis de esta clase tiene características muy diferentes de las de los análisis en otras ciencias: ante todo porque se hace con el mismo lenguaje que se analiza, lo cual da a los resultados una sustancia significativa igualmente llena y compleja que la del vocablo analizado. A ello hay que agregarle el hecho de que esos resultados se manifiestan luego en un texto escrito en la misma lengua analizada, lo que tiene por efecto la aparición de una especie de "desviación" significativa que necesariamente modifica la ecuación de identidad ideal entre lo definido y su definición. Por otra parte, el analista forma parte de la misma comunidad lingüística y su horizonte cultural y tradicional tiene los mismos límites que el de los lectores de la obra. Esta situación obliga al lexicógrafo a ejercer cotidianamente un esfuerzo crítico que le permita situarse a cierta distancia de la lengua que estudia para poder encontrar en ella sus rasgos más característicos. El resultado final es una obra de interpretación, en la que caben nuevas interpretaciones de sus lectores. El papel del lexicógrafo se convierte así en una mediación entre el hablante y su lengua. En cuanto a mediación, lo único que se espera es que sea lo suficientemente clara, abierta y respetuosa como para que el lector tenga siempre la sensación de que su lengua no le ha sido robada ni se le devuelve como un objeto ajeno e impuesto.

Con un léxico reducido como el que presenta este diccionario es difícil, si no imposible, que la obra pueda leerse con su propio vocabulario. Se ha intentado siempre redactar las definiciones con las palabras más sencillas que se encuentren y que éstas formen parte del diccionario. Como no siempre ha sido posible hacerlo, la obra apela al conocimiento de sus lectores y a la ayuda del maestro o de los padres de familia para que suplan esas carencias.

Una definición es una paráfrasis del vocablo definido; es decir, la definición repite el significado del vocablo con una composición de los significados de las palabras utilizadas en ella. En este diccionario se ha buscado que las paráfrasis sean largas y contengan varios vocablos conocidos que faciliten la comprensión de su texto; así, se ha rehuido caer en los típicos círculos viciosos de los diccionarios en que, por ejemplo, *pavo* se define como *guajolote* y *guajolote* como *pavo*, o *amor* como *cariño* y *cariño* como *amor*. Por el contrario, se ha buscado siempre el matiz significativo específico que hace que dos palabras no sean perfectos sinónimos.

Con objeto de mejorar los resultados del análisis de los significados de un vocablo, se tomaron en cuenta otros muchos diccionarios del español y algunos del inglés o del francés; ello permite asegurar en buena medida la calidad de la información contenida en la obra, así como aumentar significados poco usuales pero importantes en México o para la comunicación internacional en lengua española.

No obstante, la obra se basa en el uso mexicano y tiene a los mexicanos como punto de referencia, por lo que no se han introducido marcas o indicaciones que permitan reconocer "mexicanismos", "americanismos" o aun "españolismos" entre los vocablos o las acepciones que la componen. Hacerlo no solamente habría acarreado el riesgo de equivocarse, debido a la falta general de estudios comparativos del léxico de la lengua española en las diferentes regiones del mundo hispánico, que permitan identificarlos con cierta seguridad y exhaustividad, sino que habría significado que la legitimidad del uso mexicano de la lengua se viera puesta en crisis al crear una "conciencia del desvío" con respecto a otro uso, distinto regionalmente pero implícitamente aceptado como ejemplar normativo.

En la medida en que tal ejemplaridad normativa está sujeta a discusión precisamente por el carácter que ha tenido tradicionalmente y, por el contrario, el uso culto del español en México constituye un claro, rico y flexible reflejo de la unidad hispánica, parece más conveniente y adecuado a la realidad no limitarlo a los márgenes estrechos de esa clase de calificaciones.

Solamente se han hecho observaciones comparativas de ese tipo para caracterizar, por un lado, las diferencias fonológicas entre el español mexicano y el peninsular, con el objeto de destacar las razones por las que existen ciertas reglas ortográficas; por el otro, el desuso generalizado de la segunda persona del plural del pronombre y del sufijo verbal (*vosotros* am*áis*) en el español de México. De todas maneras, el lector curioso de esa clase de diferencias regionales y normativas podrá comparar los vocablos incluidos en este diccionario con lo que de ellos digan los diccionarios más conocidos de mexicanismos y de americanismos.

Los significados se ordenan en una serie de acepciones del

vocablo en cuestión o *entrada*. La primera acepción es siempre la del significado prototípico en el español mexicano contemporáneo. No hay recurrencias a la etimología ni al cambio histórico de una palabra por tratarse de una obra interesada solamente en lo contemporáneo, criterio más difícil de manejar que los de los diccionarios que apelan a la historia en los que el orden cronológico externo dicta el orden de las acepciones. Se puede decir que un significado se vuelve prototípico cuando ha quedado más fijo por la memoria social y se muestra como base generadora de las acepciones subsecuentes. Esos significados tienen, naturalmente, su origen histórico; son precisos en sus designaciones y en su uso. El resto de las acepciones se ordena a partir de un desarrollo lógico de los elementos significativos de la primera, e indica una movilidad metafórica que va creciendo hasta la última, casi correspondiente a lo que la lexicografía tradicional llamaba "sentido figurado". En otras palabras, este diccionario no hace distinción entre "sentido recto" o "propio" y "sentido figurado" porque estas designaciones conllevan una concepción logicista de la lengua que no parece justificarse a la luz del pensamiento lingüístico moderno. El "sentido recto" corresponde al significado que, a lo largo de la historia y hasta hoy, se ha fijado en primer lugar en la memoria de la comunidad lingüística; el "figurado" todavía muestra mayor variación y capacidad para hacerse percibir como metafórico. En realidad, toda manifestación verbal que haga uno orientada a comunicar algo con precisión y claridad, "figura" un nuevo significado, para cuya comprensión los que aparecen en el diccionario dan el punto de partida.

Cuando no aparecen rasgos significativos comunes a dos significados de lo que parece la misma palabra, se da una situación de homonimia, es decir se decide que se trata, en realidad, de dos palabras distintas con idéntico soporte sonoro. Es el caso, por ejemplo, de las entradas *acción*[1] y *acción*[2] en este diccionario, o *chino*[1] y *chino*[2]; en ambas distinciones se refleja el hecho de que, desde el punto de vista de la semántica, entre las *acciones* humanas y las financieras y entre el aspecto del pelo y el natural de China no hay relación de significado. En todos esos casos encontrará el lector dos o más entradas distinguidas por índices numéricos.

Aquellos significados de un vocablo que pertenecen a la terminología científica o técnica aparecen precedidos por una abreviatura entre paréntesis y en letra cursiva, que indica la ciencia o la técnica a la que pertenecen. Esas abreviaturas se encuentran en la tabla correspondiente, pocas páginas adelante de esta introducción. Hay muchos vocablos utilizados por las ciencias y las técnicas que podrían aparecer como términos técnicos; sin embargo, no se les considera como tales cuando su significado técnico no produce diferencias notables con los significados ordinarios.

Los nombres de plantas y animales van acompañados de su designación científica de acuerdo con las especies que se encuentran en México. No siempre ha sido posible llegar a identificar unívocamente un objeto de la naturaleza orgánica, fundamentalmente por la enorme riqueza tanto de nombres comunes como de individuos de la flora y la fauna mexicanas.

Se han incluido como si fueran acepciones las *locuciones* más usuales en el español mexicano y general. Se trata de composiciones de palabras y construcciones sintácticas con un significado diferente al de la simple suma de los significados de los vocablos que las componen como, por ejemplo, *baño maría, irse de boca, cantarle a alguien el gallo, a base de, sobre la base de,* etc. Se encontrarán, generalmente, bajo la entrada del vocablo más específico de los que las componen o de aquel que constituye su núcleo, así los ejemplos anteriores aparecen bajo *baño, boca, gallo* y *base*. No se les ha dado una clasificación sintáctica porque se prestan a varios análisis diferentes, y, en consecuencia, porque no se ha querido complicar más la asignación de marcas gramaticales.

LA GRAMÁTICA DEL DICCIONARIO

Como se dijo al principio de esta introducción, se ha puesto especial cuidado en seguir las pautas que marca la enseñanza de la gramática en los libros oficiales de texto para la escuela primaria. Por eso el enfoque funcional que caracteriza a cada entrada o a cada acepción, así como las abreviaturas con las que se representa, se corresponden estrechamente con esa gramática. Naturalmente, se encontrarán algunas diferencias, determinadas por el carácter interpretativo de todos los estudios gramaticales. Según la concepción funcional del análisis gramatical, las llamadas *categorías gramaticales* o *partes de la oración* no son conjuntos de palabras que invariablemente tengan la misma categoría; son, por el contrario, conceptos que definen las propiedades funcionales con las que habrá de cumplir un vocablo para que se pueda considerar que tiene la función correspondiente a cierta *categoría*. Así, hay palabras que tienen la función de adjetivo en una oración pero de sustantivo en otra, como en los siguientes ejemplos: "tiene una *bella* voz", donde *bella* es adjetivo, y "la *bella* venía caminando" donde se trata de un sustantivo; o como el caso de *bajo*[1], que es adjetivo ("un hombre *bajo*"), sustantivo ("una *baja* de precios") o adverbio ("hablar *bajo*") y aun se considera homónimo de *bajo*[2], que es preposición ("*bajo* tierra"). Inmediatamente después de la entrada aparecen las marcas gramaticales en forma de abreviaturas; cuando un vocablo puede desempeñar varias funciones, las categorías que le correspondan aparecen juntas; si solamente una acepción tiene función diferente a la del resto, en esa acepción aparece su nueva marca.

Las marcas de género y número de los sustantivos y los adjetivos son restrictivas; esto quiere decir que, cuando se encuentra uno de estos nombres sin marca de su flexión nominal, significa que puede hacerse tanto masculino como femenino, tanto singular como plural. Si, en cambio, solamente puede ser masculino, o femenino, o sólo singular, o plural, aparecerá la marca correspondiente. Los ejemplos siguientes lo ilustran:

conejo	s	diario	adj
vaca	s f	bastante	adj m y f
toro	s m	sartén	s m o f
dosis	s f sing y pl		

En cuanto a los verbos, llevan tres marcas posibles: una para los transitivos, una para los intransitivos y una más para los pronominales como *arrepentirse*. No se han marcado, ni se les ha dado tratamiento aparte a los verbos transitivos que pueden pronominalizarse, como *comer* (comerse), *encontrar* (encontrarse) o *lavar* (lavarse), pues se trata de posibilidades regulares del verbo español.

La conjugación de los verbos

Inmediatamente después de las marcas gramaticales de un verbo aparece, entre paréntesis, una referencia al modelo de

17

conjugación del verbo en cuestión. El objeto de esta información es que el lector sepa cómo se conjuga un verbo que desconozca. Los modelos aparecen en una tabla especial después de esta introducción. Para los verbos regulares sirven de modelo las conjugaciones de *amar, comer* y *subir*. Para los irregulares se incluye una lista de 19 modelos, que se identifican tanto por un verbo, como *sentir* o *agradecer*, como por un número: 9a o 1a en los ejemplos anteriores. De esa manera, el lector podrá efectuar de inmediato la conjugación de un verbo que le interese si sabe conjugar el modelo; si no lo sabe, los números lo remiten a la tabla en la que aparece la conjugación.

En la lista o paradigma de los pronombres personales que introducen la conjugación de los verbos, aparece entre paréntesis la forma de la segunda persona del plural (*vosotros amáis, vosotros coméis, vosotros subís*) desusada en México e Hispanoamérica, pero normal en España y en ciertos textos muy formales del discurso político y religioso mexicano.

Los ejemplos

La función de los ejemplos en el diccionario es múltiple: por un lado, sirven para redondear la explicación del significado con la ayuda de un *contexto posible* de aparición; así, si la definición de *bélico* no fuera suficiente para un lector determinado, el ejemplo *conflicto bélico* podría mejorar su comprensión del significado. Por otro lado, el ejemplo introduce *en uso* información sobre el régimen de los verbos o la rección de las preposiciones y muestra las construcciones más comunes. Es el caso de *carecer de, base militar, base decimal, base del cráneo* bajo las entradas *carecer* y *base*, o el de *andar a pie, andar a caballo, andar en coche*, bajo el verbo *andar*. Hay otra clase de ejemplos, tomados del habla real, que son más particulares y concretos; aparecen entrecomillados, con el vocablo en cuestión destacado con letras cursivas.

Este pequeño diccionario tiene sus límites, como se ha explicado antes, pero también debe tener sus virtudes. El personal que trabajó en él está deseoso de que sus lectores le hagan llegar sus observaciones, sus aportaciones léxicas y aun sus censuras.

USO DE LOS TIEMPOS VERBALES

Modo indicativo

Presente (amo, como, subo)

1 Indica que la acción significada por el verbo sucede al mismo tiempo en que uno habla: "¡Qué frío *hace*!", "*Leo* este libro". **2** Significa que la acción es algo que se acostumbra hacer o es habitual: "*Comemos* a las dos de la tarde", "Los muchachos *juegan* todos los domingos". **3** Manifiesta una acción que es o se considera verdadera, que pasa siempre o a la que no se le supone un límite: "La tierra *gira* alrededor del sol", "El que la *hace*, la *paga*", "Todos los hombres *son* mortales", "El universo *se expande*". **4** Hace que el tiempo de la acción se entienda como actual o próximo, o que la acción se entienda como segura: "Mis tíos *vienen* de Guadalajara para la Navidad", "*Firmo* el contrato cuando te vea". "Luego te lo *doy*". **5** Vuelve actual, para los fines del relato, una acción pasada o histórica: "Colón *descubre* América en 1492", "Cárdenas *expropia* el petróleo". **6** Se usa en el antecedente (prótasis) y en el consecuente (apódosis) de las oraciones condicionales: "Si *estudias*, te doy un premio", "Si *corres*, lo alcanzarás". **7** Significa mandato: "¡Te *bañas* de inmediato!", "Cuando veas salir el sol, me *avisas*".

Pretérito (amé, comí, subí)

Indica que la acción significada por el verbo ya pasó, ya terminó o es anterior al momento en que se habla: "*Nació* en Mérida". "*Estudió* la primaria", "*Creí* que me caía", "*Corrió* hasta que lo detuvieron".

Futuro (amaré, comeré, subiré)

1 Indica que la acción se realizará después del momento en que se habla: "Te *llamaré* por teléfono el lunes", "*Jugaré* muy pronto". (En lugar de esta forma, por lo general se usa más en México el *futuro perifrástico*, que se hace con el presente de indicativo de *ir*, la preposición *a* y el infinitivo del verbo: *voy a cantar, voy a comer*, etc.)

2 Expresa la posibilidad, la probabilidad o la duda acerca de algo presente: "Creo que *tendrá* unos veinte años", "*¿Será* posible que haya guerra?", "¿Qué horas *serán*?" **3** Indica mandato: "No *matarás*".

Copretérito (amaba, comía, salía)

1 Indica que una acción pasada es de carácter duradero o sin límites precisos: "Los niños *jugaban* mucho", "*Miraba* las nubes". **2** Indica que la acción es habitual, que se acostumbra o se repite varias veces: "En aquella época *nadaba* a diario", "*Disparaba* a todo lo que se movía", "En mi pueblo *dormíamos* en hamacas". **3** Expresa una acción que sucede al mismo tiempo que otra pasada: "Cuando salí a la calle, *llovía*", "Estuve enfermo, me *sentía* mal". **4** Indica que una acción pasada comenzó pero no se terminó: "*Salía* cuando llegó mi hermano de visita", "*Quería* ir, pero no pude", "*Leía*, y me quedé dormido". **5** Indica que una acción es dudosa, posible, deseable, o que sólo sucede en la fantasía: "Creía que *dormías*", "Pensé que *sufrías*", "¡Arreglados *estábamos* si todo dependiera de la lotería!", "*Podías* haberlo dicho antes", "Yo *era* el príncipe y tú la princesa". **6** Se puede usar en el antecedente o en el consecuente de oraciones condicionales: "Si lo *hacías*, me *enojaba* contigo", "Si me escribieras, te *contestaba*". **7** Expresa con cortesía una acción: "*Quería* pedirle un favor", "¿Qué *deseaba*?"

Pospretérito (amaría, comería, subiría)

1 Indica que una acción sucede después de otra que es pasada: "Dijo que lo *haría* más tarde", "*Vendría* cuando terminara la limpieza". **2** Manifiesta un cálculo sobre una acción pasada o futura, o que la acción es posible: "Cuando llegué *serían* las diez", "*Bastaría* con diez pesos para comprar cacahuates", "*Caminaría* por toda la ciudad buscándote". **3** Se usa en la consecuencia de las oraciones condicionales: "Si pudiera, lo *haría*", "Si quisiera, lo *ayudaría*". **4** Expresa la acción con mucha cortesía: "*Querría* pedirle un favor", "¿*Levantaría* su pie para sacar el mío?"

Antepresente (he amado, comido, subido)

1 Indica que una acción, comenzada en el pasado, dura hasta el presente o tiene efectos todavía: "Este año *ha llovido* mucho", "*He decidido* renunciar", "*Ha tenido* que ver al médico todo el año", "Siempre *he creído* en la bondad humana", "La ciencia *ha progresado* en este siglo", "Si no *han pagado* para el martes, los echan". **2** Indica que la acción sucedió inmediatamente antes del momento presente: "*He dicho* que te salgas".

Antepretérito (hube amado, comido, subido)
Significa que la acción fue anterior a otra acción pasada: "Apenas lo *hubo dicho*, se arrepintió", "Una vez que *hubieron cantado*, no volvieron a abrir la boca". (En México se usa raramente y en estilos literarios o muy formales; por lo común se usa el pretérito de indicativo para los mismos significados: "Apenas lo *dijo*, se arrepintió").

Antefuturo (habré amado, comido, subido)
1 Expresa que la acción es anterior a otra acción en el futuro, pero posterior con relación al presente: "Cuando vengas por mí, ya h*abré terminado* el trabajo", "Para el sábado *habré salido* de vacaciones". **2** Puede expresar duda acerca de una acción pasada: "No le *habrás entendido* bien". **3** En ocasiones expresa sorpresa ante una acción pasada: "¡Si *habré sido* tonta!", "¡*Habráse* visto qué tontería!"

Antecopretérito (había amado, comido, subido)
1 Significa que la acción pasada sucedió antes que otra también ya pasada: "Me dijo que *había comprado* un terreno", "Supuse que ya lo *habías visto*", "¿Cómo que perdiste? ¡Tu siempre *habías ganado!*" **2** Manifiesta la opinión de uno acerca de algo en forma cortés: "*Habías podido* avisarme".

Antepospretérito (habría amado, comido, subido)
1 Indica que la acción sucede después de otra pasada y antes de una que, para el pasado, sería futura: "Me prometió que cuando yo fuera a recoger al niño, ella ya lo *habría vestido*". **2** Expresa que la acción puede haber sucedido en el pasado, o la suposición de que hubiera sucedido, aunque después se compruebe que no fue así: "En aquel entonces, *habría cumplido* veinte años", "Se anunció que los bombarderos enemigos *habrían atacado* una población de campesinos". **3** Manifiesta la opinión o la duda acerca de una acción presente o futura: "¿*Habría sido* necesario el ataque?" "¿*Habríamos creído* que fueran capaces de hacerlo?"

4 Se puede usar en la consecuencia de oraciones condicionales: "Si hubiera llegado, te *habría avisado*".

MODO SUBJUNTIVO

(Los tiempos del modo subjuntivo expresan relaciones de anterioridad, simultaneidad o posterioridad de las acciones, con respecto al tiempo en que sucede otra acción o al tiempo en que uno habla; por eso, aunque sus nombres —presente, pretérito, etc.— se correspondan con los del modo indicativo, deben considerarse por separado: los del indicativo se refieren al tiempo real mientras los del subjuntivo son relativos con respecto a aquél.)

Presente (ame, coma, suba)
1 Significa que la acción del verbo sucede al mismo tiempo que otra o después de ella: "Cuando *salga*, lo atrapas", "Lo quiero tanto como lo *quieras* tú", "Deseo que *estés* bien", "No sé si *cante*", "No creo que *venga*", "Que nos *vaya* bien", "Me pidieron que *hable* en la junta". **2** Expresa mandato: "Que me *dejes* en paz", "*Sepan* todos", "¡Que se *callen*!" **3** Manifiesta la negación del imperativo: "*Ve* a casa - *No vayas* a casa".

Pretérito (amara o amase, comiera o comiese, subiera o subiese)
1 Indica que la acción del verbo sucede al mismo tiempo o después de otra, ya sea pasada, presente o futura: "El maestro le pidió que *se presentase* al examen", "Mandó que *podara* los árboles". **2** Manifiesta la posibilidad de que algo suceda o haya sucedido o una opinión acerca de ello: "Si *agradeciera* los favores, sería mejor", "No *debieran* haberse molestado", "Quizá *viniera* porque *necesitara* algo". **3** Se usa en las oraciones condicionales: "Si *tuviera* parque, no estaría usted aquí", "Si *tuviese* dinero, me compraba una casa", "Si me *besaras*, viviría feliz". **4** Manifiesta cortésmente un deseo o una pregunta: "*Quisiera* hablar con usted", "Si me *volviese* a explicar el problema".

Futuro (amare, comiere, subiere)
1 Expresa que una acción venidera es sólo posible: "Quien así lo *hiciere*, que la nación se lo demande" (No se usa en la lengua

hablada, y en la escrita solamente en ciertos escritos legales). **2** Se usa en ciertas frases hechas, como "Sea lo que *fuere*", "Venga quien *viniere*", etc.

Antepresente (haya amado, comido, subido)
1 Expresa que la acción es pasada y terminada, y además anterior a otra: "No me dijo que *hayan estado* en Veracruz", "Cuando *haya terminado* la tarea, jugaré con mis amigos". **2** Manifiesta el deseo, la suposición o la probabilidad de una acción pasada y terminada: "Ojalá *hayamos ganado* la votación", "Que *hayas dicho* la verdad es importante".

Antepretérito (hubiera o hubiese amado, comido, subido)
1 Indica que la acción es pasada y terminada, y anterior a otra igualmente pasada: "Lo *hubiese anunciado* cuando dio los otros avisos", "*Hubiera visto* el paisaje durante mi viaje". **2** Manifiesta la posibilidad o el deseo acerca de una acción pasada: "Si lo *hubiera sabido*, habría venido de inmediato", "¡Que *hubiera nacido* rico!" "Si *hubiera venido*, la habría conocido".

Antefuturo (hubiere amado, comido, subido)
Expresa la posibilidad de que una acción haya sucedido en el futuro: "Si no *hubiere cumplido* mis promesas el año próximo, mereceré un castigo" (No se usa actualmente, con excepción de algunos textos legales).

23

REGLAS DE ORTOGRAFÍA Y PUNTUACIÓN

La ORTOGRAFÍA es un conjunto de reglas que establecen cuál es la forma correcta de representar los sonidos o fonemas de una lengua por medio de letras.

La relación entre un fonema y una letra es, en principio, arbitraria, puesto que no hay ninguna razón lingüística que la determine. Esto se puede comprobar si, por ejemplo, se comparan las varias representaciones del fonema /x/ del español, que se escribe con *x* en el nombre de *México*, con *j* en *jícama* y con *g* en *gente*. Cada fonema se podría representar de manera muy variada, como lo nota uno también cuando compara las ortografías de lenguas diferentes.

La ortografía del español tuvo su origen en la escritura romana de la lengua latina, del mismo modo en que la propia lengua española fue resultado de una evolución del latín hace más de mil años. Seguramente que los primeros hispanohablantes que se interesaron por escribir su lengua no habrían de inventar un sistema ortográfico completamente nuevo, si su propia lengua no era una creación espontánea, sino una modificación gradual, y muchas veces difícil de notar, del latín.

La ortografía es producto del interés por fijar las relaciones entre fonemas y letras de una manera uniforme, para hacer más sencilla y eficaz la comunicación escrita entre todos los miembros de la comunidad lingüística, y precisamente porque, dada su arbitrariedad, podrían inventarse casi tantos sistemas de escritura como hablantes o como gustos de los hablantes hubiera.

La ortografía del español se fijó principalmente en el siglo XVIII, aunque desde entonces se han venido haciendo algunos cambios y ajustes. El criterio principal de los autores de esta ortografía debe haber sido, además del de uniformar la escritura, el de que a cada fonema debía corresponderle una sola letra. Pero, junto a ese criterio, se tuvieron presentes el respeto y la conservación de la ortografía etimológica latina y algunos usos ortográficos que se habían generalizado en España en esa época. Esta mezcla de criterios es la razón por la cual la ortografía del

24

español no siempre se corresponde con su fonología y por la cual es necesario establecer un conjunto de reglas que indiquen la forma correcta de representarla.

La lengua española tiene una de las ortografías más sencillas y regulares que se conocen, sobre todo si se la compara con la del inglés o la del francés; sin embargo, por las causas anteriormente señaladas, no deja de plantear problemas en casos como el de la *v*, que históricamente nunca ha tenido una pronunciación labiodental (a pesar de que algunas personas cultas la empleen) sino bilabial, y que solamente duplica la representación del fonema /b/, o como el de las letras *s, c* y *z* que para los mexicanos y los hispanoamericanos en general representan al fonema /s/ (para los hispanohablantes de la Península Ibérica el problema es menor, pues la *s* siempre corresponde a /s/, mientras la *c* y la *z* representan, salvo en Andalucía, su fonema interdental / Ѳ/). Son estas dificultades las que han hecho que parezca conveniente incluir esta tabla de reglas de ortografía y de puntuación (aunque el caso de la puntuación sea relativamente distinto al de la ortografía, por ser sus "reglas" hasta cierto punto más flexibles y dar lugar en algunos casos a estilos particulares. La puntuación correcta es sin embargo una garantía para la comprensión de lo que se escribe y se le debe poner por ello una gran atención).

En este diccionario se presenta la ortografía en dos partes: cuando la relación entre el fonema y la letra es regular y no plantea dificultades —como sucede en la mayor parte de los casos— se encontrará, en la entrada correspondiente a la letra en cuestión, una breve descripción del fonema que representa y algunos ejemplos de su escritura; cuando, por el contrario, se aplican reglas excepcionales o se trata de casos raros en la escritura de los fonemas, se encontrarán las explicaciones y los ejemplos necesarios en la lista que sigue, ordenada también alfabéticamente.

Cuadro de correspondencias entre fonemas y letras
del español mexicano
vocales

/a/ .... a
/e/ .... e
/i/ ....
$\begin{cases} i \\ y \text{ (canta } y \text{ baila)} \end{cases}$

/o/ .... o
/u/ ....
$\begin{cases} u \\ ü \text{ (güera, pingüino)} \end{cases}$

consonantes

/b/ ....
$\begin{cases} b \\ v \end{cases}$

/d/ .... d

/g/ .... g (seguido de *a, o* y *u*: *g*ato, *g*usto)
gu (seguido de *e* e *i*: *gue*rra, *gui*tarra)

/y/ ....
$\begin{cases} y \\ ll \end{cases}$

/p/ .... p

/t/ .... t

26

/k/ ....
- c (seguido de *a, o* y *u*: *ca*sa, *co*sa, *cu*lto)
- qu (seguido de *e* e *i*: *que*so, *qui*zás)
- k (en palabras tomadas de lenguas extranjeras)

/ch/ .... ch

/f/ .... f

/s/ ....
- s
- c (seguido de *e* e *i*)
- z (seguido de *a, o* y *u*)
- x (particularmente en palabras de origen náhuatl, como *Xochimilco, xocoyote* o *xóchitl*)

/x/ ....
- j
- g (seguido de *e* e *i*: *ge*neral, *gi*rar)
- x (particularmente en palabras de origen náhuatl, como *México, Oaxaca* o *Tlaxiaco*)

/r/ .... r

/rr/ ....
- r (inicial y tras *n, s* y *l*: *r*osa, E*nr*ique, I*sr*ael)
- rr (entre vocales: ca*rr*o, fie*rr*o)

/m/ .... m
/n/ .... n
/ñ/ .... ñ

(Véanse las explicaciones correspondientes en cada entrada y en las reglas ortográficas posteriores)

ORTOGRAFÍA

Se escribe:

b

1. En los grupos *bl* y *br*: doblar, *amable, blindar, broma, hambre*.
2. Después de sílaba que acabe en *m*: *ambos, cambio, sombrero*.
3. En todas las terminaciones *-ba, -bas, -bamos, -bais, -ban* del copretérito del indicativo de los verbos de la primera conjugación, y del verbo *ir*: *cantaba, caminabas, bailábamos, golpeabais, buscaban; iban*.
4. En los verbos terminados en *-buir* y sus compuestos: *atribuir, imbuir*.
5. En el prefijo *bi-* o *bis-* (con sentido de "dos"): *bicolor, bilingüe*.
6. En los prefijos *ab-, ob-* y *sub-*: *obtener, absolver, subterráneo*.
   (Véase **v**)

c

1. Antes de *e, i* en palabras que han sido fijadas con esa ortografía o que en el español peninsular se pronuncian con el fonema interdental fricativo sordo, como: *hacer, cena, cielo, aceite*, etc.
   (Véase **z**)

2. En los plurales de sustantivos terminados en *-z*: *faces, luces, peces*.
3. En los derivados de palabras que se escriben con *z*, cuando el sufijo empieza con *e* o *i*: *cazar: cacería*.
4. En la primera persona del pretérito de indicativo y todas las del presente de subjuntivo de los verbos terminados en *-zar: comenzar: comencé, comience*.
5. En los diminutivos *-cito, -cita: madrecita, camioncito*.

28

6. Antes de *a, o, u, l* o *r* cuando representa el fonema velar oclusivo sordo /k/: *casa, calor, cosa, comer, cuero, cuna, clara, clavo, cráter, crimen,* etc.

(Véase **q** y **k**).

g

1. Antes de *e, i* representa al fonema velar fricativo sordo /x/ como en *general, género, gitano, gimnasia,* etc.

2. Antes de *a, o, u* representa al fonema velar oclusivo sonoro /g/ como en *gallo, gato, gota, gorro, gusto, guante,* etc.

3. Seguida de *u* necesariamente, cuando representa al mismo fonema anteriormente descrito y lo sigue *e* o *i* como en *guerra, anguila, águila,* etc.

(Véase **j** y **x**).

h

En los prefijos *hidr-, hiper-, hipo-, higr-, helio-, hema-, hemo-, home-, hetero-, homo-, hemi-, hepta-, hecto-, hexa-,* etc.: *hidrología, hipertensión, hipotálamo, higrómetro, heliotropo, hematoma, hemoglobina, homeopatía, heterogéneo, homogéneo, hemisferio, heptasílabo, hectogramo, hexámetro.*

j

1. Antes de *a, o, u,* cuando representa al fonema velar fricativo sordo /x/ como en *jamás, jarabe, jarra, jota, joroba, juego, jugo,* etc.

(Véase **g**).

2. Antes de *e, i* en palabras que se han fijado con esa ortografía, como *jitomate, mujer, jefe, jirafa,* etc.

3. En la conjugación de verbos terminados en *-ger, -gir,* cuando el morfema que siga comience con *a, o,* como en *proteger: protejo, surgir: surja,* etc.

4. En el sufijo *-aje,* como en *linaje, peaje, abordaje.*

k

En vocablos cuyo origen extranjero trae con ellos esta letra, como *kilómetro, kilogramo, káiser, kinder, kantiano,* etc.

n   *nn* cuando se unen un prefijo terminado en *n* y una palabra con *n* inicial: *connotar, connubio, ennoblecer, innovar, circunnavegar*: o cuando se pospone al pronombre *nos*: *resuélvannos*.

q   Antes de *e, i,* y seguida necesariamente por *u* para representar al fonema velar oclusivo sordo /k/, como en *queso, quien, quince, poquito, ataque*, etc.

r
1. En posición inicial de palabra o después de consonante (*b, l, n* o *s*) como principio de sílaba, para representar al fonema alveolar vibrante múltiple /rr/, como en *rosa, rata, alrededor, enredo, desrizar, subrayar*, etc.
2. En palabras compuestas con prefijos, cuando entre éste y el vocablo hay un guión, como en *pre-romántico, anti-rábico*, etc.

rr
1. Entre vocales, como en *errar, corroer*, etc.
2. En palabras compuestas, cuando no hay guión que separe al prefijo de la raíz, como en *prerromántico*, antirrábico, etc.

v
1. Después de *b, n* y *d*: *subversión, inventar, adverso, envidia, convidar, advertir*.
2. En los pretéritos de indicativo y subjuntivo, y en el futuro de subjuntivo de los verbos *estar, andar, tener,* y otros compuestos con *tener* como: *contener, detener, sostener, retener, obtener, mantener, entretener, atener: estuve, anduve, tuve, contuve, detuve, sostuve, retuve, obtuve, mantuve, entretuve, atuve*.
3. En los presentes de indicativo y subjuntivo y en imperativo del verbo *ir*: *voy, ve, vayas*.
4. En los prefijos *vice-, viz-,* o *vi-,* con el sentido de 'en vez de': *vicepresidente, vizconde, virrey*.

x
1. Cuando representa la combinación de fonemas /ks/, como en *éxito, léxico, xilófono*, etc.
2. Cuando representa al sonido /sh/ de palabras provenientes de lenguas amerindias, especial-

mente el náhuatl, como en *xocoyote, Xola, mixiote*, etc., aunque en muchos casos varíe la pronunciación hacia /s/, como en *Xochimilco* y *cacaxtle*.

3. Cuando se desea conservar una gráfica etimológica, como en los casos de *México, Xalapa* o *Xalisco*.

y 1. En todas aquellas formas verbales en las que la conjugación regular haría aparecer una *i* átona entre dos vocales: *leer: leyó, huir: huyó*.

2. En final de palabra, cuando forma parte del diptongo *ai, ei, oi*, aunque no se considere consonante este sonido: *fray, mamey, estoy, doy, voy, soy*.

3. Alternan las grafías *ye/hie* en las palabras *yedra/hiedra, yerba/hierba*. Hay casos en que es necesario distinguir: *hierro* (sustantivo), de *yerro* (verbo); *hiendo* (del verbo hendir), de *yendo* (del verbo ir).

z 1. **Antes de** *a, o, u* en palabras que han sido fijadas con esa ortografía o que en el español peninsular se pronuncian con el fonema interdental fricativo sordo, como: *zanahoria, garza, zócalo, azul,* o *zeta, zenit, enzima, zinc*, etc.

2. En las terminaciones de la primera persona del presente de indicativo y todas las del presente de subjuntivo de los verbos en *-acer, -ecer, -ocer, -ucir: complacer, agradecer, conocer, traducir: complazco, agradezco, conozco, traduzco*.

3. En el sufijo *-izar* en la formación de verbos: *sintonizar, utilizar*.

4. En los sufijos *-ez, -eza, -adizo, -edizo -idizo* que expresan la cualidad o la capacidad de algo, como *pesantez, doblez, belleza, bajeza, nobleza, resbaladizo, caedizo, escurridizo*.

5. En los sufijos aumentativos *-aza, -azo* como *golpazo, gustazo, manaza, mujeraza*.

6. En los sufijos que expresan semejanza *izo* y *-uzco* como *cobrizo, macizo, negruzco, parduzco*.

31

7. En los sufijos *-izar, izador, ización, izante* que sirven para formar nuevos verbos y sustantivos, como *fertilizar, aromatizar, fertilizador, aromatizador, fertilización, aromatización, fertilizante, aromatizante,* etc.
8. En el sufijo *-azgo* que expresa el establecimiento de una institución o relación duradera, como *compadrazgo, noviazgo,* etc.

ACENTUACIÓN

En español el acento tiene la función de diferenciar unos vocablos de otros, es decir, tiene un valor fonológico como lo tienen los fonemas; así, se distinguen por el acento palabras como: *depósito, deposito, depositó; cante, canté; este, esté; dómine, dominé*, etc. A este acento, que poseen todas las palabras del español, se le llama *acento prosódico* para distinguirlo del que, además de pronunciarse, se debe marcar ortográficamente, o *acento ortográfico*, puesto que de no hacerlo así se producirían confusiones.

La sílaba en que cae el acento se llama *sílaba tónica*; las demás que no se acentúan en una palabra son átonas. Las palabras se clasifican por la posición en que se encuentra la sílaba tónica. Así llamamos *agudas* a aquellas cuya sílaba tónica es la final, como *papel, pisar, tapiz, pensar, decir, candil*, etc.; *graves* o *llanas*, a las que tienen la sílaba tónica en penúltimo lugar, como *palabra, verbo, nombre, parte, cosa*, etc.; y *esdrújulas*, a las que tienen la sílaba tónica en antepenúltimo lugar, como *esdrújula, clásico, crítica*, etc.

Se escribe el acento ortográfico cuando:
1. Se trata de palabras agudas polisilábicas terminadas en *n, s* o vocal, como en *razón, comezón, camión, zaguán, autobús, demás, anís, cortés, adiós, veintidós, acá, está, miré, cantaré, comí, paquistaní, durmió, murió, cebú, bambú*, etc.
2. Se trata de palabras graves o llanas, que terminen en una consonante que no sea *n* ni *s*, como en *cárcel, ángel, mástil, tótem, álbum, almíbar, ámbar, cáncer, prócer, superávit, tórax*, etc.
3. Se trata de cualquier palabra esdrújula o sobreesdrújula, como *rápido, término, gótico, poniéndoselo*, etc.
4. Se trata de una palabra grave terminada en *s* pero agrupada con otra consonante, como en *bíceps, fórceps*, etc.

No se acentúan las monosilábicas como fue, vio, dio, etc., excepto cuando es necesario distinguir dos vocablos homógrafos, en que el acento tiene valor *diacrítico*.

33

Acento diacrítico:

Además de los casos anteriores, el acento sirve para distinguir palabras escritas que pueden dar lugar a confusión por resultar homógrafas —es decir, de idéntica escritura, pero diferente significado o función gramatical— si se aplican regularmente las reglas ortográficas, como cuando hay:

1. Palabras de diferente categoría gramatical, como *aquel* (adjetivo) y *aquél* (pronombre), *este* (adjetivo) y *éste* (pronombre), etc. (Véanse las entradas correspondientes en la parte alfabética de este diccionario).

2. Palabras de idéntico significante pero diferentes significados, como *se* (pronombre) y *sé* (imperativo del verbo ser), *te* (pronombre) y *té* (bebida), *de* (preposición) y *dé* (presente del subjuntivo del verbo dar), etc. (Véase la aclaración correspondiente más arriba, cuando se trata de la no acentuación de las palabras monosilábicas).

Acentuación de diptongos y triptongos

Los diptongos y triptongos se ajustan a las mismas reglas de acentuación explicadas arriba; por ejemplo: *salió, camión, estáis, alivié*, etc., se acentúan de acuerdo con la regla de las palabras agudas polisilábicas (1); *huésped, réquiem*, etc., de acuerdo con la regla de las palabras graves o llanas (2); *murciélago, ciénaga*, etc., de acuerdo con la de las esdrújulas (3).

El acento ortográfico se usa, en cambio, cuando no se trata de diptongos sino de hiatos en la pronunciación —es decir, aparecen juntas las vocales pero pertenecen a sílabas distintas— y podría dar lugar a confusiones en la escritura si no se les marcara, como en los casos siguientes:

1. Cuando la agrupación de las vocales puede ser alguno de los *diptongos ascendentes (ua, ue, uo, ia, ie, io)* o *descendentes (au, eu, ou, ai, ei, oi): púa, actúe, dúo, venía, críe, confío, baúl, Seúl, raíz, maíz, país, reír, oír*, etc. El acento siempre se escribe sobre la vocal más cerrada *(i, u)*.

2. Cuando hay un verbo cuya terminación en infinitivo es *-uar* y no va precedido por *c* ni *g*: *actuar: actúo, evaluar: evalúo, exceptuar: exceptúo* (Hay diptongo, por el contrario, cuando va precedida por *c* o *g* y, en consecuencia, no se acentúa: *licuar: licuo, averiguar: averiguo, adecuar: adecuo*, etc.).

3. Cuando hay *h* intervocálica, que no impide la formación de

34

un diptongo y, por lo contrario, se quiere hacer un hiato, como en *prohíbo, rehíce, búho,* etc.

Acentuación de palabras compuestas

1. El primer elemento léxico de la palabra compuesta nunca se acentúa, aunque lo requiera su forma original; en cambio, se acentúa el segundo, siempre y cuando su forma original sea acentuada, como en *decimoséptimo, cefalotórax,* etc.

2. Se conserva el acento de aquellos adjetivos que lo tengan en su forma original y formen un adverbio con el sufijo -*mente*, como en *prácticamente, teóricamente, fácilmente.*

3. Se conservan los dos acentos originales de los dos adjetivos que se unan mediante guión en una nueva palabra, como en *teórico-práctico, histórico-crítico,* etc.

4. En las palabras compuestas por verbo más pronombre enclítico de complemento directo, se sigue la regla general de acentuación de las palabras; por eso no se acentúan palabras como *dilo, juzgolo,* etc.. y sí *cúralo, cómelo, llévalo,* etc.

5. En las palabras compuestas por verbo más pronombre enclítico de complemento indirecto, no se aplica la regla general, sino que el verbo conserva su acento ortográfico original: *díme, cayóse, déle, salíme,* etc.

Acentuación de palabras extranjeras

En general, las palabras extranjeras se asimilan a las reglas de acentuación del español: *chofer, garage, Nápoles, París, Milán, Boston,* etc. El mismo tratamiento reciben los latinismos más usados: *memorándum, currículum, ad líbitum.*

Signos de puntuación

La coma

1. Sirve para separar elementos análogos de una serie de palabras, frases y oraciones, como por ejemplo: *triste, melancólico, desesperado; Dame un poco de pan, un poco de vino, un poco de carne; Ni tú lo crees, ni yo lo creo, ni nadie lo cree.*

2. Sirve para separar elementos con carácter incidental dentro de la oración: *Buenos Aires, la capital, es una ciudad muy populosa; Yo, si me lo proponen, lo acepto.*

3. Sirve para indicar la omisión del verbo: *Juana era muy agradable; Pedro, antipático.*

4. A veces se usa para separar oraciones enlazadas por la conjunción *y*, en los casos en que pueda haber confusión o se prefiera esa formación más clara: *A Pedro le gustaba el trabajo, y el ocio lo consideraba absurdo.*

El punto y coma

1. Sirve para separar oraciones entre cuyos sentidos hay proximidad, y frases largas, semejantes o en serie: *Al contrario, vivo muy cerca; éste es mi distrito.*

2. Cuando la coma no es suficiente para precisar el sentido y provoca confusión: *La primera parte de la obra era interesante; la segunda, aburrida; la tercera, francamente insípida.*

El punto y seguido

Sirve para separar oraciones que contienen pensamientos relacionados entre sí, pero no de forma inmediata. La diferencia con el punto y coma es sutilísima: *"Levantarse a las seis y media. Lavarse la cara y los brazos. Irse a la iglesia sin distraer la mirada en cosa alguna".* (A. Yáñez)

El punto final

Marca el final de un párrafo.

Los dos puntos

1. Indican que tras ellos viene una enumeración de elementos incluidos en la primera frase: *Cuatro nombres destacan en la novela hispanoamericana contemporánea: García Márquez, Cortázar, Vargas Llosa y Fuentes.*

2. Se usa cuando la primera oración tiene su consecuencia o su justificación en la segunda: *No se me puede condenar por lo que he dicho: la verdad, lealmente expresada, no puede ser delito.*

3. Se usa con mayor frecuencia en la transcripción o cita de lo dicho por otra persona: *Al entrar en la casa, me dijo: "Acabo de llegar de Veracruz".*

Los puntos suspensivos

1. Sirven para marcar interrupción en lo que se dice y la regla es poner tres: *Sí, lo respeto mucho, pero...*

2. Pueden estar en lugar de etc.: *Las grandes especies animales: leones, monos, aves...*

3. Sirven para hacer una pausa al expresar temor, duda, o algo sorprendente: *No me atrevía a estrechar la mano de un ... presidente; Abrí la puerta y... ¡horror!... un espectáculo dantesco.*

La interrogación y la admiración

1. Se usan en las oraciones interrogativas y admirativas. Se colocan al principio y al final de la oración que deba llevarlas, aunque ésta se encuentre intercalada en el centro del periodo: *"¿Oyes? Allá afuera está lloviendo. ¿No sientes el golpear de la lluvia?"* (J. Rulfo).

2. Ciertos enunciados son interrogativos y admirativos a la vez. En estos casos se coloca al principio el signo de interrogación y al final el de admiración —o viceversa— según el sentido del enunciado *¡Qué cosa es ésta? ¿Qué clase de gente son ustedes, amigos!*

3. El valor de estos signos corresponde al del punto final; pero ello no excluye la posibilidad de que se empleen los otros signos. Es frecuente, por ejemplo, que vayan seguidos de una coma: *¿Quién es?, ¿Cómo ha venido?*

El guión menor

1. Se utiliza para marcar la separación de las palabras al final del renglón, indicando que la palabra continúa en el siguiente: *Se desconoce el origen preciso de esta especie de fenómenos.*

2. Se usa en determinados compuestos para indicar relación: *teórico-práctico.*

El guión mayor

1. Separa elementos intercalados en una oración. Es un grado mayor de separación que el indicado por las comas en la oración incidental: *"Nueva aurora, nueva ciudad. Ciudad sin cabos —recuerdo o presentimiento—, a la deriva sobre un río de asfalto cercana a la catarata de su propia imagen descompuesta".* (C. Fuentes).

2. Es el signo del diálogo: *—Bueno, ¿vendrás esta tarde? —No lo sé.*

El paréntesis

Separa igualmente los elementos incidentales que aparecen dentro de una oración: "*Y te diré más: si hay politiqueros (y me avengo a que los hay), donde ahora los veo menos es en mi bando*". (M. L. Guzmán). Se usan las comas, los guiones o los paréntesis según el mayor o menor grado de relación que tenga lo incidental con lo que se escribe.

Las comillas

1. Destacan una cita o una frase reproducida textualmente: Y yo le dije: "*¡Caramba! ¡Estás desconocido!*"

2. Dan cierto énfasis o un sentido irónico a una palabra: *La "amabilidad" con que recibió a sus competidores los hizo desconfiar*.

3. Se usan al escribir una palabra nueva (neologismo), o algún vocablo poco conocido (una palabra específica de una especialidad profesional): *Las cabinas "presurizadas" del avión*.

Los corchetes

1. Se usan para completar lo que hipotéticamente falta en una inscripción, un códice o una cita:

> "*Deja que el hombre de jui* [*cio*]
> *En las obras que compo* [*ne*]
> *Se vaya con pies de plo* [*mo*]*;*
> *Que el que saca a luz pape* [*les*]
> *Para entretener donce* [*llas*]
> *Escribe a tontas y a lo* [*cas*]"

(Miguel de Cervantes)

2. Se usan también para encerrar una frase que ya tiene un paréntesis o para evitar la repetición seguida de dos paréntesis: *La antigua ciudad de Valladolid (hoy Morelia) [Mostrar mapas y fotos] fue un centro cultural importante en la época colonial.*

La diéresis

1. Sirve para darle valor fonético a la *u* en las sílabas: *gue, gui*: *Cigüeña, lengüita*.

2. También se usa, en poesía, para los efectos de deshacer un diptongo y de dar a la palabra un sílaba más: *Rüido, océano*.

LISTA DE ABREVIATURAS

adj	adjetivo	interj	interjección
Adm	Administración	intr	intransitivo
adv	adverbio	Ling	Lingüística
Aeron	Aeronáutica	Lit	Estudios Literarios
Anat	Anatomía	Lóg	Lógica
Arq	Arquitectura	m	masculino
art	artículo	Mar	Marinería
Astron	Astronomía	Mat	Matemáticas
Biol	Biología	Mec	Mecánica
Bot	Botánica	Med	Medicina
Carp	Carpintería	Met	Metalurgia
Comp	Computación	Mil	Milicia
conj	conjunción	Min	Minería
Cont	Contaduría	Mús	Música
Dep	Deportes	pl	plural
Der	Derecho	pp	participio
Econ	Economía	prep	preposición
Elec	Electricidad	prnl	pronominal
Elect	Electrónica	Psi	Psicología
f	femenino	pron	pronombre
Fís	Física	Quím	Química
Fil	Filosofía	rel	relativo
Fisio	Fisiología	Relig	Religión
Fon	Fonética y	s	sustantivo
	Fonología	sing	singular
Geo	Geología	Tauro	Tauromaquia
Geogr	Geografía	tr	transitivo
Geom	Geometría	v	verbo
Gram	Gramática	Veter	Veterinaria
Impr	Imprenta	Zool	Zoología

MODELOS DE CONJUGACIÓN REGULAR

	AMAR	COMER	SUBIR
		MODO INDICATIVO	
PRESENTE			
yo	am-*o*	com-*o*	sub-*o*
tú	am-*as*	com-*es*	sub-*es*
usted	am-*a*	com-*e*	sub-*e*
él, ella	am-*a*	com-*e*	sub-*e*
nosotros, as	am-*amos*	com-*emos*	sub-*imos*
ustedes	am-*an*	com-*en*	sub-*en*
(vosotros, as)	(am-*áis*)	(com-*éis*)	(sub-*ís*)
ellos, as	am-*an*	com-*en*	sub-*en*
PRETÉRITO			
yo	am-*é*	com-*í*	sub-*í*
tú	am-*aste*	com-*iste*	sub-*iste*
usted	am-*ó*	com-*ió*	sub-*ió*
él, ella	am-*ó*	com-*ió*	sub-*ió*
nosotros, as	am-*amos*	com-*imos*	sub-*imos*
ustedes	am-*aron*	com-*ieron*	sub-*ieron*
(vosotros, as)	(am-*asteis*)	(com-*isteis*)	(sub-*isteis*)
ellos, as	am-*aron*	com-*ieron*	sub-*ieron*

FUTURO

yo	amar-é	comer-é	subir-é
tú	amar-ás	comer-ás	subir-ás
usted	amar-á	comer-á	subir-á
él, ella	amar-á	comer-á	subir-á
nosotros, as	amar-emos	comer-emos	subir-emos
ustedes	amar-án	comer-án	subir-án
(vosotros, as)	(amar-éis)	(comer-éis)	(subir-éis)
ellos, as	amar-án	comer-án	subir-án

COPRETÉRITO

yo	am-aba	com-ía	sub-ía
tú	am-abas	com-ías	sub-ías
usted	am-aba	com-ía	sub-ía
él, ella	am-aba	com-ía	sub-ía
nosotros, as	am-ábamos	com-íamos	sub-íamos
ustedes	am-aban	com-ían	sub-ían
(vosotros, as)	(am-abais)	(com-íais)	(sub-íais)
ellos, as	am-aban	com-ían	sub-ían

POSPRETÉRITO

yo	amar-ía	comer-ía	subir-ía
tú	amar-ías	comer-ías	subir-ías
usted	amar-ía	comer-ía	subir-ía
él, ella	amar-ía	comer-ía	subir-ía
nosotros, as	amar-íamos	comer-íamos	subir-íamos
ustedes	amar-ían	comer-ían	subir-ían
(vosotros, as)	(amar-íais)	(comer-íais)	(subir-íais)
ellos, as	amar-ían	comer-ían	subir-ían

ANTEPRESENTE

yo	he am-ado	he com-ido	he sub-ido
tú	has am-ado	has com-ido	has sub-ido
usted	ha am-ado	ha com-ido	ha sub-ido
él, ella	ha am-ado	ha com-ido	ha sub-ido
nosotros, as	hemos am-ado	hemos com-ido	hemos sub-ido
ustedes	han am-ado	han com-ido	han sub-ido
(vosotros, as)	(habéis am-ado)	(habéis com-ido)	(habéis sub-ido)
ellos, as	han am-ado	han com-ido	han sub-ido

ANTEPRETÉRITO

yo	hube am-ado	hube com-ido	hube sub-ido
tú	hubiste am-ado	hubiste com-ido	hubiste sub-ido
usted	hubo am-ado	hubo com-ido	hubo sub-ido
él, ella	hubo am-ado	hubo com-ido	hubo sub-ido
nosotros, as	hubimos am-ado	hubimos com-ido	hubimos sub-ido
ustedes	hubieron am-ado	hubieron com-ido	hubieron sub-ido
(vosotros, as)	(hubisteis am-ado)	(hubisteis com-ido)	(hubisteis sub-ido)
ellos, as	hubieron am-ado	hubieron com-ido	hubieron sub-ido

ANTEFUTURO

yo	habré am-ado	habré com-ido	habré sub-ido
tú	habrás am-ado	habrás com-ido	habrás sub-ido
usted	habrá am-ado	habrá com-ido	habrá sub-ido
él, ella	habrá am-ado	habrá com-ido	habrá sub-ido
nosotros, as	habremos am-ado	habremos com-ido	habremos sub-ido
ustedes	habrán am-ado	habrán com-ido	habrán sub-ido
(vosotros, as)	(habréis am-ado)	(habréis com-ido)	(habréis sub-ido)
ellos, as	habrán am-ado	habrán com-ido	habrán sub-ido

ANTECOPRETÉRITO

yo	había am-ado	había com-ido	había sub-ido
tú	habías am-ado	habías com-ido	habías sub-ido
usted	había am-ado	había com-ido	había sub-ido
él, ella	había am-ado	había com-ido	había sub-ido
nosotros, as	habíamos am-ado	habíamos com-ido	habíamos sub-ido
ustedes	habían am-ado	habían com-ido	habían sub-ido
(vosotros, as)	(habíais am-ado)	(habíais com-ido)	(habíais sub-ido)
ellos, as	habían am-ado	habían com-ido	habían sub-ido

ANTEPOSPRETÉRITO

yo	habría am-ado	habría com-ido	habría sub-ido
tú	habrías am-ado	habrías com-ido	habrías sub-ido
usted	habría am-ado	habría com-ido	habría sub-ido
él, ella	habría am-ado	habría com-ido	habría sub-ido
nosotros, as	habríamos am-ado	habríamos com-ido	habríamos sub-ido
ustedes	habrían am-ado	habrían com-ido	habrían sub-ido
(vosotros, as)	(habríais am-ado)	(habríais com-ido)	(habríais sub-ido)
ellos, as	habrían am-ado	habrían com-ido	habrían sub-ido

SUBJUNTIVO

PRESENTE

yo	am-*e*	com-*a*	sub-*a*
tú	am-*es*	com-*as*	sub-*as*
usted	am-*e*	com-*a*	sub-*a*
él, ella	am-*e*	com-*a*	sub-*a*
nosotros, as	am-*emos*	com-*amos*	sub-*amos*
ustedes	am-*en*	com-*an*	sub-*an*
(vosotros, as)	(am-*éis*)	(com-*áis*)	(sub-*áis*)
ellos, as	am-*en*	com-*an*	sub-*an*

PRETÉRITO

yo	am-*ara* o am-*ase*	com-*iera* o com-*iese*	sub-*iera* o sub-*iese*
tú	am-*aras* o am-*ases*	com-*ieras* o com-*ieses*	sub-*ieras* o sub-*ieses*
usted	am-*ara* o am-*ase*	com-*iera* o com-*iese*	sub-*iera* o sub-*iese*
él, ella	am-*ara* o am-*ase*	com-*iera* o com-*iese*	sub-*iera* o sub-*iese*
nosotros, as	am-*áramos* o am-*ásemos*	com-*iéramos* o com-*iésemos*	sub-*iéramos* o sub-*iésemos*
ustedes	am-*aran* o am-*asen*	com-*ieran* o com-*iesen*	sub-*ieran* o sub-*iesen*
(vosotros, as)	(am-*arais* o am-*aseis*)	(com-*ierais* o com-*ieseis*)	(sub-*ierais* o sub-*ieseis*)
ellos, as	am-*aran* o am-*asen*	com-*ieran* o com-*iesen*	sub-*ieran* o sub-*iesen*

FUTURO

yo	am-*are*	com-*iere*	sub-*iere*
tú	am-*ares*	com-*ieres*	sub-*ieres*
usted	am-*are*	com-*iere*	sub-*iere*
él, ella	am-*are*	com-*iere*	sub-*iere*
nosotros, as	am-*áremos*	com-*iéremos*	sub-*iéremos*
ustedes	am-*aren*	com-*ieren*	sub-*ieren*
(vosotros, as)	(am-*areis*)	(com-*iereis*)	(sub-*iereis*)
ellos, as	am-*aren*	com-*ieren*	sub-*ieren*

ANTEPRESENTE

yo	*haya* am-*ado*	*haya* com-*ido*	*haya* sub-*ido*
tú	*hayas* am-*ado*	*hayas* com-*ido*	*hayas* sub-*ido*
usted	*haya* am-*ado*	*haya* com-*ido*	*haya* sub-*ido*
él, ella	*haya* am-*ado*	*haya* com-*ido*	*haya* sub-*ido*
nosotros, as	*hayamos* am-*ado*	*hayamos* com-*ido*	*hayamos* sub-*ido*
ustedes	*hayan* am-*ado*	*hayan* com-*ido*	*hayan* sub-*ido*
(vosotros, as)	(*hayáis* am-*ado*)	(*hayáis* com-*ido*)	(*hayáis* sub-*ido*)
ellos, as	*hayan* am-*ado*	*hayan* com-*ido*	*hayan* sub-*ido*

ANTEPRETÉRITO

yo	*hubiera o hubiese* am-*ado*	*hubiera o hubiese* com-*ido*	*hubiera o hubiese* sub-*ido*
tú	*hubieras o hubieses* am-*ado*	*hubieras o hubieses* com-*ido*	*hubieras o hubieses* sub-*ido*
usted	*hubiera o hubiese* am-*ado*	*hubiera o hubiese* com-*ido*	*hubiera o hubiese* sub-*ido*
él, ella	*hubiera o hubiese* am-*ado*	*hubiera o hubiese* com-*ido*	*hubiera o hubiese* sub-*ido*
nosotros, as	*hubiéramos o hubiésemos* am-*ado*	*hubiéramos o hubiésemos* com-*ido*	*hubiéramos o hubiésemos* sub-*ido*
ustedes	*hubieran o hubiesen* am-*ado*	*hubieran o hubiesen* com-*ido*	*hubieran o hubiesen* sub-*ido*
(vosotros, as)	(*hubierais o hubieseis* am-*ado*)	(*hubierais o hubieseis* com-*ido*)	(*hubierais o hubieseis* sub-*ido*)
ellos, as	*hubieran o hubiesen* am-*ado*	*hubieran o hubiesen* com-*ido*	*hubieran o hubiesen* sub-*ido*

ANTEFUTURO

yo	hubiere am-ado	hubiere com-ido	hubiere sub-ido
tú	hubieres am-ado	hubieres com-ido	hubieres sub-ido
usted	hubiere am-ado	hubiere com-ido	hubiere sub-ido
él, ella	hubiere am-ado	hubiere com-ido	hubiere sub-ido
nosotros, as	hubiéremos am-ado	hubiéremos com-ido	hubiéremos sub-ido
ustedes	hubieren am-ado	hubieren com-ido	hubieren sub-ido
(vosotros, as)	(hubiereis am-ado)	(hubiereis com-ido)	(hubiereis sub-ido)
ellos, as	hubieren am-ado	hubieren com-ido	hubieren sub-ido

MODO IMPERATIVO

tú	am-a	com-e	sub-e
usted	am-e	com-a	sub-a
(vosotros, as)	(am-ad)	(com-ed)	(sub-id)
ustedes	am-en	com-an	sub-an

FORMAS NO PERSONALES

INFINITIVO	am-ar	com-er	sub-ir
GERUNDIO	am-ando	com-iendo	sub-iendo
PARTICIPIO	am-ado	com-ido	sub-ido

MODELOS DE CONJUGACIÓN IRREGULAR

	1a AGRADECER/LUCIR		1b YACER	1c ASIR [1] *	1d CAER
			INDICATIVO		
PRESENTE					
yo	agradezc-o	luzc-o	yazc-o o yazg-o	asg-o	caig-o
tú	agradeces	luces	yaces	ases	caes
ud.	agradece	luce	yace	ase	cae
él, ella	agradece	luce	yace	ase	cae
nosotros, as	agradecemos	lucimos	yacemos	asimos	caemos
ustedes	agradecen	lucen	yacen	asen	caen
(vosotros, as)	(agradecéis)	(lucís)	(yacéis)	(asís)	(caéis)
ellos, as	agradecen	lucen	yacen	asen	caen
PRETÉRITO					
yo					caí
tú					caíste
ud.					cayó[2]
él, ella					cayó[2]
nosotros, as					caímos
ustedes					cayeron[2]
(vosotros, as)					(caísteis)
ellos, as					cayeron[2]
FUTURO					
COPRETÉRITO					
POSPRETÉRITO					

SUBJUNTIVO

PRESENTE

yo	agradezc-a	luzc-a	yazc-a o yazg-a	asg-a	caig-a
tú	agradezc-as	luzc-as	yazc-as o yazg-as	asg-as	caig-as
ud.	agradezc-a	luzc-a	yazc-a o yazg-a	asg-a	caig-a
él, ella	agradezc-a	luzc-a	yazc-a o yazg-a	asg-a	caig-a
nosotros, as	agradezc-amos	luzc-amos	yazc-amos o yazg-amos	asg-amos	caig-amos
ustedes	agradezc-an	luzc-an	yazc-an o yazg-an	asg-an	caig-an
(vosotros, as)	(agradezc-áis)	(luzc-áis)	(yazc-áis o yazg-áis)	(asg-áis)	(caig-áis)
ellos, as	agradezc-an	luzc-an	yazc-an o yazg-an	asg-an	caig-an

PRETÉRITO

yo	cayera o cayese[2]
tú	cayeras o cayeses
ud.	cayera o cayese
él, ella	cayera o cayese
nosotros, as	cayéramos o cayésemos
ustedes	cayeran o cayesen
(vosotros, as)	(cayerais o cayeseis)
ellos, as	cayeran o cayesen

51

* Véanse las notas en la p. 85.

FUTURO

yo	cayere[2]
tú	cayeres
ud.	cayere
él, ella	cayere
nosotros, as	cayéremos
ustedes	cayeren
(vosotros, as)	(cayereis)
ellos, as	cayeren

IMPERATIVO

tú	agradece	luce	yace	ase	cae
ud.	*agradezc*-a	*luzc*-a	*yazc*-a o *yazg*-a	*asg*-a	*caig*-a
(vosotros, as)	(agradeced)	(lucid)	(yaced)	(asid)	(caed)
ustedes	*agradezc*-an	*luzc*-an	*yazc*-an o *yazg*-an	*asg*-an	*caig*-an

GERUNDIO

cayendo[2]

	2a DESPERTAR	PERDER	SUGERIR	2b ADQUIRIR	2c SOÑAR	MOVER	2d JUGAR
INDICATIVO							
PRESENTE							
yo	despiert-o	pierd-o	sugier-o	adquier-o	sueñ-o	muev-o	jueg-o
tú	despiert-as	pierd-es	sugier-es	adquier-es	sueñ-as	muev-es	jueg-as
ud.	despiert-a	pierd-e	sugier-e	adquier-e	sueñ-a	muev-e	jueg-a
él, ella	despiert-a	pierd-e	sugier-e	adquier-e	sueñ-a	muev-e	jueg-a
nosotros, as	despertamos	perdemos	sugerimos	adquirimos	soñamos	movemos	jugamos
ustedes	despiert-an	pierd-en	sugier-en	adquier-en	sueñ-an	muev-en	jueg-an
(vosotros, as)	(despertáis)	(perdéis)	(sugeris)	(adquiris)	(soñáis)	(movéis)	(jugáis)
ellos, as	despiert-an	pierd-en	sugier-en	adquier-en	sueñ-an	muev-en	jueg-an
PRETÉRITO							
FUTURO							
COPRETÉRITO							
POSPRETÉRITO							

53

SUBJUNTIVO

PRESENTE

yo	despiert-e	pierd-a	sugier-a	adquier-a	sueñ-e	muev-a	juegu-e
tú	despiert-es	pierd-as	sugier-as	adquier-as	sueñ-es	muev-as	juegu-es
ud.	despiert-e	pierd-a	sugier-a	adquier-a	sueñ-e	muev-a	juegu-e
él, ella	despiert-e	pierd-a	sugier-a	adquier-a	sueñ-e	muev-a	juegu-e
nosotros, as	despertemos	perdamos	sugiramos	adquiramos	soñemos	movamos	juguemos
ustedes	despiert-en	pierd-an	sugier-an	adquier-an	sueñ-en	muev-an	juegu-en
(vosotros, as)	(despertéis)	(perdáis)	(sugiráis)	(adquiráis)	(soñéis)	(mováis)	(juguéis)
ellos, as	despiert-en	pierd-an	sugier-an	adquier-an	sueñ-en	muev-an	juegu-en

PRETÉRITO

FUTURO

IMPERATIVO

tú	despiert-a	pierd-e	sugier-e	adquier-e	sueñ-a	muev-e	jueg-a
ud.	despiert-e	pierd-a	sugier-a	adquier-a	sueñ-e	muev-a	juegu-e
(vosotros, as)	(despertad)	(perded)	(sugerid)	(adquirid)	(soñad)	(moved)	(jugad)
ustedes	despiert-en	pierd-an	sugier-an	adquier-an	sueñ-en	muev-an	juegu-en

GERUNDIO

	3a MEDIR	3b REÍR[4]	4 CONSTRUIR
		INDICATIVO	
PRESENTE			
yo	*mid*-o	*rí*-o	*construy*-o
tú	*mid*-es	*rí*-es	*construy*-es
ud.	*mid*-e	*rí*-e	*construy*-e
él, ella	*mid*-e	*rí*-e	*construy*-e
nosotros, as	medimos	reímos	construimos
ustedes	*mid*-en	*rí*-en	*construy*-en
(vosotros, as)	(medis)	(reis)	(construís)
ellos, as	*mid*-en	*rí*-en	*construy*-en
PRETÉRITO			
yo	medí	reí	construí
tú	mediste	reíste	construiste
ud.	*mid*-ió	*ri*-ó[4]	construyó[2]
él, ella	*mid*-ió	*ri*-ó[4]	construyó[2]
nosotros, as	medimos	reímos	construimos
ustedes	*mid*-ieron	*ri*-eron[4]	construyeron[2]
(vosotros, as)	(medisteis)	(reisteis)	(construisteis)
ellos, as	*mid*-ieron	*ri*-eron[4]	construyeron[2]

FUTURO

COPRETÉRITO

POSPRETÉRITO

SUBJUNTIVO

PRESENTE

yo	*mid*-a	*rí*-a	*construy*-a
tú	*mid*-as	*rí*-as	*construy*-as
ud.	*mid*-a	*rí*-a	*construy*-a
él, ella	*mid*-a	*rí*-a	*construy*-a
nosotros, as	*mid*-amos	*ri*-amos	*construy*-amos
ustedes	*mid*-an	*rí*-an	*construy*-an
(vosotros, as)	(*mid*-áis)	(*rí*-áis)	(*construy*-áis)
ellos, as	*mid*-an	*rí*-an	*construy*-an

PRETÉRITO

yo	*mid*-iera o *mid*-iese	ri-era o ri-ese [4]	construyera o construyese [2]
tú	*mid*-ieras o *mid*-ieses	ri-eras o ri-eses	construyeras o construyeses
ud.	*mid*-iera o *mid*-iese	ri-era o ri-ese	construyera o construyese
él, ella	*mid*-iera o *mid*-iese	ri-era o ri-ese	construyera o construyese
nosotros, as	*mid*-iéramos o *mid*-iésemos	ri-éramos o ri-ésemos	construyéramos o construyésemos
ustedes	*mid*-ieran o *mid*-iesen	ri-eran o ri-esen	construyeran o construyesen
(vosotros, as)	(*mid*-ierais o *mid*-ieseis)	(ri-erais o ri-eseis)	(construyerais o construyeseis)
ellos, as	*mid*-ieran o *mid*-iesen	ri-eran o ri-esen	construyeran o construyesen

FUTURO

yo	mid-iere	ri-ere [4]	construyere [2]
tú	mid-ieres	ri-eres	construyeres
ud.	mid-iere	ri-ere	construyere
él, ella	mid-iere	ri-ere	construyere
nosotros, as	mid-iéremos	ri-éremos	construyéremos
ustedes	mid-ieren	ri-eren	construyeren
(vosotros, as)	(mid-iereis)	(ri-ereis)	construyereis
ellos, as	mid-ieren	ri-eren	construyeren

IMPERATIVO

tú	mid-e	rí-e	construy-e
ud.	mid-a	rí-a	construy-a
(vosotros, as)	(medid)	(reíd)	(construid)
ustedes	mid-an	rí-an	construy-an

GERUNDIO

mid-iendo	ri-endo [4]	construyendo [2]

57

	5 ANDAR	6 OÍR	7a PRODUCIR
		INDICATIVO	

PRESENTE

	5 ANDAR	6 OÍR	7a PRODUCIR
yo		oig-o	produzc-o
tú		oy-es	produces
ud.		oy-e	produce
él, ella		oy-e	produce
nosotros, as		oímos	producimos
ustedes		oy-en	producen
(vosotros, as)		(oís)	(producís)
ellos, as		oy-en	producen

PRETÉRITO

	5 ANDAR	6 OÍR	7a PRODUCIR
yo	anduv-e	oí	produj-e
tú	anduv-iste[5]	oíste	produj-iste
ud.	anduv-o	oyó[2]	produj-o
él, ella	anduv-o	oyó[2]	produj-o
nosotros, as	anduv-imos[5]	oímos	produj-imos
ustedes	anduv-ieron[5]	oyeron[2]	produj-eron[4]
(vosotros, as)	(anduv-isteis)[5]	(oísteis)	(produj-isteis)
ellos, as	anduv-ieron[5]	oyeron[2]	produj-eron[4]

FUTURO

COPRETÉRITO

POSPRETÉRITO

58

PRESENTE

yo	oig-a	produzc-a
tú	oig-as	produzc-as
ud.	oig-a	produzc-a
él, ella	oig-a	produzc-a
nosotros, as	oig-amos	produzc-amos
ustedes	oig-an	produzc-an
(vosotros, as)	(oig-áis)	(produzc-áis)
ellos, as	oig-an	produzc-an

ə

PRETÉRITO

yo	anduv-iera o anduv-iese [5]	oyera u oyese [2]	produj-era o produj-ese [4]
tú	anduv-ieras o anduv-ieses	oyeras u oyeses	produj-eras o produj-eses
ud.	anduv-iera o anduv-iese	oyera u oyese	produj-era o produj-ese
él, ella	anduv-iera o anduv-iese	oyera u oyese	produj-era o produj-ese
nosotros, as	anduv-iéramos o anduv-iésemos	oyéramos u oyésemos	produj-éramos o produj-ésemos
ustedes	anduv-ieran o anduv-iesen	oyeran u oyesen	produj-eran o produj-esen
(vosotros, as)	(anduv-ierais o anduv-ieseis)	(oyerais u oyeseis)	(produj-erais o produj-eseis)
ellos, as	anduv-ieran o anduv-iesen	oyeran u oyesen	produj-eran o produj-esen

FUTURO

yo	anduv-iere [5]	oyere [2]	produj-ere [4]
tú	anduv-ieres	oyeres	produj-eres
ud.	anduv-iere	oyere	produj-ere
él, ella	anduv-iere	oyere	produj-ere
nosotros, as	anduv-iéremos	oyéremos	produj-éremos
ustedes	anduv-ieren	oyeren	produj-eren
(vosotros, as)	(anduv-iereis)	(oyereis)	(produj-ereis)
ellos, as	anduv-ieren	oyeren	produj-eren

IMPERATIVO

tú	oy-e	produce
ud.	oig-a	produzc-a
(vosotros, as)	(oíd)	(producid)
ustedes	oig-an	produzc-an

GERUNDIO

oyendo [2]

60

	7b TRAER	8 SALIR/ VALER*		9a SENTIR
		INDICATIVO		
PRESENTE				
yo	*traig*-o	*salg*-o	valg-o	*sient*-o
tú	traes	sales	vales	*sient*-es
ud.	trae	sale	vale	*sient*-e
él, ella	trae	sale	vale	*sient*-e
nosotros, as	traemos	salimos	valemos	sentimos
ustedes	traen	salen	valen	*sient*-en
(vosotros, as)	(traéis)	(salís)	(valéis)	(sentís)
ellos, as	traen	salen	valen	*sient*-en
PRETÉRITO				
yo	*traj*-e			sentí
tú	*traj*-iste			sentiste
ud.	*traj*-o			*sint*-ió
él, ella	*traj*-o			*sint*-ió
nosotros, as	*traj*-imos			sentimos
ustedes	*traj*-eron[4]			*sint*-ieron
(vosotros, as)	(*traj*-isteis)			(sentisteis)
ellos, as	*traj*-eron[4]			*sint*-ieron

FUTURO

yo	saldr-é	valdr-é
tú	saldr-ás	valdr-ás
ud.	saldr-á	valdr-á
él, ella	saldr-á	valdr-á
nosotros, as	saldr-emos	valdr-emos
ustedes	saldr-án	valdr-án
(vosotros, as)	(saldr-éis)	(valdr-éis)
ellos, as	saldr-án	valdr-án

CORPRETÉRITO

POSPRETÉRITO

yo	saldr-ía	valdr-ía
tú	saldr-ías	valdr-ías
ud.	saldr-ía	valdr-ía
él, ella	saldr-ía	valdr-ía
nosotros, as	saldr-íamos	valdr-íamos
ustedes	saldr-ían	valdr-ían
(vosotros, as)	(saldr-íais)	(valdr-íais)
ellos, as	saldr-ían	valdr-ían

SUBJUNTIVO

PRESENTE

yo	*traig*-a	*salg*-a	*valg*-a	*sient*-a	
tú	*traig*-as	*salg*-as	*valg*-as	*sient*-as	
ud.	*traig*-a	*salg*-a	*valg*-a	*sient*-a	
él, ella	*traig*-a	*salg*-a	*valg*-a	*sient*-a	
nosotros, as	*traig*-amos	*salg*-amos	*valg*-amos	*sient*-amos	
ustedes	*traig*-an	*salg*-an	*valg*-an	*sient*-an	
(vosotros, as)	*traig*-áis	(*salg*-áis)	(*valg*-áis)	(*sient*-áis)	
ellos, as	*traig*-an	*salg*-an	*valg*-an	*sient*-an	

PRETÉRITO

yo	*traj*-era o *traj*-ese[4]		*sint*-iera o *sint*-iese
tú	*traj*-eras o *traj*-eses		*sint*-ieras o *sint*-ieses
ud.	*traj*-era o *traj*-ese		*sint*-iera o *sint*-iese
él, ella	*traj*-era o *traj*-ese		*sint*-iera o *sint*-iese
nosotros, as	*traj*-éramos o *traj*-ésemos		*sint*-iéramos o *sint*-iésemos
ustedes	*traj*-eran o *traj*-esen		*sint*-ieran o *sint*-iesen
(vosotros, as)	(*traj*-erais o *traj*-eseis)		(*sint*-ierais o *sint*-ieseis)
ellos, as	*traj*-eran o *traj*-esen		*sint*-ieran o *sint*-iesen

FUTURO

yo	traj-ere [4]	sint-iere
tú	traj-eres	sint-ieres
ud.	traj-ere	sint-iere
él, ella	traj-ere	sint-iere
nosotros, as	traj-éremos	sint-iéremos
ustedes	traj-eren	sint-ieren
(vosotros, as)	(traj-ereis)	sint-iereis
ellos, as	traj-eren	sint-ieren

IMPERATIVO

tú	trae	sal	vale	sient-e
ud.	traig-a	salg-a	valg-a	sient-a
(vosotros, as)	(traed)	(salid)	(valed)	(sentid)
ustedes	traig-an	salg-an	valg-an	sient-an

GERUNDIO

trayendo[2]	sint-iendo

	9b DORMIR	10a CABER	10b HACER
		INDICATIVO	

PRESENTE

	9b DORMIR	10a CABER	10b HACER
yo	*duerm*-o	*quep*-o	*hag*-o
tú	*duerm*-es	cabes	haces
ud.	*duerm*-e	cabe	hace
él, ella	*duerme*-e	cabe	hace
nosotros, as	dormimos	cabemos	hacemos
ustedes	*duerm*-en	caben	hacen
(vosotros, as)	(dormís)	(cabéis)	(hacéis)
ellos, as	*duerm*-en	caben	hacen

PRETÉRITO

	9b DORMIR	10a CABER	10b HACER
yo	dormí	*cup*-e	*hic*-e
tú	dormiste	*cup*-iste	*hic*-iste
ud.	*durm*-ió	*cup*-o	*hiz*-o
él, ella	*durm*-ió	*cup*-o	*hiz*-o
nosotros, as	dormimos	*cup*-imos	*hic*-imos
ustedes	*durm*-ieron	*cup*-ieron	*hic*-ieron
(vosotros, as)	(dormisteis)	(*cup*-isteis)	(*hic*-isteis)
ellos, as	*durm*-ieron	*cup*-ieron	*hic*-ieron

FUTURO

yo	*cabr*-é	*har*-é
tú	*cabr*-ás	*har*-ás
ud.	*cabr*-á	*har*-á
él, ella	*cabr*-á	*har*-á
nosotros, as	*cabr*-emos	*har*-emos
ustedes	*cabr*-án	*har*-án
(vosotros, as)	(*cabr*-éis)	(*har*-éis)
ellos, as	*cabr*-án	*har*-án

COPRETÉRITO

POSPRETÉRITO

yo	*cabr*-ía	*har*-ía
tú	*cabr*-ías	*har*-ías
ud.	*cabr*-ía	*har*-ía
él, ella	*cabr*-ía	*har*-ía
nosotros, as	*cambr*-íamos	*har*-íamos
ustedes	*cabr*-ían	*har*-ían
(vosotros, as)	(*cabr*-íais)	(*har*-íais)
ellos, as	*cabr*-ían	*har*-ían

SUBJUNTIVO

PRESENTE

yo	*duerm*-a	*quep*-a	*hag*-a
tú	*duerm*-as	*quep*-as	*hag*-as
ud.	*duerm*-a	*quep*-a	*hag*-a
él, ella	*duerm*-a	*quep*-a	*hag*-a
nosotros, as	*durm*-amos	*quep*-amos	*hag*-amos
ustedes	*duerm*-an	*quep*-an	*hag*-an
(vosotros, as)	(*durm*-áis)	(*quep*-áis)	*hag*-áis
ellos, as	*duerm*-an	*quep*-an	*hag*-an

PRETÉRITO

yo	*durm*-iera o *durm*-iese	*cup*-iera o *cup*-iese	*hic*-iera o *hic*-iese
tú	*durm*-ieras o *durm*-ieses	*cup*-ieras o *cup*-ieses	*hic*-ieras o *hic*-ieses
ud.	*durm*-iera o *durm*-iese	*cup*-iera o *cup*-iese	*hic*-iera o *hic*-iese
él, ella	*durm*-iera o *durm*-iese	*cup*-iera o *cup*-iese	*hic*-iera o *hic*-iese
nosotros, as	*durm*-iéramos o *durm*-iésemos	*cup*-iéramos o *cup*-iésemos	*hic*-iéramos o *hic*-iésemos
ustedes	*durm*-ieran o *durm*-iesen	*cup*-ieran o *cup*-iesen	*hic*-ieran o *hic*-iesen
(vosotros, as)	(*durm*-ierais o *durm*-ieseis)	(*cup*-ierais o *cup*-ieseis)	(*hic*-ierais o *hic*-ieseis)
ellos, as	*durm*-ieran o *durm*-iesen	*cup*-ieran o *cup*-iesen	*hic*-ieran o *hic*-iesen

FUTURO

yo	durm-iere	cup-iere	hic-iere
tú	durm-ieres	cup-ieres	hic-ieres
ud.	durm-iere	cup-iere	hic-iere
él, ella	durm-iere	cup-iere	hic-iere
nosotros, as	durm-iéremos	cup-iéremos	hic-iéremos
ustedes	durm-ieren	cup-ieren	hic-ieren
(vosotros, as)	(durm-iereis)	(cup-iereis)	(hic-iereis)
ellos, as	durm-ieren	cup-ieren	hic-ieren

IMPERATIVO

tú	duerm-e	cabe	haz
ud.	duerm-a	quep-a	hag-a
(vosotros, as)	(dormid)	(cabed)	(haced)
ustedes	duerm-an	quep-an	hag-an

GERUNDIO

durm-iendo

	10c PONER	10d SABER	11a QUERER
		INDICATIVO	

PRESENTE

	10c PONER	10d SABER	11a QUERER
yo	*pong*-o	*sé*	*quier*-o
tú	pones	sabes	*quier*-es
ud.	pone	sabe	*quier*-e
él, ella	pone	sabe	*quier*-e
nosotros, as	ponemos	sabemos	queremos
ustedes	ponen	saben	*quier*-en
(vosotros, as)	(ponéis)	(sabéis)	(queréis)
ellos, as	ponen	saben	*quier*-en

PRETÉRITO

	10c PONER	10d SABER	11a QUERER
yo	*pus*-e	*sup*-e	*quis*-e
tú	*pus*-iste	*sup*-iste	*quis*-iste
ud.	*pus*-o	*sup*-o	*quis*-o
él, ella	*pus*-o	*sup*-o	*quis*-o
nosotros, as	*pus*-imos	*sup*-imos	*quis*-imos
ustedes	*pus*-ieron	*sup*-ieron	*quis*-ieron
(vosotros, as)	(*pus*-isteis)	(*sup*-isteis)	(*quis*-isteis)
ellos, as	*pus*-ieron	*sup*-ieron	*quis*-ieron

FUTURO

yo	pondr-é	sabr-é	querr-é
tú	pondr-ás	sabr-ás	querr-ás
ud.	pondr-á	sabr-á	querr-á
él, ella	pondr-á	sabr-á	querr-á
nosotros, as	pondr-emos	sabr-emos	querr-emos
ustedes	pondr-án	sabr-án	querr-án
(vosotros, as)	(pondr-éis)	(sabr-éis)	(querr-éis)
ellos, as	pondr-án	sabr-án	querr-án

COPRETÉRITO

POSPRETÉRITO

yo	pondr-ía	sabr-ía	querr-ía
tú	pondr-ías	sabr-ías	querr-ías
ud.	pondr-ía	sabr-ía	querr-ía
él, ella	pondr-ía	sabr-ía	querr-ía
nosotros, as	pondr-íamos	sabr-íamos	querr-íamos
ustedes	pondr-ían	sabr-ían	querr-ían
(vosotros, as)	(pondr-íais)	(sabr-íais)	(querr-íais)
ellos, as	pondr-ían	sabr-ían	querr-ían

SUBJUNTIVO

PRESENTE

yo	*pong*-a	*sep*-a	*quier*-a
tú	*pong*-as	*sep*-as	*quier*-as
ud.	*pong*-a	*sep*-a	*quier*-a
él, ella	*pong*-a	*sep*-a	*quier*-a
nosotros, as	*pong*-amos	*sep*-amos	queramos
ustedes	*pong*-an	*sep*-an	*quier*-an
(vosotros, as)	(*pong*-áis)	(*sep*-áis)	(queráis)
ellos, as	*pong*-an	*sep*-an	*quier*-an

PRETÉRITO

yo	*pus*-iera o *pus*-iese	*sup*-iera o *sup*-iese	*quis*-iera o *quis*-iese
tú	*pus*-ieras o *pus*-ieses	*sup*-ieras o *sup*-ieses	*quis*-ieras o *quis*-ieses
ud.	*pus*-iera o *pus*-iese	*sup*-iera o *sup*-iese	*quis*-iera o *quis*-iese
él, ella	*pus*-iera o *pus*-iese	*sup*-iera o *sup*-iese	*quis*-iera o *quis*-iese
nosotros, as	*pus*-iéramos o *pus*-iésemos	*sup*-iéramos o *sup*-iésemos	*quis*-iéramos o *quis*-iésemos
ustedes	*pus*-ieran o *pus*-iesen	*sup*-ieran o *sup*-iesen	*quis*-ieran o *quis*-iesen
(vosotros, as)	(*pus*-ierais o *pus*-ieseis)	(*sup*-ierais o *sup*-ieseis)	(*quis*-ierais o *quis*-ieseis)
ellos, as	*pus*-ieran o *pus*-iesen	*sup*-ieran o *sup*-iesen	*quis*-ieran o *quis*-iesen

FUTURO

yo	*pus*-iere	*sup*-iere	*quis*-iere
tú	*pus*-ieres	*sup*-ieres	*quis*-ieres
ud.	*pus*-iere	*sup*-iere	*quis*-iere
él, ella	*pus*-iere	*sup*-iere	*quis*-iere
nosotros, as	*pus*-iéremos	*sup*-iéremos	*quis*-iéremos
ustedes	*pus*-ieren	*sup*-ieren	*quis*-ieren
(vosotros, as)	(*pus*-iereis)	(*sup*-iereis)	(*quis*-iereis)
ellos, as	*pus*-ieren	*sup*-ieren	*quis*-ieren

IMPERATIVO

tú	*pon*	sabe	*quier*-e
ud.	*pong*-a	*sep*-a	*quier*-a
(vosotros, as)	(poned)	(sabed)	(quered)
ustedes	*pong*-an	*sep*-an	*quier*-an

GERUNDIO

72

	11b PODER	12a TENER	12b VENIR
		INDICATIVO	
PRESENTE			
yo	*pued*-o	*teng*-o	*veng*-o
tú	*pued*-es	*tien*-es	*vien*-es
ud.	*pued*-e	*tien*-e	*vien*-e
él, ella	*pued*-e	*tien*-e	*vien*-e
nosotros, as	podemos	tenemos	venimos
ustedes	*pued*-en	*tien*-en	*vien*-en
(vosotros, as)	(podéis)	(tenéis)	(venís)
ellos, as	*pued*-en	*tien*-en	*vien*-en
PRETÉRITO			
yo	*pud*-e	*tuv*-e	*vin*-e
tú	*pud*-iste	*tuv*-iste	*vin*-iste
ud.	*pud*-o	*tuv*-o	*vin*-o
él, ella	*pud*-o	*tuv*-o	*vin*-o
nosotros, as	*pud*-imos	*tuv*-imos	*vin*-imos
ustedes	*pud*-ieron	*tuv*-ieron	*vin*-ieron
(vosotros, as)	(*pud*-isteis)	(*tuv*-isteis)	(*vin*-isteis)
ellos, as	*pud*-ieron	*tuv*-ieron	*vin*-ieron

FUTURO

yo	podr-é	tendr-é	vendr-é
tú	podr-ás	tendr-ás	vendr-ás
ud.	podr-á	tendr-á	vendr-á
él, ella	podr-á	tendr-á	vendr-á
nosotros, as	podr-emos	tendr-emos	vendr-emos
ustedes	podr-án	tendr-án	vendr-án
(vosotros, as)	(podr-éis)	(tendr-éis)	(vendr-éis)
ellos, as	podr-án	tendr-án	vendr-án

COPRETÉRITO

POSPRETÉRITO

yo	podr-ía	tendr-ía	vendr-ía
tú	podr-ías	tendr-ías	vendr-ías
ud.	podr-ía	tendr-ía	vendr-ía
él, ella	podr-ía	tendr-ía	vendr-ía
nosotros, as	podr-íamos	tendr-íamos	vendr-íamos
ustedes	podr-ían	tendr-ían	vendr-ían
(vosotros, as)	(podr-íais)	(tendr-íais)	(vendr-íais)
ellos, as	podr-ían	tendr-ían	vendr-ían

SUBJUNTIVO

PRESENTE

yo	pued-a	teng-a	veng-a
tú	pued-as	teng-as	veng-as
ud.	pued-a	teng-a	veng-a
él, ella	pued-a	teng-a	veng-a
nosotros, as	podamos	teng-amos	veng-amos
ustedes	pued-an	teng-an	veng-an
(vosotros, as)	(podáis)	(teng-áis)	(veng-áis)
ellos, as	pued-an	teng-an	veng-an

PRETÉRITO

yo	pud-iera o pud-iese	tuv-iera o tuv-iese	vin-iera o vin-iese
tú	pud-ieras o pud-ieses	tuv-ieras o tuv-ieses	vin-ieras o vin-ieses
ud.	pud-iera o pud-iese	tuv-iera o tuv-iese	vin-iera o vin-iese
él, ella	pud-iera o pud-iese	tuv-iera o tuv-iese	vin-iera o vin-iese
nosotros, as	pud-iéramos o pud-iésemos	tuv-iéramos o tuv-iésemos	vin-iéramos o vin-iésemos
ustedes	pud-ieran o pud-iesen	tuv-ieran o tuv-iesen	vin-ieran o vin-iesen
(vosotros, as)	(pud-ierais o pud-ieseis)	(tuv-ierais o tuv-ieseis)	(vin-ierais o vin-ieseis)
ellos, as	pud-ieran o pud-iesen	tuv-ieran o tuv-iesen	vin-ieran o vin-iesen

FUTURO

	pud-	tuv-	vin-
yo	pud-iere	tuv-iere	vin-iere
tú	pud-ieres	tuv-ieres	vin-ieres
ud.	pud-iere	tuv-iere	vin-iere
él, ella	pud-iere	tuv-iere	vin-iere
nosotros, as	pud-iéremos	tuv-iéremos	vin-iéremos
ustedes	pud-ieren	tuv-ieren	vin-ieren
(vosotros, as)	(pud-iereis)	(tuv-iereis)	(vin-iereis)
ellos, as	pud-ieren	tuv-ieren	vin-ieren

IMPERATIVO

	pud-	tuv-	vin-
tú	pud-e	ten	ven
ud.	pueda	teng-a	veng-a
(vosotros, as)	poded	(tened)	(venid)
ustedes	pued-an	teng-an	veng-an

GERUNDIO

pud-iendo

vin-iendo

76

	13 DECIR	14 VER	15 DAR	16 ESTAR
		INDICATIVO		
PRESENTE				
yo	dig-o	ve-o	d-oy	est-oy
tú	dic-es	v-es	d-as	est-ás
ud.	dic-e	v-e	d-a	est-á
él, ella	dic-e	v-e	d-a	est-á
nosotros, as	decimos	v-emos	d-amos	est-amos
ustedes	dic-en	v-en	d-an	est-án
(vosotros, as)	(decís)	(v-eis)	(d-ais)	(est-áis)
ellos, as	dic-en	v-en	d-an	est-án
PRETÉRITO				
yo	dij-e		d-i [7]	estuv-e
tú	dij-iste		d-iste	estuv-iste
ud.	dij-o		d-io	estuv-o
él, ella	dij-o		d-io	estuv-o
nosotros, as	dij-imos		d-imos	estuv-imos
ustedes	dij-eron [4]		d-ieron	estuv-ieron
(vosotros, as)	(dij-isteis)		(d-isteis)	(estuv-isteis)
ellos, as	dij-eron [4]		d-ieron	estuv-ieron

FUTURO

yo	*dir*-é
tú	*dir*-ás
ud.	*dir*-á
él, ella	*dir*-á
nosotros, as	*dir*-emos
ustedes	*dir*-án
(vosotros, as)	(*dir*-éis)
ellos, as	*dir*-án

COPRETÉRITO

yo	*ve*-ía
tú	*ve*-ías
ud.	*ve*-ía
él, ella	*ve*-ía
nosotros, as	*ve*-íamos
ustedes	*ve*-ían
(vosotros, as)	(*ve*-íais)
ellos, as	*ve*-ían

POSPRETÉRITO

yo	*dir*-ía
tú	*dir*-ías
ud.	*dir*-ía
él, ella	*dir*-ía
nosotros, as	*dir*-íamos
ustedes	*dir*-ían
(vosotros, as)	(*dir*-íais)
ellos, as	*dir*-ían

SUBJUNTIVO

PRESENTE

	dig-	ve-	est-
yo	dig-a	ve-a	est-é
tú	dig-as	ve-as	est-és
ud.	dig-a	ve-a	est-é
él, ella	dig-a	ve-a	est-é
nosotros, as	dig-amos	ve-amos	est-emos
ustedes	dig-an	ve-an	est-én
(vosotros, as)	(dig-áis)	ve-áis	(est-éis)
ellos, as	dig-an	ve-an	est-én

PRETÉRITO

	dij-	d-	estuv-
yo	dij-era o dij-ese [4]	d-iera o d-iese [7]	estuv-iera o estuv-iese
tú	dij-eras o dij-eses	d-ieras o d-ieses	estuv-ieras o estuv-ieses
ud.	dij-era o dij-ese	d-iera o d-iese	estuv-iera o estuv-iese
él, ella	dij-era o dij-ese	d-iera o d-iese	estuv-iera o estuv-iese
nosotros, as	dij-éramos o dij-ésemos	d-iéramos o d-iésemos	estuv-iéramos o estuv-iésemos
ustedes	dij-eran o dij-esen	d-ieran o d-iesen	estuv-ieran o estuv-iesen
(vosotros, as)	(dij-erais o dij-eseis)	(d-ierais o d-ieseis)	(estuv-ierais o estuv-ieseis)
ellos, as	dij-eran o dij-esen	d-ieran o d-iesen	estuv-ieran o estuv-iesen

FUTURO

	(decir)	(ver)	(estar)
yo	dij-ere [4]	d-iere [7]	estuv-iere
tú	dij-eres	d-ieres	estuv-ieres
ud.	dij-ere	d-iere	estuv-iere
él, ella	dij-ere	d-iere	estuv-iere
nosotros, as	dij-éremos	d-iéremos	estuv-iéremos
ustedes	dij-eren	d-ieren	estuv-ieren
(vosotros, as)	(dij-ereis)	(d-iereis)	(estuv-iereis)
ellos, as	dij-eren	d-ieren	estuv-ieren

IMPERATIVO

	(decir)	(ver)
tú	di	ve
ud.	dig-a	ve-a
(vosotros, as)	(decid)	(ved)
ustedes	dig-an	ve-an

GERUNDIO

dic-iendo

INDICATIVO

	17 HABER	18 SER	19 IR
PRESENTE			
yo	he	soy	v-oy
tú	has	eres	v-as
ud.	ha/hay*	es	v-a
él, ella	ha/hay*	es	v-a
nosotros, as	hemos	somos	v-amos
ustedes	han	son	v-an
(vosotros, as)	(hab-éis)	(sois)	(v-ais)
ellos, as	han	son	v-an
PRETÉRITO			
yo	hub-e	fu-i	fu-i
tú	hub-iste	fu-iste	fu-iste
ud.	hub-o	fu-e	fu-e
él, ella	hub-o	fu-e	fu-e
nosotros, as	hub-imos	fu-imos	fu-imos
ustedes	hub-ieron	fu-eron	fu-eron
(vosotros, as)	(hub-isteis)	(fu-isteis)	(fu-isteis)
ellos, as	hub-ieron	fu-eron	fu-eron

*uso impersonal "hay tres niños aquí"

FUTURO

yo	habr-é	
tú	habr-ás	
ud.	habr-á	
él, ella	habr-á	
nosotros, as	habr-emos	
ustedes	habr-án	
(vosotros, as)	(habr-éis)	
ellos, as	habr-án	

COPRETÉRITO

yo	era	iba
tú	eras	ibas
ud.	era	iba
él, ella	era	iba
nosotros, as	éramos	íbamos
ustedes	eran	iban
(vosotros, as)	(erais)	(ibais)
ellos, as	eran	iban

POSPRETÉRITO

yo	habr-ía
tú	habr-ías
ud.	habr-ía
él, ella	habr-ía
nosotros, as	habr-íamos
ustedes	habr-ían
(vosotros, as)	(habr-íais)
ellos, as	habr-ían

82

SUBJUNTIVO

PRESENTE

yo	*hay*-a	*se*-a	*vay*-a
tú	*hay*-as	*se*-as	*vay*-as
ud.	*hay*-a	*se*-a	*vay*-a
él, ella	*hay*-a	*se*-a	*vay*-a
nosotros, as	*hay*-amos	*se*-amos	*vay*-amos
ustedes	*hay*-an	*se*-an	*vay*-an
(vosotros, as)	(*hay*-áis)	(*se*-áis)	(*vay*-áis)
ellos, as	*hay*-an	*se*-an	*vay*-an

PRETÉRITO

yo	*hub*-iera o *hub*-iese	*fu*-era o *fu*-ese	*fu*-era o *fu*-ese
tú	*hub*-ieras o *hub*-ieses	*fu*-eras o *fu*-eses	*fu*-eras o *fu*-eses
ud.	*hub*-iera o *hub*-iese	*fu*-era o *fu*-ese	*fu*-era o *fu*-ese
él, ella	*hub*-iera o *hub*-iese	*fu*-era o *fu*-ese	*fu*-era o *fu*-ese
nosotros, as	*hub*-iéramos o *hub*-iésemos	*fu*-éramos o *fu*-ésemos	*fu*-éramos o *fu*-ésemos
ustedes	*hub*-ieran o *hub*-iesen	*fu*-eran o *fu*-esen	*fu*-eran o *fu*-esen
(vosotros, as)	(*hub*-ierais o *hub*-ieseis)	(*fu*-erais o *fu*-eseis)	(*fu*-erais o *fu*-eseis)
ellos, as	*hub*-ieran o *hub*-iesen	*fu*-eran o *fu*-esen	*fu*-eran o *fu*-esen

	FUTURO		
yo	hub-iere	fu-ere	fu-ere
tú	hub-ieres	fu-eres	fu-eres
ud.	hub-iere	fu-ere	fu-ere
él, ella	hub-iere	fu-ere	fu-ere
nosotros, as	hub-iéremos	fu-éremos	fu-éremos
ustedes	hub-ieren	fu-eren	fu-eren
(vosotros, as)	(hub-iereis)	(fu-ereis)	(fu-ereis)
ellos, as	hub-ieren	fu-eren	fu-eren

IMPERATIVO

tú	NO SE USA	sé	v-e
ud.		se-a	vay-a
(vosotros, as)		(sed)	(id)
ustedes		se-an	vay-an

GERUNDIO

y-endo

¹ Las formas de este verbo se emplean poco.

² Véase la primera regla ortográfica de la *y* en las reglas ortográficas

³ *errar* sigue este modelo pero cuando diptonga, como el diptongo es inicial se escribe con *y*: *yerro*

⁴ *reír* es como *medir* con respecto al cierre de vocal: mi*do-río* pero tiene la peculiaridad adicional de que cuando el primer sonido de la terminación es *i* átona, ésta se fusiona con la *i* de la raíz: *ri-ió → rió*. Esto mismo ocurre cuando el último sonido de la raíz es *ñ (riñ+ió → riñó; gruñ+iera → gruñera); ll* (1 y 1) *(zambull+iendo → zambullendo); j* (1 × 1) *(dij+iéramos → dijéramos)*

⁵ Las terminaciones son irregulares porque *andar* es de la primera conjugación y las terminaciones pertenecen a la segunda y tercera conjugaciones.

⁶ *Erguir* se conjuga como *sentir* pero cuando el diptongo es inicial se escribe con *y*: *yerguen*. *cf* nota 3.

⁷ La irregularidad de este paradigma consiste no en que las terminaciones sean propiamente irregulares, sino que *dar* es de la primera conjugación y las terminaciones son las regulares de la segunda y tercera.

Diccionario fundamental del español de México

TABLAS DE GENTILICIOS, ESCRITURA DE LOS NÚMEROS Y NOMBRE DE LOS DÍAS, MESES Y COLORES

ESCRITURA DE LOS NÚMEROS

ordinales		cardinales	
		0	cero
1º	primero	1	uno
2º	segundo	2	dos
3º	tercero	3	tres
4º	cuarto	4	cuatro
5º	quinto	5	cinco
6º	sexto	6	seis
7º	séptimo	7	siete
8º	octavo	8	ocho
9º	noveno	9	nueve
10º	décimo	10	diez
11º	decimoprimero o undécimo	11	once
12º	decimosegundo o duodécimo	12	doce
13º	decimotercero o decimotercio	13	trece
14º	decimocuarto	14	catorce
15º	decimoquinto	15	quince
16º	decimosexto	16	dieciséis
17º	decimoséptimo	17	diecisiete
18º	decimoctavo	18	dieciocho
19º	decimonoveno	19	diecinueve
20º	vigésimo	20	veinte
21º	vigésimo primero	21	veintiuno
		22	veintidós
30º	trigésimo	30	treinta
31º	trigésimoprimero	31	treinta y uno
32º	trigésimosegundo	32	treinta y dos
40º	cuadragésimo	40	cuarenta
50º	quincuagésimo	50	cincuenta
60º	sexagésimo	60	sesenta
70º	septuagésimo	70	setenta
80º	octagésimo	80	ochenta
90º	nonagésimo	90	noventa
100º	centésimo	100	cien
200º	ducentésimo	200	doscientos
300º	tricentésimo	300	trescientos
400º	cuadrigentésimo	400	cuatrocientos

ordinales		cardinales	
500º	quingentésimo	500	quinientos
600º	sexcentésimo	600	seiscientos
700º	septingentésimo	700	setecientos
800º	octingentésimo	800	ochocientos
900º	noningentésimo	900	novecientos
1 000º	milésimo	1 000	mil
1 000 000º	millonésimo	1 000 000	millón
1 000 000 000 000º	billonésimo	1 000 000 000 000	billón

	centena		unidad		centésimas		diezmilésimas
	↓		↓		↓		↓
1	2	4	5	3	6	9	7
	↑		↑		↓		↓
millar		decena		décimas		milésimas	

Partitivos o fraccionarios

1/2	mitad	1/30	treintavo
1/3	tercio	.	.
1/4	cuarto	.	.
1/5	quinto	.	.
1/6	sexto	.	.
1/7	séptimo	.	.
1/8	octavo	.	.
1/9	noveno	1/100	centésimo
1/10	décimo	.	.
1/11	onceavo	.	.
1/12	doceavo	.	.
.	.	.	.
1/20	veinteavo	.	.
.	.	1/1000	milésimo
.	.	1/1 000 000	millonésimo
.	.	1/1 000 000 000 000	billonésimo

iv

GENTILICIOS DE LA REPÚBLICA MEXICANA

Estado	Gentilicio
Aguascalientes	aguascalentense (hidrocálido)
Baja California	bajacaliforniano
Baja California Sur	sudcaliforniano
Campeche	campechano
Coahuila	coahuilense
Colima	colimense, colimeño, colimote
Chiapas	chiapaneco
Chihuahua	chihuahuense
Distrito Federal	citadino
Durango	durangueño, duranguense
Guanajuato	guanajuatense
Guerrero	guerrerense
Hidalgo	hidalguense
Jalisco	jalisciense
México (Estado de)	- - -
Michoacán	michoacano
Morelos	morelense
Nayarit	nayaritense, nayarita
Nuevo León	neolonés, nuevoleonense
Oaxaca	oaxaqueño
Puebla	poblano
Querétaro	queretano
Quintana Roo	quintanarroense
San Luis Potosí	potosino
Sinaloa	sinaloense
Sonora	sonorense
Tabasco	tabasqueño
Tamaulipas	tamaulipeco
Tlaxcala	tlaxcalteca
Veracruz	veracruzano

Nota: Las fuentes de información para elaborar esta lista de gentilicios de la República Mexicana fueron, además de algunos diccionarios y enciclopedias, las representaciones de los gobiernos estatales en la Ciudad de México y la oficina de información de la Secretaría de Turismo.

Yucatán	yucateco
Zacatecas	zacatecano

Capital	*Gentilicio*
Aguascalientes	aguascalentense (hidrocálido)
Mexicali	mexicalense
La Paz	paceño
Campeche	campechano
Saltillo	saltillense
Colima	colimense, colimeño, colimote
Tuxtla Gutiérrez	tuxtleño, tuxtleco
Chihuahua	chihuahuense
- - -	- - -
Durango	durangueño, duranguense
Guanajuato	guanajuatense
Chilpancingo	chilpancingueño
Pachuca	pachuqueño
Guadalajara	guadalajarense, tapatío
Toluca	toluqueño
Morelia	moreliano
Cuernavaca	cuernavaquense
Tepic	tepiqueño
Monterrey	regiomontano
Oaxaca	oaxaqueño
Puebla	poblano (angelopolitano)
Querétaro	queretano
Chetumal	chetumalense, chetumaleño
San Luis Potosí	potosino
Culiacán	culiacanense
Hermosillo	hermosillense
Villahermosa	villahermosino
Cd. Victoria	victorense
Tlaxcala	tlaxcalteca
Jalapa	jalapeño
Mérida	meridano
Zacatecas	zacatecano

GENTILICIOS DE LOS PAÍSES HISPANOAMERICANOS

Argentina:	argentino
Bolivia:	boliviano
Colombia:	colombiano
Costa Rica:	costarricense
Cuba:	cubano
Chile:	chileno
Ecuador:	ecuatoriano
El Salvador:	salvadoreño
Guatemala:	guatemalteco
Honduras:	hondureño
México:	mexicano
Nicaragua:	nicaragüense
Panamá:	panameño
Paraguay:	paraguayo
Puerto Rico:	puertorriqueño, portorriqueño
Perú:	peruano
República Dominicana:	dominicano
Uruguay:	uruguayo
Venezuela:	venezolano

COLORES DEL ESPECTRO SOLAR

Colores fundamentales que se observan al pasar la luz blanca o solar por un prisma.

> violeta
> añil
> azul
> verde   blanco
> amarillo
> naranja
> rojo

El color **negro** resulta de la ausencia de toda impresión luminosa.

Colores primarios aquéllos con los que, combinados, se pueden obtener todos los demás: en artes gráficas, rojo, amarillo y azul; en fotografía y televisión, rojo, verde y azul.
Colores secundarios los que se obtienen de la combinación de dos colores primarios: naranja, verde, morado, etc.

MESES DEL AÑO	DÍAS DE LA SEMANA
enero	lunes
febrero	martes
marzo	miércoles
abril	jueves
mayo	viernes
junio	sábado
julio	domingo
agosto	
septiembre	
octubre	
noviembre	
diciembre	

A a

a¹ s f Primera letra del alfabeto, que representa al fonema vocal abierto central.

a² prep (Cuando va seguida del artículo *el*, forma la contracción *al*) **1** Indica el lugar al que uno se dirige o el punto de llegada; la distancia o la localización: "Voy *a* Oaxaca, *al* río, *al* cine, *a* la escuela, *a* la terminal"; "No hay vuelta *a* la derecha ni *a* la izquierda", "Viaja *al* sur de la república, *al* norte, *al* oriente y *al* occidente"; "Estuvo *a* su lado durante la operación", "Vive *a* 20 km de su trabajo" **2** Introduce la fecha, la hora, un periodo o intervalo, la realización de una acción en el tiempo o la simultaneidad de dos cosas: "Estamos *a* 15 de junio", "Abrimos *a* las nueve, cerramos *al* mediodía y *al* anochecer", "Pagan *al* día, *a* la quincena, *al* mes o *al* año", "Atienden de nueve *a* doce", "Me levanto *a* la salida del sol", "*Al* salir me lo encontré" **3** Señala el medio o el instrumento con el que se realiza una acción: "Se fue *a* pie", "Salió *a* caballo", "Lo corrió *a* palos", "Escribe *a* mano y *a* máquina" **4** Expresa el modo o la forma de una acción o de un objeto: "Compra *a* crédito, *a* plazos y *al* contado", "Una tela *a* cuadros, un vestido *a* rayas", "Propulsión *a* chorro", "Chocolate *a* la española, *a* la mexicana o *a* la

francesa", "Salimos *a* oscuras y *a* tientas", "Pollo *al* horno", "Un pantalón *a* su gusto", "Se puso la camisa *al* revés", "Todo salió *a* pedir de boca" **5** Introduce el objetivo de una acción, expresado por un sustantivo o por un verbo en infinitivo: "Hicieron una colecta *a* beneficio de los ciegos", "Voy *a* cantar", "Llegó *a* cenar", "Enseña *a* escribir" **6** Señala el precio de algo: "Compró carne *a* 100 pesos el kilo, huevo *a* 25 pesos, plátano *a* 10 pesos" **7** Indica la distribución o repartición de algo: "Nos tocó *a* tres dulces por cabeza" **8** Introduce un objeto o complemento directo, cuando se trata de seres animados o se refiere a seres determinados: "Espera *a* su mamá", "Leyó *a* Cervantes", "Busca *a* la cocinera", "Llama *al* perro" **9** Introduce el objeto o complemento indirecto: "Da dinero *a* la Cruz Roja", "Me lo dijo *a* mí", "Le puso un seguro *a* la puerta", "Enseña matemáticas *a* los niños" **10** Introduce una orden expresada por un infinitivo: "¡*A* callar y *a* comer!" **11** Introduce complementos en infinitivo, con matiz de finalidad: "Me enseñó *a* leer", "Me invita *a* cenar", "Un llamado *a* trabajar" **12** Precede obligatoriamente a los complementos de ciertos adjetivos, como *igual*, *semejante, parecido, paralelo,*

1

etc.: "Es igual *a* su padre", "La espinaca es parecida *a* la acelga" **13** Forma multitud de locuciones, como: *a la cabeza, a costa de, a favor, a reserva de, a salvo, a fin de que, a no ser que, a decir verdad,* etc.

abajo adv **1** En el lugar o parte inferior: "Vive *abajo* de mi casa", "Me gritó desde *abajo*", "Caminó hacia *abajo*", "Se cayó hasta *abajo*", "Lo sacó por *abajo*", "Vente para *abajo*", "Te espero aquí *abajo*" **2** Debajo de: "*abajo* de la cama" **3** En dirección a la parte más baja: *cuesta abajo, río abajo, calle abajo* **4** Hacia el centro de una población: "El número 39 queda *abajo* de la calle" **5** Posteriormente o que está después, más adelante, principalmente cuando se trata de escritos: "Como explicaremos más *abajo*" **6** Menos de algo: "ganó *abajo* de mil pesos" **7** *Para abajo* Hacia niveles inferiores de una escala determinada: "De capitán *para abajo*" **8** interj Protesta o desaprobación de algo o alguien: "¡*Abajo* los sindicatos charros!".

abandonar v tr (Se conjuga como *amar*) **1** Dejar algo o a alguien sin cuidado o atención: *abandonar un cultivo, abandonar a la esposa,* "Después de ese fracaso *se abandonó* **2** Irse de algún lugar con la intención de no volver: *abandonar un pueblo* **3** Dejar de tener, sostener o participar en algo: *abandonar una idea, abandonar el oficio, abandonar la carrera.*

abarcar v tr (Se conjuga como *amar*) **1** Contener algo en su totalidad, rodearlo o incluirlo: *abarcar a toda la población* **2** Ocupar o cubrir algo una extensión: *abarcar una hectárea, abarcar con la mirada.*

abrazar v tr (Se conjuga como *amar*) **1** Rodear algo o a alguien con los brazos **2** Rodear un objeto a otro para fijarlo o sujetarlo **3** Adherirse a alguna idea o doctrina: *abrazar los ideales revolucionarios.*

abrazo s m Acto de rodear con los brazos a una persona, generalmente como gesto de cariño o felicitación.

abrir v tr (Se conjuga como *subir*) **1** Separar o quitar lo que impide la entrada, la vista o la circulación entre el interior y el exterior de algo: *abrir una puerta, un frasco, un camino, un agujero* **2** Separar algo formando un espacio entre sus extremos: *abrir unas tijeras, las piernas, la boca* **3** prnl Separarse algo en dos partes: *abrirse una herida, la tierra* **4** Extender lo que estaba doblado, encogido o recogido: *abrir la mano, abrir una flor, un paraguas* **5** Iniciar o inaugurar el funcionamiento de algo: *abrir un teatro, un concurso, una cuenta* **6** Encabezar algo: *abrir un desfile.*

absolutismo s m **1** Forma de gobierno de un rey, un dictador o un grupo de personas cuyo poder es ilimitado **2** Doctrina política que propone este tipo de gobierno.

absoluto adj **1** Que es completo, total; que no admite restricción o limitación: *monarquía absoluta* **2** *(No) en (lo) absoluto* De ninguna manera: "*No* es verdad *en lo absoluto.*" **3** *En (lo) abso-*

luto, absolutamente Por completo; sin lugar a dudas.

acá adv 1 Por donde está el que habla, en ese lugar o hacia él: *"Acá todos estamos bien"*, *"¡Ven acá!"*, *"Vienen volando hacia acá"*, *"Más acá"* 2 Hasta ahora, hasta el presente: *"De entonces para acá, no me saluda."*

acabar v tr (Se conjuga como *amar*) 1 Dar fin a una cosa; terminar 2 Destruir algo o a alguien 3 v intr Llegar algo a su fin 4 *acabar en* Tener una forma determinada alguno de los extremos de un objeto: *acabar en punta* 5 *acabar de* Haber realizado una acción recientemente: *acabar de llegar* 6 *acabar por* Hacer alguna cosa a consecuencia de otra: *acabar por llorar.*

acaso adv 1 Tal vez, quizá, ¿qué no?: *"Acaso el recuerdo la entristecía"*, *"¿Acaso estabas en el colegio?"* 2 *Si acaso* Si por casualidad, cuando mucho, a lo más: *"Y si acaso yo muero en la sierra"*, *"No puedo llegar más temprano, si acaso a las siete"* 3 *Por si acaso* Por si las dudas: *"No creo que llegue antes de las seis, pero, por si acaso, te dejo su libro"* 4 s m Azar, casualidad.

acción[1] s f 1 Lo que hace alguien 2 Lo que pasa, considerado como producido por un agente 3 Comportamiento de una persona: *buenas y malas acciones* 4 *(Der)* Facultad legal de una persona para hacer algo a lo que tiene derecho 5 *(Fís)* Fuerza con que actúa un agente físico sobre otro: *la acción corrosiva del ácido* 6 *(Lit)* Serie de acontecimientos en una obra li-

teraria, especialmente de teatro 7 *acción de gracias* Expresión de agradecimiento por un beneficio recibido 8 *poner en acción* Hacer que algo o alguien comience una actividad.

acción[2] s f Documento que representa una parte del capital de cualquier negocio.

aceite s m Líquido graso, combustible, no soluble en agua, de origen animal, vegetal, mineral o sintético. Se emplea, según sus características, como lubricante para máquinas y motores; en la preparación de alimentos como el *aceite de oliva* o el *aceite de cártamo;* en medicina, como el *aceite de hígado de bacalao;* en la fabricación de cosméticos, como el *aceite de almendras;* en la producción de pinturas, como el *aceite de linaza.*

acento s m 1 *(Fon)* Aumento en la intensidad con que se resalta la pronunciación de un sonido o de una sílaba; en español distingue palabras diferentes, como *depósito, deposito, depositó;* la primera es *esdrújula,* la segunda *grave* y la tercera *aguda.* Se llama *acento prosódico* el que se pronuncia, para distinguirlo del que además se escribe, llamado *acento ortográfico* (Ver reglas de ortografía) 2 Tilde con que se representa ortográficamente 3 Manera peculiar de pronunciar un idioma una comunidad lingüística, un grupo social o un individuo: *acento veracruzano, acento yucateco,* etc. 4 Manera de decir algo: *acento solemne, acento conmovedor,* etc. 5 *Poner el acento en algo* Destacar algo, hacer énfasis en ello **6** *(Mús)* Aumento de intensidad en distintos momentos de una pieza musical.

acepción s f Cada uno de los sentidos o significados de una palabra.

aceptar v tr (Se conjuga como *amar*) **1** Recibir alguien voluntariamente lo que se le da o admitir lo que se le dice **2** Dar algo por bueno; aprobar.

acerca de adv Referente a, concerniente a, en relación con, sobre, de (siempre va precedido por verbos o sustantivos que significan algún acto del pensamiento o del lenguaje, como *leer, hablar, escribir, pensar, discutir; lectura, idea, hipótesis,* etc.): "Hablamos *acerca del* problema de la producción de alimentos", "Hicimos una lectura *acerca de* la enseñanza del español."

acercar v tr (Se conjuga como *amar*) Poner más cerca.

acero s m **1** Aleación de hierro y carbono que al ser templada adquiere gran dureza y flexibilidad. Según la forma, propiedad o uso que se requiera se le pueden añadir otros materiales o dar diversos tratamientos **2** *Alma de acero* Estructura interna de acero, como la de un mueble, edificio, etc.

ácido 1 adj Que tiene sabor como el del limón, la toronja, el tamarindo, etc. **2** sm Sustancia química capaz de quemar la piel y de disolver o corroer los metales, como el *ácido* nítrico, el cítrico o el sulfúrico.

aclaración s f Explicación que intenta volver más claro y comprensible algo dicho o hecho anteriormente.

aclarar v tr (Se conjuga como *amar*) **1** Volver algo más claro, transparente o despejado: *aclararse el día, aclarar un color* **2** Poner en claro, explicar algo dicho, hecho o sucedido anteriormente **3** *Aclarar la voz* Despejar la garganta para hablar.

acompañar v tr (Se conjuga como *amar*) **1** Ir o estar junto a alguien o algo **2** Tocar el acompañamiento musical para un cantante o algún instrumento.

aconsejar v tr (Se conjuga como *amar*) **1** Decir a alguien lo que puede o debe hacer en relación con su propio bienestar o interés: "Te *aconsejo* que te cuides", "Le *aconsejó* tomar vacaciones" **2** prnl Tomar consejo de alguien o consultar a alguien: "*Me aconsejé* con las personas más conocedoras".

acordar v tr (Se conjuga como *jugar*, 2d) Tomar o ponerse de acuerdo.

acordarse v prnl (Se conjuga como *jugar*, 2d) Traer algo a la memoria; recordar: *acordarse de sus amigos, acordarse de pagar,* "¿Te *acuerdas* cuando soñábamos con conocer Europa?"

acostar v tr (Se conjuga como *soñar*, 2c) **1** Poner a alguien en posición horizontal sobre la cama o en otro lugar, especialmente para que duerma o descanse **2** Colocar un objeto alargado en posición horizontal o sobre un costado.

acostumbrar v tr (Se conjuga como *amar*) Tener o hacer que alguien adquiera la costumbre o el hábito de algo: *acostumbra* *bailar*, "Hay que *acostumbrar* a los niños a lavarse las manos."

actitud s f 1 Disposición o estado de ánimo que se toma frente a algo o alguien; manera de enfrentarlo 2 *En actitud de* Mostrando o sugiriendo una cierta manera de actuar: *en actitud de ataque* 3 Postura del cuerpo que se adopta por un determinado ánimo: *actitud de reposo*.

actividad s f 1 Totalidad o conjunto de las acciones de alguien 2 Conjunto de las funciones de algo: *actividad nerviosa, actividad volcánica*. 3 Conjunto de las tareas u ocupaciones de alguien; tipo de trabajo que desempeña una empresa: *actividad comercial, actividad industrial*.

acto s m 1 Lo que resulta de la acción de alguien; lo hecho por alguien 2 Hecho, acontecimiento, suceso 3 *(Der)* Manifestación de la voluntad de alguien, que puede tener efectos jurídicos: *acto administrativo, acto de gobierno, acto de comercio* 4 *En el acto* En seguida, de inmediato 5 *En acto de* En actitud o además de realizar alguna acción 6 *Acto seguido* A continuación, en seguida de algo 7 *Hacer acto de presencia* Presentarse o asistir a algún lugar de manera formal, por cortesía y a veces brevemente 8 *Acto reflejo (Biol)* El que realiza el sistema nervioso sin intervención de la conciencia.

actuación s f 1 Conjunto de los actos de alguien: "Su *actuación* como embajador fue buena." 2 Técnica de la representación teatral 3 Representación que un actor hace de su papel.

actual adj m y f 1 Que ocurre en el presente; de hoy: *momento actual, estado actual* 2 Que es importante, que tiene vigencia, que está de moda.

actualidad s f 1 Situación o circunstancia presente, contemporánea, del momento: *la actualidad mexicana* 2 *En la actualidad* En el momento 3 *De actualidad* Que tiene importancia, que está de moda: *noticias de actualidad* 4 *Tener algo actualidad* Tener importancia o vigencia en el momento.

actuar v intr (Se conjuga como *amar*) 1 Hacer algo o alguien una acción o producir un efecto: "La penicilina *actúa* sobre la infección" 2 Trabajar un actor, especialmente de teatro, frente al público.

acudir v intr (Se conjuga como *subir*) 1 Asistir alguien a algún lugar 2 Frecuentar un lugar 3 Recurrir o valerse de algo o alguien con un fin determinado: *acudir a un argumento, acudir a la policía*.

acuerdo s m 1 Resolución que toman varias personas sobre algo: *tomar acuerdo* 2 *de acuerdo* De conformidad, en concordancia, en consenso: *ponerse, quedar estar de acuerdo* 3 Reunión de funcionarios de una institución en la que se resuelven problemas o se conviene algo sobre ellos: *tener acuerdo* 4 *(Der)* Documento oficial que consigna una resolución tomada por el poder público y que tiene carácter obligatorio.

acusar v tr (Se conjuga como

amar) **1** Denunciar a alguien como culpable de algo **2** Revelar algo, ponerlo de manifiesto: "Su palidez *acusa* una enfermedad." **3** *Acusar recibo* Avisar que se ha recibido alguna carta o documento."

adaptación s f Modificación o cambio por medio de los cuales algo o alguien se ajusta a condiciones o circunstancias diferentes de aquéllas en que se encontraba.

adaptar v tr (Se conjuga como *amar*) **1** Dar a un objeto la forma o el funcionamiento necesario para unirlo a otro o para un uso diferente **2** prnl Modificarse o ajustarse una persona o un organismo a las necesidades, condiciones o circunstancias que se le presenten: *adaptarse al agua, a la atmósfera.*

adecuado 1 pp de *adecuar* **2** adj Conveniente para lo que se necesita; justo, apropiado para el uso que se le quiere dar.

adecuar v tr (Se conjuga como *amar*) Hacer que una cosa esté de acuerdo con otra; hacer que una cosa sea conveniente respecto de otra: "Debemos *adecuar* los métodos de enseñanza a nuestras necesidades."

adelante adv **1** En un lugar o una posición más avanzada: "Se detuvo dos casas más *adelante*", "Se le descompuso el coche un kilómetro *adelante*" **2** *Más adelante* Más tarde, en el futuro, después; en escritos, después o más abajo: "Como explicaremos más *adelante*", "Más *adelante* te convencerás de lo contrario", **3** *En adelante* En el futuro, a partir de un momento determinado:

"De aquí *en adelante*", de hoy *en adelante*" **4** interj ¡Pase! o ¡Continúe!: "¡*Adelante*!, puede usted entrar sin tocar", "¡Adelante!, avancen sin detenerse".

además adv Aparte, encima, por si fuera poco, a más, también: "*Además* de estudiar química, estudia medicina", "*Además,* estudia medicina", "Y *además* estudia medicina", "Estudia, *además,* medicina", "Estudia medicina *además*".

adentro adv **1** En el interior: "Dormía *adentro* del estanquillo", "Comimos *adentro*" **2** En lo más interno, lejano o profundo: "Mar *adentro*", "Tierra *adentro*", "*Adentro* de la tierra", "Más *adentro* los vientos chocan con la Sierra Madre" **3** s m pl La intimidad, los pensamientos o sentimientos de una persona: "Lo pensó para sus *adentros*".

adiós 1 interj Expresión con la que alguien se despide **2** sm Despedida.

adjetivo s m *(Gram)* **1** Clase de palabras que modifican al sustantivo ampliando, concretando o especificando su significado. Concuerdan con él en número, como en "globo *rojo*" y "globos *rojos*", y en género, como en "cuaderno *negro*" y "pelota *negra*", aunque algunos de ellos, como *triste* en "niño *triste*" no tiene morfema de género. Se dividen en dos grandes grupos: los *calificativos* y los *determinativos*. Los primeros expresan una cualidad del sustantivo, como en "la mesa *redonda*" o "el agua *caliente*", mientras que los segundos identifican lo significado por el sustantivo, como en "*mi* casa" o "*este* niño", o determinan su cantidad o su orden, como en "*dos* niños", "*primer* lugar", "*algunas* personas", u "*otro* tren". Los *adjetivos calificativos* se subdividen, a su vez, en *calificativos* propiamente dichos y epítetos. Los *adjetivos determinativos* en: *numerales, posesivos, demostrativos e indefinidos* **2** *Oración adjetiva* La subordinada que sustituye o tiene la función de un adjetivo, como en "Un árbol *sano* crece mejor", donde *sano* puede sustituirse por la oración adjetiva "*que tiene salud*" y dar "Un árbol *que tiene salud* crece mejor".

administración s f **1** Organización y manejo de una institución, como las oficinas públicas, las empresas, etc. **2** Lugar donde trabaja el administrador: *la administración de un hotel, de una fábrica* **3** Gobierno, régimen: *la administración de Lázaro Cárdenas* **4** Acción de dar o impartir algo, como una medicina, un sacramento o la justicia.

administrador s Persona que tiene por profesión la administración: *administrador de empresas.*

administrar v tr (Se conjuga como *amar*) **1** Organizar o manejar una institución o un conjunto de bienes públicos o privados **2** Dar o impartir a alguien algo como una medicina, un sacramento o la justicia.

admiración s f **1** Gran estimación del valor, la belleza, la bondad, etc. de alguien o algo: *admiración por una pintura, admiración por Benito Juárez* **2** Asombro ante lo inesperado de un hecho bello, bueno, etc.: "El eclipse me llenó de *admiración*" **3** (Gram) Signo de puntuación (¡ !) que sirve para indicar una exclamación: "¡Qué bonito es México!".

admitir v tr (Se conjuga como *subir*) **1** Permitir que algo o alguien entre, o forme parte de alguna institución o grupo: *admitir alumnos* **2** Aceptar o reconocer algo: *admitir un defecto* **3** Tener capacidad para recibir algo: "El tanque *admite* 500 litros."

adonde adv y conj A donde.

adopción s f Acto de adoptar algo o a alguien: *la adopción de un niño, la adopción de una bandera.*

adoptar v tr (Se conjuga como *amar*) **1** Tomar alguien como propio algo que naturalmente no le pertenece, o hacerse cargo de algo o alguien: *adoptar un hijo, adoptar un nombre, una nacionalidad* **2** Tomar y profesar una opinión, una costumbre, una doctrina, etc.: *adoptar el cristianismo* **3** Presentar una determinada posición ante algo o alguien: *adoptar una actitud.*

adquirir v tr (Se conjuga como *sugerir*, 2a) **1** Obtener, alcanzar o incorporar algo: *adquirir un hábito, adquirir graves proporciones* **2** Comprar: *adquirir propiedades, terrenos.*

adquisición s f **1** Acto de obtener o conseguir algo, generalmente comprándolo: *adquisición de bienes* **2** Cosa adquirida.

adverbio s m (Gram) Clase de palabras cuya forma no cambia, a diferencia del adjetivo, el sustantivo y el verbo (como *ayer* en "Él vino *ayer*", "Ellas vinieron *ayer*"), o que se caracterizan por llevar la terminación *–mente* (como *rápidamente, felizmente*). Modifica a un verbo (como en "Caminó *rápidamente*"), a un adjetivo (como en "*Muy* bonito") o a otro adverbio (como en "*Bastante* despacio"). Por su significado se distinguen los de modo (*bien, mal*), los de lugar (*aquí, allá*), los de tiempo (*ayer, hoy*), los de cantidad (*mucho, poco*), etc.

advertencia s f Aviso que se da a alguien para prevenirlo de algo.

advertir v tr (Se conjuga como *sentir*, 9a) 1 Darse cuenta de algo; notar 2 Hacer notar algo a una persona; prevenir.

afectación s f 1 Modificación o alteración de la naturaleza o el comportamiento de algo o de alguien: *afectación de un órgano, afectación del estilo* 2 (Der) Acto de una autoridad por el que se limita, con fundamentación legal, el uso o disfrute de algo a una persona particular: *afectación de tierras.*

afectar v tr (Se conjuga como *amar*) 1 Causar un cambio o una alteración en algo 2 Provocar en alguien, sin que pueda evitarlo, una alteración de sus sentimientos: "Le *afectó* la muerte de su madre." 3 Causar daño, perjudicar: "La humedad *afecta* a la salud." 4 (Der) Limitar una autoridad, con fundamento legal, el uso o disfrute de algo a una persona particular.

afecto s m 1 Inclinación o afición de una persona hacia otra o

hacia alguna cosa: "Un estudiante sentía *afecto* por su maestro", "José les tiene *afecto* a los perros" 2 *Ser afecto a* Ser aficionado a algo: "*Éramos* muy *afectos a* ir los jueves a la plaza" 3 (Psic) Cualquiera de los sentimientos o estados de ánimo que pueden experimentarse.

afijo s m (Ling) Morfema que se añade a un lexema o raíz para modificar su sentido o su función, y formar una nueva palabra, una palabra derivada o una forma flexiva. Si va antes se llama *prefijo*, como *pre-* en *prehistoria* o en *preprimaria;* si va al final se llama *sufijo*, como *-mos* en *caminamos* o *-ble* en *comprensible.*

afirmación s f 1 Declaración que considera verdadera quien la hace 2 Acción de hacer algo más firme, más consistente: *afirmación de los conocimientos* 3 (Gram) adverbio de afirmación El que califica algo como cierto, existente o probable, por ejemplo: *sí, ciertamente, seguramente*, etc.

afirmar v tr (Se conjuga como *amar*) 1 Decir algo dándolo como cierto: "*Afirma* que es inocente." 2 Decir que sí 3 Dar firmeza, reforzar algo: *afirmar la personalidad.*

africado adj (Fon) Que se pronuncia impidiendo por completo la salida del aire entre los órganos articulatorios y luego dejándolo salir por ellos. El fonema *ch* es africado.

afuera adv 1 En el exterior: "Ya están *afuera* del edificio", "La música se oía hasta *afuera*"

2 s f pl Alrededores de una población: "Vive en las *afueras* del pueblo".

agarrar v tr (Se conjuga como *amar*) **1** Tomar o coger algo o a alguien, especialmente con las manos **2** Atrapar o sorprender a alguien: *agarrar al ladrón* **3** Contraer una enfermedad: *agarrar un catarro* **4** Prender o arraigar una planta o, en general, cualquier proceso que comience: *agarrar el fuego, agarrar velocidad* **5** Fijarse una cosa a otra, como un tornillo, un pegamento, etc.

agente s m y f **1** Persona encargada del orden público, especialmente la que pertenece al cuerpo de policía: *agente de tránsito, agente aduanal* **2** Persona encargada de promover determinados negocios: *agente de ventas, agente de viajes* **3** Elemento o circunstancia que provoca o propicia alguna transformación: *agente químico, agente causal* **4** *(Gram)* El que ejecuta la acción del verbo. En "Yo abro la puerta" el agente es *yo*, mientras que en "La puerta es abierta por mí" el agente es *por mí*.

agradecer v tr (Se conjuga como la) Mostrar aprecio por un beneficio recibido; dar las gracias.

agrario adj Que se relaciona con el campo, principalmente con la posesión de las tierras: *Reforma agraria, problema agrario*.

agrarismo s m Movimiento político que, como reacción a la gran concentración de la propiedad de la tierra durante el porfiriato, ha luchado porque la tierra sea de los que la trabajan, organizados en ejidos; se manifiesta en el Art. 27 de la Constitución de 1917. Doctrina o posición política que apoya este movimiento.

agrarista adj y s m y f Que lucha porque la propiedad de la tierra sea de los que la trabajan.

agregar v tr (Se conjuga como *amar*) **1** Juntar, unir una cosa a otra; añadir: *agregar azúcar al café* **2** Decir algo más de lo que ya se ha dicho.

agrícola adj m y f Que se relaciona con las labores del campo.

agricultor s y adj Persona que se dedica al cultivo de la tierra.

agricultura s f Cultivo de la tierra y conjunto de actividades y conocimientos relacionados con el mismo, que tienen por fin obtener verduras, frutos y raíces comestibles para el hombre y pastos para la alimentación del ganado.

agrupar v tr (Se conjuga como *amar*) Formar un grupo.

agua s f **1** Líquido que, en estado puro, es transparente, sin olor y sin sabor. Es esencial para la vida y se encuentra en mares, ríos y lagos o en forma de lluvia cuando se precipita de las nubes. Es capaz de evaporarse por calentamiento y de congelarse en forma de hielo **2** *Agua salada* La del mar y algunos lagos, que contiene muchas sales **3** *Agua dulce* La de los ríos y algunos lagos, que no es salada y tiene poco o ningún sabor **4** *Agua potable* La que se puede beber **5** *Agua dura* La que, sin dejar de ser potable, tiene muchas sales **6** *Agua mineral* La que brota de un manantial, lleva disueltas sustancias minerales y tiene propiedades medicinales **7** *Agua termal* La que brota caliente de un manantial **8** *Agua oxigenada* La que tiene mayor proporción de oxígeno que la natural y se usa como desinfectante **9** *Aguas negras* Las que acarrean residuos y desechos después de haber sido usadas por una población, una industria, etc. **10** *Agua regia (Quím)* Sustancia compuesta por una mezcla de ácidos nítrico y clorhídrico capaz de disolver metales como el platino y el oro **11** *Agua fuerte (Quím)* Ácido nítrico diluido en poca cantidad de agua, capaz de disolver algunos metales como la plata, por lo que se emplea mucho en el grabado **12** *Agua pesada (Quím)* Agua compuesta por dos átomos de hidrógeno pesado (deuterio) y uno de oxígeno que se usa en los reactores nucleares **13** *Aguas territoriales* Las de la zona marítima, hasta de 12 millas náuticas, que rodea a un país y en las que éste ejerce su soberanía; *mar territorial* **14** *Aguas jurisdiccionales* Las de la zona marítima de un país en que éste tiene derechos exclusivos de explotación, con arreglo al derecho internacional.

aguantar v tr (Se conjuga como *amar*) **1** Sostener algo, soportando su peso, evitando su caída, etc. **2** Soportar o resistir algo o alguien molesto o desagradable **3** Reprimir o contener un deseo o impulso: *aguantarse la risa*.

águila s f Ave rapaz diurna, de vista aguda y gran rapidez y altura en el vuelo, que se alimenta de las presas que caza. Es de cuerpo fuerte, alas grandes y robustas, su pico es recto en la base y curvo en la punta, y sus patas tienen cuatro garras filosas.

ahí adv **1** Ese, o en ese lugar: "Lo dejé *ahí*", "*Ahí* mero", "Déjalo por *ahí*", "*Ahí* viene por ti", "*Ahí* en la mesa" **2** En ese preciso momento: "*Ahí* terminó el juego" **3** *De ahí que* En consecuencia, por eso: "*De ahí que* no convenza lo que dice".

ahora adv **1** Este, o en este momento, en el presente: "*Ahora* está estudiando", "*Ahora* tengo hambre", "Los jóvenes de *ahora*", "*Ahora* se hacen vuelos interplanetarios" **2** conj Pero, sin embargo: "*Ahora,* de que es un éxito, lo es".

aire s m **1** Mezcla de gases que constituye la atmósfera y rodea a la Tierra **2** Viento: "Hace mucho *aire*" **3** *Aire acondicionado* Sistema de ventilación en el que se tiene control de la temperatura y de la humedad del aire **4** *Al aire libre* Fuera de toda habitación o resguardo: *hacer ejercicio al aire libre* **5** Tonada o melodía tradicional: *un aire popular* **6** Conjunto de rasgos, particularmente de la cara, que hacen que una persona se parezca a otra, o que le dan cierta apariencia reconocible: *un aire de familia* **7** pl Actitud vanidosa con la que alguien pretende darse importancia: *darse aires de suficiencia* **8**

En el aire En una situación insegura, en espera de una resolución.

ajo s m 1 Bulbo de la planta del ajo, de olor y sabor fuertes, formado por pequeños gajos o dientes; cabeza de ajo 2 Cada uno de estos gajos, individualmente recubiertos de piel y muy usados como condimento; diente de ajo 3 *(Allium sativum)* Planta que produce este bulbo, de la familia de las liliáceas, de hojas muy estrechas, que miden de treinta a cuarenta centímetros, y de flores pequeñas y blancas.

ajustar v tr (Se conjuga como *amar*) 1 Hacer que algo se acomode con mucha precisión a otra cosa 2 Apretar una cosa a otra con toda exactitud 3 *Ajustar (las) cuentas* Resolver dos o más personas los asuntos que entre ellas tienen pendientes.

al 1 Contracción de la preposición *a* y el artículo *el; al niño, al perro, al libro* 2 (Seguido de infinitivo) Cuando, en el momento de: "*Al correr* me caí", "*Al mirar* el sol se deslumbra uno" 3 (Seguido de infinitivo) Puesto que, ya que: "*Al no verte,* supuse que te habías ido", "*Al presentar* el examen, supongo que lo estudiaste".

alcance s m 1 Distancia a la que llega la acción o el efecto de algo; radio de acción: *de largo alcance, el alcance de un telescopio* 2 *Al alcance de* En situación o posición en que puede ser alcanzado; dentro de las posibilidades de alguien: *al alcance de la mano* 3 *Dar alcance* Alcanzar.

alcanzar v tr (Se conjuga como *amar*) 1 Llegar una persona o cosa al lugar en donde está otra; *alcanzar el camión* 2 Poder tocar o coger algo a la distancia o altura a la que se encuentra 3 *Alcanzar a* Lograr, conseguir hacer algo, a pesar de las circunstancias: *alcanzar a ver* 4 Ser suficiente o bastante: "*Alcanzarle* a uno el sueldo."

alcohol s m 1 Líquido incoloro, inflamable, capaz de evaporarse sin ser calentado y de disolver un gran número de sustancias. Se obtiene de la destilación de sustancias vegetales como la caña, la remolacha o la uva o sintéticamente, y se usa en la fabricación de antisépticos, como conservador y como disolvente 2 *Alcohol etílico* El que se obtiene de la destilación de jugos o sustancias azucaradas previamente fermentados. Se utiliza en medicina, en perfumería y en la fabricación de licores 3 *Alcohol metílico* El que se obtiene de la madera; es muy venenoso y se utiliza para disolver aceites 4 *Alcohol desnaturalizado* Aquel al que se ha añadido alguna sustancia para evitar que se beba.

alegrar v tr (Se conjuga como *amar*) 1 Dar alegría a alguien 2 Hacer que algo tenga un aspecto alegre: *alegrar la casa con flores.*

alegre adj m y f Que siente o provoca alegría: *hombre alegre, casa alegre, cantar alegre.*

alegría s f Estado de ánimo en que se manifiestan con vivacidad el placer, la satisfacción, el gusto, etc., que algo provoca.

alejar v tr (Se conjuga como

amar) Poner algo o a alguien a mayor distancia; poner lejos; apartar, separar.

alfabetización s f 1 Enseñanza de la escritura y la lectura 2 Ordenación de algo según el orden del alfabeto.

alfabetizar v tr (Se conjuga como *amar*) 1 Enseñar a alguien a leer y a escribir 2 Ordenar algo alfabéticamente.

alfabeto 1 s m Conjunto ordenado de letras o signos con que se escribe convencionalmente una lengua o se representa un lenguaje: *alfabeto latino, griego, morse* 2 s Persona que sabe leer y escribir.

algo 1 pron Lo que sea, lo que haya, una o cualquier cosa: "Dale *algo* que le ayude", "Me sucedió *algo* bueno" 2 *Algo de* Parte o un poco de algo: "*Algo de* pan", "*Algo de* esfuerzo", "*Algo de* tiempo" 3 adv Un poco: "Está *algo* mejor", "Me siento *algo* cansado".

algodón s m 1 Material fibroso formado por filamentos largos, blancos, suaves y entrelazados, de aspecto esponjoso, que salen de las semillas de la planta del algodón. Se usa para hacer hilos, telas, cuerdas, etc. y también en medicina por su absorbencia 2 *(Gossypium hirsutum)* Planta de 1 m a 1.50 m de altura, con hojas en forma de corazón y flores de color amarillo pálido o rosadas, y a veces con una mancha roja en la base. Su fruto es una cápsula con semillas cubiertas por filamentos largos y blancos, de las que se obtiene un aceite comestible.

alguien pron 1 Quien sea, una o cualquier persona: "Llama a *alguien* para que nos ayude", "*Alguien* vino a buscarte" 2 *Ser alguien* Ser una persona importante: "Juan quiere llegar a *ser alguien*".

algún adj Apócope de *alguno*, que se emplea cuando va antepuesto a sustantivos masculinos singulares, como en "*Algún* niño", aun cuando haya otro adjetivo de por medio, como en "*Algún* triste suceso".

alguno adj (Cuando se usa ante un sustantivo masculino singular pierde la -*o* y se convierte en *algún*) 1 Uno, uno cualquiera, uno de entre varios: "Ya conseguirá *algún* trabajo", "El festival es en *alguna* ciudad de provincia", "*Algunos* de estos cuadros son bonitos" 2 Poc, cierto: "Vimos *algunas* mujeres", "Algunos años después", "Tiene *alguna* importancia" 3 (Pospuesto al sustantivo, en oraciones negativas) Ninguno: "No creo haberlo visto en parte *alguna*" 4 pron Alguien: "Tal vez *alguno* quiera", "*Algunas* de ellas se interesarán".

alimentación s f 1 Proceso mediante el cual un ser vivo aprovecha de la comida las sustancias que necesita para sobrevivir 2 Dieta: *mala alimentación* 3 Suministro, a una máquina, de los elementos que necesita para funcionar: *alimentación de una computadora*.

alimentar v tr (Se conjuga como *amar*) Dar a alguien o algo el alimento o los elementos que necesita para subsistir o funcionar: *alimentar al ganado*, *alimentar una esperanza, alimentar una máquina.*

alimento s m 1 Toda sustancia que sirve para nutrir a los seres vivos 2 s m pl Las comidas diarias de una persona: el desayuno, la comida y la cena.

alma s f 1 Parte inmaterial del ser humano a la que se le atribuyen las propiedades específicas de éste, como los sentimientos, los valores morales y el pensamiento 2 Persona, habitante: *un pueblo de cinco mil almas, ni un alma* 3 Persona o cosa que anima o da energía y fuerza a algo: *ser el alma de una fiesta* 4 Parte interior o central de algunos objetos que los hace más resistentes y fuertes: *alma de acero* 5 *Con el alma en un hilo* Ansioso, angustiado 6 *Partirle a uno el alma algo o alguien* Conmoverle a uno profundamente algo o alguien 7 *Partirse el alma* Esforzarse mucho 8 *No poder alguien con su alma* Estar agotado 9 *Agradecer en el alma* Agradecer profundamente 10 *Como alma en pena* Solo y sin tener qué hacer o adónde ir 11 *Ser un alma de Dios* Ser muy bueno.

alrededor adv 1 Rodeando a algo o a alguien: "La Tierra gira *alrededor* del Sol" "Miró a su *alrededor*", "Caminamos *alrededor* del pueblo" 2 Tratándose de cantidades, aproximadamente, cerca de, como: "*Alrededor* de 30 años", "Mide *alrededor* de 2 m" 3 *Girar alrededor de* Tener algo como asunto o tema: "La plática giró *alrededor* de los aztecas" 4 *Alrededores* s m pl Lugares que rodean o están cerca de otro:

"Visitamos Jojutla y sus *alrededores*".

altiplano s m Extensión de terreno relativamente elevado y plano, con relación a las regiones vecinas.

altitud s f *(Geo y Aeron)* Altura de algo con respecto al nivel del mar.

alto[1] adj 1 Que mide mucho desde su parte inferior a su parte superior: *hombre alto, edificio alto* 2 Que está a mucha distancia hacia arriba: *nubes altas* 3 Que está más allá de lo que se espera o de lo que es normal: *precios altos* 4 Que es más preciso y refinado: *altas matemáticas, alta cocina* 5 Que tiene algo en gran cantidad: "Alimentos con un *alto* contenido de proteínas" 6 Que es bueno o valioso: *altos ideales* 7 *En voz alta* De manera que se pueda oír: *leer en voz alta* 8 De frecuencia elevada; aguda: *notas altas* 9 Más antiguo o anterior: *alta Edad Media* 10 (A) *altas horas de la noche* Muy tarde 11 s m Altura: *medir 2 m de alto* 12 *En lo alto* En la parte más elevada de algún lugar 13 *Los altos* En una construcción de dos niveles, el piso de arriba; la parte más alta de una región: *Los altos de Jalisco* 14 *Dar(se) de alta* Declarar sana a una persona; inscribirse en alguna institución 15 adv De modo que alcanza gran altura: *crecer alto, volar alto* 16 *Poner en alto* Poner en un lugar destacado o importante; honrar 17 *Pasar por alto* No hacer caso de algo, dejarlo de lado.

alto[2] s m 1 Interrupción o deten-

ción de algo **2** *Poner el alto*
Hacer que algo se detenga o se
termine; poner fin **3** Señal para
detener la circulación de los
vehículos o de las personas: *pasarse un alto*.

altura s f **1** Distancia de la parte
más baja a la parte más alta de
algo: *la altura de un edificio* **2**
(Geom) Distancia perpendicular
desde la base hasta la parte superior de una figura o un cuerpo
geométrico: *la altura de un
triángulo* **3** Elevación a la que
se encuentra algo con respecto a
un punto o plano de referencia:
la altura de la ciudad de México
4 Lugar o parte alta: *las alturas
del monte* **5** *A la altura de* En el
mismo lugar, al mismo nivel: *a
la altura de la cintura, a la altura de la Alameda* **6** *A estas, a
esas alturas* En este, en ese
momento **7** *A estas alturas* En
un momento avanzado del desarrollo de algo: *¡no leer bien a
estas alturas!* **8** *De altura* De
buena calidad: *un espectáculo de
altura* **9** *Poner o estar algo a la
altura de* Tener o dar a algo la
calidad o el valor que se requiere: *portarse a la altura de
las circunstancias* **10** Agudeza o
gravedad del tono de un sonido.

alumno s Persona que estudia
bajo la orientación de otra, generalmente en una escuela:
*alumno de primaria, alumno de
matemáticas*.

alveolar adj m y f **1** Que pertenece a los alveolos o se relaciona
con ellos **2** *(Fon)* Que se pronuncia apoyando la punta de la
lengua en los alveolos de los
dientes. Son alveolares las consonantes *n, l, r* y *s*.

alzar v tr (Se conjuga como
amar) **1** Llevar algo de un lugar
más bajo a otro más alto; levantar **2** Recoger algo caído, limpiar, poner en orden: *alzar la
casa* **3** Aumentar el precio de
algo **4** Construir un edificio o
un monumento **5** *Alzar la voz*
Hablar más fuerte o con dureza
6 *Alzar la cabeza* Reponerse de
algún mal **7** *Alzar el vuelo* Comenzar a volar **8** prnl Estar en
un lugar algo que sobresale: "El
Pico de Orizaba *se alza* enmedio
de la sierra." **9** prnl Sublevarse:
alzarse en armas **10** *Alzarse con
algo* Ganar algo a costa de otros.
11 Desentenderse de algo, quitarle importancia a algo.

allá adv **1** En un lugar lejano
del que habla, ese lugar o hacia
él: "*Allá* nos vemos", "*Allá* en
Mérida", "Voy para *allá*", "Juan
es de *allá*" **2** En tiempos lejanos, pasados o futuros: "*Allá* en
época de mi abuelita", "*Allá* en
mi niñez", "*Allá* cuando sea anciano y tenga nietos" **3** *Allá tú,
él, etc.* Es problema o asunto
tuyo, suyo, etc.: "*Allá tú* si no
vienes", "*Allá ellos si no* trabajan" **4** *El más allá* El mundo
imaginario posterior a la
muerte: "Le gustan los cuentos
del *más allá*".

allí adv **1** Ese, o en ese preciso
lugar: "Se quedó *allí* dentro",
"De *allí* viene" **2** En ese preciso
momento: "*Allí* fue cuando empezaron los gritos y las protestas".

amar v tr Sentir amor por alguien o por algo; querer: *amar a
los niños, amar el arte*.

amarillo adj y s m **1** Que es del
color del oro, de la yema del

huevo, de los pollos o los patos recién nacidos **2** s Individuo de la raza así llamada, natural de Asia.

ambiente s m **1** Medio natural compuesto por el clima, la temperatura, la vegetación, el suelo, etc. que rodea algo o a alguien: *medio ambiente, ambiente húmedo, ambiente tropical* **2** Conjunto de circunstancias o condiciones que rodean algo o a alguien.

ambos adj y pron Los dos, el uno y el otro: "Entre *ambos* grupos hicieron el trabajo", "*Ambos* miraban el paisaje".

americano adj y s **1** Que es natural de América o que pertenece a este continente **2** Que es natural de los Estados Unidos de América o que pertenece a este país; norteamericano, estadounidense.

amigo adj y s **1** Que tiene una relación de amistad con otra persona **2** s Persona que siente gusto por algo o lo protege: *amigo del arte, amigo del árbol*.

amistad s f **1** Relación de afecto, conocimiento y confianza mutuos entre personas **2** pl Personas con las que se tiene esa relación.

amor s m **1** Sentimiento, deseo, impulso de afecto, ternura y solidaridad por alguien **2** Deseo sexual que siente una persona por otra **3** *Hacer el amor* Tener relaciones sexuales **4** Afición y gusto de alguien por algo: *amor a los animales, amor a la música* **5** *Amor propio* Estimación u orgullo de uno mismo.

ampliar v tr (Se conjuga como *amar*) Hacer algo más grande,

extenso, profundo o efectivo: *ampliar una casa, ampliar un proyecto*.

amplio adj **1** Que es extenso, abierto, grande: *amplias avenidas, abrigo amplio* **2** Que se realiza plenamente, sin restricciones o límites: *amplio consentimiento, amplio criterio*.

amplitud s f **1** Extensión de una superficie o de un espacio **2** Capacidad total de una actividad, un procedimiento o un juicio: *en toda su amplitud* **3** Medida de la máxima extensión entre dos puntos, como la distancia entre los dos extremos de un arco, de un movimiento pendular o vibratorio, o de una onda.

analfabeto adj y s Que no sabe leer ni escribir.

análisis s m sing y pl **1** Separación de algo en las partes que lo componen, para estudiarlo **2** Estudio cuidadoso de algo.

analizar v tr (Se conjuga como *amar*) **1** Separar algo en los elementos que lo componen, para estudiarlo **2** Estudiar algo cuidadosamente.

ancho adj **1** Que tiene anchura **2** s Anchura **3** Que es más amplio de lo adecuado: "Le queda *ancho* el pantalón." **4** *A lo ancho* Según la dirección de la anchura **5** *A (todo) lo ancho* En toda la extensión de la anchura.

anchura s f **1** Cuando se está de cara a un objeto, la dimensión frontal y horizontal de éste **2** Frente a una figura de dos dimensiones, la menor.

andar[1] v intr (Se conjuga como 5) **1** Ir de un lugar a otro dando pasos **2** Moverse de un lugar a otro por medio de algo: *Andar a* caballo, *andar en coche* **3** *Andar a gatas* Andar alguien, apoyándose en piernas y manos **4** Moverse o funcionar algo, como un motor o un reloj **5** Encontrarse algo o alguien en alguna parte: "José *anda* en la calle" **6** Encontrarse algo o alguien en su medio natural; encontrarse habitualmente en un lugar: "Los pájaros que *andan* en el aire" **7** Estar o encontrarse de una determinada manera: *Andar triste, andar mal de la vista* **8** Actuar o comportarse de un determinado modo: *Andar sin miramientos, andarse con cuidado* **9** *Andar(se) por las ramas* Dar rodeos, no tocar el punto que interesa o evitarlo **10** Estar haciendo algo: *andar buscando trabajo* **11** Estar cerca de algo, en sus alrededores o proximidades: *andar por los 30 años*, "*Anda* cerca de Xochimilco".

andar[2] s m **1** Manera de andar de una persona o de un animal **2** pl Aventuras: "Mis *andares* por la selva".

ángulo s m **1** *(Geom)* Figura formada por dos líneas que se unen en un punto o por dos planos que se cortan en una línea **2** Medida en grados de esa figura o de la rotación de una línea con respecto a otra, tomando como centro del giro el punto en que se cortan. Los ángulos se clasifican en: *agudo*, el que mide menos de 90º; *recto*, el que mide 90º; y *obtuso*, el que mide más de 90º y menos de 180º. Son *ángulos convexos* los que miden menos de 180º y *cóncavos* los que miden más de

180º. *Ángulos complementarios* son los que forman entre sí un ángulo recto; *ángulos suplementarios* son los que forman entre sí un ángulo de 180º **3** Rincón o esquina de un espacio: *ángulo de un salón, ángulo de un campo de futbol* **4** Posición o punto de vista desde donde se mira o se considera algo.

angustia s f Estado emocional de temor, incertidumbre y sufrimiento ante una situación amenazante.

animal s m **1** Cualquier ser vivo –incluido el hombre– que puede moverse por sí mismo **2** *Animal racional* El hombre, para distinguirlo del resto de los animales **3** *Animal doméstico* Aquel cuya especie ha sido amaestrada por el hombre para convivir con él y para aprovechar su trabajo o sus productos, como el perro, la gallina o el buey **4** adj Que se relaciona con los animales: *reino, mundo animal*.

anoche adv En la noche de ayer.

anotar v tr (Se conjuga como *amar*) **1** Escribir alguna nota para dar o conservar una información **2** Hacer destacar algo que se considera importante en un escrito o en una conversación **3** Hacer notas críticas o explicaciones sobre un texto.

ante prep **1** Delante de, en presencia de, frente a: "Presentó su demanda *ante* las autoridades correspondientes", "Se emocionaron *ante* la grandiosidad de Teotihuacan", "Estamos *ante* una grave injusticia" **2** *Ante todo* En prioridad, en primer lugar, antes que nada: "*Ante todo* hay que ser puntuales."

anterior adj m y f Que pasa o está antes que otra cosa: *el día anterior, la oración anterior.*

antes adv 1 En el tiempo pasado respecto de otro, en un momento o un lugar que precede a otro, en el lugar que se percibe primero que otro: "*Antes* de regresar", "*Antes* de que regresáramos", "*Antes* que regrese", "*Antes* de 24 horas", "*Antes* de Cervantes", "*Antes* de Toluca me di la vuelta", "*Antes* de Veracruz está la desviación" 2 adj Que es pasado respecto de otro momento, que está en el lugar que se percibe primero, que los precede: "Dos días *antes*", "Tres cuadras *antes* 3 Primero, con prioridad: "Todo *antes* que la deshonra" 3 *De antes* Del tiempo pasado, de otra época: "Las casas *de antes*", "Las costumbres *de antes*", "Ya no es el mismo *de antes*" 4 *Cuanto antes* Lo más pronto posible: "¡Váyanse *cuanto antes*!" 5 *Antes que nada* Primero, en primer lugar: "*Antes que nada* vamos a comer" 6 *Antes de anoche* La noche anterior a anoche, anteanoche 7 *Antes de ayer* El día anterior a ayer; anteayer, antier 8 *Antes bien* Sino que al contrario: "No hemos dejado de trabajar, *antes bien*, trabajamos más" 9 *Antes no* Para buena suerte, por fortuna: "*Antes no* lo mató".

antiguo adj 1 Que viene de hace mucho tiempo; que se conserva desde hace mucho: *una antigua casa, una antigua cos-*tumbre 2 Que existió, actuó o sucedió en un tiempo anterior: *mi antiguo maestro* 3 Que es viejo, que ha perdido actualidad 4 *A la antigua* Como en otro tiempo, según costumbres pasadas 5 s m pl Los pueblos, civilizaciones o culturas de tiempos remotos, especialmente los de la época clásica.

antónimo adj y s *(Ling)* Tratándose de palabras, que tiene un significado contrario u opuesto al de otra, p. ej. *chico* y *grande, blanco* y *negro, bueno* y *malo.*

anual adj 1 Que ocurre o se lleva a cabo una vez al año 2 Que dura un año. 3 *Planta anual* La que florece una vez al año.

anunciar v tr (Se conjuga como *amar*) 1 Dar a conocer o hacer saber algo 2 Hacer público algo con fines de propaganda comercial.

anuncio s m 1 Aviso o noticia por el cual se hace saber algo 2 Presentación de un artículo o servicio con el fin de darlo a conocer al público, generalmente a través de la radio, la televisión, los periódicos, etc., y con fines comerciales.

añadir v tr (Se conjuga como *subir*) 1 Juntar, unir una cosa a otra, o aumentarla 2 Decir algo más de lo que ya se ha dicho.

año s m 1 Tiempo que tarda la tierra en recorrer su órbita alrededor del sol y que consta de 365 o 366 días 2 *Año bisiesto* El que, cada cuatro años, tiene un día más en el mes de febrero y suma 366 días 3 Periodo de doce meses, entre el primero de

enero y el 31 de diciembre **4**
Cualquier periodo de doce meses: *año fiscal, año escolar.* **5**
Año luz Medida de la distancia
que recorre la luz en un año,
equivalente a 9461 billones de
kilómetros.

aparato s m **1** Conjunto de elementos que actúan combinadamente para realizar una función
determinada **2** Mecanismo
compuesto por diversas piezas y
diseñado para cumplir un fin
específico: *aparato de radio, de
televisión* **3** Conjunto de órganos que concurren a una misma
función: *aparato circulatorio* **4**
Serie de sistemas, procedimientos, organizados para un fin determinado: *aparato administrativo.*

aparecer v intr (Se conjuga
como *agradecer,* 1a) **1** Ponerse
algo o alguien a la vista; surgir,
manifestarse o mostrarse, generalmente de manera repentina:
*aparecer el sol, aparecer una enfermedad, aparecer en escena,
aparecerse en una fiesta* **2** tr
Hacer que algo o alguien se
muestre o se manifieste: "El
mago *apareció* un conejo." **3**
Estar algo o alguien presente o
anotado en algún registro: *aparecer en la lista.*

aparte adv **1** En otro lugar, por
separado: "Viven *aparte*", "Envuelva los regalos *aparte*" **2**
Aparte de Además de: "*Aparte
de* estudiar, trabaja" **3** *Aparte
de* Con excepción de, sin contar
con: "*Aparte de* Juan, todos vinieron" **4** adj Que es distinto,
singular, que tiene un lugar separado: "Casa *aparte*", "Un escritor *aparte*".

apenas adv **1** Con dificultad,
con trabajo, casi no: "*Apenas*
nos alcanza el dinero", "*Apenas*
se puede ver desde aquí" **2** Poco
tiempo antes, recientemente:
"*Apenas* comienza a caminar",
"*Apenas* se alivió del sarampión" **3** Inmediatamente después, en cuanto, al momento:
"*Apenas* lo vi, lo saludé", "*Apenas* te fuiste, llegó la carta" **4**
Escasamente: "*Apenas* hace
ocho días que murió".

aplicación s f **1** Acto de poner
una cosa en contacto con otra, o
de hacer que una ejerza una acción específica sobre otra **2** Destino o uso que puede darse a alguna cosa: *aplicaciones de la
energía atómica* **3** Puesta en
práctica de algo, como un conocimiento, una ley o un procedimiento **4** Referencia de una
afirmación, un juicio o un nombre a algo o alguien **5** Dedicación con que se realiza una tarea: *aplicación al estudio* **6**
Adorno que se cose sobre una
tela.

aplicar v tr (Se conjuga como
amar) **1** Poner una cosa en contacto con otra, hacer que una
ejerza sobre la otra una acción
determinada o destinar alguna
cosa a un fin específico: *aplicar
una pintura, aplicar una inyección* **2** Poner algo en práctica,
como un conocimiento, un plan
o un procedimiento: *aplicar medidas económicas* **3** Asignar o
referir una afirmación, un juicio
o un nombre a algo o a alguien
4 prnl Dedicarse con gran cuidado y atención a algo, como al
estudio o al trabajo.

apócope s f *(Ling)* Pérdida o

supresión de uno o más sonidos
al final de una palabra, como *mi*
en vez de *mío*, *tan* en vez de
tanto, *san* en vez de *santo*, *Gui-
lle* en vez de *Guillermo* o *Gui-
llermina*, *tele* en vez de *televisión*, etc.

aposición s f *(Gram)* Yuxtapo-
sición entre dos palabras o frases, generalmente sustantivas,
que se refieren a un mismo objeto, y en la cual la segunda explica o aclara a la primera; por
ejemplo, "México, ciudad de los
palacios", "color naranja", "Mi
hermano José Luis", "Listo que
es uno".

apoyar v tr (Se conjuga como
amar) 1 Hacer que una cosa
descanse sobre otra 2 Poner
una cosa sobre otra para ejercer
alguna fuerza 3 Fundamentar
una opinión, una afirmación,
etc. sobre otra que se considera
demostrada o válida 4 Contribuir a que logren sus propósitos
alguna persona o alguna organización: *apoyar una huelga*.

apoyo s m 1 Cualquier objeto
que, en un momento determinado, sirva de sostén a algo o a
alguien 2 Cualquier idea o juicio que sirva para sostener un
argumento 3 Ayuda o adhesión
a los propósitos o a los sentimientos de alguien: *apoyo político, apoyo moral*.

apreciar v tr (Se conjuga como
amar) 1 Sentir afecto por alguien o por algo 2 Reconocer el
valor de algo o de alguien; valo-
rar sus cualidades 3 Percibir o
distinguir algo: "*Se aprecian* algunas grietas en la pared."

aprecio s m Reconocimiento del
valor de las cualidades, virtudes

o capacidades de alguien o algo:
"Le escribí una carta con todo
mi *aprecio*", "El *aprecio* de las
bellas artes."

aprender v tr (Se conjuga como
comer) 1 Adquirir el conocimiento o el dominio de algo mediante la experiencia y el estudio 2 Fijar algo en la memoria:
aprenderse un nombre.

aprendizaje s m Proceso de adquirir el conocimiento o el dominio de algo mediante la experiencia o el estudio.

aprovechar v tr (Se conjuga
como *amar*) 1 Sacar ventaja o
beneficio de algo, o utilizarlo de
manera conveniente para ello 2
*Aprovecharse de algo o de al-
guien* Abusar de algo o alguien
para sacar ventaja 3 v intr Servir o valer una cosa: "A nadie
aprovecha la contaminación de
la tierra."

aproximación s f 1 Acto de
poner algo cerca o más cerca de
otra cosa; cercanía de algo o alguien 2 *(Mat)* En un cálculo,
resultado cercano al correcto 3
(Mat) Procedimiento para obtener ese resultado.

aproximar v tr (Se conjuga
como *amar*) 1 Poner o ponerse
más cerca de algo o alguien 2
Hacer un cálculo cuyo resultado
no es exacto pero sí cercano a
ello; hacer un razonamiento que
se acerca a la verdad 3 prnl
Acercarse a un problema, abor-
darlo o tratarlo de cierta manera.

apuntar v tr (Se conjuga como
amar) 1 Señalar algo o estar
algo dirigido hacia otra cosa:
apuntar al norte 2 Dirigir o dirigirse un arma hacia el blanco

3 Tomar nota por escrito de algo o escribir algo de poca extensión: *apuntar un recado* 4 v intr Empezar algo a manifestarse, a destacar o a dar indicios: *apuntar el alba* 5 Clavar o atornillar superficialmente algo antes de fijarlo 6 Hacer destacar o dirigir la atención hacia un tema determinado 7 Dictar en voz baja o por medio de audífonos disimulados el texto de una obra de teatro a los actores durante la representación 8 Poner o hacer poner algo o a alguien en una lista, o inscribirlo en algún lugar.

aquel, aquella, aquellos, aquellas adj 1 Que está lejos temporal o espacialmente, tanto del que habla como del que escucha o que está fuera del alcance del hablante: *aquel año*, "*¿Ves aquella barda?*" 2 Señala uno o varios elementos de un conjunto: "*Aquel toro es más grande*", "*Aquellas flores me gustan para tu cuarto*"

aquél, aquélla, aquello, aquéllas, aquéllos pron 1 Indica lo que está lejos temporal o espacialmente, tanto del que habla como del que escucha o lo que está fuera del alcance del hablante: "Lo hizo *aquél*", "*Aquélla* es de buena calidad", "*Aquéllos* fueron tiempos gloriosos" 2 Señala lo que, respecto de dos cosas ya dichas, se nombró primero: "Su trabajo reúne eficacia y calidad; es *aquélla* la que se adapta a ésta" 3 Señala uno o varios elementos de un conjunto: "Entre sus cartas encontró *aquélla* que le mandó su padre" 4 Refiere a lo que, cono-

ciéndolo, no se quiere nombrar: "*¿Qué pasó con aquello?*", "Cuando venga *aquél* se lo explicaremos".

aquí adv 1 En el lugar preciso en donde está el que habla o muy cerca de él: "*Aquí vivo*", "Ven *aquí*", "*Aquí* está su fotografía", "Voy *aquí* a la plaza" 2 En este momento, ahora: "De *aquí* en adelante", "Y *aquí* vino lo bueno" 3 Señala a la persona cercana al que habla: "*Aquí*, el señor, pregunta por usted"

árbol s m 1 Planta de tronco leñoso que se ramifica a cierta altura del suelo 2 *Árbol genealógico* Esquema o cuadro que muestra las relaciones de parentesco entre distintas generaciones de una misma familia; genealogía 3 *(Mec)* Eje o barra que recibe o transmite un movimiento de rotación: *árbol de levas*.

arbusto s m Planta de tallos leñosos que se ramifican desde el suelo, generalmente más pequeña que un árbol, como la azalea, el piracanto y la zarzamora.

arco s m 1 Porción definida de una curva 2 Instrumento que se utiliza para lanzar flechas, formado por una varilla flexible, generalmente de madera, a cuyos extremos se sujeta una cuerda que al tensarse hace que la varilla forme una curva. 3 Varilla ligeramente curva en uno de sus extremos, que sostiene las cerdas con las que se tocan algunos instrumentos, como el violín, la viola y el contrabajo 4 Construcción que tiene esa forma: *arco de medio* *punto* **5** *Arco iris* Banda de colores con forma de arco, que aparece en la atmósfera como resultado de la descomposición de la luz del sol en las gotas de lluvia, y que consta de siete colores: rojo, anaranjado, amarillo, verde, azul, añil y violeta.

área s f **1** Zona o región comprendida dentro de ciertos límites: *Área rural, área metropolitana* **2** *Áreas verdes* Las que tienen mucha vegetación y se encuentran generalmente en las ciudades o en sus alrededores. **3** Campo que comprende cierta especialidad: *Área de la educación, área laboral* **4** (Geom) Superficie comprendida dentro de un perímetro y medida de esta superficie **5** Medida de superficie, equivalente a 100 m².

arena s f Material compuesto por pequeñas partículas procedentes de la desintegración de las rocas, generalmente de color café claro, que se encuentra abundantemente en playas, desiertos y minas. Se emplea en la fabricación de vidrio, en moldes de fundición y en la construcción de edificios.

arma s f **1** Instrumento que sirve para atacar, herir, matar o defender(se) **2** *Arma de fuego* La que lanza un proyectil mediante una explosión, como la pistola y el rifle **3** *Arma blanca* La que hiere con el filo o con la punta, como la navaja **4** *Pasar a alguien por las armas* Fusilarlo **5** Recurso o argumento que alguien tiene o da para atacar o defender una tesis o una postura **6** *Ser algo arma de doble (de dos) filo(s)* Tener la

misma cosa efectos positivos y negativos a la vez.

armar¹ v tr (Se conjuga como *amar*) **1** Dar o proveer armas **2** Dar a alguien lo que necesita para hacer frente a una situación o resolver un problema: *armarse de valor.*

armar² v tr (Se conjuga como *amar*) **1** Unir o juntar entre sí las partes o piezas de algo: *Armar un motor, armar un rompecabezas* **2** Organizar o producir algo como un ruido, un pleito o una fiesta.

arquitecto s Persona que tiene por profesión la arquitectura.

arquitectura s f Arte y técnica de la planeación y construcción de edificios, monumentos, etc.: *arquitectura gótica.*

arrancar v tr (Se conjuga como *amar*) **1** Desprender o separar algo o a alguien de aquello que lo sujeta, generalmente con violencia: *Arrancar una planta* **2** Echar o echarse a andar o a funcionar algo o alguien; generalmente de manera repentina: *Arrancar un coche, arrancarse un caballo* **3** Principiar algo en determinado lugar y momento: *Arrancar el juego.*

arrastrar v tr (Se conjuga como *amar*) **1** Mover o desplazar a una persona o cosa sin levantarla del suelo, generalmente jalándola: *arrastrar un costal, "Se arrastró hasta la trinchera"* **2** intr Rozar algo el suelo por ser demasiado largo: *"El mantel arrastra"* **3** Llevarse algo consigo una cosa que está en movimiento: *"El río arrastra piedras"* **4** Obligar a alguien a hacer algo en contra de su voluntad o inducirlo a actuar de determinada manera: *arrastrar a la guerra, arrastrar al vicio.*

arreglar v tr (Se conjuga como *amar*) **1** Poner en orden algo, ajustarlo, limpiarlo o acomodarlo: *arreglar la casa, arreglar las maletas.* Poner algo descompuesto nuevamente en condiciones de servir o funcionar: *arreglar un aparato de radio, arreglar unos zapatos* **3** Hacer que alguien luzca bien, principalmente mediante el aseo y el vestido: *arreglar a los niños, arreglarse para salir* **4** Llegar a un acuerdo dos o más personas; concertar o resolver algo: *arreglar un asunto, arreglar una cita* **5** *Arreglar (las) cuentas y ajustar* **6** Adaptar una composición musical para que sea interpretada por voces o instrumentos para los que no fue escrita originalmente **7** *Arreglárselas para algo* Poner ingenio o habilidad para lograr algo.

arreglo s m **1** Acto de ordenar, ajustar, acomodar o limpiar algo, y cosa o adorno que resulta de ello: *un arreglo floral,* "El *arreglo* de la cocina." **2** Reparación que se hace a un objeto para que sirva o funcione **3** Acto de hacer que alguien luzca bien, principalmente mediante el aseo y el vestido, y aspecto que con ello se logra: *arreglo personal* **4** Acuerdo a que llegan dos o más personas o instituciones: *un arreglo entre escuelas* **5** Adaptación que se hace de una composición musical para que sea interpretada por voces o instrumentos para los que no fue escrita originariamente.

arriba adv **1** En la parte alta o superior: "El cuarto de *arriba* está vacío", "Te espero aquí *arriba*", "Miró hacia arriba" **2** Encima de, sobre: "El libro está *arriba* de la mesa" **3** Hacia la parte más alta: "Río *arriba*" "Calle *arriba*" **4** Hacia las afueras de una población: "Muy *arriba* de la Avenida Revolución" **5** Antes, anteriormente, principalmente cuando se habla de escritos: "Líneas *arriba*", "Como se dijo arriba" **6** Más de algo: "Tiene *arriba* de mil alumnos", "No vinieron *arriba* de 20 personas" **7** *Para arriba* Hacia niveles superiores de una escala determinada: "Albañiles de media cuchara *para arriba*" **8** *Para arriba y para abajo* Por todos lados, en movimiento o actividad constante: "Trae a los turistas *para arriba y para abajo*" **9** *De arriba abajo* De principio a fin, por completo, de un extremo a otro, de un lado a otro: "Leí el libro *de arriba abajo*" **10** *Mirar a alguien de arriba abajo* Mirar a alguien con desprecio o extrañeza **11** interj Aprobación o estímulo de algo o alguien: "¡*Arriba* Pancho Villa!

arrojar v tr (Se conjuga como *amar*) **1** Lanzar con fuerza o violentamente algo fuera o lejos de sí: *arrojar piedras, arrojar bombas, arrojar lombrices* **2** Producir o dar una cuenta o un cálculo algo como resultado: *arrojar un saldo positivo* **3** Despedir o echar a alguien de algún lugar o del trabajo **4** Conducir u orillar a algo: *arrojar a la desesperación* **5** prnl Decidirse a actuar sin reparar en riesgos o consecuencias.

arte s m o f **1** Actividad creativa del ser humano, que, con ciertas técnicas, maneja y transforma materiales e ideas en objetos o representaciones que despiertan sentimientos, emociones o sensaciones de belleza en el público; conjunto de los objetos u obras que resultan de esta actividad: *arte moderno, arte mexicano, arte colonial, arte abstracto* **2** *Bellas artes* Conjunto de actividades, técnicas y obras, tradicionalmente reunidas en música, danza, pintura, escultura, arquitectura y, generalmente, literatura **3** *Artes plásticas* Las que manejan el espacio, la forma, el color y los cuerpos: pintura, escultura y arquitectura **4** *Artes gráficas* Las que se expresan sobre papel o cualquier superficie plana: pintura, dibujo, fotografía e imprenta **5** Técnica con la que se maneja algún material para producir algo: *arte poética, arte adivinatoria, arte de cocinar* **6** *Artes de pesca* Conjunto de las técnicas y los instrumentos con que se pesca **7** Habilidad de alguien para hacer algo: "Puso en juego todo su *arte* para conquistarla", *buenas y malas artes*.

articulación s f **1** Unión de elementos, partes o piezas de un sistema, un organismo o un aparato, que hace posible su funcionamiento coordinado **2** *(Anat)* Unión de un hueso con otro **3** *(Bot)* Coyuntura o unión, a veces con forma de nudo, de distintas partes de una planta, como la de la rama con el tallo o el tronco, la del peciolo con la rama, etc. **4** *(Fon)* Conjunto de movimientos de los órganos de la boca para pronunciar un sonido **5** *(Fon) Punto de articulación* Punto, lugar o región de los órganos de la boca en que se tocan unos a otros para producir un sonido **6** *(Fon) Modo de articulación* Modo en que el aparato bucal deja pasar el aire para producir los sonidos de una lengua **7** *(Ling) Doble articulación* Propiedad característica del lenguaje humano, según ciertos autores, que consiste en las relaciones de funcionamiento de los sonidos, o fonemas, entre sí y de las unidades significativas, o signos, entre sí. *Primera articulación* es la relación entre signos; *segunda articulación* es la relación entre fonemas.

artículo s m **1** Cada una de las partes o secciones, más o menos independientes, en que se divide un escrito jurídico, y que, por lo general, va marcada o numerada: *artículo de una ley* **2** Cada uno de los textos formados por el vocablo o entrada de un diccionario o enciclopedia y las definiciones que se refieren a él **3** Escrito que expone, comenta o critica algo y que se hace generalmente para un periódico o una revista **4** *Artículo de fondo* Aquél que analiza una cuestión importante para la sociedad, generalmente política, y expone la opinión del periódico que lo publica **5** Mercancía **6** *Artículo de primera necesidad* Objeto de consumo que es indispensable para la subsistencia, como el pan o la tortilla **7** *(Gram)* Palabra que va antepuesta al sustantivo e indica su género y su número. En *las tesis,* el artículo *las* indica que el sustantivo *tesis* es femenino y plural **8** *Artículo indefinido o indeterminado (Gram).* El que permite a un sustantivo referirse a un elemento cualquiera de un conjunto, como un, una en "*Un* niño y *una* niña vinieron". Son artículos indefinidos: *un, una, unos, unas* **9** *Artículo definido o determinado (Gram).* El que permite que un sustantivo se refiera a un objeto conocido o supuesto por el hablante como *el* en "Un niño y una niña vinieron. *El* niño preguntó por ti", o bien, que el sustantivo se refiera a un conjunto de objetos en su totalidad como en "El perro es el mejor amigo del hombre". Son artículos definidos: *el, la, los, las, lo.*

artista s m y f **1** Persona que se dedica a la práctica de alguna de las artes, como la música, la danza, el teatro, etc. **2** Actor: *artista de cine* **3** adj y s m y f Que practica alguna actividad con gran habilidad: *un artista de la cocina.*

asegurar v tr (Se conjuga como *amar*) **1** Hacer que una cosa quede fija o segura: *Asegurar una tabla* **2** Afirmar la certeza de algo: "*Aseguró* que vendría". **3** prnl Buscar o confirmar la certeza de algo: "*Asegúrate* de que esté en su casa" **4** Comprar un seguro que garantice la indemnización por la pérdida de algo: *Asegurar un coche.*

así adv **1** De esta manera, de este modo, como es, como está: "*Así* es como hay que hacerlo", "¿Está bien *así*?", "La vida es *así*", "Quiero un mueble *así*" **2** *Así de* Tan, de tal modo: "*Así de* feo", "*Así de* fácil" **3** *Así (. . .) como* De la misma manera que: "*Así como* habla, escribe", "*Así* en México *como* en España" **4** *Así como* También, además: "Se refirió al campo, *así como* a la industria" **5** *Así mismo* De la misma manera, igualmente, también: "*Así mismo* subrayó la importancia de la agricultura" **6** *Así es* Sí: "¿Es cierto que te vas mañana? - *Así es*" **7** *Así (es) que* Por lo tanto, por consecuencia: "Ya terminamos, *así que* pueden irse", "*Así es que* tuvimos que irnos en burro" **8** *Así como así* Como si fuera algo sin importancia o sin dificultad: "*Así como así* me contó que había muerto su madre" **9** *Así así* Más o menos, regular: "¿Cómo sigue el enfermo? - *así así*" **10** *Así no más* De esta manera, de pronto, como si no tuviera importancia, sin motivo alguno: "Se fue *así no más*", "Me lo regaló *así no más*", "Déjalo *así no más*" **11** conj Aunque: "Lo haré *así* se caiga el mundo".

asimismo adv De la misma manera, también, igualmente: "*Asimismo* subrayó la importancia del desarrollo agrícola".

asistencia s f **1** Acto de presentarse alguien en algún lugar porque ha sido llamado o es su deber, o de ir como espectador o testigo **2** Conjunto de personas que se reúnen en un lugar para algo determinado: "Aumentó la *asistencia* al cine." **3** Ayuda,

cuidado o colaboración prestados por alguna persona o institución: *asistencia médica, casa
de asistencia.*

asistir v intr (Se conjuga como
subir) **1** Presentarse alguien en
algún lugar porque ha sido llamado o es su deber, o ir como
espectador o testigo: *asistir a la
escuela, asistir a la oficina* **2** tr
Dar ayuda, cuidado o protección
a alguien, o servir una persona
a otra: *asistir a los enfermos* **3**
*Asistirle a uno la razón, el dere-
cho, la ley, etc.* Tenerlos de su
parte.

aspecto s m **1** Modo en que algo
se manifiesta a los sentidos, especialmente a la vista: *tener
buen o mal aspecto* **2** Forma en
que se presenta o se considera
algo: *aspectos de la física* **3**
(Gram) Aspecto verbal Expresión por medios gramaticales de
cómo transcurre la realización
de una acción, enfocándola en
cuanto a su terminación o no
terminación. Por ejemplo, en *lo
tengo hecho* su *aspecto* es *perfectivo* porque la acción se expresa
como ya terminada, mientras
que en *lo estoy haciendo* es *im-
perfectivo* porque la acción no ha
terminado. Otros casos de aspecto se refieren a la duración
de la acción y se designan como
durativo, incoativo, iterativo,
etc. **4** *(Astron)* Posición aparente de un cuerpo celeste respecto de otro; en especial de la
Luna o de un planeta respecto
del Sol.

asunto s m Problema, tema,
hecho o circunstancia que interesa, es importante para alguien, o del que se trata: *asun-*

*tos de gobierno, arreglar un
asunto.*

atacar v tr (Se conjuga como
amar) **1** Actuar, generalmente
con violencia, en contra de algo
o de alguien para destruirlo,
vencerlo o causarle algún daño:
atacar al enemigo **2** Combatir el
comportamiento o las ideas de
alguien por medio de la crítica:
"*Atacaron* sus ideas sobre la enseñanza" **3** Abordar un problema con el fin de resolverlo **4**
Perturbar una sustancia, una
enfermedad o una plaga en el estado normal de algo o de alguien: "La polilla *ataca* la madera". "El óxido *ataca* los metales."

ataque s m **1** Acción que se dirige contra algo o alguien para
destruirlo, vencerlo o causarle
algún daño: *ataque militar, lanzarse al ataque* **2** Crítica que se
hace en contra de las ideas o el
comportamiento de alguien **3**
Alteración repentina del funcionamiento de un organismo, o
crisis de una enfermedad: *ataque cardiaco, ataque de apendi-
citis* **4** Aparición repentina e
incontrolable de algo como la
risa, el llanto, etc. **5** Perturba-
ción que una sustancia, una
plaga, etc. causa sobre algo.

atención s f **1** Concentración de
la mente en algo: *escuchar con
atención* **2** Consideración, cuidado o cortesía que se tiene para
con alguien: *tener muchas atenciones.*

atender v tr (Se conjuga como
perder, 2a) **1** Poner atención a
alguien o algo: *atender a la conversación* **2** Tener consideración, cuidado o cortesía hacia

alguien: *atender a un invitado, atender a un enfermo.*

atmósfera s f 1 Envoltura gaseosa que rodea a un cuerpo celeste: *atmósfera terrestre* 2 *(Fís)* Medida de presión igual a la ejercida por el aire sobre la tierra en una superficie de un cm² al nivel del mar. Su peso es equivalente a 1.033 kg/cm² 3 Ambiente.

atrás adv 1 A espaldas de uno: "Juan viene *atrás*", "Dio un paso *atrás*". 2 En la parte posterior: "En el teatro nos sentamos *atrás*", "El corral de *atrás*" 3 En el pasado, anteriormente: "Mucho tiempo *atrás* vivía una princesa...", "Como se dijo más *atrás*".

atravesar v tr (Se conjuga como *despertar*, 2a) 1 Pasar o hacer pasar algo o a alguien de un lado a otro de un objeto, un lugar, etc.; traspasar, cruzar: *atravesar la piel una aguja, atravesar la calle* 2 Colocar o colocarse algo en algún lugar para impedir el paso. 3 Encontrarse o pasar por determinada situación: *atravesar por una crisis.*

atributo s m 1 Rasgo, cualidad o facultad que algo o alguien tiene o se le asigna "Un *atributo* de los sabios es su generosidad" 2 *(Gram)* Adjetivo o sustantivo que, siendo parte del predicado, modifica al núcleo del sujeto por medio de los verbos *ser* o *estar*, como *senador* en "Él es *senador*", *alta* en "Ella es *alta*", *enfermos* en "Ellos están *enfermos*"

aumentar v tr (Se conjuga como *amar*) Hacer que la cantidad o la cualidad de algo sea mayor o más grande: *aumentar el sueldo.*

aumentativo s y adj *(Gram)* Sufijo, terminación o morfema que se añade a una raíz o lexema agregándole un rasgo de intensidad o tamaño, como *-ote, -ota, -azo, -aza, -on, -ona* en *camionzote, palabrota, perrazo, manaza, pistolón, mujerona,* etc.

aumento s m Proceso o resultado de hacer algo más grande: *aumento de precios.*

aun 1 adv Hasta, incluso: "Te daré diez pesos y *aun* veinte si trabajas más", "La cantidad de oxígeno tiende a disminuir y *aun* a desaparecer" 2 conj Aunque, a pesar de que (en ocasiones seguido de verbo en gerundio): "*Aun* si me lo juraras no lo creería", "*Aun* enfermo no falta al trabajo", "*Aun* esforzándote no terminarás a tiempo" 3 *Ni aun* Ni siquiera: "*Ni aun* poniéndote de rodillas lograrás convencerme" 4 *Aun cuando* A pesar de que, aunque: "Puede llover más tarde, *aun cuando* no haya nubes", "Tendré que ir, *aun cuando* no tenga ganas".

aún 1 adv Hasta el momento que se expresa, hasta ahora, todavía: "*Aún* no se ha levantado", "*Aún* sigue enfermo", "No ha llegado *aún*", "*Aún* era muy temprano" 2 Todavía, además: "Si vienes conmigo, estaré más contento *aún*", "He trabajado cuatro horas y *aún* me faltan dos más" 3 Forma construcciones como *mejor aún* y *más aún*: "*Mejor aún* si llegas a tiempo", "La sequía es grave, *más aún* si el riego se desperdicia".

aunque conj 1 A pesar de lo que ocurra, se espere o se suponga; aun cuando: "Saldré *aunque* llueva", *"Aunque* es muy delgado, come mucho", *"Aunque* no lo creas, me saqué la lotería", "Conseguimos boletos *aunque* llegamos tarde" 2 *Aunque (sólo) sea* Al menos, por lo menos: "No dejes de venir, *aunque sea* un rato", "Préstame *aunque sean* cinco pesos".

ausencia s f 1 Falta de alguien o de algo en el lugar en el que debería o podría estar 2 *En ausencia de* A falta de 3 *(Med)* Pérdida momentánea de la memoria o de la conciencia.

automóvil s m Vehículo con motor de combustión interna que se desplaza sobre ruedas o llantas de hule y que generalmente utiliza gasolina como combustible; puede transportar hasta cinco o seis pasajeros; auto, coche, carro.

autor s 1 Persona que inventa, crea o descubre algo, especialmente la que escribe un libro 2 *Derecho de autor* Facultad legal que tiene el creador de una obra literaria, científica o artística para explotarla en beneficio propio y para autorizar a otra persona para que la publique o reproduzca 3 El que hace algo: *autor de un delito, autor de un gol*.

autoridad s f 1 Poder, facultad o carácter que se atribuye a un individuo, grupo de personas o institución para que dicte y haga cumplir determinadas normas: "Tener la *autoridad* suficiente para dictar una ley", *abuso de autoridad* 2 Individuo,

grupo de personas o institución que tiene a su cargo el ejercicio del poder político, administrativo, judicial, etc.: *autoridades municipales, autoridades universitarias* 3 Poder o dominio de una persona sobre otra: *autoridad paterna* 4 *Principio de autoridad* El que considera al poder como condición suficiente de obediencia 5 *Autoridad competente* Persona o institución a la que corresponde hacerse cargo de un determinado asunto 6 *Autoridad responsable (Der)* Persona encargada de dictar, ordenar o efectuar la ley o el acto reclamado, en los casos de amparo 7 *Autoridad monetaria* Institución o instituciones que en un país controlan la oferta monetaria; en México, la Secretaría de Hacienda y el Banco de México 8 Persona cuyo conocimiento y dominio sobre un tema es reconocido por los demás: *una autoridad en matemáticas*.

avance s m 1 Movimiento hacia adelante de algo o alguien; progreso alcanzado en algo, como la ciencia, la técnica, etc.: *el avance de los insurgentes, el avance de la medicina* 2 sm pl Fragmentos de una película que se exhiben antes de su estreno con fines publicitarios.

avanzar v intr (Se conjuga como *amar*) 1 Ir hacia adelante en el tiempo o en el espacio: *avanzar hacia el sur* 2 Progresar o desarrollarse algo: *avanzar un país* 3 tr Mover algo hacia adelante; adelantarlo: *avanzar un pie, avanzar un peón*.

ave s f 1 Animal vertebrado,

ovíparo, de respiración pulmonar y sangre caliente. Tiene pico, el cuerpo cubierto de plumas, dos patas con uñas o garras y dos alas aptas por lo común para el vuelo **2** *Ave rapaz o de rapiña* La que es carnívora, de pico curvo y fuertes garras, como el águila y el buitre **3** *Ave de corral* La que es doméstica y no vuela, como la gallina y el guajolote **4** pl *(Zool)* Clase de estos animales.

aventar v tr (Se conjuga como *despertar*, 2a) **1** Lanzar algo lejos de sí, generalmente con precipitación: *aventar una pelota* **2** Empujar a alguien o algo con violencia para alejarlo de sí: *aventar la silla* **3** prnl Echarse o lanzarse sobre algo o alguien: "*Se aventó* por la pelota" **4** Separar el grano de la paja, lanzándolo hacia arriba para que el viento se lleve la paja y el grano caiga.

avión s m Vehículo aéreo más pesado que el aire, que se sostiene en él mediante alas y se mueve por la acción de uno o varios motores.

avisar v tr (Se conjuga como *amar*) Hacer saber, advertir o anunciar algo a alguien: "Nos *avisaron* del temblor".

ayer adv **1** En el día anterior al de hoy: "*Ayer* llegó temprano" **2** En el pasado: "*Ayer* maravilla fui/y ahora ni sombra soy".

ayuda s f **1** Cooperación, apoyo o socorro que se da a alguien para que pueda alcanzar un fin o le resulte más fácil hacerlo **2** *Ser de gran (mucha) ayuda* Ser algo o alguien muy importante, aunque no indispensable, para la realización de un fin.

ayudar v tr (Se conjuga como *amar*) **1** Cooperar en la realización de algo o contribuir a que ocurra, se consiga o resulte más fácil: "Lo *ayudó* a cruzar la calle", *ayudar en la cocina* **2** prnl Valerse de algo para conseguir un fin: "*Se ayudó* de las muletas para subir".

azteca 1 s m y f Grupo que se estableció en el altiplano de México y en sus alrededores durante el siglo XIII. Fundó, en un islote al occidente del lago de Texcoco, la ciudad de México-Tenochtitlan y en poco tiempo logró dominar el centro y el sur de la actual República Mexicana. Su imperio terminó en 1521, con la conquista española **2** adj y s m y f Que es originario de este grupo indígena o que se relaciona con él **3** s m Lengua de este grupo; náhuatl **4** s y adj m y f Mexicano.

azúcar s f **1** Sustancia dulce que se obtiene principalmente del jugo de la caña de azúcar o del de la remolacha. Se cristaliza y refina mediante diversos procesos hasta que adquiere una consistencia sólida y generalmente granulada. Es soluble en agua y su color puede ser café, pardo o blanco, según su grado de refinación. Es el principal dulcificador de la alimentación humana, y se usa mucho en la elaboración de postres y como conservador **2** *Azúcar morena* La que es café y poco refinada **3** *Azúcar glass* La más finamente pulverizada, blanca y de uso muy común en repostería **4**

Azúcar candi La que se obtiene mediante evaporación lenta, de manera que forma grandes cristales transparentes **5 sm pl** (Quím) Sustancias orgánicas formadas por carbono, hidrógeno y oxígeno, comunes en la materia viviente, como la sacarosa (azúcar de caña o de remolacha), la glucosa o dextrosa (azúcar de uva, de almidón, o la que se encuentra en la sangre, el hígado y otros tejidos animales) y la fructosa (azúcar de la miel y de la mayor parte de las frutas).

azul adj m y f y s m Que es del color del cielo sin nubes o del mar cuando brilla el sol.

B b

b. s f Segunda letra del alfabeto, que representa al fonema consonante bilabial sonoro. Su articulación es oclusiva cuando aparece al principio de la palabra o después de una consonante nasal, como en *basta* o *cambio,* mientras que en las demás posiciones es fricativa, como en *cantaba* y *abre.* Su nombre es *be, be grande* o *be alta.*

bailar v intr (Se conjuga como *amar*) **1** Mover rítmica y armónicamente el cuerpo una persona, siguiendo el compás de una pieza musical **2** Moverse repetidamente algo sin salirse de un lugar determinado porque tiene juego o está suelto **3** *Bailar un trompo, una pirinola, etc.* Hacer que giren sobre sí mismos.

baile s m **1** Serie de movimientos rítmicos y armónicos que ejecuta una persona o un grupo de personas al compás de la música **2** Reunión de carácter festivo a la que la gente va a bailar y divertirse.

bajar v intr (Se conjuga como *amar*) **1** Ir o pasar de un lugar a otro más bajo o a un nivel inferior: *"Bajó al primer piso", "Bajaba por el pan", "Bajarse del caballo"* **2** Salir de un vehículo: *"Los pasajeros bajan del avión", "Bajamos de la lancha", "Siempre bajaba corriendo de los tre-*

nes" **3** Disminuir una cosa en intensidad, cantidad, calidad, precio o valor: *"Bajar la calentura", "Bajó el dólar", "Bajar la voz", "Que no baje el nivel académico"* **4** tr Poner algo en un lugar más bajo del que estaba o hacer que sea menor la intensidad, calidad, cantidad, precio o valor de alguna cosa: *"Baja, por favor, las persianas", "Bajar el telón", "Bajen el brazo", "El maestro bajó las calificaciones", "La aspirina le bajó la fiebre"* **5** *Bajarle los humos a alguien* Quitarle a alguien lo presumido y vanidoso.

bajo[1] adj **1** Que tiene poca altura o poca profundidad; que alcanza poca distancia hacia arriba o hacia abajo: *hombre bajo, navegar en aguas bajas, pared baja, canal bajo* **2** Que está a poca distancia del suelo o de la superficie del agua: *nubes bajas, arrecifes bajos* **3** Que está a poca altura sobre el nivel del mar: *tierras bajas* **4** Que está en un lugar inferior con respecto a otra cosa de su misma clase: *planta baja* **5** Inclinado hacia abajo: *cabeza baja, mirada baja* **6** Que es poco elevado con respecto a una escala de medida o de valores: *precios bajos, temperaturas bajas, voz baja, azul bajito, notas bajas* **7** Que es despreciable, vil o mezquino: *bajas acciones* **8** Que es de las últimas etapas de un periodo, generalmente histórico: *baja Edad Media, bajo Imperio Romano* **9** sm Voz o instrumento de tono más grave **10** sf Disminución o descenso del precio o valor de algo en el mercado: *una baja del precio del maíz, tendencia a la baja* **11** sf Muerte o desaparición de un individuo en un combate, y documento que lo consigna: "El ejército tuvo mil *bajas*" **12** adv De manera que no alcanza gran altura o intensidad: *hablar bajo, volar bajo* **13** *Por lo bajo* Cuando menos: "El terreno cuesta *por lo bajo* un millón de pesos" **14** *Dar de baja a alguien* Dejar alguien de pertenecer o integrar una institución, voluntaria o forzosamente: "Lo *dieron de baja* en el Seguro Social".

bajo² prep **1** Indica la posición de una cosa con respecto a otra que está a mayor altura o que es más elevada: *bajo tierra, bajo techo, bajo cero* **2** Indica la situación de algo con respecto a lo que lo determina o considera: *bajo el punto de vista, bajo ciertas condiciones, bajo esas circunstancias* **3** Indica el cuidado o dirección que tiene alguien de alguna persona o cosa: *bajo el mando del general, bajo la batuta del director* **4** Indica el dominio de aplicación de algo, especialmente de las leyes: *bajo protesta, bajo fianza, bajo pena de expulsión* **5** Indica el tiempo durante el cual sucede algo: *bajo la presidencia de Carranza, bajo el reinado de Luis XIV*.

banca¹ s f **1** Asiento largo, para varias personas, generalmente de madera o hierro y frecuentemente con respaldo **2** Mueble con asiento y mesa que usan los estudiantes en los salones de clase; mesabanco, pupitre **3** *(Dep)* Lugar que ocupan los jugadores suplentes, masajistas, etc. de un equipo **4** *(Dep)* Conjunto de jugadores suplentes de un equipo que pueden sustituir a los titulares.

banca² s f Conjunto de instituciones bancarias.

banco¹ s m **1** Establecimiento que realiza las múltiples operaciones comerciales a que da lugar el dinero y los títulos que lo representan, como inversiones, créditos, ahorros, pagos, etc.: *banco de depósito, de ahorro, ejidal, agrícola*, etc. **2** Edificio o local en el que tiene sus oficinas un banco **3** *Banco múltiple* Organismo que concentra todas las formas de comercio con el dinero y otros valores; banca múltiple **4** Cualquier establecimiento en el que se deposita algo, para ponerlo al alcance de otros individuos interesados: *banco de sangre, de información*.

banco² s m **1** Asiento para una sola persona, generalmente sin respaldo **2** Mesa de trabajo, firme y resistente, que usan algunos artesanos, como los carpinteros y los herreros **3** Depósito o acumulación de arena, conchas, corales, etc. que en lagos, ríos y mares da lugar a una elevación del fondo, dificultando así la navegación.

banco³ s m Conjunto muy numeroso de peces que nadan juntos.

bañar v tr (Se conjuga como

amar) **1** Lavar el cuerpo propio, el de otra persona o el de un animal, generalmente con agua y jabón: *bañar al bebé, bañar un perro* **2** Cubrir algo con una sustancia, generalmente sumergiéndolo en ella: *bañar en plata los cubiertos.*

baño s m **1** Acto de lavar el cuerpo propio, el de otra persona o el de un animal, generalmente con agua y jabón: *darse un baño* **2** Acto de sumergir algo en un líquido: *baño de pies, baño en aceite, baño de oro* **3** Capa que cubre a un objeto como resultado de haberlo sumergido en alguna sustancia: *baño de oro* **4** *Baño María* Procedimiento que consiste en poner al fuego, en un recipiente con agua, otro que contiene lo que se quiere calentar **5** Cuarto provisto de lavabo, excusado y, generalmente, de tina o regadera: *baño de una casa, baño público* **6** *Medio baño* El que sólo tiene lavabo y excusado **7** *Baño público* Establecimiento en el que se paga por bañarse.

barco s m Vehículo, generalmente de madera o de hierro y de forma cóncava, que flota y se desliza en el agua impulsada por el viento o por algún tipo de motor; sirve de transporte y puede estar equipado para distintos fines: *barco de vela, barco de vapor, barco pesquero, barco de carga, barco de guerra.*

barrio s m **1** Zona de una ciudad, delimitada por su ubicación geográfica, por alguna característica de la gente que vive en ella, por alguna peculiaridad suya o por su historia: *barrio de Tepito, barrio obrero, barrio judío* **2** Zona pobre de una ciudad.

basar v tr (Se conjuga como *amar)* Dar a algo o alguien una base, un punto de apoyo o tomar algo como fundamento: *"Basa sus hipótesis en la teoría de la gravedad", "Me baso en lo que ellos me contaron".*

base s f **1** Parte más baja en la que descansa, se sostiene o se apoya algo: *base de un edificio, base de un florero, base de cráneo* **2** Parte más importante de algo que le sirve de apoyo o lo condiciona: *base de una teoría, base de la sociedad* **3** *Sobre la base de, con base en, en base a* Tomando algo como fundamento o punto de partida; de acuerdo con **4** Ingrediente principal o fundamental de algo: *base de un medicamento* **5** *A base de* Constituido por, teniendo como ingrediente principal: *"Un té a base de yerbabuena"* **6** Lugar en donde se reúne una fuerza militar o los dirigentes de una organización, para ejercer desde ahí sus operaciones: *base militar, naval, aérea* **7** (Geom) Línea a partir de la cual se mide la altura de una figura plana, o plano en el que se apoya un cuerpo geométrico: *base del triángulo, base del cono, base de la pirámide* **8** (Geom) *Base mayor, base menor* Las dos líneas paralelas de un trapecio **9** *Base de un sistema numérico, base de un agrupamiento* Número de cifras con cuya combinación se puede representar cualquier número: *sistema de base decimal, de base dos,* etc. **10** *(Mat)*

Base de un logaritmo Número del cual un logaritmo es su exponente **11** *(Quím)* Sustancia alcalina capaz de neutralizar la acción de un ácido, como la sosa, la potasa, etc.

básico adj Que es indispensable para algo o alguien; que constituye la base o fundamento de alguna cosa: *alimentos básicos, diccionario básico.*

basta interj Ya no más, es suficiente: "¡*Basta* de gritos!", "*Basta* ya!".

bastante adj m y f, y adv **1** Que es suficiente o que tiene la cantidad necesaria para algo: "Hay *bastantes* razones para considerarlo culpable", "Tiene *bastantes* elementos nutritivos para cubrir las necesidades del cuerpo", "El río no es lo *bastante* profundo para que entre el barco" **2** Considerable, grande, mucho, muy: "Hicimos *bastante* esfuerzo para llegar", "Conoce *bastante* sobre el tema" **3** Demasiado: "Comió *bastante* y por eso se enfermó".

bastar v intr (Se conjuga como *amar*) **1** Ser algo o alguien suficiente para alguna cosa: "*Basta* con dos kilos de harina para hacer el pan", "*Bastan* diez palabras para el telegrama", "*Bastaría* con preguntar" **2** *Bastarse alguien a, por sí mismo* Valerse por sí mismo, ser uno mismo capaz de hacer lo que se requiera.

batir v tr (Se conjuga como *subir*) **1** Golpear algo repetidas veces: *batir el tambor, batir palmas* **2** Golpear el viento, las olas, la lluvia, etc. en algún lugar **3** Mover algo repetidamente y con fuerza: *batir las alas* **4** Revolver con movimientos rápidos y fuertes algunas sustancias líquidas o blandas para que se mezclen y tomen cierta consistencia: *batir los huevos* **5** Vencer a un rival en la guerra o en alguna competencia **6** Registrar una extensión de terreno para asustar a los animales que se encuentren en ella y cazarlos o para buscar a algo o alguien **7** prnl·Enfrentarse en un combate dos personas o dos fuerzas enemigas: *batirse en duelo* **8** *Batirse en retirada* Alejarse de una situación peligrosa o desfavorable; huir **9** *Batir una marca o un record* Superarlos estableciendo, por lo general, uno nuevo **10** Ensuciar algo: "El niño se *batió* de crema".

beber v tr (Se conjuga como *comer*) **1** Hacer que entre algún líquido por la boca: *beber agua* **2** Tomar bebidas alcohólicas.

belleza s f **1** Cualidad que tiene algo o alguien de producir en quien lo percibe placer, admiración y gusto: *la belleza de la pintura, de la música, de la poesía,* etc.; *la belleza de un paisaje, la belleza de una mujer* **2** *Salón, artículo,* etc. *de belleza* Todo lo que se dedica al cuidado de la belleza del cuerpo.

bello adj Que produce placer o gusto, particularmente a los sentidos de la vista y el oído, o admiración y deleite al pensamiento; hermoso, bonito: *una bella voz, un bello atardecer, una bella idea.*

beneficiar v tr (Se conjuga como *amar*) **1** Hacer bien a algo o alguien o sacar provecho de algo o alguien: "El sol *beneficia* las plantas", "La ley *beneficia* a los ancianos" **2** *(Min)* Procesar los minerales para obtener los metales requeridos **3** Mejorar la tierra.

beneficio s m **1** Bien o favor que se hace o se recibe: *gozar de un beneficio* **2** Utilidad o ganancia de un negocio **3** *(Min)* Proceso de la explotación de los minerales que consiste en separar el metal deseado del resto de los minerales con los que aparece mezclado: *hacienda de beneficio* **4** Función de teatro o de algún espectáculo que se organiza para ayudar a alguien: "Un *beneficio* en favor del hospital".

besar v tr (Se conjuga como *amar*) Tocar algo con los labios ligeramente contraídos, principalmente alguna parte del cuerpo como la boca, la mejilla o la mano, en expresión de deseo, afecto o respeto.

beso s m Acto en que los labios ligeramente contraídos de alguien tocan algo, principalmente alguna parte del cuerpo de otra persona, y que se hace como expresión de afecto, de deseo o de respeto.

bien¹ s m **1** Valor moral de lo que es deseable, justo, correcto, útil y beneficioso: "Luchó por el *bien* de todos" **2** Lo que es conveniente, apropiado o útil para alguien: "Hazlo por tu *bien*" **3** Propiedad de alguien u objeto material de valor para alguien: *los bienes de la Iglesia, bienes de la Nación, heredar algunos bienes* **4** *Bienes de consumo* Productos que, al usarse o consumirse, satisfacen las necesida-

des del ser humano **5** *Bien mueble* Objeto material que puede moverse de un lugar a otro sin sufrir cambios, como un coche, una mesa o una herramienta **6** *Bien inmueble, bien raíz* Propiedad de alguien, como un terreno o una casa, que no puede moverse del lugar en que está **7** *Gente de bien* Gente que trabaja y actúa con honradez, justicia y respeto.

bien² adv **1** Como es debido, como conviene, de una manera acertada, con buen resultado: *portarse bien, sentarse bien, ver bien, oler bien, cantar bien, cocinar bien, salir bien, escribir bien* **2** Con buen aspecto, con buena salud: *estar bien, verse bien* **3** En forma agradable, divertida, con comodidad: *pasarla bien, viajar bien* **4** (Antepuesto a un adjetivo o a un adverbio) Muy: "Un café *bien* caliente", "Llegó *bien* tarde" **5** Por supuesto, sin duda, es claro: "*Bien* que sabe", "*Bien* se ve que no es suyo".

bilabial adj *(Fon)* Que se pronuncia interrumpiendo con los labios la salida del aire por la boca. Son bilabiales las consonantes *p, b* y *m*.

blanco 1 adj y s m Que tiene un color como el de la leche, la cebolla o la nieve **2** adj Que es más claro, comparado con otro más oscuro: *pan blanco, vino blanco* **3** Que es puro, inocente o bueno: *magia blanca, alma blanca, historia blanca* **4** s Individuo de la raza así llamada, natural de Europa **5** sm Objeto, generalmente circular, con franjas concéntricas de color separadas por otras blancas, al que se dispara un arma con el fin de practicar la puntería **6** sm Hueco o espacio libre entre dos cosas **7** *En blanco* Sin escritura, sin llenar: *cheque en blanco, hoja en blanco* **8** *Quedarse en blanco* No comprender o saber nada.

boca s f **1** Parte del cuerpo de los animales por donde entra el alimento a su organismo; en los humanos y la mayoría de los vertebrados es una cavidad en la parte inferior de la cara y contiene la lengua y los dientes; en ella está el sentido del gusto; para los humanos es también el órgano principal del habla **2** *Boca arriba, abajo* Acostado con la cara hacia arriba o hacia abajo; un vaso, una botella, etc., con la abertura hacia arriba o hacia abajo; una baraja, un papel, etc., con lo escrito o dibujado a la vista u oculto **3** *Caer(se), irse de boca* Caerse hacia adelante **4** Abertura o agujero por donde se puede meter o sacar algo; entrada: *boca de una botella, boca de un cañón, boca del estómago* **5** *Hacérsele a uno agua la boca* Apetecer o desear algo, especialmente el sabor de un alimento o una bebida **6** *A pedir de boca* Tan bien o tan bueno como uno lo deseaba **7** *Dejar a alguien o quedarse con la boca abierta* Dejar a alguien o quedarse sorprendido o asombrado **8** *Ir, andar de boca en boca* Ser algo o alguien el tema del que todos hablan.

bolsa[1] s f **1** Objeto de papel, tela u otro material flexible, gene-ralmente rectangular, que sirve para contener cosas y llevarlas de un lado a otro **2** *Bolsa (de mano)* La que usan generalmente las mujeres para llevar sus cosas personales; suele tener asa y un broche para cerrarla **3** Trozo de tela que se cose por fuera o por dentro de la ropa y se deja abierto por uno de sus lados para guardar cosas dentro de él; bolsillo: *bolsa del pantalón, bolsa de la camisa* **4** *Bolsa marsupial* La que tienen los animales marsupiales, como los canguros, para llevar a sus crías **5** *Bolsa de aire* Turbulencia que hace que un avión se mueva bruscamente en el sentido vertical.

bolsa[2] s f **1** *Bolsa (de valores)* Organización que funciona como un mercado para la compra y venta de valores, como las acciones y los bonos **2** Lugar donde se realizan esas operaciones **3** Conjunto de las operaciones de bolsa: **4** *Subir o bajar la bolsa* Elevarse o bajar el precio de los valores **5** *Bolsa de trabajo* Organización encargada de informar quién ofrece trabajo y quién lo necesita.

bonito 1 adj Que es agradable a los sentidos; que es atractivo o bueno; que tiene encanto: *piernas bonitas, bonita voz, bonito gesto* **2** adv De manera agradable, bien: *cantar bonito*.

brazo s m **1** Extremidad superior del cuerpo humano y del de los primates, que comprende desde la mano hasta la articulación del hombro, o esa misma extremidad sin considerar la mano o, al igual que en los cuadrúpedos, la porción comprendida entre el hombro y el codo **2** *Cruzarse de brazos* Permanecer inactivo o sin reaccionar ante algo **3** *Dar el brazo a torcer* Ceder ante una idea, proposición, situación, etc. **4** *Ser el brazo derecho de alguien* Serle de gran ayuda o servirle de apoyo **5** Órgano con el que se mueven o se agarran los animales invertebrados **6** Pieza alargada de un objeto o mecanismo que sirve para sostener o remover algo; se articula a un cuerpo principal y generalmente es móvil: *brazo de una grúa, brazo de una balanza* **7** Parte de una silla o sillón que sirve para reposar el brazo **8** *Brazo de mar* Canal de mar, ancho y largo, que entra a tierra **9** *Brazo de río* Ramificación de un río.

breve adj m y f Que es de poca duración o extensión: *breve interrupción*, "Los discursos *breves* son mejores".

buen adj (Apócope de *bueno*, antes de sustantivos masculinos): *buen hombre, buen doctor, buen día, buen provecho*, etc.

bueno adj **1** Que se orienta hacia el bien, que es valioso, bondadoso o sincero: *buena causa, buena acción, buena costumbre, buena amiga, hombre bueno, niño bueno, vida buena* **2** Que es conveniente, beneficioso, útil, correcto para algo o alguien: *clima bueno, buenos resultados, buena conclusión, buenos modales* **3** Que tiene valor o calidad; que hace bien su trabajo o función: *tela buena, buena música; buena maestra, buenas tijeras, buena vista* **4** Que está en condiciones de usarse: "El motor todavía está *bueno*" **5** Muy grande, abundante, importante o intenso: "Unos *buenos* trozos de carne", *buenas ganancias, buena lluvia, buena cosecha*, "Se ha llevado *buenos sustos*" **6** *De los buenos* Grande, intenso: "Una tormenta *de las buenas*" **7** Que es agradable, placentero, positivo o causa alegría: *buena sazón, buena cara, buena noticia, día bueno, buena impresión* **8** Está bien, de acuerdo, sí, ni modo: *"Bueno, voy contigo"* **9** *Ser bueno en algo* Ser apto, capaz o sobresaliente en algo: "Es muy *bueno* en matemáticas" **10** *Por las buenas* Sin violencia, en forma tranquila: "Lo arreglamos *por las buenas*" **11** *A la buena de Dios* Al azar, sin planear, sin cuidado **12** adv Entonces, pues, es decir: *"Bueno, de ahí nos fuimos a Dolores"*, "Era azul, *bueno*, más bien morado" **13** *¡Qué bueno!* ¡Qué alegría, qué gusto! **14** Diga, lo oigo, al hablar por teléfono.

burgués adj y s **1** Que pertenece a la burguesía, se relaciona con ella o sostiene los intereses de esta clase: *costumbres burguesas*, "Los *burgueses* controlan el comercio" **2** Que tiene dinero en abundancia y vive con muchos lujos: "Una familia *burguesa*".

burguesía s f **1** Clase social que, en el régimen capitalista, está formada por los dueños del capital o de los medios de producción, que obtienen ganancias del valor producido por los trabajadores que contratan **2** Capa o grupo social constituido por las personas más ricas de una sociedad.

burocracia s f **1** Conjunto de los empleados y los funcionarios públicos de un Estado **2** Conjunto de los empleados y funcionarios administrativos de una organización: *burocracia escolar, burocracia sindical* **3** Forma de administración estatal, sindical, universitaria, de partido, etc., que a partir de la concentración de funciones y la excesiva especialización de sus servicios, tiende a ganar poder y autonomía con respecto a su base social.

burócrata s m y f Empleado público, particularmente el que tiene a su cargo tareas administrativas.

buscar v tr (Se conjuga como *amar*) Hacer lo necesario o conveniente para encontrar algo o a alquien: *buscar trabajo.*

búsqueda s f Acción que tiende a encontrar algo o alguien: "La *búsqueda* de los asesinos comenzó al amanecer".

C c

c s f Tercera letra del alfabeto;
su nombre es *ce*. Delante de las
vocales *e, i* representa al fonema
consonante predorsoalveolar fricativo sordo /s/; ante las vocales
a, o, u o cualquier otra consonante representa al fonema
velar sordo /k/;

caballería s f **1** Cualquiera de
los animales equinos, como los
caballos, las mulas y los burros,
que sirven para cargar algo o
transportarse **2** Cuerpo del
ejército que usa caballos para
moverse, y ahora también carros de combate, tanques, etc.

caballero s m **1** Hombre de
principios, cortés y distinguido: *ser (todo) un caballero* **2**
Hombre que pertenece a una
orden de caballería: *Caballero
de Malta, Caballeros de Colón* **3**
Hombre que va a caballo **4**
Héroe de los libros de caballería **5** Modo cortés de dirigirse o
llamar a un hombre: *Damas y
Caballeros, artículos para caballero.*

caballo s m **1** *(Equus caballus)*
Mamífero doméstico del género
de los equinos, cuadrúpedo, de
aproximadamente 1.60 m de altura entre la cruz y el suelo.
Tiene el cuello largo y arqueado, el hocico alargado, las
orejas pequeñas, el pelo corto *y*
suave, melena y cola largas; es
de gran utilidad en la agricultura como animal de carga y de

transporte, así como apreciado
en algunos deportes **2** *Caballito
de mar* Pez teleósteo que nada
en posición vertical y cuyo perfil
es parecido al del caballo **3** *Caballito del diablo* Libélula **4** *A
caballo* Sobre el lomo de un caballo: *ir a caballo* **5** *A caballo*
Entre dos cosas **6** *Caballo de
vapor* Medida de la potencia de
un motor, equivalente a 75 ki-
lográmetros por segundo **7** *Caballo de fuerza* Medida inglesa
de la potencia de un motor
equivalente a 1.0138 caballos de
vapor **8** *Caballito de batalla*
Tema o argumento al que alguien recurre repetidas veces
para sostener una discusión o
porque es su especialidad.

caber v intr (Se conjuga como
10a) **1** Tener algo el tamaño necesario para ser contenido, rodeado o capaz de pasar a través
de algo; o para contener, rodear
o dejar pasar algo o a alguien:
"El caballo no *cabe* por la
puerta", "Este sombrero no me
cabe", "No *quepo* en mí de alegría" **2** Ser algo posible: *cabe
señalar, no cabe duda* **3** *Caberle
a uno el honor, la satisfacción,*
etc. Tocarle a uno o corresponderle el honor, la satisfacción,
etc.

cabeza s f **1** Parte superior del
cuerpo humano, y anterior y superior de los animales, donde se
encuentran el encéfalo y los

principales órganos de los sentidos **2** Parte superior del cráneo donde nace el pelo **3** Caja craneana **4** Mente, inteligencia, razón: *tener una buena cabeza, una cabeza brillante* **5** *De la cabeza a los pies, de pies a cabeza* De arriba a abajo, por completo: *mojarse de pies a cabeza* **6** *Irse de cabeza* Caerse **7** *Sentar cabeza* Comenzar a llevar una vida ordenada y tranquila **8** *De mi (tu, su, etc.) cabeza* De propia invención **9** *Hacer cabeza* Recordar algo **10** *Meterse de cabeza en algo* Dedicarse por completo a algo, concentrarse en ello **11** *Venírsele a uno algo a la cabeza* Recordar, pensar de pronto algo **12** *Metérsele a uno algo en la cabeza* Pensar en algo o querer hacer algo con terquedad, con obstinación **13** *Calentarle a uno la cabeza* Hacer que alguien crea en lo que le dice otra persona, generalmente con mala intención **4** *Tener la cabeza en los pies* Estar distraído o desorientado **15** *Subírsele a alguien algo a la cabeza* Enorgullecerse excesivamente de algo **16** *Echar de cabeza a alguien* Denunciar a alguien o descubrir sus actos **17** Parte superior de algo: *cabeza de un edificio* **18** Extremo abultado de un objeto: *cabeza de alfiler, cabeza de clavo, cabeza de hueso* **19** Extremo anterior de algo: *cabeza de una viga, cabeza de un puente* **20** Extremo inicial de algo: *cabeza del tren, cabeza de un desfile* **21** Parte más importante, principal, central o directora de algo: *cabeza de distrito, cabeza de un partido, cabeza de un gobierno* **22** Parte de

una máquina en la que hay un instrumento movible para hacer algo: *cabeza de barrena* **23** Individuo o elemento de un conjunto: "Diez *cabezas* de ganado", "Tres dulces por *cabeza*".

cabo s m **1** Cualquiera de los dos extremos de una cosa, principalmente de objetos alargados: *el cabo de una cuerda, de un hilo, etc.* **2** *De cabo a rabo* De principio a fin: "El libro es bueno de *cabo a rabo*" **3** Extremo por donde se toman o agarran distintas herramientas agrícolas como las palas, los azadones, etc. **4** Parte pequeña que queda de un objeto: *cabo de vela* **5** Porción estrecha y alargada de tierra que entra en el mar: "El *Cabo* San Lucas" **6** Cuerda que se usa para distintas maniobras marítimas **7** Parte de las patas de un caballo que va de la rodilla y la corva para abajo **8** *Atar cabos* Reunir distintos elementos para descubrir algo o sacar una conclusión **9** *Cabo suelto* Elemento no previsto que queda aislado y sin explicación **10** *Llevar a cabo* Hacer o realizar algo **11** *Al cabo, al fin y al cabo* Al fin que, después de todo: "Esperaré otra oportunidad, *al cabo* ésta no era tan importante" **12** *Al cabo de* Al final de algo **13** Grado militar inferior al de sargento y superior al de soldado raso o al de marinero.

cada adj m y f sing **1** Indica por separado o de uno por uno los elementos de un conjunto: *cada persona, cada niño, cada país* **2** Indica la distribución o repartición de igual número o cantidad de elementos de un conjunto: *cada tercer día, cada dos meses, cada cinco años, cada veinte kilómetros, cada cuadra* **3** Enfatiza al sustantivo en oraciones generalmente incompletas o elípticas: "Dice *cada* cosa...", "Tiene *cada* ocurrencia..." **4** *Cada (vez) que* Siempre que: "*Cada vez* que viene me busca", "*Cada que* viene nos peleamos" **5** *A cada instante* Todo el tiempo, constantemente: "*A cada instante* nace o muere una persona".

cadena s f **1** Objeto formado por una serie entrelazada de eslabones de metal o de otro material **2** *Cadena sin fin* La que está unida por sus extremos **3** Serie de hechos o acontecimientos: *una cadena de accidentes* **4** Serie de objetos o empresas relacionadas entre sí: *cadena de hoteles, cadena de radio* **5** *En cadena* En serie, sucesivamente, como consecuencia: *reacción en cadena* **6** *Cadena de montaje* Serie de trabajos que van haciendo sobre el mismo objeto distintos obreros especializados **7** *Cadena perpetua* Pena máxima de prisión **8** Baile en que hombres y mujeres giran en sentidos opuestos entrelazando los brazos alternadamente unos con otras.

caer v intr (Se conjuga como 1d) **1** Moverse algo o alguien de arriba abajo por la acción de su propio peso: *caer las piedras*, "Brincó y se *cayó*" **2** *Caer de espalda, cabeza, manos,* etc. Caer de tal forma que lo primero que toca el suelo es la espalda, la cabeza, las manos, etc. **3** Desprenderse algo del lugar al que estaba adherido o sujeto: *caerse un botón, caer las hojas de los árboles, caerse un diente* **4** Estar algo colgando: "El pelo le *caía* sobre los hombros" **5** Estar algo situado en cierta dirección: "Los muros *caen* hacia el río" **6** Morir: "¡Cuántos jóvenes *cayeron* en la guerra!" **7** Sufrir una derrota, ser capturado, vencido o eliminado: "El equipo *cayó* por dos goles a cero", "*Caerá* el dictador" **8** *Caer en manos de* Ser tomado por: "Guadalajara *cayó en manos de* los insurgentes", "El ratero *cayó en manos* de la policía" **9** Decaer algo, disminuir o bajar su intensidad: *caer el ánimo, caer los precios, caer la producción* **10** *Caer algo en desuso* Dejarse de usar **11** *Caer la tarde, el sol, la noche* Llegar a su fin el día, oscurecer, hacerse de noche **12** Quedar o ponerse alguien en una situación difícil, desafortunada o peligrosa: *caer en una trampa, caer en desgracia, caer en la miseria* **13** Lograr entender algo o descubrirlo: "¡Ya *caigo*, el mayordomo era el asesino!" **14** *Caer en la cuenta* Darse cuenta de algo, encontrar su significado **15** Quedar algo incluido en una clase, sujeto a una regla o corresponder su ejecución a alguien: *caer en un intervalo*, "Mantener la ciudad limpia *cae* entre las obligaciones del ayuntamiento" **16** Tocarle algo a alguien, recibir algo inesperado **17** *Caer algo o alguien del cielo* Ser oportuno **18** *Caer algo bien o mal a alguien* Producirle un efecto bueno o malo, sentarle bien o mal: "Le *cae bien* tomar el sol", "El café le *cae mal*" **19** *Caer alguien bien o mal* Producir simpatía o disgusto: "Los niños siempre le han *caído bien*" **20** Llegar a algún lugar sin ser esperado: "*Cayó* en mi casa a la hora de la comida".

café s m **1** Semilla del cafeto **2** Bebida que se prepara con estas semillas, después de tostarlas y molerlas, agregándoles agua caliente **3** Establecimiento en que se sirve café y otros alimentos y bebidas **4** adj m y f y s m Que tiene el color de estas semillas cuando están tostadas.

cafeto s m *(Coffea arabica)* Arbusto de la familia de las rubiáceas, de 3 a 5 m. de altura, de ramas largas y delgadas, hojas siempre verdes, lustrosas, con los bordes ondulados y terminadas en punta, en cuya articulación se aglomeran las flores, blancas y olorosas. Su fruto es ovalado, verde cuando está tierno y rojo al madurar; contiene dos semillas de un centímetro de largo, también ovaladas y con una hendidura a lo largo, de las que se obtiene el café. Crece en climas cálidos y húmedos.

Caja s f **1** Objeto hueco que sirve para guardar cosas, generalmente en forma de paralelepípedo y con tapa **2** Aquélla en la que se deposita un muerto para enterrarlo; ataúd **3** *Caja fuerte* La de hierro en la que se guardan objetos de valor y dinero **4** *Caja registradora* Aparato que se emplea para sumar automáticamente y guardar en él el dinero **5** Lugar en un banco, comercio u oficina donde se hacen los cobros y los pagos **6** *Caja de ahorros* Sistema de ahorro y préstamo que organizan varias personas aportando periódicamente una cantidad determinada de dinero **7** Parte hueca de los instrumentos de cuerda y de percusión, como la guitarra, el violín o el piano, donde se produce la resonancia **8** *Caja de música* Instrumento que se acciona con una cuerda de reloj para hacer girar una banda, de metal o de papel, donde está grabada una pieza musical que se reproduce en un tímpano **9** *Caja de velocidades* Mecanismo por el cual se transmite la fuerza producida por el motor de un vehículo al eje que mueve sus ruedas, y conjunto de los engranes que lo componen **10** Tambor **11** *Echar a alguien con cajas destempladas* Echarlo o despedirlo con enojo y rudeza.

calcular v tr (Se conjuga como *amar*) **1** Hacer las operaciones matemáticas necesarias para averiguar el valor, la cantidad o la medida de algo: "*Calcular* el perímetro de un triángulo" **2** Atribuir a algo un valor, una cantidad o una medida que se considera aproximada "*Calculan* que hubo pérdidas por más de dos millones", "Le *calculo* unos 50 años" **3** Suponer algo: "*Calculamos* que terminaremos en diciembre" **4** Considerar las ventajas y desventajas de algo o prever sus consecuencias: "Un hombre que *calcula* antes de actuar".

cálculo[1] s m **1** Operación o serie de operaciones matemáticas para averiguar el valor, la cantidad, o la medida de algo: "El *cálculo* de una superficie rectangular" **2** *(Mat)* Rama de las matemáticas que estudia los métodos para analizar la relación existente entre dos o más magnitudes variables, por ejemplo, el método para conocer la velocidad de un cuerpo en un instante determinado a partir de la relación entre distancia y tiempo **3** Estimación aproximada del valor, la cantidad o la medida de algo: "Según mis *cálculos* llegaron 100 personas". **4** Previsión que se hace de algo: "Fallaron sus *cálculos* y no pudo llegar a tiempo".

cálculo[2] s m **1** Acumulación de sales que se solidifican en pequeñas piedras en el interior de distintos órganos como la vejiga, los riñones, etc., debida, generalmente, a un mal funcionamiento del metabolismo.

caldo s m **1** Alimento líquido que consiste en una mezcla de jugos de carne con los de verduras y el agua en que se cuecen **2** *(Biol) Caldo de cultivo* Líquido que resulta de la mezcla de distintas sustancias orgánicas; sirve para la reproducción artificial de bacterias en laboratorio **3** *Dar sabor al caldo* Hacer que las cosas tomen mayor intensidad o interés.

calentar v tr (Se conjuga como *despertar,* 2a) **1** Elevar la temperatura de algo: *calentar la sopa* **2** Violentar o violentarse, producir o sentir exaltación: "El juego se *calentó* y tuvo que intervenir la policía", El discurso *calentó* los ánimos" **3** Golpear a alguien **4** Excitar o excitarse

sexualmente **5** v intr Hacer ejercicio antes de comenzar una actividad deportiva **6** *Calentarle a alguien la cabeza* Influirlo para que actúe de una manera determinada o para preocuparlo por algo.

calidad s f **1** Propiedad o conjunto de propiedades que tiene una cosa, que permiten compararla y evaluarla: *carne de buena calidad,* "Su trabajo es de mejor *calidad*" **2** Valor, mérito o superioridad de algo o alguien: "La *calidad* de la obra es inmejorable", "Todos reconocemos su *calidad* humana" **3** *En calidad de* En condición, en situación de: "Llegaron al país *en calidad de asilados*", *"En* mi *calidad de* maestro".

caliente adj m y f **1** Que tiene temperatura alta o que transmite calor **2** Que es violento, que manifiesta exaltación: "La discusión se puso caliente" **3** Que está excitado sexualmente **4** *En caliente* En el mismo instante, de inmediato, aprovechando la situación **5** Que está preparado para comenzar a practicar un deporte.

calificar v tr (Se conjuga como *amar*) **1** Atribuir una cualidad o un rasgo a una persona o cosa: "El adjetivo *califica* al sustantivo", "El público *calificó* la obra de muy buena" **2** Juzgar o evaluar los conocimientos de una persona con respecto a una escala determinada: *calificar exámenes* **3** v intr Tener alguien las cualidades o cumplir con los requisitos necesarios para desempeñar algún trabajo o participar en alguna competencia:

"Los muchachos *calificaron* para la final de natación".

calor s m o f **1** Sensación del cuerpo cuando recibe los rayos del sol o se acerca al fuego **2** Estado de la atmósfera en que la temperatura es más alta de lo acostumbrado **3** *(Fís)* Energía originada por el movimiento y vibración de las moléculas de un cuerpo, que se manifiesta al elevarse la temperatura y se transmite por conducción, radiación, etc.

caloría s f *(Fís)* **1** Unidad de medida de calor, equivalente a la energía necesaria para elevar de 14.5° a 15.5 °C la temperatura de un gramo de agua, manteniendo una presión constante de una atmósfera **2** *(Biol)* Unidad de medida de la cantidad equivalente de energía que produce el alimento en el cuerpo.

callar v intr (Se conjuga como *amar*) **1** Dejar de hablar **2** Dejar de sonar algo **3** Abstenerse de decir algo: *callar un secreto.*

calle s f **1** Espacio por donde se camina entre las casas de una población **2** Lugar entre las banquetas por el que circulan los carros, los automóviles, los caballos, etc., en una población **3** *Quedarse, dejar a alguien en la calle* Perder o quitarle a alguien los medios de vida de que dispone.

cama s f **1** Mueble formado por una base, generalmente de madera o hierro, sobre la que se coloca un colchón y que sirve para acostarse y dormir **2** *Hacer o tender la cama* Prepararla para acostarse, colocándole las sábanas, cobijas, colchas, etc. que la cubren **3** *Irse a la cama* Acostarse a dormir **4** *Estar en cama* Estar enfermo **5** *Guardar cama* Tener que quedarse en la cama por alguna enfermedad **6** Porción de algo que, extendida, forma una capa sobre la que se coloca otra cosa, generalmente alimentos: *una cama de lechuga.*

camarón s m Crustáceo marino o de agua dulce, muy apreciado como alimento. Su tamaño varía según las especies y puede alcanzar hasta 20 cm. Generalmente es de color gris verdoso, y rosado después de cocido. Su cuerpo está formado por el cefalotórax y el abdomen; tiene antenas y varios apéndices con los que apresa su alimento y se mueve.

cambiar v tr (Se conjuga como *amar*) **1** Dar, tomar, poner o dejar una cosa por otra; mover algo de un lugar a otro: *cambiar de trabajo, cambiar los muebles en una habitación* **2** Hacer que algo sea diferente de como era antes; variar, alterar o modificarse algo o alguien: *cambiar la decoración de una casa, cambiar el clima, cambiar el carácter.* **3** Dar o recibir una cantidad de dinero por su equivalente en moneda de otro valor o de otro país: *cambiar pesos por tostones, cambiar dólares* **4** prnl Quitarse uno la ropa que trae y ponerse otra **5** *Cambiar golpes* Dar y recibir golpes al mismo tiempo dos personas que pelean.

cambio s m **1** Acto de cambiar. **2** Dinero que sobra después de hacer un pago: "Recibí cinco pesos de *cambio*" **3** Moneda o billete de baja denominación: "No tengo *cambio* para pagar el camión" **4** Valor relativo entre los distintos tipos de moneda de un país o entre las monedas de países diferentes: "Subió el *cambio* del dólar", *control de cambios* **5** Precio de los valores financieros o mercantiles: *subir o bajar el cambio de las acciones* **6** *Libre cambio* Sistema de comercio internacional que se realiza sin ninguna intervención restrictiva del Estado, y doctrina económica que lo fundamenta **7** Sistema de herrajes que permite a los vehículos de los ferrocarriles y tranvías pasar de una vía a otra **9** *Cambio de velocidades* Sistema de engranes y la palanca que los mueve, con que se ajusta la velocidad del motor **10** *En cambio* Sin embargo, en lugar de, en contraste con, a diferencia de: "Yo no puedo ir, *en cambio* él sí", "No es tan obediente como su hermano, *en cambio*, salió mejor en la escuela" **11** *A las primeras de cambio* Lo más rápido o pronto posible, de repente: "Salió *a las primeras de cambio*".

caminar v intr (Se conjuga como *amar*) **1** Ir una persona a pie o moverse un animal con sus patas de un lugar a otro **2** Funcionar o marchar algo: "El reloj ya no *camina*", "Este asunto va *caminando*", "La carreta *camina* despacio".

camino s m **1** Lugar por donde se va, a pie o en algún medio de transporte, de un lado a otro; particularmente el de tierra o rústico **2** Ruta, dirección: "Va en *camino* a San Luis Potosí", "¿Cuál es el *camino* de tu casa?" **3** Medio o manera de hacer o conseguir algo **4** *Llevar (ir por) buen camino* Hacer algo adecuada o correctamente.

camión s m Vehículo automotor de cuatro o más ruedas que se utiliza para transportar pasajeros o carga: *camión urbano, camión de carga,* etc.

campaña s f **1** Conjunto de actividades que hace una persona o un grupo de personas para alcanzar un fin determinado en un plazo limitado de tiempo o hasta que se logre el fin propuesto: *campaña política, campaña electoral, campaña contra la tuberculosis,* etc. **2** Periodo o duración de las operaciones militares que se realizan fuera de los cuarteles.

campeonato s m **1** Competencia deportiva en la que se disputa un premio o título **2** Primacía obtenida en un determinado deporte; lugar del campeón y su título: *campeonato mundial, campeonato juvenil, campeonato de carreras.*

campesino 1 s Persona que vive en el campo o en una población rural y se dedica a la agricultura **2** adj Que se relaciona con los campesinos o les pertenece.

campo s m **1** Terreno o región donde se cultiva algo, o el relativamente plano en el que crecen plantas y hay vida silvestre **2** Terreno que está fuera de las ciudades: *salir al campo* **3** *Día de campo* Paseo de los citadinos al campo, para comer y divertirse durante el día **4** Terreno abierto en donde se practica algo: *campo de futbol, campo de entrenamiento, campo militar* **5** *Campo de batalla* Lugar en donde pelean dos ejércitos **6** *Campo de concentración* Lugar donde se encarcelan personas durante una guerra o un conflicto, por motivos políticos, ideológicos o raciales **7** *A campo traviesa* A través del campo y sin seguir un camino **8** Lo que comprende una actividad o disciplina: *campo de trabajo, campo de la física* **9** Espacio en el que sucede algo: *campo magnético* **10** *Campo visual* Espacio que abarca la vista estando los ojos fijos en un punto **11** *Dejar a alguien el campo libre* Renunciar a algo y no impedir que otra persona lo consiga.

canal s m o f **1** Conducto abierto, construido para diversos fines, especialmente para llevar agua de un lado a otro: *canal de riego, canal de desagüe* **2** Cauce angosto, natural o artificial, que comunica mares u océanos, o da paso a un puerto: *canal de Panamá, canal de Mazatlán* **3** Intervalo o banda de frecuencia en el que transmite una estación de radio, televisión, teléfono, etc. **4** *(Abrir) en canal* Abrir el cuerpo de una res del cuello al abdomen para sacarle las vísceras.

canción s f **1** Composición que se escribe para cantarse, o la música que la acompaña **2** *Canción de cuna* La que se les canta a los niños para arrullarlos.

cantar v tr (Se conjuga como *amar*) **1** Producir con la voz una

serie de sonidos melodiosos, generalmente con un texto **2** Emitir sonidos melodiosos algunos animales, como los pájaros.

cantidad s f **1** Propiedad que tiene algo y que permite contarlo o medirlo **2** Número o medida: *una cantidad de personas, una cantidad de tierra* **3** Porción o número grande de alguna cosa: "Tiene *cantidad de pelo*" **4** *En cantidad* Mucho, en abundancia: "El arroz necesita agua *en cantidad*".

caña s f **1** Tallo, generalmente hueco y nudoso, propio de las plantas gramíneas: *caña de bambú* **2** *Caña de azúcar* (*Saccharum officinale*) Gramínea de aproximadamente 2 m de altura, que crece en lugares calientes y húmedos, de cuyo tallo se saca el azúcar **3** *Caña de pescar* Vara larga, con frecuencia hecha de caña de bambú, que sostiene en su extremo más delgado el hilo con el anzuelo para pescar **4** *Caña del timón* Palanca con que se maneja el timón de una embarcación **5** Parte de la bota que cubre la pierna.

capa s f **1** Prenda de vestir sin mangas, abierta por el frente, que se ajusta al cuello y se hace más amplia conforme cae. Se usa para protegerse del frío o de la lluvia **2** *(Taurom)* Trozo de tela de forma semicircular, generalmente roja de un lado y amarilla del otro, que se usa para torear **3** Recubrimiento de alguna sustancia o material que se aplica o se extiende sobre una cosa: *capa de polvo, capa de oro, capa de pintura* **4** Cada una de las partes diferenciadas entre sí y sobrepuestas una a la otra de que está compuesta alguna cosa: *capa de tierra, capas de la atmósfera* **5** Cada uno de los grupos sociales en que puede dividirse una comunidad, generalmente en términos jerárquicos.

capacidad s f **1** Aptitud o conjunto de aptitudes o cualidades que le permiten a alguien o a algo realizar una acción determinada: *capacidad de aprendizaje* **2** Espacio que permite a una cosa contener dentro de sí a otra: *la capacidad de una bodega, medidas de capacidad.*

capataz s m Persona encargada de vigilar y dirigir a un cierto número de trabajadores, principalmente en el campo.

capaz adj **1** Que tiene las cualidades o aptitudes necesarias para hacer algo: "Es *capaz* de levantar 90 kilos." **2** Que tiene espacio para contener algo dentro de sí: *una botella capaz para 10 litros.* **3** *Capaz que* Probablemente, tal vez (suceda una cosa que no se desea): *capaz que llueva.*

capital[1] **1** adj m y f Cuya importancia, interés, tamaño o consecuencias son muy grandes: *error capital, pena capital, pecado capital* **2** s f y adj m y f Población en donde reside el gobierno de un país, de un estado o de una provincia: *la capital de la República,* "La *capital* del estado de Morelos es Cuernavaca", *una ciudad capital.*

capital[2] s m **1** Conjunto de bienes que alguien tiene, como dinero, propiedades, etc.: "Mi *capital* no llega a diez mil pesos" **2**

Gran cantidad de dinero, propiedades, etc. que alguien llega a reunir: "Hizo un *capital* vendiendo ropa" **3** *(Econ)* Conjunto de bienes, como los medios o instrumentos de producción, que permiten a su propietario obtener una ganancia del trabajo que con ellos se hace **4** *(Econ) Capital constante* El que se invierte en los medios de producción, como materia prima, instrumentos de trabajo, instalaciones, etc. y no altera su valor en el proceso de producción **5** *(Econ) Capital variable* El que se emplea en la compra de fuerza de trabajo o la suma destinada al pago de salarios, cuyo valor cambia en el proceso de producción al reproducir su propio equivalente y un excedente de éste, o plusvalía; también el que cambia por nuevas aportaciones o por su retiro **6** *(Econ) Capital fijo* El que no puede aumentarse ni disminuirse sin reformar los estatutos de una sociedad **7** *(Econ) Capital social* En las sociedades mercantiles, el conjunto de aportaciones suscritas por los socios, estén pagadas o no.

capitalismo s m **1** Sistema económico, político y social, que se basa en la propiedad privada de los medios de producción y en la compra, por los propietarios, del trabajo del obrero, para obtener todo lo que éste produce a cambio de un salario inferior al valor de las mercancías producidas, y con ello aumentar su capital **2** *Capitalismo de Estado* Sistema económico, político y social en el que los grandes medios de producción están controlados por el Estado.

capitalista 1 adj m y f Que pertenece al capitalismo o se relaciona con él: *Estado capitalista, industria capitalista* **2** s m y f Persona que es propietaria de los medios de producción y que obtiene ganancias del valor producido por los trabajadores que contrata: "Los *capitalistas* controlan el comercio".

capítulo s m **1** Cada una de las partes en que se divide una obra literaria, un relato, una historia, etc. **2** Reunión de los miembros de una agrupación religiosa, militar, etc.

cara s f **1** Parte delantera de la cabeza humana, desde la frente hasta la barba, y parte equivalente a ésta en la cabeza de los animales **2** Expresión o aspecto que tiene o adquiere esta parte: *tener buena o mala cara, cara de sueño, cara de enojo, cara de pocos amigos* **3** Aspecto o apariencia de algo: "Las uvas tienen buena *cara*", "Un asunto con mala *cara*" **4** Parte delantera de algo, fachada **5** Superficie plana de algo: *cara de un poliedro, cara de una moneda* **6** *Dar la cara* Responsabilizarse uno de algo, enfrentarse con algo o alguien que lo exija.

carácter s m **1** Rasgo o conjunto de rasgos que distinguen, definen o hacen reconocible a alguien o a algo; calidad de algo o alguien **2** Modo de ser de una persona; personalidad, temperamento: *buen carácter, mal carácter* **3** *(Lit)* Cada uno de los personajes que intervienen en un relato literario, una obra de teatro, etc.: *el carácter del pícaro, un carácter dramático* **4** Símbolo gráfico usado en la escritura, como las letras del alfabeto, los jeroglíficos, etc. **5** pl Conjunto particular de letras u otros signos gráficos: *caracteres góticos, itálicos.*

característica s f **1** Cualidad o rasgo peculiar que distingue, define o hace reconocible a alguien o algo: *características hereditarias* **2** *(Mat)*. Cifra o conjunto de cifras que expresan la parte entera de un logaritmo.

característico adj **1** Que distingue, define o hace reconocible a alguien o algo; que le es peculiar: *rasgo característico* **2** *(Cient)* Generalmente, que relaciona entre sí a un conjunto de variables: *curva característica, ecuación característica.*

caracterizar v tr (Se conjuga como *amar*) **1** Dar o describir las cualidades o peculiaridades que distinguen, definen o hacen reconocible a alguien o algo: *caracterizar un fenómeno,* "Lo *caracteriza* un gran bigote" **2** Representar un actor su papel, de tal manera que se distingan los rasgos del personaje representado.

carbón s m Sustancia formada principalmente por carbono, que se obtiene de la combustión de materia orgánica, como el carbón vegetal y el animal, o que se encuentra como mineral en forma de bloques negros y brillantes, en el grafito o en el diamante. Es combustible, absorbente y desinfectante, por lo que se usa en la industria y en la medicina.

carbono s m **1** Elemento simple, que existe abundantemente en el universo y es parte fundamental de la materia orgánica. Se le encuentra en las distintas formas del carbón, en los diamantes, en el grafito, en el petróleo, etc. **2** *Bióxido de carbono* Gas incoloro producido por la combustión de materia orgánica o la respiración de los seres vivos; las plantas, cuando hay luz, lo absorben para realizar la fotosíntesis; cuando se concentra en grandes cantidades produce asfixia; anhídrido carbónico.

cárcel s f Lugar o edificio donde la autoridad legítima encierra a las personas que juzga han cometido un delito merecedor de ese castigo.

carecer v intr (Se conjuga como *agradecer* 1a) No tener alguna cosa: *carecer de tiempo, carecer de recursos*.

carencia s f Falta de alguna cosa: *carencia de alimentos, carencia de dinero*.

carestía s f **1** Falta o escasez, principalmente de alimentos: *carestía del azúcar* **2** Situación de tener algo un precio elevado, superior al normal o justo: *la carestía del pescado*.

carga s f **1** Acto de cargar **2** Peso que sostiene alguien o algo; conjunto de cosas que se transportan juntas: "Una *carga* de 50 kilos", "Mandamos la *carga por barco*" **3** Obligación o responsabilidad que pesa sobre alguien: *cargas económicas* **4** Medida de capacidad determinada por lo que puede soportar una bestia, como una mula o un burro, sobre su lomo: *carga de leña* **5** Cantidad de material que necesita algo para funcionar: *carga de un arma, de una bomba, de un horno* **6** Cantidad de corriente eléctrica que recibe un cuerpo y la relación entre los electrones y protones que la componen: *carga de una batería, carga positiva, carga negativa* **7** Impuesto o gravamen: *carga fiscal* **8** Embestida contra un enemigo: *una carga de caballería*.

cargar v tr (Se conjuga como *amar*) **1** Sostener alguien un peso o hacer que algo o alguien lo sostenga o transporte: *cargar un bulto, cargar un costal de naranjas, cargar al empleado con libros, cargar un camión* **2** Soportar una obligación o responsabilidad o hacer que alguien la reciba: *cargar con el peso de la familia, cargar con el impuesto, cargar con la culpa* **3** Aumentar el peso o la intensidad de algo, o poner demasiado de una cosa en otra: "*Cargó* mucho la caja y se le rompió", "El guisado estaba *cargado* de sal" **4** Poner en una máquina o aparato aquello que necesita para funcionar: *cargar gasolina, cargar con un rollo una cámara fotográfica, cargar una pistola* **5** Preñar un macho a una hembra: "El toro *cargó* a la vaca" **6** Atacar con fuerza un ejército a su enemigo **7** *Cargarse a la derecha o a la izquierda* Moverse a la derecha o a la izquierda; tomar una de esas direcciones **8** Atribuir algo a alguien: "Le *cargaron* un fraude por diez mil pesos", "Me *cargaron* el muertito" **9** Llevar consigo: *cargar pistola* **10** *Cargar con* Llevarse o tomar alguien algo: *"Cargó con cuanto dinero encontró"* **11** En algunos deportes, desplazar a un jugador utilizando el cuerpo.

cargo s m **1** Empleo o puesto de alguien **2** *Estar alguien a cargo* Ser alguien el responsable de algo, o el que está a su cuidado **3** *Hacerse cargo* Ocuparse alguien de cuidar algo o de hacer una tarea **4** Hecho, generalmente un delito, del que se hace responsable a alguien o se le atribuye **5** *Hacer cargos* Acusar a alguien de algo **6** Cobro o deuda que se añade a una cuenta: *un cargo imprevisto* **7** *Con cargo a* Para que se sume, para que se añada a una cuenta o a una persona **8** *Cargo de conciencia* Culpa o responsabilidad que siente alguien por haber actuado mal.

cariño s m **1** Sentimiento de afecto y ternura de una persona por otra o por alguna cosa: *"María sentía cariño por el viejo carpintero"* **2** Caricia con que se expresa este sentimiento: *hacer cariños*.

carne s f **1** Parte muscular y blanda del cuerpo de los animales **2** La de reses, cerdos, borregos, aves y otros animales, excepto el pescado y el marisco **3** Parte blanca, o pulpa, de las frutas **4** Aspecto material del ser humano, que se considera opuesto al espíritu y asiento de la sensualidad y el instinto sexual **5** *Carne blanca* La de las aves y algunas reses tiernas que se considera sana para los enfermos **6** *Carne viva* La que por

accidente pierde la piel que la cubre **7** *En carne viva* Con fuerza, con dolor en uno mismo: *"Los campesinos sienten la miseria en carne viva"* **8** *Carne de gallina* Aspecto de la piel humana, producido por el miedo y el frío, que se manifiesta en la manera como se destacan los poros **9** *Carne de cañón* Persona o conjunto de personas a las que se expone al peligro o a daños.

carnívoro 1 adj Que come carne **2** s Conjunto de los animales mamíferos que se caracterizan por tener dientes con los que pueden desgarrar la carne que comen y garras encorvadas, como el perro, el puma, la foca, etc.

caro adj **1** Que cuesta mucho dinero o que su precio está por encima del normal o justo: *un producto caro,* *"Las papas están caras"* **2** adv A precio elevado: *"En esta tienda venden caro"*.

carrancismo s m **1** Constitucionalismo **2** Corriente política encabezada por Venustiano Carranza que después de la caída del gobierno huertista en 1914 combatió y venció a los ejércitos de Villa y Zapata.

carrancista adj y s m y f **1** Que se relaciona con el carrancismo o es partidario de esta corriente **2** s m y f Miembro del ejército comandado por Venustiano Carranza.

carrera s f **1** Acción de correr **2** Paso muy rápido del hombre, el animal o los vehículos. **3** *A la carrera* Rápidamente, sin cuidado o reflexión **4** Competencia de velocidad: *carrera de caballos, de coches, de lanchas* **5**

Serie de estudios superiores, universitarios o técnicos, que capacitan para ejercer un oficio o profesión **6** *De carrera* Con dedicación exclusiva a su profesión: *diplomático de carrera, profesor de carrera* **7** *Hacer carrera* Progresar y triunfar en alguna actividad: "Hizo brillante *carrera* política" **8** Línea de puntos que se sueltan de un tejido: *una carrera en la media* **9** *(Astron)* curso aparente que sigue un astro.

carretera s f Camino amplio y pavimentado, construido para la circulación de vehículos, que comunica ciudades, pueblos, etc.: *carretera de Puebla.*

carro s m **1** Vehículo de dos ruedas, con una plataforma en cuya parte delantera se ajustan unas varas que sirven para jalarlo **2** Cualquier vehículo con ruedas y generalmente con motor: *carro de bomberos, carrito de paletas* **3** Vagón de tren: *carro de carga, carro comedor, carro dormitorio* **4** *Carro alegórico* El que se adorna con escenas y paisajes que representan distintos temas y que desfila por las calles en ciertas fiestas **5** Pieza de algunas máquinas que puede moverse horizontalmente.

carta s f **1** Papel escrito que envía una persona a otra para decirle algo **2** *Carta abierta* La que se dirige a alguien y tiene por fin ser del conocimiento público **3** Escrito fundamental de un estado o de una organización política: *Carta de las Naciones Unidas, Carta Magna* **4** *Carta de naturalización* La que se da a un extranjero cuando adquiere la ciudadanía **5** *Carta credencial* La que se da a los representantes diplomáticos o a los ministros como identificación ante otros gobiernos **6** *Carta pastoral* La que da un obispo a su comunidad para determinar algún criterio o comportamiento **7** *Carta de crédito* La que da una institución o comercio a alguien para que se le autorice un crédito determinado **8** *Dar a alguien carta blanca* Autorizar a alguien para que actúe según su propio criterio **9** *Tomar cartas en el asunto* Intervenir en algo **10** *A carta cabal* Sin lugar a duda: *Honrado a carta cabal* **11** Cada una de las tarjetas de la baraja **12** *Leer o echar las cartas* Pronosticar o adivinar la suerte de alguien utilizando la baraja **13** *Poner las cartas sobre la mesa* Hacer el balance de una situación o discusión; ajustar cuentas **14** *Enseñar las cartas* Dejar ver los recursos o propósitos que se tienen **15** Mapa **16** Lista de platillos y precios en un restaurante **17** *A la carta* Al gusto, según propia elección.

casa s f **1** Construcción con paredes, techo, etc., en donde viven las personas: *una casa grande,* "Mi *casa* está en un edificio de ocho pisos", "Ven a comer a mi *casa*" **2** Familia que vive en ella: "Pregúntale a alguien de la *casa*" **3** *Ser alguien de casa* Ser como de la familia, amigo de mucha confianza **4** *Sentirse alguien en su casa* Sentirse a gusto y con confianza **5** *Su casa* Manera cortés de hablarle a alguien de la casa de uno "Lo esperamos a cenar en *su casa"* **6** *Echar la casa por la ventana* Gastar mucho en hacer una fiesta **7** Construcción independiente y separada de otras en donde vive alguien: "Las *casas* son más caras que los departamentos" **8** Establecimiento dedicado a un uso o servicio particular: *casa comercial, casa de cambio, casa de asistencia, casa de moneda* **9** *Casa (de) cuna* La que se dedica al cuidado de bebés que no tienen padres.

casi adv Por poco, no del todo (indica el momento inmediatamente anterior a que algo suceda o la cercanía a una cantidad o límite): "Ya *casi* llegamos", "*Casi* termino", "*Casi* un kilo", "*Casi* cien personas", "*Casi* todo", "*Casi* todos", "*Casi* la totalidad".

caso s m **1** Hecho, suceso o circunstancia particular y determinada; ocurrencia: *un caso de poliomielitis* **2** Asunto o cuestión que trata de algo en particular: *el caso de la falta de agua.* **3** *En caso de* Si sucede tal o cual cosa: "En caso de necesidad, me avisas." **4** *En todo caso* Si es necesario, si hace falta, sea como sea: "En todo caso, te llamo." **5** *Dado caso* Si hace falta: "Dado caso, me doy prisa." **6** *Hacer caso* Poner atención: *hacer caso de las recomendaciones* **7** *Hacer caso omiso* Desentenderse de algo: *hacer caso omiso de los rumores* **8** *Venir al caso* Tener algo que ver con lo que se trata: "La buena alimentación viene al caso de la salud." **9** *(No) tener caso* Hacer falta, merecer la atención: "No tiene caso que vengas."

casta s f **1** Generación de una especie animal con caracteres genéticos esenciales **2** Cada una de las mezclas entre razas, en la sociedad colonial **3** Ascendencia familiar de una persona **4** Conjunto de personas que se distinguen por alguna característica económica, social u ocupacional: *la casta de los banqueros, la casta de los parias, la casta de los militares* **4** *Tener casta, ser de casta* Tener un animal o persona un alto grado de las cualidades de su especie u oficio: *un toro de casta, un jugador de casta.*

casto adj Que no tiene relaciones sexuales, no se deja llevar por el placer sexual, o que es puro y virtuoso en su vida matrimonial: *un hombre casto, una muchacha casta, una vida casta, un esposo casto.*

categoría s f **1** Clase que resulta de una clasificación de elementos **2** Orden de importancia de los elementos que componen una clase: *de primera categoría,* "Pedro está en la *categoría* de principiantes" **3** Calidad o superioridad de algo o alguien: "No ha demostrado su *categoría*" **4** *(Gram)* Clase de signos, determinada por la función de éstos en la oración y por sus características gramaticales. Tradicionalmente son el sustantivo, el adjetivo, el verbo, el adverbio, la preposición, la conjunción, el pronombre y la interjección **5** *(Gram) Categoría gramatical* La que se establece a partir de la clasificación de morfemas como los de género, número, persona, aspecto, voz, tiempo y modo.

catolicismo s m 1 Rama del cristianismo que se caracteriza por reconocer la autoridad de la Iglesia (en el caso del catolicismo romano, la del Papa) y su tradición en la interpretación de la Biblia 2 Comunidad formada por los que tienen estas creencias religiosas.

católico adj y s 1 Que profesa la religión católica 2 adj Que pertenece al catolicismo o se relaciona con él: *iglesia católica, fe católica*.

cauce s m 1 Hueco del terreno por donde corre un río, un arroyo o cualquier corriente de agua 2 Desarrollo de un acontecimiento o de una acción o dirección prevista que llevan: *el cauce de la manifestación, dar cauce a las dificultades*.

caudal s m 1 Cantidad de agua de un río o un arroyo 2 Conjunto de bienes y riquezas de alguien: *caja de caudales* 3 Abundancia de algo: *un caudal de conocimientos*.

causa s f 1 Lo que hace que algo suceda; razón o motivo que alguien tiene para hacer algo: *la causa de una enfermedad, sin causa justificada* 2 A causa de Debido a, por razón de 3 Fin o propósito que tiene alguien; ideal que se persigue: "Luchar por la *causa* de la justicia" 4 *Hacer causa común con alguien* Unirse dos o más personas para hacer algo; solidarizarse con alguien o perseguir los mismos fines 5 Pleito o juicio ante los tribunales.

causar v tr (Se conjuga como

amar) Hacer que algo suceda; producir, motivar algo: "Se descubrió al microbio que *causa* la enfermedad", *causar pérdidas, causar alegría*.

cebolla s f 1 Bulbo comestible de forma ovoide o esférica, por lo general de color blanco (aunque a veces morado), formado por numerosas capas. Es de sabor y olor muy penetrantes, y se usa como alimento, como condimento e incluso en la elaboración de productos medicinales 2 *(Bot) (Allium cepa)* Planta herbácea de la familia de las liláceas, bulbosa, de tallo delgado, cilíndrico y hueco, que produce este bulbo.

celebración s f 1 Acto solemne o festivo para recordar un hecho importante o para llevarlo a cabo: *celebración de las fiestas patrias, celebración de las olimpiadas* 2 festejo que se hace por algo o por alguien.

celebrar v tr (Se conjuga como amar) 1 Hacer un acto para recordar algún acontecimiento o para llevarlo a cabo: "*Celebrar* el aniversario de la expropiación petrolera", *celebrar un convenio, celebrar un torneo* 2 Hacer una fiesta por algo o por alguien: *celebrar una boda* 3 Alabar o hablar bien de alguien o de algo: "*Celebramos* a Juan Rulfo por sus cuentos".

célula s f 1 *(Biol)* Unidad estructural y funcional, generalmente microscópica, que constituye a los seres vivos. Consta de núcleo, citoplasma y una membrana que la envuelve; está formada en su mayor parte por agua y algunos compuestos or-

gánicos como proteínas, car-
bohidratos, grasas, vitaminas y
sales minerales: *célula nerviosa,
célula animal, célula vegetal* 2
Elemento o grupo pequeño y
funcional que forma parte de
una organización compleja: *célula familiar, célula del partido
comunista.*

centavo s m 1 Valor de cada
una de las cien partes iguales
en que se divide un peso mexicano 2 pl Dinero: "Leopoldo
tiene muchos *centavos*" 3 *Al centavo* Exactamente, perfecta-
mente: "Hizo las cuentas *al centavo*".

central adj m y f 1 Que está en
el centro; que es importante o
que determina el estado o la acción de otros elementos: *un
lugar central, un asunto central*
2 Oficina o edificio principal,
generalmente administrativo,
de una institución o empresa 3
Instalación principal desde
donde se produce energía o se
hace funcionar un sistema: *central eléctrica, central telefónica.*

centralismo s m Sistema político o administrativo en el cual
las funciones de gobierno o de administración de un país o de una
organización se concentran en un
solo poder o en su solo lugar.

centralista adj m y f Que se relaciona con el centralismo o es
partidario de este sistema: *gobierno centralista, partido centralista.*

centro s m 1 Punto o lugar que
está a la mitad o en medio de
algo 2 *(Geom)* Punto que está a
igual distancia de todos los puntos de la circunferencia, de los
de la superficie de una esfera, o

punto medio del segmento de un
polígono que lo divide en dos
partes iguales 3 Punto o lugar
desde donde se dirige o donde se
hacen distintas actividades:
*centro comercial, centro de in-
vestigación, centro de abasto* 4
Región o zona de una población
en donde hay mayor actividad
social, política, económica, etc.,
generalmente su centro geográfico: *el centro de México, el centro de León,* "Voy al *centro,* de
compras" 5 Persona o asunto
que, por su importancia, atrae
la mirada, la atención, etc. de
los demás: "La actriz era el *centro* del espectáculo", "La guerra
es el *centro* de nuestras preocupaciones".

cerca¹ s f Barda ligera, generalmente de piedra, estacas o
alambre, que se pone alrededor
de un terreno para limitarlo y
protegerlo.

cerca² adv 1 A poca distancia:
cerca de la puerta, cerca de ti,
"El mar está *cerca*" 2 A poco
tiempo de algo: *cerca del fin del
año, cerca de la primavera, cerca
de la jubilación* 3 *De cerca*
Desde corta distancia: "Quería
ver *de cerca* los aviones" 4
Aproximadamente, más o menos, casi: "Éramos *cerca* de tres-
cientos mil", "El juego duró
cerca de una hora".

cerebro s m 1 Órgano situado
en el cráneo de los vertebrados,
generalmente de color gris y
forma elevada, dividido en dos
partes (hemisferios) que cumplen distintas funciones. Es el
órgano más importante del sistema nervioso central pues
coordina todos los estímulos de

los sentidos y origina los impulsos motores que controlan las actividades mentales. En el hombre es también el órgano principal de las facultades mentales **2** Aparato o sistema capaz de ejecutar o coordinar operaciones complejas: *cerebro electrónico*.

ceremonia s f **1** Acto, cuyo desarrollo está reglamentado, con el que se celebra un hecho importante: *ceremonia del Grito, ceremonias de Semana Santa, ceremonia de inauguración.* **2** Comportamiento formal, a veces exagerado, hacia personas o acontecimientos.

cerrar v tr (Se conjuga como *despertar,* 2a) **1** Poner algo de tal forma que impida la salida o la entrada, la vista o la circulación entre el interior y el exterior de algo: *cerrar la puerta, cerrar un frasco, cerrar un cuarto, cerrar una maleta, cerrar una calle* **2** Juntar dos cosas o los extremos de algo de manera que no quede espacio entre ellos: *cerrar las piernas, cerrarse una herida* **3** *Cerrarse el cielo* Llenarse el cielo de nubes y oscurecerse **4** *Cerrarse la noche* Ponerse la noche muy oscura **5** Doblar, juntar o recoger lo que estaba extendido: *cerrar la mano, cerrar un paraguas* **6** Terminar algo, poner fin a algo: *cerrar un plazo, cerrar el debate* **7** Ir al último en algo: *cerrar el desfile, cerrar la marcha* **8** Unirse o juntarse generalmente para impedir el paso o la entrada de algo: *cerrar filas* **9** Ponerse dos personas de acuerdo respecto de algo: *cerrar un trato,*

cerrar un convenio **10** prnl Pasarse un coche al carril de otro impidiéndole el paso **11** prnl Negarse alguien a aceptar algo: *cerrarse al diálogo, a la crítica.*

cerro s m **1** Terreno elevado y de no muy grande extensión que se levanta sobre una planicie **2** Terreno accidentado y sin cultivo.

ciclo s m **1** Periodo o espacio de tiempo que tarda algo en volver al estado o posición que tenía al principio, o que lo lleva a un fenómeno para recorrer todas sus fases hasta que se repita en el mismo orden: *ciclo lunar, ciclo agrícola* **2** Serie de acciones, acontecimientos, fenómenos o fases que se suceden y se repiten en el mismo orden: *ciclo de películas, ciclo de juegos* **3** (*Fís*) Unidad de frecuencia de fenómenos periódicos como las vibraciones, las oscilaciones eléctricas, etc., equivalente a un periodo completo en una unidad de tiempo.

ciencia s f **1** Actividad mediante la cual el ser humano produce conocimientos, explicaciones o predicciones acerca de algunos fenómenos, empleando generalmente la observación y la experimentación: *dedicarse a la ciencia* **2** Cada sistema de conocimientos que tiene un objeto y método propios, particularmente los que siguen el modelo de la matemática y de la física: *ciencias exactas, ciencias sociales* **3** Saber, erudición: "*Bacon fue un monje muy famoso por su ciencia*".

científico adj **1** Que se relaciona con la ciencia o con las personas que se dedican a ella: *experimento científico, teoría científica* **2** s Persona que tiene por profesión alguna de las ciencias: "Un *científico* notable".

ciento adj **1** Cien (se usa sólo para formar numerales compuestos): *"Ciento veinte pesos"*, *"Doscientas niñas"* **2** *Ciento de* Cien elementos que se consideran partes de un conjunto: "Un *ciento* de papas" **3** *Cientos de* Muchos: *"Cientos de personas"* **4** *Cien, ciento por ciento* En su totalidad, por completo: "Un vino *ciento por ciento* de uva" **5** *Tanto por ciento* Tantas partes o elementos respecto de un conjunto que se le atribuye el valor de cien: "Se vendió un *tanto por ciento* de las naranjas a menor precio".

cierto adj **1** Verdadero, seguro: "La noticia resultó *cierta*", "¿Es *cierto* que Juan es tu primo?" **2** *Estar en lo cierto* Tener razón **3** Algún, un, determinado: *"Cierto* día, a *cierta* hora, en *cierto* lugar, con *cierta* persona", *"Cierta* cantidad" **4** Indica grado o intensidad de algo: "Hace falta *cierto* valor para ganar la batalla" **5** *De cierta edad* Que es de edad madura, que es mayor: "Un señor *de cierta edad*" **6** *Por cierto (que)* A propósito de lo que se está diciendo: "Fuimos al cine, *por cierto*, la película era muy buena".

cifra s f **1** Cada uno de los signos con que se representan los números **2** Número o cantidad: "Una pequeña *cifra* de visitantes" **3** Sistema compuesto por números, letras, símbolos, etc.

con el que se escribe un mensaje para que sólo puedan entenderlo quienes dispongan de la clave correspondiente; cada uno de los signos que lo componen.

cilantro s m *(Coriandrum sativum)* Planta herbácea de la familia de las umbilíferas, de 60 a 80 cm. de altura, hojas muy olorosas, divididas y dentadas, pequeñas flores blancas y fruto esférico de aproximadamente 2 mm. Es muy apreciada como condimento y por sus propiedades digestivas.

cilindro s m **1** *(Geom)* Superficie generada por la rotación de una recta que equidista de otra, imaginaria, llamada eje y el cuerpo geométrico que resulta, como por ejemplo, los tubos, los gises, etc. **2** Pequeño órgano de tubos, mecánico, portátil, con el que se toca música grabada en una pieza de esta forma **3** *(Mec)* Parte del motor de combustión interna que tiene esta forma, en donde se encuentra el pistón y se efectúa la combustión de la gasolina.

cine s m **1** Técnica que consiste en registrar imágenes fotográficas sucesivas en una cinta de celuloide, que producen la impresión de movimiento al proyectarse con cierta rapidez **2** Arte e industria que utiliza esa técnica; *el cine de Buñuel, el cine mexicano* **3** Lugar público donde se proyectan esas cintas o películas.

cinta s f **1** Tira larga y angosta de diversos materiales flexibles, como tela, acero, papel, etc., a la que se dan distintos usos: *cinta métrica, cinta aislante, cinta* *magnetofónica*, etc. **2** Película: *una cinta de vaqueros.*

circuito s m **1** Camino o recorrido que vuelve a su punto de partida: *circuito automovilístico, circuito carretero, el circuito de un circo* **2** Camino que sigue la corriente eléctrica entre dos polos **3** *Corto circuito* Daño que sufre un circuito eléctrico cuando la intensidad de la corriente es mayor que la resistencia del conductor o cuando se conectan directamente los dos polos.

circulación s f **1** Paso de una cosa de un lugar a otro o de una persona a otra, o movimiento de algo, generalmente por un conducto o un medio: *circulación del dinero, circulación de información, circulación de la sangre* **2** Tránsito de vehículos y dirección o sentido de éste en las calles, las carreteras, etc.

circular[1] adj m y f **1** Que tiene la forma de un círculo: *figura circular, retrato circular* **2** Que describe una circunferencia: *movimiento circular* **3** sf *Aviso con que se da a conocer una orden, una información, etc.*

circular[2] v intr (Se conjuga como *amar*) **1** Ir y venir, moverse algo o alguien por algún lugar: "Los coches *circulan* por las calles" **2** Moverse algo de un lugar a otro, generalmente con alguna trayectoria o por algún conducto o circuito: *circular el aire, circular el agua, circular la sangre* **3** Pasar algo de unas personas a otras: *circular una noticia, circular el dinero, circular un libro* **4** Enviar instrucciones, órdenes o avisos.

círculo s m **1** Área o superficie plana limitada por una circunferencia **2** Circunferencia **3** Medio, ambiente o grupo social en el que alguien se desenvuelve o donde comparte cierta actividad: *el círculo de los industriales, el círculo veracruzano* **4** *Círculo vicioso* Defecto del razonamiento o del discurso que consiste en explicar dos cosas, una por la otra recíprocamente, como cuando se dice: "No entiende porque no pone atención y no pone atención porque no entiende".

circunferencia s f *(Geom)* Curva plana y cerrada cuyos puntos están a igual distancia de otro interior llamado centro.

circunstancia s f **1** Situación o hecho que rodea, influye o condiciona a otro; motivo o cuestión particular y de poca importancia: *circunstancias históricas*, "Durante el viaje se dio la *circunstancia* de que los camiones llegaron tarde", "Por cualquier *circunstancia* falta a clase" **2** *Por, bajo ninguna circunstancia* En ningún caso, en ningún momento, por ningún motivo o pretexto **3** *Con cara, gesto, etc. de circunstancia* Con gravedad, con mucha seriedad y aun tristeza: "Poniendo cara de *circunstancia* le avisó que su tío había muerto".

cita s f **1** Acuerdo o compromiso entre dos o más personas sobre el lugar, la fecha y la hora en que deberán encontrarse; reunión que resulta de este acuerdo: *dar cita, hacer una cita, tener una cita* **2** Parte de un escrito o de un discurso que se repite o anota textualmente, para darla como ejemplo o como apoyo de algo que uno dice.

citar vtr (Se conjuga como *amar*) **1** Avisar a una persona que vaya a un determinado lugar, en cierta fecha y hora, para encontrarse con alguien: *citar a un amigo en el café, citar el juez a los testigos, citar a los niños a las nueve* **2** prnl Ponerse de acuerdo dos o más personas para encontrarse en cierto lugar, en una fecha y a una hora determinadas **3** Mencionar a alguien o repetir sus palabras como ejemplo o apoyo de lo que se está diciendo: *"Citó a Juárez como ejemplo de honradez y su lema como ejemplo de respeto"* **4** (*Taurom*) Llamar la atención del toro y provocarlo: *"Lorenzo Garza citó de largo y dio un gran pase"*.

ciudad s f Población grande, mayor que un pueblo, donde se reúne un mayor número de comercios e industrias y hay una organización educativa, cultural y de servicios más amplia: *la ciudad de Monterrey, la ciudad de Hermosillo, la ciudad de Coatzacoalcos*.

ciudadano s **1** Habitante de una ciudad **2** Persona que, por tener la nacionalidad de un país, tiene los derechos y las obligaciones que sus leyes determinan: *ciudadano mexicano, ciudadana cubana*.

cívico adj Que pertenece al civismo o se relaciona con él: *acto cívico, interés cívico*.

civil adj y s **1** Que se refiere a las relaciones de los ciudadanos entre sí o que pertenece a ellos: *valor civil, juicio civil, asociación civil* **2** Que no es militar ni eclesiástico: *gobierno civil, matrimonio civil*.

civilización s f **1** Conjunto de las costumbres, tradiciones, creencias y normas, así como de las actividades y producciones económicas, científicas y artísticas de uno o varios pueblos o de toda la humanidad: *civilización griega, civilización maya, civilización moderna* **2** Forma de convivencia social en la que existe justicia, honradez y orden.

civismo s m Comportamiento de los ciudadanos, correcto y acorde con las leyes, con el que manifiestan su participación e interés por su nación.

clara s f Parte del huevo, transparente y viscosa, que está entre el cascarón y la yema; al cocinarse solidifica y se vuelve blanca.

claridad s f **1** Efecto que produce la luz y que permite ver bien las cosas **2** precisión o exactitud con que algo se presenta y que permite captarlo o comprenderlo fácilmente: *la claridad de un sonido, la claridad del pensamiento*.

claro[1] adj **1** Que tiene bastante luz o transparencia: *día claro*, *"Le gustan las habitaciones claras"* **2** Que es de color más cercano al blanco que al negro; que no es oscuro; que es más transparente que turbio o que resulta poco espeso: *verde claro, piel clara*, *"En esa zona el mar es muy claro"*, *"La salsa quedó demasiado clara"* **3** s m Parte poco poblada o tupida de algo:

claro de un bosque, claro de la barba **4** *Claro de luna* Luz de la luna que se nota muy bien en la oscuridad **5** Que se puede notar, distinguir o entender fácilmente; que es evidente o que no se presta a dudas: "Tiene una *clara* predilección por los clásicos", "Ha manifestado una *clara* mejoría", *un resumen claro, una voz clara, cuentas claras* **5** *Poner en claro* Dar los elementos que permitan entender algo **7** *Sacer en claro* Entender o disipar la dudas sobre algo: "Lo único que *saqué en claro* es que debo 100 pesos".

claro² adv Por supuesto, evidentemente, seguro: *"Claro* que te lo presto", "¡Pues *claro* que voy!", *"Claro* que lo conozco", *"Claro* que no lo va a decir".

clase s f **1** Conjunto de elementos reunidos con algún criterio: *clase de los verbos en -ar* **2** Categoría que tienen los distintos elementos de un conjunto de acuerdo con su calidad, importancia, utilidad, etc.: *un tren de segunda clase, una tela de buena clase* **3** Calidad o superioridad de algo o alguien: "Un torero de *clase"* **4** *(Biol)* Categoría de clasificación biológica entre el orden y el filum **5** Grupo de personas que tienen una condición social, económica o política similar, o que tienen intereses en común: *clase media, clase de los trabajadores, clase gobernante* **6** Conjunto de personas en una sociedad, según su manera de participar en la producción: *clase obrera, clase patronal.* **7** Grupo de estudiantes que toman una lección juntos: "La *clase* estuvo interesada en el tema" **8** Lección que da un maestro, tiempo que dura y lugar donde se imparte: *clase de matemáticas, tomar clases,* "Pasarse toda la *clase* platicando", "Una *clase* limpia y ordenada" **9** *(Mil)* Conjunto de los soldados desde el raso hasta el sargento, e individuo de este conjunto.

clasificación s f Operación que consiste en ordenar los elementos de un conjunto de acuerdo con un criterio determinado y resultado de esta operación: *clasificación alfabética, clasificación botánica,* "Comparar dos *clasificaciones"* **2** Obtención de las marcas, puntos o resultados necesarios para entrar o mantenerse en una competencia: "Peligra la *clasificación* del equipo mexicano".

clasificar v tr (Se conjuga como *amar*) **1** Ordenar un conjunto de elementos a partir de un criterio determinado; formar clases de algo: *clasificar libros, clasificar información* **2** intr Alcanzar las marcas, puntos o resultados necesarios para entrar a una competencia o para seguir en ella: *clasificar para las finales.*

clave sf **1** Explicación de los signos y la sintaxis de un sistema cifrado de comunicación: "No se ha encontrado la clave para traducir la escritura maya" **2** Sistema de comunicación que emplea, en lugar de la lengua natural, signos convencionales y cifrados: *clave morse* **3** *(Mús)* Símbolo que se pone al principio del pentagrama e indica el tono en que han de interpretarse los signos de las notas: *clave de sol, clave de do, clave de fa* **4** adj m y f y s f Que es importante o esencial para la comprensión o resolución de algo: *respuesta clave, asunto clave*.

cliente s m y f **1** Persona que compra algo o paga por algún servicio, con respecto a quien se lo proporciona: "Hoy atendí a más de 20 *clientes*" **2** Persona que compra frecuentemente en un mismo lugar o solicita los servicios de una misma persona: "Los *clientes* de un contador".

clima s f **1** Conjunto de condiciones atmosféricas, como la temperatura, la humedad, el viento, etc., en un lugar y momento determinados: *clima tropical, clima invernal* **2** Conjunto de circunstancias que caracterizan una situación determinada: *clima de confianza, clima político*.

club s m **1** Asociación que establece un grupo de personas con el fin de realizar en común actividades recreativas, deportivas o culturales: *club deportivo, club de periodistas* **2** Local donde se reúnen.

cobrar v tr (Se conjuga como *amar*) **1** Recibir o pedir cierta cantidad de dinero como pago por algo: "*Cobran* el kilo a 20 pesos" **2** Cazar o pescar cierto número de animales **3** Recoger una cuerda o una red **4** Empezar a tener alguna cosa o aumentar algo que ya se tenía: *cobrar velocidad, cobrar fama, cobrar afecto*.

cobre s m **1** Metal flexible de color rojizo, muy buen conductor del calor y la electricidad, que se puede mezclar con otros como el zinc, el níquel o el estaño **2** Cualquiera de los instrumentos musicales de metal y de viento, como la corneta, el corno, etc. **3** *Enseñar el cobre* Dejar ver alguien su poca calidad moral, honradez o valentía.

cocer v tr (Se conjuga como *mover*, 2c) **1** Poner algún alimento en agua y hervirlo: *cocer un huevo, cocer carne* **2** Poner en un horno o en el fuego un alimento para que deje de estar crudo y pueda comerse, o algún material para que se endurezca y se haga resistente: *cocer pan, cocer ladrillos, cocer cerámica*.

cociente s m **1** *(Mat)* Número que resulta de la división de una cantidad entre otra, y que indica cuántas veces está contenido el divisor en el dividendo de una división; por ejemplo, el *cociente* de 20 entre 4 es 5 **2** *Cociente intelectual* Medida de la inteligencia de una persona, que se establece mediante ciertos procedimientos de examen y establece una relación entre la edad mental y la edad real.

cocina s f **1** Lugar en una casa, restaurante, etc. donde se preparan los alimentos, y el conjunto de muebles, como estufa o brasero, fregadero, etc. que lo componen **2** *Cocina económica* Lugar donde se prepara y vende comida de tipo casero **3** Platillos típicos y forma de prepararlos propia de una región o país: *cocina mexicana, cocina yucateca, cocina francesa* **4** *Alta cocina* La de gran calidad.

cocinar vtr (Se conjuga como *amar*) *Preparar los alimentos* para comerlos, especialmente los que se cuecen o guisan al fuego.

coche s m 1 Vehículo con motor de combustión interna que se desplaza sobre cuatro llantas de hule y que generalmente utiliza gasolina como combustible. Puede transportar hasta cinco o seis pasajeros 2 Cualquier vehículo de transporte para personas, con ruedas: *un coche de caballos, un coche del tren, un coche de bebé.*

coger v tr (Se conjuga como *comer*) 1 Poner los dedos de las manos en algo y cerrarlos para retenerlo o sostenerlo: *coger una taza, coger un cigarro, coger un bebé* 2 Juntar, reunir o recibir algo dentro de sí o para sí: *coger agua la tierra* 3 Empezar a hacer o a tener algo: *coger una costumbre, coger velocidad, coger fuerzas, cogerle aprecio al maestro* 4 Contagiarse de una enfermedad: *Coger un catarro* 5 Tomar algo de alguien sin permiso y quedárselo: *"Cogió mis cuadernos" "Cogió el dinero"* 6 Tomar un transporte, un camino o una dirección: *coger el camión, coger una calle, coger a la derecha* 7 *Coger para* Dirigirse a, ir hacia: *coger para el Norte* 8 *Coger de camino, de paso* Estar algo en o cerca del camino por el que uno pasa: *"Tu casa me coge de paso"* 9 Ocupar algo un cierto espacio o durar un cierto tiempo: *"El jardín coge la mitad del terreno", "El trabajo me cogió toda la noche"* 10 Golpear y hacer daño algo a una persona, especialmente los automóviles: *"Lo cogió un coche y*

lo mató" 11 Prender un toro con los cuernos a alguien 12 Entender, comprender o captar algo con algún aparato: *coger un chiste, coger un programa de radio* 13 Hallar o sorprender a alguien haciendo algo: *"Lo cogí leyendo una carta" "Los cogimos cuando robaban"* 14 Apresar a un delincuente 15 Efectuar el acto sexual 16 *Coger y* Decidirse por algo, a veces con sorpresa: *"Cogió y se fue sin despedirse"* 17 *Cogerla con alguien* Molestar o atacar constantemente a alguien.

coincidir v intr (Se conjuga como *subir*) 1 Suceder dos hechos al mismo tiempo 2 Encontrarse dos o más personas en el mismo lugar o al mismo tiempo, o tener las dos los mismos gustos, opiniones, planes, etc. 3 Ajustarse una cosa con otra.

cola[1] s f 1 Extremidad posterior del cuerpo de algunos animales, que en los vertebrados es la prolongación de la columna vertebral; algunos de ellos la usan para detenerse, colgarse o guardar el equilibrio 2 Conjunto de plumas largas y fuertes que tienen las aves en la parte posterior del cuerpo 3 Parte final, trasera o posterior de algo: *cola de un avión, cola de un cometa, cola de un vestido* 4 Conjunto de personas que están una detrás de otra esperando turno para algo: *"La cola para entrar al cine está muy larga".*

cola[2] s f Pasta fuerte, gelatinosa y transparente que se obtiene cociendo restos de pieles con huesos, resinas, etc. y que disuelta en agua caliente sirve para pegar cosas, sobre todo en carpintería.

colaboración s f Participación de alguien en un trabajo común o en algo de interés general: "Su *colaboración* en la enseñanza fue muy valiosa".

colegio s m 1 Establecimiento dedicado a la enseñanza o al estudio 2 Asociación de personas que tienen el mismo oficio o profesión: *colegio de abogados, colegio de ingenieros* 3 *Colegio electoral* Conjunto de los electores de cada uno de los distritos electorales en que está dividido el país.

colgar v tr 1 (Se conjuga como *soñar* 2c) Estar o poner algo en alto sin que su parte inferior toque el suelo 2 Matar a alguien haciendo que su cuerpo quede sostenido por el cuello con una cuerda 3 Atribuirle algo a alguien: "Le *colgaron* un robo que no cometió" 4 Interrumpir una comunicación telefónica.

colocar v tr (Se conjuga como *amar*) 1 Poner algo, o a alguien, en un lugar, generalmente con cierto cuidado, o con cierto orden. *Colocar un libro en un estante, colocar un bebé en una silla, colocarse en una fila* 2 Dar un puesto a alguien, conseguirle un empleo. "Lo *colocó* en una secretaría".

colonia s f 1 Conjunto de personas de un mismo lugar, raza o religión, que se establecen en un lugar distinto al de su procedencia: *colonia judía, colonia francesa* 2 Territorio o país sujeto al dominio militar, económico, político y social de otro, o periodo durante el cual se ejerce

este dominio: "México fue una *colonia* de España", *época de la colonia* 3 Cada una de las zonas urbanas que se forman alrededor del centro de una ciudad: *colonia Juárez, colonia popular, colonia residencial* 4 Agrupación de animales de la misma especie que realizan funciones específicas y complementarias para subsistir: *colonia de abejas, colonia de hormigas* 5 (Biol) Conjunto de microorganismos, generalmente provenientes de una sola célula, que viven juntos: *colonia de bacterias.*

colonial adj m y f Que pertenece a la colonia o se relaciona con ella: *época colonial, arquitectura colonial.*

colonialismo s m Tendencia o actitud de una sociedad o de un Estado a extender su dominio político, militar, económico, social o cultural sobre otros para aprovecharse de ellos en alguna forma.

colonización s f 1 Acto de extender el dominio económico, político o cultural de una sociedad o un Estado sobre otros, generalmente con intervención militar 2 Establecimiento organizado de un grupo de personas sobre un territorio, para cultivarlo y habitarlo.

colonizador adj y s 1 Que coloniza su territorio para cultivar su suelo, explotar sus riquezas o incorporarlo a una civilización: *la misión colonizadora de los romanos entre los bárbaros* 2 Que ejerce un dominio económico, político, militar o cultural sobre territorios extranjeros: *un país colonizador.*

colonizar v tr (Se conjuga como *amar*) **1** Establecerse un grupo de personas en un lugar distinto al de su procedencia con el fin de explotar sus recursos **2** Establecer un país un dominio económico, político, militar o cultural sobre otro.

colono s m **1** Habitante de una colonia **2** Persona que coloniza un territorio.

color s m **1** Impresión visual que produce la luz reflejada en la superficie de los objetos, y varía según la cantidad de luz del ambiente, la distancia a la que se encuentran los objetos, etc.; así, el cielo se ve de color azul durante el día pero negro durante la noche, las montañas se ven cafés, verdes o grises, según la vegetación que las cubre y la distancia desde donde se las mira **2** *(Fís)* Propiedad de la luz que se refleja sobre la superficie de un objeto y se caracteriza por la sensación de brillo o luminosidad que perciben los ojos, la longitud de onda de los rayos reflejados y la diferencia entre esos rayos y los de la luz media del día. Como la luz media del día, o luz blanca, está compuesta por todos los rayos visibles para el ser humano, el blanco se considera la mezcla de todos los colores y el negro la falta de color **3** *Colores primarios* Son el rojo, el amarillo y el azul, con los cuales se pueden componer los otros colores **4** Sustancia con la que se pinta algo **5** Carácter propio de algo "El *color* de la provincia mexicana" **6** *Colores nacionales* Los que tiene la bandera o la insignia de un país, como el verde, el blanco y el rojo en la de México **7** *Persona (hombre, mujer, etc.) de color* Persona de raza negra **8** *Color de rosa* Agradable, sencillo, cursi: "Está en la edad en que todo lo ve *color de rosa*" **9** *Dar color* Poner pintura sobre algo **10** *Dar color* Animar algo, crecer el interés de algo: "El juego de futbol comienza a *dar color*" **11** *Subir algo de color* Aumentar la intensidad o la intención sobre algo: "La discusión *subió de color*" **12** *Subírsele a alguien el color* Ponérsele a alguien rojas las mejillas, sonrojarse.

colorante adj m y f y sm Que se emplea para teñir o dar color: *sustancia colorante*.

columna s f **1** Apoyo vertical, generalmente cilíndrico y más alto que ancho, que sirve para sostener un techo, una bóveda, etc. **2** Porción de líquido contenido en un cilindro vertical: *columna termométrica, columna barométrica* **3** Cada una de las partes en que se divide verticalmente una página escrita o impresa: *columna de un periódico* **4** Serie de tropas, barcos o aviones, ordenados unos detrás de otros **5** *Columna vertebral* Línea de huesos articulados que sostiene el esqueleto de los animales vertebrados **5** *Quinta columna* Conjunto de enemigos que quedan o se mezclan con la población y realizan actos de sabotaje.

coma[1] s f *(Gram)* Signo de puntuación (,) que indica una pausa breve en un escrito: "Compré li-

bros, cuadernos, lápices, plumas
y gomas" (Ver tabla).

coma[2] s m Adormecimiento profundo, con pérdida del conocimiento, la sensibilidad y el movimiento, que se presenta como
consecuencia de algunas enfermedades graves o de un golpe
fuerte: *estado de coma, coma
diabético*.

comadre s f 1 Madrina de un
niño con respecto a los padres de
éste y la madre del niño con
respecto a los padrinos 2 Mujeres que se relacionan por una
estrecha amistad.

comandante s m 1 Militar que
tiene el mando de una unidad
del ejército o de la armada, una
zona militar o naval, etc., independientemente de su rango 2
El que tiene algún puesto de autoridad en la policía.

combatir v tr (Se conjuga como
subir) Luchar en contra de algo
o de alguien; atacarlo: *combatir
al enemigo, combatir una enfermedad, combatir por la justicia*.

comentar v tr (Se conjuga como
amar) 1 Hacer observaciones
acerca de algo: *comentar una
noticia, comentar el juego de
futbol* 2 Explicar o dar interpretaciones acerca de algo, especialmente de libros: *comentar
la Biblia, comentar el Quijote*.

comentario s m 1 Observación
que se hace acerca de algo 2
Explicación o interpretación,
generalmente escrita, acerca de
algún texto.

comenzar v tr (Se conjuga
como *despertar* 2a) 1 Dar principio a algo o hacer algo por
primera vez: *comenzar a estu-*

*diar, comenzar a hablar, comen-
zar el trabajo* 2 v intr Suceder
algo por primera vez o tener
algo principio: *comenzar a nevar, comenzar la lluvia*.

comer v tr 1 Tomar alimentos
por la boca, masticarlos y pasar-
los al estómago 2 Tomar algún
alimento, en particular la comida principal del día: *una invitación a comer* 3 prnl Gastarse
o corroerse algo, desvanecerse el
color de algo: "El ácido *se come*
el metal", "El sol *se come* la pintura" 4 Omitir fonemas, palabras o hasta párrafos cuando se
habla o se escribe: "Los costeños
se comen las eses", "Me *comí*
una línea y no se entiende mi
escrito" 5 Hacer que algo o alguien destaque menos: "La orquesta *se comió* al cantante",
"Los edificios *se comen* el paisaje" 6 Ganar una pieza al contrario en los juegos del ajedrez o
las damas 7 *Comerse a alguien
(con los ojos)* Mostrar gran
deseo e interés por alguien 8
Comerse vivo a alguien Criticar
con enojo y sin piedad a alguien
9 *Ser alguien de buen comer*
Tener buen apetito.

comercial adj m y f 1 Que tiene
relación con el comercio: *operación comercial, centro comercial*
2 Que es aceptado con facilidad
por el público o los consumido-
res: "Un disco muy *comercial*" 3
sm Anuncio intercalado en un
programa de televisión, de radio
y de cine.

comerciante s m y f Persona
que se dedica a vender, comprar
o intercambiar cosas o mercancías, generalmente para ganar

algo; especialmente la que es dueña de una tienda o comercio.

comerciar v intr (Se conjuga como *amar*) Comprar, vender o intercambiar cosas, generalmente para obtener algún provecho económico.

comercio s m 1 Compra, venta o intercambio de cosas o mercancías, generalmente con el fin de obtener ganancias 2 Tienda o establecimiento dedicado a ello 3 Conjunto de los comerciantes 4 Contacto y comunicación entre personas o entre pueblos.

comestible adj y s m 1 Que se puede comer: *hongos comestibles* 2 smpl Todo tipo de alimentos: *tienda de comestibles*.

cometer v tr (Se conjuga como *comer*) Hacer algo que se considera un error o una falta: *cometer un delito, cometer una equivocación, cometer un atentado*.

comida s f 1 Lo que se come 2 Conjunto de los alimentos que se comen a cierta hora del día; especialmente los principales, que se toman en las primeras horas de la tarde: *hacer las tres comidas, la hora de la comida* 3 Reunión social en la que se toman los alimentos principales del día: *ir a una comida*.

comillas s f pl Marca ortográfica ('), ('') o («») (ver tablas de puntuación).

comisión s f 1 Orden o encargo que una persona da a otra para que haga algo 2 Grupo de personas elegidas o designadas para arreglar un asunto o estudiar un problema 3 Ganancia, generalmente en forma de porcentaje sobre una cantidad to-

tal, que se cobra al hacer una venta o un trabajo.

como adv y conj 1 Indica el modo o la manera en que se hace o sucede algo: "Cansado, *como* estaba, prefirió quedarse en casa" 2 adv Igual a, parecido a, de parecida o igual manera que: "Veloz *como* el rayo", "Sus manos son *como* garras", "Habla *como* su maestro", "Escribe *como* piensa", "Mirada *como* de tigre", "Mira *como* tigre" 3 adv En calidad de, en papel de: "Opinó *como* médico", "Lo recibieron *como* invitado" 4 adv Con el nombre: "Una flor conocida *como* amapola" 5 adv Aproximadamente, cerca de: "Asistieron *como* cincuenta personas" 6 adv Introduce ejemplos, ilustraciones, explicaciones o aclaraciones en una oración: "Algunos países *como* México luchan por la paz" 7 adv Según, conforme a: "*Como* dijo mi abuelo", "*Como* manda la ley" 8 conj Ya que, puesto que, debido a que, a causa de: "*Como* no apunta, se le olvida todo", "*Como* quiere que le ayudes, te esperará"; "*Como* las flores están caras, no las compré" 9 conj Manifiesta condición, duda o amenaza: "*Como* lo pierdas, no encontrarás otro", "*Como* lo olvides, te regaño" 10 conj Que: "Verás *como* no se equivoca" 11 *Como si, como que* De modo que o se asemeja, figurando que: "Habla *como si* lo supiera todo", "Hizo *como que* estaba enfermo", "*Como que* tú eras el diablo y yo san Miguel" 12 *Como que* Dado que, debido a que: "Respetan su opinión, *como* *que* es su maestro" **13** *Como para* De tal modo que se justifica, de tal manera que vale la pena: "Tengo un cansancio *como para* irme a la cama".

cómo adv y conj **1** Manifiesta admiración, indignación, duda o interrogación acerca del estado de algo o sobre la manera en que sucede: "¡*Cómo* canta!", "¡*Cómo* llueve", "¡*Cómo* se atrevió a ofenderte!", "¡*Cómo* puede ser tan tonto!", "¡*Cómo* llegó hasta aquí?, ¿*Cómo* has estado?" **2** Precisa la manera en que se hace o sucede algo: "Me dijo *cómo* hacerlo" **3** Señala que uno no ha entendido o escuchado bien algo: "¿*Cómo*? ¿*Cómo* dijo?" **4** ¡*Cómo no*! Claro, por supuesto: "¿Quieres venir conmigo? - ¡*Cómo no*!" **5** ¡*Cómo que no*? Expresa seguridad en cuanto a algo o la afirmación de algo que antes se ha negado: "¡*Cómo que no* podré aprobar el examen?", "Eso que dices no es verdad - ¡*Cómo que no*?" **6** ¿*A cómo*? A qué precio, cuanto cuesta: "¿*A cómo* el kilo de jitomates?"

compadre s m **1** Padrino de un niño con respecto a los padres de éste y el padre del niño con respecto a los padrinos **2** pl Padrinos de un niño con respecto a los padres de éste y los padres del niño con respecto a los padrinos.

compañero s **1** Persona que comparte con otra alguna actividad: *compañero de juegos, compañera de banca, compañero de trabajo* **2** Objeto que forma par con otro: "Este guante no tiene *compañero*".

compañía s f **1** Lo que está cerca o junto de alguien y le hace sentir que no está solo: "Los libros fueron su mejor *compañía*" **2** Persona o grupo de personas que están con alguien: **3** *En compañía de* Con, junto con: "Viaja *en compañía de* su familia" **4** Sociedad comercial o industrial: compañía de seguros, compañía de teléfonos **5** Grupo que se dedica a una determinada actividad artística, principalmente el que es institucional: *compañía de teatro, compañía de danza* **6** (*Mil*) Grupo de soldados que está bajo las órdenes de un capitán.

comparación s f Acto de comparar y su resultado.

comparar v tr (Se conjuga como *amar*) **1** Observar y examinar dos o más cosas para encontrar lo que tienen en común y lo que las distingue: *comparar dos animales* **2** Hacer o formular una semejanza entre dos cosas: "*Comparó* a México con el cuerno de la abundancia".

competencia s f **1** Acto de esforzarse varias personas por alcanzar algo antes que las demás, en lugar de ellas o en mejores condiciones; acontecimiento en el que se realiza este acto: "En la *competencia* hay atletas de todas partes" **2** Oposición que se da entre los que compiten por algo: "El corredor tuvo mucha *competencia*" **3** Uno o varios de aquellos que compiten con otro por algo: "La tienda de enfrente es de la *competencia*" **4** Capacidad o derecho de alguien para ocuparse de algo: "Su asunto no es de la *competencia* de esta oficina" **5**

Habilidad o aptitud de alguien para hacer algo: "Un mecánico que tiene mucha *competencia*".

competir v intr (Se conjuga como *medir*, 3a) **1** Tratar varias personas de alcanzar algo antes que las demás, en lugar de ellas o en mejores condiciones: *competir por un premio, competir en una carrera, competir por el mercado del petróleo* **2** Tratar de alcanzar o superar las cualidades o características de algo o alguien: "*Compite* con la imagen de su padre" **3** *Competir en* Estar al mismo nivel, tener un grado semejante de alguna cualidad: "Los dos puertos *compiten* en importancia".

complemento s m **1** Objeto, elemento o sustancia que se añade a algo para completarlo o mejorarlo: *complemento del salario, complemento alimenticio* **2** *(Gram)* Palabra o conjunto de palabras que modifican o completan algún elemento de la oración, como el sustantivo, el adjetivo o el verbo, tanto en el sujeto como en el predicado, con la ayuda de una preposición o nexo que los introducen, como en "casa *de alquiler*", "fácil *de limpiar*", y "abrió *con fuerza*" en las oraciones: "La casa de alquiler en que vive es grande y bonita", "El motor es fácil de limpiar", y "Juan abrió con fuerza la puerta". Los complementos se clasifican de acuerdo con el elemento al que modifican, como los *adnominales* y *de adjetivo* al sustantivo y al adjetivo, así como los que modifican al verbo; entre éstos, los *directo* e *indirecto*, definidos comúnmente

por la gramática como *objeto directo* y *objeto indirecto*, y el *complemento circunstancial*, que modifica la acción del verbo indicando cuándo, cómo o dónde ocurre, en qué cantidad o en qué dirección, etc. como en: "Lo visitaré *en la noche*", "Me miró *de reojo*", "Vine *para verte nuevamente*", "Compré frijol *en grandes cantidades*".

completar v tr (Se conjuga como *amar*) Añadir a algo lo que le hace falta para estar entero, para llenarlo o para que alcance su estado final o definitivo: *completar un trabajo, completar una colección*.

completo adj **1** Que tiene todas sus partes o elementos o que contiene todo lo que debe contener: *un aparato completo, cupo completo* **2** Que está terminado o que ha alcanzado su carácter definitivo: *una obra completa, un éxito completo*.

componente s m Parte o elemento que, junto con otros, compone un todo: *componentes del radio, componentes de la atmósfera*.

componer v tr (Se conjuga como *poner*, 10c) **1** Hacer o formar algo juntando varios elementos o cosas o reunir varias personas con un fin determinado: *componer un ramo de flores, componer un jurado* **2** prnl Estar algo formado por ciertos elementos o miembros: "El sindicato *se compone* de mil obreros" **3** Hacer o crear obras artísticas, principalmente musicales o literarias: *componer un poema, componer una canción* **4** Hacer que algo vuelva a funcionar o a servir, o mejorar el estado de algo: *componer el radio, componer la estufa*, "Ojalá *se componga* el tiempo" **5** prnl Recuperar alguien la salud: "Ya *se compuso* el niño" **6** Adornar o embellecer algo o a alguien: "Hay que *componer* el ayuntamiento para la fiesta", "Lupita está muy *compuesta*".

comportamiento s m **1** Manera de portarse o conducirse alguien: *buen, mal comportamiento* **2** Modo de actuar o de proceder algo o alguien: *el comportamiento de las hormigas, el comportamiento de los metales*.

comportar v tr (Se conjuga como *amar*) **1** Ser una cosa condición o causa de otra, implicarla o suponerla: "Comprar un terreno *comporta* otros gastos" **2** prnl Actuar alguien de cierta manera: "El niño *se comporta* bien en la escuela".

composición s f **1** Reunión de varias cosas o elementos que forman en un objeto o conjunto de elementos de los que está hecho algo: *composición de una medicina, composición del suelo*. **2** Obra literaria o musical: *una composición de Agustín Lara* **3** Parte del estudio de la música que trata de los elementos que constituyen una obra, como la melodía, el ritmo, etc. **4** Estudio del espacio, la forma, las figuras, etc. de las artes plásticas, como la pintura, la escultura o la fotografía **5** Ejercicio de redacción sobre un tema determinado.

comprar v tr (Se conjuga como *amar*) **1** Hacer que algo pase a ser propiedad de alguien a cambio de dinero: *comprar pan, comprar una casa* **2** Lograr que alguien actúe en favor de otra persona y en contra de lo debido o lo justo, generalmente a cambio de dinero o de algún favor: *comprar al juez*.

comprender v tr (Se conjuga como *amar*) **1** Estar compuesta o formada alguna cosa por ciertos elementos, o tener algo dentro de ella: "Este municipio *comprende* varios pueblos", "La excursión *comprende* la visita a las pirámides" **2** Percibir y formarse una idea clara de la naturaleza, características, causas, condiciones, o consecuencias de algo: *comprender la vida, comprender una teoría, comprender el funcionamiento del corazón* **3** Hacerse una idea clara del significado de lo que alguien dice: *comprender un idioma, comprender una explicación*, "*Comprendió* que lo engañaban" **4** Encontrar explicación o justificación a los actos o a los sentimientos de alguien o tener buena voluntad hacia ellos: "Debes *comprender* a tu madre" **5** prnl Tener comunicación y sentimientos en común dos personas: "Lupe y Pancho *se comprenden* muy bien".

comprensión s f **1** Acto de comprender **2** Facultad del ser humano para percibir algo y hacerse una idea clara de ello; su resultado: *la comprensión del universo, comprensión de las matemáticas* **3** Capacidad para hacerse una idea clara del significado de lo que dice alguien o algo: *comprensión de la lectura* **4** Actitud de entendimiento o buena voluntad hacia el comportamiento o los sentimientos de alguien: "Pidió la *comprensión* de sus jueces".

comprobación s f 1 Acto de encontrar o dar pruebas de algo 2 Revisión y confirmación de algo mediante la repetición de pruebas o experimentos: *comprobación de una división, comprobación de una teoría*.

comprobar v tr (Se conjuga como *jugar*, 2d) 1 Encontrar o dar pruebas de algo: "Se *ha comprobado* que el cigarro es dañino a la salud" 2 Revisar o confirmar algo repitiendo pruebas o experimentos: *comprobar una declaración, comprobar una teoría*.

compuesto 1 pp de componer 2 adj Que está formado por varias partes o elementos: *palabra compuesta* 3 s m (*Quím*) Sustancia formada por átomos de distintos elementos: "El agua es un compuesto formado por átomos de hidrógeno y oxígeno".

común adj m y f 1 Que pertenece, se refiere o toca a varias personas o cosas: *un propósito común, características comunes* 2 Que es corriente, usual o se produce con frecuencia: *costumbre común*, "Los accidentes en carretera son muy *comunes*" 3 Que tiene los mismos rasgos de todos los de su especie o clase: *un hombre común* 4 *En común* En conjunto, entre varios: "Hacer un trabajo *en común*".

comunal adj m y f Que pertenece a la comunidad o se relaciona con ella: *bien comunal, organización comunal, granja comunal*.

comunicación s f 1 Proceso y resultado del intercambio de mensajes: "México y París están en constante *comunicación*" 2 Relación de unión o paso entre dos o más personas o cosas: "Se cortó la *comunicación* por carretera y por teléfono a Tlacotalpan" 3 Medio o instrumento por medio del cual se envían o reciben mensajes, o que sirve de unión o paso entre personas o cosas: "El estrecho de Behring es una *comunicación* entre continentes", *medios de comunicación, vías de comunicación, Secretaría de Comunicaciones* 4 Entendimiento, trato o correspondencia entre personas: "No hay *comunicación* entre ellos" 5 Escrito en el que se informa algo: "Recibimos la *comunicación* de su muerte".

comunicar v tr (Se conjuga como *amar*) 1 Hacer saber algo a otra persona: *comunicar una idea* 2 Hacer que pase algo a otra persona o cosa: "Le *comunicó* su miedo", "La rueda *comunica* su movimiento al carro" 3 prnl Enviar y recibir mensajes dos o más personas entre sí: *comunicarse por teléfono, comunicarse por carta* 4 *Estar bien, mal, comunicado* Tener o no una persona o un lugar medios con que comunicarse 5 Tener dos cosas paso entre sí: "La cocina *comunica* con el comedor".

comunidad s f 1 Conjunto de personas que viven juntas, que tienen bienes o intereses comunes o que desarrollan una misma actividad: *comunidad agraria, comunidad religiosa,*

comunidad nacional 2 Conjunto de seres vivientes o cosas que se encuentran juntas y tienen características comunes: *comunidades vegetales* 3 Hecho de tener o compartir varias personas o cosas algo en común: *comunidad de intereses, comunidad de bienes*.

comunismo s m 1 Conjunto de doctrinas económicas y políticas en las que se sostiene que todas las cosas son por naturaleza comunes a todos los hombres y, por esa razón, se desconoce la propiedad privada 2 *Comunismo marxista* Doctrina que busca la abolición de la propiedad privada, especialmente de los instrumentos o bienes de producción, sostiene que el trabajo es la verdadera causa de la riqueza y persigue que cada trabajador reciba un salario para cubrir sus necesidades y que esté de acuerdo con la importancia de su participación en la producción social 3 Sistema económico, político y social basado en estas doctrinas 4 Conjunto de los partidos y organizaciones comunistas y de las doctrinas que sostienen.

comunista adj y s m y f Que se relaciona con el comunismo, que simpatiza con él o que pertenece a un partido comunista: *Estado comunista, principios comunistas*, "Los *comunistas* rusos tomaron el poder en 1917".

con prep 1 Indica una relación de compañía, colaboración, comunicación, reciprocidad o simple presencia de varias personas o cosas al mismo tiempo o juntas: "Vive *con* sus padres", "Viaja *con* sus amigos", "Trabaja *con* su hermano", "Discute *con* todos", "Canta *con* el coro", "Vino Juan *con* su novia", "Café *con* leche", "Arroz *con* pollo" 2 Indica una relación de medio, instrumento, procedimiento o causa: "Cortar *con* cuchillo", "Amarrar *con* una cuerda", "Limpiar *con* agua", "Protegerse *con* un paraguas", "Coger *con* las dos manos", "Ver *con* los propios ojos", "Hacerlo *con* su ayuda", "Las plantas se pudren *con* tanta lluvia" 3 Indica una relación de modo o manera de hacer algo: "Lo hizo *con* gusto, *con* facilidad, *con* alegría, *con* cuidado, *con* interés, *con* tacto", "Lo recibió *con* los brazos abiertos, *con* indiferencia, *con* furia", "Me tiene *con* angustia" 4 Indica una relación entre dos cosas, en la que una contiene o posee a la otra: "Una bolsa *con* ropa", "Un pantalón *con* cuatro bolsas", "Un niño *con* ojos azules" 5 A pesar de: "*Con* lo que le pedía que fuera discreto y lo contó todo", "*Con* ser tan tarde, trabajaré un rato más" 6 *Con tal (de) que* Mientras que: "*Con tal de que* cuide a los niños, le aguanto su mal genio".

concebir v tr (Se conjuga como *medir*, 3a) 1 Dar comienzo la formación de un nuevo individuo al quedar fecundado el óvulo femenino por el espermatozoide: *concebir un hijo* 2 Formarse alguien una idea acerca de algo, pensarlo o comprenderlo: *concebir un plan, concebir una teoría*.

conceder v tr (Se conjuga como *comer*) 1 Dar o permitir algo a una persona, quien tiene la facultad o el poder para hacerlo: *conceder asilo, conceder un crédito* **2** Aceptar alguien lo que dice otra persona: "*Concedo* que el examen fue difícil".

concentración s f **1** Acción y resultado de concentrar: *concentración de tropas, concentración de rayos luminosos, concentraciones de población* **2** Aplicación de toda la atención en un solo objeto: "*Se requiere de mucha concentración en el examen*" **3** *(Quím)* Cantidad de una sustancia que se encuentra contenida o disuelta en otra: "*Un gas con una alta concentración de ácido sulfhídrico*".

concentrar v tr (Se conjuga como *amar*) **1** Reunir en un mismo lugar, o dirigir hacia un mismo punto u objetivo algo que está disperso o separado: *concentrar esfuerzos, concentrar el poder en pocas manos, concentrarse la gente en las ciudades* **2** Aumentar la cantidad de una sola sustancia en una mezcla o compuesto, o hacer que aumente en proporción a las otras **3** prnl Poner alguien toda su atención en algo: *concentrarse para estudiar, concentrarse en un problema.*

concepción s f **1** Acto de concebir **2** Idea o conjunto de ideas que se tienen o se forman a propósito de algo: *la concepción moderna del arte.*

concepto s m **1** Representación mental que uno se forma de algo: *el concepto del bien, el concepto del triángulo* **2** Representación mental clara, bien comprendida y elaborada de algo,

que generalmente organiza o fundamenta una hipótesis o una teoría: *el concepto del cero, los conceptos de la teoría de la relatividad* **3** Opinión o juicio que uno se forma de algo o alguien: "Tiene un alto *concepto* de sus ayudantes" **4** Cosa o asunto al que se refiere una partida en una cuenta o una lista de costos y gastos **5** *En concepto de, por concepto de* En relación con algún renglón o partida previstos, o como pago de los mismos: "5 000 pesos *por concepto de gastos*" **6** *Por todos conceptos* Desde cualquier punto de vista, por todos los motivos **7** *Por, bajo ningún concepto* Por ningún motivo, de ninguna manera.

conciencia s f **1** Capacidad del ser humano para darse cuenta de sí mismo y de lo que lo rodea: "Se golpeó y perdió la *conciencia*" **2** Facultad que tiene el ser humano de conocer y juzgar sus propios actos y los de los demás **3** *Examen de conciencia* Acto de reflexión y juicio sobre las acciones propias **4** Sentimiento de una persona después de haber reflexionado y juzgado sus actos: *conciencia tranquila* **5** *Remordimiento, cargo, etc. de conciencia* Sentimiento de culpabilidad por haber actuado en forma que uno considera incorrecta **6** Compromiso moral de una persona hacia los demás o hacia su trabajo: *un profesor con conciencia* **7** *A conciencia* con responsabilidad y cuidado: *limpiar a conciencia* **8** *Tomar conciencia* Darse cuenta de algo **9** *Crear conciencia* Hacer que los demás se den cuenta de algo.

concluir vtr (Se conjuga como *construir*, 4) **1** Acabar o terminar algo: *concluir un trato, concluir una época* **2** Llegar, después de un razonamiento, a un resultado o decisión a propósito de algo.

conclusión s f **1** Fin de una cosa: *conclusión de una guerra, acercarse algo a su conclusión* **2** Resultado o decisión al que se llega después de un razonamiento: "No se llegó a ninguna *conclusión* en la asamblea" **3** *En conclusión* Como resultado, en suma.

concordancia s f **1** Acuerdo, correspondencia o capacidad de combinarse dos cosas **2** *(Gram)* Correspondencia del género y el número de un adjetivo con los de un sustantivo, como en *el señor alto, la señora alta, los señores altos, las señoras altas;* así como del número y la persona del verbo con los del núcleo del sujeto de una oración, como en *yo canto, tú cantas, ellas cantan.*

concordar (Se conjuga como *soñar*, 2e) **1** vtr Poner de acuerdo dos cosas **2** intr Estar dos o más cosas o personas de acuerdo una con otra o tener características o partes iguales o que se combinan **3** intr *(Gram)* Corresponder el género y el número de un adjetivo con los de un sustantivo, como en *libro rojo, los niños enfermos, la casa roja;* o el número y la persona de un verbo con los del núcleo del sujeto, como en *yo como, nosotros pintamos.*

concreto[1] adj **1** Que existe, es real, sensible o determinado: *un libro concreto, una persona concreta, un animal concreto* **2** *En concreto* Determinado, definitivo, específico; en conclusión: *una información en concreto,* "*En concreto,* ¿qué es lo que quieres*"*

concreto[2] s m Mezcla de agua, cemento, arena, grava y generalmente algún aditivo, que al endurecerse adquiere gran resistencia. Se emplea en construcción para cimientos, techos, etc.

condición s f **1** Manera natural o propia de ser algo o alguien: *condición del suelo, condición humilde, condición humana* **2** Situación o estado en que se halla algo o alguien: *condición de miseria, condiciones de salud* **3** Actitud, disposición o capacidad de algo o alguien para hacer algo: *condiciones de funcionamiento, condición física* **4** Circunstancia que influye, modifica o determina el estado o el desarrollo de algo: *condiciones atmosféricas, condiciones de trabajo* **5** Situación, proposición o compromiso que debe cumplirse para que algo suceda, se haga o llegue al fin previsto: *condición de un contrato, condiciones de venta, condiciones de un experimento* **6** *A condición de* Siempre y cuando, con tal que, sólo si: "Trabajo, *a condición de* que me paguen".

conducir v tr (Se conjuga como *producir*, 7a) **1** Llevar algo o a alguien con una dirección o por un camino determinados, indicándole la ruta: "El guía condujo a los turistas", "La estrella *condujo* a los magos", "Este camino *conduce* a Comala" **2** Dirigir el comportamiento o la actividad de alguien: "El general conduce a su ejército" **3** Hacer pasar, transmitir: *el cable conduce electricidad* **4** prnl Portarse alguien o algo de cierta manera: *conducirse con honradez*.

conducta s f **1** Manera en que los hombres y los animales actúan sobre la naturaleza y se relacionan entre sí: *conducta agresiva, conducta social, conducta política* **2** Manera determinada en que actúa algo: *conducta de los gases, conducta química*.

conducto s m **1** Canal o tubo por el que circula algo, generalmente un líquido: *conducto de agua, conductos biliares* **2** Medio por el cual se establece una comunicación o se resuelve algún asunto: *un conducto oficial* **3** *Por conducto de* Con la intervención de, por medio de: "Me puse en contacto con el diputado *por conducto de* mi amigo".

conductor 1 adj y s Que conduce: *hilo conductor, un conductor de tranvías, la conductora de un programa* **2** sm Material que transmite el calor o la electricidad: "La plata es un buen *conductor*", *conductores eléctricos*.

conectar v tr (Se conjuga como *amar*) **1** Unir una cosa a otra para que funcionen juntas, se comuniquen entre sí o permitan el abastecimiento de algo: *conectar una tubería, conectar el agua, la luz* **2** Unir el cable de un aparato eléctrico con un contacto o una fuente de electrici-

dad: *conectar la plancha, conectar el teléfono*.

conejo s m *(Oryctolagus cuniculus)* Mamífero roedor de aproximadamente 40 cm de largo; tiene orejas largas, erguidas y vivaces, y las patas delanteras más cortas que las traseras. Hay varias especies domésticas. Su carne es comestible y su piel tiene muchos usos.

conexión s f **1** Unión de dos o más cosas que tienen algo en común, se comunican entre sí, funcionan juntas o permiten el abastecimiento de algo: *conexión de ideas, conexión de cables, conexión telefónica, conexión de agua* **2** Pieza de algún aparato eléctrico donde se unen dos o más cables **3** pl Personas entre las que hay alguna relación amistosa, de trabajo o de intereses.

confesar v tr (Se conjuga como *despertar*, 2a) **1** Decir o declarar una persona algo que sabe o siente y que antes había ocultado: "Les *confesó* que no había comido en todo el día" **2** Reconocer y declarar una persona haber cometido algún delito, especialmente cuando lo hace ante el juez **3** Decir una persona sus pecados a un sacerdote católico; escuchar éste los pecados de las personas.

confesión s f **1** Declaración que hace una persona acerca de algo que sabe o siente y que antes había ocultado: *confesión amorosa* **2** Declaración que hace una persona de haber cometido algún delito, principalmente cuando la hace ante un juez **3** Sacramento, entre los católicos, que consiste en la declaración que hace una persona de sus pecados ante un sacerdote, para recibir de él una penitencia y el perdón 4 Credo religioso.

confianza s f 1 Esperanza firme y sólida que tiene una persona de que alguien actúe como ella desea, que algo suceda o que una cosa funcione en determinada forma: *confianza en los amigos, confianza en uno mismo, confianza en el futuro*, "No tiene *confianza* en los aviones" 2 *Dar confianza* Dar seguridad a alguien para que actúe naturalmente 3 Actitud amistosa, de familiaridad y franqueza en el trato: "Luis y yo nos tratamos con mucha *confianza*", "Habla, estamos en *confianza*" 4 pl Libertades o familiaridades con que se comporta alguien: "El vecino se ha tomado demasiadas *confianzas*" 5 *De confianza* Que se considera seguro, bueno, leal, amistoso, franco: *amigos de confianza, productos de confianza*.

confiar v tr (Se conjuga como *amar*) 1 Esperar con seguridad que alguien actúe de una forma determinada, que algo suceda o que algo funcione como se espera: *confiar en los compañeros, confiar en la suerte, confiar en la calidad de un aparato* 2 Dejar a una persona al cuidado de algo o alguien: *confiar los hijos a un pariente, confiar el dinero a un empleado* 3 Contar una persona a otra sus sentimientos, secretos o ideas: *confiarse a un amigo, confiar un secreto*.

conforme adj m y f 1 Que está de acuerdo con algo, que se

ajusta a algo, que corresponde con algo: "Una construcción *conforme* con un modelo", "Un gobernante *conforme* con las esperanzas del pueblo" 2 Que está satisfecho con algo: *un hombre muy conforme*, "Nadie está *conforme* con los bajos salarios" 3 adv De acuerdo con, del mismo modo que: *conforme a la ley, conforme a lo planeado* 4 adv A medida que, según: "Poco a poco, *conforme* avanza la noche, se convierte en un lugar silencioso".

congresista s m y f Persona que asiste a un congreso o forma parte de él.

congreso s m 1 Reunión de las cámaras de diputados y de senadores o, en general, el cuerpo legislativo de un país 2 Edificio en que se reúnen 3 Reunión de personas dedicadas a la misma actividad o profesión para exponer y discutir sus asuntos, intercambiar información y tomar acuerdos: *congreso de ingeniería, congreso de derecho internacional*.

conjugación s f 1 Acto y resultado de conjugar 2 Combinación, unión o coordinación de cosas diferentes: "México es la *conjugación* de varias culturas" 3 (*Gram*) Conjunto de formas de un verbo con las que manifiesta tiempo, modo, aspecto, número y persona. En español se expresa con terminaciones como *-aba, -ía*, etc. en: *cantaba, comía*, etc.; o con verbos auxiliares como *haber* en: *habrá cantado*. Hay tres conjugaciones regulares de los verbos cuyos infinitivos terminan en: *-ar, -er, -ir* *(amar, comer* y *subir).* Véase la tabla de conjugaciones.

conjugar v tr (Se conjuga como *amar*) **1** Juntar o combinar cosas distintas de una manera armoniosa y organizada: *conjugar intereses y deseos* **2** *(Gram)* Poner o decir, generalmente en serie y a partir de los tiempos del verbo, las formas que expresan su tiempo, modo, aspecto, número y persona.

conjunción s f **1** Reunión de cosas o de personas en un mismo punto o al mismo tiempo: "Una *conjunción* de factores interviene en la inflación" **2** *(Astron)* Posición de dos cuerpos celestes que, vistos desde otro, están en la misma dirección o longitud **3** *(Gram)* Palabra invariable que, como todos los nexos, relaciona entre sí dos oraciones o los elementos de una oración. La conjunción relaciona elementos que tienen la misma función sintáctica, como dos sujetos de un mismo verbo, dos verbos de un mismo sujeto, dos adjetivos para el mismo sustantivo, dos complementos, etc.; al hacerlo afecta a los signos que la siguen y los subordina *a lo anterior,* que es el caso de las llamadas *conjunciones subordinantes,* o no produce ninguna alteración, como en los casos de las *conjunciones coordinantes.* Estas dos grandes divisiones se clasifican después según el tipo de relación que se establece entre los elementos relacionados. Las *coordinantes* pueden ser copulativas, las que unen elementos: "perros *y* gatos", "come *y* canta", "hijos *e* hijas","*ni*

quiero *ni* puedo"; *adversativas,* las que oponen o diferencian entre sí los elementos relacionados: "barrer es aburrido *pero* necesario", "me duele *aunque* no lo demuestre", "parece no moverse, *sin embargo* lo hace"; *continuativas, consecutivas* o *ilativas,* las que establecen la continuación de algo que se haya dicho antes: "¿recuerdas que no había nadie? *pues* después llegaron todos"; *disyuntivas,* las que hacen escoger o elegir uno de dos o varios términos: "azul *o* verde", "¿vienes *o* te quedas?"; y *distributivas,* que repiten la disyunción entre varios elementos: "*ora* canta, *ora* llora, *ora* se enoja", "irá alguien; *ya* sea mi hermano, *ya* mi hermana, o *ya* algún amigo". Las *subordinantes* pueden ser: *causales,* las que introducen una oración que expresa la causa o motivo de algo: "lo hice *porque* me lo pidieron"; *comparativas:* "comía *como* vestía"; *condicionales,* las que introducen la condición o la necesidad de que algo se haga o suceda: "*si* estudias, te doy un premio"; *copulativas,* las que unen dos oraciones, subordinando la segunda a la primera: "dijo *que* vendría", y *finales,* las que indican el objetivo o finalidad de algo: "trabaja *para* poder vivir". Según el tipo de análisis sintáctico que se haga, se pueden formar construcciones que tengan valor conjuntivo, a base de cualquier preposición o adverbio, seguidos de *que,* como por ejemplo: "dormiré *puesto que* lo necesito", "*ya que* me lo pides, te lo daré", "caminar es *mejor que* usar el coche", "vine *a pesar de que* estaba enfermo", "apuesto *a que* no lo haces", "ha pasado mucho tiempo *desde que* te fuiste".

conjunto s m **1** Grupo o reunión de cosas o elementos que son de la misma clase o que tienen algo en común: *conjunto de casas, conjunto de niños, conjunto de letras, conjunto vacío, conjunto cero* **2** Grupo de músicos que tocan juntos **3** *En conjunto* Como un todo, sin particularizar, sin detenerse en los detalles: "Su trabajo, *en conjunto,* me parece bueno" **4** adj Que se hace entre varios; que es simultáneo y coordinado: *una acción conjunta, esfuerzos conjuntos, un comunicado conjunto.*

conmigo pron m y f Con el que habla, que soy yo: "El niño viene *conmigo*", "Está enojado *conmigo*".

conmutación s f **1** Cambio de una cosa por otra semejante **2** Cambio de una pena por otra menor o diferente a un reo **3** *(Ling)* Procedimiento que consiste en sustituir un elemento de una lengua por otro de la misma clase, para determinar sus características o funciones. Por ejemplo, al conmutar *s* con *m* en *sano, mano,* se distinguen los dos fonemas **4** *(Mat)* Cambio del orden de los factores en ciertas operaciones matemáticas, sin que se altere el resultado.

conmutar v tr (Se conjuga como *amar*) **1** Cambiar una cosa por otra semejante **2** Cambiar una pena por otra menor o diferente a un reo **3** *(Ling)* Sustituir un elemento de la lengua,

por otro de la misma clase, para determinar sus características o funciones **4** *(Mat)* Cambiar el orden de los elementos en ciertas operaciones matemáticas sin que se altere su resultado.

conmutatividad s f *(Mat)* Propiedad de ciertas operaciones matemáticas como la suma y la multiplicación, que consiste en la posibilidad de cambiar el orden de sus elementos sin que se altere su resultado. Por ejemplo, $3 + 2 = 2 + 3$.

cono s m Superficie generada por la rotación de una línea que mantiene fijo uno de sus extremos y describe con el otro un círculo u otra curva cerrada, y el cuerpo geométrico que resulta de ella.

conocer v tr (Se conjuga como *agradecer,* 1a) **1** Llegar a saber lo que es algo, cuáles son sus características, sus relaciones con otros objetos, sus usos, etc. aplicando la inteligencia **2** Tener una idea clara acerca de algo que se ha vivido o experimentado: "Mi amigo *conoce* muy bien el camino", "El curandero *conoce* las hierbas" **3** Haber reunido los elementos necesarios para saber o entender algo: *conocer dos idiomas, conocer de albañilería, conocer de arte* **4** Darse uno cuenta de algo: "Se *conoce* que es una persona honrada", "*Conocí* sus intenciones desde que lo vi" **5** Enterarse de algún asunto quien tiene derecho o facultad para hacerlo: "La corte *conoció* el caso" **6** Tener algún trato o mantener alguna relación con alguien: "Mi abuelo *conocía* a Zapata".

conocimiento s m 1 Proceso y resultado de conocer algo 2 Lo que se sabe, por haberlo aprendido, experimentado o reflexionado: *conocimiento de la biología, tener conocimientos de agricultura* 3 Conjunto de todo lo que se conoce, del saber o de las ciencias: *el conocimiento moderno, las ramas del conocimiento* 4 Estado o capacidad de una persona que le permite percibir y darse cuenta de lo que le rodea: *tener conocimiento, perder el conocimiento* 5 *Tener conocimiento de algo* Estar enterado 6 Documento en el que se registra la mercancía que transporta alguien y que ha de entregarse a cierta persona 7 *Conocimiento de firma* Documento mediante el cual un banco identifica o certifica la firma de alguien.

consecuencia s f 1 Hecho, circunstancia o proposición que resulta o se desprende de otro que lo condiciona: "Las graves *consecuencias* de la contaminación", *sufrir las consecuencias, atenerse a las consecuencias* 2 *Actuar en consecuencia* Actuar de acuerdo con lo que exigen las circunstancias o las condiciones de algo 3 *A consecuencia de* Como resultado o efecto de algo: "Murió *a consecuencia* de un accidente" 4 *En consecuencia, por consecuencia* Por lo tanto.

conseguir v tr (Se conjuga como *medir*, 3a) Hacerse de algo que se desea, alcanzar o lograr algo: *conseguir trabajo, conseguir una victoria*.

consejo s m 1 Opinión o recomendación que se da a alguien acerca de lo que debe o puede hacer: *un buen consejo, un consejo amistoso* 2 Grupo de personas que aconseja o dirige una institución o una empresa: *consejo de administración, consejo consultivo, consejo directivo* 3 Reunión en que dicho grupo toma sus decisiones 4 *Consejo de guerra* Tribunal que enjuicia a los militares.

conservador adj 1 Que trata de mantener el orden establecido; que se opone a cambios básicos o radicales especialmente en lo político y social: *partido conservador* 2 Que se apega a las normas, ideas y costumbres tradicionales: *un matrimonio conservador* 3 Que mantiene sin innovaciones las normas de gusto y estilo tradicionales: *un traje conservador* 4 Que es moderado, que no exagera: *un cálculo conservador, una inversión conservadora* 5 s Miembro de un partido conservador o persona que simpatiza con sus ideas: *conservadores contra liberales* 6 s Sustancia que se agrega a productos químicos o naturales, como los alimentos, para que duren más sin sufrir alteraciones o daños.

conservar v tr (Se conjuga como *amar*) 1 Mantener algo sin que cambie; hacer que dure en las mismas condiciones sin que se dañe: "*Conservar* una costumbre", "El frío *conserva* los alimentos" 2 Guardar algo con cuidado: "*Conservo* sus cartas".

consideración s f 1 Reflexión y estudio acerca de algo, de su valor y sus consecuencias: *una consideración política, hacer* *consideraciones sobre un libro* **2 Tomar, tener, en consideración** Tomar o tener en cuenta algo, hacerle caso o presentarle atención: "Se *tomarán en consideración* las quejas de los vecinos" **3** Razonamiento o argumento que se hace acerca de algo: "Entre las *consideraciones* están los precios, los salarios y la oferta" **4** Respeto, amabilidad o atención que manifiesta una persona a otra: "En su trabajo lo tratan con muchas *consideraciones*" **5 De consideración** Importante, de gran tamaño, peso o intensidad: "Sufrió heridas *de consideración*".

considerar v tr (Se conjuga como *amar*) **1** Pensar en algo con cuidado y tomando en cuenta su valor o sus consecuencias: *considerar una pregunta, considerar un argumento* **2** Juzgar o tener una opinión acerca de algo o alguien: "*Considera* a López Velarde un gran poeta" **3** Tratar a alguien con respeto y cuidado: "El jefe siempre *considera* a sus obreros".

consigna s f **1** Orden que da alguien a sus subordinados o seguidores para actuar de cierta manera: *una consigna militar, una consigna partidaria* **2** Fórmula sencilla y fácil de recordar con la que se busca influir en la opinión de la gente y hacerla actuar de cierta manera **3** Lugar en que se pone algo para que alguien lo cuide hasta que lo reclamen, especialmente en las estaciones de ferrocarril o de autobús: *consigna de equipajes*.

consignación s f **1** Acto de consignar algo o a alguien **2** Depósito de algo para que sea vendido o quede a disposición de otras personas o de la autoridad: *tienda de consignación, libros en consignación* **3** *(Der)* Procedimiento mediante el cual el Ministerio Público pone a disposición de una autoridad judicial los hechos o las pruebas necesarias para juzgar a alguien.

consignar v tr (Se conjuga como *amar*) **1** Registrar, generalmente por escrito, hechos, circunstancias u observaciones que interesa recordar o hacer constar en el futuro: *consignar en un acta, consignar una información* **2** Depositar algo en algún lugar o con alguna persona, para que quede a disposición de otros o de una autoridad: *consignar bienes, consignar mercancías* **3** *(Der)* Poner el agente del Ministerio Público a disposición de una autoridad judicial los hechos o pruebas necesarios para juzgar a alguien.

consigo pron Con la persona de la que hablo, que es él o ella, con él mismo con ella misma: "Enrique se llevó los libros *consigo*", "Carmen carga siempre sus cosas *consigo*".

consistir v intr (Se conjuga como *subir*) **1** Tener una cosa su causa o explicación en otra: "Su éxito *consiste* en su habilidad para vender" **2** Tratarse algo de otra cosa: "El trabajo *consiste* en traducir libros" **3** Estar algo compuesto o formado por ciertos elementos: "El premio *consiste* en cien mil pesos y un viaje a Cuba" (Solamente se conjuga en la 3a. persona del singular y del plural).

consonante adj m y f **1** Que suena junto con otro sonido: *rima consonante*. **2** Que está de acuerdo o corresponde con algo: *ideas consonantes, propuestas consonantes* **3** *(Fon)* sf Fonema que se pronuncia al hacer pasar aire por distintas partes del aparato articulatorio que se juntan total o parcialmente, como los labios en el caso de /p/ y /b/, la lengua con los dientes en el de /t/ y /d/, etc. **4** Letra con que se representan estos fonemas.

constante adj m y f Que es continuo, que no cambia, que dura, que es siempre igual: *un hombre de carácter constante, un frío constante, una molestia constante*.

constitución s f **1** Conjunto de las características o cualidades de algo: *constitución química de la atmósfera, constitución del poder político, constitución física de una persona* **2** Formación, construcción, organización de algo a base de varios elementos: *constitución del suelo, constitución de una empresa* **3** *Constitución política* Conjunto de normas y leyes que fundamentan la organización de un Estado por las que se rigen los gobernantes y los ciudadanos **4** *Jurar la constitución* Jurar fidelidad y respeto a ella **5** Conjunto de normas que rigen una asociación.

constitucionalismo s m Movimiento que en la Revolución Mexicana encabezó Venustiano Carranza, quien a principios de 1913 se levantó en armas contra la usurpación de Victoriano Huerta, para defender la legalidad con la Constitución de 1857; con el Plan de Guadalupe reunió diversas fuerzas revolucionarias; más tarde formó un nuevo gobierno que promulgó la Constitución de 1917.

constitucionalista adj y s m y f Que se relaciona con el constitucionalismo o es partidario del movimiento político conocido con ese nombre.

constituir v tr (Se conjuga como *construir* 4) **1** Hacer o componer algo con varios elementos: *constituir un sindicato* **2** Formar varios elementos algo: "Once jugadores *constituyen* el equipo" **3** Ser algo aquello en lo que consiste otra cosa: "Mi salud *constituye* toda mi riqueza", "Recibir un premio *constituye* un honor" **4** Tomar o dar a alguien o algo el lugar o la responsabilidad de otro: *se constituyó en representante*.

construcción s f **1** Acto y resultado de construir algo: *construcción de un hospital* **2** Conjunto de técnicas con las que se hace una obra, como una casa, un puente, un barco, etc. **3** *(Gram)* Conjunto de reglas para componer enunciados **4** *(Gram)* Para el libro de texto gratuito de primaria, todo enunciado que no tenga verbo, como: *nina bonita*.

construir v tr (Se conjuga como 4) **1** Hacer algo juntando u ordenando ciertos elementos de acuerdo con un plan o siguiendo una forma establecida, especialmente casas, puentes, aparatos, etc. **2** Formar enunciados de acuerdo con las reglas gramaticales.

consumidor adj y s 1 Que consume algo 2 Que compra algún producto para hacer uso de él: "Proteger al *consumidor* del abuso de los vendedores", "Empresas *consumidoras* de petróleo".

consumir v tr (Se conjuga como *subir*) 1 Usar algo que se gasta o se acaba: *consumir alimentos* 2 Hacer algo como el fuego que alguna cosa se acabe o se destruya: *consumirse la leña* 3 Envejecer o perder la salud por causa de una enfermedad, preocupación o situación desfavorable: "Los mineros *se consumen* en la mina", "Los celos lo *consumen*".

consumismo s m Tendencia de la producción capitalista a fabricar y vender mercancías que se gastan rápidamente o se consideran, por el material del que están hechas, inmediatamente desechables, para no disminuir el ritmo de producción y crecimiento económicos; sin tomar en cuenta las verdaderas necesidades de la sociedad, y actitud de consumo de esas mercancías entre los miembros de la sociedad.

consumo s m 1 Uso de algo que se gasta o se acaba: *consumo de agua, consumo de arroz* 2 Conjunto de las cosas que consume alguien, principalmente en un restaurante: *nota de consumo*.

contabilidad s f Conjunto de técnicas con que se registra, controla y maneja el capital de un negocio.

contacto s m 1 Relación que hay entre cosas o personas que se tocan, se comunican, se afectan, etc.: *contacto de dos cuerpos, contacto con una enfermedad, punto de contacto* 2 Forma o manera en que se da esta relación: *contacto amistoso, contactos diplomáticos, contacto por radio*. 3 Unión entre cables de corriente eléctrica 4 Aparato con el que se abre un circuito eléctrico: *contacto del radio, contacto de la plancha* 5 Persona que sirve como intermediaria entre otras o para resolver un asunto 6 *Tener contactos* Tener alguien conocidos o amistades en alguna agrupación o institución.

contador s 1 Persona que tiene por profesión la contaduría: *contador público* 2 *Contador privado* Persona que ha hecho estudios básicos de contabilidad.

contaduría sf Profesión que consiste en el conocimiento y manejo de las técnicas para administrar las entradas y gastos de un negocio y llevar su contabilidad.

contagiar v tr (Se conjuga como *amar*) 1 Pasar a un ser viviente una enfermedad: *contagiar el catarro, contagiar la rabia, contagiar a los hermanos* 2 Hacer que alguien adopte gustos, costumbres, vicios, etc. de otra persona: *contagiar ideas, contagiar el acento, contagiar la flojera*.

contagio s m 1 Transmisión a un ser viviente de una enfermedad 2 Transmisión de gustos, costumbres, vicios, etc. de una persona a otra.

contaminación s f Acto de contaminar algo y su resultado: *contaminación atmosférica*.

contaminante adj m y f Que contamina.

contaminar v tr (Se conjuga como *amar*) Hacer que algo o alguien reciba una impureza, basura, desperdicios, etc. que lo dañen, envenenen o destruyan: *contaminar el agua, contaminar el cuerpo con una enfermedad, contaminar un metal*.

contar[1] v tr (Se conjuga como *soñar*, 2c) 1 Numerar unidades de un conjunto, ya sea una por una o grupo por grupo, para saber el total: *contar los días, contar las vacas* 2 Decir los números en orden: *contar hasta diez, contar de cien en cien* 3 *Contar con* Tener o disponer de algo o alguien: *cuenta conmigo* 4 intr Tener valor o importancia en algo o para algo: "Lo que *cuenta* es la calidad, no la cantidad".

contar[2] v tr (Se conjuga como *soñar*, 2c) Platicar o narrar algo, como una historia o un acontecimiento: *contar un cuento*.

contemplación s f 1 Observación atenta, tranquila y generalmente placentera de alguna cosa: *la contemplación de un paisaje* 2 Dedicación de una persona a la consideración serena de un tema, por lo general, espiritual o religioso: *estar en contemplación, contemplación filosófica* 3 pl Actitudes tolerantes, corteses y complacientes que se tienen con alguien: "Lo despidió sin *contemplaciones*".

contemplar v tr (Se conjuga como *amar*) 1 Mirar con aten-

ción, tranquilidad y, generalmente, con placer alguna cosa: *contemplar una escultura* 2 Tener en cuenta, considerar algo: *contemplar una solución, contemplar las características de una situación*.

contemporáneo adj y s 1 Que vive o sucede en la misma época que otro: "Fue *contemporáneo* de mi abuelo" 2 Que es de la época actual: *pintores contemporáneos*.

contener v tr (Se conjuga como *tener*, 12a) 1 Tener o llevar dentro una cosa: "El vaso *contiene* agua" 2 Tener una cosa dentro de sí algo que forma parte de ella: "El agua *contiene* hidrógeno" 3 Detener el paso, la salida o el movimiento de algo: *contener las aguas, contener el aliento* 4 prnl Esforzarse alguien por no mostrar un sentimiento, una pasión, un deseo o una opinión.

contestación s f 1 Acto de contestar 2 Dicho o escrito con el que se contesta.

contestar v tr (Se conjuga como *amar*) 1 Decir algo como respuesta a lo que alguien pregunta o dice 2 Atender la llamada de alguien: *contestar el teléfono, contestar una carta*.

contigo pron m y f Con la persona a la que me dirijo o con la que hablo, que eres tú: "Quiero platicar *contigo*", "*Contigo* aprendí muchas cosas".

continente adj m y f 1 Que contiene 2 s m Cada una de las grandes partes de tierra que están separadas por los océanos o por algún otro motivo geográfico o histórico: *continente americano, continente africano*.

continuación s f 1 Acto de continuar y su resultado 2 Parte o cosa que sigue de algo: *continuación de una carretera, continuación de una novela* 3 *continuación* Enseguida, después, detrás de algo.

continuar v tr (Se conjuga como *amar*) 1 Seguir uno haciendo algo: *continuar el trabajo, continuar el viaje* 2 intr Seguir algo sucediendo: *continuar la lluvia, continuar la vida* 3 Aumentar la extensión o la duración de algo: *continuar una línea*.

continuo adj 1 Que se hace, se mantiene o se extiende sin interrupción: *trabajo continuo, dolor continuo, movimiento continuo* 2 Que sucede o se hace con frecuencia: *revisión continua, continuas quejas*.

contra prep 1 Indica la oposición de una cosa con otra o de una cosa a otra: "La vacuna actúa *contra* la enfermedad", "Los insurgentes luchan *contra* la tiranía", "Una campaña *contra* la contaminación", *votar en contra, ir contra el viento, contra la corriente* 2 Indica la posición de algo enfrente u opuesto con otra cosa: "Apoyó la tranca *contra* la puerta", "Poner la cara *contra* la pared" 3 s f Oposición, dificultad o desventaja que tiene algo: "El plan tiene sus *contras*", *marcador en contra* 4 *Pro y contra* Ventaja y desventaja de algo, lo que está en su favor y lo que se le opone 5 *Llevar la contra* Opinar o actuar en forma opuesta a la de otro 6 *Contra viento y marea* En oposición a cualquier cosa que impida lograr lo que se quiere, a pesar de todo.

contracción s f 1 Acción de reducirse, acortarse o hacerse más pequeña alguna cosa: *contracción de un músculo, contracción del metal* 2 (*Gram*) Unión de dos palabras en una sola, como: *al* (a el), *del* (de el).

contraer v tr (Se conjuga como *traer*, 7b) 1 Hacer algo más pequeño, corto o estrecho, encogerlo: *contraer un músculo, contraer los labios, contraerse un metal con el frío* 2 Empezar a tener alguien algo que lo responsabiliza: *contraer deudas, contraer matrimonio* 3 Empezar a tener una enfermedad: *contraer la hepatitis*.

contrario adj y s 1 Que se opone a algo, que está enfrente o en posición inversa: *intereses contrarios, opinión contraria, lado contrario, sentido contrario* 2 Que se opone a otro, que es un enemigo o que compite con él: "Los *contrarios* atacaron fuertemente", *el equipo contrario* 3 *Al contrario, por el, por lo contrario* Al revés, de modo opuesto o inverso: "Pensar *al contrario* de los demás", "Se esperaba tormenta, *por lo contrario* brilló el sol".

contratar v tr (Se conjuga como *amar*) 1 Establecer personas o agrupaciones un acuerdo o convenio, por el que se obligan a hacer algo 2 Buscar, dar empleo o encargar a una persona o agrupación que haga aquello para lo que se establece un contrato: *contratar albañiles, contratar una agencia*.

contratista s m y f Persona que trabaja por contrato.

contrato s m 1 Acuerdo o convenio entre personas o agrupaciones por el que se obligan a hacer algo y a exigir su cumplimiento: *contrato de compraventa, contrato de trabajo, contrato de servicio* 2 Documento en que está escrito ese convenio.

contribución s f 1 Lo que se da como participación para algún fin: "Ese descubrimiento fue su *contribución* al bien de la humanidad" 2 Dinero que se paga periódicamente al gobierno para sostener su funcionamiento o las obras públicas.

contribuir v tr (Se conjuga como *construir*, 4) 1 Dar, junto con otros, una cantidad de dinero para algún fin: "Todos *contribuyeron* para su regalo" 2 Participar en alguna cosa dando algo: "*Contribuye* al periódico con un artículo por semana".

control s m 1 Cuidado o vigilancia de algo: *control de pasaportes, control de calidad* 2 Medida que se toma o se establece para que algo se haga o suceda de acuerdo con un plan o con una regularidad prevista: *control de la natalidad, control de precios* 3 Instrumento con el que se maneja una máquina o un mecanismo: *control automático, controles de un avión* 4 Lugar desde donde se vigila o se maneja algo: *torre de control* 5 Facultad o capacidad de conducirse uno a sí mismo: *perder el control, control de las pasiones*.

controlar v tr (Se conjuga como *amar*) 1 Cuidar y vigilar el desarrollo de algo o la conducta de alguien: *controlar el mercado, controlar la producción* 2 Hacer que algo suceda o se comporte de acuerdo con un plan previsto 3 Dominar una situación o la conducta de alguien: *controlar un conflicto, controlar una enfermedad* 4 prnl Dominarse uno a sí mismo, cuidar y conducir uno sus sentimientos y pasiones: "Hasta en los momentos difíciles sabe *controlarse*".

convencer v tr (Se conjuga como *comer*) 1 Conseguir con razones y argumentos que alguien haga o piense cierta cosa: "No creo que lo *convenzas* de que nos deje ir", "Al final *me convencí* de que tenías razón" 2 prnl Asegurarse o cerciorarse de algo: "Vino para *convencerse* de que te habías ido".

convención s f 1 Acción de convenir 2 Reunión o asamblea de personas, representantes de agrupaciones o instituciones, en la que se discute sobre algún tema para llegar a un acuerdo 3 Acuerdo que se toma 4 Costumbre o uso social establecido, en especial al que no se le reconoce origen y más bien se considera arbitrario: "Vive según las *convenciones*".

conveniente adj m y f Que es adecuado, oportuno, útil: "Es la medicina más *conveniente*".

conveniente adj m y f Que es adecuado, oportuno, útil: "Es la medicina más *conveniente*".

convenir v intr (Se conjuga como *venir*, 12b) 1 Ponerse de acuerdo varias personas acerca de algo: *convenir en un contrato, convenir en reunirse* 2 Ser algo adecuado, útil o provechoso para alguien: "La venta *conviene* a todos", "No me *conviene* viajar tan lejos", "Ese muchacho no te *conviene*".

conversación s f Acto de hablar entre sí dos o más personas: *tener una conversación, entrar en la conversación, participar en una conversación.*

conversar v int (Se conjuga como *amar*) Hablar dos o más personas, unas con otras.

conversión s f 1 Cambio o transformación de una cosa en otra distinta: *conversión de pesos a dólares, conversión del agua en vapor* 2 Cambio de creencias, generalmente religiosas: *la conversión de los indios al catolicismo* 3 Cambio del frente en una formación de personas, especialmente de soldados.

convertir v tr (Se conjuga como *sentir*, 9b) 1 Hacer que algo o alguien cambie o se transforme en algo distinto de lo que era: *convertir una cosa en cenizas, convertir a alguien en un hombre rico* 2 Hacer que alguien cambie sus creencias, en particular las religiosas: *convertirlo al cristianismo.*

coordenada s f 1 (*Geom*) Línea que sirve para determinar la posición de un punto en el espacio y los ejes o planos a que se refiere: *coordenadas cartesianas, coordenadas esféricas, coordenadas ecuatoriales.*

coordinación s f 1 Acto de coordinar 2 Oficina o departamento de una institución que se encarga de organizar determinados asuntos relacionados con ella: *coordinación escolar* 3

(*Gram*) Relación que establecen dos o más oraciones que son independientes y del mismo nivel sintáctico. Se realiza generalmente por medio de conjunciones coordinantes. La coordinación puede ser de distintos tipos, entre otros: copulativa, como en "Compra maíz *y* vende tortillas", "Antonio canta *y* María toca"; adversativa, como en "Corre *pero* se cansa"; disyuntiva, como en "Vienes *o.*vas".

coordinar v tr (Se conjuga como *amar*) Regular y combinar diversos elementos de modo que actúen ordenadamente y contribuyan a conseguir un determinado fin: *coordinar esfuerzos, coordinar movimientos, coordinar ideas.*

copa s f 1 Recipiente, generalmente de vidrio y en forma de campana invertida, que tiene una base ancha y un pie delgado; lo que cabe en ella: *copa de vino, copa de helado* 2 Trofeo metálico, generalmente de esta forma, que se da al ganador de una competencia 3 Competencia deportiva que se realiza periódicamente y en la que se da este trofeo como premio: *copa del Pacífico* 4 Conjunto de ramas y hojas que forma la parte superior de un árbol 5 Parte hueca del sombrero en la que entra la cabeza 6 Cada una de las dos partes del sostén o brasier que sostienen los senos.

corazón s m 1 Órgano muscular que impulsa la sangre, propio de los seres humanos, los animales vertebrados y otros como los moluscos o las arañas. En el ser humano se encuentra casi al centro del tórax, ligeramente hacia la izquierda **2** Parte central, media, más importante o valiosa de algo: *corazón de alcachofa, corazón de una fruta, corazón de una máquina* **3** Parte del ser humano considerada como centro de los sentimientos, las virtudes, las pasiones y la vida misma **4** *Atravesarle, arrancarle, encogérsele, partirle, romperle el corazón a alguien* Producir o sentir dolor, pena o compasión **5** *Dolor de corazón* Pena o arrepentimiento por algo **6** *Tocarle algo o alguien el corazón a una persona* Despertar la compasión o la misericordia de alguien **7** *Encogérsele, helársele a alguien el corazón* Sentir miedo o terror **8** *Abrirle a alguien el corazón, hablar o actuar con el corazón en la mano* Hablar o actuar alguien con sinceridad, con honradez **9** *Poner el corazón en algo* Hacer algo con la mejor voluntad y el mayor esfuerzo.

coro s m **1** Conjunto de voces que canta una composición musical **2** Composición musical para un conjunto de voces **3** Grupo de personas que en una representación teatral recitan, cantan o bailan acompañando a los personajes principales. En la tragedia griega generalmente expresaban la voz o los sentimientos del pueblo **4** Grupo de personas que al mismo tiempo expresan algo con su voz: *coro de protestas* **5** *A coro* De manera simultánea, al mismo tiempo: *hablar a coro, responder a coro* **6** *Hacer coro a alguien* Apoyar lo dicho por alguien, de manera colectiva o al mismo tiempo **7** Lugar donde se sitúan el órgano y los músicos en las iglesias **8** Lugar de una catedral que corresponde a los canónigos, frente al altar mayor.

correr v intr (Se conjuga como *comer*) **1** Ir una persona o un animal dando pasos rápidos y acelerados **2** Moverse algo con rapidez avanzando sobre el suelo: *correr un río, correr la lava* **3** Hacer algo con rapidez, ir de prisa: "Terminé el trabajo *corriendo*" **4** Tomar parte en una competencia de carreras **5** Pasar el tiempo: *correr los días y los años* **6** Moverse o transmitirse algo por un conducto: *correr la sangre por las venas, correr el agua, correr la electricidad* **7** tr Mover una cosa arrastrándola poca distancia o haciéndola pasar por el riel que la sostiene: *correr una silla, correr las cortinas, correr el cerrojo* **8** Extenderse algo, como un camino, una montaña, etc., de un lugar a otro o siguiendo cierta dirección: "La Sierra Madre *corre* de norte a sur", "El río Yaqui *corre* hacia el mar", "Los vientos *corren* de la ladera a la planicie" **9** prnl Extenderse algo generalmente formando una mancha: *correrse la tinta, la pintura, etc.* **10** tr Hacer pasar una noticia de unos a otros: *correr la voz* **11** tr Echar a alguien fuera de un lugar o despedirlo de algún trabajo o institución: "Lo *corrieron* de la escuela", "Me *corrieron* sin motivo" **12** Estar alguien expuesto a algo: *correr peligro, correr con suerte* **13** *Correr por cuenta de*

Ser algo responsabilidad de alguien, tomar alguien algo a su cargo.

correspondencia s f **1** Relación en que están dos o más cosas que concuerdan, son equivalentes, simétricas o complementarias **2** Relación, generalmente comercial, existente entre organizaciones, negocios, etc.: "Hay *correspondencia* entre bancos alemanes y mexicanos" **3** Relación entre personas por correo; conjunto de cartas que alguien recibe o que ha intercambiado con otra persona: "Tengo *correspondencia* con amigos de otros países", *la correspondencia de Alfonso Reyes, la correspondencia de Alfonso Reyes con Julio Torri* **4** Lo que se recibe y envía por correo: "Ésta es la *correspondencia* que se enviará hoy" **5** Conexión entre líneas de transporte: "En la estación Pino Suárez del metro está la *correspondencia* con la línea uno".

corresponder v intr (Se conjuga como *comer*) **1** Devolver, responder o pagar de algún modo el afecto o los beneficios recibidos: "Algún día *corresponderé* a su generosidad", "*Correspondió* a su amor con desprecio" **2** Ser una cosa semejante, adecuada o equivalente a otra, o estar de acuerdo con ella: "Tu descripción no *corresponde* a la realidad" **3** Tocarle o pertenecerle algo a alguien, o caer dentro de su responsabilidad o de su campo: "A cada niño le *corresponde* un banco", "A la biología le *corresponde* estudiar los seres vivos".

correspondiente adj y s m y f **1** Que le pertenece o le toca a algo o a alguien: "Grupos con sus *correspondientes* cartelones" **2** Que se refiere o se ocupa de algo o de alguien: "Consulta el tomo *correspondiente* a la Biología", "Son los resultados *correspondientes* a este año".

corresponsal adj **1** Que mantiene correspondencia: *banco corresponsal, oficina corresponsal* **2** s m y f Periodista que envía información o comentarios a su periódico, noticiero, etc., desde otro lugar: "Es *corresponsal* en el extranjero".

corriente 1 adj Que corre o está transcurriendo: *corriente mes, plazo corriente* **2** s f Movimiento continuo del aire, del agua o de los fluidos en general, en una dirección determinada: *corriente de aire, corriente de un río, corriente marina* **3** s f (*Fís*) Movimiento de una carga eléctrica por un conductor **4** *Corriente alterna* La eléctrica que cambia periódicamente de dirección **5** *Corriente continua* La eléctrica que circula siempre en la misma dirección **6** Tendencia que siguen las personas en una actividad durante un cierto tiempo: *corrientes del pensamiento, corrientes de la moda, corriente científica* **7** *Al corriente* Al día, sin atraso: *pagos al corriente* **8** *Dejarse llevar por la corriente* Seguir la opinión o las acciones de los demás, conformarse con ellas **9** *Llevarle o seguirle la corriente a alguien* No contradecirlo, no hacerle notar que uno piensa lo contrario, fingir que se le escucha o se le apoya **10** *Ir o luchar contra la corriente* Actuar o pensar de manera distinta o contraria a los demás; enfrentar dificultades **11** adj Que es común, que no sobresale, que es de baja calidad: *zapato corriente, vestido corriente* **12** adj Que es vulgar en su trato: *un hombre muy corriente.*

cortar v tr (Se conjuga como *amar*) **1** Partir algo en dos o más pedazos o separar de algo una de sus partes, generalmente con un instrumento afilado: *cortar las ramas, cortar papel, cortar la carne* **2** Quitar con tijeras o navaja, las partes sobrantes de algo para darle la forma deseada: *cortar el pelo, cortar un vestido* **3** Atravesar o traspasar algo un líquido o un gas: *cortar un rayo de luz el agua, cortar el aire las alas de un avión* **4** Separar una cosa de otra o algo en dos partes: *cortar una llanura una montaña, cortar una avenida una calle* **5** Separar algunos animales del ganado: *cortar los toros* **6** Hacer el viento o el frío que arda a duela la piel **7** Separar una parte de las cartas de la baraja y colocarla sobre la otra para comenzar un juego de cartas **8** Impedir el paso o la circulación de algo: *cortar el tráfico, cortar la luz* **9** Impedir que algo se conozca o se haga público: *cortar la información, cortar una película* **10** prnl Sentir o comportarse alguien con vergüenza, temor o timidez **11** Hacer que la leche u otros alimentos pierdan su uniformidad y se separen sus componentes **12** Terminar una relación entre dos o más personas: *cortar con el novio.*

corte[1] s m **1** Acto y resultado de cortar algo: *corte de pelo, un corte de la montaña* **2** Pedazo o trozo de tela para hacer un traje o un vestido **3** Técnica de cortar las diferentes piezas necesarias para hacer un vestido: *corte y confección* **4** Fin o interrupción de algo como un servicio o una cuenta de dinero: *corte de luz* **5** *Corte de caja* Comprobación de las ganancias, gastos y operaciones hechas en un negocio, banco, etc., después de un tiempo determinado.

corte[2] s f **1** Tribunal de justicia de la más alta jerarquía, cuyas decisiones o sentencias son definitivas: *Suprema Corte de Justicia* **2** Lugar donde se reúnen y trabajan los magistrados de ese tribunal **3** Conjunto de personas que forman la familia y la comitiva de un rey.

corto adj **1** Que mide poco o no alcanza la medida necesaria: *brazo corto, pantalón corto* **2** Que dura poco o no alcanza a cubrir el tiempo necesario: "El juego resultó muy *corto*" **3** Que es tímido, que tiene poco carácter **4** *Ser alguien corto de algo* Tener alguien poco de algo: *Ser uno corto de vista, de criterio,* etc. **5** *Quedarse corto* Calcular algo en menos o no hacer algo del todo: "*Me quedé corto* con la comida y no alcanzó", "*Se quedó corto* con la respuesta" **6** s m Película de poca duración o anuncio previo de una película.

cosa s f **1** Lo que sea, lo que haya, lo que exista: plantas, animales, piedras, herramientas, pensamientos, emociones, etc.: " "¡Hay tantas cosas en el mundo!" **2** Lo que es inanimado **3** *Ser poca cosa* Ser alguien o algo de poco valor, importancia o interés **4** *Por cualquier cosa* Por algo que no tiene importancia, por nada, sin motivo: "Se enoja *por cualquier cosa*" **5** *Como quien no quiere la cosa* Con disimulo, sin que se note **6** *Dejarse de cosas* Desentenderse de asuntos que no tienen importancia: *"Déjate de cosas* y termina tu tarea" **7** *Llamar a las cosas por su nombre* Decir la verdad, hablar con franqueza **8** *Poner las cosas en su lugar* Aclarar algo, precisar con franqueza una situación **9** *Sentirse la gran cosa* Creer alguien que vale mucho, que es muy importante **10** *Darle vueltas a las cosas* Pensar insistentemente en algo, no querer tomar una decisión.

cosecha s f **1** Acto de recoger los frutos o productos del campo, como los cereales, las legumbres, las frutas, etc. que antes se sembraron y cultivaron, y conjunto de esos productos: *cosecha de maíz, cosecha de jitomate* **2** Tiempo en que se realiza este acto **3** *Cosecha en pie* Aquella que todavía no se ha hecho, pero se vende por adelantado **4** *Ser algo de la cosecha de alguien* Ser una cosa fruto o resultado del ingenio y la invención de alguien: "Ese chiste *es de mi cosecha*".

cosechar v tr (Se conjuga como *amar*) **1** Recoger los productos del campo, como las frutas, las legumbres, los cereales, etc., después de haberlos cultivado **2** Obtener o ganar algo después de mucho trabajo y esfuerzo: *cosechar triunfos.*

costa[1] s f Zona de tierras cercanas al mar: *costa de Guerrero, de costa a costa.*

costa[2] **1** s f pl *(Der)* Gastos ocasionados por un proceso judicial, derivados directamente de él y sobre cuyo pago resuelve el juez **2** *A costa de* Dependiendo del esfuerzo de alguien, con el sacrificio de otra cosa o persona: "Vive *a costa de* su hermano", "Hizo el trabajo *a costa de* su salud" **3** *A toda costa* Sin detenerse ante obstáculos o dificultades, sea como sea: "Hay que vacunar al ganado *a toda costa*".

costar v intr (Se conjuga como *soñar,* 2c) **1** Tener alguna cosa que se vende o se compra a un precio determinado: "El kilo de tomates *cuesta* 15 pesos", "La ropa *cuesta* muy cara" **2** *Costarle algo a alguien* Pagar alguien una cierta cantidad por algo: *"Me costó* 10 pesos el periódico" **3** Causar o requerir algo esfuerzo, sacrificios o trabajo para conseguirlo: "Los estudios me *cuestan* mucho"

costo s m **1** Valor o precio que tiene una cosa: "Los *costos* del maíz han subido mucho" **2** *Al costo* Al precio que tiene algo sin ganancia para el vendedor: *vender zapatos al costo.*

costumbre s f **1** Práctica usual de una persona o de una sociedad: "La *costumbre* es comer a las 2 de la tarde", *viejas costumbres, costumbres mexicanas* **2** *(Como) de costumbre* Como es usual, normalmente: *"De costumbre* visito a mis abuelos en la noche".

creación s f 1 Acto de crear y su resultado: *la creación de una novela* 2 *La creación* El universo o el conjunto de lo que existe.

crear v tr (Se conjuga como *amar*) 1 Hacer que algo empiece a existir o producir algo como una obra de arte, una teoría, etc.: *crear el universo, crear un poema* 2 Organizar o fundar alguna asociación o institución: *crear una universidad* 3 Causar, ocasionar o provocar algo: *crear hábito, crear necesidades, crear dificultades*.

crecer v intr (Se conjuga como *agradecer*, la) 1 Desarrollarse un ser viviente hasta alcanzar la madurez: *crecer una persona, crecer un árbol* 2 Aumentar la estatura de una persona o el tamaño, la importancia, el número o la intensidad de algo: "¡Cómo ha *crecido* este niño!", *crecer la corriente de un río, crecer el huracán, crecer el desempleo* 4 prnl Aumentar el ánimo, la confianza o el valor de uno mismo, generalmente por un motivo que lo rete: "*Se creció* el torero*", *crecerse al castigo*.

creciente adj m y f 1 Que aumenta de tamaño, de cantidad, de intensidad, etc.: *importaciones crecientes, inflación creciente* 2 *Cuarto creciente* En las fases de la luna, la que corresponde al paso de la luna nueva a la luna llena.

crecimiento 1 Desarrollo de un ser vivo hasta alcanzar su madurez. 2 Aumento de tamaño, de cantidad, de importancia, de intensidad, etc. de algo: *crecimiento de la población, crecimiento vegetal*.

crédito s m 1 Aceptación de algo como verdadero o cierto: "Una afirmación digna de *crédito*" 2 *Dar crédito a algo* Creer en algo 3 Confianza, buena opinión o fama que merece alguien: "Una persona que goza de mucho *crédito*" 4 Situación económica o buena fama que fundamenta la posibilidad de alguien para obtener algo, particularmente dinero o mercancías, bajo ciertas condiciones y sin pagar de inmediato: *sujeto de crédito* 5 Posibilidad de obtener algo, particularmente dinero o mercancías, bajo ciertas condiciones y sin pagar de inmediato; deuda que alguien tiene por haber obtenido algo en esa forma: *viajes a crédito, crédito sin intereses, crédito a un año, cobrar un crédito* 6 *Abrir un crédito a alguien* Autorizar a alguien a obtener algo, en un banco, una tienda, etc., bajo ciertas condiciones y sin pagar de inmediato 7 *A crédito* Sin pagar inmediatamente y bajo ciertas condiciones 8 Reconocimiento que se da a alguien por contribuir en el logro de algo, como una película, un libro, etc. 9 Valor que se asigna a una materia escolar respecto de un total de puntos correspondiente a una carrera o un ciclo académico.

credo s m 1 Conjunto de principios y creencias en que se funda una doctrina, opinión, conducta, etc.: *credo religioso, credo político* 2 Oración de los católicos en que se exponen los principios y creencias de su fe.

creencia s f 1 Idea de que algo

es verdadero, posible o probable **2** Aceptación de ciertas afirmaciones como verdaderas aunque no se puedan comprobar, especialmente las de carácter religioso.

creer v tr (Se conjuga como *comer*) **1** Tener por verdadero, posible, o probable algo que no está comprobado: "El doctor *creyó* que eran amibas", "*Creo* que va a llover", "*Creímos* oír un ruido" **2** v intr Tener fe o confianza en algo: *creer* en la Biblia, *creer* en la democracia.

crema s f **1** Parte grasosa y espesa de la leche, que se toma como alimento y sirve para preparar la mantequilla y algunos dulces: *crema agria, crema pastelera, dulce de crema* **2** Sustancia líquida, espesa y grasosa que sirve para suavizar o limpiar la piel, o para el tratamiento de pieles curtidas: *crema para las manos, crema de zapatos* **3** Sustancia líquida y espesa de algunas bebidas que tiene un sabor delicado y agradable: *crema de cacao, crema de durazno* **4** Conjunto de personas a las que se considera distinguidas o seleccionadas: *crema de la sociedad, crema de los intelectuales* **5** adj m y f y s m Que es de color amarillo claro, como el queso, la nata, el marfil, etc. **6** Diéresis.

crisis s f **1** Momento de cambio fuerte o de rompimiento de una situación o de un proceso **2** Situación grave, mala o peligrosa: *crisis política, crisis nerviosa, un negocio en crisis.*

cristianismo s m Religión fundada en las enseñanzas y en la vida de Jesucristo.

cristiano adj **1** Que profesa la religión fundada en las enseñanzas y la vida de Jesucristo **2** Que pertenece o se relaciona con esa religión **3** Persona: "Me encontré con algunos *cristianos* por el camino" **4** *Hablar en cristiano* Hablar en la lengua materna de uno, o de manera clara y sencilla.

criterio s m **1** Capacidad de comprensión y juicio de una persona para juzgar o elegir algo **2** Norma o juicio que se aplica a algo o manera de clasificarlo: *criterios de trabajo, un criterio nacionalista.*

crítica s f **1** Opinión o juicio, favorable o negativo que se da acerca de algo, después de haberlo examinado **2** Conjunto de los que critican algo: *la crítica política, la crítica de toros* **3** Conjunto de las opiniones que se han dado acerca de algo: "La novela ha tenido excelente *crítica*" **4** Ataque o reprobación que se hace de alguien o de algo: "Los periódicos están llenos de *críticas* contra el futbolista".

criticar v tr (Se conjuga como *amar*) **1** Examinar algo y dar una opinión sobre ello: *criticar un libro, criticar los actos del gobierno* **2** Opinar negativamente de algo o alguien: "Anda *criticando* todo pero no hace nada para mejorarlo".

crítico[1] adj **1** Que pertenece a la crítica o se relaciona con ella: *pensamiento crítico, bibliografía crítica* **2** s Persona que se dedica a la crítica: *un crítico de cine, una crítica de modas.*

crítico[2] adj Decisivo, que se relaciona con una crisis: *un momento crítico, una edad crítica*.

cruz s f 1 Figura formada por dos líneas rectas que se cortan perpendicularmente, como los signos de la suma o la multiplicación (+, ×): *marcar con una cruz* 2 Instrumento de tortura y de muerte formado por dos maderos unidos perpendicularmente y uno de ellos fijo al suelo, como en el que murió Jesucristo 3 Símbolo de cristianismo 4 Objeto de esas características que usan como distintivo o condecoración muchas órdenes religiosas, militares y civiles: *cruz de la Legión de Honor* 5 Pena, dolor que se sufre de manera intensa o prolongada: "Esa enfermedad es su cruz" 6 En algunos animales cuadrúpedos como el caballo, la parte más alta del lomo, donde se cruzan los huesos de las extremidades anteriores con el espinazo 7 *Hacerse cruces* Preguntarse uno algo con extrañeza: "Me hice cruces toda la noche pensando si había sido un fantasma lo que vi".

cruza s f 1 Unión de animales o plantas de distintas variedades o razas para que se fecunden y resultado de esa unión 2 Paso del arado en forma perpendicular al surco hecho anteriormente.

cruzada s f 1 Cada una de las expediciones militares de los cristianos durante la Edad Media, con las que buscaban liberar a Palestina de los musulmanes 2 Campaña intensa con la que se busca solucionar o aliviar algo: *cruzada antialcohólica, cruzada contra la poliomielitis*.

cruzar v tr (Se conjuga como *amar*) 1 Pasar algo o alguien de un lado a otro de algún lugar: *cruzar un río, cruzar la calle*, "La vía *cruza* la carretera" 2 Poner una cosa sobre otra en forma de cruz o entrelazar dos cosas: *cruzar dos vigas, cruzar los brazos* 3 Dibujar una cruz encima de algo para marcarlo 4 Coincidir en un mismo punto dos personas o cosas que van en direcciones opuestas: "Nos *cruzamos* en el parque y no nos vimos" 5 *Cruzar apuestas* Apostar 6 Juntar animales o plantas para que se reproduzcan, especialmente los que son de distintas razas o variedades.

cuadrado 1 s m *(Geom)* Figura geométrica de cuatro lados iguales que forman entre ellos cuatro ángulos rectos 2 adj Que tiene esa forma o se le parece: *mesa cuadrada* 3 sm *(Mat)* Número que resulta al multiplicar un número por sí mismo 4 *(Mat) Elevar al cuadrado* Multiplicar un número por sí mismo 5 *Centímetro cuadrado* (cm²), *metro cuadrado* (m²), *kilómetro cuadrado* (km²), *etc.* Medidas de superficie que consisten en un cuadrado de un centímetro, un metro, un kilómetro, etc., por lado.

cuadrilátero s m *(Geom)* Figura geométrica de cuatro lados como el cuadrado, el rectángulo, el rombo, el romboide, el trapecio, el trapezoide.

cuadro s m 1 Figura de cuatro lados que se unen formando ángulos rectos 2 Trozo de algo con esa forma o semejante a un cubo: *cuadros de pasto, carne en cuadritos* 3 Pintura, dibujo o grabado hecho sobre tela, papel o madera, generalmente enmarcado para colgarlo de la pared: *cuadros de un pintor famoso* 4 Marco en que se pone una pintura, un dibujo o un grabado 5 Aspecto de algo que causa impresión: "Después del temblor la ciudad presentaba un *cuadro* desolador" 6 Armazón de las bicicletas formado por barras de metal, donde se ponen las ruedas, el asiento, el manubrio y los pedales 7 Tablero de instrumentos en una fábrica 8 Conjunto de personas que tiene autoridad, mando o responsabilidad en una organización o en un gobierno 9 Conjunto de datos, cifras, nombres, etc. presentado en forma resumida y ordenada: *cuadro sinóptico,* 10 *Cuadro clínico* Conjunto de los síntomas que presenta un enfermo o de los síntomas característicos de alguna enfermedad 11 Cada una de las partes en que se dividen los actos de ciertas obras teatrales; son breves y hay en ellos cambio de escena 12 *Hacer(se) la vida de cuadros o de cuadritos* Hacer(se) la vida complicada y difícil.

cual 1 pron relativo Une una oración relativa con la principal, señalando el género y el número de su antecedente con la ayuda del artículo, que siempre lo acompaña: "Vinieron varias personas, *las cuales* trabajaban en la universidad", "Llegué a una casa vieja, *la cual* se halla abandonada desde hace mucho tiempo" (Sólo se usa en oraciones relativas explicativas, y no en especificativas como "El vestido *que* traes es muy bonito", en las que no se puede decir: "El vestido *el cual* traes es muy bonito"; en éstas se usa *que*) 2 pron relativo Une oraciones relativas introducidas por preposición: "Me enseñó varios libros, *de los cuales* no había leído cuatro", "Hay varias observaciones, *según las cuales* el volcán podría entrar mañana en actividad", "Encontró varios datos, *por los cuales* llegó a una conclusión" 3 adv Como: "Tirando de ellos *cual* si fuesen toros bravos", "Las llamas rodeaban al edificio, *cual* lenguas de fuego" 4 *Tal cual* Así, tal como, sin modificación: "Se me presentó chorreando agua, *tal cual* quedó después del aguacero", "Se llevó el mueble *tal cual*" 5 *A cual más* Tan... unos como otros: "Una reunión de científicos *a cual más* sabios".

cuál adj y pron interrogativo m y f 1 Qué persona o qué cosa entre varias: "¿*Cuál* quieres?", "¿*Cual* de ellos te gusta más?", "¿*Cuál* ropa me pongo?". En preguntas indirectas: "No se *cuál* de los dos me cae mejor", "Unos dulces tan sabrosos que ni a *cuál* irle" 2 *Cuál no* Qué tanto, qué tan grande: "*Cuál no* sería mi sorpresa".

cualidad s f 1 Determinación o propiedad que tiene algo o alguien, o rasgo o circunstancia peculiar que lo distingue: *la cualidad del tamaño, las cualidades del acero* 2 Ventaja que presenta algo en comparación con otra cosa, o virtud que tiene alguien: *la cualidad de una medicina, tener grandes cualidades, "¿Qué cualidad le ves a ese muchacho?".*

cualquier adj sing m y f Apócope de *cualquiera,* que antecede al sustantivo al que modifica: *"Cualquier día", "Cualquier objeto", "Cualquier mesa".*

cualquiera adj y pron m y f **1** Que no se delimita, precisa o señala: *"Una negociación cualquiera", "Un punto cualquiera", "Cualesquiera herramientas", "Cualesquiera detalles", "Cualquiera lo reconocería", "Ideas como para enloquecer a cualquiera"* **2** Que no sobresale, que es de poca importancia, que es común: *"Una novela cualquiera", "Un hombre cualquiera", "Un simple hecho como otro cualquiera"* **3** *Un, una cualquiera* Persona de poca importancia, vulgar, de baja o mala reputación.

cuan adv (Apócope de *cuanto*) *"Estaba acostado cuan largo es", "Mostró con su trabajo cuan hábil es"* (Generalmente delante de un adjetivo o un adverbio).

cuán adv (Apócope de *cuánto*) *"¡Cuán rápido íbamos!", "No sabía cuán difícil es el trabajo en la mina"* (Generalmente delante de un adjetivo o un adverbio).

cuando conj **1** En el tiempo, en el momento en que: *"Te veré cuando salga de trabajar", "Salimos cuando dejó de llover", "Trabajaba de mesero cuando naciste"* **2** *De cuando en cuando* Con cierta frecuencia: *"Visito a mis tíos de cuando en cuando"* **3** *De vez en cuando* Con poca frecuencia: *"De vez en cuando se porta mal"* **4** A pesar de que, siendo que: *"Me exige que sea puntual cuando es él quien llega tarde"* **5** Puesto que, ya que: *"Cuando lo dices con tanta seguridad, habrá que creerte"* **6** En caso de que, si: *"Cuando tomaran en cuenta mi trabajo, entonces les ayudaría"* **7** *Cuando más, cuando mucho* A lo más, al máximo: *"Te esperaré cuando más quince minutos", "El bulto pesa, cuando mucho, cinco kilos"* **8** *Cuando menos* A lo menos, por lo menos, a lo mínimo: *"Con la sequía se morirán, cuando menos 5 000 vacas".*

cuándo adv y conj **1** Expresa una interrogación acerca del tiempo en que sucede algo: *"¿Cuándo volverás?", "¿Cuándo viste esa película?", "No sé desde cuándo se llenó la ciudad de humo"* **2** Expresa admiración o molestia por algo que no se hace o no se cumple: *"¡Hasta cuándo nos harán justicia!", "¡Cuándo dejarán de gritar!"* **3** *De cuándo acá* Manifiesta asombro, extrañeza o molestia por algo que resulta contradictorio o intolerable: *"¿De cuándo acá se acostumbra insultar a los mayores!"* **4** *Cuándo no* Como era de esperarse, como de costumbre: *"Asistió sin que lo invitaran –¡Cuándo no!".*

cuantificador s m Signo, especialmente lingüístico, que expresa cantidad, como: *dos, treinta, algunos, mucho, nada.*

cuantificar v tr (Se conjuga como *amar*) Medir o determinar la cantidad de algo, o dar un valor numérico a la medida de algo: *cuantificar los datos, cuantificar los daños.*

cuanto conj, pron, adv y adj **1** Todo lo que: "Nos dio *cuanto* le pedimos", "Hicieron una síntesis de *cuanto* dijimos", "Puede comprar *cuantas* manzanas quiera", "Es la persona más amable de *cuantas* conozco". (Si no varía, tiene carácter adverbial; si concuerda en género y número con el sustantivo o la oración sustantiva, tiene carácter de adjetivo o pronominal) **2** *Unos cuantos* Pocos: "Asistieron *unos cuantos*" **3** *Cuanto más, menos, mayor, menor* Mientras más, menos, etc., en la medida en que más, menos: "*Cuanto más* estudio el problema menos lo entiendo", "*Cuanto menos* te tardes, mejor", "*Cuanto mayor* sea la distancia al pueblo, más nos dilataremos en llegar" **4** *Cuanto más* Con mayor razón, aún más: "Se revientan los cables gruesos, *cuanto más* los delgados" **5** *Todo, tanto (...) cuanto* Indica que dos cosas se relacionan de manera proporcional: "Tiene *todo cuanto* quiere", "He hecho *todo cuanto* me ha sido posible", "Repitieron la función *tantas* veces *cuantas* se lo pidió el público" **6** *Por cuanto* Puesto que, ya que: "La selección será estricta, *por cuanto* se requiere de los mejores hombres" **7** *Por cuanto hace a* En lo que se refiere a: "*Por cuanto hace a* la salud, las dificultades continúan" **8** *En cuanto* Tan pronto como, en el momento en que: "Ven *en cuanto* puedas" **9** *En cuanto* Considerado como: "La revolución, *en cuanto* movimiento civil, fue determinante" **10** *En cuanto a* Acerca de, en relación con: "*En cuanto a* los aumentos de sueldo, no dijo nada" **11** *Cuanto antes* Pronto, inmediatamente: "Sal *cuanto antes,* para llegar a tiempo".

cuánto pron, adj y adv Indica duda o interrogación, admiración, impaciencia o molestia acerca de la duración, cantidad o precio de algo: "¿*Cuántos* vendrán?", "¿Por *cuánto* arreglarían la puerta?", "¿*Cuánto* costará volar en avión?", "¿*Cuántos* hijos tienes?", "¡*Cuánta* gente!", "¡*Cuánto* ha sufrido!", "¡*Cuánto* tardan!", "No sé *cuánto* cobren".

cuarta s f **1** Medida de la mano extendida, que va del extremo del pulgar al del meñique **2** Cuerda de la guitarra que está en cuarta posición a partir de la más aguda **3** *(Mús)* Intervalo de dos tonos y un semitono mayor, que hay entre una nota de la escala cromática y la cuarta nota anterior o posterior a ella.

cuarto[1] s m Habitación de una casa, principalmente en la que se duerme: *el cuarto de los niños, un cuarto de baño, cuarto de estar.*

cuarto[2] adj (Ver tabla de números) **1** Cada una de las cuatro partes iguales en que se divide algo: *cuarto de hora* **2** Cada una de las cuatro partes en que se divide el tiempo que pasa entre dos conjunciones de la luna con el sol: *cuarto creciente, cuarto menguante* **3** Cada una de las cuatro partes en que se divide el cuerpo de un animal 4 Cada uno de los miembros del cuerpo de un cuadrúpedo 5 *Libro en cuarto* Libro que tiene el tamaño de un cuarto de pliego de papel 6 *Echar uno su cuarto a espadas* Intervenir uno en la conversación de otros sin que se lo pidan.

cubeta s f Recipiente de forma cilíndrica o ligeramente cónica, con un asa grande que se fija a cada extremo del diámetro de la boca; sirve para contener y transportar líquidos.

cubo[1] s m 1 *(Geom)* Cuerpo regular formado por seis cuadrados iguales 2 Espacio de los edificios y las casas que tiene esta forma: *cubo de luz, cubo de la escalera* 3 *(Mat)* Número que resulta al multiplicar un número dos veces por sí mismo 4 *(Mat) Elevar al cubo* Multiplicar un número dos veces por sí mismo.

cubo[2] s m Cubeta.

cubrir v tr (Se conjuga como *subir*) 1 Poner o estar una cosa delante o encima de otra ocultándola o tapándola: *cubrir un cuadro, cubrir el polvo los muebles, cubrir las nubes el sol, cubrir un cuerpo* 2 Poner o estar algo encima o delante de algo o alguien para protegerlo o cuidarlo: *cubrir el ejército un frente, cubrir al niño con un abrigo, cubrir una fuga* 3 Poner muchas cosas encima de algo hasta ocultarlo o llenar algo más allá de sus límites: *cubrir el agua una presa, cubrir de papeles una mesa* 4 Alcanzar algo a ser suficiente para alguna finalidad: *cubrir los gastos, cubrir*

las necesidades 5 Comprender o recorrer algo una extensión en su totalidad: "La televisión *cubre* toda la república", "El tren *cubre* la distancia en tres horas" 6 Ocuparse alguien de una tarea encomendada: *cubrir una noticia* 7 Unirse el macho a la hembra para fecundarla: "El toro *cubrió* a la vaca".

cuello s m 1 Parte del cuerpo de algunos vertebrados, como el hombre o el caballo, que une la cabeza con el tronco 2 Parte de una prenda de vestir que rodea o cubre a esa parte del cuerpo: *cuello duro, cuello redondo* 3 *Hablar o gritar a voz en cuello* Hablar o gritar muy fuerte 4 Parte más estrecha y alargada de algo: *cuello de una vasija, cuello de la matriz* 5 *Cuello de botella* Situación de falta de fluidez en la solución de algún asunto, o de taponamiento en el paso de vehículos, animales, etc.

cuenta s f 1 Acto de contar 2 Operación aritmética y su resultado: "Ya sabe hacer *cuentas*" 3 Relación y suma o recibo de la cantidad de dinero que una persona debe pagar por algo: *cuenta de hotel, cuenta de alimentos* 4 Relación o estado detallado de los ingresos y egresos de un negocio o de una institución 5 Contrato entre una persona o una agrupación y un banco o una empresa comercial, por medio del cual éstos guardan y administran el dinero, pagan los gastos de aquéllos o les dan crédito: *cuenta corriente, cuenta de ahorros, cuenta de crédito* 6 *A cuenta* Como parte de lo que se debe, se deja a deber: *comprar a* *cuenta pagar a cuenta, sacar a cuenta* 7 Pieza redonda y pequeña, con un agujero en el centro para ensartarse, con la que se pueden hacer operaciones aritméticas y también collares, rosarios, etc. 8 *Por cuenta y riesgo* Bajo la responsabilidad de alguien: "Viajes a la selva *por tu cuenta y riesgo*" 9 *Por cuenta de* En nombre de, bajo la responsabilidad de, en favor de: "Asiste a la reunión *por cuenta del* gobierno" 10 *Dar cuenta* Explicar o justificar algo 11 *Pedir cuentas* Pedir a alguien que explique o justifique algo 12 *En resumidas cuentas* En conclusión, para abreviar, en resumen 13 *Darse cuenta* Percibir algo una persona y formarse una idea acerca de ello 14 *Caer en la cuenta* Llegar a formarse una idea o comprender algo 15 *Tener, tomar en cuenta* Considerar o atender algo 16 *Hacer de cuenta* Suponer o fingir algo 17 *¿A cuenta de qué?* ¿Por qué causa o razón, a propósito de qué? 18 *Ajustar cuentas* Resolver algún asunto, llegar a un acuerdo dos personas, vengar una las ofensas o daños causados por la otra.

cuento s m 1 Narración corta de una historia: *cuento de hadas, cuento de fantasmas, un libro de cuentos* 2 Narración corta y cómica: *cuentos de Pepito* 3 Dicho falso, mentira o chisme 4 Cuaderno con dibujos y texto donde se cuenta algo 5 *Traer o venir algo a cuento* Mencionar durante una conversación, una exposición, o una discusión, algo que tiene que ver con aquello de lo que se trata 6 *Dejarse de cuentos* No decir mentiras, no buscar pretextos o abandonar algo que no tiene que ver con lo que uno persigue 7 *Sin cuento* Sin límite, inacabable: "La pobre tuvo sufrimientos *sin cuento*".

cuerpo s m 1 Conjunto de las distintas partes de un ser viviente; en el humano, la cabeza, el tronco y las extremidades: *tener buen cuerpo, cuerpo sano* 2 Este conjunto sin considerar la cabeza ni las extremidades: "Una bala le atravesó el *cuerpo*" 3 *En cuerpo y alma* En forma completa, total, sin reserva: "Entregarse *en cuerpo y alma* a la medicina" 4 *Cuerpo cortado* Malestar físico general que se presenta como síntoma de la gripa 5 Objeto material: "Todos los *cuerpos* caen con la misma aceleración", "El calor dilata los *cuerpos*" 6 *Cuerpo celeste* Cualquiera de las estrellas, planetas, lunas, cometas, etc. que hay en el universo 7 *Cuerpo geométrico (Geom)* Objeto de tres dimensiones como un cubo, una esfera, un cilindro, un prisma, etc. 8 *Cuerpo del delito* Objeto con el que se ha cometido un delito o que da pruebas de él 9 Parte central o principal de algo: *el cuerpo de un documento* 10 Grupo de personas organizadas para desarrollar una actividad en común: *cuerpo de bomberos, cuerpo médico, cuerpo diplomático* 11 Conjunto de cosas o de ideas que forman una unidad: *cuerpo de leyes, cuerpo doctrinal* 12 Consistencia o densidad de algunos materiales o sustancias: *una tela sin cuerpo, una salsa, un vino, una sopa, etc*. con mucho cuerpo 13 *Dar cuerpo* Hacer que algo tenga consistencia: *dar cuerpo a una salsa, dar cuerpo a una idea* 14 *Tomar cuerpo* Hacerse algo más preciso, más definido: "Un proyecto que va tomando *cuerpo*".

cuestión s f 1 Tema, asunto o problema que se discute o se examina: *la cuestión agraria*, "Especialistas en *cuestiones* jurídicas" 2 *Ser cuestión de* tratarse de: *"Es cuestión de* hacer un poco de esfuerzo" 3 *Ser algo cuestión de alguien* Ser algo responsabilidad de alguien: "Si no quiere venir ya *es cuestión suya*" 4 *En cuestión* En lo que se refiere a, que se menciona, se trata o está sometido a discusión: *"En cuestión* de gustos no hay nada escrito", *el problema en cuestión, el artículo en cuestión* 5 *En cuestión de minutos, horas, días, etc*. En tan sólo unos minutos, horas, días, etc.: "Llegaría *en cuestión* de cinco minutos".

cuestionario s m Lista de preguntas que habrán de contestarse para un examen o para hacer una encuesta y obtener información.

cuidado 1 pp de *cuidar* 2 sm Atención o protección que se da a alguien o a algo: "Gracias al *cuidado* de su hermana, sanó muy pronto" 2 *Estar al cuidado de* Estar bajo la responsabilidad o a cargo de algo o de alguien: "La edición estuvo *al cuidado de* su amigo" 4 Atención, interés o precaución que se pone al hacer algo: *escribir con cuidado, manéjese con cuidado* 5 *Ser alguien de cuidado* Ser alguien de trato difícil o peligroso 6 Preocupación que se siente por algo o alguien: "Váyase sin *cuidado* que yo llevo a su hijo".

cuidar v tr (Se conjuga como *amar*) 1 Atender, proteger o vigilar algo o a alguien: *cuidar una casa, cuidar un enfermo, cuidar un niño* 2 Poner atención o interés en la realización de algo: *cuidar la ortografía*.

culpa s f 1 Falta o daño que alguien comete: "No ha podido olvidar sus *culpas*" 2 Causa de algo que daña: "La *culpa* de la sequía es del clima" 3 *Tener, echar, la culpa* Ser la causa de algo dañino o atribuírsela a alguien o algo 4 *Tener, sentir culpa* Estar consciente de que se ha actuado mal o se ha provocado algún daño.

culpar v tr (Se conjuga como *amar*) Decir que alguien es responsable de una falta, un daño o un error y acusarlo.

cultivar v tr (Se conjuga como *amar*) 1 Trabajar la tierra y cuidar las plantas para que den fruto 2 Poner las condiciones y elementos necesarios para que se reproduzcan organismos vivos 3 Dedicarse a trabajar algo que mejore o para dominarlo más: *cultivar la lengua, cultivar la ciencia, cultivar la amistad*.

cultivo s m 1 Acto de cultivar algo y su resultado: *el cultivo del maíz, el cultivo de la ciencia* 2 Conjunto de las plantas y frutos que se han cultivado: *un gran cultivo de jitomates, vender* *el cultivo* **3** Conjunto de los organismos que se han cultivado y su propagación: *un cultivo de amibas* **4** *Caldo de cultivo* Conjunto de condiciones que favorecen el desarrollo de microorganismos.

culto adj **1** Que conoce y practica su cultura: *pueblo culto, persona culta* **2** Que es resultado del cultivo de las capacidades humanas o de los conocimientos: *música culta, palabra culta, lengua culta* **3** Conjunto de actos y ceremonias con que se adora a una divinidad: *culto católico* **4** s m Homenaje o alabanza que se hace de algo o de alguien: *culto a la vida, culto al amor* **5** *Culto a la personalidad* Respeto excesivo a la personalidad de alguien y sumisión a sus ideas y su influencia.

cultura s f **1** Conjunto de experiencias históricas y tradicionales, conocimientos, creencias, costumbres, artes, etc., de un pueblo o una comunidad, que se manifiesta en su forma de vivir, de trabajar, de hablar, de organizarse, etc.: *cultura maya, cultura mexicana.* **2** Conjunto de los conocimientos de una persona, comunidad o época: *la cultura de Alfonso Reyes, cultura general, cultura clásica.* **3** Resultado del cultivo de las capacidades humanas: *cultura física, cultura artística.*

cultural adj m y f Que pertenece a la cultura o se relaciona con ella: *programa cultural, situación cultural.*

cumplimiento s m **1** Realización de lo que se debe o se está obligado a hacer: *cumplimiento del deber, cumplimiento de una promesa, cumplimiento de la ley* **2** pl Demostración de respeto y cortesía hacia alguien: *tener cumplimientos, andarse con cumplimientos.*

cumplir v tr (Se conjuga como *subir*) **1** Hacer alguien aquello a lo que está obligado, sea por compromiso, por una promesa o por un mandato: *cumplir un encargo, cumplir un contrato, cumplir la ley, cumplir con la patria* **2** Llevar a cabo o realizar algo: *cumplir un deseo* **3** Completar un tiempo determinado: *cumplir años, cumplir un plazo.*

cura[1] s f Aplicación de medicina y cuidados a un enfermo, y tratamiento que se sigue para hacerlo.

cura[2] s m Sacerdote católico.

curación s f **1** Aplicación de medicamentos o remedios a un enfermo o herido para que sane **2** Restablecimiento o recuperación de la salud después de una enfermedad: *una curación repentina* **3** Conjunto de vendajes, desinfectantes y otros remedios que se ponen en una herida para que sane.

curar v tr (Se conjuga como *amar*) **1** Dar medicamentos o remedios a un enfermo o a un herido para que sane **2** prnl Recuperar la salud. **3** *Curarse de* Cuidarse de: "No *se cura* de sus enemigos" **4** Preparar una cosa para que se conserve en buen estado o para que sirva a algún fin: *curar la carne y el pescado, curar la madera, curar las pieles, curar el pulque.*

curso s m **1** Camino, recorrido o

trayectoria que sigue alguien o algo para llegar a alguna parte: *curso de un río, curso de un barco* **2** Serie de estados en que se da el desarrollo de algo: *curso de las enfermedades, curso de la historia* **3** Circulación: *moneda de curso legal* **4** *En curso* Que circula, que corre: *moneda en curso, año en curso* **5** *Dar curso* Hacer que algo comience su recorrido o su desarrollo: *dar curso al debate* **6** Periodo o espacio de tiempo: "Entregar los informes en el *curso* de un mes" **7** Periodo o espacio de tiempo en el que hay clases en las escuelas **8** Materia o asignatura que se enseña en las escuelas y universidades y, en general, conjunto de conocimientos que se enseñan acerca de algo: *curso de matemáticas, de ciencias sociales, cursos de cocina.*

curva s f *(Geom)* Línea cuyos puntos se apartan gradualmente de la recta sin formar ángulos.

curvo adj Que tiene o sigue la forma de una curva.

cuyo adj Indica que el sustantivo al que precede y determina es propiedad o posesión del sustantivo que le sirve de antecedente: "El alumno *cuyos* trabajos estén terminados, podrá salir temprano", "La muchacha, de *cuya* familia te conté, acaba de llegar", "El campesino, hacia *cuyas* tierras nos dirigimos, es muy buena persona", "En un lugar de la Mancha, de *cuyo* nombre no quiero acordarme..."

Ch ch

ch s f Cuarta letra del alfabeto que representa el fonema palatal, africado, sordo, como en *chango, ancho*. Su nombre es *che*.

chabacano[1] s m **1** *(Prunus armeniaca)* Árbol frutal pequeño, de corteza rojiza, flores rosadas y fruto amarillo rojizo **2** Fruto de este árbol, de 2 a 5 cm de largo, con un hueso grande y duro rodeado de pulpa blanda; se come fresco y seco y se hacen con él jaleas, mermeladas, etc.

chabacano[2] adj Que es de mal gusto o no tiene arte: "Tu amigo tiene una manera de vestir muy *chabacana*".

chahuiztle s m **1** Hongo que ataca principalmente a las gramíneas, como el trigo, el maíz, etc.; se presenta en forma de polvillo negro o rojizo en las hojas y tallos haciendo que se marchiten y mueran **2** Cualquier plaga muy dañina sin importar su origen: *chahuiztle del manzano, del pino*, etc.

chamizo s m *(Artriplex canescens)* Arbusto de 1 a 1.5 m de alto, de hojas pequeñas, lineales y blanquecinas, que se aprovechan como forraje en las zonas áridas del norte de México; sus semillas las comen algunos pueblos indígenas. Crece formando grandes macizos.

chapopote s m Sustancia negra, pesada y espesa que forma parte del petróleo, que se encuentra en distintos lugares, particularmente en el mar, y se utiliza para asfaltar caminos, impermeabilizar techos y paredes, etc.

chapulín s m *(Schistocerea americana)* Insecto ortóptero, que tiene dos pares de alas y tres de patas, el tercero de ellas lo tiene muy desarrollado, por lo que se mueve a grandes saltos. Se alimenta del follaje que lo rodea. En algunos lugares, como en Oaxaca, suele comerlo la gente.

charal s m *(Chirostoma chapalae)* **1** Pez pequeño y delgado de 5 a 16 cm. de largo, de color plateado, y muy apreciado como comestible. Vive en agua dulce, principalmente en los lagos y lagunas de Michoacán y Jalisco **2** Persona o animal que están muy flacos: *estar como charal*.

chayote s m **1** *(Sechium edule)* Planta de tallos trepadores y peludos, sus hojas son grandes, con nervaduras de color claro y de superficie áspera; produce un fruto apreciado como comestible **2** Fruto de esta planta, de forma parecida a la de la pera, de 10 a 12 cm. de largo; la cáscara es fuerte y en algunas variedades tiene espinas, en otras es lisa, de color verde oscuro o claro, blanco o amarillento; su carne es blanda, contiene mucha agua, tiene en el centro una pepita también comestible. Se come cocido y su sabor es ligeramente dulce.

checar v tr (Se conjuga como *amar*) **1** Comprobar la validez, la calidad o el buen estado de algo o alguien respecto de una norma, una lista o un catálogo previamente fijados: *checar la presión del aceite, checar el aire a las llantas* **2** Marcar algo para comprobar alguna cosa como la entrada de alguien a un lugar, la utilización de algo, etc.: *checar los boletos, checar la tarjeta de asistencia.*

cheque s m **1** Documento del que se sirve una persona para que otra cobre en un banco una determinada cantidad del dinero que tiene depositado en él **2** *Cheque certificado* El que lleva la certificación bancaria de que existen fondos suficientes para pagarlo.

chía s f **1** (*Salvia hispanica*) Planta anual, de 1 a 1.5 m. de altura, de tallo velloso, cuadrangular y acanalado, de hojas opuestas y de bordes aserrados, sus flores son azules, en forma de espiga; cada una contiene cuatro frutos pequeños **2** Semilla de esta planta, de 2 cm. de largo, ovalada, de color café grisáceo y manchas rojizas; es esponjosa y aceitosa; se usa para preparar bebidas refrescantes y se obtiene de ella un aceite secante.

chico adj y s **1** Que es pequeño, de poco tamaño: *carro chico* **2** s Niño, adolescente o joven: *una chica guapa, un buen chico.*

chichimeca 1 s m y f Conjunto de diversos pueblos aborígenes que vivía en el centro del país, en la región de los actuales estados de Zacatecas, San Luis Potosí, Querétaro y Jalisco; era relativamente nómada, se dedicaba a la recolección de alimentos, a la caza y a la pesca; se caracterizó por fiereza en la lucha contra los conquistadores españoles **2** adj y s m y f Que es originario de este grupo indígena o que se relaciona con él: *los pueblos chichimecas, las guerras chichimecas.*

chile s m **1** (*Capsicum annuum*) Planta de la familia de las solanáceas, enormemente variada, herbácea y anual, de hojas alternas y flores blancas, violetas o verdosas **2** Fruto de esta planta, que por lo general tiene forma cónica y alargada, y una gran cantidad de semillas aplanadas en su interior. Sus colores varían, según la especie, entre el verde, el rojo y el amarillo. Muchos de ellos son picantes. Forma parte fundamental de la alimentación mexicana tradicional, y se usa también como condimento.

china s f Mujer, antiguamente compañera del charro, generalmente vestida de manera muy característica, con telas brillantes, de colores llamativos, lentejuelas en franjas y olanes, y rebozo: *china poblana.*

chinampa s f Terreno flotante hecho a base de cañas, piedras y tierra, en el que se cultivan verduras y flores, que los antiguos habitantes del valle de México construían en las lagunas; actualmente sigue siendo el sistema de cultivo de Xochimilco, Mixquic y otros pueblos de la región.

chinche s f **1** *(Cimex lectularis)* Insecto hemíptero, de cerca de 4 mm de tamaño, de cuerpo rojizo y ovalado, que se alimenta con sangre humana; anida en lugares sucios, especialmente en algunas camas, y produce un mal olor característico **2** Clavo de punta fina y corta, y de cabeza grande y plana que se emplea para fijar recados, avisos, etc. en un tablero.

chino[1] adj y s **1** Que es natural de China, pertenece o está relacionado con ese pueblo o cultura **2** s m Lengua de ese pueblo.

chino[2] s m **1** Pelo natural o artificialmente muy rizado **2** adj y s Que tiene el pelo en esa forma **3** Objeto cilíndrico con el que se riza el pelo.

choza s f Vivienda o resguardo hecho con palos o estacas y cubierto de ramas o paja.

churrigueresco s y adj Estilo arquitectónico barroco, que se caracteriza por una excesiva ornamentación en cada parte del edificio, a base de guirnaldas, hojas, figuras de animales y humanas, nichos, columnas retorcidas o dislocadas, etc., como el de la iglesia de Santa Prisca en Taxco, o la de la Valenciana, en Guanajuato.

D d

d s f Quinta letra del alfabeto que representa el fonema dental sonoro. Su articulación es oclusiva cuando aparece al principio de la palabra o después de *n* o *l*, como en *donde, tanda* y *toldo*, mientras que en las demás posiciones es fricativa, como en *todo, nardo, ladrido, advertencia*. Su nombre es *de*.

danza s f Serie de movimientos del cuerpo, hechos con ritmo, flexibilidad y armonía, generalmente acompañados por música: *danza de los siete velos, danza del venado, danza de los viejitos* **2** Arte y técnica de esos movimientos: *danza folklórica, danza clásica, danza contemporánea* **3** Pieza musical que los acompaña o que se inspira en ellos: *danzas antiguas, danzas de Manuel M. Ponce*.

dañar vtr (Se conjuga como *amar*) Causar o hacer mal a algo o alguien; molestarlo o perjudicarlo.

daño s m Mal o perjuicio que causa algo o alguien: "El ciclón causó *daños* considerables", "Me hizo *daño* con sus comentarios".

dar v tr (Modelo de conjugación 15) **1** Hacer que algo que se tiene pase a ser propiedad de otro: *dar flores, dar dinero*, "Le *dio* un dulce a cada niño" **2** Entregar algo a alguien, ponerlo en sus manos o a su alcance: "Le *dieron* las llaves al administra-

dos", "Le *dí* la pelota al niño", *"Dame* mi taza" **3** Ofrecer algo a alguien, proporcionarle o concederle lo que pide, necesita o le interesa; poner algo a disposición de alguien: *dar un banquete al maestro*, "Te *doy* trabajo", *dar un cargo, dar la revancha, dar educación a los hijos, dar una tregua, dar un permiso, dar una oportunidad, dar una beca* **4** prnl Tener lugar algo, suceder o producirse: *darse un fenómeno, se dan casos*, "En aquellos momentos *se dio* la guerra" **5** Producir algo cierta cosa que proviene de él: *dar frutos el árbol, dar leche la vaca, dar lana un borrego* **6** Producir o tener determinada reacción, causar cierto efecto: *dar miedo, dar un ataque, dar buena impresión, dar suerte* **7** *Darse alguien a desear, temer, querer*, etc. Hacer alguien algo para que otro sienta por él deseo, temor, cariño, etc. **8** Realizar una acción, principalmente cuando es repentina o violenta: *dar un salto, dar un grito, dar un golpe, dar una puñalada* **9** Pegar una cosa sobre otra, sufrir un golpe; o manera en que uno se golpea: "La pelota *dio* contra la pared", "La mariposa *se dio* contra el vidrio", *dar contra la mesa, dar el viento contra las montañas, darse de boca, darse un sentón* **10** Hacer que algo adquiera determinada cualidad o poner una cosa sobre otra para que cambie su aspecto: *dar brillo, dar forma, dar sentido, dar grasa a los zapatos, dar una capa de pintura a la pared* **11** *Darse a* Entregarse a algo o a alguien; hacer algo con dedicación, frecuencia o intensidad: *darse a los hijos, darse a una causa, darse a la bebida, darse a la mala vida* **12** Indicar, exponer o fijar algo; mostrar o exhibir una cosa: *dar instrucciones, dar una clase, dar una conferencia, dar un tema para un concurso, dar señales de vida, dar una película, dar una obra de teatro* **13** Acertar en algo o atinarle: *dar en el blanco, dar en el centro, darle al premio mayor* **14** *Dar con alguien o con algo* Encontrarlo: *"Dar con un viejo amigo", dar con una calle* **15** Hacer saber a alguien lo que se le desea: *dar los buenos días, dar un pésame* **16** Marcar o sonar en un reloj determinada hora: *"Nos dieron las doce trabajando"* **17** *Dar a* Estar algo frente a otra cosa; tener determinada orientación: *dar a la calle, dar al mar* **18** *Dar (mucho) que decir, hablar, pensar, etc.* Causar alguien con su comportamiento que se le critique o censure: *"Su mala administración dio mucho que decir"* **19** *Dar para* Alcanzar, ser suficiente o ser capaz alguien de hacer o continuar algo: *dar un líquido para dos tazas, "Juan ya no da para más después de estudiar tanto"* **20** *Dar por* Considerar: *dar por cierto, dar por perdido* **21** *Darle a alguien por hacer algo* Hacer algo alguien de manera particular y persistente: *"Le dio por dormir de día", "Le ha dado por andar a gatas"* **22** *Dar de sí* Crecer, ampliarse o aflojarse algo: *dar de sí un resorte, dar de sí un vestido* **23** *Dársele a uno algo* Facilitársele, tener aptitudes para ello: *"Desde niña se le ha dado la música"* **24** *Dárselas de algo* Presumir de algo que no se tiene: *dárselas de culto, dárselas de rico* **25** *No dar una* Cometer errores continuamente, equivocarse con mucha frecuencia: *No dar una en aritmética* **26** *Dar a luz* Parir: *"Dio a luz cinco cachorritos"* **27** Con algunos sustantivos, indica que se lleva a cabo la acción significada por ellos, como en *dar un beso, dar ayuda, dar autorización,* etc.

dato s m **1** Elemento, señal o noticia de alguna cosa que se informa a alguien o que se analiza, estudia o reflexiona para conocerla: *datos de una investigación, datos de un problema, banco de datos* **2** Documento o prueba de algo: *"Tengo datos suficientes para demostrarlo".*

de prep (Cuando va seguida del artículo *el*, forma la contracción *del*) **1** Significa una relación de posesión o pertenencia, así como de dependencia entre personas o cosas, particularmente cuando se la concibe como rota, interrumpida o contraria: *"La casa de mi padre", "Los juguetes de los niños", "Los parques de la ciudad", "María Pérez de González", "Se separó de su esposa", "Se despidió de sus hijos", "Carece de honestidad" "Está exento de impuestos", "Se de-*

fendió de los ataques" **2** Señala la procedencia, el origen o la causa de algo: "Viene de Sonora", "Lo levantó del suelo", "Lo corrió de su casa", "Bajé del monte", "Viene de buena familia", "Murió de cáncer", "Temblaba de frío", "Se atacó de risa" **3** Indica la materia de la que está hecho algo o de donde se obtiene: "Madera de pino", "Casa de adobe", "Jarra de vidrio" **4** Significa la naturaleza, condición o cualidad de algo o alguien: "Hombre de valor", "Mujer de armas tomar", "Vino de pura uva" **5** Señala el contenido de un recipiente: "Vaso de agua", "Una cazuela de arroz" **6** Indica el asunto o tema del que trata un texto o un discurso: "Un libro de matemáticas", "Una clase de geografía", "Hablaban de literatura" **7** Señala el uso que se da un objeto: "Máquina de escribir", "Navaja de rasurar", "Caja de embalaje" **8** Indica el todo o el conjunto del que se toma o separa una parte: "Un poco de pan", "Dos de ellos ganaron", "Pagué parte de la deuda", "La ciudad más bella del mundo", "Maestro de maestros" **9** Indica el modo o la manera como se hace una acción: "De espaldas", "De memoria" **10** De un Expresa la rapidez con la que se hace una acción: "De un golpe", "De un salto", "De una buena vez" **11** Expresa el tiempo en que sucede algo: "De día, de noche, de madrugada", "Hora de comer", "Año de descanso" **12** De... a Indica el periodo o espacio de tiempo en que sucede o se hace algo: "Da con-

sulta de cuatro a ocho", "De la Edad Media al Renacimiento" **13** De... en Expresa el paso sucesivo de algo por varias situaciones o estados; "Va de mal en peor", "De mano en mano", "Lo veo de cuando en cuando" **14** De... en Indica la distribución de algo en partes o grupos iguales: "De uno en uno" **15** Une un sustantivo con su complemento en aposición y lo especifica: "La ciudad de México", "La isla de Cuba", "El año de 1968", "El mes de mayo" **16** Introduce un significado condicional o concesivo cuando va seguida de un verbo en infinitivo: "De seguir así, lo van a despedir", "De ser verdad, hay que preocuparse" **17** Refuerza el sentido de un adjetivo en expresiones de lástima, queja o amenaza: "¡Pobre de ti!", "¡Ay de mi!", "El tonto de su hermano" **18** Forma perífrasis de infinitivo: "Han de ser las siete", "Debe de tener veinte años", "Dejó de trabajar", "Terminó de estudiar" **19** Se une a varios adverbios para formar construcciones adverbiales: *abajo de, arriba de, delante de, después de,* etc.

debajo adv **1** En la parte inferior o interna de algo y cubierto por ello: "Debajo del escritorio", "Debajo de la cama", "Debajo del puente", "Debajo del agua", "Debajo de las sábanas", "Debajo del vestido", "Búscalo debajo", "Está debajo del carro" **2** Por debajo de En un nivel o rango inferior: "Por debajo de lo normal", "Por debajo de su capacidad".

deber[1] vtr (Se conjuga como co-

mer) **1** Tener alguien la obligación de hacer algo o de portarse de cierto modo: *deber estudiar, deber irse* **2** Estar alguien obligado a dar algo a otra persona, generalmente porque ésta se lo ha prestado antes: *deber dinero, deber una invitación, deber una copa* **3** prnl Tener algo su origen, causa o condición en otra cosa: "La lluvia *se debe* a un ciclón", "La pobreza *se debe* al sistema económico" **4** *Deberse a* Haber llegado alguien a cierta posición o fama gracias a otra persona o acontecimiento, o tener una obligación con otros: "El líder *se debe a* su comunidad", "Yo *me debo a* mis hijos" **5** *Deber de* Ser posible que algo suceda: "Mi tío no *debe de* estar en su casa".

deber[2] s m Aquello que uno está obligado a hacer por la moral, la ley, el desempeño de un cargo u oficio, la vocación, la conciencia, etc.: "Votar es uno de los *deberes* del ciudadano".

decidir v tr (Se conjuga como *subir*) **1** Llegar a una idea, un juicio o una resolución como resultado de una discusión o una reflexión y proponerse practicarla: *"Decidí* no aceptar su trabajo" **2** Hacer que algo o alguien llegue a una solución o conclusión: "La falta de armas *decidió* la batalla".

decir v tr (Modelo de conjugación 13) **1** Expresar algo con palabras, generalmente para hacer saber a otro lo que se piensa o siente: *decir una oración* "Le *dijo* que la quería", "Como *dice* la Biblia" **2** *Al decir de* Según dice, como dice: *"Al*

decir de mi abuela: ¡Qué tiempos!" **3** *Es decir* O sea, dicho de otra manera **4** *Con decirle a alguien que* Hasta, incluso: *"Con decirte que* nos llovió" **5** *Decir por decir* Expresar algo sin tener razones o fundamentos para hacerlo **6** Nombrar a algo o a alguien de alguna forma que resulta dudosa o extraña para el que habla o que es invento suyo: "A este pescado le *dicen* pezgato", "A mi amigo le *digo* Zaratustra" **7** *Como quien dice* Más o menos, lo más parecido a, casi, en conclusión: "Tomás es, *como quien dice,* el maestro de este grupo" **8** *Ser un decir* Ser una suposición: "Si en México, *es un decir,* no hubiera tantos coches. . . '" **9** *Dar que decir* Dar lugar a murmuraciones: "Julieta y Romeo *han dado que decir"* **10** *Decir bien o mal de* Hablar bien o mal de: "Sus últimas publicaciones *dicen bien* de él" **11** *El qué dirán* La opinión que se hacen o tienen los demás de uno mismo: *tener miedo al qué dirán,* "Por el qué dirán, la llevó al altar".

decisión s f **1** Idea, juicio o resolución que se toma como resultado de una discusión o una reflexión: *llegar a una decisión, decisión política, decisión inapelable* **2** Firmeza de carácter: *enfrentar los problemas con decisión.*

declaración s f **1** Acto de declarar algo **2** Escrito en el que se expresa ese acto: *declaración de principios, declaración de derechos humanos* **3** (*Der*) Manifestación de alguien ante una autoridad competente acerca de los acontecimientos o los datos que interesa conocer: *declaración de un testigo.*

declarar v tr (Se conjuga como *amar*) **1** Decir alguien alguna cosa que sabe, piensa o siente y que los demás no conocen o no entienden: "No quiso *declarar* lo que gana", "Le *declaró* su amor" **2** Decir una persona, en la aduana o en un lugar semejante, las cosas que lleva **3** *(Der)* Manifestar los testigos ante el juez, con juramento o promesa de decir verdad, lo que saben sobre cierto acontecimiento: *declarar ante un tribunal* **4** Hacer saber una autoridad una decisión o un juicio acerca de algo o alguien: "El presidente *declaró* el estado de emergencia", "El juez *declaró* culpable al reo" **5** *Declarar la guerra* Manifestar un Estado a otro, pública y formalmente, que iniciará la guerra contra él.

dedicación s f **1** Acto de entregarse con gran interés a algún trabajo, profesión o actividad: "Muestra una gran *dedicación* por la pintura", "Su *dedicación* al estudio nos estimulaba".

dedicar v tr (Se conjuga como *amar*) **1** Destinar algo a un fin determinado, o dar a una cosa un uso específico: "*Dedicó* su vida a la medicina", "*Dedicar* un terreno a la siembra de maíz" **2** prnl Ocuparse en alguna cosa, principalmente la que se hace de manera profesional, o ponerse a hacer algo con atención y cuidado: *dedicarse a los negocios*, "Juan *se dedica* a preparar sus exámenes" **3** Ofrecer algo, como un regalo, un trabajo, un esfuerzo, etc., a alguien: *dedicar un libro, dedicar una carrera.*

dedo s m **1** Cada una de las prolongaciones en que terminan las manos y los pies del hombre y de algunos animales. Los dedos de la mano del hombre son: el *meñique, chico o chiquito,* que es el más pequeño y delgado; el *anular,* es el que sigue al meñique y en él se suelen poner los anillos; el *medio, cordial o del corazón,* es el más largo; el *índice,* que se usa para señalar, está entre el medio y el *pulgar,* que es el más gordo y opuesto a los otros cuatro **2** Medida del grueso de un dedo: *un dedo de leche* **3** *Contarse con los dedos* Ser muy poco: "Los asistentes se contaban con los dedos" **4** *Poner el dedo en el renglón* Señalar, poner en evidencia o destacar algo: "Ha puesto el dedo en uno de los renglones más importantes del problema" **5** *No quitar el dedo del renglón* Insistir en señalar algo, no desviarse del tema **6** *Poner el dedo en la llaga* Señalar el punto más importante, el más delicado o el más doloroso **7** *No levantar alguien un dedo* No hacer alguien ningún esfuerzo: "No ha levantado un dedo para ayudarlo" **8** *Escapársele a uno algo (de) entre los dedos* Perder uno algo que consideraba seguro: "La oportunidad *se le escapó entre los dedos*".

defender v tr (Se conjuga como *perder,* 2a) **1** Proteger algo o a alguien de un ataque o de algún daño: *defender la ciudad, defender a sus hijos* **2** Argumentar en favor de algo o alguien que se ve atacado o acusado: *defender ideas, defender la libertad de expresión* 3 Sostener la inocencia o menor culpabilidad de un acusado ante un tribunal.

defensa s f 1 Acto y resultado de defender algo o a alguien 2 Construcción, instrumento o medio con el que se protege algo o a alguien de un ataque o un daño: *defensas de un fuerte* 3 Cada una de las dos piezas, generalmente de metal, que están delante y detrás de la carrocería de un coche, con las que se protege su armazón contra golpes 4 Recurso o medio, generalmente natural, que algo o alguien tiene para protegerse de un ataque: *defensas de un animal* 5 Argumentación con la que se defiende una idea o a una persona, como la que presenta el abogado para defender a un acusado 6 Abogado encargado de defender a un acusado ante un tribunal.

definición s f 1 Acto de definir algo 2 Conjunto de preposiciones con las que se explican y describen las características o cualidades de algo, sus rasgos y sus límites 3 Texto con el que se explica y describe el significado de una palabra o de cualquier expresión lingüística 4 Decisión o determinación con la que se resuelve algo o que manifiesta una persona sobre sus inclinaciones, intereses o tendencias en un asunto determinado: "Le pidieron al presidente su *definición* política" 5 Precisión y claridad con las que se ve una imagen a través de una lente,

en la televisión, o en una fotografía.

definir v tr (Se conjuga como *subir*) 1 Determinar con precisión las características o cualidades de algo; explicar claramente en qué consiste, qué abarca y cuáles son sus límites: *definir objetivos, definir una situación, definir un sentimiento, definir los límites de un terreno* 2 Explicar con precisión lo que quiere decir una palabra, un término científico o cualquier otra expresión lingüística: *definir palabras* 3 Decidir, determinar, resolver algo dudoso: "Hoy *se definirá* quien es el ganador" 4 prnl Hacerse algo más claro, más preciso, más delimitado: *definirse el carácter, definirse la personalidad* 5 prnl Decidir o determinar alguien cuáles son sus inclinaciones, posición o tendencias en un asunto determinado.

dejar v tr (Se conjuga como *amar*) 1 Poner algo en algún lugar soltándolo o separándose de él: *dejar la taza sobre la mesa, dejar el libro en el escritorio* 2 Hacer que algo o alguien quede en algún lugar, en cierta posición o en determinada situación: *dejar a los niños en la escuela, dejar la puerta abierta, dejar libre el paso,* "Lo *dejaron* de pie toda la clase" 3 Hacer algo o alguien que quede alguna cosa como consecuencia o resultado de su acción: *dejar manchas, dejar huellas. dejar deudas un administrador, dejar la máquina arreglada* 4 Separarse de algo o de alguien, alejarse de algún lugar o de alguna persona: *"Dejó* la presidencia por razones de salud", *dejar la profesión, dejar al marido, dejar la ciudad, dejar a la familia* 5 Interrumpir una actividad, no hacerla más o terminar de suceder algo: *dejar los estudios, dejar de beber, dejar de llover* 6 No tocar, interrumpir, coger o agarrar algo: *"Déjate* la nariz", *"Deja* las hojas como están" 7 Permitir que alguien haga cierta cosa o que algo siga sucediendo: *dejar trabajar, "Déjalos* que se diviertan", *dejar correr el agua* 8 prnl Permitir que alguien actúe sobre uno sin oponer resistencia: *dejarse ganar, dejarse pegar, dejarse besar* 9 Dar algo a alguien para que lo cuide, limpie, arregle o use: *dejar la casa al portero, dejar el coche al mecánico,* "Le *dejó* su casa durante las vacaciones" 10 Mandar alguien que a su muerte otra persona reciba alguna de sus pertenencias: *dejar un terreno, "Dejó* el dinero a sus hijos" 11 Reservar, apartar o guardar algo para un fin determinado o para que alguien lo use: *dejar un espacio para la ventana, dejar una hora para descansar, dejar la leche para los niños* 12 Esperar a que suceda algo o posponer alguna cosa para hacer otra: *dejar hervir el agua para desinfectarla, dejar la reunión para más tarde* 13 prnl Abandonarse, no preocuparse por uno mismo 14 *Dejarse de algo* Olvidarse de alguna cosa, no seguir haciéndola: *dejarse de tonterías, dejarse de bromas* 15 *Dejarse sentir* Hacerse algo presente por su intensidad o por sus efectos: *dejarse sentir el frío, dejarse sentir la devaluación.*

del Contracción de la preposición *de* y el artículo *el:* "Vengo *del* colegio", "El libro es *del* amigo de Juan".

delante adv 1 En la parte anterior o enfrente de algo o alguien, en su presencia: *"Delante* de sus hijos", *"Delante* de todos", "Los mil retos que tiene *delante",* "Un vestido con los botones *delante", "Delante* de la ventana" 2 En primer lugar, al frente, a la cabeza de algo: *"Delante* venía el padre con sus hijos", "Querían alcanzar a los que iban *delante",* "Me mandaron por *delante"* 3 *Por delante* Por la parte anterior: "El abrigo se cruzaba *por delante"* 4 *Por delante* Para o en el futuro, enfrente: "Tienes una vida *por delante",* "Una gran tarea *por delante".*

delegación s f 1 Acto y resultado de encomendar algo a alguien 2 Conjunto de personas nombradas o seleccionadas para representar algo o a alguien y actuar en nombre suyo: *delegación diplomática, delegación deportiva* 3 Cada una de las divisiones territoriales y administrativas en que se divide el Distrito Federal para gobernarlo 4 Oficina o lugar en donde trabajan los empleados de una delegación 5 *Delegación de policía* Oficina en donde la policía de cierta división administrativa del Distrito Federal atiende las quejas y las denuncias de los ciudadanos, efectúa averiguaciones y levanta las actas correspondientes.

delegado 1 pp de delegar 2 s Persona elegida o designada para actuar en representación de alguien: *delegado sindical, delegada de turismo, delegado agrario.*

delegar v tr (Se conjuga como *amar*) Dar alguien a otra persona la facultad o el poder para que actúe en representación suya o haga algo en su nombre o con su respaldo: *delegar deberes, delegar derechos, delegar una función, delegar una responsabilidad.*

demagogia s f Práctica política que se apoya en instintos e intereses elementales e irracionales del pueblo, para hacer promesas y anunciar soluciones que no podrán cumplirse y aun podrán ir en contra de sus necesidades reales, con el único objeto de mantener un poder personal o de cierto grupo en el gobierno: *demagogia hitleriana, demagogia sindicalista.*

demanda s f 1 Acto y resultado de demandar algo: *una demanda de los campesinos* 2 (*Der*) Escrito con el que alguien expone un asunto para que el juez resuelva de acuerdo con la ley.

demandar v tr (Se conjuga como *amar*) 1 Exigir o reclamar algo a lo que uno tiene o cree tener derecho, o de cuyo carácter razonable y evidente no tiene duda: *demandar salarios justos, demandar justicia* 2 (*Der*) Reclamar algo a alguien ante un tribunal judicial.

demás adj y pron m y f, sing y pl 1 Otro, el resto, lo que queda, lo que falta: "Sírvame lo *demás*"

"¿Vendrán los *demás* estudiantes?" "Ayude a los *demás* enfermos" "¿Ya leíste los *demás* libros?" "Francia, Italia y *demás* países europeos" 2 *Por demás* Inútil "Está *por demás* insistir en esa petición" 3 *Por demás* Notablemente, demasiado, excesivamente, muy: "Escribe en forma *por demás* cuidadosa" "Usó palabras *por demás* ofensivas" "El sol está *por demás* agradable" 4 *Por lo demás* Además de eso, independientemente de eso, aparte de eso: "El festejo duró mucho, *por lo demás* fue un éxito" 5 *Estar demás* Estorbar, salir sobrando.

demasiado 1 adj Que tiene mayor cantidad o intensidad de la que se considera normal, necesaria o conveniente: "Hace *demasiado* frío", "He hecho *demasiado* esfuerzo", "Son *demasiados* invitados para una casa tan pequeña" 2 adv En exceso, más de lo debido o deseado: "Estaba *demasiado* lejos para verlo", "Suspendieron la obra porque era *demasiado* costosa", "Te enfermarás si comes *demasiado*" 3 adv Bastante, muy, mucho: "Es *demasiado* bonita para olvidarla", "Tu salud me preocupa *demasiado*".

democracia s f 1 Doctrina política y forma de gobierno de una sociedad, en las que el pueblo es soberano y tiene poder completo sobre sus actos y sus decisiones 2 *Democracia directa* Aquélla en la que el pueblo ejerce su soberanía directamente, tomando sus decisiones en forma conjunta e inmediata 3 *Democracia representativa* Aquélla en la que el pueblo elige por mayoría de entre sus individuos, libremente y por un periodo determinado, los que prefiere para que gobiernen y elaboren las leyes durante ese tiempo **4** Principio de igualdad de derechos políticos, sociales y económicos de todos los miembros de una sociedad, sin distinción de su raza, sexo, religión, clase o grupo social; forma de organización social así establecida.

demócrata adj y s m y f Que es partidario de la democracia o de que se actúe de acuerdo con la voluntad de la mayoría: *una mujer demócrata, un presidente demócrata.*

democrático adj Que pertenece a la democracia, se relaciona con ella o se comporta de acuerdo con sus principios: *régimen democrático, sociedad democrática, organismo democrático.*

democratización s f Acto de democratizar y su resultado: *democratización de las decisiones políticas.*

democratizar v tr (Se conjuga como *amar*) Estimular, impulsar o consolidar la participación del pueblo en los asuntos de su propio gobierno.

demostración s f **1** Acto de demostrar algo **2** Prueba o evidencia de algo: "Los hechos son la mejor *demostración* de lo que digo" **3** Manifestación o muestra de algo: *demostración de amistad, demostración de fuerza* **4** Ejemplificación de la manera en que se debe hacer o manejar algo, o de cómo funciona o se comporta: "La *demostración* que

hizo de la máquina satisfizo a todos los presentes".

demostrar v tr (Se conjuga como *soñar*, 2c) **1** Probar que algo es verdad mediante alguna acción, argumento, experimento o razonamiento: *"Demostró* que no era culpable", *"Demuestra* que eres capaz" **2** Mostrar, enseñar, hacer evidente algo: *demostrar cariño, demostrar oposición.*

denominador 1 adj Que denomina: *comisión denominadora, acción denominadora* **2** s m *(Mat)* Número que, en los quebrados o fracciones, indica las partes iguales en que se divide una unidad; por ejemplo, en 3/4, el 4 es su denominador: *mínimo común denominador* **3** Denominador común Rasgo que caracteriza a un conjunto de elementos: "El *denominador común* era el trabajo".

dental adj m y f **1** Que pertenece a los dientes o se relaciona con ellos: *placa dental, consultorio dental, hilo dental* **2** *(Fon)* Que se pronuncia tocando la parte interior de los dientes, especialmente los incisivos, con la punta o el dorso de la lengua, como cuando se pronuncia el fonema /t/ o el fonema /d/.

dentro adv **1** En el interior de algo o entre sus límites: *dentro de una caja, dentro del cuerpo, dentro de una región, dentro de sí, por dentro, para dentro, desde dentro, hacia dentro, de dentro, aquí dentro, allí dentro, allá dentro, se quedó dentro* **2** *Dentro de* Después de, cuando pase, en un periodo de: *dentro de un rato, dentro de una se-*

mana, dentro de poco tiempo **3**
Dentro de poco Pronto: *"Dentro
de poco* estará más alto que su
padre".

departamento s m **1** Cada una
de las partes en que se divide
una institución, una universidad, una empresa, etc.: *departamento de asuntos indígenas,
departamento de computación,
departamento de empaques* **2**
Cada una de las casas que forman parte de un edificio: *departamento amueblado, departamento en condominio*.

dependencia s f **1** Situación de
algo o de alguien que, en su actividad, comportamiento o movimiento está condicionado, influido o sometido a otra cosa o a
otra persona: *dependencia económica, dependencia científica,
dependencia de una droga* **2** Oficina o negocio que funciona bajo
las órdenes o con la ayuda de
otra: *dependencias del gobierno*.

depender v intr (Se conjuga
como *comer*) Estar algo o alguien condicionado, influido o
sometido a otro, o necesitar de
él para poder realizarse, vivir,
etc.: "Las ganancias *dependen*
del mercado", "La cosecha *depende* de la lluvia".

deporte s m Ejercicio o actividad física practicado de acuerdo
con ciertas reglas, que tiene por
objeto cultivar la salud y la capacidad del cuerpo, y mostrar la
habilidad de quienes lo practi-
can mediante la competencia libre; como la gimnasia, el atle-
tismo, la natación, etc.

derecho **1** adj y adv Que es
recto, que va siempre en la
misma dirección, que es directo;
en línea recta, en la misma dirección: *camino derecho, una
fila derecha, ir derecho, moverse
derecho* **2** adj Que es o que está
en posición vertical: *una pared
derecha, un cuerpo derecho* **3** adj
Que está del mismo lado que el
opuesto al corazón: *mano derecha, pie derecho* **4** s m Lado, cara
o parte que se ve de algo, por
donde se usa o por donde se
pone: *derecho de una camisa,
derecho de una tela* **5** adj Que es
justo, legítimo o razonable: *una
reclamación derecha, un hombre
derecho* **6** s m Facultad que tiene
alguien para hacer, pedir o exigir algo que es justo, razonable
o legal: *tener derecho, derecho al
trabajo, derecho a la salud, estar
en su derecho* **7** s m Conjunto de
principios, leyes, normas o reglas establecido por una sociedad para guiar su vida y su conducta de acuerdo con la justicia:
*derecho romano, derecho mexi-
cano, derecho internacional, derecho civil* **8** s m Ciencia que estudia las leyes y sus aplicaciones, y profesión de los que la
ejercen **9** s m Cantidad de dinero
que se fija en las aduanas para
permitir introducir determinadas mercancías extranjeras que
no son de importación libre a un
Estado, o por un servicio recibido **10** s f Corriente política
conservadora, opuesta a los
cambios revolucionarios e interesada en el mantenimiento del
orden establecido.

derivación s f **1** Acto y resultado de derivar o derivarse:
" 'Naranja' es *derivación* del
persa" **2** Acción por la cual se
lleva algo a otra parte: *una de-*

rivación del río 4 (Gram) Proceso mediante el cual se forman nuevas palabras a partir de una raíz o lexema, al añadirle varios afijos, como *escuela, escolar, escolaridad, preescolar,* etc.

derivar v intr (Se conjuga como *amar*) 1 Tener algo su origen en alguna cosa: *derivar el hombre del mono, derivar una palabra española del latín* 2 Terminar algo en una cosa distinta a la que se esperaba o planeaba: "La conversación *derivó* en discusión" 3 tr Llevar algo a algún lugar desviándolo de su camino: *derivar el tránsito hacia las avenidas* 4 Desviarse algo de su ruta, especialmente los barcos: el barco *derivó* hacia las rocas 5 tr Deducir algo, inferirlo: "De su actitud podemos *derivar* que no le importa".

desaparecer vintr (Se conjuga como *agradecer*, 1a) 1 Dejar algo o alguien de ser visible o perceptible: *desaparecer una persona, desaparecer un olor* 2 Perderse algo o alguien: *desaparecer una joya,* "El niño *desapareció* hace dos semanas".

desaparición s f Acto de desaparecer y su resultado: *la desaparición de un hombre, la desaparición de un cuadro.*

desarrollar vtr (Se conjuga como *amar*) 1 Hacer que algo alcance poco a poco y en etapas sucesivas un estado, una situación o un funcionamiento mejores: *desarrollar la inteligencia, desarrollar la industria* 2 Exponer o explicar algo ampliamente y con detalle: *desarrollar un tema, desarrollar una idea* 3 Hacer algo durante cierto tiempo, generalmente para mejorarlo o ampliarlo a cada paso: *desarrollar un buen trabajo, desarrollar un nuevo avión* 4 prnl Pasar algo o alguien por un proceso de crecimiento hasta llegar a la maduración o a un estado más completo o de mayor perfección: *se desarrolla una planta, un niño, una bacteria* 5 prnl Suceder o transcurrir algo: "La acción de la obra *se desarrolla* en la ciudad de México".

desarrollo s m 1 Crecimiento por el que pasa algo o alguien; avance o progreso para llegar a un estado, situación o funcionamiento más perfecto o completo: *ayudar al desarrollo de un país, el desarrollo del niño* 2 Exposición y explicación de algo en forma amplia y detallada: *el desarrollo de un tema* 3 Elaboración de algo durante un cierto tiempo, en el que se va mejorando o perfeccionando: *el desarrollo de una teoría nueva* 4 Sucesión de las diferentes situaciones o etapas por las que pasa algo: *estudiar el desarrollo de la economía.*

descansar v intr (Se conjuga como *amar*) 1 Interrumpir, cambiar o abandonar una actividad para recuperar las fuerzas, generalmente guardando reposo: *descansar del trabajo, descansar de correr* 2 Quedarse tranquilo y sin preocupaciones después de haber terminado o resuelto algo: *"Descansaré* cuando termine este libro", "No *descansaré* hasta que logre hablar con él" 3 Dejar la tierra sin cultivar por algún tiempo 4 Apoyar o estar apoyada una cosa sobre otra que la detiene o sostiene: "El techo *descansa* sobre los muros", "Sus razonamientos *descansan* sobre datos falsos".

describir v tr (Se conjuga como *subir*) 1 Explicar la forma en que se percibe algo o a alguien las características que tiene, para ofrecer una imagen o una idea completa de ello: *describir un paisaje, describir un personaje* 2 Trazar imaginariamente una línea sobre el camino o la trayectoria que sigue algo o alguien: "El sol *describe* una curva sobre el horizonte", "La pelota *describió* una ese y salió del campo".

descripción s f 1 Relato que hace alguien de la forma en que se ve o se percibe algo, o de sus características: *descripción de una escena, descripción de los asistentes, descripción de una mercancía* 2 Línea o trazo que sigue el movimiento de algo o alguien: *descripción de una órbita*.

descubrimiento s m 1 Acto de descubrir algo o a alguien: *el descubrimiento de una estatua* 2 Hallazgo o encuentro de algo desconocido o que estaba oculto: *descubrimiento de América, descubrimiento de una estrella*.

descubrir v tr (Se conjuga como *subir*) 1 Hacer aparecer una cosa quitando lo que la tapa o la cubre: *descubrir un sillón, descubrir una caja, descubrir el brazo* 2 Hallar, encontrar o llegar a conocer algo que no se había visto, no se sabía o estaba oculto: *descubrir una isla, des-*

cubrir una medicina nueva, descubrir un tesoro, descubrir a un criminal 3 prnl Quitarse una persona el sombrero o lo que lleve sobre la cabeza, generalmente como muestra de respeto: *descubrirse ante las damas*.

desde prep 1 Indica el tiempo, el lugar o el punto en que comienza, de donde se origina o a partir del cual se considera algo: "*Desde* las ocho de la mañana", "*Desde* julio", "*Desde* 1973", "*Desde* el miércoles", "*Desde* su nacimiento", "*Desde* la Revolución", "*Desde* ahora", "*Desde* hoy", "*Desde* Tepic", "*Desde* arriba", "*Desde* afuera", "*Desde* sus talleres", "*Desde* que llegamos", "*Desde* que era niña", "*Desde* que lo conocí" 2 Indica punto de partida en una escala de valores, precios, categorías, etc.: "*Desde* el principio hasta el fin", "Libros *desde* treinta pesos", "*Desde* el director hasta el mozo" 3 *Desde luego* Ya, por supuesto, sin duda: "Lo hago *desde luego*", "*Desde luego* que le conté toda la historia", "*Desde luego* que tienes razón".

desear v tr (Se conjuga como *amar*) 1 Inclinarse alguien hacia lo que satisfaga sus necesidades, o le produzca placer o alegría: *desear dormir, desear el amor, desear un buen vino, desear dinero* 2 Esperar o querer algo, generalmente bueno, para alguien: *desear felicidades, desear buen viaje* 3 Sentir atracción sexual hacia alguien: *desear a una mujer* 4 *Dar o dejar algo que desear* Ser algo incompleto o defectuoso "Su comportamiento *deja mucho que de-*

sear" **5** *Ser algo de desear* Ser algo deseable.

desempeñar v tr (Se conjuga como *amar*) **1** Hacer uno la tarea, el trabajo o el papel a que ha sido destinado u obligado: "Se *desempeñó* lo mejor que pudo" **2** Sacar o recuperar algo que se había dado como garantía por una deuda o un préstamo: "Fue al Monte de Piedad a *desempeñar* su reloj".

deseo s m **1** Sentimiento e impulso que tiene alguien de buscar satisfacción de sus necesidades, placer o alegría **2** Esperanza de algo, generalmente bueno, para alguien: *buenos deseos* **3** Atracción sexual: *el deseo de una mujer por un hombre.*

despacio adv Con lentitud, poco a poco, con más tiempo del normal: *hablar despacio, viajar despacio.*

despertar (Modelo de conjugación 2a) **1** v intr Dejar uno de dormir: *"Desperté* inquieto" "Me *desperté* al amanecer" **2** tr Interrumpir el sueño o hacer que alguien deje de dormir: *"Despiértenme* a las 6.30" **3** tr Hacer que surja un recuerdo, una sensación, un deseo, un sentimiento, etc. en alguien: *despertar el hambre, despertar la memoria, despertar esperanzas* **4** tr Hacer que alguien se dé cuenta de algo o deje de ser inocente o ingenuo: "La pobreza *despierta* a la gente desde su niñez".

desprender v tr (Se conjuga como *comer*) **1** Separar algo de aquello a lo que estaba unido o pegado **2** Dejar escapar o despedir una cosa algo: *desprender un olor, desprender chispas* **3** prnl

Renunciar alguien a una cosa que es de su pertenencia.

después adv **1** En un tiempo o en un momento posterior o que sigue a otro, en un lugar que sigue a otro o que se percibe más tarde: *"Después* de la comida", *"Después* de correr", *"Después* de muerto", "Volvió *después*", "Lo dejo para *después*", *"Después* de la casa se ve la huerta", "Mi hermana se forma después de tí" **2** adj Que sigue a otro momento, que está en un lugar más alejado de uno o que se percibe más tarde: "Años *después*", "Dos casas después de la mía" **3** De manera o en situación secundaria respecto de algo: "Primero es la salud y *después* lo demás", "Quedó *después* de Brasil y de Argentina en el futbol" **4** *Después de todo* Una vez que todo se ha tomado en cuenta: *"Después de todo,* de lo que se trata es de aprender" **5** *Después de todo* A pesar de: *"Después de todo* lo que hizo por ella, lo abandonó".

destacar vtr (Se conjuga como *amar*) **1** Separar de un conjunto algunos elementos para darles algún fin u objetivo determinado: *destacar un pelotón, destacar vigilantes* **2** Hacer notar, resaltar o sobresalir algo o alguien de un conjunto o grupo de elementos: *destacarse un estudiante, destacar una iglesia, destacar una idea.*

destinar v tr (Se conjuga como *amar*) Dar una finalidad o un objetivo a algo o a alguien: *destinar ayuda a la población, destinar empleados para una oficina.*

destinatario s Persona a quien se envía o a quien va dirigida alguna cosa.

destino s m 1 Lugar o finalidad hacia donde se dirige alguien o algo: *el destino de un barco, el destino de un esfuerzo* 2 Uso que se propone dar a algo: *destino de los impuestos*, "Es importante cuidar el *destino* de los recursos naturales" 3 Situación, estado o fin al que habrá de llegar una persona en su vida: *destino de un médico* 4 Fuerza que guía la vida de una persona, según algunas creencias antiguas, y que no se puede cambiar ni detener: *el destino humano, un destino dramático*.

destruir v tr (Se conjuga como *construir*, 4) Poner fin a algo haciéndolo pedazos o dejándolo inservible: "Un incendio *destruyó* las casas", "La plaga *destruye* el cultivo".

detalle s m 1 Parte, generalmente pequeña, que adorna o complementa el aspecto o la forma de algo o alguien: "Los *detalles* de la fachada de un edificio", *arreglar una cosa con muchos detalles* 2 Cada una de las partes o elementos particulares de algo: "No quiso platicarme los *detalles* de su viaje" 3 *Al, con, en detalle* Con toda precisión, paso a paso: "Relató sus aventuras *al detalle*" *exponer con detalle, entender en detalle*.

detener v tr (Se conjuga como *tener*, 12a) 1 Hacer que algo o alguien deje de caminar, avanzar, moverse o desarrollarse: *detener el paso, detener el tráfico, detener el crecimiento, detener la respiración* 2 Hacer que algo o

alguien vaya o se desarrolle con más lentitud: *detener un asunto, detener un trámite* 3 Apresar la policía a alguien 4 prnl Hacer uno un alto para pensar o hacer algo: *detenerse en una idea*.

determinación s f 1 Acto de determinar algo 2 Decisión que se toma acerca de algo: "Mi *determinación* de luchar es indiscutible" 3 Actitud firme y segura de alguien para hacer algo: "Su *determinación* ayudó a derrotar al enemigo".

determinar v tr (Se conjuga como *amar*) 1 Fijar los límites de algo o precisar sus características: "Hay que *determinar* el tiempo que durará este trabajo", "Determinaron los alcances de su política" 2 Llegar a una conclusión, decidir o resolver algo: "Determinamos que eres culpable", "Determinaron seguir adelante" 3 Encontrar un resultado: "*Determine* el número de variantes de esta fórmula" 4 Causar, originar o condicionar una cosa a otra: "La luna *determina* las mareas".

detrás adv 1 En la parte de atrás o posterior de algo, a espaldas de alguien: "*Detrás* de un árbol", "*Detrás* del mostrador", "*Detrás* del maestro", "*Detrás* de él", "*Detrás* venían los niños" 2 En seguida o después de algo o alguien: "Mi hermano llegó *detrás* del primer lugar" 3 De manera oculta en algo: "*Detrás* de sus palabras había algo más", "Algo hay *detrás* de todo esto", "*Detrás* de esa mirada había un misterio" 4 *Por detrás* Por la parte *por detrás*" 5 *Por detrás* En ausencia de alguien, a sus espaldas: "Le gusta criticar *por detrás*, pero no se atreve a enfrentar a nadie."

devolver v tr (Se conjuga como *mover*, 2c) **1** Poner o llevar algo a donde se encontraba en un principio o a donde pertenecía originalmente; dar algo a quien lo tenía antes o a quien le pertenece: *devolver un libro a la biblioteca, devolver una carta, devolver un préstamo, devolverle a alguien la confianza, la dignidad, las fuerzas* **2** Dar algo en la misma medida en que uno lo ha recibido: *devolver la hospitalidad y las atenciones* **3** *Devolver el estómago* Vomitar **4** prnl Volver, regresar: "*Se devolvió a su casa*".

día s m **1** Tiempo que emplea la tierra u otro planeta o satélite en dar una vuelta sobre su propio eje: *día sideral, día solar* **2** Tiempo durante el cual hay luz del Sol **3** Tiempo o clima que hace durante ese periodo: *día soleado, día lluvioso* **4** Tiempo o periodo indeterminado: "Algún *día* se arrepentirá de sus errores" **5** *Día hábil* Aquél en que se trabaja **6** *Día de campo* Aquél en que se va al campo para divertirse, comer y descansar **7** *Día de guardar* Aquél en que los católicos deben oir misa y no trabajar **8** *Día feriado* Aquél en que no se obliga a trabajar **9** *En nuestros días* En nuestra época **10** *Hoy en día* Actualmente **11** *Al día* Al corriente **12** *Vivir al día* Gastar alguien, para vivir, todo lo que gana, sin que pueda ahorrar nada **13** *Buenos días* Saludo que se da por la mañana.

diablo s m **1** Ser sobrenatural creador y representante del mal, según distintas creencias religiosas y tradicionales **2** Espíritu que, según la tradición judeocristiana, fue echado al infierno por rebelarse contra Dios, y al que generalmente se representa como una figura humana con cuernos, cola y patas de cabra o de guajolote **3** *¡Al diablo!* Expresión con que se desentiende uno de algo o de alguien: "¡Al diablo con la flojera!" **4** *¡Diablos!* Expresión de admiración o extrañeza **5** *Ser alguien un pobre diablo* Ser alguien tonto, mediocre o poco valeroso **6** Pequeño carro de dos ruedas, con una base, que se emplea para transportar objetos pesados **7** Cada una de las piezas metálicas que se atornillan a ambos lados del eje trasero de la bicicleta y sirven para llevar de pie a una persona **8** Conexión que se hace para tomar corriente eléctrica, generalmente robándosela.

dialecto s m Manera de hablar una lengua un grupo de personas, una comunidad o los habitantes de una región; el habla de la Ciudad de México, la del Bajío o la de Castilla son dialectos del español.

diámetro s m Línea recta que une dos puntos opuestos de una circunferencia pasando por el centro, con la que se determina la anchura de un círculo, un cilindro o una esfera.

diario 1 adj Que sucede o se hace todos los días: *comida diaria, trabajo diario* **2** s m Narración de los acontecimientos de cada día; generalmente la que hace una persona de su propia vida: *diario íntimo, diario de viaje* **3** s m Periódico **4** s m Gasto que se hace cada día en una casa **5** *A diario* Todos los días.

dibujar v tr (Se conjuga como *amar*) **1** Representar un objeto, una figura, etc. por medio de líneas trazadas en una superficie: *dibujar un paisaje, dibujar una casa, dibujar un diagrama, dibujar en un cuaderno, dibujar con gises* **2** Representar o describir algo o a alguien por medio de palabras: *dibujar el carácter del mexicano* **3** prnl Hacerse ver o mostrarse las líneas o el contorno de algo: "*Se dibujó* en su boca una sonrisa", "En el horizonte *se dibujan* los volcanes"

dibujo s m **1** Figura o representación de algo hecha por medio de líneas y trazos: *un dibujo de su casa* **2** Arte de representar los objetos o las figuras por medio de líneas trazadas sobre una superficie: *profesor de dibujo, escuela de dibujo* **3** Figura que forma el tejido de una tela, un encaje, etc., o que adorna o forma parte de un objeto: *una tela con dibujo, copiar el dibujo de un encaje, el dibujo de la madera, un jarrón con dibujos geométrico* **4** *Dibujos animados* Película hecha con dibujos.

diccionario s m Obra, generalmente en forma de libro, donde las palabras de una lengua o de una disciplina determinada, aparecen ordenadas alfabéticamente o con arreglo a otro criterio, para definirlas y dar explicaciones sobre su uso, origen o historia: *diccionario bilingüe,* *diccionario regional, diccionario geográfico.*

dicho **1** pp irregular de decir **2** Expresión lingüística tradicional y relativamente fija, de carácter popular, generalmente ingeniosa y oportuna, como "¡Ay Jalisco no te rajes!" "¡Ábranla que lleva bala!", y que a veces da un consejo o saca una moraleja, como "Más sabe el diablo por viejo que por diablo", o "Del dicho al hecho hay mucho trecho".

diente s m **1** Cada uno de los huesos que en el hombre y algunos animales se encuentran en las mandíbulas, en especial los que están al frente y tienen un filo cortante. Sirven para masticar los alimentos, defenderse, sujetarse o sujetar algo **2** *Diente de leche* Aquél que nace en la primera infancia de los niños y se cae más tarde **3** *Hablar (decir una cosa) entre dientes* Hablar muy bajo especialmente cuando se desea hacer algún comentario o crítica en contra de algo o alguien.

diéresis s f **1** Signo gráfico (¨) que, escrito sobre una de las dos vocales de un diptongo, indica que ésta debe pronunciarse en una sílaba distinta de la de la otra, como en *oriente* o *rüido,* generalmente en poesía **2** Signo gráfico con el que se indica que se debe pronunciar la vocal *u* de las sílabas *güe* y *güi* en *pingüino, lingüística, güera, cigüeña,* etc. (Véase las tablas de ortografía) **3** Signo gráfico con el que se representan diferentes puntos de articulación de las vocales en otras lenguas, como en alemán, donde la *ü* de *München* es labializada y redondeada, o la *ä* de *Mädchen* es abierta y retrasada.

diferencia s f 1 Cualidad o rasgo que distingue a una persona o cosa de otra: "Hay *diferencias* entre caballo y mula", "La *diferencia* entre el día y la noche" 2 Desacuerdo entre dos o más personas: *diferencias de opinión, pelearse por tener alguna diferencia* 3 Resultado de la resta, residuo 4 Lo que falta, el resto: "Si no te alcanza el dinero, yo pagaré la *diferencia*" 5 *A diferencia de* De modo distinto, al contrario de: "El campesino, *a diferencia del obrero,* le da otro valor al tiempo".

diferenciar vtr (Se conjuga como *amar*) 1 Hacer una comparación entre cosas o personas y establecer lo que distingue a unas de otras o hacer algo distintas dos cosas o personas: "Lo único que *diferencia* a esas gemelas es el color de los ojos" 2 prnl Ser una cosa o persona diferente de otra: "Luis se *diferencia* de ti por su puntualidad".

diferente adj m y f Que no es igual a otra cosa, que es distinto o que difiere en algo: *una persona diferente, un mundo diferente, una escuela diferente.*

difícil adj 1 Que cuesta trabajo o esfuerzo, que es complicado: *un camino difícil, una materia difícil, un razonamiento difícil* 2 Que tiene un carácter al que cuesta trabajo entender o que es poco tratable: *un hombre difícil.*

dificultad s f Asunto, situación u obstáculo que cuesta trabajo o esfuerzo resolver, determinar o superar: "La posesión de la tierra es una gran *dificultad* en México".

diminutivo s y adj Sufijo, terminación o morfema que se añade a una raíz o lexema agregándole un rasgo de pequeñez, poca importancia, poca intensidad y en algunos casos afecto y respeto, como *-ito, -ita, -illo, -illa, -ico, -ica,* en *Elenita, fueguito, chiquilla, hombrecillo, florecica, juguetico, rapidito, ahorita, lueguito* 2 sm Palabra que lleva este sufijo: *cafecito, lechita.*

dinero s m 1 Medio de pago y objeto que lo representa a los que un sistema económico asigna un valor, para que circule entre los miembros de la sociedad y sirva para comprar cosas o hacer operaciones económicas; puede ser moneda, billete o algún documento de valor legal: "Gané buen *dinero* en la venta de relojes" 2 Capital de alguien: "Tiene mucho *dinero* en acciones y propiedades".

dios 1 Ser superior al humano, según creencias religiosas o tradicionales, que tiene poderes y facultades que ejerce en favor o en contra de las personas, y al que se le rinde culto; por lo general se le relaciona con fenómenos naturales o con algunas características del hombre y la sociedad, como Tlaloc que era el dios de la lluvia para los aztecas, o Venus la diosa de la belleza para los romanos 2 En algunas religiones como la cristiana, ser espiritual, único y perfecto, creador del universo y fuente del bien y la justicia.

diptongo s m (*Ling*) Conjunto de dos vocales diferentes que se pronuncian en una sola sílaba, como *ai* en *aire*, *ue* en *bueno*, *ie* en *tiene*, *au* en *causa*, etc.

diputado s m y f Persona elegida por votación entre sus conciudadanos en el distrito electoral al que pertenezcan, para representarlos en la cámara, sea estatal o federal.

dirección s f 1 Acto de dirigir: *dirección de una empresa, dirección de una orquesta* 2 Posición de un punto en el espacio en relación con otro: *dirección norte-sur* 3 Lugar hacia donde apunta o se mueve algo o alguien; camino o ruta que sigue: "Todos miraban en *dirección* al cometa" "Iba en *dirección* de Oaxaca" 4 Localización de una casa, un edificio, etc. en una población, o las indicaciones que la señalan 5 Mecanismo de un vehículo que sirve para dirigirlo 6 Persona o conjunto de personas que tiene a su cargo la organización, coordinación o el mando de una institución, empresa o actividad; oficina donde realiza sus funciones.

directo adj 1 Que va en línea recta, sin desviarse, desde el punto de partida hasta el de llegada: *ruta directa, vuelo directo* 2 Que es inmediato o se realiza sin intermediarios: *jefe directo, compra directa, contacto directo.*

director s Persona que guía y gobierna una actividad o un trabajo: *director de escuela, director de orquesta.*

dirigir v tr (Se conjuga como subir) 1 Llevar o hacer que algo o alguien vaya en alguna dirección o hacia algún lugar: *dirigir una pelota, dirigir un avión* 2 Poner algo en cierta dirección: *dirigir la vista, dirigir* un telescopio 3 Hacer llegar algo a alguien o enviar alguna cosa a un lugar determinado: *dirigir una carta* 4 Guiar, gobernar o coordinar las actividades de algo o de alguien: *dirigir una escuela, dirigir una orquesta.*

discurso s m 1 Exposición de algún tema, que se trata por algún medio o que tiene características determinadas: *discurso cinematográfico, discurso poético, discurso psicoanalítico* 2 Serie de signos lingüísticos con los que se expresa un pensamiento o un razonamiento, particularmente el escrito que se redacta en forma de exposición oral: *el hilo del discurso, el discurso presidencial* 3 Exposición oral que manifiesta o, expresa sentimientos o pensamientos, particularmente la que se hace ante un público, sobre un tema en general de carácter formal o solemne y relacionado con algún festejo: *improvisar un discurso, el discurso del cinco de mayo.*

discusión s f 1 Acto de discutir algo o con alguien 2 Análisis o examen cuidadoso y profundo que hacen dos personas o más, en forma de diálogo, acerca de un tema: *la discusión del informe presidencial, la discusión de una teoría* 3 Situación de diálogo en la que dos o más personas sostienen opiniones contrarias entre sí: *una fuerte dis-*

cusión, "La *discusión* derivó en pelea" **4** *Sin discusión* Sin duda, sin que se pueda contradecir o responder algo: "La guerra es, *sin discusión*, un mal de la humanidad".

discutir v tr (Se conjuga como *subir*) **1** Hablar varias personas acerca de algo, proponiendo argumentos y defendiéndolos para llegar a algún acuerdo: *discutir un plan, discutir una idea* **2** Examinar entre dos o más personas algún tema, con cuidado y profundidad, para tener mejor conocimiento de él: *discutir la figura de Madero, discutir el papel del ejido* **3** Sostener dos o más personas opiniones opuestas entre sí, en un diálogo o conversación: *discutir un precio, discutir de política* **4** Expresar una opinión contraria a algo o contradecir a alguien: *discutir las órdenes del jefe.*

diseño s m **1** Idea original de algo que se dibuja o proyecta para después elaborarlo ya sea como una ilustración o como un objeto: *diseño de un vestido, diseño de un cartel, diseño de un cuestionario* **2** Arte de usar técnicas e instrumentos para representar gráficamente determinado producto u obra: *diseño gráfico, diseño industrial, diseño arquitectónico, diseño urbanista.*

disfrutar vtr (Se conjuga como *amar*) **1** Sentir alegría o placer por algo, en algún lugar o con alguna cosa: *disfrutar la vida, disfrutar en la montaña, disfrutar la música* **2** Tener alguien alguna cosa buena, cómoda o conveniente: *disfrutar de buena*

salud **3** Recibir alguien el provecho de algo, la protección o la amistad de alguien: *disfrutar de sus bienes, disfrutar del favor del jefe.*

disminución s f Baja, reducción, empequeñecimiento de la cantidad, la extensión, la intensidad, etc. de algo: *disminución de la presión, disminución de la capacidad.*

disminuir v tr (Se conjuga como *construir*, 4) Hacer o hacerse más pequeña la extensión, la intensidad, la cantidad, etc. de algo: *disminuir la superficie, disminuir la atención, disminuir la velocidad.*

disparar v tr (Se conjuga como *amar*) **1** Hacer que un arma lance un proyectil: *disparar una pistola, disparar con un arco, disparar cañonazos* **2** Prnl Ponerse algo o alguien repentina y bruscamente en movimiento, o perderse el control de algo: "*Se dispara* cuando toma café", *dispararse los precios.*

disponer vtr (Se conjuga como *poner,* 10c) **1** Poner algo en cierto orden: *disponer las sillas, disponer las flores* **2** Preparar algo o hacer lo necesario para poderlo usar o consumir: *disponer la comida, disponer una habitación* **3** Ordenar alguien con autoridad que se haga o deje de hacer algo: "La ley *dispone* que todos reciban un salario justo" **4** *Disponer de* Tener alguien algo, poderlo utilizar o contar con la ayuda o los servicios de alguien: *disponer de un capital, disponer de tiempo, disponer de un grupo de abogados* **5** prnl Prepararse para hacer algo:

disponerse a comer, disponerse para salir.

disposición s f 1 Manera en que está ordenado o colocado algo: *disposición de los cuadros en una exposición, disposición de luces en un escenario* 2 pl Preparativos o medidas que sirven para lograr algo: "Se tomaron las *disposiciones* necesarias para salvar a los refugiados" 3 Orden de alguna autoridad o ley que dice lo que hay que hacer: *disposiciones del gobierno, disposición de la Constitución* 4 Voluntad para hacer algo: *disposición de estudiar, estar en la mejor disposición para ayudar* 5 Capacidad o aptitud para realizar algo: *disposición para la pintura* 6 A disposición Al servicio: "La casa está *a su disposición*", "Tengo un coche *a mi disposición*".

distancia s f 1 Separación que existe entre dos cosas en el espacio o en el tiempo: "Hay 1 Km. de *distancia* entre mi casa y la suya", "Cuando tengamos la suficiente *distancia* podremos juzgar el asunto" 2 A distancia Desde lejos: "Se aprecia mejor *a distancia*" 3 En la distancia En la lejanía: "Se ve un barco llegar *en la distancia*" 4 Longitud de un trayecto, un camino, una carretera, etc.: "No supe que *distancia* recorrí" 5 Diferencia que hay entre dos personas o cosas: "Hay una gran *distancia* entre Hugo, el campeón, y su hermano, el comerciante" 6 Alejamiento o desafecto entre dos personas: "La *distancia* entre Silvia y Jorge ya no tenía solución" 7 *Guardar, mantener la*

distancia Mantener una actitud de respeto; evitar una familiaridad indebida.

distinguir vtr (Se conjuga como *subir*) 1 Percibir lo que hace que dos o más personas o cosas no sean iguales o no sean lo mismo: *distinguir entre lo bueno y lo malo, distinguir entre el caballo y la mula* 2 Percibir e identificar algo, a pesar de alguna dificultad como la lejanía, el ruido, la niebla, la luz del sol, la mezcla de sabores, etc.: *distinguir la estrella polar, distinguir una voz entre la multitud, distinguir el sabor de la almendra en un guisado* 3 Hacer que dos personas o cosas tengan una característica o rasgo particular que las haga desiguales: "Le puso un moño para *distinguirla* de su hermana gemela" 4 Hacer que algo o alguien se destaque o se note, destacarse o hacerse notar entre los elementos de su mismo género o clase: *distinguir al alumno más aplicado, distinguir con un número las casas desinfectadas* 5 Mostrar aprecio, estimación o afecto especial a alguien: "El sabio médico me *distinguió* con su amistad".

distinto adj 1 Que no es igual, que no es lo mismo, que no es parecido, que tiene otras características o cualidades: "La medicina tuvo un efecto *distinto* al esperado", "Lo he intentado por *distintos* medios" 2 Que es preciso y bien delimitado: "Una idea clara y *distinta*".

distribución s f 1 Acto y resultado de distribuir o repartir algo: *una mala distribución de la riqueza* 2 Reparto o entrega:

"Se hizo una *distribución* justa de tierras" **3** Arreglo o disposición que tiene o que se da a algo; forma en que algo se reparte o se extiende en una región, territorio, zona, etc.: *distribución del suelo, distribución de la población.*

distribuir v tr (Se conjuga como *construir*, 4) **1** Repartir algo en partes iguales, en forma proporcional o de algún otro modo que se considere conveniente o justo: *distribuir el trabajo, distribuirse las ganancias* **2** Poner cada cosa en el lugar que le corresponde o llevarlas a donde están destinadas: *distribuir las cartas el cartero, distribuir el gas* **3** prnl Repartirse algo en cierta área, extendiéndose por ella: "La sangre se *distribuye* por todo el cuerpo".

distributividad s f *(Mat)* Propiedad distributiva (véase *distributivo*).

distributivo adj **1** Que se refiere a la distribución o se relaciona con ella **2** *(Mat) Propiedad distributiva* Propiedad de la multiplicación con respecto a la suma que consiste en que se obtiene el mismo resultado si se multiplica un número por una suma que si primero se multiplica por cada uno de los sumandos y después se hace la suma, por ejemplo $2 \times (3+4) = (2\times3) + (2\times4)$.

distrito s m División territorial de carácter político, administrativo, económico, judicial, etc.: *distrito federal, distrito de riego distrito minero.*

diverso adj **1** Que no es igual, que no es lo mismo, que es distinto, diferente: *palabras de origen diverso, temas diversos, diversas calles.*

dividendo s m **1** *(Mat)* Cantidad que, en la operación aritmética de la división, se divide por un número llamado divisor. Por ejemplo, en $10 \div 2 = 5$, 10 es el dividendo **2** Parte de las ganancias que recibe cada acción de una empresa.

dividir v tr (Se conjuga como *subir*)**1** Partir algo en varias partes: *dividir un pastel, dividir una cantidad* **2** Dar una parte de algo a cada quien o distribuir algo en varias partes: *dividir un premio, dividir el trabajo*, "La obra está *dividida* en cuatro actos **3** Marcar en algo una o varias separaciones: *dividir una hoja en cuatro* **4** Hacer que haya diferencias, desacuerdo u oposición entre dos o más personas: *"Divide* y vencerás" **5** *(Mat)* Calcular las veces que cabe una cantidad en otra.

división s f **1** Forma o manera en que algo se reparte o se separa: *división del trabajo, división de una herencia* **2** Separación o límite que queda o se hace entre dos cosas: *división de un terreno, las divisiones políticas de un país* **3** Objeto con el que se separa una cosa de otra: "El local tiene tres *divisiones*" **4** Cada una de las partes que resultan de haber dividido algo: *las divisiones de un librero* **5** Cada una de las partes o secciones en que se divide una empresa, una industria o una escuela, de acuerdo con las distintas especialidades de su actividad: *división de ingeniería, divi-*

sión de pinturas y colorantes, división de estudios superiores **6** *(Mil)* Unidad del ejército formada por dos o más brigadas o regimientos y otros servicios auxiliares **7** *(Dep)* Categoría en que se clasifica a un deportista o a un equipo deportivo **8** Desacuerdo, oposición o diferencia entre dos o más personas: *la división entre conservadores y liberales* **9** *(Mat)* Operación aritmética que consiste en buscar o calcular las veces que puede caber un número llamado divisor en otro llamado dividendo.

divisor s m *(Mat)* **1** Número que divide a otro en la operación aritmética de la división. Por ejemplo, en $10 \div 2 = 5$, 2 es el divisor **2** *Común divisor* Número por el cual son exactamente divisibles dos o más números. Por ejemplo, 3 es común divisor de 6, 9 y 21.

doble adj m y f **1** Que tiene dos veces el tamaño, la cantidad o el número de algo; que se repite dos veces: *una sábana doble, un tomo doble, un café doble* **2** Que está hecho o formado por dos cosas iguales: *ventana doble* **3** Que tiene o combina dos aspectos o características, que actúa de dos maneras distintas o contradictorias: *doble personalidad, agente doble* **4** *Palabra, frase, etc. de doble sentido* La que en un contexto determinado puede interpretarse de dos modos distintos **5** sm Cantidad que equivale a dos veces otra: "Diez es el *doble* de cinco", "Sus ganancias aumentaron al *doble*" **6** sm Persona tan parecida a otra que podría confundirse con ella **7** sm

Persona que actúa en lugar de otra en escenas cinematográficas peligrosas o que requieren una habilidad que el actor no tiene **8** *Juego, partido, torneo, etc. de dobles* En algunos deportes como el tenis, aquel en el que los equipos participantes son de dos jugadores cada uno **9** adv Dos veces cierta cantidad, número, tamaño, etc.: *ver doble, ganar doble, pagar doble.*

docena s f Conjunto de doce elementos o cosas: *una docena de huevos.*

doctor s **1** Persona que ha recibido el grado más alto que otorga una universidad: *doctor en matemáticas, doctora en filosofía* **2** Persona que tiene por profesión la medicina.

documento s m **1** Escrito en el que consta algo, lo justifica o lo demuestra: *documento de identidad, documentos legales* **2** Prueba, generalmente escrita, de algún acontecimiento histórico o de algo que se quiere estudiar o demostrar: *documento histórico, documento científico.*

dólar s m Unidad monetaria de los Estados Unidos de América, Canadá, Australia y otros países.

doler v intr (Se conjuga como *mover*, 2c) **1** Producir dolor alguna parte del cuerpo, a causa de una enfermedad, una herida, un golpe, etc.: "Me *duele* el brazo" **2** Producir algo sobre uno dolor, tristeza, etc.: "Me *duele* verte tan pobre" **3** prnl Sentir tristeza por algo que uno no ha podido hacer o arrepentirse de haberlo hecho: *"Me duelo* de no haberte producido alegría" *"Se*

dolor

124

dolía de tantos años desperdiciados".

dolor s m 1 Sensación de molestia en alguna parte del cuerpo, como la que produce una enfermedad, una herida, un golpe, etc.: *dolor de piernas, dolor de muelas, dolor de cabeza* 2 Sentimiento de tristeza o pena: *dolor en el alma, dolor por la muerte* 3 *Dolor sordo* El no muy fuerte pero persistente.

dominar v tr (Se conjuga como *amar*) 1 Imponer algo o alguien su voluntad, fuerza capacidad, etc. sobre otra cosa o sobre otra persona: *dominar a un país, dominar a un luchador, dominar la gimnasia* 2 Conocer o saber algo con profundidad: *dominar el cálculo matemático* 3 Contener o controlar con habilidad, conocimiento o fuerza algo o a alguien: *dominar un caballo, dominar a sus tropas* 4 Abarcar, principalmente con la vista, una extensión de terreno: *dominar el valle desde la montaña* 5 Sobresalir entre varias cosas o entre varios elementos de la misma clase: *dominar los volcanes el valle de Puebla, dominar Miguel entre los médicos* 6 prnl Evitar alguien que sus sentimientos se noten o se manifiesten: "Tuve que *dominarme* para no responder a sus insultos".

dominio s m 1 Poder que tiene algo o alguien de imponer su voluntad, su fuerza, su capacidad, etc. sobre algo o alguien: *el dominio del rey sobre su pueblo, el dominio de Inglaterra sobre el mar, el dominio de un equipo de futbol* 2 Territorio o zona sobre los cuales algo o alguien impone su voluntad, su fuerza, sus condiciones de vida o de relación: *los dominios de Inglaterra en América, el dominio del hacendado* 3 Área o campo que abarca una ciencia, un arte, un trabajo o una responsabilidad: *dominio de las matemáticas, los dominios de un ministerio* 4 (Der) Facultad que tiene el dueño de algo para disponer libremente de su propiedad 5 Conocimiento y manejo profundos de algo: *dominio de un idioma, dominio de la técnica del violín* 6 *Dominio público* Situación a la que pasan las obras de cualquier autor al transcurrir un plazo determinado desde su publicación (por lo general cien años), y que da la posibilidad de publicarlas sin pagar derecho de autor 7 *Ser algo del dominio público* Ser algo sabido o conocido por todos 8 *Dominio de sí mismo* Capacidad de alguien para controlar sus emociones, impulsos, sentimientos, etc.

don[1] s m 1 Regalo, favor o gracia: "El hada te concederá tres *dones*" 2 Capacidad natural, talento o habilidad de alguien para algo: *don de la palabra, don de mando* 3 *Don de gentes* Facilidad para relacionarse con otras personas y atraer su simpatía.

don[2] s m Tratamiento de respeto que se antepone al nombre propio de los hombres: *don Miguel de Cervantes, don Pepe*.

donde adv y conj 1 El lugar o en el lugar en que: "De *donde* vengo hay muchas montañas", Por *donde* pasaba encontraba amigos, "Vive *donde* trabaja", "Lo encontré *donde* me dijiste", "La cama *donde* duermo" **2** *A donde* Hacia el lugar que, en el lugar en que: "Me llevará *a donde* quiera", "No sabemos *a donde* va" **3** *Donde quiera* En cualquier parte o lugar, por todas partes, en todo lugar: "Ponlo *donde quiera*", "*Donde quiera* que estés", "*Donde quiera* que va se siente enfermo", "*Donde quiera* encuentra uno bonitos paisajes" **4** En el caso de que: "*Donde* no responda, perderá la oportunidad", "*Donde* adivine el número, se saca la lotería" **5** Ya que, puesto que: "*Donde* tu lo dices es que es cierto" **6** *De donde, por donde* Por lo que: "Notaron su nerviosismo, *de donde* dedujeron que mentía", "Salía mucho humo, *por donde* me di cuenta que había un incendio" **7** *Donde que* Tanto más que: "Hace un calor insoportable, *donde que* no hay nada de sombra".

dónde adv **1** Expresa interrogación, duda o admiración acerca del lugar en que está o sucede algo: "¿*Dónde* pusiste mi abrigo?", "¿De *dónde* vendrá?", "No sé *dónde* estará", "¡*Dónde* encontró sus anteojos!" **2** *A dónde* A qué parte, a qué lugar, hacia qué lugar, en qué parte, en qué lugar: "¿*A dónde* irán las golondrinas?", "¿*A dónde* me podré ir a vivir?" **3** Manifiesta sorpresa ante algo inesperado: "¡*Dónde* iba a imaginarme que nos traicionaría!".

dondequiera adv y conj Donde quiera

doña s f Tratamiento de respeto que se antepone al nombre pro-

pio de las mujeres: *doña Josefa Ortiz de Domínguez, doña Jimena*.

dormir v intr (Modelo de conjugación 9b) **1** Estar en reposo, con los ojos cerrados y sin actividad consciente, para descansar, normalmente durante la noche **2** tr Hacer que alguien entre en este estado: *dormir al niño* **3** prnl Quedarse dormido: "No *te* vayas a *dormir* en clase" **4** tr Hacer que alguien, o alguna parte de su cuerpo, pierda la sensibilidad: *dormir al enfermo para operarlo, dormir la boca* **5** prnl Perder momentáneamente la sensibilidad una parte del cuerpo: *dormirse el pie* **6** Descuidarse o no hacer nada frente a alguna situación: "*Se durmió* y le ganaron la carrera".

dosis s f **1** Cantidad de una medicina que requiere un enfermo: *dosis de una vacuna* **2** Cantidad de algo que se pone en alguna cosa.

drenaje s m **1** Procedimiento, instalación o sistema que se utiliza para sacar el agua de un terreno o eliminar aguas negras de una casa o una ciudad **2** Operación que consiste en dar salida a los líquidos que hacen daño al cuerpo durante una enfermedad, y medio que se emplea para ello.

duda s f **1** Falta de decisión, determinación o seguridad con respecto a un conocimiento, un juicio, una situación, etc.: "Tengo una *duda* sobre el nombre de esta planta", "Mi *duda* es que no sé si debo ir o no" **2** *Poner algo en duda* Preguntar acerca de la verdad o la validez de algo o de alguien: *Poner en duda una noticia* **3** *Por (Si) las dudas* Por si acaso, para estar prevenido en el caso de que algo suceda: *"Por si las dudas*, compra tu boleto de una vez".

dudar v intr (Se conjuga como *amar*) **1** Faltarle a uno la seguridad, la decisión o la determinación acerca de un conocimiento, un juicio, una situación, etc.: *"Dudaba* de que Juan dijera la verdad" **2** Desconfiar de alguien o no creer en algo: *"¿Dudas* de la honradez de ese cacique?".

dueño s **1** Persona que, respecto de alguna cosa, es su propietaria: *dueño de una casa, dueña de una tienda* **2** *Ser dueño de sí mismo* Tener la capacidad de dominarse y controlarse.

dulce 1 adj m y f Que sabe como el azúcar, la miel, etc. **2** sm Cosa que se come y que tiene ese sabor: *comprar dulces, dulce de leche, dulce de Celaya* **3** sm Postre **4** adj m y f Que es amable, suave, delicado, tierno: *una dulce mujer, un viejito dulce, dulce trato, música dulce.*

duración s f **1** Tiempo en que existe, sucede, actúa o funciona alguien o algo: *la duración del universo, la duración de una canción* **2** Resistencia de algo o tiempo en que se conserva sin dañarse, acabarse o romperse: *la duración de una máquina, la duración de una pila.*

durante prep En el curso de un tiempo determinado, o en el tiempo que dura el desarrollo de algo: *"Durante los últimos tres meses", "Durante el día y durante la noche", "Durante el recreo", "Durante la comida", "Durante la guerra".*

durar v intr (Se conjuga como *amar*) **1** Tener algo cierta duración: *durar la vida*, "La película duró muy poco" **2** Resistir algo por mucho tiempo sin dañarse, acabarse o romperse: *durar un juguete*, "A Luis le *duran* mucho los zapatos".

duro adj **1** Que es difícil de romper, de cortar, de rayar, de doblar o de mover; que no es blando o suave: *tabla dura, cama dura, pan duro* **2** Que resiste el esfuerzo, soporta el trabajo pesado o el dolor: *raza dura, mujer dura* **3** Que es fuerte, severo o cruel: *un diputado duro, un juez duro, un clima duro* **4** Que es muy marcado o pronunciado: *facciones duras, trazos duros* **5** Que actúa con rigidez o que muestra poca habilidad **6** Que cuesta trabajo o requiere mucho esfuerzo: *una profesión dura*, "La competencia resultó muy *dura*" **7** adv Con fuerza, violentamente, con gran intensidad o firmeza: *pegar duro, correr duro* **8** *A duras penas* Con muchas dificultades y esfuerzo: *terminar el libro a duras penas.*

E e

e[1] s f Sexta letra del alfabeto que representa al fonema vocal medio anterior. Su nombre es *e*.

e[2] conj Forma que toma la conjunción *y* cuando va antes de palabras que empiezan con *i* o *hi*: Educativo *e* interesante", "Madre *e* hija", pero no cuando va ante diptongo: "Pasto *y* hierba".

economía s f 1 Ciencia que estudia los fenómenos relacionados con la producción, distribución y consumo de los bienes y los servicios que requiere la satisfacción de las necesidades humanas: *economía neoclásica, economía marxista, economía política* 2 Sistema de producción, distribución y consumo de bienes y servicios de una sociedad o de un país, y estado en que se encuentra en un momento determinado: *la economía mexicana, una economía sana* 3 Administración cuidadosa y moderada de los bienes y el dinero de una persona o de una sociedad: *cuidar la economía familiar, economía doméstica, economía municipal* 4 Reducción o ahorro de los gastos de alguien o de una sociedad: *hacer economías*, "Ha habido una gran *economía* en los gastos del colegio" 5 Eficacia, moderación y ahorro con los que se hace algo: *economía de tiempo, economía de palabras* 6 Funcionamiento eficaz y rendidor de un sistema: *economía biológica, economía de una lengua*.

económico adj 1 Que pertenece o se relaciona con la economía: *sistema económico, política económica, doctrina económica* 2 Que gasta poco de algo o que no cuesta mucho: *un motor muy económico, una renta económica*.

economista s m y f Persona que tiene por profesión la economía: *los economistas ingleses, un economista marxista*.

echar v tr 1 Dar impulso a algo o a alguien para que vaya de un lugar a otro o para que caiga: "Le *echó* la pelota", "*Echó* maíz a las gallinas", "Se *echó* en sus brazos", "*Echar* piedras al agua", "*Echaban* bombas a la ciudad" 2 Hacer que algo entre o caiga en el lugar apropiado: "*Echan* muchas cartas al buzón" "*Eché* gasolina al coche", "*Echa* el papel al basurero" 3 Mover el cuerpo o una parte de él: *echar el cuerpo hacia adelante, echar la cabeza a un lado* 4 Echarse para atrás Arrepentirse uno o desdecirse de algo: "Aceptó hacer el trabajo y luego se echó para atrás" 5 *Echar abajo, por tierra, a perder* Arruinar, deshacer o dañar algo: "*Echó abajo* el negocio", "*Echó por tierra* todos sus planes", "*Echaron a perder* el cultivo" 6 *Echarse encima algo* Tomar alguien una responsabilidad o aceptar un compromiso: "Luis *se echó encima* una deuda muy grande" **7** *Echarse encima a alguien* Motivar que alguien se oponga a uno o que se vuelva su enemigo: "El director *se echó encima* a los profesores por arbitrario" **8** *Echarse el tiempo encima* Pasar el tiempo más rápidamente de lo deseado: "*Se nos echó el tiempo encima* y los preparativos no están terminados" **9** Hacer que alguien salga de algún lugar con violencia: "*Echaron* a los borrachos de la fiesta" **10** Quitar a alguien su empleo: "*Echaron* a Teresa sin motivo" **11** prnl Acostarse, especialmente los animales; las aves para empollar sus huevos **12** Desprender algo de sí: "*Echaba chispas de enojo*" **13** Dar una planta nuevas raíces, ramas, hojas, flores o frutos **14** Poner algo a otra cosa para producir cierto resultado: *echar cemento a la pared, echar agua a la sopa* **15** *Echar (se) de* ver Notar o darse a notar algo: "*Se echa de ver* que estás feliz" **16** *Echárselas de* Presumir o hacer gala de algo: "Pepe *se las echa de* culto" **17** *Echar en cara* Hacer ver o reclamar a alguien sus errores o su responsabilidad en algo: "*Le echaron en cara* su falta de cuidado con los enfermos" **18** *Echar de menos* Extrañar, sentir la falta de algo o alguien: "Te *eché de menos* en mi fiesta" **19** *Echar a* Hacer que algo comience a moverse o funcionar; comenzar algo o alguien a hacer algo: *echar a andar el motor, echar a volar el papalote, echar a reir, echarse a dormir, echarse a* *nadar* **20** Forma una gran cantidad de expresiones verbales, con un matiz significativo de logro o resolución de una acción: *echarse unos tragos* (beber), *echarse un cigarro* (fumar), *echarse un taco* (comer), *echar llave* (cerrar), *echar la culpa* culpar), *echar un ojo* (cuidar o revisar), *echar una mano* (ayudar), *echar cuentas* (calcular), *echar un sermón* (regañar), *echar la casa por la ventana* (gastar demasiado), *echar tierra a algo* (olvidar), etc.

edad s f **1** Tiempo que ha vivido una persona o un animal o tiempo que ha durado algo: "A la *edad* de siete años entró a la escuela", "Se pregunta la *edad* en meses", *la edad de la Tierra* **2** Cada uno de los periodos en que se divide la historia de la humanidad o la vida humana: *edad de piedra, edad media, edad adulta, edad madura* **3** *Ser alguien de edad* Haber pasado alguien la madurez y acercarse a la vejez **4** *Mayor de edad* Que ha alcanzado la edad en que se tienen obligaciones o responsabilidades legales.

edificio s m **1** Construcción grande, de varios pisos, o de mayor extensión que una casa, en la que viven distintas familias, hay oficinas, comercios, etc. **2** *Edificio público* El que ocupan oficinas del gobierno.

educación s f **1** Acción o conjunto de acciones dirigidas al desarrollo de la inteligencia, el carácter y el juicio de las personas, de acuerdo con la historia, la cultura y las necesidades de su sociedad: *la educación de la* *juventud* **2** Desarrollo de alguna aptitud o sentido mediante la enseñanza y la práctica: *educación física, educación del gusto* **3** Enseñanza y comportamiento de alguien de acuerdo con ciertas normas o costumbres: *buena educación, mala educación* **4** Enseñanza de ciertos hábitos a un animal.

educar v tr (Se conjuga como *amar*) **1** Desarrollar la inteligencia y formar el carácter y el juicio de una persona de acuerdo con la historia, la cultura y las necesidades de su sociedad **2** Enseñar a alguien o a un animal a comportarse de acuerdo con ciertas normas o reglas **3** Desarrollar mediante el ejercicio y la enseñanza alguna aptitud o algún sentido: *educar el gusto, educar la memoria.*

efectivo adj **1** Que da resultado; que tiene el efecto que se quiere o se espera: *un remedio efectivo, una forma efectiva de controlar los incendios* **2** Que verdaderamente se cumple o se realiza: "Hubo una *efectiva* participación del público" **3** Que está en vigor, que es válido: "Su renuncia será *efectiva* desde mañana" **4** *Hacer efectivo algo* Ponerlo en vigor, hacerlo real: *hacer efectiva una ley* **5** sm pl Soldados equipados y disponibles para entrar en acción: "No pudieron enviarle más *efectivos* a tiempo" **6** sm Dinero en moneda y billetes: *pagar en efectivo.*

efecto s m **1** Resultado de una causa; estado o situación que es consecuencia de otros anteriores: *efecto de una fuerza, efecto*
de una invasión **2** Acción o influencia que algo tiene sobre otra cosa: *efecto de una medicina, efecto del viento* **3** *Hacer, surtir efecto* Tener algo el resultado que se quería: *hacer surtir una vacuna, surtir efecto una petición* **4** *Llevar a efecto* Realizar o cumplir algo: "Llevó a efecto sus amenazas" **5** *Tener efecto* Realizarse o efectuarse algo: "El concurso *tendrá efecto* el lunes" **6** Impresión o influencia que algo o alguien produce o busca provocar en otra persona: *efecto de sonido*, "No sé qué *efecto* causaron mis palabras" **7** Movimiento giratorio que se le da a una bola o a una pelota para que cambie su trayectoria o su acción sobre otra cosa: *bola con efecto, jugar con efecto* **8** Objetos propios de alguien: *efectos personales* **9** *Al efecto, a tal efecto, para tal efecto* Con tal fin, con ese propósito, con esa intención: "La invitó a comer y *para tal efecto* me pidió dinero" **10** *En efecto* Así es, en verdad: "*En efecto*, mañana regresará" **11** *A efecto de, Para los efectos de* Para, con objeto de: "*A efecto de* resolver el problema".

efectuar v tr (Se conjuga como *amar*) Hacer algo en un momento determinado o requerido, llevarlo a cabo: *efectuar una competencia, efectuarse una boda, efectuar un cambio.*

eficacia s f Capacidad para producir un efecto o resultado deseado: *la eficacia de una medicina, la eficacia de una ley.*

eficaz adj m y f Que es efectivo o tiene la capacidad de producir un resultado deseado: *un trata-*

miento eficaz para el dolor, un medio eficaz para convencer.

eficiencia s f 1 Capacidad de producir el resultado o efecto deseado empleando la menor cantidad posible de energía, esfuerzo, dinero, tiempo, etc.: *eficiencia de un motor, eficiencia de un ingeniero* 2 Relación que existe entre la cantidad de energía, tiempo, material, etc. que se invierte para producir o hacer algo y el resultado que se obtiene: "Se logró una *eficiencia* por hombre de diez zapatos cada hora".

eficiente adj m y f Que logra un efecto o resultado, o que desarrolla un trabajo en forma efectiva y con el menor desperdicio posible de energía, tiempo, material, etc.: *una secretaria eficiente, un servicio de transporte eficiente.*

ejecución s f 1 Acto de ejecutar algo: *ejecución del presupuesto, poner un plan en ejecución* 2 Modo como algo se hace o resulta, especialmente cuando implica arte, habilidad o dominio: *ejecución de una sonata, ejecución de un clavado* 3 Acto de matar a alguien, generalmente en cumplimiento de una sentencia: *ejecución de los traidores.*

ejecutar v tr (Se conjuga como *amar*) 1 Hacer algo efectiva y completamente, generalmente para cumplir un mandato: *ejecutar una orden, ejecutar un salto mortal* 2 Tocar e interpretar una pieza musical: *ejecutar una sinfonía* 3 Matar a alguien, en cumplimiento de una sentencia: *ejecutar a un prisionero.*

ejecutivo adj y s 1 Que hace algo efectiva y completamente: *acto ejecutivo, función ejecutiva* 2 Que está encargado de realizar o de hacer cumplir órdenes, mandatos, acuerdos, etc.: *comité ejecutivo, departamento ejecutivo* 3 *Poder ejecutivo* Órgano del gobierno de un Estado encargado de ejecutar decisiones, hacer cumplir las leyes, planear la política externa, etc. En México depende del presidente de la república y se organiza en varias secretarías para cumplir su trabajo 4 s Persona que tiene un puesto administrativo o directo en una empresa o en una organización: "Se hizo una comida para los *ejecutivos* de ventas".

ejemplar 1 adj m y f Que sirve de ejemplo o modelo: *juez ejemplar, vida ejemplar* 2 sm Cada uno de los individuos de una raza, especie, género, etc.: *un ejemplar vacuno, un ejemplar biológico.* 3 sm Cada uno de los objetos que se producen a partir de un original: *ejemplares de una novela.*

ejemplo s m 1 Hecho, caso o comportamiento que se muestra o destaca para que se imite o para evitar que se repita 2 Fenómeno, situación o caso que se propone como comprobación, explicación o demostración de algo: *dar ejemplos de una teoría, buscar un ejemplo, un libro con muchos ejemplos* 3 *Por ejemplo* Como muestra o modelo de algo que se quiere enseñar o demostrar.

ejercer v tr (Se conjuga como *comer*) 1 Practicar alguna actividad profesional: *ejercer la* *abogacía, ejercer la ingeniería* **2** Producir una cosa un efecto sobre otra: *ejercer influencia, ejercer atracción* **3** Hacer actuar algo que no tiene, llevarlo a la práctica: *ejercer un derecho, ejercer un dominio*

ejercicio s m **1** Acto y resultado de ejercer algo: *ejercicio de la profesión, ejercicio del derecho* **2** Actividad destinada a la adquisición o desarrollo de cualidades físicas, intelectuales o morales: *ejercicios gimnásticos, ejercicios escolares, ejercicio de la libertad* **3** Periodo, generalmente de una año, al que se refieren los resultados financieros de una empresa, un organismo público, etc.: "Fue aprobado el balance financiero correspondiente al *ejercicio* de 1972".

ejército s m **1** Conjunto de las fuerzas militares de una nación, especialmente las terrestres **2** Conjunto de soldados que se agrupan en una unidad y cumplen una misión determinada: *el ejército de Pancho Villa*.

el artículo definido, masculino, singular **1** Indica que el objeto significado por el sustantivo es conocido del que ya o ha sido mencionado antes: "*El maestro de quinto es buena gente*", "*Había un niño y una niña, el niño era mayor*" **2** Significa que el sustantivo al que precede se refiere a todo el conjunto o clase de objetos significados: "*El perro es el mejor amigo del hombre*", "*El hombre es mortal*" **3** Sustantiva cualquier palabra o construcción: *el bien, el chico, el decir, el ay*, "*El que sean puntuales es importante*" **4** Expresa el grado superlativo de los adjetivos: *el mayor, el mejor, el más bonito* **5** Precede a oraciones de relativo cuyo antecedente es masculino: "De todos esos libros, sólo me interesa *el* de Botánica" **6** Se antepone al nombre de algunos países, ciudades o zonas geográficas: *el Perú, el Japón, el Cairo, el Álamo, el Bajío, el Ecuador* **7** Siempre antecede al nombre de ríos montañas y mares: *el Balsas, el Grijalva, el Pico de Orizaba, el Ajusco, el Atlántico, el Mediterráneo*.

él pronombre de la tercera persona, masculino, singular **1** Señala al hombre, al animal macho o al objeto de género masculino del que se habla: *él ama, él dijo, él irá* **2** Cumple todas las funciones del sustantivo: "*El* me lo trajo", "Me puedo ir sin *él*", "Todo lo hago por *él*", "Se lo dije a *él*".

elección s f **1** Acto de elegir a alguien o algo: *elección de diputados, elección de un vino* **2** Selección o nombramiento de una persona entre varias para que cumpla con cierta función: *elecciones presidenciales*.

elector adj y s Que elige, particularmente las personas que tienen derecho a votar en una elección: *ciudadano elector*.

electoral adj m y f Que se relaciona con las elecciones o con los electores: *distrito electoral, colegio electoral*.

electricidad s f **1** Fenómeno físico que consiste en el movimiento de electrones de los átomos de los cuerpos y se manifiesta en la atracción o repulsión que aparece entre ellos, en los relámpagos, en las centellas, etc.; se suele utilizar como energía para mover máquinas, producir luz y calor **2** Corriente eléctrica: "El poste estaba cargado de *electricidad*".

eléctrico adj Que se relaciona con la electricidad o que funciona mediante ella: *corriente eléctrica, aparato eléctrico*.

electrón s m Partícula elemental del átomo que tiene carga negativa.

elegir v tr (Se conjuga como *medir*, 3a) Escoger o designar a una persona o una cosa entre otras para un cierto fin: *elegir presidente, elegir una carrera*.

elemento s m **1** Cada una de las partes que componen o forman algo, que constituyen un conjunto, o en las que se puede separar o analizar algo **2** Cada una de las materias químicas más simples que constituyen las sustancias, como el carbono, el hidrógeno, el oxígeno, el fierro, etc. **3** Cada una de las sustancias o partes que, según los antiguos, formaban el mundo, como el aire, la tierra, el agua y el fuego **4** pl Fenómenos naturales, en especial los muy fuertes o violentos, como tormentas, huracanes, temblores, etc. **5** Lugar o medio en el que vive y se desarrolla un ser viviente: *estar un pez en su elemento* **6** pl Primeras enseñanzas o conceptos iniciales de algo: *elementos de lingüística, elementos de física* **7** Dato o información acerca de algo: *tener elementos para opinar* **8** pl Medios o recursos para hacer algo: *tener elementos, elementos económicos*.

elevación s f **1** Situación en que queda algo después de haber sido elevado o de elevarse: *la elevación del globo* **2** Aumento de la intensidad, el tamaño, el volumen, la cantidad, el precio, etc. de algo: *elevación de tarifas, elevación de salarios* **3** Situación de algo o alguien después de haberle dado una categoría o nivel superior al que tenía: *elevación a artículo constitucional, elevación de una iglesia a catedral* **4** Momento de la misa católica en que el sacerdote levanta la hostia y el caliz **5** Parte más alta de un terreno.

elevar v tr (Se conjuga como *amar*) **1** Hacer que algo se levante o levantarse a mayor altura: *elevar un papalote, elevarse un avión* **2** Hacer que aumente la intensidad, el volumen, la cantidad, el precio, etc. de algo: *elevar salarios, elevar el nivel de vida* **3** Poner a alguien en un puesto o lugar más alto que el que tenía: "*Elevaron* al contador a la dirección de la empresa" **4** Dirigir un escrito a una autoridad: *elevar una protesta al presidente* **5** prnl Encontrarse en algún lugar algo muy alto, como un edificio, una montaña, etc., o alcanzar una determinada altura: "En esta avenida *se eleva* un rascacielos" **6** *Elevar un número a una potencia* Multiplicar un número por sí mismo, repitiéndolo como factor tantas veces como indique su exponente: "16 es el resultado de *elevar 2 a la cuarta potencia*".

eliminación s f **1** Acto de eliminar algo o a alguien: *eliminación de un virus, eliminación de*

un ejército **2** *Por eliminación*
Desechando uno a uno otros
elementos o posibilidades: "Encontré la respuesta por *eliminación*".

eliminar v tr (Se conjuga como
amar) Hacer que algo desaparezca o se quite por completo:
*eliminar la basura, eliminar
plagas* **2** Echar el organismo lo
que ya no le sirve o le hace
daño: *eliminar sal, eliminar un
veneno* **3**(*Mat*) Hacer desaparecer una incógnita en una ecuación **4** Derrotar o vencer a alguien: *eliminar al enemigo*.

ella pronombre de la tercera
persona, femenino, singular **1**
Señala a la mujer, al animal
hembra o al objeto de género
femenino del que se habla: *ella
ama, ella come, ella fue* **2** Cumple todas las funciones del sustantivo: "*Ella* me ayudó", "Miró
hacia *ella*", "Vine con *ella*", "Se
lo dí a *ella*".

ellas pronombre de la tercera
persona, femenino, plural **1** Señala a las mujeres, los animales
hembras o los objetos de género
femenino de los que se habla:
*ellas brincan, ellas aman, ellas
tienen* **2** Cumple todas las funciones del sustantivo: "*Ellas*
miran al cielo", "No puedo vivir
sin *ellas*", "Lléveselo a *ellas*".

ello pronombre de la tercera
persona, neutro, singular Indica
una acción o un estado y puede
por eso sustituir no sólo al sustantivo sino a toda una oración,
sea de sujeto o sea de cualquier
complemento, excepto el directo:
"Quiero ir a la feria, pero para
ello, necesito pedir permiso",
"Los niños de la escuela no pue-

den fumar, *ello* no significa que
los maestros tampoco puedan",
"Canta muy bien, a *ello* hay que
agregar que es un buen compo-
sitor".

ellos pronombre de la tercera
persona, masculino, plural **1**
Señala tanto a los hombres,
animales machos u objetos de
género masculino, como a hombres y mujeres, machos y hembras, u objetos de género masculino y femenino de los que se
habla: *ellos saben, ellos corren,
ellos sirven* **2** Cumple todas las
funciones de sustantivo: "*Ellos*
lo hicieron", "¿Puedo jugar con
ellos?", "Dárselos a *ellos*".

embargar v tr (Se conjuga
como *amar*) Apoderarse de alguien un sentimiento o una
emoción: "Acababa de comprender el dolor que lo *embargaba*".

embargar² v tr (Se conjuga
como *amar*) Retener bienes a
una persona para obligarla a
pagar sus deudas, generalmente
la autoridad correspondiente y
después de un juicio: "Le *em-
bargaron* todos sus muebles y
los pusieron en remate".

embargo s m **1** Acto de embargar los bienes de alguien: *una
orden de embargo* **2** Prohibición
que hace un gobierno de comerciar con otro o venderle armas:
*embargo del atún, embargo de
aviones* **3** *Sin embargo* No obstante, sin que impida algo, sin
que afecte, a pesar de que: "Me
han hablado mucho de él, *sin
embargo* no lo conozco"; "Me sa-
ludó *sin embargo* de que fuera el
presidente".

empezar (Se conjuga como *despertar*, 2a) **1** v tr Dar principio a

algo o hacer alguna cosa por
primera vez: *empezar un mueble, empezar una casa, empezar
a estudiar, empezar a entender* 2
intr Tener algo su principio:
*empezar la lluvia, empezar una
enfermedad.*

empleado s m Persona que hace
un trabajo para alguien o para
alguna empresa o institución
por un sueldo o salario, con frecuencia en una oficina: *empleado público, empleado banca-
rio.*

emplear v tr (Se conjuga como
amar) 1 Dar trabajo a alguien
pagándoselo: *emplear albañiles,
emplear cajeras* 2 Usar algo con
un fin determinado: *emplear un
martillo, emplear algodón para
un vestido.*

empleo s m 1 Acto de emplear a
alguien o algo 2 Modo como se
usa algo: *empleo del tiempo, empleo de un aparato* 3 Ocupación
de alguien en alguna empresa,
organización o institución: *un
empleo en el gobierno, un empleo
de contador.*

empresa s f 1 Organización comercial o industrial que se dedica a fabricar objetos, dar servicios o espectáculos, vender cosas, etc.: *empresa agrícola, empresa dulcera, empresa taurina*
2 Intento importante de alguien
por lograr algo y que por lo general requiere de un gran esfuerzo: *la empresa educativa,
una empresa deportiva.*

empresario s m Persona dueña
de una empresa o que tiene cargos importantes en ella: *empresario petrolero, empresario teatral.*

en prep 1 Indica el lugar en que

hay, está o sucede algo: *"En* la
casa", *"En* el jardín", *"En* la esquina", *"En* la escuela", *"En* el
cajón", *"En* la bolsa", *"En* el
Norte", *"En* Chihuahua", *"En* el
agua", *"En el cielo", "En* el periódico", *"En* la mano" 2 Indica
el momento o el tiempo en que
sucede algo: *"En* la mañana",
"En la madrugada", *"En* primavera", *"En* una hora", *"En* un
año", *"En* 1917" 3 Indica el
modo o manera en que se hace o
sucede algo: *"En* broma", *"En*
serio", *"En* mangas de camisa",
"En clave", *"En* avión", *"En* voz
alta" *"En* secreto", *"En* general",
"En absoluto", *"En* vigor" 4 Indica que la acción del verbo es
inmediata o sucesiva cuando va
seguido de gerundio: *"En termi-
nando* este libro, me iré a descansar", *"En viendo* la pobreza,
se entristeció" 5 Introduce complementos de verbos que generalmente se usan como transitivos: "Pienso *en* tí", "Escribe *en*
inglés".

encargar v tr (Se conjuga como
amar) 1 Dar o entregar a alguien alguna cosa o persona
para que la cuide: *encargar a los
hijos, encargar las joyas* 2 Mandar o pedir a alguien que haga
algo: *encargar una tarea, encargar la comida* 3 Pedir a alguien
que lleve o traiga algo: *encargar
el pan al niño, encargar dulces a
Celaya* 4 prnl Tener alguien
bajo su responsabilidad cierta
tarea o función: *encargarse de la
oficina.*

encender v tr (Se conjuga como
perder, 2a) 1 Hacer que algo
arda o se queme, o poner fuego a
algo: *encender una vela, encen-*

der un cigarro **2** Poner a funcionar un aparato o una máquina que trabajan con electricidad: *encender la lámpara, encender el radio* **3** Hacer aparecer un sentimiento intenso en alguien o apoderarse de alguien una emoción **4** prnl Ponerse alguien colorado de vergüenza o timidez.

encerrar v tr (Se conjuga como *despertar*, 2a) **1** Meter a una persona o a un animal en alguna parte de donde no pueda salir, o guardar algo de manera que no se pueda sacar: *encerrar en la cárcel, encerrar al perro* **2** Contener algo alguna cosa: "El cajón *encierra* papeles importantes" **3** prnl Mantenerse alguien apartado de los demás y sin hablar con ellos.

encierro s m **1** Acto y resultado de encerrar algo o a alguien **2** Lugar en donde se encierra algo o a alguien: *un encierro de camiones* **3** v (*Taurom*) Conjunto de los toros de una corrida.

encima adv **1** En la parte superior de algo o en un nivel más alto respecto de otra cosa: "La luna se ve *encima* de los tejados", "Nos cayó el aguacero *encima*", "Los precios están por *encima* de nuestros sueldos" **2** Sobre algo o alguien, o cubriéndolo: "La bolsa está *encima* de la cama", "Se echó *encima* toda la ropa que tenía" **3** Además, aparte, por si fuera poco: "Nos golpea y *encima* quiere que se lo agradezcamos" **4** Más allá de, en un rango o nivel superior: "Su inteligencia está *por encima* de lo normal" **5** *Por encima* Superficialmente: "Sólo leí la novela *por encima*" **6** *Estar encima de*

alguien Molestar a alguien vigilándolo o presionándolo constantemente **7** *Por encima de todo*: Ante todo: "*Por encima de todo* está sacar tu título de contador".

encontrar v tr (Se conjuga como *soñar*, 2c) **1** Percibir generalmente con la vista algo o a alguien que uno busca: *encontrar un libro, encontrar una calle, encontrar al administrador* **2** Conseguir algo o a alguien que uno busca, desea o necesita: *encontrar casa, encontrar novia* **3** Ver casualmente a alguien que uno conoce: *encontrar a un amigo en la calle* **4** Llegar a donde está alguien y verlo o sorprenderlo haciendo algo: "La *encontré* llorando", "Los *encontré* robando" **5** Percibir a una persona o cosa de cierta manera o recibir determinada impresión al verla: "*Encuentro* muy triste a tu padre", "*Encontré* muy cambiado mi pueblo" **6** Percibir las cualidades de algo o de alguien o formarse una opinión acerca de alguna cosa: "*Encuentro* interesante este libro" **7** prnl coincidir en un lugar: "Nos *encontramos* en el café", "*Se encuentran* los extremos de la cuerda" **8** prnl Tocarse o enfrentarse personas o cosas generalmente con violencia: "*Se encontraron* los dos ejércitos" **9** prnl Hallar uno algo: "Me *encontré* diez pesos" **10** prnl Estar algo o alguien en un lugar o en cierta situación: "California *se encuentra* al norte del país", "El enfermo ya *se encuentra* bien".

encuentro s m **1** Momento o situación de coincidir personas o cosas en un punto: *un encuentro afortunado* **2** Situación o momento en que dos cosas, personas o grupos se enfrentan con posible violencia, luchan o compiten: *un encuentro deportivo* **3** Acto en el que se reúnen varias personas para cambiar opiniones o discutir algo: *un encuentro de actores*.

energético 1 adj Que se relaciona con la energía o los energéticos o pertenece a ellos: *actividad energética, recursos energéticos* **2** s m Sustancia o material que produce energía, *como el petróleo* o los alimentos.

energía s f **1** Capacidad de algo o alguien de realizar trabajo o esfuerzo, o de producir un efecto: *energía nuclear, energía solar, un hombre con mucha energía* **2** *Energía cinética (Fis)* La que posee un cuerpo en razón de su movimiento **3** *Energía potencial (Fis)* La que tiene un cuerpo en virtud de su posición en un campo de fuerzas.

enfermar (Se conjuga como *amar*) **1** v intr Contraer una enfermedad: *enfermarse del corazón, enfermar una planta, enfermarse un niño* **2** v tr Causar algo o alguien molestia o disgusto a un persona: "Me *enferma* con sus gritos".

enfermedad s f **1** Alteración del funcionamiento normal de un organismo o de alguna de sus partes, producida por una causa externa, como las bacterias o los virus o por algún desorden interno: "Una larga *enfermedad*", "Las *enfermedades* del estómago" **2** *Enfermedad profesional* La que es resultado de las

condiciones de un trabajo, como la silicosis entre los mineros.

enfermo adj y s Que tiene alguna enfermedad: "María está *enferma*", *un pulmón enfermo*, "Los *enfermos* del hospital".

enfrentar v tr (Se conjuga como *amar*) Hacer frente u oponerse a algo o a alguien: *enfrentar al enemigo, enfrentar a las autoridades*.

enfrente adv Frente a algo o alguien, delante, en la parte opuesta, del otro lado: "*Enfrente* de la escuela", "*Enfrente* de mí", "La casa de *enfrente*", "El portal de *enfrente*", "La acera de *enfrente*", "La mesa de *enfrente*", "Trabaja allá *enfrente*", "La vecina de allí *enfrente*", "La ponía *enfrente*", "Pasaba por *enfrente*", "Vive justo *enfrente* de la papelería".

engañar v tr (Se conjuga como *amar*) **1** Hacer creer a alguien cosa falsa o equivocada: *engañar a los clientes, engañar a los amigos* **2** Satisfacer momentánea o ilusoriamente una necesidad o un deseo: *engañar el hambre, engañar el suelo* **3** Ser una persona infiel a otra con la que está casada o comprometida.

enmedio adv En medio.

enorme adj m y f Que tiene un tamaño o unas proporciones mucho mayores de lo normal: *una mano enorme, un coche enorme, una pena enorme*.

enseñanza s f **1** Comunicación de conocimientos o habilidades a una persona: *enseñanza de la ciencia, enseñanza de la alfarería* **2** Orientación, normas y métodos que se emplean o siguen para comunicar estos conocimientos: *enseñanza oficial, enseñanza laica* 3 Experiencia anterior que sirve como ejemplo o advertencia: "Las *enseñanzas* de la última guerra".

enseñar v tr (Se conjuga como *amar*) Comunicar a alguien algún conocimiento o alguna habilidad para hacer algo: *enseñar matemáticas, enseñar a nadar* 2 Hacer que alguien vea algo o dejarlo ver: *enseñar un dibujo, enseñar un camino, enseñar las piernas* 3 prnl Aprender o acostumbrarse alguien a algo: *enseñarse a trabajar, enseñarse a ir al baño.*

entender v tr (Se conjuga como *perder* 2a) Tener una idea clara y precisa de algo: *entender una explicación, entender la historia* 2 Saber o ser capaz de reconocer el sentido de algo: *entender inglés* 3 Percibir y comprender el carácter o el modo de ser de alguien: *entender a los hijos* 4 Llegar a una conclusión respecto de algo y expresarlo: "*Entiendo* que no es el momento para discutir contigo" 5 *Entender de* Tener conocimientos de algo: *entender de vinos, entender de electricidad* 6 *Dar a entender* Hacer que alguien se dé cuenta de algo sin decírselo: "Me *dio a entender* que ya tenía sueño" 7 *Darse a entender* Lograr que alguien comprenda lo que uno dice a señas o con pocos conocimientos de la lengua: *darse a entender en alemán* 8 prnl Ponerse o estar de acuerdo las personas entre sí, especialmente cuando se tienen confianza, amistad o amor: *entenderse marido y mujer.*

entendimiento s m 1 Facultad o capacidad humana de darse cuenta de algo y formarse una idea clara y precisa de ello 2 Comprensión que se tiene de algo: "El *entendimiento* de la naturaleza" 3 Relación amistosa, de respeto o de mutuo acuerdo entre personas: *entendimiento entre pueblos, entendimiento entre rivales.*

entero adj y s 1 Que no le falta nada, que no está partido, dividido o roto: que está completo: *un pastel entero, el pueblo entero, un día entero* 2 *Animal entero* El que no está castrado: *un toro entero, un caballo entero* 3 Que es recto, justo; que domina sus sentimientos: *una mujer entera, un juez entero* 4 Que está sano y fuerte: "Con sus 79 años, el abuelo está *entero*".

entidad s f 1 Cualquier cosa que existe: *una entidad de la naturaleza* 2 Agrupación o colectividad considerada como una unidad: "Todas las *entidades* de la República enviaron representantes a la feria".

entonces 1 adv En el momento del que se habla, en el que sucede algo: "*Entonces* no había automóviles", "Apareció el fantasma y *entonces* salimos corriendo" 2 conj En consecuencia, por lo tanto, siendo así, en tal caso: "Si tu respuesta es verdadera, *entonces* la mía es falsa", "No he recibido la invitación, *entonces* no iré a la fiesta".

entrada s f 1 Acto de entrar: "El atleta hizo su *entrada* al estadio" 2 Espacio por el que se pasa hacia el interior de un lugar: *entrada principal* 3 *Dar entrada*

Permitir el paso de algo o de alguien hacia el interior de un lugar **4** Vocablo que encabeza cada artículo lexicográfico de un diccionario, bajo el cual aparecen los datos lingüísticos buscados; generalmente está escrito con un tipo de letra diferente al del resto del artículo; por ejemplo, en este artículo, es **entrada**. Tradicionalmente se representa por la forma singular y masculina de un sustantivo o de un adjetivo, y por el infinitivo de un verbo, cuando se trata de palabras que tienen flexión **5** Conjunto de personas que asisten a un espectáculo: "Hubo una *entrada* muy numerosa" **6** Boleto para asistir a un espectáculo: "Tengo dos *entradas* para el teatro" **7** Cada uno de los espacios laterales arriba de la frente y en el cuero cabelludo, en los que no hay pelo **8** (*Mús*) Acto y momento en el que una persona comienza a cantar o a tocar un instrumento **9** Platillo ligero que se toma antes de los principales en una comida: "Dieron mariscos como *entrada*" **10** Cada una de las partes en que se divide un partido de beisbol, y en los que cada equipo tiene un turno en la ofensiva y otro en la defensiva **11** *De entrada* De principio, antes de todo, sin previo aviso: "*De entrada* los regaños" **12** *De entrada por salida* De prisa, sin detenerse mucho tiempo en un lugar o sin quedarse en él: "Tus visitas siempre son *de entrada por salida*".

entrar v intr (Se conjuga como *amar*) **1** Pasar algo o alguien desde afuera hacia adentro de algo: *entrar a la casa, entrar al coche, entrar en la caja, entrar en la cama* **2** Poderse meter o introducir algo en otra cosa o ajustar con ella: *entrar la llave en la cerradura, entrar un mueble en la casa, entrar un tornillo en la tuerca* **3** *Entrarle algo a alguien o a algo* Quedarle una cosa a alguien o a algo: "No me *entran* los zapatos" **4** Comenzar alguien a formar parte de un grupo, un cuerpo, una organización, etc.: *entrar a un equipo de beisbol, entrar al ejército* **5** Comenzar alguien a hacer alguna actividad, participar o intervenir en ella: *entrar a primaria, entrar a un banco, entrar a un torneo, entrar a las apuestas* **6** Comenzar a tocar alguien la parte musical que le corresponde, en el momento preciso: "De pronto *entran* los tambores" **7** Comenzar alguien a tratar algún asunto: *entrar* en la discusión.

entre prep **1** Indica la posición o situación de algo o de alguien en relación con dos límites en cuyo interior se encuentra, sea en el tiempo o en el espacio: "San Juan del Río está *entre* Querétaro y México", *ir una palabra entre comillas*, "*Entre* las diez y las once", "*Entre* las dos guerras", "*Entre* la vida y la muerte" **2** En medio de algo o en su interior: "Contaba la historia *entre* risas", "Débiles aplausos *entre* murmullos", "*Entre* mí pensaba lo contrario" **3** Expresa la pertenencia de algo o de alguien a un grupo, la situación de una persona o cosa con respecto a un conjunto o la situación particular de un grupo: *entre estudiantes, entre mujeres, entre políticos,* "Entre abogados te veas", "Hay descontento *entre* los trabajadores", "*Entre* los jóvenes gusta esa música" **4** Indica una relación de cooperación o de unión de varias personas, animales o cosas para hacer algo, o una relación de reciprocidad entre dos o más personas: "*Entre* todos le compramos un regalo", "*Entre* el oxígeno y el hidrógeno se produce el agua", "*Entre* ellos se aman", "Se miraron *entre* sí" **5** Indica que una propiedad o característica de algo o de alguiem es resultado de la combinacióm de dos o más cualidades: Tenía el rostro *entre* asombrado y temeroso", "*Entre* rojo y azul", "*Entre* nervioso y contento" **6** *Entre nos* En secreto, en confianza: "Aquí *entre nos* no le creo una palabra" **7** Indica que una cantidad se divide por otra: "4 *entre* 2 igual a 2".

entrega s f **1** Acto de entregar algo o a alguien **2** Acto o ceremonia en que se da a una o varias personas algo que se han ganado o se merecen, como premios, diplomas, etc.: "*Ayer fue la entrega* de trofeos" **3** Actitud de dedicación, entusiasmo, etc. de una persona hacia otras o hacia la actividad que realiza: "La *entrega* del torero a su arte" **4** Cada uno de los cuadernos periódicos en que se divide y se vende algún libro o relato: *una entrega de Los bandidos de Río Frío* **5** Cada una de las veces en que alguien debe entregar algo

a otra persona: *entrega de leche, entrega de leña.*

entregar v tr (Se conjuga como *amar*) **1** Dar a alguien alguna cosa porque la pide, la exige, le está destinada o se hará cargo de ella: *entregar cuentas, entregar el botín, entregar una carta, entregar un regalo, entregar mercancía* **2** Poner a una persona bajo la responsabilidad de otra: *entregar un niño a su tutor, entregar a la novia* **3** Hacer que alguien caiga en manos de los enemigos o que lo aprese la policía: "Judas *entregó* a Jesús", "El bandido *se entregó*" **4** prnl Poner una persona todo su interés y entusiasmo en la realización de una actividad: "El músico *se entrega* a su arte" **5** prnl Dejarse llevar una persona por alguna situación o estado de ánimo: "*Se entregó* a sus recuerdos", *entregarse al vicio* **6** prnl Tener relaciones sexuales: "*Se le entregó* y tuvieron un hijo".

entusiasmo s m Emoción intensa producida por la alegría y la admiración de percibir o conocer algo: *entusiasmo por la biología, entusiasmo por un amigo, entusiasmo por un partido.*

enviar v tr (Se conjuga como *amar*) Hacer que alguien vaya a algún lugar, o que algo sea llevado o llegue a alguna parte: *enviar a un enfermo al doctor, enviar a los niños a la escuela, enviar una carta, enviar un paquete.*

envolver v tr (Se conjuga como *mover*, 2c) **1** Rodear algo o a alguien con una tela, un papel, etc., cubriéndolo o abarcándolo todo o en gran parte: *envolver un regalo, envolver a un niño en una cobija* **2** Cubrir o rodear una cosa a otra por todas sus partes: "La niebla *envolvía* la ciudad", "Me *envolvió* con su mirada" **3** Lograr que alguien piense o actúe de la manera que uno quiere, impidiéndole reflexionar libremente: "La *envolvió* con sus mentiras y terminó creyéndole" **4** Hacer que alguien participe en algo o tenga responsabilidad en ello: "Lo *envolvieron* en esa mala decisión", "Lo *envolvieron* en el delito" **5** Contener algo otra cosa, ocultándola: "Sus palabras *envuelven* una amenaza".

epidemia s f Enfermedad que se extiende o se contagia a gran número de seres vivientes: *epidemia de cólera, epidemia de gripe, epidemia de fiebre aftosa*.

epíteto s m **1** *(Gram)* Adjetivo calificativo que expresa una cualidad que se considera natural o propia del objeto que designa el sustantivo al que acompaña, como *blanca nieve, negra noche, cielo azul, frágil vidrio;* generalmente se antepone al sustantivo **2** Calificativo que se aplica a alguien: "Llenó de *epítetos* insultantes al funcionario".

época s f **1** Espacio de tiempo de cierta extensión, determinado por los hechos que ocurren durante el mismo o por algún otro criterio: *época colonial, época porfiriana, época de los grandes descubrimientos, época cuaternaria* **2** *Hacer época* Ser algo tan importante que marca un periodo y deja un recuerdo por mucho tiempo: "Músicos jóvenes que *hicieron época*" **3** Parte del año en que se presenta o sucede algo particular: *época de lluvias, época de cosecha, época de vacaciones*.

equilibrar 1 Poner algo en equilibrio: *equilibrar una balanza, equilibrar una bicicleta* **2** Repartir varias cosas de una manera proporcional para que una no tenga mayor efecto que otra: *equilibrar los alimentos, equilibrar la carga de un barco*.

equilibrio s m **1** Condición de un cuerpo dada por dos o más fuerzas que se anulan entre sí al actuar sobre su estado de reposo o movimiento, permitiéndolo poner o mantener una posición: *equilibrio de una balanza, equilibrio de un avión, perder el equilibrio* **2** *Sentido del equilibrio* El que permite mantener esa condición **3** Proporción adecuada de repartir una o varias cosas o en que se distribuyen los elementos de algo: *equilibrio de pagos, equilibrio de una escultura* **4** Capacidad de una persona para comportarse racional y objetivamente: *equilibrio emocional* **5** *Hacer equilibrios* Sostener algo o a uno mismo sin caerse o sin inclinarse hacia un solo lado: "Miguel *hace equilibrios* en la viga", "Es muy bueno para *hacer equilibrios* entre los políticos".

equipo s m **1** Conjunto de instrumentos, herramientas y otros objetos que se utilizan en alguna actividad: *equipo de laboratorio, equipo de geometría, equipo de rescate* **2** Grupo de personas que realizan juntas una actividad de manera organizada: *equipo de investigación, equipo de salvamento, equipo de basketbol.*

erosión s f Desgaste que se produce en un cuerpo por el roce o el contacto con otro, especialmente el de la tierra como efecto de la acción del viento y del agua.

errar v tr (Se conjuga como despertar, 2a) **1** No dar en el blanco, fallar al hacer o decir algo, o equivocarse al elegir una cosa: *errar el tiro, errar una respuesta, errar la profesión* **2** Andar sin rumbo fijo: "Lucas *yerra* por el campo desde hace días".

error s m Hecho, acto o dicho que resulta equivocado respecto de lo que se considera verdadero o debido: *un error de cálculo, un error de doctrina, un error moral.*

escala s f **1** Serie de objetos de la misma clase o especie, ordenados en una jerarquía o según su grado de intensidad o de valor: *escala de colores, escala de salarios* **2** Graduación con la que se mide algún fenómeno: *escala barométrica, escala de temperatura* **3** Proporción entre el tamaño de un mapa o un plano y el tamaño del objeto real que representa: *escala gráfica* **4** *A escala* De tamaño más pequeño pero proporcional al del objeto que representa: *coche a escala, avión a escala* **5** Sucesión de sonidos en orden gradual ascendente o descendente, sobre la que se basa el principio de tonalidad **6** Escalera de cuerda como las que había en los barcos de

vela **7** Cada una de las veces que se detiene un avión o un barco en su recorrido, generalmente para abastecerse de combustible o recoger pasaje: "Este vuelo hace *escala* en Miami y Madrid" **8** *En (gran, pequeña o menor) escala* De (gran, pequeña o menor) cantidad, proporción o importancia: *proyecto en gran escala.*

escapar v intr (Se conjuga como *amar*) **1** Salir una persona o un animal, sin que se note o por la fuerza, del lugar donde estaba encerrado o detenido: *escapar de la cárcel, escapar un pájaro de su jaula* **2** Lograr uno quedar libre de una amenaza, un peligro o un mal: *escapar de la muerte, escapar del enemigo* **3** prnl Salirse un gas o un líquido del lugar donde estaba guardado o contenido: *escaparse el agua, escaparse el gas del tanque* **4** Quedar algo o alguien fuera del dominio o de la influencia de otra persona o cosa: *escapar del poder del dictador, escaparse una industria del control financiero* **5** prnl Pasar o quedar algo sin que uno lo note o lo entienda: "*Se me escapó* un error", "El significado de esto *se me escapa*" **6** prnl Manifestarse algo como un sonido, un gesto, un suspiro, etc. sin que uno se dé cuenta o en contra de sus propósitos: *escaparse una queja* **7** *Escaparse algo (de la mente)* Olvidarlo o no recordarlo: "*Se me escapa* su nombre".

escena s f **1** Cada una de las partes en que se dividen los actos de una obra teatral, o las secuencias narrativas de una película, y que se delimita por la entrada o salida de personajes, por el cambio de lugar o decorado, o por constituir una unidad dentro del desarrollo de la acción 2 Escenario 3 *Poner una obra en escena* Representar una obra teatral 4 Situación que alguien presencia en cierto momento o en cierto lugar: *una escena de dolor* 5 *Hacer una escena* Manifestar algo, especialmente los sentimientos, de manera exagerada y aun fingida: "Su marido le *hizo una escena de celos*".

escenario s m 1 Parte de un teatro en el que se representan obras dramáticas o cualquier otro tipo de espectáculo 2 Espacio en el que se filman escenas para una película 3 Lugar en el que sucede o se desarrolla algún acontecimiento, y conjunto de factores que intervienen en él: *el escenario de la batalla, un escenario de protesta.*

escoger v tr (Se conjuga como *comer*) Decidir entre varias cosas o personas la que es más adecuada o se prefiere para cierto fin: *escoger la fruta, escoger un representante.*

escolar 1 adj m y f Que se relaciona con la escuela y los estudiantes, o pertenece a ellos: *texto escolar, año escolar* 2 s m y f Niño o niña que estudia la primera enseñanza.

esconder v tr (Se conjuga como *comer*) 1 Poner algo o a alguien de tal manera que no se vea o se perciba: *esconder un reloj, esconderse detrás de una puerta, esconder un sentimiento* 2 Encerrar en sí algo: "La Tierra *esconde* todavía grandes riquezas".

escribir v tr (Se conjuga como *subir*) 1 Trazar sobre alguna superficie como el papel, letras, números u otros símbolos para representar algún lenguaje: *escribir una oración, escribir una pieza de música, escribir una clave* 2 Comunicar algo a alguien por medio de la escritura: *escribir una carta, escribir un mensaje* 3 Componer una obra literaria o musical: *escribir un libro, escribir una canción* 4 Trazar las letras de una palabra de acuerdo con una regla ortográfica: "¿Con qué se *escribe* 'vaca'?".

escritor s m Persona que se dedica a escribir obras literarias, especialmente novelas, dramas, cuentos, ensayos, artículos, etc.

escritura s f 1 Sistema de signos como las letras, los números, los jeroglíficos, las notas musicales, etc. con que se representan fonemas, conceptos, sonidos, etc.: *escritura latina, escritura maya, escritura china* 2 Documento firmado por una o más personas ante un notario, en el que se describen los derechos y las obligaciones que ésta o éstas adquieren con respecto a algo: *escrituras de una casa, escrituras de un terreno* 3 Manera de escribir: "Tiene una *escritura* fatal, no se entiende ni una palabra".

escuchar v tr (Se conjuga como *amar*) 1 Percibir atentamente algo con el oído: *escuchar una voz, escuchar música* 2 Prestar atención a algo que se aconseja, se pide, etc.: *escuchar un con-*

sejo, escuchar la voz de la experiencia.

escuela s f 1 Establecimiento en el que se enseña algo: *escuela primaria, escuela de manejo* 2 Edificio o local que se destina a la enseñanza: *construcción de escuelas* 3 *Escuela normal* Aquella en la que se estudia para ser maestro de enseñanza primaria y secundaria 4 Conjunto de doctrinas, teorías y métodos de un autor o tendencia, y grupo de sus discípulos o seguidores: *escuela de Siqueiros, escuela barroca* 5 Conjunto de las obras producidas por autores de la misma tendencia o del mismo estilo: *escuela mexicana de arquitectura.*

ese, esa, esos, esas adj 1 Que está más cerca de la persona a la que se habla que de quien habla: "Miró *ese* cerro". "Cerraron *esa* puerta", "Préstame *esos* papeles que tienes en la mano" 2 Que está alejado espacial o temporalmente tanto del que habla como del que escucha, o que está fuera de su alcance: "*Ese* señor nos pide que lo acompañemos", "*Esas* épocas fueron gloriosas", "*Esos* niños me desesperan" 3 Señala uno o varios elementos de un conjunto: "*Esos* lugares están ocupados", "Esos obstáculos ya fueron superados" 4 Resalta con respecto a dos cosas ya dichas, la que se dijo primero: "*Esa* frase me pareció fundamental".

ése, ésa, eso, ésas, ésos pron 1 Indica lo que está más cerca de la persona a quien se habla que de quien habla: "También hacemos nosotros *ésa* que tiene en las manos", "Toma *ésos* que tienes enfrente" 2 Indica lo que está alejado temporal o espacialmente tanto del que habla como del que escucha, o lo que está fuera de su alcance". "*Ésas* eran sus palabras", "*Ésa* era la vida de mis abuelos", *Ése* se quedó mirándonos", "*Ésos* de enfrente son mis primos" 3 Señala uno o varios elementos de un conjunto o resalta algo que se acaba de decir: "*Ése* es el que pedimos", "*Ésa* es la idea que tenemos", *Ése* es uno de los problemas" 4 Refiere a lo que, conociéndolo, no se quiere nombrar: "No digas *eso*", "Llegamos tarde por culpa de *ése*" 5 *En eso* En el momento referido: "Cerraba la puerta de su casa, *en eso*, sintió un fuerte mareo" 6 *En una de ésas* Tal vez, a lo mejor: "Sigue estudiando, *en una de ésas* encuentras la respuesta" 7 *Y eso que* A pesar de que: "Lo hicimos a la perfección *y eso que* no tuvimos tiempo de ensayarlo" 8 *¿Y eso qué?* Niega el valor, lo acertado o lo adecuado de algo: "Llegamos antes que ustedes *¿y eso qué?*, nosotros también llegamos a tiempo" 9 *¡Eso, eso!, ¡eso es!* Exactamente, bien hecho, así: "Levántalo más rápido, ... *¡eso, eso!*, hazlo otra vez".

esencia s f 1 Fundamento, característica invariable o conjunto de rasgos definitorios de algo o alguien: *la esencia de lo humano, la esencia de la vida* 2 *En esencia* Básicamente, fundamentalmente: "Las dos cosas son *en esencia* lo mismo" 3 Sustancia concentrada que se obtiene de alguna planta, fruta, etc. para dar sabor, olor o color: *esencia de vainilla, esencia de almendras* **4** *Quinta esencia* Lo más puro y verdadero de algo: "San Francisco de Asís era la *quinta esencia* de la humildad".

esencial adj m y f **1** Que pertenece a la esencia o se relaciona con ella: "La inteligencia es parte *esencial* del ser humano" **2** Que es fundamental, básico o muy importante: "Tienen resueltas sus necesidades *esenciales*".

esforzar v tr (Se conjuga como *soñar*, 2c) **1** Hacer que algo realice un esfuerzo: "No *esfuerces* demasiado la vista" **2** prnl Hacer uno un gran esfuerzo para lograr o alcanzar algo: *esforzarse en una carrera, esforzarse para aprender*.

esfuerzo s m **1** Aplicación concentrada de fuerza física o mental a algo que uno hace: "El boxeador hizo un gran *esfuerzo* para ganar la pelea" **2** Fuerza que, aplicada sobre un cuerpo, produce en él un efecto, como doblarlo, torcerlo, romperlo, alargarlo, etc.

espacio s m **1** Medio físico continuo e infinito en el que están contenidos todos los cuerpos del universo **2** Parte o porción de este medio: *un espacio cerrado*, "Es importante conservar los *espacios* verdes" **3** Parte del universo que está fuera de la atmósfera terrestre: *un viaje al espacio* **4** Extensión de un cuerpo: "Tus cosas ocupan demasiado *espacio*" **5** Extensión que hay entre dos cosas, o tiempo que transcurre entre dos

momentos: *espacio entre letras*, "Lo esperamos por *espacio* de una hora".

espalda s f **1** Parte posterior del cuerpo humano, opuesta al pecho, que va desde los hombros hasta la cintura **2** *De espaldas* Con la espalda hacia el lugar o persona que se toma como referencia: *de espaldas a la pared*, "Estaba *de espaldas* a él" **3** *A la espalda* Sobre la espalda: "Con la mochila *a la espalda*" **4** Parte de una prenda de vestir que cubre la espalda: "Un vestido con la *espalda* muy escotada" **5** Parte posterior de algo, opuesta al frente **6** *A espaldas* En la parte de atrás: *a espaldas de catedral* **7** *A espaldas de alguien* Sin que se entere, con engaño o traición: "Hizo el negocio *a espaldas* de su jefe" **8** *Dar la espalda o volver la espalda a alguien* Dejar de apoyar a alguien o no prestarle ayuda: "Todos sus amigos *le dieron la espalda*" **9** *Echarse algo sobre la(s) espalda(s)* Hacerse responsable de algo: "*Se echó sobre sus espaldas* todo el trabajo" **10** *Caerse o irse de espaldas* Asombrarse o sorprenderse mucho: "*Se va a caer de espaldas* cuando se entere".

español 1 adj Que es natural de España, pertenece a este país o se relaciona con él: *comida española, baile español* **2** sm Lengua originaria de Castilla, que se habla en la Península Ibérica, en todos los países hispanoamericanos, en Marruecos, la República Saharauí y las Islas Filipinas.

especial adj m y f **1** Que es particular, distinto o fuera de lo común: *invitado especial, un carácter especial* **2** Que sirve o se destina para un fin o un uso determinado o para alguien en particular: *tierra especial para macetas, un viaje especial para estudiantes* **3** *En especial* Particularmente, a propósito: "Una lectura *en especial* para niños".

especie s f **1** Conjunto de seres o cosas que tienen una o varias características en común que permiten agruparlas: "Compra diversas *especies* de mercancías" **2** *(Biol)* Categoría de clasificación de animales y plantas, en que se dividen los géneros **3** *Una especie de* Algo como, parecido o semejante a: "Lo que vi era *una especie de* platillo volador" **4** Noticia o rumor: "Circuló la *especie* de un golpe de estado".

espectáculo s m **1** Representación o diversión pública, como el circo, los toros, un juego de futbol, una obra de teatro, etc. **2** Acontecimiento o situación que atrae la atención y produce alguna emoción: *el espectáculo del atardecer*, "La miseria es un *espectáculo doloroso*" **3** *Dar un espectáculo* Hacer ante otras personas algo escandaloso o extraño: "Julia dió un *espectáculo* cuando empezó a gritar en el panteón".

espejo s m Objeto en el que se refleja la luz y las imágenes; generalmente está hecho de una placa de vidrio cubierta de mercurio en una de sus caras: *mirarse al espejo*.

esperanza s f Actitud que hace ver como posible lo que se desea, quiere o espera de algo o de alguien, o sentimiento que despierta en uno la posibilidad de que suceda algo que se quiere o espera: *esperanza en la humanidad*, "La esperanza nunca muere", "Nos dio *esperanzas* de que se aliviará".

esperar v tr (Se conjuga como *amar*) **1** Creer que lo que uno desea sucederá o podrá ser alcanzado: "*Espero* llegar a tiempo", "*Espero que hable bien*", "*Espero* ganar la carrera" **2** prnl Creer que algo sucederá: "*Se esperan* fuertes lluvias", "*Se esperan* serios conflictos" **3** *Ser algo de esperar* Ser algo una consecuencia segura de otra cosa, ser algo lógico: "*Era de esperar* que Romeo se enamorara de Julieta" **4** Pasar alguien cierto tiempo hasta lograr algo, mientras algo sucede o se reúne con otra persona: "*Esperan* un aumento de salarios", *esperar al administrador, esperar en el café, esperar el camión* **5** Dejar de hacer algo por un momento, hasta que otra cosa suceda: "El profesor *esperó* que hubiera silencio para seguir su clase".

espía s m Persona que se encarga de vigilar a alguien y de comunicar a su país, bando o partido lo que se hace o planea.

espiar v tr (Se conjuga como *amar*) **1** Mirar algo o a alguien con atención y sin que se note: "Por la noche *espiaba* a los vecinos" **2** Vigilar alguien al enemigo y comunicar a su país, bando o partido lo que aquél hace o planea.

espiga s f **1** Agrupación de flores o frutos a lo largo de un tallo alargado, como el del trigo, la cebada, etc. **2** Pieza larga, delgada y generalmente cilíndrica, que se mete en un hueco de otra pieza, y forma parte de algunas herramientas o máquinas.

espíritu s m **1** Parte inmaterial del ser humano, según muchas creencias tradicionales y religiosas, en la que se encuentran los sentimientos, la razón y el juicio **2** Ser inmaterial **3** Para el cristianismo, ser sobrenatural que tiene razón, es puro y habita cerca de Dios, en el cielo, como los ángeles **4** *Espíritu Santo* En el cristianismo, la tercera persona de la Santísima Trinidad **5** Fantasma: *aparecerse un espíritu, cuentos de espíritus* **6** Capacidad, fuerza, viveza o don que tiene alguien para hacer algo o comportarse de cierta manera: *un espíritu combativo, espíritu de sacrificio, un espíritu justo* **7** Sentido propio y profundo de algo, independientemente de su aspecto o su forma: *el espíritu de la ley, el espíritu de la democracia* **8** Sentido o tendencia que sigue algo o alguien en su desarrollo o comportamiento: *el espíritu del siglo XX, el espíritu del romanticismo, el espíritu del zapatismo*.

espiritual adj m y f **1** Que pertenece al espíritu o se relaciona con él: *vida espiritual* **2** sm Canción religiosa de la cultura negra de los Estados Unidos de Norteamérica.

esposo 1 s Respecto a una persona, la que está casada con ella; persona unida a otra en matrimonio **2** fpl Arillos de metal unidos por una cadena, con los que la policía encadena por las muñecas a los delincuentes para que no escapen.

esquina s f **1** Lugar o punto donde se juntan los lados de una cosa: *esquina de un papel, esquina del cuarto* **2** Lugar donde se juntan dos calles: "Nos vemos en la *esquina* de Reforma y Juárez".

estabilidad s f **1** Estado de equilibrio, permanencia o duración de algo: *estabilidad de un edificio, estabilidad financiera, estabilidad social* **2** Propiedad de un cuerpo o sistema de mantenerse en equilibrio: *estabilidad de un coche, estabilidad de un avión*.

establecer v tr (Se conjuga como *agradecer*, 1a) **1** Hacer que algo exista, opere o funcione de manera regular, permanente o definitiva: *establecer una fábrica, establecer un tratado comercial, establecer un criterio* **2** Convenir o determinar algo y fijar la manera como debe hacerse: "La ley *establece* que los niños no deben trabajar", *establecer sanciones* **3** Encontrar, determinar o fundamentar la naturaleza de algo o su funcionamiento: *establecer diferencias, establecer una comparación, establecer un diagnóstico*, "Einstein *estableció* que la energía está relacionada con la masa de los cuerpos" **4** prnl Llegar alguien a vivir en algún lugar, o comenzar a trabajar en algo de manera fija y durable: *establecerse en Guadalajara, establecerse como médico*.

establecimiento s m **1** Acto de establecer algo o de establecerse alguien **2** Local o edificio en donde se desarrolla una actividad comercial, industrial, sanitaria, etc.

estación s f **1** Lugar en el que se hace alto cuando se viaja, los edificios o instalaciones a donde llegan los trenes o los autobuses: *estación de San Lázaro, estación del metro* **2** Lugar, edificio o instalación donde se establece la base de operaciones de un grupo de personas, principalmente cuando se dedica al servicio público: *estación de bomberos, estación de la Cruz Roja* **3** Instalación y edificio desde donde se emiten señales de radio, televisión, etc. **4** Cada uno de los cuatro periodos en que se divide el año y que son el invierno, la primavera, el verano y el otoño.

estadista s m Persona que tiene muchos conocimientos y gran experiencia en los asuntos del Estado y su gobierno.

estadística s f **1** sing Rama de la matemática que estudia, sobre la base de la teoría de la probabilidad, acontecimientos, hechos y objetos que se pueden numerar o contar **2** pl Recuento numérico de ciertos hechos, objetos o acontecimientos: *estadísticas de población*, "Según las *estadísticas*, las enfermedades respiratorias han aumentado".

estadístico adj Que pertenece a la estadística o que se relaciona con ella: *datos estadísticos, método estadístico, encuesta estadística*.

estado[1] s m **1** Situación, circunstancia o condición en que está o que tiene algo o alguien: *buen estado de salud, una casa en mal estado, estado sólido* **2** *Estado civil* Situación en que está una persona respecto de la organización social en que vive, por ejemplo soltera, viuda, religiosa, etc. **3** *Estado de sitio* Declaración del gobierno de un país o de una ciudad, según la cual las autoridades civiles atribuyen poderes extraordinarios a los militares o a la policía, para reprimir o hacer frente a una situación grave o amenazante **4** *Estado de excepción o de emergencia* Declaración del gobierno de un país, una región o una población, en la cual no se garantiza el respeto a los derechos civiles o libertades constitucionales de sus habitantes, para hacer frente a una situación social extraordinaria o que amenaza el orden público **5** Informe sobre la situación en que está algún asunto o negocio: *estado de cuenta, estados financieros, estado de un proyecto* **6** *Estado Mayor (Mil)* Grupo de altos oficiales militares, encargado de aconsejar y ayudar a sus jefes superiores en el cumplimiento y la distribución de las órdenes **7** *Estar en estado* Estar embarazada: "Mi prima *está en estado*".

estado[2] s m **1** Nación organizada políticamente y administrada por un gobierno: "México está en buenas relaciones con los *Estados* vecinos" Gobierno de un país: "Existen escuelas a cargo del *Estado*" **3** Cada uno de los territorios que tienen un gobierno soberano y que forman parte de una federación: *los Estados del Norte de México* (Se suele usar mayúscula para distinguirlo de *estado*[1] o en el caso de que se preste a confusión).

estar v intr (Modelo de conjugación 16) **1** Existir algo o alguien de manera particular y específica en cierto momento; tener algo o alguien cierta situación, estado o cualidad en un lugar o en un momento determinado: *estar pobre, estar dormido, estar caminando, estar saltando, estar tranquilo, estar convencido, estar de buen humor, estar de luto, estar a ciegas, estar corriente, estar a prueba* "*¿Está* Carlos? – No, no *está* aquí, *está* en su trabajo", *estar bonito el día, estar frío el café* **2** *Estar a* Correr cierta fecha o tener algo cierta medida o precio: *estar a 21 de enero, estar a 30 grados de temperatura, estar a veinte pesos el boleto* **3** *Estar con* Tomar partido por alguien o apoyar algo: *estar con su equipo, estar con su pueblo, estar con el progreso* **4** *Estar para* o *estar por* Encontrarse alguien a punto de comenzar algo, o alguna cosa a punto de suceder: *estar para comer, estar para salir, estar por resolver, estar por descubrirse* **5** *Estar que explota, arde, estalla,* etc. Encontrarse algo o alguien en una situación extrema, violenta o muy difícil **6** *Estar sobre* Vigilar algo o presionar insistentemente a alguien para que actúe de determinada manera: *estar sobre el asunto, estar sobre los alumnos* **7** prnl Tener algo o alguien cierto estado o disposición o mantenerse en él: *estarse quieto, estarse callado.*

este, esta, estos, estas adj **1** Que está cerca o al alcance del que habla, en el espacio o en el tiempo: "Tengo *este* lápiz desde hace un mes", "*Esta* sustancia es explosiva", "*Estos* años ha llovido mucho", "Llegará una de *estas* semanas" **2** Señala uno o varios elementos de un conjunto próximos o cercanos al que habla: "*Esta fruta es de buena calidad*" **3** Resalta respecto de dos cosas ya dichas la que se dijo al último: "*Estas* acusaciones tendrán que ser comprobadas".

este s m sing **1** Punto del horizonte por donde sale el Sol **2** Región de la Tierra situada al este de Europa, como la U.R.S.S., Asia y Asia Menor.

éste, ésta, esto, éstas, éstos pron **1** Indica lo que está al alcance o lo que está cerca especial o temporalmente del que habla: "*Éstas* ya no sirven", "*Esto* es increíble", "*Éste* es mi hermano" **2** Señala uno o varios elementos de un conjunto o resalta algo que se acaba de decir: "Es difícil hacer un trabajo como *éste*", "Lo único que le quedaban eran sus esperanzas como si *éstas* lo ayudaran" "Impuso sus predilecciones y sólo una de *éstas* era adecuada" **3** Señala lo que, respecto de dos cosas ya dichas, se nombró en segundo lugar: "Su trabajo reúne eficacia y calidad; es aquella la que se adapta a *éste*" **4** *En esto* En el momento referido, entonces: "*Salían de su casa, en esto,* los detuvo la policía".

estilo s m **1** Manera o carácter peculiar, singular o personal de hacer algo: *estilo periodístico, al estilo de Cervantes, estilo de go-*

bernar **2** Conjunto de características propias y bien definidas de una corriente o movimiento, especialmente artístico: *estilo gótico, estilo barroco, estilo modernista* **3** Calidad o elegancia que tiene algo o alguien o con que se comporta: *una mujer con mucho estilo, jugar con estilo* **4** (*Bot*) Filamento hueco que comunica el ovario con el estigma de una flor **5** *Por el estilo* Parecido, semejante a: "Traía un sombrero con plumas, un saco de pieles, y zapatos *por el estilo*".

estimación s f **1** Acto de estimar algo **2** Sentimiento que se tiene por alguien cuando se valoran y reconocen sus cualidades: "Se ha ganado la *estimación* de sus compañeros".

estimar v tr (Se conjuga como *amar*) **1** Poner precio, calcular o reconocer el valor de algo o de alguien: *estimar una joya, estimar un daño* **2** Juzgar algo tomando en cuenta varios elementos: "Pedro *estimó* difícil la situación política" **3** Sentir afecto por alguien valorando sus cualidades: "*Estimo* mucho a José por su inteligencia".

estimular v tr (Se conjuga como *amar*) **1** Hacer que algo o alguien haga algo o actúe con mayor viveza, con más fuerza o entusiasmo: *estimular a los estudiantes, estimular a un amigo* **2** Hacer que un organismo o sus funciones cobren mayor actividad: *estimular el apetito*.

estímulo s m **1** Acto o cosa que provoca a alguien o a algo a hacer algo, a actuar con mayor entusiasmo, viveza o energía: *un estímulo académico* **2** Acción de algo sobre un organismo o una parte suya para lograr una reacción mas viva o para que funcione con mayor energía: *un estímulo cerebral, estímulos luminosos*.

estrella s f **1** Cuerpo celeste que emite energía, generalmente producida por reacciónes nucleares en su interior, como el Sol o Sirio **2** Cualquiera de los cuernos celestes que se ven brillar en la noche, excepto la Luna **3** Figura con la que se representa a ese cuerpo celeste, formada generalmente por cinco puntas **4** *Estrella fugaz* Cualquier pedazo de materia celeste que, al entrar en la atmósfera de la Tierra, se quema y brilla **5** *Estrella de mar* Animal marino de la clase *Asteroidea* y de distintos géneros o especies, que tiene generalmente cinco brazos **6** Persona que destaca en su trabajo o profesión, en especial los actores o deportistas que han alcanzado fama o popularidad **7** Suerte o destino: *nacer con buena estrella, tener mala estrella*.

estructura s f **1** Posición o conjunto de relaciones que guardan entre sí los elementos de algo: *estructura de la célula, estructura del átomo, estructura gramatical, estructura de una novela* **2** Armadura que sostiene las distintas partes de algo: "La *estructura* del edificio es de acero".

estudiante s m y f Persona que estudia en una escuela, particularmente la que cursa la educación media o superior: *estu-*

diante de secundaria, estudiante de letras.

estudiar v tr (Se conjuga como *amar*) **1** Aplicar la inteligencia y la memoria para llegar a conocer y entender alguna cosa: *estudiar el átomo, estudiar la vida, estudiar los problemas sociales* **2** Examinar algo reflexionando acerca de sus propiedades, ventajas, desventajas, etc.: *estudiar un caso, estudiar un contrato* **3** Tener una ciencia o una disciplina intelectual algo como objeto de estudio: "La biología *estudia* los seres vivos" **4** Llevar ciertos cursos en una escuela: *estudiar preparatoria, estudiar leyes* **5** Ayudar a otra persona, particularmente a un actor o a un músico, a preparar un texto, repitiéndolo con ella: "Le *estudiaba* la lección de piano todas las noches".

estudio s m **1** Acto de estudiar algo: *estudio de un proyecto* **2** Escrito en el que se expone el examen o el análisis de un tema: *un estudio de la vida de las abejas* **3** Dibujo, pintura o composición musical que se hacen como ejercicio para desarrollar la habilidad y la técnica que se requieren en estas artes **4** Lugar, generalmente dentro de una casa, que se usa para el trabajo intelectual, artístico, escolar, etc.: *el estudio de un pintor, el estudio de los niños* **5** pl Instalaciones destinadas a la producción de películas o a la producción y emisión de progamas de radio y televisión: *estudios cinematográficos.*

etapa s f **1** Cada uno de los periodos o partes en que se divide el desarrollo, trayecto o ruta de algo **2** *Por etapas* Por partes: "Un proyecto que se irá haciendo *por etapas*".

etcétera adv Y los demás de su misma clase, y así sucesivamente, y el resto (Se abrevia *etc.*): "En el mercado había limones, naranjas, zanahorias, *etc.*", "Uno, dos, tres, cuatro, *etc.*, hasta llegar a diez".

evento s m **1** Acontecimiento imprevisto: *probabilidad de un evento* **2** Función o reunión que se organiza para algún fin particular en un momento determinado: *un evento político, un evento de la Cruz Roja.*

eventual adj Que no es seguro, fijo o regular; que puede o no suceder, que depende de una circunstancia no prevista: *ingreso eventual, trabajador eventual, empleo eventual.*

evidencia s f **1** Cualidad de aquello que se muestra o manifiesta con toda claridad, sin lugar a dudas y sin necesitar demostración: "La *evidencia* del progreso industrial pone a esa zona en el primer lugar" **2** Objeto, hecho o circunstancia que sirve para demostrar o probar algo: "No hay *evidencia* del crimen" **3** *Poner en evidencia* Mostrar o exhibir públicamente algo, o el valor, la importancia, el error o el defecto de alguien: "El robo *puso en evidencia* la falta de vigilancia y el descuido del encargado del banco", "Desde que inició la conferencia *se puso en evidencia* su preparación".

evidente adj m y f Que se muestra o se manifiesta con

toda claridad y certeza, sin lugar a dudas: "Es *evidente* que nadie te cree".

evitar v tr (Se conjuga como *amar*) Actuar para que no suceda algo o para no encontrarse con alguien: *evitar un accidente, evitar un problema, evitar enfermedades, evitar a un amigo.*

evolución s f 1 Serie de transformaciones o cambios graduales por los que pasa algo o alguien: *evolución de las especies, evolución de una enfermedad, evolución de una ciencia, evolución de una lengua, la evolución del niño* 2 Movimiento que hace una persona o un grupo de personas para cambiar de posición durante un ejercicio, una marcha, una danza, etc.: *evoluciones militares, evolución acrobática.*

evolucionar v intr (Se conjuga como *amar*) 1 Ir cambiando algo o alguien; irse transformando o modificando: "Sabemos cómo *evoluciona* una estrella", "La enfermedad no ha *evolucionado* en diez días" 2 Hacer evoluciones los soldados, los bailarines, etc.: "Los aviones *evolucionaban* en el aire haciendo peligrosas figuras".

exacto adj Que es preciso, puntual, fiel: *descripción exacta, hora exacta, cálculo exacto, ciencias exactas.*

examen s m 1 Consideración cuidadosa y detallada de las características, cualidades y circunstancias de algo: *examen médico, exámenes microscópicos* 2 Prueba que se hace para conocer la capacidad que tiene alguien para hacer algo o para medir sus conocimientos: *exa-men de admisión, examen profesional,* "Los *exámenes* de historia serán el jueves".

examinar v tr (Se conjuga como *amar*) 1 Poner algo o a alguien bajo consideración cuidadosa y detallada, para conocer sus características, cualidades o capacidades: *examinar a un enfermo, examinar un terreno, examinar con un microscopio* 2 Poner a prueba los conocimientos de alguien o su capacidad para hacer algo: *examinar a un alumno,* "Hoy se *examinaron* siete candidatos".

excepción s f 1 Acto de dejar algo o a alguien fuera de una regla, de lo general o de lo común; situación que resulta de este acto: *hacer una excepción* 2 *Ser algo o alguien la excepción* Ser lo que está o queda fuera de la regla, de lo común o de lo general: "La lluvia *es la excepción* en el Mezquital", "El mal carácter del Dr. García *es la excepción* en el hospital" 3 *A excepción de, con (la) excepción de* Menos, con la única falta de: "Vinieron todos, *a excepción de* mi tío", "Todos recibieron un premio *con excepción de* los que se portaron mal" 4 *Sin excepción* Sin que falte nada o nadie: "La ley vale para todos, *sin excepción*" 5 *De excepción* De carácter extraordinario, fuera de la regla: *estado de excepción, situación de excepción.*

excepto adv A excepción de, menos, fuera de, pero no, salvo: "Voy todos los días *excepto* los domingos", "Fueron todos *excepto* yo", "Cualquier color *excepto* el amarillo', "Todo le gusta *excepto* correr", "Nunca falta *excepto* cuando está enfermo".

exclamación s f 1 Expresión de emoción, sorpresa, admiración, temor, etc. 2 *Signos de exclamación o de admiración* Los que la indican (¡ !): *¡Ay!, ¡Qué miedo!*

exclusivo adj 1 Que está reservado para algo o alguien en particular o para un uso especial: *estacionamiento exclusivo para empleados, entrevista exclusiva para la televisión* 2 Que tiene calidad o clase y es difícil de conseguir: *ropa exclusiva, diseños exclusivos* 3 Que es completo o total: "Estamos a su *exclusivo* servicio" 4 Que es único: "Vine con el fin *exclusivo* de verbo" 5 s f Derecho o autorización reservada a una persona o un grupo y a nadie más: "Tiene la *exclusiva* para la venta de ese aparato en México" 6 *En exclusiva* En forma reservada para algo o alguien en especial: "Consiguió el reportaje *en exclusiva* para su revista".

exigencia s f 1 Acto de exigir algo: *responder a las exigencias de los trabajadores* 2 Petición o reclamación que alguien hace de manera imperativa: *exigencia social, exigencias políticas* 3 Necesidad imperiosa de algo: *las exigencia de la producción agrícola.*

exigir v tr (Se conjuga como *subir*) 1 Pedir algo de manera imperativa, principalmente aquello a lo que se tiene derecho: *exigir disciplina, exigir el salario mínimo, exigir justicia* 2 Requerir algo o alguien alguna cosa que le es indispensable o necesaria: "La paz y el bienestar

del país *exigen* hombres honrados".

existencia s f 1 Hecho de existir: "No se ha demostrado la *existencia* de seres vivos en otros *planetas*" 2 Tiempo que dura la vida de alguien o manera de vivirla: "La niña fue feliz durante toda su *existencia*", *una triste existencia* 3 pl Mercancías que se encuentran almacenadas o disponibles: "Barata de zapatos hasta agotar *existencias*" 4 *En existencia* En almacén, a disposición: "Hay poca azúcar *en existencia*".

existir v intr (Se conjuga como *subir*) 1 Haber algo en el espacio, en el tiempo o en la mente de alguien: *existir el universo, existir la Tierra, existir una planta, existir una idea* 2 Haber algo o alguien en la realidad, particularmente los seres y los objetos materiales: "Los dinosaurios *existieron*, los unicornios no" 3 Tener vida: "Mis bisabuelos ya no *existen*".

éxito s m 1 Resultado o conclusión buenos, o acordes con lo que se deseaba, de alguna acción, negocio, etc.: "La cosecha fue un *éxito*", "Tuvo *éxito* en sus estudios" 2 Aceptación amplia y favorable de algo o alguien por los demás: "El actor tuvo mucho *éxito*".

experiencia s f 1 Conocimiento al que se llega por la práctica o después de muchos años de vida: *un médico con experiencia, la experiencia de un científico* 2 Situación o emoción que alguien vive o siente, en particular cuando es muy intensa o poco común: *experiencia maravillosa,* *una experiencia horrible* 3 Experimento: "Hice una *experiencia* en el laboratorio con los estudiantes".

experimental adj m y f Que pertenece o se relaciona con la experiencia, particularmente la científica, o los experimentos: *física experimental, método experimental.*

experimentar v tr (Se conjuga como *amar*) 1 Someter algo a prueba o poner algo en práctica para observarlo, analizarlo y sacar alguna conclusión acerca de ello: *experimentar con ratas, experimentar nuevas medicinas* 2 Vivir alguien cierta situación o sentir una sensación o emoción determinada, por lo general poco común o muy intensa: *experimentar una mejoría, experimentar una gran alegría.*

experimento s m Operación en la que se somete algo a prueba para estudiarlo o conocerlo, y en la que se controlan las condiciones o las circunstancias que intervienen en ella.

explicación s f 1 Acto de explicar algo: *una buena explicación, las explicaciones del maestro* 2 Indicación del uso de algo o sobre la manera de hacer algo: "Lee las *explicaciones* que traen las medicinas" 3 Razón o motivo con los que alguien justifica sus actos, para que otra persona los comprenda o no se sienta ofendida por ellos: *deber una explicación* 4 Causa, razón, condición o justificación de algo: "El calor del sol es parte de la *explicación* de que haya vida".

explicar v tr (Se conjuga como *amar*) 1 Decir o exponer algo a

alguien con claridad y precisión para que lo comprenda: *explicar la regla de tres, explicar la historia* 2 Dar las indicaciones necesarias para hacer algo: *explicar un juego, explicar el uso de una máquina* 3 intr Ser algo la causa, razón o condición de otra cosa: "La contaminación del agua *explica* que haya enfermedades del estómago" 4 Dar a conocer los motivos que alguien tiene para hacer algo: "¡*Explícame* por qué llegaste tarde!" 5 prnl Comprender uno algo: "No me *explico* por que hay tanta gente en la calle".

explosión s f 1 Destrucción violenta de algo, dejando salir lo que contiene, lanzando pedazos en todas direcciones, y acompañada generalmente por fuerte ruido: *la explosión de una bomba* 2 Expansión violenta de alguna sustancia como efecto de reacciones químicas o atómicas, acompañada generalmente por una fuerte aumento de temperatura: *explosiones solares, explosiones atómicas.*

explotación s f 1 Acto de explotar los recursos naturales de la Tierra o de sacar provecho de algún negocio o industria: *explotación minera, explotación pesquera, explotación comercial* 2 Provecho abusivo del trabajo humano para sacar ganancias de ello: *explotación de las mujeres.*

explotar[1] v tr (Se conjuga como *amar*) 1 Sacar provecho de los recursos naturales de la Tierra: *explotar el petróleo, explotar la plata, explotar la riqueza del mar* 2 Obtener una utilidad o

sacar provecho de algo, principalmente de un negocio o industria: *explotar el mercado de libros, explotar una línea de camiones* **3** Aprovechar abusiva-
mente el trabajo de otro en beneficio propio: *explotar a los
obreros*.

explotar² v intr (Se conjuga
como *amar*) **1** Destruirse violentamente algo, produciendo un
ruido muy fuerte y lanzando pedazos alrededor: *explotar una
bomba, explotar un tanque de
gas* **2** Incendiarse de pronto y
con violencia alguna sustancia:
*explotar la gasolina, explotar un
gas* **3** Manifestarse violentamente y de pronto un sentimiento en una persona: *"Explotó
en furia"*.

exponente **1** adj y s m y f Que
expone o representa algo o a alguien: *"Un cantante exponente
de la canción ranchera"* **2** s m
(Mat) Expresión numérica o al-
gebráica que expresa la potencia a la que una cantidad se ha
de elevar, como en: 2^3, indica
que 2 habrá de multiplicarse 3
veces por sí mismo.

exponer v tr (Se conjuga como
poner 10c) **1** Poner algo de manera que pueda ser visto o considerado por los demás: *exponer
un cuadro, exponer un vestido* **2**
Hacer claras al público las
ideas, los argumentos, etc. de
algún tema o doctrina: *exponer
la filosofía existencialista, exponer un trabajo en clase* **3** Poner o
quedar algo o alguien de tal
manera que reciba la acción o la
influencia de otra cosa: *exponer
la piel al sol, exponerse a la radiación* **4** Poner algo o a alguien

en peligro de perderse o dañarse: *exponer la vida, exponer
el campeonato*.

exposición s f **1** Acto de exponer algo: *una exposición de pintura, tiempo de exposición de
una película* **2** Muestra o presentación pública de algo: *exposición de maquinaria, exposición
de libros* **3** Tiempo que un papel o
placa fotográfica sensible se mantiene a la luz para imprimirlo.

expresar v tr (Se conjuga como
amar) **1** Hacer que lo que uno
siente o piensa llegue a otra
persona, principalmente mediante el lenguaje **2** Hacer un
artista que sus ideas o sentimientos lleguen a otra persona
mediante la obra que produce.

expresión s f **1** Representación
de los pensamientos o los sentimientos de alguien, particularmente mediante el lenguaje: *expresión verbal, ·expresión artística* **2** Signo lingüístico: *expresión idiomática, expresión correcta* **3** Fuerza y calidad con
las que se hace llegar ideas o
sentimientos artísticos a alguien: *un pianista con bella expresión, la expresión del actor* **4**
Conjunto de rasgos, gastos o
signos del cuerpo, especialmente
de la cara de una persona o un
animal que muestra un estado
de ánimo, una actitud, etc.: *expresión de dolor, expresión de
inteligencia* **5** Conjunto de números o símbolos que representan una cantidad o un concepto
matemático.

extender v tr (Se conjuga como
perder 2a) **1** Hacer que algo se
abra, se desenrrolle o se desdo-
ble en todo su tamaño: *extender*

una sábana, extender un papel **2** Repartir algo por una superficie haciendo que cubra su mayor parte: *extender la pintura* **3** Dar a algo mayor duración, amplitud o difusión: *extender una acción, extender las facultades de una autoridad, extender una doctrina* **4** Escribir un certificado, un cheque, etc. de acuerdo con los requisitos necesarios **5** prnl Ocupar algo una superficie: "La llanura *se extiende* muchos kilómetros" **6** prnl Durar algo cierto tiempo: "El invierno *se ha extendido* mucho".

extensión s f **1** Acto de extender o extenderse algo: "Logró una *extensión* de su zona" **2** Porción de espacio que ocupa o cubre algo o hasta donde llega una influencia, una acción, etc.: "La *extensión* de México es muy grande", *la extensión de un cuerpo geométrico, la extensión de una emisión de radio* **3** Conjunto de cosas a las que se aplica algo: *extensión de una ley, extensión de un concepto* **4** Línea telefónica dependiente de un conmutador o aparato central **5** *Por extensión* De manera parecida o semejante, de igual forma.

exterior **1** adj m y f Que está situado en la parte de afuera de algo: *escalera exterior, realidad exterior* **2** sm Espacio o parte que queda fuera de algo, lo rodea o está a la vista: *el exterior de la casa, mirar al exterior* **3** adj m y f Que pertenece o se relaciona con países extranjeros o con cuestiones ajenas a un grupo de personas: *relaciones exteriores, comercio exterior, asuntos exteriores* **5** sm pl Escenas

tomadas fuera de un estudio cinematográfico: *exteriores de una película.*

externo adj **1** Que es o viene de fuera, que sucede afuera o que se dirige hacia afuera: *médico externo, influencia externa, culto externo, endeudamiento externo* **2** Que está situado, se manifiesta o se percibe por fuera, o que se aplica en la parte de afuera: *parte externa, signos externos, aspecto externo, uso externo.*

extranjero **1** adj y s Que es o proviene de otro país que no es el propio: *moneda extranjera, visitante extranjero, inversión extranjera* **2** sm sing Cualquier país que no es el propio: *viajar por el extranjero.*

extremidad s f **1** Parte final, última o más alejada del centro de algo: *extremidades de un cordón, extremidad de una planta* **2** Cada uno de los miembros del cuerpo de los seres humanos y de los animales, como los brazos, las manos, los pies, las patas y la cola.

extremo adj y s **1** Que está más lejos del centro de algo: *Extremo Oriente, la punta extrema de una isla, extrema derecha* **2** Que es lo más intenso o exagerado: *necesidad extrema, frío extremo* **3** sm Punto o parte de algo más alejado de su centro, o en donde acaba: *extremo de una pista, extremo de un pasillo, extremo de una iglesia* **3** De extremo a extremo De lado a lado, de principio a fin: "Corrió *de extremo a extremo* del campo" **4** *En extremo, con extremo* Mucho, muy: "Es inteligente *en extremo*", "Se esforzó *en extremo*".

F f

f s f Séptima letra del alfabeto que representa al fonema consonante labiodental, fricativo, sordo. Su nombre es *efe*.

fábrica s f Establecimiento que tiene la maquinaria, herramientas e instalaciones necesarias para producir ciertos objetos: *fábrica de zapatos, fábrica de hielo*.

fabricar v tr (Se conjuga como *amar*) Transformar la materia prima en objetos o mercancías utilizando herramienta y maquinaria: *fabricar azúcar, fabricar sombreros*.

fácil adj m y f 1 Que se hace ó se logra con poco esfuerzo: *una tarea fácil, un manejo fácil* 2 Que cambia de opinión constantemente y sin dificultad: *una persona fácil* 3 Que es posible o probable: "Es *fácil* que llueva".

facilidad s f 1 Cualidad de ser algo sencillo o de representar poco trabajo hacerlo o conseguirlo: *facilidad de transporte* 2 Disposición o capacidad para hacer algo sin mucho esfuerzo: *facilidad de palabra, facilidad para los números* 3 pl Condiciones que hacen más fácil el logro o la realización de algo: *facilidades de pago*.

facilitar v tr (Se conjuga como *amar*) 1 Hacer fácil o posible la realización o el logro de algo: *facilitar un viaje, facilitarse un trabajo* 2 Dar a alguien los elementos o las condiciones necesarias para algo: *facilitar dinero, facilitar un transporte*.

factor s m 1 Elemento que contribuye a lograr cierto resultado: *factores de la producción, factores del clima* 2 Cantidad que se multiplica por otra.

facultad s f 1 Capacidad o aptitud que tiene alguien para hacer algo: *facultad de hablar* 2 Poder o derecho que tiene alguien de hacer cierta cosa: *las facultades del presidente* 3 Cada una de las secciones universitarias que otorgan el grado de doctor, y cuerpo de profesores de ellas: *Facultad de Medicina, Facultad de Derecho*.

falta s f 1 Hecho de no haber algo que es necesario o útil: *falta de agua, falta de comida* 2 Hecho de que alguien o algo no esté donde debe o se espera; anotación que se hace de este hecho: *falta de un alumno, tener faltas* 3 Acto de alguien en contra de lo que señala un reglamento o de lo que se considera justo o debido: *falta de ortografía*, "Cada dos *faltas* el jugador perderá un punto", *faltas a la moral* 4 *Hacer falta* Ser necesario: *hacer falta un martillo*, "Al abuelo le *hace falta* su familia" 5 *A falta de* De no haber, en vez de: "*A falta de* pan, tortilla" 6 *Sin falta* Con seguridad, puntualmente "Te visitaré el domingo *sin falta*".

faltar v intr (Se conjuga como *amar*) **1** No haber una cosa que se necesita o desea, o no tener una cosa lo que debe o se espera que tenga: *faltar luz, faltar leche, faltarle agua a la tierra, faltarle un botón a un saco* **2** Haber menos de algo: *faltar dinero* **3** No cumplir alguien con lo que debe: *faltar al respeto, faltar a la honradez* **4** No estar alguien presente en donde debe o no ir a donde se le espera: *faltar a clases, faltar a una cita* **5** Quedar algo por hacerse o un tiempo por transcurrir: "Nos *falta* por componer una rueda", "*Falta* un mes para las vacaciones" **6** ¡No *faltaba más!* o ¡no *faltaría más!* ¡De ninguna manera!, ¡por ningún motivo!, ¡por supuesto!.

falla s f **1** Defecto de algo en su composición o en su funcionamiento: *fallas del acero falla de una máquina* **2** (*Geo*) Rotura que se ha producido en la corteza terrestre **3** Error o equivocación que alguien comete en el desarrollo de algo o en su solución: *un trabajo lleno de fallas.*

fallar[1] v intr (Se conjuga como *amar*) **1** Romperse o dejar algo de resistir: *fallar una viga, fallar las fuerzas* **2** Dejar algo de funcionar parcial o completamente, o no dar el servicio o el resultado esperado o correcto: *fallar el corazón, fallar el motor, fallar la memoria* **3** Dejar alguien de cumplir con un compromiso o responsabilidad, o no comportarse como se espera: *fallar en el trabajo, fallarle a los padres* **4** v tr Hacer o decir algo

que resulta falso, incorrecto, equivocado o desviado: "*Fallé* el disparo", "*Fallaste* las respuestas".

fallar[2] v intr (Se conjuga como *amar*) Decidir o resolver un juicio o proceso un tribunal o jurado que tiene autoridad para ello: "Tuviste suerte, *fallaron* a favor tuyo".

fallo s m Sentencia o decisión que da o toma un juez o un jurado en un juicio.

familia s f **1** Grupo de personas formado por el padre, la madre y los hijos, que viven en la misma casa **2** Grupo de personas emparentadas entre sí, tanto biológica como políticamente: *la familia de los González, una vieja familia* **3** *En familia* En la intimidad: "Pasamos la Navidad *en familia*" **4** Conjunto de cosas que tienen muchas características en común: *una familia de plantas, una familia de palabras* **5** (*Biol*) Categoría con la que se clasifican plantas y animales, por debajo del orden y por arriba del género: "La calabaza pertenece a la *familia* de las cucurbitáceas".

familiar adj m y f **1** Que pertenece o se relaciona con la familia: *retrato familiar, planeación familiar* **2** Que es conocido: "Su cara me parece *familiar*" **3** Que es natural, sencillo, sin ceremonias, como se usa en la vida diaria: *un lenguaje familiar, un trato familiar* **4** s m y f Persona de la misma familia, pariente: "Un *familiar* se hizo cargo de él".

fantasma s m **1** Figura o imagen, generalmente de una persona muerta que, en la creencia de algunas personas, se aparece a los vivos para asustarlos o recordarles alguna mala acción **2** *Pueblo fantasma* Pueblo que ha sido abandonado por sus habitantes **3** Poste pequeño y luminoso que se pone en las orillas de las carreteras para señalarlas.

fase s f Cada uno de los estados o etapas sucesivos por los que pasa algo que cambia o se desarrolla: *fases de la luna, fases de una enfermedad*.

favor s m **1** Ayuda o beneficio que se da o se hace a alguien: *hacer un favor* **2** Aceptación o apoyo que tiene o recibe una persona de los demás: "Cuenta con el *favor* del público" **3** *Por favor*. Expresión de cortesía con la que se manifiesta una petición a alguien: "*Por favor*, lea este libro" **4** *A, en favor de* En beneficio de, como ayuda para, en ventaja de: "Una colecta *en favor de* la Cruz Roja", "Una ley *a favor de* los pobres", "5 a 2 *a favor del* Cruz Azul" **5** *A, en favor* En la misma dirección de algo: *viento a favor, corriente a favor*. **6**¡*Hágame el favor*! Expresión de asombro o de enojo con la que se busca el acuerdo de otra persona con la opinión de uno: "¡*Hágame el favor*! ¡Adultos que juegan a las canicas!"

favorecer v tr (Se conjuga como *agradecer*, 1a) **1** Actuar en apoyo o en beneficio de algo o de alguien: *favorecer a su familia, favorecer el deporte, favorecer a los campesinos, favorecer la educación* **2** Hacer algo que alguien se vea mejor: "Sus ojos *favorecen*

mucho a Josefina", "El blanco la *favorece* más"

fe s f **1** Creencia que se tiene acerca de la verdad, capacidad, existencia, oportunidad, etc. de algo que no puede o no requiere ser demostrado: *tener fe en los hombres, tener fe en el médico, fe en el futuro* **2**(*Relig*) En el cristianismo, una de las tres virtudes llamadas teologales, por la que se cree en Dios y en lo que ha revelado **3** Conjunto de creencias que alguien tiene, particularmente las religiosas **4** *Buena fe* Sinceridad, honradez y buena intención con que se hace o se dice algo **5** *Mala fe* Hipocresía, falta de honradez o mala intención en lo que se hace o se dice **6** *Dar fe* Certificar, quien tiene autoridad o permiso para ello, que algo es de cierta manera o ha sucedido en cierto modo **7** Documento que certifica algo: *fe de nacimiento, fe de bautizo* **8** *Fe de erratas* Lista de los errores cometidos en la edición de un libro y de las correcciones correspondientes.

fecundación s f Acto de fecundar.

fecundar v tr (Se conjuga como *amar*) **1** Unirse el elemento reproductor masculino al femenino en los seres vivos, para que se forme un nuevo ser **2** Hacer que algo produzca, especialmente la tierra o los seres vivos.

fecha s f **1** Indicación del tiempo en que sucede o se hace algo, principalmente la que señala el día, el mes y el año precisos: "La *fecha* de la carta es 8 de agosto de 1980" **2** Periodo determinado en que algo tiene lugar, o está señalado para ello: "En esas *fechas* estaremos fuera" **3** *A, hasta la fecha* Al momento, hasta el momento actual: "La contabilidad *a la fecha*", "*Hasta la fecha* no ha llovido".

federación s f **1** Unión de varios Estados libres y soberanos bajo un gobierno único que los organiza y los representa en ciertos asuntos políticos ante el exterior **2** Unión de varias organizaciones políticas, sociales, etc., de la misma clase e independientes unas de las otras: *federación sindical, federación deportiva*.

federal adj m y f Que pertenece a la federación o se relaciona con ella: *gobierno federal, oficina federal* **2** sm Soldado o agente policiaco de la federación: "Los *federales* persiguieron a los contrabandistas en la frontera".

federalismo s m Doctrina política que defiende las ventajas de que diversos Estados libres y soberanos se organicen en federaciones para mejorar sus condiciones de vida, y sistema que la pone en práctica.

felicidad s f **1** Estado de ánimo que se caracteriza por la alegría y la satisfacción; condición o situación que lo produce: *la felicidad de los niños*, "Sin salud no hay *felicidad*", *buscar la felicidad* **2** pl Fórmula de cortesía con la que una persona expresa sus buenos deseos a otra.

feliz adj m y f Que tiene o causa felicidad o goza de ella: *mujer feliz, día feliz, hogar feliz*.

femenino adj y s **1** Que pertenece a las mujeres o a las hembras o se relaciona con ellas:
cuerpo femenino, mundo femenino **2** Que tiene características tradicionalmente consideradas propias de las mujeres o rasgos físicos como los de ellas: *encanto femenino, manos femeninas, voz femenina* **3** Tratándose de seres vivos, que tiene los elementos que habrán de ser fecundados, y sostiene y alimenta al nuevo ser hasta que alcance vida independiente, o que se relaciona con esas características y funciones: *planta femenina, célula femenina* **4**(*Gram*) Género que manifiesta el sexo de los animales o el que se atribuye a las cosas, como en *leona, perra, luna, vela, azúcar, mano*, y que se expresa en muchos casos por el morfema –*a* de los sustantivos y los adjetivos, como en:*dueña, gata negra, cruz roja, la sartén chica*.

fenómeno **1** Hecho, acontecimiento o manifestación de algo material, mental, social, etc.: *fenómeno astronómico, fenómeno natural, fenómeno químico* **2** Hecho, persona o animal extraordinario, anormal o monstruoso: "Beethoven era un *fenómeno* de la música" "Frankenstein era un horrible *fenómeno*".

feria s f **1** Instalación de juegos, puestos de comida, espectáculos de circo y magia, etc. que, por lo general, se pone en las poblaciones por un corto periodo, durante fiestas civiles o religiosas: *feria de San Marcos, feria de la Candelaria* **2** Exhibición temporal de productos comerciales e industriales, con objeto de promover su mercado: *feria de maquinaria, feria del libro* **3** Moneda suelta; dinero: "¿Me cambia un billete de cincuenta pesos por *feria?*".

fertilizante s m Sustancia con la que se abona la tierra y se fertiliza.

fertilizar v tr (Se conjuga como *amar*) Hacer más fértil o productiva la tierra por medio de abonos: "Cuando se *fertilizó* con nitrógeno y potasio, aumentó la cosecha del algodón".

festival s m Conjunto de fiestas, espectáculos, conciertos, etc.: *festival escolar, festival de música.*

fiesta s f 1 Reunión de personas en la que se divierten, bailan, comen, etc. generalmente para celebrar algo: *fiesta de cumpleaños, fiesta popular* 2 Día o temporada en que se celebra algún acontecimiento civil, patriótico o religioso, y se organizan actos y diversiones: *fiestas patrias, fiesta del santo patrón* 3 *Hacer fiestas a alguien* Dar muestras de simpatía y cariño: "El bebé *hace fiestas* a su mamá".

figura s f 1 Forma exterior de un cuerpo: *figura de mujer, buena figura, figura de una casa* 2 Representación de la forma de algo con un dibujo, una pintura, una escultura, etc.: *libro de figuras, hacer figuras en la arena* 3 *Figura geométrica* La que se hace con líneas en una superficie, como el cuadrado, el círculo, el pentágono, etc. 4 En la retórica tradicional, adorno de la expresión lingüística con el que se busca producir ciertos efectos al hablar o al escribir, como la exclamación, la metáfora, el juego de palabras, etc. 5 *Figura de construcción* En la retórica tradicional, construcción de las oraciones que se aparta de la normal, como el hipérbaton o el anacoluto 6 *Figura de dicción* En la retórica tradicional, modificación de la forma de una palabra al quitarle, cambiarle, aumentarle sonidos, morfemas, etc., como la síncopa, la metátesis, etc. 7 Persona de teatro o famosos: *figuras de la ópera, figuras del gobierno* 8 Cada una de las posturas o movimientos de un bailarín o un actor 9 *Figura del delito* forma bien definida de un delito.

figurar v (Se conjuga como *amar*) 1 tr Representar las características externas de algo: "Estas rayas *figuran* los árboles" 2 intr Aparecer o formar parte algo o alguien de alguna cosa: *figurar veinte preguntas en el cuestionario, figurar en la lista, figurar entre los invitados* 3 intr Ser algo o alguien importante o famoso o destacarse en algo: *figurar entre los mejores científicos, figurar en los bailes.*

figurarse v prnl (Se conjuga como *amar*) Imaginarse alguien algo o suponer un acontecimiento o la existencia de algo: *figurarse de vacaciones en la playa, figurarse una persecución.*

fijar v tr (Se conjuga como *amar*) 1 Poner algo en algún lugar o en otra cosa y asegurarlo para que no se mueva o se caiga: *fijar un vidrio, fijar un cuadro, fijar una rueda* 2 Establecer algo de manera segura o definitiva: *fijar precios, fijar* *una fecha* **3** *Fijar la vista, la mirada, etc.* Dirigir la vista a un punto y no moverla de él **4** *prnl* Mirar algo o a alguien con cuidado, atención e interés: *fijarse en el cielo, fijarse en una muchacha.*

filosofía s f **1** Reflexión sistemática sobre el universo y el hombre que busca conocer y explicar sus orígenes, finalidades, cualidades y relaciones: *filosofía griega, filosofía de Aristóteles, filosofía moderna, historia de la filosofía* **2** Disciplina que reflexiona sobre distintos campos del conocimiento y de la actividad humana y estudia las formas del pensamiento: *filosofía de la historia, filosofía de la religión, filosofía política, filosofía del derecho, filosofía del conocimiento* **3** *Tomar o llevar algo con filosofía* Llevar algo con tranquilidad, tomar una actitud serena y reflexiva ante las dificultades: *"Llevó con mucha filosofía la quiebra de su negocio", "Esas enfermedades hay que tomarlas con filosofía".*

filosófico adj Que pertenece a la filosofía o se relaciona con ella: *sistema filosófico, actitud filosófica.*

filósofo s **1** Persona que tiene por profesión la filosofía, particularmente la que ha creado un sistema filosófico **2** Persona que vive ordenadamente, con apego a los valores intelectuales y con una actitud tranquila y reflexiva.

fin s m **1** Punto o memento en el que algo se acaba, se termina o se detiene, o en el que alguien se muere: *fin de un tratado, fin de un camino, fin de la vida* **2** Objetivo que se da a algo o al que alguien trata de llegar: *fin de la justicia, tener buenos fines* **3** *Sin fin* Que no acaba, que no termina: *vueltas sin fin, problemas sin fin* **4** *Un sin fin de* Una gran cantidad de: *un sin fin de personas, un sin fin de alegría* **5** *Al fin, por fin* Hasta que: *"¡Al fin llegaste!"* **6** *Al fin y al cabo* Después de todo, de todas maneras: *"Luego me pagas, al fin y al cabo no necesito el dinero"* **7** *A fin de cuentas* Al final, en conclusión: *"A fin de cuentas salimos ganando"* **8** *A fin de* Al final de: *a fines del siglo pasado,* "Te pago *a fin de* mes" **9** *A fin de* Con el propósito o la intención de: *"Le escribí, a fin de saber cómo estaba", "Te aviso a fin de que te prepares"* **10** *Con fines* Con objetivos o propósitos: *"Una colecta con fines benéficos".*

final **1** adj m y f Que está en la última parte de algo, que sirve de fin o de conclusión: *palabras finales, examen final, punto final* **2** sm Parte o momento en el que algo se acaba: *el final de un libro, el final de una amistad* **3** *Al final* En la última parte, en el momento en el que algo termina: *al final de la calle, al final de la guerra* **4** *A, de, para o por final de* En, de, para o por la última parte de: *a finales de mayo, arquitectura de finales del siglo pasado, para final de semestre* **5** sf Última prueba de una competencia o un concurso en la que se decide quién gana: *"La final de futbol será mañana".*

finalizar v tr (Se conjuga como *amar*) Llegar algo a su fin o poner fin a algo: *finalizar un juego, finalizar el año*.

financiar v tr (Se conjuga como *amar*) Proporcionar alguien el dinero necesario para la realización de algo: "El gobierno *financia* la construcción de casas".

financiero 1 adj y s f Que se relaciona con las finanzas o pertenece a ellas: *compañía financiera, estado financiero* **2** s Persona que tiene por actividad o profesión las finanzas.

finanzas s f pl **1** Conjunto de las actividades relacionadas con el gasto, el ahorro y el manejo de dinero público o privado: *las finanzas nacionales* **2** Dinero o capital del que alguien dispone: "Mis *finanzas* están mal."

firma s f **1** Nombre de una persona y rúbrica característica de ella con los que autoriza, da autenticidad o establece un compromiso en el documento bajo el cual los escribe; este acto **2** Nombre o razón social de una compañía: *firma comercial, firma extranjera*.

firmar v tr (Se conjuga como *amar*) Escribir una persona su firma: *firmar una carta, firmar un documento*.

física s f Ciencia que estudia las características de la materia y la energía y establece leyes y principios de los fenómenos naturales.: *física moderna, física nuclear*.

físico[1] adj **1** Que pertenece a la física o se relaciona con ella: *fenómeno físico* **2** s Persona que tiene por profesión la física.

físico[2] **1** adj Que pertenece a las características materiales de un cuerpo o de un objeto o que se relaciona con ellas: *antropología física, descripción física, cambio físico* **2** adj y s m Que se relaciona con el estado corporal de una persona o con su aspecto exterior: *condición física, educación física, un buen físico*.

flexión s f **1** Acción de doblar o doblarse algo que tiene cierta elasticidad o que está articulado: flexión del cuerpo, flexionar un metal **2** (*Gram*) Característica de las palabras de algunas lenguas como el español, en las que el cambio en la terminación o en su forma indica las relaciones que tienen con otras palabras de la oración; accidente gramatical **3**(*Gram*) *Flexión nominal* La de los sustantivos y adjetivos. En español es la de género y la de número **4**(*Gram*) *Flexión verbal* La de los verbos. En español es la de modo, la de tiempo, la de número y la de persona.

flor s f **1** Parte de las plantas fanerógamas en donde están sus órganos reproductores. Suele ser de formas y colores variados y vistosos y producir un olor agradable. Consta generalmente de una parte exterior, o cáliz, compuesta por varias hojas llamadas sépalos; y una interior, o corola, compuesta de varios pétalos, que protegen los órganos sexuales masculinos, o estambres, y femeninos, o pistilos **2** Halago sobre alguna cualidad de alguien, particularmente aquél con el que un hombre alaba a una mujer: *decir, flores, echar una flor* **3** Parte más escogida o mejor de algo: *flor de la inteligencia, flor de la sociedad, flor de la juventud* **4** *Flor y nata* Parte más escogida de algo **5** *En flor* Con flores alguna planta o en el mejor momento o estado de alguien: *naranjos en flor, niñez en flor* **6** *A flor de* En la superficie de algo o sobresaliendo ligeramente de ella: *a flor de agua, a flor de tierra, a flor de piel.*

flora s f Conjunto de las plantas que crecen en una región o en un periodo geológico: *la flora tropical, la flora del pleistoceno.*

floración s f Acto de florecer las plantas y tiempo que duran en ese estado.

florecer v intr (Se conjuga como *agradecer*, 1a) **1** Dar flores una planta **2** Desarrollarse algo intensamente: *florecer las artes, florecer la ciencia.*

fondo s m **1** Parte interior y más baja de cualquier cosa hueca y cerrada, como por ejemplo la de un recipiente: *fondo de la botella* **2** Parte más profunda de alguna cosa, más alejada del lugar desde donde se mira o parte posterior de algo: *fondo del mar*, "La pelota se fue hasta el *fondo* del campo", "Al *fondo* de la ciudad están los cerros" **3** Longitud perpendicular a la que se considera como frente en una superficie: "Este terreno tiene 29 metros de *fondo* **4** Plano posterior al que ocupan las figuras principales en una pintura, fotografía, etc: "En el *fondo* del cuadro hay una mujer bailando" **5** Prenda de vestir femenina, generalmente de tela delgada, que se usa debajo de la falda o del vestido **6** *Bajos fondos* Barrios de una ciudad en donde existe mucha violencia, y el conjunto de las personas que habitan en ellos **7** Parte más importante o esencial de algo, que se encuentra bajo lo aparente o superficial: "Hay que llegar al *fondo* del problema" **8** Conjunto de las ideas que se encuentran contenidas en una obra literaria, dramática, cinematográfica, etc., y que se expresan a través de una forma **9** *Con* o *de fondo* Que contiene un pensamiento o una relfexión profunda: *una película de fondo, un libro de fondo* **10** *A fondo* Profundamente, con cuidado y rigor: "Analizó *a fondo* sus problemas" **11** Dinero que posee una persona, organización, país, etc.: "No tiene *fondos* en el banco" **12** Dinero que se destina para financiar una obra determinada o para conseguir algo: *fondo para la vivienda* **13** Conjunto de obras, como libros, documentos, discos, etc. de los que dispone una institución, y que generalmente pueden ser consultados por el público: *fondo de una biblioteca, fondo de un archivo.*

fonema s f (*Fon*) Forma, considerada invariable, de cada sonido de una lengua, que sirve para distinguir unos signos de otros, como *pata* de *bata*. En español, como en varias lenguas, se representa por medio de una o varias letras; así, el fonema /b/, por ejemplo, es la forma invariable del sonido bilabial sonoro y se escribe con las letras *b* y *v*; el fonema /k/ es la forma del sonido velar oclusivo sordo, que

se escribe con las letras *c*, *k* y
qu.

fonética s f Disciplina de la lingüística que estudia la manera
en que se pronuncian o se oyen
los sonidos del habla.

fonología s f Disciplina de la
lingüística que estudia la organización, estructura y función
de los fonemas de una lengua.

formá s f 1 Conjunto de líneas y
superficies que determinan el
contorno característico de algo o
su aspecto externo; apariencia
exterior o superficial de algo:
*forma de una cara, forma de
una silla* 2 *En forma de* Con aspecto de: *en forma de campana* 3
Relación o conjunto de relaciones entre elementos que se
mantiene constante, independientemente de las variaciones
de cada uno de ellos: *forma
gramatical, forma de un razonamiento* 4 Modo o manera en
que se hace algo: *leer en forma
cuidadosa, bailar en forma elegante* 5 *Forma de ser* Manera
característica de comportarse
alguien: "Tiene una *forma de
ser* muy agradable" 6 *Estar en
forma* Estar en buenas condiciones físicas o mentales para
hacer algo 7 *De forma que* De
tal manera que: "Canta *de
forma que* todos te oigan" 8 *En
forma* Como se debe, sin dejar
nada que desear: *una comida en
forma, una fiesta en forma* 9
Hoja de papel impresa con las
instrucciones que deben seguirse y los datos que se requieren para efectuar algún trámite.

formación s f Acto de formar
algo o a alguien y su resultado:
una formación de gases, una

*formación sólida, una formación
militar, formación musical*.

formar v tr (Se conjuga como
amar) 1 Dar a algo cierta organización, cierto orden o estructura: *formar un grupo, formarse
una idea* 2 Reunir o juntar personas, cosas o elementos para
constituir un todo: *formar una
bola de tierra, formarse una
capa de nata* 3 Componer o
constituir varios elementos un
todo: "El equipo lo *forman* los
mejores estudiantes" 4 Dar a
alguien la enseñanza o el adies-
tramiento necesario para que
haga algo: *formar médicos, formar hombres de bien* 5 Hacer
fila o poner varios elementos en
ella: *formarse los soldados, formar la cola*.

fórmula s f 1 Expresión simbó-
lica de un hecho científico o de
la composición de una sustancia: *fórmula matemática, fórmula de la relatividad, fórmula
química, fórmula de una medicina* 2 Expresión corta y bien
definida de la manera en que
algo se hace, se resuelve o se
consigue: *la fórmula del éxito* 3
Manera formal, apegada a determinadas costumbres sociales,
de hacer algo: *fórmula de cortesía* 4 *Por fórmula* Por mera costumbre, sólo por cumplir: "Fui a
la fiesta *por fórmula*".

formulario s m Documento impreso que contiene ciertas preguntas y que se aplica con el fin
de obtener determinada información: *formulario de inmigra-
ción, formulario de inscripción*.

fortuna s f 1 Suerte de alguien:
buena fortuna 2 *Por fortuna* Por
casualidad, para bien de al-

guien: "*Por fortuna* no me robaron todo" **3** Conjunto de bienes
de una persona o de un grupo,
especialmente cuando es cuan-
tioso.

francés **1** adj y s Que pertenece, es originario o se relaciona
con Francia o su cultura **2** s m
Lengua que hablan los france-
ses, los franco-canadienses y
otros pueblos colonizados por
Francia.

frase **1** Cualquier conjunto de
palabras que tengan sentido **2**
(*Gram*) Para la gramática tradicional, enunciado que no tiene
verbo, como: "Los niños de la
esquina" **3** *Frase hecha* Expresión que se repite siempre de la
misma manera como: "¡Ay, qué
tiempos!", "Ya lo decía mi abuelita", "Ni nos daña ni nos beneficia" **4** Manera propia de una
persona, de un estilo o de una
lengua, de ordenar las palabras
en la oración y las oraciones
entre sí: *la frase de Azorín, la
frase del periodismo, la frase del
español contemporáneo* **4** (*Gram*)
Construcción: *frase nominal,
frase verbal, frase adjetiva*.

frecuencia s f **1** Repetición constante o a intervalos cortos de
alguna acción o acontecimiento:
*frecuencia de los viajes de un
tren, frecuencia de la respiración*
2 *Con frecuencia* Repetida o frecuentemente: *viajar con frecuencia, soñar con frecuencia* **3**
Número de vibraciones, ondas o
ciclos de cualquier fenómeno periódico por unidad de tiempo:
*baja frecuencia, frecuencia de la
voz*.

frecuente adj m y f Que sucede o
se repite a menudo, o a cortos

intervalos; que es común o
usual: *lluvia frecuente, interrupciones frecuentes, visitas frecuentes*.

frente **1** s f Parte superior de la
cara, situada entre las cejas y la
línea donde nace el cabello o
donde empieza la curvatura del
cráneo: *frente ancha, frente des-
pejada, pegar con la frente* **2**
Frente calzada Aquélla en la
que nace cabello a poca distancia de las cejas **3** *Arrugar o
fruncir la frente* Gesto que expresa disgusto, preocupación o
desaprobación: "Sólo *arrugó la
frente* cuando encontró a los
niños en la milpa" **4** *Con la
frente alta, levantada, etc.* Con
orgullo o dignidad **5** s m Parte
delantera de algo: *el frente de la
casa, el frente de un camión* **6** s
m (*Mil*) Posición avanzada de
un ejército o lugar en el que se
pelea en una guerra: *el frente
alemán, frente de batalla,*
"Mandar diez hombres al *frente*"
7 s m Organización o agrupación que se propone luchar por
algo o defender alguna causa:
*frente de liberación, frente repu-
blicano* **8** *Al frente* En la parte
delantera o en dirección a ella:
"*Al frente* hay un mural", *mirar
al frente, dar un paso al frente* **9**
Al frente de A la cabeza, delante
de: "El presidente Allende al
frente de su pueblo", "*Al frente*
de la manifestación iba el rector
Barros Sierra" **10** *Frente a* En el
lado opuesto y delante de, o en
presencia de, ante: "San Juan
de Ulúa está *frente a* Veracruz",
"Vivo *frente a* la plaza", "Estamos *frente a* una grave situación" **11** *De frente* Con la parte

delantera dirigida hacia un punto que se toma como referencia: "Pusimos el cuadro *de frente* a la entrada", "Nos sentamos *de frente* al pizarrón" **12** *De frente* Directamente, con decisión, sin rodeos: *encarar un problema de frente, hablar de frente* **13** *Hacer frente a algo* Tratar algo directamente y con decisión: *hacer frente a la situación económica* **14** *Frente a frente* Uno delante de otro y en actitud de lucha: *estar dos ejércitos frente a frente,* "Los dos hombres se pararon *frente a frente*".

fricativo adj (*Fon*) Que se pronuncia haciendo pasar el aire por diversos obstáculos en la boca, como el velo del paladar, la lengua, los dientes, etc. razón por la que adquiere cierto sonido peculiar. Los fonemas /f/, /x/, /s/, son fricativos.

frijol s m **1** Planta leguminosa, generalmente anual, cuyas diferentes especies se cultivan en todo México **2** Semilla de esta planta de aproximadamente 10 mm de largo y de distintos colores, según la variedad a la que pertenezca. Crece en vainas y es parte fundamental de la dieta de los mexicanos.

frío adj y s **1** Que tiene una temperatura más baja de la normal o de la que es agradable para alguien: *clima frío, agua fría* **2** *Tener frío* Sentirlo **3** s Estado de la atmósfera en que la temperatura es más baja de lo acostumbrado: *hacer frío* **4** Que no expresa sus emociones, no las tiene o no se deja llevar por ellas: *una persona fría, un pú-*

blico frío, un militar frío, una mente fría **5** *En frío* Sin que una situación sea todavía grave, o sin que alguien se deje afectar por ella: *discutir en frío un asunto* **6** *Estar alguien frío* Comenzar alguien una actividad como el deporte o el baile sin haber ejercitado los músculos previamente **7** *Quedarse frío* Quedar alguien sorprendido por algo imprevisto: *quedarse frío con una noticia.*

fruta s f **1** Fruto comestible de las plantas, como la manzana, el melón, el mango, el plátano, la nuez, etc. **2** Conjunto de esos frutos.

fruticultura s f Cultivo de las plantas que producen fruta.

fruto s m **1** Parte de las plantas fanerógamas, producto de la fecundación del ovario, en la que están contenidas las semillas generalmente rodeadas de una pulpa suave **2** Producto de la Tierra: *fruto del campo, fruto del mar* **3** Producto o resultado que se obtiene de algo: "El progreso no debería ser *fruto* de la guerra".

fuego s m **1** Desprendimiento de calor y luz en forma de llama, producido por algo que se quema: "El fuego de la leña **2** *Fuegos artificiales* Dispositivos hechos a base de pólvora con los que se producen luces de colores y tronidos, generalmente para festejar algo, y las luces que se producen **3** *Fuego fatuo* Llama pequeña y pálida que parece desprenderse de la tierra y es producto de la combustión del fósforo y otras materias orgánicas, se ve particularmente en los panteones 4 *Echar alguien fuego* Estar alguien muy enojado 5 *Poner las manos al fuego por alguien* Estar uno seguro de la honradez, sinceridad o responsabilidad de alguien 6 Disparo de un arma como la pistola o el cañón 7 *Hacer fuego* Disparar 8 *Romper el fuego* Comenzar a disparar 9 *Cese al fuego* Acto de dejar de disparar y pelear en una guerra 10 *Fuego graneado* Acto de disparar al mismo tiempo y de forma constante todos los soldados de un ejército o de un grupo armado 11 *Estar alguien entre dos fuegos* Estar alguien en un conflicto por no poder resolver dos situaciones contrarias 12 Pequeña ulceración que aparece en la boca, generalmente producida por alguna enfermedad, o por la falta de alguna vitamina.

fuente s f 1 Brote de agua que sale de la tierra: *fuentes de aguas termales* 2 Construcción por la que se hacen chorros de agua en un calle, una plaza o un jardín: *un patio con fuentes* 3 Lugar o cosa donde principia o donde se produce algo: *el Sol, fuente de luz y calor, el pescado es una fuente valiosa de proteínas* 4 Origen de una información: *noticias de fuentes dignas de crédito* 5 *De buena fuente* De personas o medios bien informados: *saber algo de buena fuente* 6 pl Libros, documentos o textos que sirven de información a un autor: *notas recogidas en las más diversas fuentes* 7 Recipiente grande que se usa para servir comida: *una fuente de ensalada*.

fuera adv 1 A o en la parte exterior de algo; sin quedar incluido o considerado en algo: *dar hacia fuera*, "*Fuera de México*", "*Fuera de la casa*", "Pintó por dentro y por *fuera*", "*Fuera del tiempo*", "*Fuera de mis planes*", "*Fuera de mis obligaciones*" 2 *Fuera de* Excepto por, salvo, aparte de: "*Fuera de eso, estoy bien*", "*Fuera de que se enojó, no sucedió más*" 3 *Fuera de* Sin: *fuera de proporción, fuera de lógica* 4 *Estar fuera de sí* Estar sin control, muy excitado y sin razonar.

fuerte adj y s m y f 1 Que tiene mucha fuerza muscular; que tiene una constitución física sana y robusta: *fuerte como un toro* 2 Que es resistente; que no puede ser dañado, roto o vencido con facilidad: *tallos fuertes, una cuerda fuerte, un equino fuerte* 3 Que tiene mucho valor, firmeza o seguridad en sí mismo: *una mujer fuerte, un hombre de carácter fuerte* 4 Que es muy intenso o vigoroso, muy abundante: *dolor fuerte, temblor fuerte, jalón fuerte, un fuerte aplauso, un sonido fuerte, fuertes lluvias* 5 Que tiene un sabor o un olor muy intenso; que tiene un alto grado de alcohol: *queso fuerte, licor fuerte* 6 *Plato, platillo fuerte* El más sustancioso o abundante en una comida 7 adv Con intensidad o fuerza; en abundancia: *llorar fuerte, trabajar fuerte, soplar fuerte, comer fuerte* 8 *Estar (muy) fuerte en algo* Tener gran dominio o capacidad para hacer algo: "El niño *está muy fuerte en* matemáticas" 9 *Ser algo el (punto) fuerte de alguien* Ser lo que alguien hace mejor o domina más: "Los deportes *son su punto fuerte*" **10** Que tiene poder para convencer; que produce gran impresión en uno: *razón fuerte, argumento fuerte, película fuerte* **11** Que tiene mucho poder o influencia: *naciones fuertes, empresa fuerte* **12** Que asciende a una gran cantidad de dinero: *fuertes multas, inversiones fuertes, fuertes impuestos* **13** *Palabra fuerte* Insulto, grosería **14** *Pretérito fuerte* (*Gram*) Pretérito de algunos verbos irregulares, que tiene el acento en la raíz y no en la terminación, como *tuve, cupe, dije, anduve,* etc. **15** s m Construcción militar con la que se protege un territorio: *el fuerte de Loreto, el fuerte de Santiago.*

fuerza s f **1** Capacidad que tiene algo o alguien para hacer o mover algo pesado, o para resistir la influencia o el peso de algo: *fuerza del viento, fuerza de un motor, fuerza muscular, fuerza física, fuerza de una viga, fuerza de carácter, fuerza mental* **2** (*Fís*) Acción que se ejerce sobre un cuerpo y que es capaz de cambiar su estado de reposo o movimiento: *fuerza de gravedad, fuerza centrípeta, fuerza centrífuga* **3** Capacidad que tiene una persona, un grupo de personas o un país para influir o dominar a otro: *la fuerza de un dirigente, la fuerza de un sindicato, la fuerza de China* **4** *Fuerzas sociales, económicas, políticas, etc.* Conjunto de grupos sociales, económicos, políticos, etc., que tienen la capacidad para influir en cierta situación o

determinarla **5** *Fuerza militar o fuerza armada* Ejército **6** *Fuerza pública* Cuerpo de la policía o conjunto de los policías **7** Capacidad que tiene algo como una idea, un argumento, etc., para convencer: *fuerza de las palabras, fuerza de la lógica* **8** *A, por (la) fuerza* De manera obligada, necesariamente: *trabajar por la fuerza, comer a la fuerza* "Para pasar el examen, *a la fuerza* hay que estudiar", "*Por fuerza* tiene que ganar" **9** *A fuerza de* A base de, insistiendo en: "Sacó su título *a fuerza de* estudiar" **10** *Fuerza mayor* Situación imprevista que obstaculiza o interfiere el desarrollo o la realización de algo: "Renunció por causa de *fuerza mayor*" **11** Clasificación de la capacidad o habilidad de un deportista o de un equipo deportivo: "Juega en la primera *fuerza*".

fumar v tr (Se conjuga como *amar*) Aspirar y luego echar el humo, principalmente del tabaco de un cigarro, un puro o una pipa.

función s f **1** Acción, actividad u oficio que cumple, desempeña o es propio de algo o alguien: *las funciones del organismo, la función del alimento, una función didáctica* **2** (*Mat*) Regla por la cual a cada valor de un conjunto corresponde exactamente un valor de otro conjunto **3** *En función de* En relación con otra cosa de la cual depende: "Las clases se darán *en función del* programa", "El precio de la masa se da *en función del* precio del maíz" **4** (*Gram*) Oficio o papel que desempeña una palabra dentro de la oración o, en general, cualquier signo dentro de otro de mayor tamaño o jerarquía. Por ejemplo, en "Juan come manzanas", el sustantivo *Juan* tiene la función de sujeto, mientras que el sustantivo *manzanas* tiene la función de objeto directo; en "Querer es poder", el verbo *querer* tiene la función de sujeto de la oración y, por eso, funciona como sustantivo **5** Acto público o exhibición de un espectáculo: "El cine da cuatro *funciones*".

funcionamiento s m Acto de funcionar algo: *funcionamiento de un reloj, funcionamiento de un hospital.*

funcionar v intr (Se conjuga como *amar*) Realizar o desempeñar algo o alguien la función que le corresponde: *funcionar el hígado, funcionar la máquina.*

funcionario s Persona que cumple una función de responsabilidad, especialmente administrativa, en una organización, institución o empresa.

fundamental adj m y f Que es o constituye lo principal, más necesario o básico de algo: *diccionario fundamental, actividad fundamental.*

fundamentar v tr (Se conjuga como *amar*) **1** Poner los fundamentos de algo: *fundamentar bien la estructura* **2** Dar razones o argumentos necesarios para sostener, justificar o defender algo: *fundamentar una decisión, fundamentar una teoría.*

fundamento s m **1** Principio o base en que se apoya o descansa algo: *fundamentos de un edificio, fundamento de una idea,* **2**

Origen, causa o elemento básico de una idea, un conocimiento o una enseñanza: *fundamentos de química, fundamentos de carpintería, el fundamento de una teoría.*

fundar v tr (Se conjuga como *amar*) **1** Poner los primeros elementos de algo, empezar a construirlo o a elaborarlo: *fundar una ciudad, fundar un imperio* **2** Dar razones para sostener o defender algo, o apoyarse en algo para afirmar alguna cosa: *fundar un juicio, fundar una teoría.*

futbol s m **1** Deporte que se juega entre dos equipos de once jugadores cada uno, y que consiste en que los jugadores se pasen y golpeen con el pie una pelota por el campo de juego para procurar que alguno la meta en el marco o portería del equipo contrario tantas veces como sea posible a lo largo de noventa minutos de competencia divididos en dos tiempos de cuarenta y cinco minutos **2** *Futbol americano* Deporte que se juega entre dos equipos con once jugadores cada uno en el campo de juego, y que consiste en ir avanzando o lanzando un balón ovalado hasta una determinada zona de anotación del campo que ocupa el equipo contrario, que trata de impedir ese propósito. Mientras un equipo tiene la oportunidad de avanzar hacia la meta contraria, el otro procura evitarlo deteniendo por la fuerza a los atacantes y tratando de interceptar sus pases o de quitarle el balón al que lo lleva. Cuando el equipo que ataca no logra avanzar un espacio de 10 yardas (9.14 m) después de cuatro intentos, los contrarios pasan a la ofensiva, y así sucesivamente.

futuro 1 adj Que está por venir, suceder o existir: *paz futura, trabajo futuro, mundo futuro* 2 sm Tiempo posterior al presente (ver tabla de tiempos verbales).

G g

g s f Octava letra del alfabeto, su nombre es *ge*. Antes de *e, i* representa al fonema consonante velar fricativo sordo /x/: *gesto, giro*. Ante *a, o, u, ü* o cualquier otra consonante representa al fonema consonante velar sonoro /g/: *gasto, agua, gota, gusto, goma, ángulo*; en las demás posiciones su articulación generalmente es fricativa, como en *riego, agrio, dogma, ignorar, alguien*.

gallina s f 1 (*Gallus gallus*) Ave doméstica, hembra del gallo, que se distingue de éste por ser más pequeña, carecer de espolones y tener la cresta más chica; es muy apreciada por los huevos que pone y por su carne 2 adj m y f Miedoso, cobarde 3 *Andar como gallina clueca* Estar muy orgulloso y aturdido por algo que se ha conseguido y se considera valioso: "*Anda como gallina clueca* con su bicicleta" 4 *Gallina ciega* Juego de niños que consiste en formar un círculo y vendar los ojos a uno que se sitúa en el centro para que al detener a alguno de los que dan vueltas a su alrededor trate de identificarlo para que le sustituya.

gallo s m 1 (*Gallus gallus*) Ave doméstica, macho de la gallina, que se caracteriza por tener cresta, carnosidades rojas pendientes a cada lado de su pico que es corto y arqueado; plumaje abundante y con brillo y las patas provistas de espolones. Se le aprecia por su bravura; su canto, en las primeras horas del amanecer, es característico: *pelea de gallos, cantar el gallo* 2 Hombre valiente, presumido y peleonero: *ser muy gallo* 3 Sonido falso que emite alguien, sin querer, al estar hablando o cantando; es común en los adolescentes cuando cambian de voz 4 Serenata: *ir de gallo, llevar gallo a la novia* 5 *En menos (de lo) que canta un gallo* Con mucha rapidez 6 *Pelar gallo* Huir o morirse alguien 7 *Dormírsele a uno el gallo* Descuidarse, no actuar a tiempo o quedarse dormido 8 *Cantar otro gallo* Suceder algo de modo diferente, cambiar las cosas de manera que resulten favorables a uno: "*Otro gallo te cantaría* si el presidente fuera mi amigo" 9 Objeto con el que se juega al bádminton, que tiene forma de cono, un corcho en la parte más estrecha y el resto de pluma o de plástico.

gana s f Disposición favorable para hacer algo o deseo de algo: *darle a alguien la gana de algo,* *de buena o mala gana, hacer alguien lo que le da o le viene en gana, dar ganas, sentir ganas, tener ganas.*

ganadería s f 1 Cría y explotación del ganado: *ganadería lechera, ganadería de carne* 2 Instalación en donde se lleva a cabo.

ganado s m 1 Conjunto de animales cuadrúpedos de varias especies, que se crían para sacar provecho de su carne, leche, cuero, etc., como las vacas, los toros, los borregos, las cabras, etc.: *ganado de engorda, ganado de cría, ganado lechero* 2 *Ganado mayor* El que está constituido por animales grandes, como vacas, mulas, bueyes, etc. 3 *Ganado menor* El que está constituido por animales pequeños como ovejas, cabras, etc.

ganancia s f 1 Beneficio o provecho que deja algo o que se saca de ello 2 Total de los ingresos que tienen una empresa, industria o comercio, descontando sus gastos 3 Mejoría o logro que se obtiene en algo: "Ya es *ganancia* que un niño tan chiquito coma solo".

ganar v tr (Se conjuga como *amar*) 1 Recibir cualquier clase de beneficio, especialmente dinero, por el trabajo, los negocios, un concurso, etc.: *ganar dividendos, ganar un tanto por ciento, ganar un premio, ganar una apuesta* 2 Recibir alguien un sueldo por el trabajo que desempeña regularmente: *ganar el salario mínimo* 3 Hacerse de algo que resulta provechoso o satisfactorio, como fama, honores, confianza, etc.: *ganar pres-*

tigio, ganar amistad 4 Vencer o superar a alguien, especialmente en una competencia o concurso: *ganar una carrera, ganar una pelea* 5 Llegar al lugar que se desea: *ganar la cumbre, ganar la orilla* 6 intr Mejorar en algo: *ganar en aspecto físico, ganar en seguridad.*

gas s m 1 Cuerpo sin forma ni volumen constante, que puede conprimirse o expandirse según la temperatura y la presión en que se encuentre, como el oxígeno, el hidrógeno, el helio, etc.: *los gases de la atmósfera, formación de gases explosivos* 2 *Gas natural* Aquél que se encuentra en el interior de la Tierra; se usa principalmente como combustible 3 *Gas butano* El que se obtiene de la destilación del petróleo crudo, se puede licuar y se usa como combustible doméstico o industrial 4 *Gas lacrimógeno* Gas tóxico que produce asfixia y abundantes lágrimas 5 *Gas carbónico* El que está formado por bióxido de carbono, que se produce en la combustión de materia orgánica y que constituye el elemento más importante en la síntesis de la clorofila de las plantas, las cuales lo toman de la atmósfera para luego producir oxígeno 6 Residuo en ese estado que deja la digestión y se acumula principalmente en el estómago y los intestinos.

gaseoso adj Que se encuentra como gas, se relaciona con él o lo desprende: *estado gaseoso, agua gaseosa.*

gasolina s f Líquido volátil, muy inflamable, producto de la destilación del petróleo, formado por una mezcla de hidrocarburos y algunas otras sustancias (según el uso que se le quiera dar) como el tetraetilo de plomo que sirve como antidetonante que se usa para los motores de los automóviles y otros vehículos: *gasolina de alto octano, gasolina blanca*.

gastar v tr (Se conjuga como *amar*) **1** Utilizar algo que se acaba o se destruye al hacerlo: *gastar gasolina, gastar energías* **2** Usar algo constantemente y dar lugar a que pierda parte de su materia o su forma, o a que deje de servir: *gastar una camisa* **3** prnl Perder algo parte de su materia o su forma, o dejar de servir a causa de su uso constante: *gastarse una rueda* **4** Emplear cierta cantidad de dinero en la compra o en el pago de alguna cosa: *gastar en alimentos, gastar en renta*.

gasto s m **1** Acto de gastar **2** Cantidad de algo que se utiliza o se emplea en alguna cosa: "El *gasto* de energía eléctrica ha aumentado" **3** Cantidad de dinero que se emplea en el pago o en la compra de algo, principalmente aquella que se destina a cubrir las necesidades de una familia: "Tomó cien pesos del *gasto*" **4** *Hacer el gasto* Ir una persona a comprar los alimentos que necesita la familia **5** Entrega de dinero o pago que se hace por una cosa determinada: "Tengo que hacer muchos *gastos*" **6** *Gastos de representación* Los que una persona hace por necesidades de su trabajo y son pagados por éste.

generación s f **1** Acto de generar algo **2** Conjunto de elementos de la misma especie, nacidos o producidos en el mismo periodo: *nueva generación, generación del Ateneo*.

generador 1 adj Que origina o produce algo: "El trabajo es el principal *generador* de riqueza" **2** sm Máquina que produce energía, particularmente la que transforma energía mecánica, calorífica, etc. en electricidad: *generador de corriente*.

general adj m y f **1** Que se aplica o incluye a la mayoría o a todos los casos o individuos: *bienestar general, asamblea general de maestros, regla general* **2** Que es común o usual: *opinión general* **3** Que se refiere o abarca las características más importantes de algo: *principios generales del derecho, leyes generales de la física, conclusiones generales* **4** Que no está especializado ni limitado a una sola área, campo, región, época, etc.: *medicina general, historia general* **5** Que está en una posición de mayor autoridad y responsabilidad, o tiene a su cargo coordinar el trabajo de otras personas: *gerente general, dirección general, secretario general, procurador general* **5** *El general* Sin detallar, sin especificar; comúnmente: *hablar en general, "En general* eso es lo que sucede" **6** *Por lo general* Comúnmente, en la mayoría de los casos: "*Por lo general* viene en las tardes" **7** *En términos generales* Sin precisar, generalizando **8** s Grado más alto de la jerarquía militar: *general de división, ge-*

neral de brigada, general briga-
dier.

generar v tr (Se conjuga como
amar) Dar origen a una cosa a
partir de otra: *generar electrici-*
dad, generar ideas.

género s m **1** Conjunto de objetos o de seres que tienen ciertas
características iguales: *género*
humano, un género de insectos,
género de alimentos **2** *(Biol)*
Grupo de plantas o de animales
que tienen características en
común, inferior al de familia y
superior al de especie: *género*
Pinus, género Homo **3** Conjunto
de obras artísticas que comparten un tema, la forma de tratarlo o el material en que se
realizan: *género policiaco, gé-*
nero lírico, géneros musicales **4**
(Gram) Flexión o accidente
gramatical del sustantivo, el adjetivo, el artículo y el pronombre, que indica cuándo son masculinos, femeninos o neutros.
Por lo que respecta a algunos
nombres de animales, el género
suele designar su sexo; en
cuanto a otros nombres, el género sólo indica la terminación
y la concordancia del sustantivo
con el adjetivo. La terminación
o morfema *–o* suele corresponder al género masculino y la
terminación o morfema *–a*, al
género femenino, como en *niño,*
perro, blanco y *niña, perra,*
blanca.. Los nombres que acaban con otra vocal o en consonante se consideran, generalmente, masculinos: *bisturí,*
bambú, chile, camión, trolebús;
los que acaban en *–ción, –dad,*
–ed, –sis, suelen considerarse
femeninos: *función, ciudad,*
tranquilidad, merced, tesis. Hay
muchas excepciones **5** Tela: *gé-*
nero de lana, género de algodón.

gente s f **1** Conjunto de personas: *gente pobre, gente buena,*
gente del pueblo **2** Conjunto de
personas que trabajan en el
mismo lugar o bajo las mismas
órdenes: "Trajo a su *gente* para
la cosecha" **3** Familia o conjunto
de personas cercanas a uno:
cuidar a su gente.

gentilicio adj y s *(Gram)* Que
expresa el origen o la nacionalidad de una persona, una cosa,
una costumbre, etc., como *mexi-*
cano, español, oaxaqueño, pa-
chuqueño, etc.

gerente s m y f Persona que dirige una empresa o negocio, o
alguno de sus departamentos:
gerente general, gerente de ven-
tas, gerente de producción.

germinar v intr (Se conjuga
como *amar*) **1** Comenzar a crecer una planta de una semilla **2**
Comenzar a desarrollarse algo,
especialmente ideas, costumbres, etc.: "El nacionalismo
germinó durante el siglo XIX".

gerundio s m *(Gram)* Forma no
personal del verbo, que se manifiesta con los sufijos *–ando* (en
verbos de la primera conjugación) e *–iendo* (en verbos de la
segunda y la tercera conjugación), como *cantando, comiendo*
y *subiendo.* Significa la duración pasajera o limitada de una
acción. Con ciertos verbos auxiliares forma perífrasis, como en:
"Estaba comiendo cuando llegaste", *"Vayan bajando* mientras me visto y los alcanzo"; generalmente tiene un valor adverbial que expresa modo, cir-

cunstancia o condición, como en: "El mensajero llegó *corriendo*", "Terminó *exclamando* en voz alta...", "Los tenía *cantando* toda la tarde", "El libertador, *considerando* la situación, decidió comenzar el ataque". Cuando aparece en oraciones subordinadas manifiesta que la acción que significa es simultánea con la de la oración principal, o que coincide con ella parcialmente, como en: "Recibió el premio *agradeciendo* al jurado...", "Encontré a Enrique *comiendo* en un restaurante". Tiene valor adjetivo en algunos casos, como el de: agua *hirviendo*.

girar v tr (Se conjuga como *amar*) 1 Mover algo circularmente o alrededor de otra cosa: *girar el volante, girar la rueda de la fortuna, girar una línea* 2 intr Dar vuelta algo o alguien: *girar a la izquierda, girar sobre los talones* 3 intr Tener algo como una conversación, una película, una novela, etc. un tema determinado: "La conferencia *giró* en torno a la política" 4 Hacer que algo circule o se distribuya, en especial documentos financieros: *girar cheques, girar bonos, girar dinero por telégrafo, girar instrucciones*.

gobernador adj y s Que gobierna: *gobernador de un banco, gobernador militar* 2 s Cada uno de los jefes del poder ejecutivo de los Estados de una república federal: *la gobernadora de Tlaxcala, gobernador de Arizona*.

gobernante adj y s m y f Que gobierna, en especial quien dirige la vida política de un país: *clases gobernantes, reunión de gobernantes*.

gobernar v tr (Se conjuga como *despertar*, 2a) Dirigir o guiar algo o el comportamiento de alguien: *gobernar una nave* 2 Dirigir una sociedad o un país hacia el logro de sus finalidades, estableciendo las leyes y las disposiciones necesarias para alcanzarlas.

gobierno s m 1 Acto de gobernar, en especial a un país: *práctica de gobierno, arte de gobierno* 2 Conjunto de órganos e instituciones, con facultades y responsabilidades determinadas por las leyes, creados para atender la función pública de un país: *un gobierno estable, gobierno mexicano, trabajar en el gobierno* 3 Grupo de personas, generalmente ministros, secretarios de Estado, funcionarios públicos, etc., que tienen a su cargo la función ejecutiva en un país: *formar un gobierno, presentar a un gobierno, entrar en el gobierno*.

golpe s m 1 Encuentro violento y repentino de un cuerpo con otro, bien sea accidental o bien provocado por uno de ellos, y efecto que les produce: *un golpe entre dos camiones, el golpe del martillo sobre el clavo, dar un golpe, pelear a golpes, recibir un golpe, tener un golpe en la cabeza* 2 Impresión intensa e inesperada que causa algo en alguien: "La noticia de que había muerto su primo significó un fuerte *golpe* para él", "La devaluación fue un tremendo *golpe*" 3 *Golpe de pecho* El que se da con el puño sobre el pecho, como señal de arrepentimiento o de religiosidad **4** *Darse golpes de pecho* Mostrar ante los demás arrepentimiento de algo o religiosidad, generalmente de manera excesiva o falsa: "Catalina *se da muchos golpes de pecho* pero roba a sus clientes" **5** *Golpe de mar* El que dan las olas inesperadamente sobre una embarcación, o contra un arrecife o un rompeolas **6** Acto sorpresivo y por lo general ilegal en contra de algo o de alguien; en especial el que da en contra del gobierno legalmente constituido de un país, una parte de sus miembros, como el ejército o alguno de sus funcionarios: *golpe a un banco, golpe de Estado* **7** *Golpe de vista* Capacidad de alguien para apreciar algo inmediatamente: "Al primer *golpe de vista* comprendió que no era honrado" **8** *Golpe, de golpe y porrazo* De repente, sin previo aviso: "Las ventanas se abrieron *de golpe*", "*De golpe y porrazo* se puso a cantar en la Alameda" **9** *De (un) golpe* De una sola vez: "Entregaron toda la mercancía *de golpe*" **10** *No dar golpe* No trabajar: "Humberto *no da golpe* desde hace un mes"

golpear v tr (Se conjuga como *amar*) **1** Dar un golpe un cuerpo sobre otro o chocar con él: *golpear una piedra en el vidrio, golpear el balón en la pared* **2** Dar golpes repetidamente: "El mecánico *golpeaba* con su martillo toda la mañana"

gozar v tr (Se conjuga como *amar*) **1** Sentir gusto o placer por algo o con alguien: *gozar la música, gozar la comida, gozar*

la comida, gozar con ver a la novia **2** Poseer sexualmente a una persona **3** *Gozar de* Tener alguien algo que le es útil o provechoso: *gozar de privilegios, gozar de la libertad, gozar de buena salud.*

gracia s f **1** Cualidad de algo o de alguien que contribuye a hacerlo agradable o bello: "Tiene sus *gracias*, pero también sus defectos" **2** Habilidad de una persona para realizar algo con anturalidad, elegancia, soltura, armonía, etc.: *bailar con gracia, cantar con gracia* **3** Acción de alguien, que resulta agradable o divertida: "Las *gracias* del niño" **4** *Tener gracia* Ser divertida alguna cosa: "Sus anécdotas *tienen* mucha *gracia*" **5** *Hacerle algo gracia a alguien* Ser alguna cosa divertida para alguien: *"Me hacen gracia sus exageraciones"* **6** *Caer en gracia* Resultar agradable, simpático o divertido algo a alguien: "Le cayó *en gracia* tu amigo" **7** *Caer de la gracia* Perder alguien el favor o la estimación de una persona: *"Cayó de mi gracia* por ser tan grosero" **8** Beneficio o favor que se estima en mucho **9** *(Rel)* En el cristianismo, don dado por Dios al hombre para ayudarlo a alcanzar la vida eterna: *estado de gracia* **10** pl interj Expresión de cortesía con que se agradece algún favor o servicio **11** *Dar las gracias* Agradecer **12** Nombre y apellido de una persona: "¿Cuál es su *gracia*?"

grado s m **1** Cada uno de los niveles en que se divide una escala, de los valores que se asignan a sus diferencias cuantitativas, o de los que componen una jerarquía: *grado militar, grado de parentesco, grados escolares, quemaduras de tercer grado* **2** Título superior al de licenciatura que otorga una facultad universitaria: *grado de maestro, grado de doctor* **3** Cada una de las trescientas sesenta partes iguales en que se divide la circunferencia; se indican con el símbolo: (°); sirven para medir arcos y ángulos, longitudes y latitudes geográficas **4** Unidad de medida de la temperatura en diferentes escalas; la más común es la de Celsius, o escala centígrada, donde el grado cero corresponde al congelamiento del agua al nivel del mar, y los grados (100°) al de su evaporación: *grados Fahrenheit, grados Kelvin* **5** *(Gram)* Intensidad relativa de la significación de un adjetivo. Se manifiesta en tres formas: la *positiva,* que es el caso neutral: "un vestido *blanco*", "una niña *bella*", la *comparativa:* "un vestido *más blanco que otro*" "una niña *más bonita que* otra"; y la *superlativa:* "un vestido *blanquísimo*", "el vestido *más blanco*", "una niña *bellísima*", "la niña más *bella*" **6** *A tal grado* Con tanta intensidad: "Insistió *a tal grado* que tuve que aceptar" **7** *En cierto grado* En cierta medida, hasta cierto punto, un poco: *"En cierto grado* tiene razón".

grafía s f Signo o conjunto de signos con que se representa un sonido o se escribe una palabra.

gráfico 1 Que pertenece o se relaciona con la escritura, la imprenta, el dibujo, etc.: *signo grá-* *fico, artes gráficas* **2** Que está hecho a base de dibujos, fotografías, etc.: *guía gráfica, manual gráfico* **3** Que es muy claro: *un ejemplo gráfico, una expresión gráfica* **4** s f Tabla en que se representan por medio de líneas, barras o puntos, datos estadísticos, las variaciones o frecuencias con que se presenta algún fenómeno, etc.: *una gráfica de la variación de la temperatura por hora.*

gramática s f **1** Parte de la lingüística que estudia la estructura y las reglas de combinación de las palabras de una lengua; generalmente se divide en *morfología,* o estudio de la composición de las palabras en morfemas, y *sintaxis,* o estudio de sus combinaciones en la oración y en el texto o discurso. Estas divisiones no son siempre claras, pues dependen de diversas interpretaciones de las características de una lengua según criterios de forma, de función, semánticos y conceptuales **2** Conjunto de reglas y normas para hablar y escribir correctamente una lengua **3** Libro en el que se exponen o estudian esos temas, sus reglas y sus normas: *una gramática escolar, una gramática académica, una gramática formal.*

gramema s m *(Gram)* Morfema cuya función consiste en manifestar relaciones gramaticales Aparece ligado a otros gramemas o a algún lexema y libre, como las preposiciones, las conjunciones y los artículos. Por ejemplo, en "Los niños jugaban", *los* es un gramema que indica género masculino y número plural; en *niños*, *-o* es un gramema de género masculino y *-s* un gramema de número plural; en *jugaban*, *-aba-* es un gramema de tiempo copretérito y modo indicativo y *-n* es un gramema de tercera persona del plural. Los gramemas forman siempre paradigmas o conjuntos cerrados de elementos lingüísticos.

gramo s m Unidad básica de peso y de masa en el sistema métrico decimal, equivalente al peso, en el vacío, de un centímetro cúbico de agua destilada a la temperatura de cuatro grados centígrados.

gran adj m y f sing Apócope de *grande* que antecede siempre al sustantivo, como en "Un *gran* río", "Una *gran* mujer".

grande adj m y f 1 Que es muy amplio, extenso, largo o tiene mucha altura, capacidad, duración, etc.: *casa grande, tamaño grande, botella grande, país grande, grupo grande* 2 Que es muy fuerte o intenso: "Tiene una pena muy *grande*", "Su encanto era tan *grande* que todos lo admiraban" 3 Que tiene mucha importancia o valor: "Cervantes es uno de los *grandes* escritores de la humanidad" 4 Que tiene mayor edad que otro, o es viejo, de edad avanzada: "Los niños *grandes* fueron a una excursión, y los pequeños fueron al parque", "Ya es un hombre *grande*" 5 *En grande* Con mucho lujo o bienestar; muy placenteramente *vivir en grande, pasarla en grande* 6 Divertirse, gozar, etc.

en grande Divertirse, gozar, etc. mucho.

grave adj m y f 1 Que es difícil, peligroso, dañino o de mucha importancia: *problema grave, una noticia grave, enfermedad grave, decisión grave* 2 *Estar grave* Estar muy enfermo 3 Que es serio, solemne: *un hombre grave, mirada grave, voz grave* 4 Que tiene un sonido bajo, de poca frecuencia de onda: *notas graves, bocina de sonidos graves* (Véase reglas de acentuación).

gravedad s f 1 Fuerza de atracción que ejerce la masa de un cuerpo sobre otros: "La acción de la *gravedad* de la tierra produce la caída de los cuerpos" 2 Importancia que tiene algo debido a sus posibles consecuencias molestas, peligrosas, dañinas, etc: "La *gravedad* de su estado", "la *gravedad* de las lesiones" 3 Compostura o dignidad de alguien o con la que se hace algo: "Marchaba con mucha *gravedad* e indiferencia", "Dos monjes famosos por su ciencia y *gravedad*".

gritar v intr (Se conjuga como *amar*) Hablar o emitir sonidos en voz muy alta: *gritarle a un amigo en la calle, gritar a los sordos, gritar del susto*.

grito s m 1 Emisión de voz de mucha intensidad: *un grito de alegría, hablar a gritos, los gritos de los niños* 2 *A grito pelado* A gritos: "Las verduleras peleaban *a grito pelado*" 3 *Dar el grito* Declararse alguien independiente y libre: "Luisa *dio el grito* a los catorce años" 4 *Estar en un grito* Tener un dolor muy intenso 5 *Poner el grito en el* *cielo* Enojarse o escandalizarse por algo: "Cuando vio al chofer dormido bajo el árbol puso el grito en el cielo" **6** *Ser el último grito de la moda* Ser algo de última moda.

grupo s m **1** Conjunto de personas o cosas reunidas o colocadas juntas, o relacionadas entre sí por tener algo en común: *grupo de casas, grupo de amigos, grupo de palabras, trabajar en grupo* **2** *Grupo sanguíneo* (Med) Cada uno de los cuatro tipos de sangre del ser humano, clasificados por la compatibilidad del suero y ciertos elementos de la sangre de un donador con los de un receptor: *grupo A, grupo universal*.

guardar v tr (Se conjuga como *amar*) **1** Cuidar o proteger algo o a alguien: *guardar la casa, guardarse de malas compañías* **2** Poner algo en algún lugar seguro o protegido: *guardar el dinero, guardar los útiles escolares* **3** Conservar algo sin que se haga manifiesto o mantener una actitud o un comportamiento durante cierto tiempo: *guardar un secreto, guardar rencor, guardarse una opinión, guardar luto* **4** Tener cuidado de algo y conservarlo durante cierto tiempo: *guardar un asiento en el cine, guardar lugar en la escuela* **5** Poner algo en lugar protegido para sacarlo o usarlo posteriormente: *guardar la camisa para las fiestas* **6** Cumplir alguien con una obligación o una ley: *guardar los días de fiesta, guardar una posición, guardar la derecha*.

guerra s f **1** Lucha armada entre dos o más países: *guerra de conquista, guerra mundial, declarar la guerra* **2** *Guerra civil* Lucha armada que sostienen entre sí los habitantes de un mismo país **3** *Guerra sin cuartel* Aquélla en la que los combatientes no dejan de pelear ni están dispuestos a ceder en nada **4** *Guerra fría* Conjunto de amenazas y agresiones que se hacen dos o más países sin llegar a la lucha armada **5** *Dar guerra* Hacer travesuras o causar molestias, particularmente los niños.

guerrera s f Saco militar sin solapas y que se puede abotonar desde el cuello.

guerrero adj y s Que hace la guerra, o que se relaciona o pertenece a la guerra: *pueblo guerrero, impulso guerrero, canto guerrero, un guerrero muy valiente*.

gustar v tr (Se conjuga como *amar*) **1** Percibir el sabor de algo: *gustar el vino, gustar el polvo* **2** intr Encontrar uno algo o a alguien agradable, bello o bueno: *gustar de las fiestas*, "A los ratones les *gusta* el queso", *gustar de las novelas policíacas* **3** Tener atractivo sobre una persona del otro sexo: "Me *gustan* las chaparritas **4** *¿Usted (tú) gusta(s)?* Expresión de cortesía con la que se invita a alguien a hacer algo o a tomar alguna cosa: "*¿Gusta usted* venir con nosotros al cine?", "*¿Gustas* un café?".

gusto s m **1** Sentido con el que se percibe el sabor de las cosas; en el ser humano y los vertebrados el órgano de este sentido es la lengua **2** Sabor que tiene una cosa: *gusto dulce, gusto amargo* **3** Placer que se encuentra en algo o que algo produce en uno: *sentir gusto, estar a gusto, dar gusto* **4** *A gusto* Con agrado, cómodamente, con satisfacción o placer: "En este restaurante se come *a gusto*" **5** Capacidad que permite distinguir o escoger algo por su calidad, su valor o su belleza: *buen gusto, gusto para el arte* **6** Inclinación que se tiene por algo: *gusto por la música, gusto por la bebida* **7** Manera de sentir o de apreciar algo que tiene una persona, una cultura, etc.: *al gusto francés, de gusto decimonónico, gustos personales* **8** Capricho o voluntad propia: "Lo hago por mi *gusto*".

H h

h s f Novena letra del alfabeto; su nombre es *hache*. No representa a ningún fonema del español actual, por lo que se la llama "muda". Antiguamente, y todavía en algunos dialectos del español, representa una aspiración en palabras como *heder* o *humo*.

haber[1] v auxiliar (Modelo de conjugación 17) **1** Se utiliza para formar los tiempos compuestos de toda la conjugación, dándoles el significado de una acción terminada, pasada o que dura por cierto tiempo: *"He cantado varias veces en la catedral"* *"Ya había comido cuando me llamaron"*, *"Lo habríamos resistido si hubiéramos sido más defensores"* **2** *Haber de* Ser necesario que, ser posible que, tener que: *"habrán de llegar antes de medianoche"*, *"Has de cumplir la ley"*, *"Han de estar dormidos, pues no responden"*, *"Han de ser las cinco de la tarde"* **3** *Haber que* (impersonal, sólo debe utilizarse en tercera persona del singular,) Ser necesario, conveniente o útil; tener que: *"Hay que leer la Constitución"*, *"Habrá que levantarse temprano"*, *"Hubo que limpiar toda la casa"*, *"No hay que comprarlo todo para ser felices"* **4** (impersonal) Existir, estar, suceder; efectuarse algo: *"Hay muchas mujeres bonitas"*, *"No hay habitantes*

en la Luna", *"Había mucha gente en la fiesta"*, *"Hubo un temblor"*, *"Habrá cinco corridas de toros"* **5** *No haber más que* Ser suficiente con, bastar con: *"No hay más que verlo para saber que está enamorado"* **6** *No haber más que* Sin quedar más que: *"No hay más que decir"*, *"No hay más que ver"* **7** *No haber tal* No existir algo o no ser cierto algo: *"No hay tal infierno"*, *"No hay tal, no han puesto las tuberías"* **8** Hacer cierto tiempo desde que sucedió o comenzó algo: *"Años ha que no nos vemos"*, *"Veinte años ha, el mar estaba limpio"* **9** *Habérselas con alguien* Tener que tratar o pelear con alguien: *"Iba solo por el campo y tuve que habérmelas con los seis bandidos"* **10** *Allá te lo hayas* Tú sabrás lo que haces, allá tú: *"Allá te lo hayas si no me pagas"* **11** *No hay de qué* Respuesta cortés a una expresión de agradecimiento: *"Gracias por el regalo –No hay de qué"* **12** *Bien o mal habido* Bien o mal conseguido: *dinero mal habido*.

haber[2] s m **1** Cualquier objeto que tiene una persona en su poder: *"Entre sus haberes encontramos una pistola"* **2** pl Bienes que posee una persona, un negocio, una empresa, etc. **3** Columna en la que se anotan los ingresos de un negocio o de una persona: "La fábrica tiene en su *haber* un millón de pesos" **4** *Tener alguien algo en su haber* Ser algo responsabilidad o mérito de alguien: "Ya *tiene* cinco robos *en su haber*", "*Tiene en su haber* una victoria contra los yanquis".

habitantes s m y f Persona o animal que forma parte de una población o que vive en un lugar determinado, como un país, una región, una colonia, un bosque, una casa, etc.: "Un pueblo de cinco mil *habitantes*", "Las *habitantes* de la casa", "Los *habitantes* del bosque".

habitar v tr (Se conjuga como *amar*) Vivir alguien en un lugar, particularmente en el que se ha instalado con su familia: *habitar en Campeche, habitar en un edificio* **2** Ocupar algún lugar para vivir: *habitar una casa, habitar un pueblo abandonado, habitar Marte*.

hábitat s m **1** Medio ambiente físico, químico, biológico, etc., en el que un organismo vive naturalmente: *cuidar nuestro hábitat* **2** Organización del espacio donde vive el hombre y de las actividades que ahí realiza: "El arquitecto no entendió nuestro *hábitat*".

habla s f **1** Capacidad o facultad de hablar: *perder el habla* **2** Acto de hablar **3** (*Ling*) Manifestación concreta de una lengua por un individuo o una comunidad: *el habla de Pito Pérez, el habla de Topolobampo, el habla del barrio de San Miguelito* **4** Idioma: *las hablas neolatinas*.

hablar v intr (Se conjuga como *amar*) **1** Expresarse alguien emitiendo con la voz signos de una lengua: "¡*Habló* el niño!", *hablar en voz baja, hablar mal* **2** Expresarse alguien mediante señas, gestos o signos distintos a los de la lengua: *hablar en clave* **3** tr Expresarse alguien en una lengua determinada: *hablar español, hablar zapoteco, hablar inglés* **4** Decir un discurso o dar una conferencia en público: "*Hablará* el Presidente ante la Cámara", "El poeta *hablará* a las seis de la tarde" **5** Tratar algún tema o expresarse sobre algún asunto: "El libro *habla* de ingeniería", "Estan *hablando* de religión" **6** *Hablar algo bien o mal de alguien* Ser algo motivo para que se piense bien o mal de alguien: "Esos negocios *hablan bien del* administrador" **7** *Hablar claro* Decir las cosas tal como son, sin suavizarlas: "Lo vi y le *hablé claro*: le dije toda la verdad" **8** *Hablar en cristiano* Hablar en la lengua materna de uno, o de manera clara y sencilla **9** *Hablar en plata* Decir la verdad, con todo su peso, especialmente en asuntos de dinero **10** *Hablar por hablar* Hablar sin fundamento ni justificación **11** *Hablarse con alguien* Tener amistad con alguien **12** *Ni hablar* No, de ninguna manera: "Yo pago la cuenta –¡*Ni hablar*! La pago yo" **13** *Ni hablar* Sin más que decir, definitivamente: "¡*Ni hablar*! sí te lo compro".

hacendado s Propietario de una hacienda: *un gran hacendado, los hacendados porfiristas*.

hacer v tr (Modelo de conjugación 10 b) **1** Dar existencia a algo, crearlo, o transformar alguien alguna cosa dándole una nueva forma: *hacer una mesa, hacer una casa, hacer una teoría,* "Y Dios hizo la luz", *hacer un castillo de arena, hacer una escultura, hacer un muñeco de nieve* **2** Llevar a cabo una acción, realizar una actividad u ocuparse de algo: "¿Qué *haces?* —*Hago* la tarea", "*Haz* algo por él", "Los campesinos *hicieron* la revolución", *hacer una carrera, hacer un experimento, hacer ejercicio, hacer deporte, hacer el trabajo, hacer la limpieza, hacer los preparativos, hacer un rompecabezas* **3** Producir algo un resultado o tener un efecto, o causar algo o alguien determinada reacción: "El jabón *hace* espuma", "La máquina *hace* ruido", "*Hacen* gracias sus chistes", "La leche le *hizo* daño", "Le *hará* bien el aire puro", "El payaso *hizo* reír a los niños", "Esa canción *hace* llorar", "Su compañía lo *hace* feliz", "La guerra *hace* sufrir a la población" **4** prnl Cambiar algo o alguien de estado o condición; transformarse en otra cosa o aparentar algo distinto de lo que se es: "El vino *se hizo* vinagre", "El agua *se hace* hielo", "*Se hará* estudioso", "El profesor *se hizo* enojón", *hacerse pobre, hacerse el loco, hacerse tonto, hacerse el muerto, hacerse el muy sabio* **5** *Hacer de* Desempeñar algo o alguien una función distinta de la que originalmente le corresponde o de la que practica con regularidad: "El camión *hizo de* hospital y nosotros *hicimos de* médicos", "Esa

tabla *hace de* palanca" **6** Obtener algún resultao, ganar o conseguir algo: *hacer fortuna, hacer tres puntos, hacer amigos* **7** *Hacerse de* Obtener o lograr algo: *hacerse de dinero, hacerse de fama, hacerse de público* **8** *Hacérsele a uno algo* Suceder algo que uno desea: "*Se le hizo ganar* el juego" **9** *Hacer bueno algo* Cumplirlo o realizarlo: "Le *hizo buena* la promesa y se casaron" **10** *Hacérsele algo q uno* Imaginarse algo o suponerlo: "*Se me hace que me engañas*" **11** (Solamente en tercera persona del singular) Tener lugar algo, ocurrir: *hacer frío, hacer sol, hacer viento, hacer buena noche* **12** Tomar las medidas necesarias para que se lleve a cabo algo o para que alguien actúe de determinada manera: *hacer cambiar la puerta, hacer pintar la barda, hacer estudiar a los alumnos, hacer hablar al espía* **13** *Hacer por* Intentar o procurar algo: "*Haremos* todo *por* ganar*", "*Hicimos* lo posible *por* llegar a tiempo" **14** Frecuentemente en copretérito y seguido de gerundio, indica suposición: "Yo te *hacía trabajando*", "*Te hacía* dormido", "Mis padres me *hacen* estudiando" **15** Acostumbrar o acostumbrarse a algo: "*Hizo* a sus empleados a su forma de trabajar", *hacerse a la idea de envejecer* **16** Tomarle a alguien cierto tiempo realizar una cosa o tardar algo determinado tiempo en lograrse o en suceder: "Santiago *hace* veinte minutos a Cuernavaca", "El avión *hizo* dos horas a Mérida", "La carne se *hace* en media hora" **17** (Solamente en tercera persona del singular) Haber pasado determinado tiempo desde que algo sucedió: "*Hace* tres meses lo vi por última vez", "*Hace* dos años empezó la guerra", "*Hace* cuatro meses que murió", "Lo espero *hace* diez minutos", "*Hace* dos horas que salió" **18** Emitir un animal un sonido que es propio de su especie: "El perro *hace* guau guau", "Los pájaros *hacen* pío pío" **19** Orinar o defecar: "El niño ya *hizo*", "Se *hizo* encima" **20** En infinitivo y seguido de algunos sustantivos indica que la acción expresada por éstos se lleva a cabo: *hacer trámites, hacer caricias, hacer la digestión, hacer burla, hacer un viaje, hacer bromas* **21** Sustituye a cualquier verbo recién usado o implícito: "Toca muy bien el piano, pero antes lo *hacía* mejor".

hacia prep **1** Indica la dirección que tiene o lleva algún movimiento, el lugar a donde va o mira algo o a alguien, o la finalidad o el objetivo al que tiende algo o alguien: *ir hacia el centro*, "*dirigirse hacia el norte*", *dar vuelta hacia la derecha, camino hacia el mar*, "Vino *hacia* mí", "Mira *hacia* el centro de la plaza", "Se orienta *hacia* la libertad" **2** Indica la orientación de una persona o de una cosa en favor de otras, o el sentimiento, la actitud, etc., que tiene una persona por otra: *actitud hacia el trabajo, simpatía hacia ti* **3** Indica la cercanía o la proximidad en el espacio o en el tiempo: *hacia la orilla de la cama, hacia fines del siglo*.

hacienda s f Propiedad rural de gran extensión, dedicada a la agricultura o a la ganadería: *hacienda lechera, hacienda tabacalera* **2** Conjunto de los bienes que tiene alguien: *administrar la hacienda* **3** *Hacienda pública* Conjunto de los bienes, rentas, impuestos, etc., que administra el Estado para satisfacer las necesidades de la sociedad **4** *Hacienda de beneficio* Instalación en la que se benefician los metales, especialmente la plata.

hallar v tr (Se conjuga como *amar*) **1** Dar con alguien o con algo sin buscarlo, o descubrir accidentalmente alguna cosa: "*Halló* a un amigo en el zócalo", "*Hallé* un tesoro", "*Hallaron* un nuevo cometa" **2** Dar con alguien a quien se busca: "Lo *hallaron* después de cinco días" **3** prnl Estar algo o alguien en cierto lugar o en cierta situación: "Matamoros *se halla* al lado de la frontera", "Doña Lupe *se halla* bien de salud" **4** prnl Sentirse bien en algún lugar: "Juanita no *se halla* en su nueva casa".

hallazgo s m Cosa hallada, especialmente la que no se ha buscado, sino que se descubre accidentalmente: *hallazgos arqueológicos*.

hambre s f **1** Sensación que produce la necesidad y el deseo de comer: *no tener hambre, dar hambre, pasar hambres* **2** Insatisfacción de la necesidad de comer causada por la pobreza o por la falta general de alimentos: "Los países pobres tienen cada vez más *hambre*" **3** Deseo muy fuerte de algo: *hambre de conocimientos* **4** *Matar el hambre* Comer **5** *Morirse de hambre* Vivir uno muy pobre.

harina s f **1** Polvo que se obtiene de moler las semillas de los cereales o de algunos tubérculos y legumbres, y también al secar y moler ciertos productos animales; sirve para la alimentación: *harina de trigo, harina de maíz, harina de papa, harina de pescado* **2** *Ser algo harina de otro costal* Ser inaplicable a algo el mismo criterio que se tiene con lo que es comparado o acerca de lo que se habla: "Está bien que vengas a jugar, pero que te quedes a cenar *es harina de otro costal*".

harto adj **1** Que ha comido demasiado, que está más que satisfecho: *estar harto* **2** adj y adv Mucho, muy: "Tengo *hartas* ganas de viajar", "Cortamos *hartos* melones", "Bailamos *harto* en la fiesta", "Es *harto* difícil escribir un poema" **3** Que está cansado o molesto de hacer siempre la misma cosa o de sufrir siempre lo mismo: "*Harto* del trabajo se fue de vacaciones", "Ya estaba *harta* de oir quejas".

hasta prep **1** Indica el límite al que puede llegar o llega algo o alguien: "Llegó *hasta* la frontera", "Fue *hasta* el centro", "El agua le llegaba *hasta* la cintura", "Corre *hasta* tu casa" **2** Señala el límite de la duración de algo, o el momento en que se deja de realizar una acción: "Te espero *hasta* las diez", "Allí me quedo *hasta* el invierno", "No saldré *hasta* que regresen las

niñas", "No llega *hasta* las cinco", "No dijo nada hasta el último minuto", "No sabía nada *hasta* que tú me lo contaste", "Espérate *hasta* que se quite la lluvia", "Trabaja desde la mañana *hasta* la noche" **3** Señala el límite de una cantidad: "Pantalones desde doscientos *hasta* mil pesos", "Puedes sacar *hasta* cinco libros" **4** Indica el momento en que algo comienza a realizarse: "Cierran *hasta* las siete de la tarde", "*Hasta* que tomé la medicina se me quitó el dolor" **5** conj También, aun, incluso: "*Hasta* nos alcanzó para comprar regalos", "*Hasta* yo me animé a nadar", "Allá hace calor *hasta* en invierno" **6** *Hasta mañana* Expresión con la que una persona se despide de otra, en especial cuando se encontrará con ella al día siguiente **7** *Hasta luego, hasta la vista* o *hasta pronto* Expresiones con las que uno se despide.

hectárea s f Medida de superficie que equivale a diez mil metros cuadrados.

hecho 1 pp irregular de hacer **2** s m Acto, fenómeno, cosa que sucede o que existe: "Pude ver un *hecho* muy raro", "Un relato de los *hechos*", "La comunicación por satélite es un *hecho*", "El *hecho* de escribir" **3** *Hecho de armas* Acción o hazaña militar **4** adj Que está listo, terminado o maduro: *un negocio hecho, un asunto hecho* **5** adj Convertido en: "Salió *hecho* una fiera", "Llegó del extranjero *hecho* un gran sabio" **6** *Hecho y derecho* Completo, total: *un hombre hecho y derecho, un irresponsa-

ble hecho y derecho **7** *De hecho* En realidad, efectivamente: *"De hecho,* mi trabajo consiste en eso" **8** *De hecho* Que es real y existe independientemente de que se le reconozca: *huelga de hecho, guerra de hecho.*

henequén s m **1** Planta del género agave, de hojas o pencas largas y angostas, con espinas pequeñas, semejante al maguey, que se cultiva principalmente en Yucatán **2** Fibra que se saca de las pencas de esta planta, con la que se producen cuerdas, costales, tapetes, etc.

hermano s **1** Persona que, con respecto a otra, tiene el mismo padre y la misma madre que ella **2** *Medio hermano* El que sólo tiene el mismo padre o sólo la misma madre que otro **3** *Hermano gemelo* Uno y otro de los nacidos en el mismo parto, cuate **4** *Hermano siamés* Uno y otro de los que nacen unidos por alguna parte del cuerpo **5** *Hermano de leche* Hijo de una nodriza, con respecto a otro ajeno al que ella crió **6** Ser vivo o cosa que, con respecto a otro, tiene los mismos padres o el mismo origen: *países hermanos, lenguas hermanas* **7** Persona que, con respecto a otra, tiene o siente tener el mismo padre o el mismo origen espiritual que ella: *hermanos de raza, hermanos de religión.*

hermoso adj Que tiene cualidades, principalmente físicas, como la belleza, la proporción, la perfección, la armonía, etc que producen placer y gusto a la mente o a los sentidos: *cara hermosa, flor hermosa, ojos*

hermosos, paisaje hermoso, un pensamiento hermoso, una hermosa poesía.

hervir v (Se conjuga como *sugerir,* 2a) **1** intr Burbujear y vaporizar un líquido cuando ha alcanzado una alta temperatura *hervir el agua, hervir al mercurio* **2** tr Calentar un líquido hasta que burbujee y vaporice "Hay que *hervir* la leche" **3** intr Poner algo en un líquido que está hirviendo, para que se cueza: *hervir el pollo, hervir las verduras* **4** *Hervir en* Abundar algo o alguien en alguna cosa *hervir en pulgas, hervir en celos.*

hiato s m **1** (*Ling*) Reunión de dos vocales que pertenecen a sílabas distintas y por eso no forman diptongo, como *a-e* en *caer* o *e-í* en *leí* **2** Grieta, abertura, espacio notable entre dos cosas o entre dos momentos: "Se hizo un *hiato* en la conversación", "Hay un *hiato* entre los países pobres y los ricos".

hierro s m **1** Metal muy abundante en la naturaleza, generalmente de color gris azulado, fácil de manejar y de combinar con otros materiales, magnetizable y oxidable. Se emplea mucho en la construcción de maquinaria, herramienta y edificios, y se utiliza para obtener el acero. En pequeñísimas cantidades es necesario para la vida **2** *Hierro dulce* El que no tiene impurezas **3** *Hierro forjado* El que resiste el óxido y puede soldarse fácilmente **4** *Hierro fundido* El que se fabrica en altos hornos, contiene más carbón que el acero y se rompe con mayor facilidad **5** Cualquier varilla o herramienta de este metal: *hierro del arado* 6 Varilla con un dibujo particular en un extremo, que se pone al rojo vivo para marcar el ganado, y huella que deja en la piel esa operación.

hijo s 1 Persona o animal con respecto a su madre, a su padre o a ambos 2 *Hijo bastardo* En el siglo pasado, el nacido fuera del matrimonio, de padre conocido 3 *Hijo natural o hijo ilegítimo* El nacido de padres solteros o fuera del matrimonio 4 *Hijo adulterino* El que nace del adulterio de alguno de sus padres 5 *Hijo de leche* El criado por una nodriza, en lo que respecta a ella 6 *Hijo político* El casado con el hijo de una pareja, por lo que respecta a ésta 7 *Hijo de familia* El que vive en la casa paterna por ser menor de edad o por no haberse separado de ella 8 *Hijo de vecino* Cualquier persona 10 Cualquier cosa que proviene de algo, en lo que respecta a ello: "Este rosal es *hijo* de aquel otro".

hilo s m 1 Fibra muy delgada y flexible, como un cabello, generalmente hecha de algodón, lino, lana, etc., que se usa para coser o tejer 2 Fibra muy delgada y flexible de distintos materiales: *hilo de plata, hilo de cobre* 3 Fibra o filamento que forman las arañas y los gusanos de seda 4 Chorro muy delgado de algún líquido: *hilo de agua, hilo de sangre* 5 *Hilo de voz* Voz muy débil que apenas se oye 6 Sucesión de hechos, elementos, circunstancias o ideas que dan coherencia o estructura a algo: *hilo conductor, hilo de la narración, perder el hilo* 7 *Al hilo* En la dirección de la fibra de una tela, de la veta de una madera, etc.: *cortar al hilo* 8 *Al hilo* Uno tras otro: Ganó ocho partidos *al' hilo*".

historia s f 1 Conjunto de los hechos sociales, económicos, políticos etc. que constituyen el desarrollo de la humanidad, de una raza, de un pueblo, etc., desde su origen hasta el presente 2 Disciplina que estudia y expone estos hechos, de acuerdo con ciertos principios y métodos 3 Estudio y exposición de los sucesos ocurridos en un lugar o en una época determinados, o de los acontecimientos relacionados con algún aspecto de la actividad humana: *historia de la Edad Media, historia de México, historia del sindicalismo, historia de la ciencia, historia del arte* 4 Conjunto de los hechos que dan lugar a la existencia de algo o de alguien en particular: "La *historia* de su vida es muy triste" 5 Narración de un hecho real o imaginario: "Mi abuelo contaba muy bonitas *historias*" 6 Mentira o pretexto: "¡No me vengas con *historias!*", "Déjate de *historias*", "Otra vez con esa *historia*" 7 *Pasar a la historia* Haber perdido una cosa su importancia o actualidad: "Los trenes de vapor ya *pasaron a la historia*" 8 *Pasar a la historia* Ser algo recordado por tener gran importancia y valor: "Sus hazañas *pasarán a la historia* 9 *Historia natural* Conjunto de las ciencias de la naturaleza, particularmente las que estudian la

Tierra y clasifican sus elementos, materiales y pobladores, como la geología, la minerología, la botánica y la zoología.

historiador s Persona que tiene por profesión el estudio y la exposición de la historia.

histórico adj Que se relaciona con la historia o que es digno de pasar a ella: *circunstancia histórica, investigación histórica,* "La reunión de los presidentes será un hecho *histórico*".

historieta s f Narración o cuento impreso e ilustrado con dibujos, como los Episodios Mexicanos, los Cuadernos mexicanos, los de Chanoc, los de la familia Burrón, etc.

hogar s m 1 Casa en donde vive alguien, particularmente una familia: *quehaceres del hogar, formar un hogar* 2 Casa en donde se da refugio y cuidado a las personas desvalidas: *hogar para ancianos, escuela-hogar.*

hoja s f 1 Cada uno de los órganos, generalmente verdes y planos, que nacen en las ramas de las plantas y que realizan funciones de transpiración y de fotosíntesis necesarias para la vida vegetal 2 Lámina delgada de cualquier material, especialmente la de papel: *escribir en una hoja, un libro de cien hojas* 3 Cuchilla delgada y filosa de algunas herramientas y de las armas blancas: *hoja del arado, hoja de una espada* 4 *Hoja de rasurar o de afeitar* Cuchilla de acero, delgada y filosa, que se usa para rasurar o afeitar 5 Cada una de las partes de una ventana o de una puerta que se abren y cierran 6 *Tener*

algo vuelta de hoja Poder algo ser de otro modo 7 *Hoja de servicios* Documento en el que constan los servicios prestados por un empleado o un funcionario.

hombre s m 1 Animal mamífero, del orden de los primates, de la especie *homosapiens,* que se distingue de los otros animales por tener los pies y las manos bien diferenciados, el dedo pulgar opuesto a los otros dedos de la mano, andar erguido, tener el cráneo más grande, un mayor desarrollo mental y la capacidad de hablar 2 Conjunto de esos animales o seres 3 Ser dotado de razón y, según algunas religiones, de un alma inmortal 4 Persona del sexo masculino: "Hay equilibrio en la población de *hombres* y mujeres" 5 Persona del sexo masculino que ha llegado a su madurez o a la edad adulta: "Rodrigo ya es un *hombre*" 6 *Hombre de* Persona del sexo masculino que tiene la cualidad, la condición o la ocupación de: *hombre de edad, hombre de bien, hombre del campo, hombre de ciencia, hombre de negocios* 7 *Hombre público u hombre de Estado* El que se ocupa de los asuntos de gobierno 8 *Hombre de mundo* El que ha acumulado mucha experiencia en el trato social y se mueve en un ambiente internacional 9 *Hombre de palabra* El que cumple lo que dice o aquéllo a lo que se compromete 10 *Hombre rana* El que lleva puesto un equipo de buceo, con aletas, máscara, etc. 11 *Hombre de la calle* El común y corriente **12** *Ser muy hombre* Ser, una persona del sexo masculino, fuerte y valiente **13** *Ser hombre al agua* Encontrarse sin poder hacer nada ante una situación difícil, estar perdido **14** interj Expresa admiración, emoción, asombro, etc.: "¡*Hombre!* ¡Que gusto verte!", "¡Pero *hombre*, así no se hacen las cosas!".

homófono adj y s Respecto de una palabra o signo lingüístico, otro que se pronuncia igual y tiene distinto significado, por ejemplo, *cocer* como poner al fuego y *coser* como unir con hilo, o *errar* como equivocarse y *herrar* como poner herraduras.

homógrafo adj y s *(Ling)* Con respecto a una palabra o signo lingüístico, otro que se escribe de igual manera y tiene distinto significado, por ejemplo, *canto* de cantar y *canto* como lado de algo, o *banco* como mueble y *banco* como institución.

homónimo adj y s **1** *(Ling)* Respecto de una palabra o signo lingüístico, otro que se pronuncia igual (homófono) o que se escribe igual (homógrafo) pero que tiene distinto significado, como *hecho* de hacer y *echo* de echar, o *capital* como ciudad principal y *capital* como conjunto de bienes **2** Son respecto a una persona o ciudad, otra que tiene el mismo nombre. Mérida de México, de Venezuela y de España son homónimos entre sí, lo mismo que alguien que se llame Miguel Hidalgo lo es con respecto a él.

honor s m **1** Cualidad moral de una persona que consiste en comprometerse con sus ideas, cumplir sus compromisos, actuar siempre con honradez y en ser leal y fiel a los demás: *un hombre de honor* **2** Buena reputación de alguien: *defender el honor, cuidar el honor de la familia* **3** Dignidad que se reconoce a alguien o privilegio que se le concede: "Tendrá el *honor* de representar a México", "Recibir el *honor* de un cargo público" **4** pl Homenaje o ceremonia con el que se conmemora algo o se celebra a alguien: *honores a la bandera, hacer los honores a la cocinera* **5** *En honor a* Con respeto a, con apego a: *"En honor a* la verdad, no estudié la lección".

hora s f **1** Cada una de las veinticuatro partes de sesenta minutos en que se divide el día solar. Se cuentan a partir de la medianoche **2** Medida que de este periodo marca un reloj: *dar la hora*, "¿Qué *hora* es? —Son las tres y media" **3** *Hora astronómica* La que determina el paso del sol por el meridiano del lugar **4** *Hora civil* La que se establece oficialmente para cierta zona o país **5** *Hora de Greenwich* La del meridiano que pasa por ese pueblo de Inglaterra y a partir de la cual se rigen todas las naciones **6** *Hora muerta* La que se pasa sin actividad o se desperdicia por quedar libre entre dos periodos de trabajo: *las horas muertas del comercio*, "Tengo una *hora muerta* entre clase y clase **7** Momento indicado, oportuno o propicio para hacer algo: *la hora de comer, la hora de descansar, llegar la hora* **9** *¡A buena(s) hora(s)!*

Fuera de tiempo, cuando ya no hace falta o no tiene caso, demasiado tarde: "¡*A buenas horas* vino el médico!" **9** *Llegarle a uno la o su hora* Estar próximo a morir o morirse **10** *A última hora* En el último momento, de pronto: "*A última hora* avisaron que no saldría el camión" **11** *A la hora de la verdad o a la hora de la hora* En el momento decisivo o crucial: "*A la hora de la hora* se sabrá quién es el mejor".

horizontal adj m y f Que tiene todos sus puntos o partes a la misma altura o que traza una línea cuya altura no varía: *plano horizontal, posición horizontal, movimiento horizontal*.

horizonte s m **1** Línea que puede uno trazar con la vista desde cualquier punto de la superficie de la Tierra, en donde ésta parece terminar y juntarse con el cielo: *un horizonte montañoso*, "Distinguió tierra en el *horizonte* y gritó entusiasmado. . ." **2** Conjunto de hechos o acontecimientos que abarca algo o alguien, de posibilidades de desarrollo o de superación que ofrece alguna cosa, o de acción y de pensamiento que tiene alguien: *un horizonte histórico, un hombre de amplio horizonte, el horizonte de la biología, horizonte del arte*.

horno s m **1** Aparato en el que se concentra gran cantidad de calor y sirve para cocinar alimentos: *horno de barro, horno eléctrico, horno de la estufa* **2** *Al horno* Manera de cocinar un alimento usando dicho aparato: *papas al horno, carne al horno* **3** Construcción hecha para producir y mantener una temperatura muy elevada, como la que se usa para fundir diversos materiales o para cocer ladrillos y cerámica **4** *Alto horno* El que se emplea en la industria siderúrgica para la producción de acero **5** *Horno crematorio* El que se usa para quemar los cadáveres.

hospital s m Establecimiento en el que se proporciona atención médica y se pueden internar enfermos.

hotel s m Establecimiento público en el que se da alojamiento temporal a las personas, especialmente cuando viajan: *un hotel de primera clase, un cuarto de hotel*.

hoy adv **1** Este día, el día en que estamos: "*Hoy* no vino a clase", "No vino *hoy* al trabajo", "*Hoy* en la tarde voy al cine", "*Hoy* hace ocho días que se fue", "*Hoy* es miércoles", "De *hoy* en adelante me voy a levantar más temprano" **2** En esta época, actualmente: "Los niños de *hoy* parecen más despiertos que los de antes" **3** *Hoy por hoy, hoy en día* Actualmente, por el momento, por ahora: "*Hoy por hoy* no quiero tomar una decisión definitiva".

huelga s f **1** Suspensión temporal del trabajo realizada por los obreros o los empleados de una empresa, industria o institución con el fin de conseguir mejores condiciones de trabajo, respeto a sus derechos, cumplimientos de los compromisos que han contraido los patrones, etc.: *estallar una huelga, derecho de huelga*, *ponerse en huelga* **2** *(Der)* Suspensión legal y temporal del trabajo realizada por los trabajadores para conseguir esos objetivos de acuerdo con lo que dispone la ley **3** *Huelga de brazos caídos* La que se hace dentro del local de trabajo, asistiendo a él pero sin realizar las actividades correspondientes **4** *Huelga de hambre* Suspensión total del alimento, que se imponen una o varias personas para mostrar su decisión de morir si no se reconocen sus derechos o si no se aceptan sus demandas.

huevo s m **1** Célula que resulta de la unión de los elementos masculinos con los femeninos y a partir de la cual se forma un nuevo individuo **2** Cuerpo de forma relativamente esférica y alargada, que produce un animal hembra (ya sea ave, pez, reptil, insecto o batracio), que contiene la célula inicial de un nuevo ser viviente y varias membranas que lo nutren y lo protegen; los de las aves tienen una membrana dura que los cubre, llamada cascarón. Los que producen las gallinas, las tortugas y algunos peces, son muy apreciados como alimento **3** El producido por la gallina: *comprar doce huevos,* "El *huevo* es nutritivo" **4** *Huevo duro* El de gallina, cocido hasta que se endurece **5** *Huevo tibio o huevo pasado por agua* El de gallina cuando se cuece por poco tiempo, sin dejarlo cuajar **6** *Huevo estrellado* El de gallina cuando se saca de su cascarón y se fríe, sin batirlo **7** *Huevo revuelto* El de gallina cuando re-

saca de su cascarón, se bate y se fríe **8** Testículo.

huir v intr (Se conjuga como *construir,* 4) **1** Irse rápidamente de algún lugar para ponerse a salvo de algo o de alguien que resulta peligroso o amenazador: *huir del enemigo* **2** Irse, sin que se note, de algún lugar en donde se está prisionero: *huir de la cárcel, huir de un campo de concentración* **3** Hacer algo para no encontrarse con alguien, para evitar cierta situación o para no enfrentarse a ella: *huir de los acreedores, huir de los problemas.*

humanidad s f **1** Conjunto de todos los miembros de la especie *homo sapiens: el progreso de la humanidad, poner en peligro a la humanidad* **2** Conjunto de las características que distinguen a los seres humanos **3** Actitud bondadosa, compasiva y sensible hacia los problemas de los demás: "Juan XXIII fue un ejemplo de *humanidad*" **4** Cuerpo de una persona: "Álvaro cayó con toda su *humanidad* al suelo" **5** pl Conjunto de las disciplinas o ciencias que estudian al ser humano en cuanto dotado de razón, inteligencia e historia, como la filosofía, los estudios literarios, la psicología, la lingüística, etc.

humano adj y s **1** Que pertenece al hombre en cuanto especie, se relaciona con él o es propio de su naturaleza: *cuerpo humano, vida humana, género humano, es humano equivocarse, es de humanos reír* **2** Que es bondadoso, sensible y compasivo, que es solidario con los demás: "Motolinía era muy *humano*".

humedad s f 1 Cantidad de agua o de vapor de agua que contiene una cosa: *humedad del suelo* 2 Cantidad relativa de vapor de agua que contiene el aire.

I i

i s f Décima letra del alfabeto que representa al fonema vocal anterior /i/. Su nombre es *i*.

idea s f 1 Representación mental de algo, sea concreto, como los seres y los fenómenos de la naturaleza, sea abstracto, como la verdad y el espíritu, o sea irreal, como los unicornios o los dragones 2 Opinión o juicio que alguien tiene o se forma sobre algo: "Las *ideas* políticas de un escritor" 3 Manera de pensar de alguien: "Me expresó sus *ideas* sobre el futuro", "Las *ideas* de los adultos" 4 *Tener idea* Tener alguien capacidad o facilidad para hacer algo: "*Tiene* mucha *idea* para arreglar motores", "*Tiene idea* para todo lo que es deporte" 5 *Darse, hacerse o formarse una idea* Saber de qué se trata algo, o tener conocimientos generales acerca de ello: "Para *darse una idea* basta con leer la introducción" 6 Intención de algo, plan o proyecto que alguien tiene para hacer alguna cosa: "La *idea* del socialismo es el bienestar de todos los miembros de la sociedad", "Tiene la *idea* de cambiar de trabajo", "Tengo la *idea* de irme a vivir a provincia" 7 *Tener buena o mala idea* Tener buena o mala intención: "Ese perro parece tener *mala idea*" 8 *Hacerse a la idea* Prepararse para algo o acos-

tumbrarse a ello: "*Se hizo a la idea* de quedar viuda".

ideal adj m y f 1 Que pertenece a las ideas o se relaciona con ellas 2 Que es imaginario, que sólo existe como idea, que no es real: *sociedad ideal, línea ideal* 3 Que es perfecto o ejemplar: *mujer ideal, un plan ideal de desarrollo* 4 sm Objetivo o fin al que algo o alguien aspira: *el ideal de la justicia*, "Mi *ideal* es vivir en paz".

idealismo s m 1 *(Fil)* Conjunto de doctrinas filosóficas según las cuales el origen de la naturaleza se encuentra en algo distinto de ella, por ejemplo, en algún dios, en el espíritu o en la idea 2 Actitud de una persona que se caracteriza por la renuncia a los placeres o beneficios materiales, en favor de los valores espirituales o de las causas sociales: *el idealismo de un misionero, el idealismo de la juventud.* 3 Actitud de confianza en la buena fe, la sinceridad y la solidaridad de los hombres o en el resultado favorable de los acontecimientos.

iglesia s f 1 Conjunto de las personas que profesan una religión, particularmente la cirstiana: *iglesia católica, iglesia protestante, iglesia griega, iglesia primitiva* 2 Institución formada por los sacerdotes de una religión: "Las relaciones entre la *Iglesia* y el Estado", "Los intereses de la *Iglesia*" **3** Edificio destinado al culto de una religión.

ignorar v tr (Se conjuga como *amar*) **1** No saber algo, desconocer alguna cosa: *"Ignora* la historia de México", *"Ignoraba* la importancia del tema" **2** Pasar por alto a propósito, no prestar atención o no hacer caso: *"Ignoró* todo el tiempo la presencia de su familia".

igual adj m y f **1** Que es de la misma naturaleza, que tiene la misma cantidad, calidad, forma, etc. que otro, o que, en relación con una característica, la tienen en común: "Mi casa es *igual* que la tuya", "Todo los hombres son *iguales*", "Nuestros derechos son *iguales* que los suyos", "Es *igual* que su hermano; alegre y cariñoso" **2** Que es constante o uniforme, que no varía: "La fuerza aplicada debe ser siempre *igual*" **3** adv De la misma manera: "Te veo *igual* que siempre", "Camina *igual* que su padre" **4** *Igual de* Tanto... como: "Su perro es *igual de* grande que el mío" **5** *Al igual que* De la misma forma que, como: *"Al igual que* a su esposa, le gusta la música" **6** *Por igual* De la misma manera: "Todas las piezas deben ajustarse *por igual* **7** *Dar igual* Ser indiferente, dar lo mismo: "Me *da igual* hoy que mañana", "Todo le *da igual*" **8** *De igual a igual* En las mismas condiciones, sin que haya diferencias: *hablar de igual a igual, pelear de igual a igual* **9** s m *(Mat)* Signo (=) que expresa la relación de igualdad entre dos cantidades o funciones.

igualdad s f **1** Condición o circunstancia de tener una misma naturaleza o de compartir alguna característica: *igualdad ante la ley, igualdad de trato* **2** Uniformidad en la distribución de los elementos de algo: *igualdad de trazos en un dibujo, la igualdad del paisaje* **3** *(Mat)* Expresión que indica la relación que hay entre dos cantidades o funciones que son iguales.

imagen s f **1** Representación de la figura, la apariencia, las características, etc. de algo o de alguien: *la imagen de un paisaje, la imagen de una mujer, describir imágenes*, "Tenía una *imagen* distinta de tu pueblo", *la imagen del padre* **2** *(Fís)* Figura de un objeto reproducida por la reflexión de los rayos de luz que parten de él al ser recibidos en la retina del ojo, en un espejo, en una placa de fotografía, en una pantalla, etc. **3** Objeto en el que se reproducen las características de una persona o de una cosa, o que representa algo o a alguien: *la imagen de un santo, la imagen de un dragón, la imagen de la fortuna* **4** Persona o situación que reproduce la idea que alguien tiene de algo o de una persona: "Juan es la misma *imagen* de la alegría", "Esos barrios son la *imagen* de la miseria", "Es la *imagen* misma de su madre" **5** Idea que se desea tengan los demás de uno: *cuidar la imagen*, "Su *imagen* se vio afectada por esas derrotas".

imaginación s f **1** Facultad de

los seres humanos para imaginar cosas: *desarrollar la imaginación, dejar volar la imaginación* **2** Idea falsa y sin relación con la realidad, o fantasía que alguien elabora: "Es pura *imaginación* tuya que te persiga un fantasma".

imaginar v tr (Se conjuga como *amar*) **1** Crear o formarse en la mente la representación de algo real o inventado: "*Imaginé* una máquina del tiempo", "Me *imagino* el mar y sus olas" **2** Pensar en la posibilidad de algo o suponer alguna cosa: "*Imaginemos* que tú eres rico", "Me *imaginé* que llegarías más tarde".

imaginario adj Que sólo existe en la imaginación, que no es real: *animal imaginario, línea imaginaria.*

impedir v tr (Se conjuga como *medir*, 3a) Hacer que algo no pueda continuar, se interrumpa o no se pueda llevar a cabo: *impedir el paso, impedir una manifestación, impedir la huida.*

impersonal adj m y f **1** Que no se refiere a ninguna persona en particular, o que no muestra un estilo o una manera propia o personal: *una discusión impersonal, una carta impersonal* **2** *Tratamiento impersonal* El que se da a alguien sin usar la segunda persona, sino la tercera junto con su título o nombre como sujeto, como en: "¿Qué le servimos a la señora?", "Si el maestro me lo permite, le diré. . ." **3** "En septiembre *hay* muchas fiestas", "*Hace* calor", etc.

implicación s f **1** Acto de implicar algo o a alguien en alguna

cosa: *una implicación lógica, las implicaciones de un negocio* **2** Resultado o consecuencia necesaria de algo: *las implicaciones de un acuerdo.*

implicar v tr (Se conjuga como *amar*) **1** Hacer que alguien o algo participe en otra cosa o adquiera responsabilidad en ella: *implicarse en un fraude, implicarse en un enredo* **2** Contener una cosa algo, suponerla o traerla como consecuencia necesaria: "Este trabajo *implica* aprender cierta técnica", "El ataque *implicó* una declaración de guerra".

imponer v tr (Se conjuga como *poner*, 10 c) **1** Hacer que algo se cumpla, se haga, se acepte o se respete, generalmente por medio de la fuerza o el poder: *imponer silencio, imponer una condena, imponer una ley* **2** prnl Hacer uno valer su autoridad, fuerza, personalidad o poderío: "El profeta *se impuso* a la multitud" **3** Provocar o infundir algo respeto, admiración o miedo: "Me *impone* tu presencia", "La *impone* la oscuridad" **4** Dar o poner algo, como un nombre, un título, etc. a una cosa o a una persona: "Le *impusieron* a la nueva avenida el nombre de Miguel Allende", "Le *impusieron* una medalla al mérito".

importación s f Acción de importar algo del extranjero: *importación de alimentos.*

importancia s f **1** Valor o interés de algo o de alguien: "La *importancia* de la educación es indiscutible" **2** *Darse importancia* Presumir de algo, atribuirse mayor valor o interés que el que tiene en realidad: "Encontré a Pedro *dándose importancia* por la calle".

importante adj m y f Que tiene valor o interés o que es conveniente para algo o alguien: *un asunto importante*, "Este libro es muy *importante*".

importar[1] v (Se conjuga como *amar*) 1 intr Tener algo o alguien valor o interés para una persona: "Me *importa* mucho lo que hagas", "No *importa* que no me regales nada" 2 tr Tener algo cierto valor o precio: "Su compra *importa* quinientos pesos".

importar[2] v tr (Se conjuga como *amar*) Introducir legalmente en un país productos o mercancías del extranjero, o introducir costumbres, modas, etc. de un país en otro: *importar cereales, importar libros, importar una moda*.

imposible adj m y f, y s m 1 Que no se puede realizar, lograr, conseguir; que no puede ser o existir: *un trabajo imposible, un problema imposible de resolver, una teoría imposible* 2 Que no se puede soportar, sufrir o resistir: *un niño imposible, un calor imposible*.

imposición s f 1 Acto de imponer algo: *imposición de un gobierno* 2 Obligación o exigencia que alguien establece por medio de la fuerza, la autoridad o el poder: "Hemos cumplido con las *imposiciones* del jefe".

imprenta s f 1 Arte, técnica y profesión de imprimir libros, periódicos, láminas, etc. 2 Taller en donde se imprime.

impresión s f 1 Acto de impri-

mir y su resultado: *la impresión de un libro, una bella impresión* 2 Marca o huella que deja una cosa al ser presionada sobre otra: *la impresión de un pie en la tierra* 3 Efecto profundo que causa algo en el ánimo de alguien: "Ese choque me produjo una fuerte *impresión*" 4 Opinión superficial que se forma alguien acerca de algo: "Queremos saber sus *impresiones* después de su gira", *cambiar impresiones*.

imprimir v tr (Se conjuga como *subir*) 1 Fijar sobre algún material, especialmente papel, la figura, la marca o la huella de un texto, de un dibujo o un grabado, oprimiéndole con una prensa 2 Fijar las imágenes del negativo de un rollo fotográfico, en papel u otro material, utilizando sustancias químicas 3 Obtener copias de un texto o de un dibujo, etc. con la ayuda de máquinas especiales para hacerlo: "*Imprimieron* 15 000 ejemplares de esa novela" 4 Dejar algo huella en otra cosa, presionando sobre ella: "Los niños *imprimieron* sus pies en el cemento" 5 Dar algo cierto carácter, orientación, movimiento, etc.: "El presidente *imprimió* su estilo al gobierno", "Le *imprimí* más velocidad al carro".

impuesto 1 pp irregular de imponer: "Han *impuesto* un nuevo horario" 2 Cantidad determinada de dinero que los habitantes de un país deben aportar al Estado para contribuir al pago de servicios públicos: *impuesto sobre el trabajo, impuesto sobre la renta*.

impulsar v tr (Se conjuga como

amar) **1** Hacer que una cosa se mueva ejerciendo sobre ella una fuerza: "El viento *impulsa* la nave" **2** Hacer que algo o alguien realice determinada acción: "La tristeza la *impulsó* a llorar" **3** Dar fuerza a algo para que aumente o tome mayor importancia: *impulsar la economía, impulsar la educación*.

impulso s m **1** Fuerza que se ejerce sobre algo para que se mueva, o que conserva algo o a alguien en movimiento: "Le faltó *impulso* para poder llegar al otro lado" **2** Estímulo o fuerza que hace que algo o alguien realice determinada acción, o logre un mayor desarrollo: *impulso al deporte* **3** Deseo o motivo emocional que lleva a alguien a realizar cierta acción: "Sentí el *impulso* de besarte".

incluir v tr (Se conjuga como *construir*, 4) **1** Poner o meter algo o a alguien dentro de alguna cosa: *incluir un cheque en una carta, incluir a un alumno en la lista* **2** Contener una cosa a otra: "El precio *incluye* los gastos de transporte"

inclusive adv **1** Incluyendo a, con inclusión de: "Pidió vacaciones del primero al quince de julio *inclusive*", "Vinieron todos los niños, *inclusive* los de la guardería" **2** Hasta: "En ocasiones llueve *inclusive* en octubre", "Pues fueron muy amigos, *inclusive* vivieron juntos en su época de estudiantes".

incluso prep Hasta, aun: "El maestro nos ayudaba en todo, *incluso* a veces nos regalaba libros y comida", "Me llevó a mi casa e *incluso* me prestó dinero para el doctor".

incorporar v tr (Se conjuga como *amar*) **1** Agregar una cosa a otra o mezclarlas para que formen una unidad: *incorporar agua a la arena* **2** Unir a una persona o a un grupo con otro, para que forme parte de él: *incorporar la escuela a la Secretaría, incorporarse al ejército* **3** Levantar a alguien que está tendido, acostado o sentado: "El enfermo *se incorporó* lentamente".

incrementar v tr (Se conjuga como *amar*) Hacer que algo aumente: *incrementar la producción, incrementar los costos*.

incremento s m **1** Acto de incrementar algo: *incremento de precios* **2** Aumento o crecimiento: *incremento de las ventas, incremento de la exportación*.

independencia s f Condición o estado de una persona, de una sociedad o de un país, que consiste en ser libre para decidir su conducta, su desarrollo y su historia sin que intervenga nadie: *independencia política, independencia cultural, independencia académica*.

independiente adj m y f **1** Que es libre para decidir su conducta, su desarrollo o su camino; que no depende de nadie: *un país independiente, una mujer independiente* **2** Que no se deja llevar por la opinión o por la fuerza de otros: *un periódico independiente, un pensador independiente*.

independizar v tr (Se conjuga como *amar*) Hacer independiente algo o a alguien, especialmente a un país respecto del que lo domina: *independizarse de Inglaterra, independizarse un sindicato.*

indicación s f 1 Acto de indicar 2 Señal o aviso con que se da información sobre alguna cosa, se hace referencia a ella o se obliga a realizarla: *indicaciones de tránsito* 2 Recomendación necesaria sobre alguna cosa, como por ejemplo sobre el uso correcto de algo, o sobre lo que debe hacerse en determinada situación: *indicación médica.*

indicar v tr (Se conjuga como *amar*) 1 Dar a entender algo a alguien mediante ciertas señales o signos lingüísticos: "Con los ojos me *indicó* dónde sentarse" 2 Dar a entender alguna señal o huella alguna cosa: "Las gaviotas *indicaban* la cercanía del mar" 3 Hacer que alguien ponga atención en algo señalándoselo: "En la gasolinera me *indicaron* cuál era el camino a Silao" 4 Aconsejar o decir a alguien lo que le conviene o lo que debe hacer: "Le *indicó* que ensayara más unos compases", "El gerente le indicó *cuáles* serían sus funciones".

indígena adj y s m y f Que nació o tuvo origen en la tierra, la región o el país del que se trata, o se relaciona con los pueblos y las culturas originarias de un lugar: *indígenas americanos, indígena mexicano, indígenas asiáticos, una lengua indígena de Europa.*

indigenismo s m 1 Doctrina y política que busca lograr el respeto y el aprecio para los pue-

blos indígenas especialmente de Hispanoamérica, y una vida justa, sana y pacífica para sus integrantes 2 Vocablo procedente de una lengua amerindia, integrado al español, como *elote, papadzul, cacahuate, tomate,* etc.

indio adj y s 1 Que desciende de los habitantes originarios de América o se relaciona con ellos: *indio maya, indio apache, indio araucano, pueblo indio, lengua india* 2 Que es originario de la India.

indispensable adj m y f Que es necesario y no es posible privarse de ello: "El agua es un elemento *indispensable* para la vida".

individual adj m y f Que pertenece al individuo o se relaciona con él; que es de o para una sola persona: *cama individual, trabajo individual*

individuo s m y f 1 Cada miembro o elemento de una clase, particularmente cuando se trata de personas, animales o plantas 2 Miembro de alguna agrupación: *individuo de la Academia* 3 Persona, generalmente de sexo masculino: "Un *individuo* lo asaltó".

industria s f 1 Actividad y organización laboral, económica y administrativa, que explota en grandes cantidades los productos naturales, los transforma y fabrica objetos con ellos, o proporciona ciertos servicios a la sociedad: *industria metalúrgica, industria pesquera, industria hotelera* 2 Conjunto de las empresas que se dedican a esa actividad 3 *Industria pesada La*

*que fabrica productos y maqui-
naria de grandes proporciones o
mucho peso, particularmente de
acero.*

industrial 1 adj m y f Que pertenece a la industria o se relaciona con ella: *zona industrial,
teconlogía industrial* 2 s m y f
Persona que dirige o es dueña
de una industria: "Hubo una
reunión de *industriales*".

industrializar v tr (Se conjuga
como *amar*) 1 Someter algun
producto de la naturaleza a la
explotación organizada de la industria: *industrializar el maguey* 2 Dirigir la actividad de un
país hacia la producción industrial.

infancia s f 1 Periodo de la vida
humana comprendido entre el
nacimiento y el inicio de la ado-
lescencia que se da entre los
once y los trece años de edad 2
Conjunto de las personas de esa
edad: *la infancia mexicana* 3
Primer estado de algo después
de su nacimiento o creación: *la
infancia del mundo, la infancia
de la humanidad,*.

infantil adj m y f 1 Que pertenece a la infancia o a los niños o
se relaciona con éstos: *juegos infantiles, un cuento infantil* 2
Que se comporta como si fuera
un niño: *una mujer infantil, una
actitud infantil.*

inferior adj m y f 1 Que está
debajo de otra cosa, más abajo
que ella o en la parte más baja
de algo: *piso inferior, parte inferior, puesto inferior* 2 Que es de
menor calidad o importancia
que otra cosa: *tabaco inferior,
material inferior.*

infinitivo s m (*Gram*) Forma no

personal del verbo que se construye añadiendo la terminación
-ar, -er, -ir a la raíz, como en
cant -ar, com -er, sub-ir. Tiene
función de sustantivo por ser
una especie de nombre del
verbo, como en *el mirar, el comer, el dormir*. Se usa como sujeto y objeto de otros verbos,
como en "*Querer* es poder",
"Quiero *bailar*", "Me gusta *cantar*". Forma perífrasis con ciertos verbos auxiliares, como en
"Voy a *ir*", "Deberías *comer*",
"Habrá de *ser*".

inflación s f Proceso económico
que consiste en el aumento generalizado y continuo de los
precios. Se caracteriza porque ni
todos los precios suben de la
misma manera ni al mismo
tiempo que los de otros países;
algunos productos nacionales
pierden por eso la posibilidad de
competir en el extranjero, dis-
minuye la capacidad de compra
de quienes reciben ingresos o
sueldos fijos y, por el contrario,
se concentran las ganancias en
menos empresas. Este proceso
afecta principalmente a las economías capitalistas y sobre todo
a las de los países semiindus-
trializados, como México, Argentina y Brasil.

influencia s f 1 Acción de influir algo o alguien en otra cosa
o en otra persona: "La *influencia* del Sol sobre los planetas" 2
Autoridad, predominio o fuerza
que tiene una persona sobre
otra: *una mala influencia, la influencia de los amigos* 3 Capacidad de alguien, por el medio en
que se mueve o por sus amistades, para ejercer cierto poder en

algo o alguien: "Mi amigo tiene *influencia* sobre el líder del sindicato" **4** *Tener influencias* Posibilidad de utilizar la relación con amigos o conocidos *que tienen autoridad o poder en algo, especialmente en asuntos públicos, para* obtener alguna cosa.

influir v intr (Se conjuga como *construir, 4*) **1** Producir algo o alguien, de manera indirecta, un efecto sobre otra cosa o persona: *influir la Luna sobre las mareas, influir la suciedad en la salud, influir un pintor en sus contemporáneos* **2** Ejercer o tener alguien autoridad, predominio o fuerza sobre otra persona: *influir en un amigo, influir en las decisiones del esposo*.

información s f **1** Transmisión o comunicación de conocimientos o de datos a quienes no los tienen: *información política, información científica* **2** Conjunto de datos y conocimientos acerca de algo: *banco de información, información completa*.

informar v tr (Se conjuga como *amar*) **1** Hacer que alguien se entere de algo que desconoce **2** Dar a conocer a alguien aquello que uno ha hecho: *informar al país; informar a su jefe* **3** prnl Conseguir informes acerca de algo o sobre alguien.

informe[1] s m **1** Acto de informar: *el informe presidencial* **2** Dato o noticia acerca de algo o de alguien: *tener informes, pasar informes* **3** Exposición detallada del estado de algún asunto o negocio, de lo sucedido en cierto momento o de la conducta de una persona: *informe de trabajo*.

informe[2] adj m y f Que no tiene una forma propia o que su forma es indeterminada: *sustancia informe, masa informe*.

ingeniería s f **1** Disciplina que estudia y se dedica a la fabricación de instrumentos, edificios y otros objetos útiles para mejorar las condiciones de la vida humana; y las técnicas para explotar mejor los recursos naturales: *ingeniería mecánica, ingeniería aeronáutica, ingeniería de puentes, ingeniería petrolera, ingeniería sanitaria, ingeniería genética*.

ingeniero s m Persona cuya profesión es la ingeniería en cualquiera de sus especialidades: *ingeniero industrial, ingeniero agrónomo, ingeniero mecánico*.

inglés 1 adj y s Que pertenece, es originario o se relaciona con Inglaterra o su cultura **2** s m Lengua que se habla en Inglaterra, los Estados Unidos de América, parte del Canadá, Australia, parte de África y en muchas islas del Pacífico y el Atlántico.

ingresar v intr (Se conjuga como *amar*) **1** Entrar a formar parte de alguna asociación, o como alumno de una escuela: *ingresar a un club, ingresar al colegio* **2** Entrar a alguna institución que realiza cierta actividad particular: *ingresar a un hospital* **3** Entrar en un negocio cierta cantidad de dinero.

ingreso s m **1** Entrada o inicio de actividades de alguien en una organización o institución: *alumnos de primer ingreso* **2** Cantidad de dinero recibida por alguien: *ingreso por habitante,* *fuentes de ingresos, ingreso nacional.*

inicial 1 adj m y f Que marca el principio o que es el primero de una serie: *tratamiento inicial, aumento inicial, escena inicial* 2 Letra con la que comienza una palabra, en especial los nombres propios: "Sus *iniciales* son FCM".

iniciar v tr (Se conjuga como *amar*) 1 Comenzar o dar principio a algo: *"Inició* desde muy joven sus estudios", *iniciar el partido* 2 Dar a alguien los primeros conocimientos de algo: "Lo *iniciaron* en la música" 3 Admitir a alguien en alguna organización secreta y enseñarle sus principios: *iniciarse en la magia, iniciarse en el espiritismo.*

iniciativa s f 1 Acción de proponer o emprender algo: *tomar la iniciativa, tener iniciativa, iniciativa de ley* 2 Cualidad que tiene alguien de inventar, proponer o resolver independientemente algo: *un muchacho con mucha iniciativa* 3 *Iniciativa privada* Sector de la producción formado por los propietarios y empresarios de las industrias y los comercios del gran capital.

inmediato adj 1 Que está muy junto, muy cercano o muy próximo a algo: "Recogió el libro del escritorio *inmediato* al suyo" "Acudió a la oficina *inmediata* a su domicilio", 2 Que sucede muy pronto, en seguida, sin tardanza: "Su respuesta fue *inmediata*" "Una medicina de acción *inmediata*" 3 *De inmediato* En seguida, sin tardanza: "Vine *de* inmediato", "Debes pagar *de inmediato*".

insistencia s f Acto de insistir en algo: "Ante la *insistencia* del público salió otra vez al escenario".

insistir v intr (Se conjuga como *subir*) 1 Repetir varias veces lo que se dice o lo que se hace hasta lograr el resultado que se busca: *insistir en una petición, insistir en un experimento* 2 Repetir varias veces lo que se dice para resaltar su importancia o su necesidad: *insistir en un argumento , insistir en que hace falta educación* 3 Mantenerse una persona firme en una actitud o posición: *"Insiste* en mantenerse callado".

instalación s f 1 Acto de instalar algo o a alguien 2 Conjunto de las cosas que han quedado puestas en el lugar que les corresponde para que funcionen: *instalación de gas, instalación eléctrica* 3 Lugar acondicionado para realizar cierta función: *instalaciones universitarias.*

instalar v tr (Se conjuga como *amar*) 1 Poner algo en el lugar que corresponde para que funcione como es debido: *instalar la tubería, instalar una antena* 2 Poner en algún lugar los muebles, aparatos, instrumentos, etc., que hacen falta para que algo funcione como se desea: *instalar un hospital, instalar un taller* 3 Poner a alguien en cierto puesto para que cumpla alguna función o algún cargo: *instalar a un funcionario, instalar una comisión* 4 Establecer a alguien en algún lugar para que viva: *instalarse en una casa.*

instante s m 1 Espacio pequeñísimo de tiempo: "Por un *instante se quedó callado*" 2 Momento exacto en que sucede algo: "Su vida cambió a partir de ese *instante*". 3 *A cada instante* Continuamente, a cada momento: "Cambia de opinión *a cada instante*" 4 *Al instante* En seguida, inmediatamente: "El papel se quema *al instante*".

institución s f 1 Acto de instituir: "La *institución* de la Organización de las Naciones Unidas fue en 1945" 2 Organismo creado para desempeñar una función de gobierno o, en general, organismo de carácter permanente creado por el Estado: *la institución parlamentaria, una institución universitaria* 3 Organización fundamental de algo, como una sociedad o una ideología: *las instituciones democráticas, una institución del liberalismo* 4 Conjunto de leyes, normas, o principios de una ciencia o de una agrupación: *instituciones del derecho, instituciones franciscanas*.

instituir v tr (Se conjuga como *construir*, 4) 1 Fundar alguna organización o sociedad para que cumpla cierta función, especialmente de carácter social o cultural: *instituir un asilo, instituir una beca* 2 Establecer cierto principio o norma para algo: *instituir una buena constumbre, instituir un nuevo procedimiento* 3 Designar a alguien para que reciba algún beneficio, en particular una herencia: *instituir a un sobrino como heredero*.

instituto s m 1 Organismo fundado para cumplir una función específica, particularmente de orden educativo, científico, cultural o de servicio social: *instituto de investigación, instituto de primera enseñanza, instituto de asistencia a la niñez* 2 Corporación militar o religiosa: *instituto armado*.

instrumento s m 1 Objeto que sirve para hacer algo: *instrumento de medición, instrumento de labranza, instrumento musical* 2 *Instrumento de cuerdas* El musical que produce sonido cuando se rasgan sus cuerdas, como la guitarra o el violín 3 *Instrumento de aliento* El musical que produce sonido cuando pasa el aire por su interior, como la flauta o la trompeta 4 *Instrumento de percusión* El musical que produce sonido cuando se le golpea, como el tambor 5 Cualquier medio que sirva para alcanzar un fin determinado: "Los conservadores fueron un *instrumento* para los fines de Napoleón III" 6 Documento en el que se establece algún procedimiento o se certifica algo: *instrumentos de un tratado internacional*.

integral adj m y f 1 Que comprende todos los aspectos o todas las partes necesarias para estar completo: *una educación integral, una reforma integral* 2 Que forma parte de otra cosa: *los órganos integrales del cuerpo humano*.

integrar v tr (Se conjuga como *amar*) 1 Reunir y organizar los elementos que se necesitan para formar o completar algo: *integrar un grupo, integrar una exposición* 2 Formar parte de un conjunto: "Los diputados obreros *integraron* la comisión" **3** Hacer que algo o alguien entre a formar parte de algo: *integrar un grupo a la excursión, integrarse a la ONU.*

íntegro adj **1** Que está completo, que no ha sido dividido ni le falta alguna parte: *texto íntegro sueldo íntegro* **2** Que es honrado, recto e incorruptible: *hombre íntegro, juez íntegro.*

intelectual adj y s m y f **1** Que se relaciona con la inteligencia o que es característico de ella: *trabajo intelectual, capacidad intelectual* **2** Que es abstracto o mental: *un instrumento intelectual, una teoría intelectual* **3** Que se dedica al pensamiento y al estudio, especialmente en las humanidades y otras ciencias **4** *Autor intelectual* Persona que ha hecho los planes para que otras realiccen algo, en especial algún delito.

inteligente adj m y f **1** Que tiene inteligencia: "El perro es un animal *inteligente*" **2** Que tiene gran capacidad para razonar, habilidad para resolver problemas y, por lo general, un gran número de conocimientos: "Es un hombre *inteligente*, de talento, de cultura" **3** Que está hecho con inteligencia: "Esa es una decisión *inteligente*".

inteligencia s f **1** Facultad que tienen los seres humanos de conocer y entender las cualidades o las relaciones de las cosas, de comunicarse mediante símbolos, de preveer consecuencias, y de aplicar sus conocimientos y experiencias para mejorar su comprensión y sus actividades **2** Capacidad, propia del hombre y en menor grado de algunos animales, para resolver problemas y adaptarse a nuevas situaciones **3** Comprensión: "Tiene una *inteligencia* clara de ese texto" **4** *En la inteligencia de* Bajo el supuesto, en la comprensión o con el sentido de: "Firmaré el cheque, *en la inteligencia de* que me dará un recibo".

intención s f **1** Sentido que da alguien a un acto suyo, o idea que se propone llevar a cabo: *la intención de un escrito, la intención de un regalo, intención de viajar, intención de casarse* **2** *Buena intención* Idea o plan de hacer algo con sinceridad, para bien de uno o de los demás **3** *Mala intención* Propósito de hacer un daño a algo o a alguien **4** *Primera intención* Modo de actuar espontáneo: "Mi *primera intención* fue correr" **5** *Segunda intención* Modo de actuar falso o propósito que tiene alguien de hacer el mal, disfrazado en otro acto de apariencia buena: "Su simpatía estaba llena de *segunda intención*".

intencional adj m y f Que se hace con cierto propósito, que se ha planeado: *actitud intencional, homicidio intencional.*

intensidad s f **1** Cualidad de ser intenso: *la intensidad de una emoción* **2** Grado de energía, fuerza o actividad que alcanza algo o alguien: "La *intensidad* de la lluvia empieza a ser menor", "La *intensidad* del dolor varía según la posición".

intenso adj Que es muy fuerte, que tiene mucha energía o que se manifiesta con gran intensidad: *frío intenso, lluvia intensa, mirada intensa.*

intentar v tr (Se conjuga como *amar*) Tener la intención o querer hacer algo, y dar los pasos necesarios para lograrlo: *"Intenté subir al volcán"*, *"Intentará ganar las elecciones"*, *"Intentó golpearlo".*

intento s m **1** Propósito de hacer algo: *"Mi intento era convencerte"* **2** Esfuerzo que se hace para lograr algo: *"Hizo varios intentos de aislar el microbio"* **3** Acto que no alcanza su objetivo o que ha fallado: *intento de robo, intento de vencer.*

interés s m **1** Valor o importancia que tiene algo o alguien para las necesidades, el provecho o la ganancia de una o varias personas: *interés público, un mensaje de interés* **2** Actitud de atención, atracción o curiosidad por algo o alguien, o de deseo por lograr algo: *"Veía los libros con interés"*, *"Mostró su interés por la naturaleza"* **3** Ganancia que obtiene alguien del dinero que presta, invierte o ahorra, o porcentaje que debe pagar quien recibe dinero prestado **4** *Intereses creados* Los que tiene alguien en algún asunto y que impiden encontrarle una solución sencilla y rápida: *"No es fácil cambiar el sistema, hay muchos intereses creados".*

interesante adj m y f **1** Que despierta el interés por sus características, su valor, etc.: *un libro interesante, una persona interesante* **2** *Hacerse el interesante* Tratar de llamar la atención, de presumir, de darse importancia.

interesar v intr (Se conjuga como *amar*) **1** Producir o despertar, una cosa o una persona, el deseo o la inclinación hacia ella por sus características, su valor, etc.: *"El dinero interesa a todos"*, *"Ese cantante ha interesado mucho al público"* **2** Motivar el interés de alguien: *"Logró interesarnos en ese tema"* **3** Hacer que alguien tome parte en algún negocio, o participe de un compromiso: *"En el préstamo quedaron interesados varios bancos"* **4** tr Producir daño o alteración alguna cosa en un órgano del cuerpo: *"La enfermedad interesó el corazón".*

interior adj m y f **1** Que está en el espacio que hay entre los límites de algo o alguien: *piso interior, interior de la casa, valor interior* **2** Que no da o mira al exterior, como un cuarto con la ventana al patio de una casa, una bolsa de un saco, etc. **3** Que pertenece o se relaciona con los sentimientos, las emociones o los pensamientos de alguien: *vida interior* **4** s m Territorio de un país que no está cerca de las fronteras ni del mar **5** s m Territorio de un país, excepto el que ocupa su capital **6** Que pertenece o se relaciona con la nación de la que se habla: *política interior, desarrollo interior.*

interjección s f *(Gram)* Expresión lingüística que manifiesta una emoción, una actitud, un comentario, etc. súbitos y espontáneos, como ¡Ay!, ¡Puf!, ¡Fuego!, ¡Caramba!, etc.

internacional adj m y f **1** Que pertenece o se refiere a las relaciones entre las naciones, que no está determinado por una sola nación: *tratado internacional, ayuda internacional, tráfico internacional, capital internacional* 2 Que está compuesto por varias naciones o representantes o habitantes de ellas: *congreso internacional, competencia internacional*.

internar v tr (Se conjuga como *amar*) 1 Llevar a alguien hacia el interior de un país o de sus fronteras: *internar a un prisionero, internar a un fugitivo de guerra*. 2 prnl Ir alguien hacia adentro de algo: *internarse en la selva, internarse en las profundidades* 3 Llevar a alguien a algún lugar para que lo cuiden, lo vigilen o lo curen: *"Internaron a Jesusa en el sanatorio"*.

interno 1 adj Que está dentro de algo o de alguien, que sucede, se manifiesta o se aplica en el interior de una cosa o una persona: *órganos internos, asuntos internos, guerra interna, economía interna* 2 s Persona que ha sido internada en un hospital, una escuela, una cárcel, etc. 3 s Estudiante de medicina o médico que vive en el hospital en el que trabaja 4 *Medicina interna* La que estudia y trata enfermedades que por lo general no requieren de cirugía.

interpretación s f Acto de interpretar algo o a alguien, y su resultado: *una interpretación de Marx, una interpretación psicoanalítica, una interpretación musical*.

interpretar v tr (Se conjuga como *amar*) 1 Explicar el sentido o el significado de algo, de acuerdo con todos los datos o informes que se puedan tener y que ayuden a determinarlo: *interpretar la Biblia, interpretar un sueño, interpretar un acto individual* 2 Traducir de una lengua a otra, especialmente cuando se hace inmediatamente de una conversación o un discurso: *interpretación simultánea* 3 Dar forma o sentido a lo dicho, escrito, expuesto o apenas indicado por alguien: *interpretar los deseos de la esposa, interpretar una declaración* 4 Dar forma o sentido un artista a una obra musical, dramática, etc.: *interpretar una sonata, interpretar un personaje*.

intérprete adj y s m y f Que interpreta, particularmente el que traduce simultáneamente de una lengua a otra, o el artista: *una mujer intérprete, un intérprete inglés-español, una destacada intérprete de la música de Manuel M. Ponce*.

interrogación s f 1 Acto de preguntar algo a alguien: *"El juez hizo una larga interrogación"* 2 Cada uno de los signos gráficos (¿ ?) que se emplean para marcar el comienzo y el final de una expresión interrogativa en un escrito.

interrumpir v tr (Se conjuga como *subir*) Detener temporalmente el desarrollo o la continuidad de algo: *interrumpir la conversación, interrumpir el paso, interrumpir la luz*.

interrupción s f 1 Acto de interrumpir 2 Pausa en el desarrollo o la continuidad de algo: *interrupción del tránsito, interrupción de las relaciones, interrupciones eléctricas*.

intervención s f 1 Acto de intervenir y periodo que dura este acto: *intervención del juez, intervención de 10 minutos, intervención francesa* 2 Operación quirúrgica: *una intervención del hígado.*

intervenir v intr (Se conjuga como *venir*, 12 b) 1 Tomar parte en algo: "Pedro Infante *intervino* en muchas películas", "Todos los asistentes *intervinieron* en la discusión" 2 Entrar o meterse alguien en un asunto o en una acción que no inició ni determinó: *intervenir en una pelea, intervenir la policía* 3 Vigilar una autoridad, con o sin derecho, el desarrollo de algo o la contabilidad o administración de un negocio: *intervenir un teléfono, intervenir una empresa* 4 Entrar el ejército de un país en otro, o vigilar y limitar el ejercicio de la soberanía de otro, generalmente sin que se lo hayan pedido o sin que tenga derecho a hacerlo: *intervenir Estados Unidos en Latinoamérica, intervenir la URSS en Afganistán.*

introducción s f 1 Acto de introducir algo o a alguien: *introducción del agua, introducción de un canal, introducción de nuevas palabras* 2 Parte inicial de un texto, un discurso, una obra musical, etc. en la que explica su contenido o se expone algo.

introducir v tr (Se conjuga como *producir*, 7a) 1 Hacer que entre algo en una cosa, principalmente cuando queda cubierto o rodeado por ella, o poner alguna cosa entre otras: *introducir el hilo en la aguja, introducir*

la llave en la cerradura, introducir un argumento en la discusión 2 Hacer que alguien entre en algún lugar, se familiarice con un ambiente o situación, o conozca los primeros elementos de algo: "*Introdujo* a los visitantes al museo", *introducir en sociedad, introducir a un niño en la música*, "Este libro *introduce* en la biología" 3 Dar a conocer o hacer llegar a alguien algo nuevo para que lo adopte, lo practique, lo consuma, etc.: *introducir una moda, introducir un nuevo producto en el mercado* 4 Provocar o causar cierto estado o situación: *introducir el desorden.*

inversión[1] s f Cambio total del sentido, orden, dirección o posición de una cosa.

inversión[2] sf 1 Acto de invertir 2 Cantidad de dinero invertida en algún negocio: *una inversión de millones de pesos.*

inverso 1 pp irregular de invertir 2 adj Que es opuesto o contrario a otro: "En sentido *inverso* al de las manecillas del reloj" 3 *A la inversa* Al contrario, al revés, en sentido o de manera opuesta: *correr a la inversa, leer a la inversa.*

invertebrado adj Que no tiene columna vertebral: *animal invertebrado.*

invertir[1] v tr (Se conjuga como *adquirir*, 2b) Cambiar el orden, la posición, el sentido, la dirección, etc. de algo, de manera que quede al revés de como estaba o como debería estar: "*Invirtieron* los rollos de la película".

invertir[2] v tr (Se conjuga como *adquirir*, 2b) 1 Emplear cierta cantidad de dinero en algún negocio para tener ganancias: *invertir en maquinaria, invertir en una casa* **2** Ocupar tiempo, fuerzas, inteligencia, etc. en algo para obtener algún resultado: *"Invirtió* toda su vida en ese libro".

investigación s f Acto de investigar algo y resultado que se obtiene de ello: *investigación policiaca, investigación científica, investigación literaria.*

investigar v tr (Se conjuga como *amar*) **1** Hacer lo necesario para averiguar, descubrir o llegar a saber con certeza alguna cosa: *investigar una dirección, investigar un crimen* **2** Buscar, con la ayuda de ciertos instrumentos y de acuerdo con los principios de la ciencia, las características de la conducta o de la composición de algo: *investigar el espacio, investigar una célula, investigar un hecho histórico.*

invitación s f **1** Acto de invitar a alguien a alguna cosa o a hacer algo: *invitación a un concierto, invitación a una comida* **2** Tarjeta con la cual se invita a un acontecimiento: *invitaciones de boda, invitación para el estreno de una película.*

invitar v tr (Se conjuga como *amar*) **1** Pedir a alguien que vaya a algún lugar en el que se ofrece algo, como una comida, una fiesta, etc.: *invitar a un baile, invitar a una cena* **2** Ofrecer a alguien algo que puede darle gusto o placer: *invitar un café, invitar a beber, invitar a sentarse* **3** Ofrecer algo una condición o circunstancia favorable

para hacer otra cosa: "El clima *invita* a la siesta", "El mar nos *invita* a bañarnos".

ir v intr (Modelo de conjugación 19) **1** Dejar algo o alguien el lugar en el que estaba para llegar a otro, o alejarse de la persona que habla o del lugar en que ella está: "Filiberto *fue* a Mérida", "Cuando venga *iré* a cenar con él", "La tropa *iba* hacia Cuautla", "El tren *va* de México a Ciudad Juárez", "*Fuimos* en camión", "*Vamos* en bicicleta", "*Iré* por fruta", "*Fue* por su maleta" **2** prnl Alejarse algo o alguien del lugar en el que estaba: *irse una nube, irse las golondrinas,* "*Me voy* de aquí", "Se *fue* temprano", "*Nos iremos* cuando lleguen los demás" **3** *Ir por* Moverse o pasar algo o alguien por un lugar determinado: "El metro *va* por debajo del suelo", *ir por la calle, ir por el río* **4** Moverse, desarrollarse o desenvolverse algo o alguien de determinada forma, con cierta propiedad o haciendo alguna cosa, o estar de cierta manera mientras se cambia de luagr o transcurre un proceso: *ir caminando, ir sentado,* "*Iba* hablando solo", "Se *fue* dormido todo el viaje", "Siempre *va* contento", "*Fuimos* de prisa", "Le *irá* bien en esa escuela", "Les *fue* mal en su matrimonio", "Ese negocio podría *ir* mejor", "¿Cómo *va* el enfermo?" **5** *Ir y venir* Moverse continuamente algo o alguien de un lugar a otro, o cambiar algo constantemente de estado, valor, etc.: *el ir y venir de la gente, el ir y venir de los precios* **6** *Ir a dar o ir a* *parar* Terminar en algún lugar o haciendo algo distinto de lo que se hacía: "La mercancía *fue a dar* a las bodegas", "El delincuente *fue a parar* a la cárcel", "*Fue a dar* de zapatero", "*Fue a parar* de chofer" 7 Asistir alguien a algún lugar o presentarse en él: "Julio *fue* a un concierto", "Nadie *va* a las juntas" 8 *Ir de* Presentarse o asistir a un lugar para cumplir una función o disfrazado de algo: "Se *fue* de embajador a Nicaragua", *ir de asesor, ir de payaso a un baile* 9 *Ir de* Asistir a alguna parte con el propósito de hacer algo determinado: *ir de compras, ir de viaje, ir de vacaciones* 10 prnl Salirse algo, particularmente un gas, del lugar en el que estaba contenido, o suspenderse el suministro de ciertos servicios: *irse el gas a un refresco, irse el agua, irse la luz* 11 prnl Soltarse o salirse los hilos del tejido de una prenda: *irse la media* 12 prnl Desaparecer, consumirse o acabarse algo: *irse una mancha, irse el tiempo en estudiar, irse la noche*, "Siempre se le *va* el sueldo en pagar deudas" 13 prnl Morirse: "Se nos *va* el abuelo" 14 *Ir con cuentos, chismes,* etc. Llegar a contarlos a alguien: "No *vayas con cuentos* con el patrón" 15 *Irse de boca, de espaldas, etc.* Caerse hacia delante, hacia atrás, etc., o perder el equilibrio en esa dirección 16 Ocupar algo o alguien el lugar que le corresponde: "Ese libro no *va* ahí", "El padre *va* en la cabecera" 17 Quedar algo comprendido entre dos o más límites: "La lección *va* de la pá-

gina dos a la nueve", "Esa calle *iba* del centro al mercado", "La carretera *va* de Zacapoaxtla a Cuetzalan", "Las vacaciones *fueron* de mayo a junio" 18 (Sólo en tercera persona) Ser algo, como una música, una canción, una historia, etc de determinada manera, o hacerse algo, como un baile, un movimiento, etc. en cierta forma: "¿Cómo *va* La Adelita?", "No sabemos cómo *van* esos versos", "Ya aprendí cómo *va* ese baile" 19 Apostar o jugar algo: "*Van* diez pesos al rojo", "Le *fui* al siete" 20 Tomar partido por algo o por alguien: "Yo le *voy* al equipo de Zacatepec" 21 *Ir con* Combinar o quedar bien una cosa con otra: "Un saco negro no *va* con un pantalón café", "Esa música *va* con mis gustos" 22 *Irle en* Depender una cosa del logro de otra, o ser algo muy importante para la existencia de alguna cosa: "*Le va* el trabajo en firmar ese contrato", "*Le va* la vida en esa competencia" 23 *No irle ni venirle algo a alguien* No importarle: "Esos problemas ni *le van* ni *le vienen*" 24 *Estar ido* Estar distraido, inconsciente o loco 25 *Ir a* En presente, seguido de infinitivo, forma una perífrasis muy usual en México para expresar el tiempo futuro: *voy a comer, va a llover, vamos a leer* 26 *Ir y* Hacer algo de manera imprevista, de pronto o sorpresivamente: "*Fue y* tiró todas las copas", "Si no lo detenemos, *va y* le pega" 27 *¡Vaya!* Exclamación que puede expresar disgusto, molestia o desilusión, o sorpresa y alegría: "¡*Vaya*, ya era hora",

"¡*Vaya*, así que no te dieron el trabajo!", "¡*Vaya*, tú aquí!", "¡*Vaya*, al fin terminamos!".

izquierdo adj y s **1** Que está del lado del corazón: *mano izquierda, ojo izquierdo* **2** *Tener alguien mano izquierda* Tener alguien habilidad para tratar a otras personas según la situación **3** s f Corriente política progresista, interesada por lograr cambios al orden establecido, generalmente orientados por el liberalismo, el socialismo o el comunismo.

J j

j s f Undécima letra del alfabeto que representa al fonema consonante velar fricativo sordo /x/. En México su pronunciación varía desde la articulación fricativa hasta la aspiración. Su nombre es *jota*.

jamás adv **1** En ningún momento, con absoluta imposibilidad de que algo suceda o haya sucedido: *"Jamás* aprendió un oficio", *"Jamás* lo volveré a ver", *"Jamás* había pasado algo semejante", *"Nadie* había podido llegar *jamás* allí", "Nunca *jamás* regresó" (Cuando se usa en oraciones afirmativas se antepone al verbo, y se le pospone en negativas) **2** *Por siempre jamás* Para siempre: *"Por siempre jamás* le estaré agradecido" **3** *Jamás de los jamases*: Jamás, nunca: *"Jamás de los jamases* me casaré con él".

japonés 1 adj Que es natural de Japón o que pertenece o se relaciona con dicho país: *cultura japonesa, arte japonés* **2** s m Lengua que se habla en Japón.

jardín s m **1** Terreno en el que se cultivan flores, árboles y otras plantas para hacer de él un lugar agradable en donde descansar o divertirse: *jardín municipal, los jardines del castillo* **2** *Jardín botánico* Terreno e instalación en donde se cultivan plantas de todo tipo para hacer estudios botánicos **3** *Jardín de niños* Escuela en donde los niños menores de siete años aprenden ciertos juegos y actividades que les ayudan en su desarrollo antes de entrar a la educación primaria.

jefe s Persona que manda o dirige a otras: *jefe de Estado, jefe de estación, jefe de departamento, jefa de personal.*

jerarca s m Persona que tiene una elevada categoría en una jerarquía: *jerarca de la Iglesia.*

jerarquía s f **1** Organización de elementos en una escala de niveles ascendentes o descendentes: *jerarquía eclesiástica, jerarquía militar, jerarquía conceptual* **2** Elemento o conjunto de elementos que ocupa cierto nivel en esa escala: "Los adelantados de Indias fueron una *jerarquía* importante de los conquistadores españoles".

jitomate s m Fruto redondo, de seis a ocho centímetros de diámetro, de color rojo y piel lustrosa, muy utilizado para preparar variados platillos y salsas mexicanas muy características, que se obtiene de una planta solanácea, *Lycopersicum esculentum Mill.*

jornada 1 Medida de lo realizado o trabajado en un día: "En seis *jornadas* terminaron la siembra" **2** Medida del camino que se recorre en un día: "Yucatán está a dos o tres *jornadas* de

aje desde la ciudad de México"
Tiempo que toma hacer algo o
azo durante el cual se efectúa
go: *una larga jornada de dis-*
rsos, jornadas deportivas, jor-
das teatrales.

nal s m Salario que recibe un
rero o un campesino por un
a de trabajo.

nalero s Persona que tra-
aja por día y que gana un de-
rminado jornal como salario,
especial quien lo hace en el
mpo.

ven adj y s m y f 1 Que tiene
oca edad o no ha alcanzado su
mpleto desarrollo: *persona jo-*
n, árbol joven, terrenos jóvenes
s m y f Persona que está en la
dolescencia o en los primeros
os de la adultez: *una joven*
apa, *un joven trabajador* 3
ue tiene energía, entusiasmo,
apacidad creativa: "Einstein
e siempre *joven*", *un pensa-*
iento joven, ideas jóvenes 4 De
ven Cuando era joven: "De jo-
n, Paquita fue muy guapa".

ya s f 1 Objeto hecho de meta-
s o piedras preciosas que se
sa para adorno personal, como
s anillos, las pulseras, los co-
ares, etc.: *joyas reales, caja de*
yas 2 Objeto o persona que
ene o al que se le adjudica
ran valor: "La primera edición
el Quijote es una *joya*", "Mi-
uelito es una *joya* para su fa-
ilia".

bilar v tr (Se conjuga como
mar) Declarar una empresa o
na institución, que una per-
ona puede retirarse de su tra-
ajo y continuar recibiendo el
alario como pensión, debido a
s años que ha trabajado en

ella, a que ha alcanzado cierta
edad, o a alguna enfermedad.

judicial adj m y f 1 Que pertenece a la administración de la
justicia, los jueces y los juicios o
se relaciona con ellos: *policía*
judicial, asunto judicial 2 *Poder*
judicial Organo de gobierno de
un Estado encargado de aplicar
la ley.

juego s m 1 Actividad humana y
de algunos animales que se realiza generalmente como diversión o pasatiempo y en la que se
ejercita alguna capacidad o des-
treza: *juego infantil, juego de*
adivinanzas 2 Actividad física o
mental en la que compiten dos o
más personas, cumpliendo un
reglamento: *juegos olímpicos,*
juegos de mesa, juegos deporti-
vos 3 *Juegos de azar* Los que
dependen principalmente de la
suerte de los participantes y no
de su habilidad, como la ruleta,
los dados o la lotería 4 *Juegos*
florales Concurso de poesía que
organiza alguna población, en el
que se premia simbólicamente
al ganador con una flor 5 *Juegos*
malabares Los que consisten en
mostrar habilidad para mover
rápidamente objetos, especialmente con las manos y por lo
general en circos y ferias 6 Conjunto de aparatos mecánicos
destinados a la diversión, generalmente instalados en las ferias o en los parques, como la
rueda de la fortuna, los caballi-
tos, las resbaladillas, los avion-
citos, los trenecitos, etc. 7 *Juego*
de palabras Dicho en el que se
combinan palabras de manera
que se presten a distintas interpretaciones y aprovechen distin-

tas relaciones de la forma de los vocablos para conseguir efectos divertidos **8** Efecto artístico o decorativo que se logra al combinar algo como luces, sonidos, flores, etc. **9** *Ser o volverse algo un juego de niños* Ser algo de poca importancia o fácil de hacer: "Manejar *se está volviendo un juego de niños*" **10** *Dar juego a algo o a alguien* Hacer que algo o alguien tenga mayor participación en alguna cosa: "El director le *ha dado* mucho *juego* a su secretario" **11** Plan que tiene alguien para lograr sus objetivos: *mostrar el juego, descubrir el juego, caer en el juego* **12** *Hacer el juego a alguien* Actuar alguien con aparente independencia de otro pero ayudándolo a conseguir sus fines o resultar la conducta de alguien provechosa para otro: "Ese sindicato le *hace el juego* a la empresa" **13** *Estar o poner algo en juego* Estar o poner algo que es importante en una situación de riesgo o peligro: *estar en juego la reputación, estar en juego la paz, poner en juego el campeonato, poner en juego el prestigio* **14** Conjunto de objetos que sirven para lo mismo o que se combinan entre sí: *juego de herramientas, juego de té, juego de blusa y falda* **15** *Hacer juego* Combinar dos cosas entre sí: "El pantalón *hace juego* con la camisa" **16** Capacidad de movimiento que tienen varios objetos o partes del cuerpo, articulaciones entre sí: *juego de los engranes, juego de la rótula*.

juez s m y f **1** Persona a la que se da autoridad y conocimientos para decidir sobre lo justo o lo injusto de algo, y sobre su valor o su calidad: *juez de un concurso, juez imparcial* **2** (*Der*) Persona a la que se da autoridad para aplicar la ley y dictar las sentencias correspondientes en los casos en que interviene: *juez competente, juez de primera instancia*.

jugar v tr (Modelo de conjugación 2 d) **1** Darse al juego, especialmente los niños, o hacer algo por placer, para divertirse, distraerse o pasar el tiempo: *jugar pelota, jugar canicas, jugar a las muñecas* **2** Tomar parte en un juego reglamentado o de azar: *jugar un partido de ajedrez, jugar futbol, jugar carreras, jugar cartas, jugar dominó* **3** Llevar a cabo un juego: Toluca y Zacatepec *juegan* mañana", "Los beisbolistas *jugaron* el partido a las tres de la tarde" **4** Efectuar un jugador, en el momento que le corresponde, uno de los movimientos del juego: *jugar la mula de sieses, jugar el balón por la izquierda* **5** intr Tratar algo o a alguien con poca seriedad y sin darle la importancia o el respeto que merece: *jugar con la salud, jugar con la muerte, jugar con la novia, jugar con los obreros* **6** *Jugar limpio o sucio* Hacer algo o tratar a alguien de manera honrada y con buena fe o hacerlo de la manera contraria: *jugar limpio en los negocios, jugarle sucio a un amigo* **7** prnl Arriesgar alguna cosa importante para uno o ponerla en peligro: *jugarse la fortuna, jugarse la vida* **8** *Jugarse el todo por el todo, jugár-*

sela Hacer algo que implica que se puede ganar todo o perderlo por completo **9** *Jugar un papel* Desempeñar una tarea particular en algo, tener algo o alguien una importancia específica en otra cosa: "La educación *juega un papel* fundamental en el futuro de México".

jugo s m **1** Líquido que se obtiene de las plantas, particularmente de las frutas, o que se produce cuando se exprime o se cuece algún vegetal o algún animal: *jugo de naranja, jugo de uva, jugo de zanahoria, jugo de carne* **2** Cada una de las sustancias líquidas que producen ciertas glándulas del cuerpo animal para realizar diversas funciones vitales: *jugos gástricos, jugo pancreático* **3** Parte provechosa, útil o rica de algo: *sacar jugo a un negocio*.

juicio s m **1** Capacidad humana de razonar, distinguir unas cosas de otras y de valorarlas: *tener juicio, estar en su juicio, estar fuera de juicio, perder el juicio* **2** Comprensión que de las cosas tiene una persona y que le permite actuar con sensatez, prudencia e inteligencia: *una mujer de mucho juicio, confiar en el juicio de los ancianos* **3** Opinión que alguien da después de examinar y razonar algo: "Sus *juicios* políticos son muy interesantes", *juicio artístico, juicios morales* **4** *A juicio de alguien* Según opina o piensa alguien: "*A mi juicio* los fantasmas no existen" **5** (*Der*) Proceso que se desarrolla en un tribunal ante un juez, en el que se presentan pruebas y argumentos respecto de algo, y se dicta la sentencia correspondiente: *juicio penal, juicio civil* **6** *Poner algo o a alguien en juicio o en tela de juicio* Dudar o sospechar de lo que sucede o de lo que alguien hace o dice: "*Puso en juicio* la veracidad de la historia", "Lo que afirma Eduardo debe *ponerse en tela de juicio*"

junta s f **1** Unión que forman dos o más objetos: *poner soldadura en la junta, sellar las juntas* **2** Pieza que se pone entre dos o más objetos para unirlos con mayor solidez o firmeza: *juntas de un cilindro, juntas de una tubería* **3** Reunión de personas para discutir algún asunto: *una junta de padres de familia, una junta de la asociación* **4** Grupo de personas que dirigen o administran algo: *junta de mejoras, junta directiva, junta militar*.

juntar v tr (Se conjuga como *amar*) **1** Poner varias cosas en un mismo lugar o poner una cosa al lado de otra, en contacto o en unión con ella: *juntar la ropa, juntar la basura en un rincón, juntar dos tubos, juntar los alambres* **2** Hacer que varias personas vayan o queden en el mismo lugar: *juntar a los amigos, juntar a los niños en el patio* **3** Reunir cierta cantidad de alguna cosa o un conjunto de cosas de la misma clase: *juntar dinero, juntar comida, juntar timbres, juntar muestras de insectos* **4** prnl Unirse o acercarse una cosa a otra o reunirse dos o más personas: "Los dos ríos *se juntan* en ese valle", "*Nos juntamos* para estudiar todos los martes" **5** prnl Tener amistad o mucho trato dos o varias personas entre sí: *juntarse con buenas compañías,* "Yo no *me junto* con ladrones".

junto 1 adj Que está en el mismo lugar, cerca o al lado de otra cosa: *dinero junto, ropa junta* **2** adv y adj En el mismo lugar o al mismo tiempo: *bailamos todos juntos,* "Toda la gente salió *junta*" **3** *Junto a* Al lado de o cerca de: "Los libros de pintura están *junto a* los de música", "Caminamos *junto a* mi hermana" "Dejé el periódico *junto a* la ventana" **4** *Junto con* En compañía de, en unión de: "Estudia *junto con* sus amigos", "Te envié un libro *junto con* esta carta".

jura s f Acto solemne en que se promete obediencia y fidelidad a la patria, a la bandera, a un cargo, etc.

juramento s m Afirmación o promesa solemne de algo, en la que se pone algo o a alguien (por lo general a Dios o a un ser divino) como garantía o como testigo de ello.

jurar v tr (Se conjuga como *amar*) Afirmar o prometer algo con gran solemnidad, poniendo, por lo general, alguna cosa o a algún ser, para el que jura sagrado o valioso, como garantía o como testigo de ello: *jurar sobre la Biblia, jurar la bandera, jurar en vano, jurar por Dios, jurar por la salud de su padre.*

jurisprudencia s f **1** Ciencia del derecho: *estudios de jurisprudencia* **2** Interpretación de la ley que señala la doctrina que deberá aplicarse cuando el derecho

tenga fallas u omisiones; México puede considerarse [...] gatoria cuando la Supre[...] Corte de Justicia o los Trib[...] les Colegiados de Circuito emitido, en casos simila[...] cinco fallos consecutivos e[...] mismo sentido.

justicia s f **1** Principio m[...] que guía las acciones huma[...] según la verdad, el respeto a[...] demás y el reconocimiento d[...] que toca o pertenece a c[...] quien: *actuar con justicia,* *búsqueda de la justicia, sen[...]* *de justicia* **2** Ejercicio y apl[...] ción de este principio en la l[...] su administración por parte[...] los jueces y las instituciones diciales: *pedir justicia, admi[...]* *trar justicia, presentarse ant[...]* *justicia, tribunal de justici[...]* *Hacer justicia* Aplicar la le[...] *Hacer justicia* Reconocer lo toca o pertenece a alguien[...] valor, su libertad y sus d[...] chos, y actuar de acuerdo ello: *hacer justicia a la cond[...]* *de un héroe, hacer justicia al[...]* *fuerzo de un alumno, hacer [...]* *ticia a los campesinos* **5** *Hac[...]* *justicia* Cobrarse alguien propia mano algún dañ[...] ofensa **6** *En justicia* Reco[...] ciendo lo que es verdad o lo es debido: "*En justicia,* [...] hombre no es culpable [...] fraude", "*En justicia,* el pre[...] lo merecía Laura".

justicia v tr (Se conjuga c[...] *amar*) **1** Ser algo o alguier[...] causa, el motivo o la explica[...] de algo, o lo que lo vuelve [...] lido, necesario o justo: "N[...] *justifica* el aumento de preci[...] "El fin no *justifica* los medio[...]

Dar las pruebas, las razones o los motivos que vuelven válida, necesaria o justa alguna cosa: "¿Quién podrá *justificar* una invasión militar?", "Quería *justificar* su falta ante nosotros" **3** Considerar válido o correcto el comportamiento de alguien: "Te entiendo, pero no *justifico* tu actitud".

juventud s f **1** Periodo de la vida entre la infancia y la madurez: *La juventud de una mujer, la juventud del mundo* **2** Conjunto de las características físicas y mentales propias de ese periodo: *conservar la juventud, un viejo lleno de juventud,* **3** Conjunto de las personas jóvenes: *la juventud mexicana, conciertos para la juventud.*

juzgar v tr (Se conjuga como *amar*) **1** Examinar algo o el comportamiento de alguien con la razón y de acuerdo con ciertos principios, y llegar a una conclusión: *juzgar a un hombre público, juzgar la verdad de una teoría* **2** Examinar un juez, o quien tenga autoridad para hacerlo, la conducta de alguien de acuerdo con la ley: *juzgar a un prisionero, juzgar a un ladrón* **3** Considerar algo alguien con responsabilidad y fundamento: "*Juzgué* necesario advertirle del peligro" **4** *A juzgar por* Tomando en cuenta que, de acuerdo con: "*A juzgar por* lo que dices, dirigir la economía es complicadísimo.

K k

k s f Decimosegunda letra del alfabeto que representa al fonema consonante velar oclusivo sordo. Su nombre es *ka*. En español sólo se emplea para escribir algunas palabras de origen extranjero, como *kilo, kaiser,* etc.; en su lugar se usa la c antes de a, o, u y la *qu* antes de *e, i.*

kilate s m **1** Unidad de medida de la proporción del oro en una aleación, equivalente a 1/24 parte del peso del oro puro: *oro de 24 kilates* **2** Unidad de medida del peso de las piedras preciosas, como el diamante, equivalente a doscientos miligramos aproximadamente: *un brillante de dos kilates.*

kilo s m Unidad de peso equivalente a mil gramos o a un decímetro cúbico de agua destilada; kilogramo: "Déme dos *kilos* de frijol", "¿A cómo está el *kilo* de manzanas?"

a b c ch d e f g h i j k l ll m n ñ o p q r s t u v w x y z

L l

l s f Decimotercera letra del alfabeto que representa al fonema consonante alveolar lateral fricativo sonoro. Su nombre *ele*.

la[1] artículo definido, femenino, singular **1** Indica que el objeto significado por el sustantivo es conocido del que oye o ha sido mencionado antes: *"La secretaria trabaja muy bien"*, *"Necesito un lápiz y una regla; el lápiz, para escribir; la regla, para medir"* **2** Significa que el sustantivo al que precede se refiere a todo el conjunto o clase de objetos significados: *"La abeja es un insecto muy útil"*, *"La mujer es bella"* **3** Sustantiva cualquier palabra o construcción: *la blanca, la mexicana, la desvelada, la noche triste* **4** Expresa el grado superlativo de los adjetivos: *la mejor, la más grande* **5** Precede a oraciones de relativo cuyo antecedente es masculino: *"De esas tazas, la que se rompió era la más fina"* **6** Acompaña a ciertos nombres geográficos: *"La Antártida"*, *"La Argentina"*, *"La Unión Soviética"* **7** Suele anteponerse a nombres de mujer, particularmente cuando ésta destaca en su profesión: *"La Montoya"*, *"La Conesa"*, *"La Thatcher"*.

la[2] pronombre de tercera persona, femenino, singular Indica objeto directo: *"Leí una novela: la leí"*, *"La vi venir desde lejos"*, *"—¿Le diste la bolsa? —Sí, se la di"* (Antecede al verbo cuando éste se conjuga: *"la leí"*, *"la vi"*, *"la di"*; lo sigue cuando se trata de un imperativo, un infinitivo o un gerundio: *"léela"*, *"leerla"*, *"leyéndola"*).

labio s m **1** Cada uno de los bordes exteriores carnosos y móviles de la boca: *cerrar los labios, besar los labios* **2** *Labios leporino* El superior, partido por algún defecto de nacimiento **3** Borde de ciertas aberturas: *labios de una herida, labios de la vagina.*

labiodental adj m y f *(Fon)* Que se pronuncia tocando los dientes incisivos superiores el borde del labio inferior, como en el fonema /f/.

labor s f **1** Trabajo o tarea, generalmente el que se realiza en el campo o en el hogar: *labores agrícolas, labores domésticas, una labor social* **2** Obra de costura, de tejido o de bordado.

laboral adj m y f Que pertenece o se relaciona con el trabajo: *jornada laboral, derecho laboral.*

laborar v intr (Se conjuga como *amar*) Trabajar; por lo general, los obreros y los campesinos. *Los trabajadores que laboran en la industria azucarera.*

labranza sf Trabajo o cultivo del campo: *instrumentos de labranza, tierras de labranza.*

217

labrar v tr (Se conjuga como *amar*) **1** Cultivar la tierra, particularmente hacer los surcos en ella **2** Trabajar algún material, dándole alguna forma específica: *labrar la madera, labrar la plata, labrar en relieve*.

lado s m **1** Parte que se ve o se distingue junto a la parte central de algo, en particular desde un punto de vista horizontal y frontal: *al lado del río, un amigo de cada lado, un lado de la puerta, el lado de abajo* **2** Parte que se distingue del espacio alrededor de algo o de alguien: *mirar a todos lados*, "La escuela está del *lado* norte de la ciudad" **3** Línea o superficie que constituye el límite externo de una figura geométrica o de un cuerpo: *los lados de un triángulo, los lados de un cubo* **4** Cada una de las caras de algo: *los lados de una moneda, lado de un vestido* **5** Aspecto que se considera de algo o de alguien: "Elena tiene un *lado* bueno", "El edificio es bonito por este *lado*" **6** *Dejar algo de lado* No ponerle atención, no considerarlo: "Hay que *dejar de lado* la enemistad" **7** *Hacer algo o alguien a un lado* Quitarlo de enmedio: "*Haz a un lado* esa silla".

lanzar v tr (Se conjuga como *amar*) **1** Hacer que una cosa se mueva hacia alguna parte dándole un fuerte impulso, ya sea con la mano, con un mecanismo, o con algún otro objeto: *lanzar una pelota, lanzar un cohete, lanzar una flecha* **2** Dirigir o enviar algo hacia algún lado, generalmente en forma violenta o agresiva: "Le *lanzó* una mi-rada de odio" **3** Dejar salir [con] fuerza una exclamación o exp[re]sión: *lanzar un grito, lanzar u[na] queja, lanzar una carcajad[a]* [4] Sacar por la fuerza a una p[er]sona del lugar donde habit[a o] trabaja: "Lo *lanzaron* de su c[asa] por no pagar la renta" **5** Da[r a] conocer alguna cosa, o sacar [a la] venta un producto: "*Lanza[r]* un nuevo disco" **6** prnl Inic[iar] una acción, o dirigirse ha[cia] algún lugar, con decisió[n o] fuerza: *lanzarse al ataque,* [los] vecinos *se lanzaron* a la c[alle] para protestar".

largo adj **1** Que tiene o c[ubre] una gran extensión; que ti[ene] una longitud mayor que [las] otras dimensiones: *cabello lar[go,] vestido largo, manga larg[a]* [2] Que dura o supone mucho o b[as]tante tiempo: *plazo largo, v[ida] larga* **3** *A la larga* Pasado alg[ún] tiempo: "A la larga reconoce[rá] tus méritos" **4** *Dar largas* T[ar]darse en realizar algo: "*Es[tá] dando* largas a mi demanda [en] el tribunal" **5** *A lo largo* Lo[ngi]tudinalmente; durante: "[Pa]seaba *a lo largo* de la calle", "[a] lo largo del curso se harán v[isi]tas a fábricas" **6** *Pasar o seg[uir] de largo* Seguir sin deteners[e o] sin prestar atención o algo [o] alguien: "Quise detenerlo, p[ero] se *siguió de largo*" **7** s m Dim[en]sión mayor en una figura de [dos] dimensiones **8** Dimensión h[ori]zontal mayor en las figuras [de] tres dimensiones: *el largo [de] una casa*.

las[1] artículo definido, femen[ino,] plural (véase *la*[1]).

las[2] pronombre de tercera pe[rso]na, femenino, plural (véase [*la*)]

lavar v tr (Se conjuga como *amar*) **1** Limpiar algo, generalmente con agua, o con alguna otra sustancia: *lavar la ropa, lavarse la cara, lavar el oro* **2** Quitar o eliminar algún defecto o alguna mancha: *lavar el honor, lavar el prestigio.*

le pronombre de tercera persona, masculino o femenino, singular **1** Indica objeto indirecto: "Anita *le* dio un beso", "Avísa*le* que llegaremos tarde" (Antecede al verbo cuando éste se conjuga: *"Le dio", "le cantó", "le gritamos";* lo sigue cuando se trata de un imperativo, un infinitivo o un gerundio: "da*le*", "gritar*le*", "cantándo*le*") **2** Se usa para repetir en la misma oración, pero por anticipado, el complemento indirecto: "No *le* dijo nada a su padre", "*Le* dio el libro a Mauricio", "Llegamos y *le* gritamos al cuidador" (Cuando el objeto directo está representado por un pronombre —*lo, la, los, las*— *le* se transforma en *se: "Se lo dí", "Se* las mandé", *"Se* lo advertí").

lección s f **1** Exposición de conocimientos que hace un maestro a sus alumnos: *dar la lección* **2** Conjunto de los conocimientos que debe aprender un alumno en una clase o sobre un tema particular: *aprender la lección, tomar la lección* **3** Periodo en que el maestro la enseña: *"La lección empieza a las ocho de la mañana"* **4** Ejemplo o ilustración que proporciona algún acontecimiento o alguna acción para la conducta de alguien: *sacar una lección, aprovechar la lección.*

lector adj y s Que lee: *un señor lector, un aparato lector, una cabeza lectora, un lector de periódicos.*

lectura 1 Acto de leer: "La lectura del libro tardó varias horas" **2** Escrito leído o texto para leer: *buenas lecturas, terminar una lectura* **3** Interpretación del sentido de un texto o de alguno de los signos que contiene, comparándolo con sus variantes: "Hay varias *lecturas* posibles de *Don Quijote*"

leche s f **1** Líquido blanco, opaco y muy nutritivo que producen las mamas de las hembras de los mamíferos, con el que alimentan a sus hijos: *leche materna, leche de vaca* **2** Cualquier jugo blanco que produzcan las plantas: *leche de coco, leche de almendras.*

leer v tr (Se conjuga como *comer*) **1** Percibir, generalmente con la vista, al tacto o utilizando una máquina, las letras u otros signos escritos o grabados en algo, reproducirlos principalmente con la voz y comprender lo que significan: *leer un libro, leer el código Braille, leer una cinta magnética* **2** Interpretar ciertos signos o indicios: *leer la mano, leer la cara.*

legal adj m y f **1** Que se relaciona con la ley o está determinado por ella: *acción legal, domicilio legal, representante legal* **2** Que se relaciona con el derecho o la justicia: *actividad legal, fundación legal.*

legislar v tr (Se conjuga como *amar*) Elaborar y aprobar las leyes o las normas necesarias para gobernar o dirigir un país o una sociedad.

legislativo adj 1 Que pertenece o se relaciona con la ley o la legislación: *actividad legislativa* 2 *Poder legislativo* Órgano del gobierno de un estado encargado de hacer las leyes y debatirlas en las cámaras de diputados y senadores. En México sus miembros se eligen por votación popular.

legítimo adj 1 Que está hecho o ha sido establecido conforme a la ley o la justicia: *gobierno legítimo, en legítima defensa* 2 Que es justo, cierto o verdadero: *una protesta legítima, una pintura legítima, un representante legítimo.*

lejos adv 1 A cierta distancia, generalmente grande, de alguien o de algo, en el espacio: "Vive muy *lejos* de la escuela", "Vete un poco más *lejos*", "Estás muy *lejos*, acércate", "Viene de muy *lejos*", "Desde *lejos* se veía el campanario" 2 A cierto tiempo, generalmente grande, de algo que sucede, sucedió o sucederá: "Todavía está *lejos* el año 2000", "Aquellos años están ya muy *lejos de* mis recuerdos" 3 *A lo lejos* A larga distancia: "*A lo lejos* se ve un bosque" 4 *Ir demasiado o tan lejos* Ir más allá de un límite razonable: "No vayas *tan lejos* en tus afirmaciones", "*Has ido demasiado lejos* en tus críticas" 5 *Lejos de* Al contrario, en lugar de: "*Lejos de* enojarme, se lo agradecí".

lengua s f 1 Órgano carnoso, largo y movible, que se encuentra dentro de la boca fijado por su parte posterior, en los seres humanos y muchos otros animales, con el que se gusta y se traga el alimento; en los humanos es también uno de los órganos con los que se habla 2 (*Ling*) Sistema de signos tónicos o gráficos con el que se comunican los miembros de una comunidad humana: *lengua española, lengua náhuatl, lengua otomí* 3 Uso de ese sistema, característico de un grupo de personas o que determina cierta situación de comunicación: *lengua culta, lengua popular, lengua literaria* 4 *Lengua materna* La que aprendió una persona a hablar en la sociedad o el país en los que nació 5 *Lengua natural* La común y ordinaria, en oposición con los lenguajes científicos o artificiales 6 *Lengua franca* Sistema compuesto por signos de varias lenguas, con el que se comunican personas de distintas lenguas maternas 7 *Lengua muerta* La que desapareció por haber muerto todos los que la hablaban, como el fenicio, el hitita o, posiblemente, el olmeca 8 *Lengua viperina* Persona que habla mal de los demás, inventa chismes, etc. 9 *Malas lenguas* Personas que hablan mal de los demás: "Dicen las *malas lenguas* que Zenón se robó el dinero" 10 *Irse alguien de la lengua* Hablar de más, decir lo que no debía: "Susana *se fue de la lengua* y descubrió todo el secreto" 11 *Morderse la lengua* Callar uno lo que desearía decir o hacer público: "El conferencista dijo muchas tonterías, y yo me tuve que *morder la lengua*" 12 *Lengua de tierra* Parte larga y angosta de tierra que entra en el mar 13 *Lengua de fuego* Llamarada.

lengua s m 1 Capacidad del ser humano de expresar lo que piensa y lo que siente mediante sonidos articulados en signos, o con algunos otros medios sensibles: *lenguaje visual, lenguaje de las manos* 2 Lengua 3 Manera particular de hablar de una persona, o de cierto grupo en cierta situación: *lenguaje elegante, lenguaje literario, lenguaje científico* 4 (*Ling*) Capacidad de muchos seres vivientes de comunicarse con los de su especie mediante señales o signos: *lenguaje de las abejas, lenguaje de los delfines, lenguaje humano* 5 (*Ling*). Sistema de señales o de signos artificialmente construido para comunicar cierta clase de expresiones o de mensajes: *lenguaje formal, lenguaje matemático, lenguaje algol.*

lentitud s f Cualidad de un movimiento o de una acción, de tardar mucho en realizarse o desarrollarse: "Camina con *lentitud*", "La *lentitud* de sus palabras me desespera".

lento adj 1 Que tarda mucho tiempo en moverse, en desarrollarse, en llevar a cabo algo o en ir de un lugar a otro: *coche lento, burro lento, una lenta baja de los precios, paso lento, movimiento lento* 2 adv Despacio: *correr lento, hablar lento* 3 *Fuego lento* Fuego de poca intensidad.

les pronombre de tercera persona, masculino o femenino, plural (véase *le*).

lesión s f 1 Daño que causa en alguna parte del cuerpo una herida, un golpe o una enfermedad: *lesión cerebral, lesión en una pierna, recibir muchas lesiones* 2 Daño que sufre algo: *una lesión de la economía, una lesión moral.*

letra s f 1 Cada una de las figuras o trazos que representan los fonemas de una lengua: *letra latina, letra griega* 2 Forma particular de escribirlas una persona, una escuela o cada uno de los distintos tipos de imprenta: *buena letra, letra de ingeniero, letra gótica, letra cursiva* 3 *Letra mayúscula* La que es de mayor tamaño y tiene un trazo diferente a las otras, que se usa para comenzar un escrito, un párrafo después de punto, los nombres propios, o para escribir los nombres de algunas abreviaturas, como D.E.M., que es la abreviatura de Diccionario del español de México 4 *Letra minúscula* La de menor tamaño, de trazo diferente, por lo general, al de la mayúscula, que se usa en todos los otros casos, como: a, b, m, q, etc. 5 *Letra de molde* La de imprenta o la que se hace a mano con la forma de la impresa 6 *Letra manuscrita* La que uno escribe directamente, por lo regular con lápiz o con pluma 7 *A la letra, al pie de la letra* Tal como está escrito, se dice o se ordena, sin interpretar ni modificar nada: "Una carta que *a la letra* dice:. . .", "Sigue la doctrina jurídica *al pie de la letra*", "Hizo todo lo que le mandé *al pie de la letra*" 8 *Letra muerta* Ley, costumbre, tradición, etc., que ya no se cumple o se sigue: "La letanía de las posadas se está volviendo *letra muerta*", "Hay artículos constitucionales que parecen ser *letra muerta*" **9** Texto de alguna canción o de alguna obra musical: *la letra de un corrido, la letra del himno nacional, la letra de una ópera* **10** pl Conjunto de los estudios literarios, o de los estudios humanísticos: *maestro de letras, letras mexicanas, hombre de letras* **11** Conjunto de las obras literarias de una época o de una cultura: *letras modernas, letras clásicas, letras mexicanas* **12** *Letras de cambio* Documento con el que alguien se compromete a pagar una deuda en un plazo determinado y bajo ciertas condiciones.

levantar v tr (Se conjuga como *amar*) **1** Mover o dirigir algo o a alguien hacia arriba: *levantar el telón, levantar la mano, levantar la mirada, levantarse el humo* **2** Poner algo o a alguien de pie o en posición vertical: *levantar un poste, levantarse de una silla, levantarse de la mesa* **3** prnl Despertarse: "*Me levanté* a las seis de la mañana" **4** prnl Aliviarse alguien de alguna enfermedad: "Después de la indigestión, *se levantó* pero muy débil" **5** Construir una obra de albañilería, un edificio, un monumento, etc.: *levantar un muro, levantar una torre, levantar una estatua* **6** prnl Estar situado algo de cierta altura en algún lugar: "La columna de la Independencia *se levanta* en el Paseo de la Reforma", "La Sierra de Álica *se levanta* sobre Tepic" **7** Separar o quitar algo del lugar o del objeto al que está pegado, o sobre el

que descansa: *levantar un vendaje, levantarse la pintura, levantarse una costra* **8** prnl Aparecer o hacerse visible algo que abulta una superficie: *levantarse un chichón, levantarse un volcán* **9** Recoger y ordenar las cosas que se han usado o están tiradas: *levantar la cama, levantar la cocina, levantar la basura* **10** Recoger lo que uno ha puesto en un lugar y llevárselo a otro lado: *levantar el campamento* **11** Dar mayor fuerza o intensidad a algo: *levantar la voz, levantar el ánimo, levantar la presión* **12** Provocar o impulsar el surgimiento de algo, o hacer que aumente su intensidad: *levantar aplausos, levantar un alboroto* **13** Poner en estado de lucha o de guerra a un conjunto de personas o a una comunidad: *levantar en armas, levantarse los obreros contra sus patrones* **14** Reunir datos acerca de algún acontecimiento o de una situación: *levantar una encuesta, levantar un censo* **15** Dejar constancia de algo por escrito, generalmente ante una autoridad o durante un acto formal: *levantar una queja, levantar un acta* **16** Dar por terminado un acto formal o solemnemente iniciado: *levantar la sesión, levantar la huelga* **17** Suprimir o dejar sin efecto un castigo o una pena: *levantar una condena* **18** *Levantar falsos* Decir mentiras en contra de alguien.

lexema s m (*Gram*) Morfema que manifiesta la unidad de significado de una palabra o de un conjunto de palabras que se forman con él. Aparece gene-

...lmente ligado a gramemas de ...nero, número, modo, tiempo o ...rsona, como en: *librería*, en ...nde *libr-* es el lexema; *...nante*, en donde el lexema es *...n-*, o *rodar*, en donde el le...ma es *rod-*; puede aparecer li...e, y en ese caso coincide con la ...labra, como en *cruz, jardín,* ...c. Los lexemas, por ser porta...res de la designación del ...undo sensible o conceptual, ...neralmente constituyen para...gmas o conjuntos abiertos de ...ementos lingüísticos.

...ico 1 s m (*Ling*) Conjunto de ...s palabras de una lengua de...rminada: *léxico del español,* ...ico del tarasco 2 sm (*Ling*) ...njunto de las palabras perte...cientes a cierto grupo social, a ...erta región, a cierta clase de ...abajo o especialidad o utili...do por una persona: *léxico in...ntil, léxico tabasqueño, léxico ...l hampa, léxico electrónico, lé...o rico, léxico elegante* 3 Obra ...e lo reúne o lo explica: *un lé...o de la agricultura* 4 adj Que ...rtenece o se relaciona con el ...cabulario o con las palabras: *...tudio léxico, aspectos léxicos.*

...s f 1 Regla obligatoria y ge...ral que establece una autori...d para guiar y limitar la ac...n y el comportamiento de los ...iembros de una sociedad, de ...uerdo con los fines generales ... ésta: *ley del trabajo, ley mili...r, ley de Dios* 2 Conjunto de ...as reglas: *la ley mexicana, ...nforme a la ley* 3 *Ley marcial* ...er) La que establecen autori...des militares cuando, en casos ...cepcionales legalmente defi...dos, se encargan de mantener

el orden público 4 *Ley seca* La que prohíbe la venta y el consumo de bebidas alcohólicas **5** Orden o condición impuesta por algo o alguien: *ley del más fuerte, ley de la selva* **6** Cantidad de oro o plata que debe contener una moneda: "La *ley* 0.720" **7** Fórmula o enunciado de alguna relación constante o de alguna regularidad que se comprueba empíricamente en cierta clase de fenómenos: *ley. de la gravedad, ley de la relatividad* **8** *Con todas las de la ley* Tal como debe ser, con todo lo necesario: "Maclovio y María se casaron *con todas las de la ley*".

liberal adj m y f 1 Que es generoso y desinteresado, y confía más en la voluntad y la conciencia del individuo que en ideas y reglas de conducta fijas y preestablecidas: *un padre liberal, una maestra liberal, una escuela muy liberal* 3 s m y f Miembro de un partido liberal o persona que simpatiza con las ideas del liberalismo: "Los *liberales* dieron a México la solidez política que le faltaba después de la Independencia" 4 Tratándose de profesiones, que se ejerce libremente y sin la intervención de instituciones o del Estado: *un profesionista liberal, las artes liberales.*

liberalismo s m Conjunto de ideas y prácticas políticas surgidas en Europa entre los siglos XVII y XVIII, particularmente durante la Revolución Francesa, que, por considerar que la libertad de pensamiento y acción del individuo son valores originarios y fundamentales del ser humano, sostiene la necesidad de propiciar su desarrollo mediante la defensa de las garantías individuales, de la libertad de trabajo y de expresión, de la libre empresa y de la razón y el progreso en contra de la arbitrariedad de la autoridad tradicional y su intervención en la economía. En México, estas ideas fueron determinadas para la consolidación de la independencia en el siglo XIX, pues impusieron el valor de la ley y la razón sobre el autoritarismo del régimen colonial, defendieron la igualdad ante la ley de todos los mexicanos, se opusieron a la intolerancia de la Iglesia y dieron los primeros pasos para la creación de un Estado democrático, representativo y tolerante, tal como se hizo manifiesto en la Constitución de 1857. En el siglo XX este conjunto de ideas y prácticas, sin perder sus características esenciales, ha destacado más su defensa de la libre competencia y la iniciativa privada frente al poder del Estado, aunque también defiende la necesidad de que éste último intervenga para combatir la formación de monopolios y regular la actividad económica. Benito Juárez, Vicente Riva Palacio, Matías Romero, Sebastián Lerdo de Tejada, Guillermo Prieto e Ignacio Manuel Altamirano fueron algunos de los más destacados defensores de estas ideas.

libertad s f 1 Estado o situación social que, en determinadas condiciones naturales e históricas, da al ser humano la posibilidad de actuar, pensar y expresarse de acuerdo con su propio juicio y elección, reconociendo su responsabilidad ante sus actos, y respecto de los demás seres humanos y del mundo que lo rodea: *lucha por la libertad, derecho a la libertad,* "No hay justicia sin *libertad*" 2 Estado de una persona que, dentro de las normas jurídicas que rigen a una sociedad, está en condiciones de actuar según su voluntad, sin depender del dominio o del poder de otra persona: "Los esclavos sólo podían alcanzar su *libertad* con actos heroicos", "Dejaron en *libertad* a los sospechosos", *quedar en libertad un preso,* "Vivía con la esperanza de recuperar su *libertad*" 3 (*Der*) *Libertad provisional* Aquella en la que se deja libre a un procesado siempre que llene los requisitos legales y cuando la media aritmética entre la pena máxima y la mínima por el delito que se le atribuye no pase de cinco años 4 (*Der*) *Libertad bajo palabra o bajo protesta* La provisional, que se concede en casos especiales según lo defina la ley 5 (*Der*) *Libertad preparatoria* La que se concede a los que han cometido por primera vez un delito, han tenido buena conducta en la cárcel y han cumplido la mitad o tres quintas partes de su condena, según el caso 6 Cada uno de los derechos de los ciudadanos que garantizan su posibilidad de elegir y actuar en lo que se relaciona con la vida pública: *libertad de expresión, libertad de reunión, libertad de conciencia, libertad* *de imprenta, libertad política* **7** Posibilidad que tiene o siente alguien de elegir o hacer algo según su propio juicio, sus intereses, deseos, etc.: *libertad de investigación, libertad para viajar, libertad para gastar el dinero* **8** Naturalidad para desenvolverse en una situación o para tratar a las personas, o facilidad para hacer algo: "Se mueve con mucha *libertad* entre los políticos", "Toca el piano con una *libertad* asombrosa", "En el campo encontró *libertad* para pensar" **9** *Tener libertad(es) con alguien o tomarse la libertad de* Permitirse un trato de mucha familiaridad o confianza con otra persona: "*Tengo* suficiente *libertad con* él como para pedirle ese favor", "*Me tomé la libertad de* prestarle tu dinero" **10** *Tomarse libertades* Tomarse familiaridades excesivas o inadecuadas con alguien o proparsarse en el contacto físico corporal con otra persona.

libre adj m y f **1** Que vive en una situación o goza de un estado que le permite actuar, pensar y expresarse de acuerdo con su propio juicio y elección, reconociendo su responsabilidad ante sus actos, y respecto de los demás y del mundo que lo rodea: *una humanidad libre* **2** Que garantiza a sus habitantes o miembros la posibilidad de actuar, expresarse y decidir en relación con los asuntos de interés público o común y de gozar de los derechos que permiten esta participación: *país libre, territorio libre, sociedad libre, sindicato libre* **3** Que, dentro de las normas jurídicas que rigen a una sociedad, está en condiciones de actuar según su voluntad y no depende del dominio o del poder de otra persona: "Cuando Hidalgo abolió la esclavitud todos se sintieron *libres*" **4** Que se lleva a cabo sin restricciones ni obstáculos; que permite la participación de cualquiera: *enseñanza libre, investigación libre, concurso libre* **5** Que no tiene que cumplir con algo: *libre de impuestos, libre de castigo* **6** *Entrada libre* Posibilidad que se da a cualquier persona de asistir a un acto sin necesidad de pagar **7** Que no está expuesto a peligro, daño, o crítica: *libre de amenazas, libre de enfermedades, libre de culpa* **8** *Día, tarde, hora, etc. libre* Periodo del que puede disponerse sin tener que cumplir con un trabajo, una tarea, etc.: "El maestro de dibujo nos dio la *hora libre*" **9** Que puede disponerse de él por no estar ocupado ni apartado: *espacio libre, cuarto libre* **10** Que se desenvuelve o se hace con naturalidad, o que se mueve sin encontrar ninguna resistencia: *movimiento libre*, "No pudimos apretar la placa porque el tornillo quedó *libre*" **11** Que no se apega a la norma o que no sigue el texto: *unión libre, traducción libre, actuación libre* **12** s m transporte público que, en un coche y pagando una tarifa, lleva a quien lo contrata al lugar que desea: "El *libre* me costó cien pesos", "A las once es difícil encontrar un *libre*".

librería s f Estacionamiento dedicado a la venta de libros y lugar en donde se realiza la venta: *librería local, librería universitaria.*

libro s m 1 Conjunto de hojas de papel impresas y encuadernadas, en las que se trata algún tema: *libro de texto, escribir un libro, libro de arte, libro de poemas* 2 Cada una de las partes en que se divide una obra extensa, un tratado o un código: "El primer *libro* de la Eneida" 3 Cuaderno empleado por el comerciante para registrar su contabilidad: *libro de cuentas, libro de comercio.*

licencia s f 1 Permiso o autorización que se da a alguien para que haga algo o desarrolle una determinada actividad, principalmente el que se da por escrito y formalmente: "Pidió *licencia* para salir de la asamblea", *licencia para manejar, licencia sanitaria, licencia para cazar* 2 Permiso que se da a una persona para que deje de cumplir temporalmente con cierta obligación: "Le dieron una semana de *licencia* en el trabajo".

licenciado 1 pp de licenciar 2 s Persona que ha obtenido en una universidad la licencia que la habilita para ejercer su profesión: *licenciado en economía, licenciado en matemáticas* 3 s Abogado.

ligero adj 1 Que pesa poco, que se levanta fácilmente: *caja ligera, mesa ligera, persona ligera* 2 Que se mueve con facilidad y rapidez: *nave ligera, tren ligero, un corredor ligero* 3 Que tiene poca materia o poca fuerza: *abrigo ligero, comida ligera, viento ligero* 4 Que tiene poca

dificultad: *esfuerzo ligero, trabajo ligero* 5 Que tiene poca importancia o poca seriedad: *enfermedad ligera, una observación ligera, un juicio ligero* 6 A la ligera Superficialmente: *hablar a la ligera, revisar a la ligera.*

limitar v tr (Se conjuga como *amar*) 1 Poner límites a una extensión: *limitar un potrero* 2 Fijar la capacidad o la amplitud de influencia de alguna acción o actividad: *limitar funciones, limitar un cargo* 3 intr Tener una extensión su término o su separación de otra en cierto punto o línea: "México *limita* con Estados Unidos", "El rancho *limita* con la barranca" 4 prnl Hacer uno sólamente lo que le indicaron, le ordenaron o le corresponde: *limitarse a cumplir con su trabajo, limitarse a cantar* 5 prnl Reducirse uno en algo: *limitarse en sus gastos.*

límite s m 1 Punto o línea real o imaginaria que señala la separación entre dos cosas, o el final o extremo de una superficie o de un cuerpo: *límite de un terreno, límite estatal, el límite de una mesa* 2 Momento que indica el término de algún periodo o plazo: *límite de tiempo, límite de edad* 3 Estado de un cuerpo en el que se termina o se acaba su resistencia, su elasticidad o alguna otra de sus características 4 Punto o momento en el que una acción ha de detenerse en sus efectos o en sus atribuciones: *límite de responsabilidad, límite de decisión.*

limón s m (*Citrus laurantifolium*) Fruto del limonero, de color amarillo o verde, esférico, con una pequeña saliente en su base, y de pulpa jugosa y ácida reunida en gajos. Contiene muchas vitaminas, en particular ácido ascórbico; se le utiliza para preparar bebidas, medicinas y como condimento.

limpiar v tr (Se conjuga como *amar*) Quitar la suciedad de alguna cosa: *limpiar la casa, limparse las uñas* 2 Quitar de alguna cosa lo que la daña o la estorba: *limpiar el hígado, limpiar la milpa* 3 Poner algo en orden: *limpiar el escritorio, limpiar la despensa.*

limpieza s f 1 Cualidad de limpio: *limpieza de manos, la limpieza de un cuarto* 2 Acto de limpiar algo, particularmente la casa: *comenzar la limpieza, hacer la limpieza* 3 Honradez con la que alguien trabaja o se comporta: *la limpieza de un funcionario* 4 Capacidad, habilidad y perfección con la que alguien realiza algo o que muestra lo realizado: *la limpieza de un maquinista la limpieza de un trabajo.*

limpio adj 1 Que no tiene suciedad ni manchas, que no las produce: *casa limpia, cara limpia, un motor limpio, un obrero limpio* 2 Que no tiene mezcla, que es puro: *agua limpia, sangre limpia* 3 Que no tiene nada que lo dañe o lo estorbe: *cielo limpio, campo limpio* 4 Que es honrado: *un contador limpio* 5 Que está bien hecho, con claridad y buena calidad: *un trabajo limpio, un resultado limpio* 6 Que no es obsceno ni sexualmente malo: *una historia limpia, unas*

relaciones limpias **7** *A golpe, tiro, etc. limpio* Solamente y con muchos golpes, tiros, etc.: "Villa entró a Torreón a *tiro limpio* **8** *En limpio* En claro, como resultado final, sin tachaduras ni borrones: *sacar una conclusión en limpio, ganar dinero en limpio, un escrito en limpio.*

lindo adj 1 Que es agradable a la vista: *linda mujer, lindo paisaje* 2 Que es agradable o gracioso de forma o de carácter: *linda persona, lindo niño* 3 Que está hecho con mucho cuidado y dedicación: *un lindo bordado, un lindo trabajo* 4 *De lo lindo* Mucho, muy bien: *divertirse de lo lindo, trabajar de lo lindo.*

línea s f 1 (*Geom*) Sucesión continua de puntos: *línea recta, línea curva, línea quebrada, línea ondulada* 2 Trazo seguido, visible o imaginario, que une diversos puntos en el espacio: *línea de un dibujo, línea ecuatorial* 3 Extensión sucesiva de los puntos que rodean a un cuerpo o que se distinguen en él cuando se le ve a contraluz: *línea del cuerpo humano, línea de un edificio, línea de un avión* 4 *Línea de un diseño* La que lo caracteriza en su estructura y proporciones 5 Rasgo o trazo alargado que se distingue en la superficie de algo, principalmente en alguna parte del cuerpo humano: *líneas de la cara, líneas de la mano* 6 *Línea de flotación* La que marca el nivel al que llega el agua en un cuerpo que flota, principalmente en un barco 7 Cada una de las series horizontales o verticales de signos, letras o palabras en un escrito o en una inscripción: *leer pocas líneas, las líneas de una estela maya* **8** *Leer entre líneas* Entender o darse cuenta de ciertos sentidos o significados que no se expresan literalmente en un escrito o en un discurso: "En el artículo del periódico se *lee entre líneas...*" **9** Dirección que sigue un cuerpo al moverse: *línea de tiro, línea de una pelota, caminar en línea recta* **10** Trayecto fijo que sigue un medio de transporte, como los barcos, los autobuses, etc.: *la línea México-Veracruz, la línea Monterrey-San Antonio* **11** Empresa de transporte, cuyos vehículos siguen cierto trayecto: *una línea aérea, una línea marítima, una línea de camiones* **12** Orientación o tendencia que sigue una persona o un grupo: *una línea nacionalista, línea de masas, línea de conducta* **13** Cable que se tiende entre dos puntos extremos: *tender una línea los alpinistas, las líneas del puente colgante* **14** Instalación o circuito mediante el cual se transmite algo: *línea telegráfica, línea eléctrica* **15** Circuito o señal que permite el funcionamiento de un aparato de comunicación, principalmente un teléfono: "El teléfono está descompuesto, no da *línea*" **16** Serie de objetos o de elementos de un conjunto situados uno detrás o al lado de otro: *línea de árboles, línea de botellas* **17** *En línea* En orden sucesivo: "Cacé cinco conejos *en línea*" **18** Conjunto de las variedades de objetos de cierta clase que fabrica una industria o que ofrece una tienda:

línea de cacerolas, línea de jabones **19** *Línea blanca* Conjunto de los aparatos eléctricos y muebles que se utilizan en la cocina o en la limpieza **20** Serie genealógica de una familia: *línea materna, línea paterna* **21** *(Mil)* Formación y serie de fortificaciones militares preparadas para una batalla **22** *De primera línea* De la mejor calidad: *un equipo de primera línea* **23** *En toda la línea* Completamente: "Derrotaron al equipo de tenis *en toda la línea*".

lingüística s f Ciencia que estudia la estructura de las lenguas, la manera como se hablan, su historia y origen, y los fenómenos humanos que se manifiestan en ellas: *lingüística general, lingüística hispánica, lingüística histórica, lingüística temática*.

lingüístico adj Que pertenece o se relaciona con la lengua, el lenguaje o la lingüística: *expresión lingüística, signo lingüístico, investigación lingüística*.

líquido s m y adj Estado de la materia, intermedio entre el de los cuerpos sólidos y el de los gases, en el cual aquélla es fluida, no tiene forma propia sino que se adapta a la del recipiente que la contiene, y no se puede expandir o comprimir más que entre ciertos límites, como el agua, el aceite o el hierro al fundirse: *un líquido explosivo, oxígeno líquido, una medicina líquida* **2** Dinero y otros valores de los que se puede disponer inmediatamente, o dinero del que uno dispone después de pagar los descuentos que le corresponden por impuestos, primas, etc.: *inversión líquida, sueldo líquido* **3** s f y adj *(Fon)* Cada uno de los fonemas (1) y (r), caracterizados antiguamente por su capacidad para formar grupos consonánticos como *pl–, pr–, gl–, dr–,* etc.

lista s f **1** Tira delgada de tela, papel, etc., o raya ancha o banda que está dibujada sobre alguna superficie **2** Relación escrita, generalmente en forma de columna, de nombres, cantidades, números, etc.: *lista de precios, lista de materiales, lista de alumnos* **3** *Pasar lista* Leer los nombres contenidos en una de estas relaciones, para comprobar alguna cosa a su respecto: *pasar lista en clase, pasar lista de tareas* **4** *Lista de correos* Oficina de correos a la que se dirigen cartas y paquetes que habrán de recoger sus destinatarios, por carecer de domicilio propio y haberlo así solicitado **5** *Lista negra* Relación secreta de nombres de personas en contra de las cuales alguien tiene algo: "La *lista negra* de la CIA debe contener millones de nombres".

listo adj y s **1** Que comprende con facilidad y rapidez las cosas, o es capaz de reaccionar rápida y acertadamente ante un problema: "Es un muchacho muy *listo*" **1** Que está preparado y en condiciones para hacer algo, o para usarse: "Estoy *listo* para salir", "La comida está *lista*".

literal adj m y f **1** Que está formado, se lee o se interpreta adjustándose a la letra de un texto o con el sentido que se considera exacto o auténtico: *interpreta-* *ción literal, sentido literal* **2** Que se ha reproducido o traducido un texto o un discurso palabra por palabra, lo más apegado a su original: *transcripción literal, versión literal.*

literario adj Que pertenece a la literatura o se relaciona con ella: *concurso literario, estilo literario, texto literario.*

literatura s f **1** Arte cuyo medio de expresión es la lengua, y sus géneros más comunes la poesía, la narrativa, el teatro y el ensayo **2** Conjunto de las obras artísticas compuestas por una persona, o por los escritores de una época, una cultura, un género, etc.: *literatura de Carlos Fuentes, literatura mexicana, literatura del siglo XX, literatura indigenista* **3** Conjunto de las obras escritas acerca de cierto tema: *literatura médica, literatura científica.*

lo[1] artículo definido, neutro **1** Forma el sustantivo abstracto o el sustantivo de una cualidad cuando se antepone a adjetivos calificativos: *lo rojo, lo bueno, lo bello, lo útil* **2** Señala algo sucedido o dicho anteriormente, cuando precede a una oración relativa, a una creación o construcción introducida por preposición, o a un adjetivo posesivo: *"Lo que me interesa no es eso", "Lo de ayer no tiene importancia", "Cada quien tiene lo suyo"* **3** Seguido de un adjetivo o de un adverbio y *que,* como en *"Lo mucho que* te quiero", *"lo útil que* es", *"lo rápido que* corre", significa la intensidad de un hecho o de una acción.

lo[2] pronombre de tercera per-

local

sona, masculino, singular **1** Indica objeto directo: "Me prestaron el libro, no me *lo regalaron*", *"No lo he visto"* (Antecede al verbo cuando éste se conjuga: *"Lo regalé";* lo sigue cuando se trata de un imperativo, un infinitivo o un gerundio: "cómpra*lo*", "dárse*lo*", "haciéndo*lo*") **2** Representa a un predicado nominal de cualquier género o número, o a una oración completa: "El niño es inteligente: sí, *lo* es", "Luz estaba cansada, aunque no *lo* parecía", "Sólo hay dos posibilidades: o están listos o no *lo* están", "Me prometió un regalo y no me *lo* ha dado", "Como dijiste que podrías terminar el trabajo, tienes que hacer*lo*".

local adj m y f **1** Que pertenece o se relaciona con el lugar en el que está algo o alguien, o donde se desarrolla alguna acción: *médico local, equipo local, conflicto local, oficina local* **2** Que pertenece o afecta a una parte o región de algo o de alguien: *anestesia local, policía local* **3** Edificio o lugar cerrado, dedicado a cierta actividad: *local comercial, local deportivo.*

localizar v tr (Se conjuga como *amar*) **1** Determinar el lugar preciso en donde algo o alguien se encuentra: *localizar al responsable, localizar al veterinario* **2** Limitar algo a un punto o región determinados: *localizar una epidemia, localizar una infección* **3** prnl Situarse algo en un punto determinado: "La plaga *se localizó* sobre unos cafetales cercanos" **4** prnl Situarse o concentrarse alguien en cierto

punto o en cierta región: "Buena parte de la población *se localiza* en la ciudad de México".

loco adj y s **1** Que no tiene juicio: "Cada día hay más gente *loca*", "Los *locos* del hospital salieron de día de campo" **2** Que tiene algún daño, generalmente cerebral o nervioso, que se manifiesta en alteraciones del juicio, la memoria, la percepción o la capacidad de adaptación **3** Que actúa de manera extraña, poco común o irracional: "El *loco* del alcalde quería encerrar rayos de sol en una botella" **4** *Loco de* Con un sentimiento muy intenso de: *loco de pasión, loca de alegría, locos de furia* **5** *Loco por* o *loco con* Muy entusiasmado por: *loco por una mujer, loca con la astronomía* **6** *Volver loco a alguien* Gustarle mucho algo o alguien: "Úrsula *volvía locos* a todos los hombres" **7** *Traer loco a alguien* Provocarle sentimientos muy intensos: "Silvia *lo trae loco* con sus celos" **8** Que es muy grande o muy intenso: *una suerte loca, unas ganas locas* **9** *De locos* Excesivo, demasiado grande o muy intenso: *un trabajo de locos, un frío de locos* **10** *A lo loco* Sin reflexionar, sin medir las consecuencias: *gastar a lo loco, hablar a lo loco* **11** *Hacerse el loco* Hacerse el distraído, el que no entiende o no se entera: "No te hagas el loco y paga la cuenta".

locución s f *(Gram)* Combinación fija de dos o más palabras, que tiene un valor sintáctico unitario o un significado diferente al de la suma de los significados de las palabras que la componen; puede ser un fenómeno exclusivamente sintáctivo, y entonces se clasifican sus tipos de acuerdo con la función que desempeñen, como *locuciones adverbiales,* por ejemplo: *de pronto, a la ligera, de vez en cuando; locuciones conjuntivas,* por ejemplo: *a pesar de, en contra de; locuciones prepositivas,* por ejemplo: *en torno a, sobre la base de,* etc., pueden ser también combinaciones originadas en la experiencia histórica de una comunidad o de una familia lingüística, como: *armarse la de San Quintín, ver moros en la costa, hacerle lo que el viento a Juárez,* etc. y entonces resultan de difícil estudio y clasificación.

lograr v tr (Se conjuga como *amor*) 1 Llegar a tener algo que se deseaba, o conseguir el resultado que se buscaba: *lograr una fortuna, lograr irse de viaje, lograr sus fines* 2 prnl Completarse un intento con buenos resultados o terminar felizmente algo: *"Se le logró el hijo", "Se logró la cosecha".*

longitud s f 1 Dimensión de una línea: *longitud de una recta, longitud de una curva* 2 Con respecto a una figura de dos dimensiones, la mayor de ellas: *la longitud de un rectángulo, la longitud de una tabla* 3 Cuando se está frente a un objeto, la dimensión horizontal mayor que se aleja del observador: *longitud de un carro, longitud de un avión* 4 (Astron y Geogr) Coordenada con la que se puede definir la posición de un punto en la Tierra o en cualquier cuerpo

celeste a partir de una línea imaginaria trazada entre los dos polos del astro, llamada meridiano; se mide en grados, minutos y segundos; en la Tierra, el meridiano que se toma como referencia es el de Greenwich 5 (*Fís*) *Longitud de onda* Distancia que se mide entre los extremos de una onda.

los[1] artículo definido, masculino, plural (véase *el*)

los[2] pronombre de tercera persona, masculino, plural (véase *lo*[2])

lucha s f Acto de luchar: *comenzar la lucha, una larga lucha, lucha libre.*

luchar v intr (Se conjuga como *amar*) 1 Usar la fuerza personas o animales, para tratar de vencerse unos a otros; las personas, con armas en muchos casos: *luchar con el enemigo, luchar en la guerra, luchar un león con un tigre* 2 Hacer esfuerzos para conseguir algo, vencer alguna dificultad o dominar una situación: *luchar por la justicia, luchar por la libertad, luchar con la enfermedad, luchar con la naturaleza.*

luego adv 1 Pronto, sin tardanza: *"Entrégamelo luego porque lo necesito", "Acaba luego; te espero en la puerta"* 2 Después, más tarde: *"Te lo regreso luego", "Luego vengo", "Luego hablamos"* 3 Más adelante, en un lugar cercano o inmediato: *"Roberto vive aquí luego, a tres casas de la mía", "Primero está la tienda y luego la carnicería"* 4 *Luego luego* Inmediatamente después: *"Recogimos el libro y luego luego nos fuimos"* 5 *Desde* *luego* Por supuesto: *Desde luego que te lo presto*" **6** ¡Hasta *luego*! ¡Hasta pronto!, ¡hasta la vista!, ¡adiós! **7** conj Por lo tanto, por consecuencia, en conclusión: "Pienso, *luego* existo", "No lo vi en el teatro, *luego* no encontró boleto".

lugar s m **1** Porción delimitada de espacio, puede ser abierta como el campo o cubierta como un edificio; habitada como las ciudades o deshabitada como el desierto; precisa y localizada como la que ocupa o le corresponde ocupar a un objeto o a una persona o tan general y basta como el mar: "Un *lugar* de la Mancha", "Visité varios *lugares:* San Cristóbal, Palenque y el Sumidero", "*Lugares* de interés: la catedral el palacio y las ruinas", "Pon tu ropa en su *lugar*", "Siéntate en ese *lugar*", "Hazme un *lugar* junto a tí", "Dejamos *lugar* para tus libros", "Hay tres *lugares* en el camión", "Un buen *lugar* en los toros" **2** Posición o localización que alguien ocupa en un orden jerárquico o en una estructura, o función que le corresponde desempeñar en cierta situación: "Llegó a la meta en tercer *lugar*", "Tiene un importante *lugar* en la dirección", "Sacó el último *lugar* de su clase", *el lugar de los trabajadores en la producción,* "Su *lugar* está junto a su familia" **3** *En primer lugar* Antes que nada, primeramente **4** *En lugar de* En vez de, a cambio de: "*En lugar de* dormir, deberíamos caminar", "Vine yo al baile *en lugar de* mi prima" **5** *Estar algo fuera de lugar* Resul-

tar inoportuno o inadecuado en cierto momento o situación: "Tus preguntas están *fuera de lugar*" **6** *Poner a alguien en su lugar* Señalar con energía a alguien los límites de su comportamiento frente a los demás: "Se puso a dar de gritos y lo tuve que *poner en su lugar*" **7** *Dar lugar a* Ser algo causa o motivo de otra cosa: *dar lugar a críticas, dar lugar a malos entendidos* **8** *Tener lugar* Suceder o efectuarse cierto acto o fenómeno: "El temblor *tuvo lugar* en la madrugada", "La conferencia *tendrá lugar* el martes" **9** *Ha lugar* Cabe, procede, algún comentario en los tribunales o en las cámaras legislativas: "*Ha lugar* la aclaración" **10** *Lugar común* Expresión o idea sin interés, de tanto que se ha usado: "Sus discursos están llenos de *lugares comunes*".

luna s f **1** Cuerpo celeste, satélite de la Tierra: *viaje a la Luna, exploración de la Luna* **2** *Luna nueva o novilunio* Periodo durante el cual la Luna no se ve desde la Tierra porque se encuentra en conjunción entre ésta y el Sol **3** *Luna creciente o cuarto creciente* Periodo entre los de Luna nueva y Luna llena, en el cual la Luna se ve como medio disco iluminado en forma de "D" **4** *Luna llena o plenilunio* Periodo durante el cual la Luna puede verse totalmente iluminada, ya que toda la parte que da a la Tierra recibe los rayos del Sol **5** *Luna menguante o cuarto menguante* Periodo entre los de Luna llena y Luna nueva, en el cual la Luna se ve como medio disco iluminado en forma de "C" **6** Satélite de cualquier planeta: *luna de Marte, lunas de Júpiter* **7** *Estar en la Luna* Estar distraído, no enterarse de lo que sucede alrededor: "Ayer *estaba* Laura *en la Luna*" **8** *Luna de miel* Periodo inmediato al matrimonio en el que, generalmente, los recién casados salen de viaje.

lunar **1** adj m y f Que pertenece a la Luna o se relaciona con ella: *órbita lunar, paisaje lunar, eclipse lunar* **2** s m Pequeña mancha oscura que sale en algunos lugares de la piel: "Conchita tiene un precioso *lunar* junto a la nariz" **3** s m Círculo pequeño, de color contrastante con el resto, con el que se adorna una tela: *un vestido de lunares amarillos, una corbata con lunares blancos* **4** s m Defecto pequeño pero notable en alguna cosa: "Actuó tan mal en la fiesta que fue su único *lunar*".

luz s f **1** Forma de energía, como la del Sol, el fuego, la electricidad, etc. que permite ver los objetos sobre los que se refleja, al estimular los órganos de la vista: *luz natural, luz de luna, luz artificial* **2** Tiempo que dura la claridad del día: "Regresaron del campo todavía con *luz*" **3** (*Fís*) Radiación electromagnética capaz de producir la sensación de la vista, cuando su longitud de onda va de, aproximadamente, cuatro mil a siete mil setecientos angstroms **4** Objeto o aparato que sirve para alumbrar: *las luces de la ciudad*, "Al coche le falta una *luz*" **5** *Luz de Bengala* Fuego artificial que produce chispas cuando se enciende, muy utilizado por los niños en las fiestas tradicionales **6** Espacio o hueco que tiene una cosa para que circule algo, o que se deja en una construcción para comunicarla con el ambiente exterior: *luz de un tubo, luz de una vena, luz de un edificio* **7** *Salir o sacar algo a (la) luz* Hacer algo visible o del conocimiento de los demás, publicar alguna cosa: *sacar a la luz un fraude, salir a la luz una novela* **8** *A todas luces* Claramente, sin lugar a dudas **9** *A la luz de* Según hace ver o pensar: *a la luz de los últimos acontecimientos...*" **10** *Dar, echar, arrojar, etc. luz sobre algo* Servir algo para aclarar o explicar un asunto **11** *Dar a luz* Parir: "Mi mujer *dio a luz* anoche".

Ll ll

ll s f Decimocuarta letra del alfabeto que representa, al igual que *y*, al fonema consonante palatal, africado y sonoro /y/, en gran parte de las regiones hispanohablantes, entre ellas México. En ciertos lugares de Castilla, representa al fonema consonante palatal lateral sonoro, que es el originario. Su nombre es *elle*.

llama[1] s f Gas encendido, luminoso y caliente, que se desprende de los cuerpos que se queman: *las llamas de la hoguera, una llama del incendio*.

llama[2] sf Mamífero rumiante de la familia de los camélidos, de cabeza mediana, hocico delgado y puntiagudo, ojos grandes, cuello largo y erguido, pelaje lanoso de color variable, piernas delgadas y cola corta. Vive en América del Sur, en las regiones andinas, se utiliza como bestia de carga y se aprovecha su leche, carne, cuero y pelo.

llamar v tr (Se conjuga como *amar*) 1 Decir en voz alta el nombre de una persona o de un animal; hacer algún ruido, alguna seña o algún gesto, para que alguien se acerque o ponga atención en uno: *llamar al niño, llamar al perro* 2 Pedir u ordenar a alguien que asista a cierto lugar: *llamar a consejo, llamar a filas* 3 Dar nombre a algo o a alguien: "Lo *llamamos* ojo de águila", "Aquí lo *llaman* elote, en Argentina, choclo", "Me *llamo* Luis" "El gato se *llama* Mamerto" 4 Tocar o golpear algo, como la puerta, un timbre, una campana, etc. para que alguien escuche, ponga atención o abra la puerta 5 Marcar un número de teléfono para hablar con alguien: *llamar a la casa, llamar a un amigo* 6 Despertar algo o alguien la atracción o el deseo de otra persona: "El dinero lo *llama* mucho" 7 *Llamar la atención de alguien* Hacer que alguien ponga atención en uno: "Se viste así para *llamar la atención* de los demás" 8 *Llamar la atención a alguien* Hacerle ver, con fuerza o dureza, su error o su responsabilidad en algo: "El profesor *llamó la atención* a los alumnos indisciplinados".

llano adj 1 Que es liso, uniforme, sin altos ni bajos: *un terreno llano, una superficie llana* 2 s m Terreno plano, sin elevaciones ni barrancos, de cierta extensión: *los llanos de Dolores, bajar a los llanos,* "Guadalajara en un *llano*" 3 Que es simple, sencillo, franco y abierto: *habla llana, un pueblo llano* (Véase reglas de ortografía y puntuación).

llanura s f Terreno de gran extensión, plano, sin elevaciones o barrancos de importancia: "La llanura del Papaloapan vera-cruzano", "Una gran *llanura* se extiende entre la Malinche y Perote".

llegar v intr (Se conjuga como *amar*) **1** Tener el movimiento o el desarrollo de algo o de alguien su fin, meta o interrupción en cierto punto o momento: *llegar a la ciudad, llegar a la casa, llegar a la escuela, llegar a medianoche, llegar tarde al trabajo* **2** Empezar el desarrollo de algo, o suceder, ocurrir o tener lugar alguna cosa que se esperaba o se preveía: *llegar el invierno, llegar la vejez, llegar la crisis* **3** Durar algo o alguien hasta cierto momento o pasar por una etapa determinada dentro de un desarrollo: *llegar a viejo, llegar al año 2000, llegar a tercer año*, "Llegó a la quinta vuelta en tercer lugar" **4** Conseguir alguien ser lo que esperaba o buscaba, o cumplirse algún deseo, en un momento dado: *llegar a director, llegar a comandante, llegar a ser agricultor, llegar la buena fortuna* **5** Tener algo o alguien cierto límite de medida, de crecimiento o de cantidad: *llegar a varios metros de altura, llegar al borde de la capacidad, llegar al peso normal*, "Los asistentes no *llegaban* a doscientos" **6** Tener algo o alguien la medida, la cantidad, la calidad o el tamaño requeridos para algo: "La oferta no *llegó* al precio que tenía la mercancía", "Es tan pequeño que no *llega* a la ventana" **7** Extenderse algo o alguien hasta cierto límite: "El humo *llega* hasta Tepozotlán", "El camino *llega* hasta el pueblo", "Los pes-cadores *llegan* hasta Baja California" **8** *Llegarle la hora a alguien* Tener que enfrentarse a una situación muy difícil, o morirse.

llenar v tr (Se conjuga como *amar*) **1** Ocupar algo o alguien cierto espacio casi en su totalidad o al máximo de su capacidad, o poner una cosa en otra de manera que la ocupe por completo: "El agua *llenaba* la fuente", "El maestro *llenó* el pizarrón con fórmulas", "Le gusta *llenar* las paredes de fotografías", "Los aficionados *llenaron* el estadio", "Los estudiantes *llenan* el salón", "Mañana *llenaremos* el tanque de gasolina", "*Llena* esos vasos de vino" **2** Reunir a muchas personas en un mismo lugar o poner gran cantidad de cosas en determinado espacio: "Los músicos *llenaron* el auditorio", "El torero *llenó* la plaza", "Sus hijos *llenaron* la casa de flores", *llenar de propaganda la ciudad* **3** prnl Quedar un lugar ocupado casi en su totalidad o al máximo de su capacidad por personas o cosas: "Las playas *se llenaron* de vacacionistas", "La plaza *se llenó* de vendedores", "Las tiendas *se llenarán* de mercancías importadas", "La calle *se llenó* de coches", "El árbol de mi casa *se llena* todos los años de frutos" **4** Comer o tomar algo hasta no poder más: *llenar de pan, llenarse de frijoles, llenarse de cerveza* **5** Producir un alimento o una bebida la sensación de estar satisfecho o de no poder comer o beber más: *llenar los refrescos, llenar las tortillas* **6** Dar, dirigir o decir a alguien muchas cosas o expresiones, generalmente para manifestar una emoción: *llenar de joyas, llenar de besos, llenar de alabanzas, llenar de insultos* 7 Producir en alguien una emoción o una sensación muy intensa: "Su carta me *llenó* de alegría", "La noticia *llenará* de dolor a su familia" 8 prnl Sentir una persona una emoción o una sensación intensa: *llenarse de tristeza, llenarse de esperanzas* 9 *Llenar algo a alguien* Parecerle suficiente o satisfecho: "Sus razones no me *llenan*", *llenarlo la música* 10 Cumplir o satisfacer algo o alguien ciertas condiciones requeridas: *llenar las necesidades, llenar los requisitos* 11 Escribir en un documento, en un formulario, etc. los datos que se piden o se requieren: *llenar una solicitud, llenar un sobre.*

lleno adj 1 Que esta ocupado por algo o lo contiene en toda o casi toda su capacidad, extensión, duración, etc.: *una fuente llena, un salón lleno, una consulta llena* 2 Que tiene mucha cantidad de algo: *lleno de ramas, lleno de gente* 3 s m Asistencia que ocupa todos los lugares de un local: "Hubo un *lleno* en la plaza de toros" 4 *De lleno* Por completo, íntegramente: *dar el sol de lleno, golpear de lleno.*

llevar v tr (Se conjuga como *amar*) 1 Pasar con uno a una persona o una cosa de un lugar a otro, o mover algo una cosa consigo: *llevar a los niños a la escuela, llevar un mensaje, llevar carga un camión, llevar a caballo, llevar agua las nubes* 2 Servir algo de medio para llegar a algún lugar, a una situación, etc.: "Esta carretera *lleva* a Malinalco", "La respuesta nos *llevará* a la solución del problema" 3 Hacer que algo o alguien siga cierta dirección, llegue a determinada situación o alcance cierto fin: "*Llevó* la vista al frente", "Sus amigos lo *llevan* por mal camino", "El maestro *lleva* a sus alumnos hacia el conocimiento" 4 Haber pasado alguien cierto tiempo haciendo algo, en determinada situación o en cierto estado: "*Llevo* doce años trabajando", "*Llevan* diez días de casados", "*Lleva* dos semanas enfermo" 5 Seguido de un participio, indica que se ha reunido o alcanzado cierta cantidad de algo con lo que se está haciendo: "*Llevan* leídas dos páginas", "*Lleva* caminados cinco kilómetros" 6 Ocupar o necesitar algo cierto tiempo, esfuerzo, energía etc. para su realización o logro: "Este libro *llevó* mucho tiempo", "Cortar caña *lleva* mucho esfuerzo" 7 Tener alguien por tarea hacer cierta cosa; encargarse o estar al frente de un asunto, situación, etc.: *llevar los libros de una empresa, llevar el archivo, llevar un negocio, llevar la casa* 8 Considerar, en las operaciones aritméticas, la cantidad que debe agregarse a la columna anterior: "Nueve por ocho, setenta y dos; y *llevo* siete" 9 Quitarle algo a una cosa o a una persona, arrastrar algo o a alguien o arrancarlo de su lugar, generalmente con violencia o rapidez: "La bala le *llevó* un dedo", "El viento *se llevó* los techos",

"La corriente *se llevó* varios animales" **10** Usar o tener puesto algo, particularmente prendas de vestir o algún tipo de arreglo: *llevar pantalones, llevar el pelo corto* **11** Tener algo una cosa entre sus componentes o como parte suya: "La sopa *lleva* chile y papas" "El saco *lleva* bolsas" **12** Tener una cosa o una persona algo como un nombre, un título, etc.: "*Llevaba el nombre de su padre*", "*La conferencia lleva* por tema la contaminación" **13** Tener algo o alguien ventaja sobre otro o mayor cantidad de algo que otro: "Este equipo le *llevo* dos puntos a aquél", "Le *llevo* dos años a mi hermana" **14** prnl Obtener o recibir una cosa como resultado de haber hecho algo: *llevarse la lotería, llevarse el primer lugar, llevarse una regañada* **15** prnl Tener amistad o trato una persona con otra, particularmente cuando existe mucha confianza entre ellas: *llevarse bien, llevarse con el vecino* **16** Llevar(se) algo a cabo Realizar, suceder o efectuarse algo: "*Llevaron a cabo* un ciclo de cine", "El mitin *se llevó a cabo* el primero de mayo" **17** Seguir alguien una acción que se está desarrollando, generalmente interviniendo en ella: *llevar el ritmo, llevar la melodía, llevar la cuenta* **18** Tener cierta actitud ante algo: *llevar bien la edad, llevar mal una pena, llevar con paciencia un problema.*

llorar v intr (Se conjuga como *amar*) **1** Echar lágrimas los ojos, generalmente por algún dolor, por tristeza y a veces por una intensa alegría: *llorar de pena, llorar de hambre, llorar de risa, llorar por los muertos.*

llover v intr (Se conjuga como *mover*, 2c) **1** Caer gotas de agua de las nubes: *llover a cántaros* (Sólo en tercera persona del singular) **2** tr Caer o llegar algo abundantemente encima de alguien: *llover trabajo, llover malas noticias, llover rayos y centellas.*

lluvia s f **1** Agua en forma de gotas que cae de las nubes a la superficie de la Tierra: *lluvia torrencial, amainar la lluvia, época de lluvias* **2** Gran cantidad de cosas que caen o llegan al mismo tiempo: *lluvia de estrellas, lluvia de insultos, lluvia de regalos.*

M m

m s m Decimoquinta letra del alfabeto que representa al fonema consonante bilabial nasal sonoro. Su nombre es *eme*.

madera 1 s f Parte fibrosa y compacta de los árboles debajo de la corteza. Una vez cortada y preparada, se usa para construir casas, muebles, etc.; convertida en pulpa sirve para hacer papel, plástico, goma, etc.: *madera dura, madera laminada, madera de pino* 2 pl Instrumentos de aliento, hechos generalmente de ese material, que se usan en las orquestas, como la flauta, el fagot, el clarinete, el oboe, el corno inglés, etc.: "En el tercer tiempo de la sinfonía entran las *maderas*" 3 *Tener alguien madera de* Tener alguien capacidad o habilidad para algo: "Sabina *tiene madera de* artista", *de buena madera* 4 *Tocar madera* Defenderse alguien de algún daño supuesto, tocando algo hecho de madera, por superstición: "*Toco madera*, no me vaya a romper una pierna".

madre s f 1 Mujer o hembra de los animales que tiene o ha tenido hijos o crías respecto de ellos o éstas 2 *Madre de familia* La mujer de su casa: *reunión de madres de familia* 3 Título que reciben las religiosas o monjas: *madre superiora, madre maestra* 4 Causa u origen de algo: "La ociosidad es *madre* de todos los vicios" 5 Terreno por donde corren las aguas de un río o de un arroyo: *salirse el río de madre* 6 *Madre patria* País donde uno nació o en donde tiene su origen: *volver a la madre patria*.

madrina s f 1 Mujer que presenta o acompaña a una persona en la ceremonia de su bautizo, matrimonio, confirmación, etc. y acepta ciertas obligaciones morales y religiosas hacia ella: *madrina de primera comunión, madrina de bautizo* 2 Mujer que ayuda o protege a alguien.

maestro s y adj 1 Persona que enseña en alguna escuela o da clases de alguna materia: *maestro de primaria, maestro de música* 2 Persona que tiene muchos conocimientos acerca de algo, en particular de ciencia o de arte, o que ha enseñado a alguien cosas de mucho valor *un maestro de la pintura, un maestro de la mecánica, un maestro de vida* 3 Persona que ejerce un oficio con gran habilidad y enseña a sus aprendices: *maestro zapatero, maestro albañil, maestro tornero, maestro panadero* 4 *Maestro de obras* Albañil que dirige la construcción de un edificio según las indicaciones de los planos del arquitecto o ingeniero 5 *Maestro de capilla* Persona que dirige, y a veces compone, la música que se toca y se canta en una iglesia 6 *Maestro* *de ceremonias* Persona que dirige el desarrollo de una ceremonia, presentando a los asistentes, organizando su actividad, etc. **7** Persona que ha seguido los cursos de postgrado que siguen a la licenciatura y anteceden al doctorado para obtener el grado académico de la maestría en alguna universidad: *maestro en ciencias, maestro en antropología* **8** adj Que enseña o pone el ejemplo: *un estudio maestro, una acción maestra* **9** adj Que es esencial, dirige, controla o da validez a algo: *tablero maestro, viga maestra.*

maíz s m **1** Planta de la familia de las gramíneas, originaria de América, que mide entre uno y tres metros de altura, de tallo cilíndrico y nudoso, hojas largas planas y puntiagudas. Sus flores masculinas crecen en la extremidad del tallo en espigas mientras las femeninas crecen en racimos; después de la fecundación, se convierten en las mazorcas o elotes donde se desarrollan los granos. Es una planta muy útil, ya que se aprovecha casi en su totalidad, por ejemplo, los tallos y las hojas secas se usan para fabricar papel, los tallos y las hojas verdes para forraje, las mazorcas desgranadas (olotes) se usan como alimento para el ganado y como combustible, etc. **2** Grano de esta planta, de grandes propiedades nutritivas, por lo general blanco, aunque lo hay también de otros colores según la variedad a la que pertenezca. Constituye uno de los principales alimentos en México y en otros

pueblos de América desde la época prehispánica, en que tenía una gran importancia. Se prepara de muy diversas formas: tierno, maduro en platillos como el pozole, molido y hervido en el atole, hecho masa en las tortillas y los tamales, etc.

mal[1] **1** Apócope de malo. Se usa antes de los sustantivos masculinos: *mal humor, mal ejemplo, mal maestro* **2** s m Lo que es destructivo, injusto, dañino, incorrecto, etc. y la intención que tiene alguien de hacerlo o de relacionarse con ello: *luchar contra el mal, el imperio del mal* **3** s m Lo que resulta destructivo, dañino o inconveniente para alguien: "Le están haciendo un *mal* dándole tantas cosas" **4** *Hacer mal algo a alguien* Dañarlo, enfermarlo o lastimarlo: "La comida le *hizo mal*" **5** Enfermedad que alguien sufre: "Tener un *mal* hereditario", "Le vino un extraño *mal*", *mal de San Vito, mal de Parkinson* **6** *Mal que bien* Con dificultad, no sin esfuerzo; sin lograr completamente lo que se desea o lo que se debe: *"Mal que bien* ahorrarnos algo", *"Mal que bien* entregamos el trabajo", *"Mal que bien* ganaron" **7** *Poner a (en) mal* Crear enemistad, o hacer que una persona tenga problemas con otra o pierda su prestigio ante ella: *"Puso a mal* a los hermanos", "Me *puso a mal* con el jefe" **8** *Tomar algo a mal* Interpretar algo de manera que resulte molesta u ofensiva: "No *tomes a mal* sus críticas" **9** *Mal menor* Situación o consecuencia menos dañina que algo o alguien sufre, si se consideran el resto de las situaciones o consecuencias que podían sucederle en un momento determinado: "Que sólo se rompiera el vidrio resultó el *mal menor*", "Limitar la circulación de automóviles en esta zona es el *mal menor*" **10** *Mal que* Aunque: "*Mal que* te moleste lo tendrás que hacer" **11** *¡Menos mal!* Expresión de alivio ante algo que mejora, soluciona o resuelve una situación: "*¡Menos mal* que lo supiste a tiempo!" **12** *Mal de ojo* Influencia dañina que se atribuye a la mirada de alguien, según algunas supersticiones.

mal² adv **1** En contra de lo debido, correcto, conveniente o deseado: *hablar mal portarse mal, salir mal un plan* **2** De modo imperfecto, con menos precisión, exactitud, agudeza, etc. que la normal: *trabajar mal, ver mal, oír mal.*

maleza s f **1** Cualquiera de las variadas especies de hierbas no comestibles que quitan alimento a las plantas cultivadas y a veces sirven de refugio a plagas **2** Conjunto de matorrales, hierbas y arbustos que forman una espesura y hacen difícil el paso.

malo adj **1** Que destruye, es injusto o se opone a la vida; que tiene la intención de actuar de esa manera: *mala voluntad, malos fines, mala persona* **2** Que es contrario a lo establecido en un momento dado, o se opone a lo que se considera justo o deseable: "Era *malo* que las mujeres fueran a la universidad", "Es *malo* no respetar a las demás personas" **3** Que hace daño, que resulta inconveniente, desagradable, desafortunado, incompleto, etc. para algo o para alguien: *mala comida, clima malo, mala digestión, malos olores, momento ~~~'* **4** Que es de menor calidad que la debida, conveniente o deseada: *mala novela, ropa mala, malos métodos* **5** Que sufre alguna enfermedad: *estar malo, ponerse malo* **6** *Ser algo lo malo o estar lo malo en algo* Constituir algo una dificultad, un daño o una molestia: "*Lo malo es* que perdí mis libros", "*Lo malo está en* que no podremos llegar a tiempo" **7** *Estar o andar de malas* Sufrir alguien muchos problemas, dificultades, contratiempos o desgracias: "*Está de malas*, ahora se quedó sin trabajo" **8** *Estar, andar, etc. de malas* Estar enojado, molesto o disgustado: "*Anda de malas* desde que lo dejó la novia" **9** *Por las malas* Por la fuerza, con violencia o en contra de su voluntad: "Lo llevaron a la escuela *por las malas*" "Si no quiere por las buenas lo hará *por las malas*" **10** *A la mala* Con la intención de afectar a alguien, de perjudicarlo premeditadamente: "Se quedó con la herencia *a la mala*.

mamá s f Madre, con respecto a sus hijos.

mamífero s m y adj **1** Animal vertebrado que se caracteriza por tener pulmones para respirar, una temperatura constante en su cuerpo, pelo, y glándulas mamarias, las hembras, con las que producen leche para alimentar a sus crías, como el conejo, el oso, el gato, el perro, el mono y el ser humano, entre muchos **2** Clase de estos animales.

mandar v tr (Se conjuga como *amar*) **1** Expresar una persona que tiene autoridad para hacerlo, su voluntad de que otra haga algo: "El director *mandó* a los alumnos que se formaran" **2** Tener alguien autoridad sobre algo o sobre un conjunto de personas: "¿Quién *manda* aquí?", "El capitán *manda a sus marineros*" **3** Encargar a alguien que haga algo: *mandar arreglar la plancha, mandarse hacer un traje* **4** Hacer que algo o alguien vaya o llegue a algún lugar, con una finalidad determinada: *mandar un telegrama, mandar flores, mandar un mensajero* **5** *Mande* Expresión de cortesía con la que uno contesta a alguien que lo llama o cuando no ha escuchado algo: "–¡Raúl!– ¿*mande*?

mandato s m **1** Acto de mandar **2** Orden o disposición de una autoridad: *un mandato legal* **3** Periodo durante el cual una persona tiene autoridad para mandar: *el mandato presidencial, un mandato temporal.*

mando s m **1** Capacidad que tiene o que se le da a alguien para mandar: *entregar el mando, don de mando* **2** *Al mando de* De manera que ordena o dirige; bajo las órdenes de o bajo la autoridad de: "*Al mando de* la escuela quedó la profesora Rodríguez", "Un batallón *al mando del* general García" **3** *Alto mando* Conjunto de personas que tienen la máxima autoridad en algo, principalmente en el ejército **4** Mecanismo o dispositivo con el que se maneja o se dirige alguna máquina: *tablero de mando, cabina de mando.*

manejar v tr (Se conjuga como *amar*) **1** Usar o dirigir algo para lo cual se necesita cierto conocimiento o determinada cualidad, o cuyo empleo requiere cuidado: "María *maneja* el dinero de toda la familia", *manejar mal un negocio, manejar una escuela, manejar sustancias peligrosas* **2** Usar algo de manera adecuada o tener los conocimientos suficientes para dominar algo: *manejar una herramienta, manejar los colores un pintor, manejar dos idiomas* **3** Dirigir un vehículo: *manejar un coche, manejar una bicicleta* **4** Hacer que algo pase o que alguien se comporte según la voluntad de uno, sin que se note o sin que éste se dé cuenta: *manejar una situación, manejar al marido* **5** prnl Comportarse alguien de cierta manera y en determinada circunstancia o en forma adecuada a la situación: "No sabe *manejarse* entre políticos", *manejarse entre los niños.*

manejo s m Acto de manejar: *el manejo de un insecticida, el manejo de un aparato, el manejo de la forma artística, el buen manejo de la lengua.*

manera s f **1** Carácter particular con el que alguien hace algo, o conjunto de pasos que se siguen para producir o realizar algo: *manera de escribir, manera de hablar, manera de ju-*

gar, manera de trabajar, "La *manera* de obtener el resultado" 2 Conjunto de características que distinguen una cosa o un proceso, o cada una de las variantes de algo: "La *manera* primitiva de producir", "La *manera* renacentista de pintar", "La *manera* poblana de hacer el mole", "La histeria es una de las *maneras* de la neurosis" 3 Conjunto de actitudes, ademanes, expresiones, etc. que muestran el carácter o la educación de una persona: *manera agresiva, maneras suaves, manera cortés, manera grosera* 4 *A la manera de* Según lo hace o lo dice alguien, de acuerdo con su estilo: *a la manera de los clásicos, a la manera de los deportistas* 5 *A manera de* Como, en calidad de, como si fuera: *a manera de excusa, a manera de préstamo, a manera de sombrero* 6 *De manera que* Así es que, por lo que: "Sabías que estaba prohibido, *de manera que* no te quejes" 7 *De (tal) manera que* Para que, en tal forma que: "Escríbelo *de manera que* se entienda" 8 *De tal manera* Tanto: "Corrió *de tal manera,* que nadie lo alcanzó" 9 *De cualquier manera* Sea como sea, sin importar cómo: *"De cualquier manera* iré a verte", "Se viste *de cualquier manera"* 10 *De todas maneras* En cualquier caso, sea como sea: "No me invitaron, pero vine *de todas maneras", "De todas maneras,* te quiero" 11 *En cierta manera* En cierto sentido, de alguna forma: *"En cierta manera* tiene razón" 12 *Sobre manera* Muchísimo, extremadamente: "Me molesta *sobre manera* que me llamen en la noche".

manifestación s f 1 Acto de manifestar o manifestarse algo o alguien: *la manifestación de una enfermedad, una manifestación del sentimiento* 2 Manera en que algo se da a conocer o se hace perceptible: *manifestaciones artísticas, manifestaciones emocionales* 3 Marcha de mucha gente por las calles para dar a conocer su apoyo o su desacuerdo con alguna cosa: *manifestación obrera, manifestaciones estudiantiles.*

manifestar v tr (Se conjuga como *despertar,* 2a) 1 Hacer o dejar percibir algo: *manifestar una emoción, manifestarse un fenómeno* 2 Dar a conocer o hacer pública alguna cosa: *manifestar una opinión, manifestar desacuerdo, manifestar una idea.*

manifiesto adj 1 Que se presenta o se hace perceptible claramente: *una verdad manifiesta, un error manifiesto* 2 *Poner o quedar algo de manifiesto* Descubrir o hacerse notar algo con toda claridad: "Con sus preguntas *puso de manifiesto* su ignorancia" 3 Documento por medio del cual una persona o un grupo de personas hacen públicas las ideas, tesis, intenciones, proposiciones, etc., que sostienen: *manifiesto comunista, manifiesto surrealista.*

mano s f 1 Parte del cuerpo humano y del de los primates, unida al antebrazo por la muñeca, que comprende la palma y cinco dedos, de los cuales el pulgar se opone a los otros cuatro:

coger con la mano, sostener con la mano, mirarse las manos, una mano grande, una bella mano **2** Cada una de las dos patas delanteras de los cuadrúpedos: las manos de un perro, pararse de manos un caballo **3** Instrumento, generalmente duro y macizo, con el que se muele o se hace polvo alguna cosa: mano del metate, mano del molcajete **4** Mano de obra Trabajo que realiza un obrero o trabajador manual: "De mano de obra fueron doscientos pesos" **5** Poner manos a la obra Comenzar a hacer algo: "Apenas dieron la orden, pusimos manos a la obra", "¡Manos a la obra! ¡Hay que terminar pronto!" **6** Manos muertas Conjunto de propietarios, como la Iglesia y las comunidades indígenas, que no podían vender sus bienes ni disponer de ellos y por eso los hacían quedar fuera de las relaciones económicas del liberalismo, hasta que se dictaron las leyes de Reforma a mediados del siglo XIX **7** Tener o estar algo o alguien a la mano Estar algo o alguien cerca de una persona o a su disposición **8** A mano derecha o izquierda Al lado izquierdo o derecho de algo o alguien o hacia esas direcciones: "A mano derecha está la catedral, a la izquierda el Ayuntamiento" **9** A mano armada Con armas: robo a mano armada, agresión a mano armada **10** A manos de Por causa y acción de: "Murió a manos de los asaltantes" **11** Ir a parar, terminar, etc., algo a o en manos de Llegar algo hasta quedar en posesión o

bajo el dominio de alguien: "La carta fue a parar a manos de la policía" **12** Con las manos en la masa En el preciso momento en que alguien hace o tiene consigo algo indebido: "Apresaron al ladrón con las manos en la masa" **13** De mano en mano De una persona a otra: "El boletín circuló de mano en mano" **14** De primera mano De manera directa, sin usar, nuevo: información de primera mano, conocimiento de primera mano, "Compré una lente de primera mano" **15** De segunda mano De manera indirecta, con cierta duda, usado: noticia de segunda mano, ropa de segunda mano **16** Irse, llegar a las manos Llevar una discusión hasta la lucha física, pelear: "Discutieron de política con tanta pasión, que se fueron a las manos" **17** Juego de manos El que comienza como pelea o lucha ficticia, pero luego puede convertirse en pelea real **18** Levantarle la mano a alguien Amenazar a alguien con pegarle **19** Ponerle la mano encima a alguien Cogerlo a apresarlo, generalmente con violencia, o pegarle **20** Doblar las manos Darse una persona o un animal por vencido, dejar de luchar **21** En manos de En poder de alguien, bajo su responsabilidad: "El asunto ya quedó en manos del tribunal", "Su vida está en manos del médico" **22** En buenas o malas manos Bajo buen o mal cuidado: "Su hijo está en buenas manos" **23** Cargar la mano en o sobre algo o alguien Exagerar la exigencia de algo o sobre algo, tener demasiado rigor con alguien: "Le *cargó la mano* en el precio", "Ya *cargaron la mano* por mucho tiempo *sobre* los obreros" **24** *Ir a la mano de algo o de alguien* Vigilar el desarrollo de algo, contener la conducta de alguien: "Hay que *ir a la mano* de las ventas", "Tengo que *irle a la mano* al niño" **25** *Tener o traer algo entre manos* Tener alguien ciertos planes o propósitos, generalmente secretos: "Algo se *traen entre manos* Víctor y Verónica, que no lo quieren decir" **26** *Meter mano de algo o de alguien* en lo que no debe o en lo que desconoce: "No *metas mano* en los asuntos de la familia" **27** *Meter mano* Actuar sobre alguna cosa, generalmente para mejorarla o modificarla: *meterle mano al motor, meter mano en el texto* **28** *Ser alguien mano larga* Ser alguien dado a coger lo que no debe, a robar o a golpear a los demás **29** *Mano negra* Intervención oculta e indebida en algo: "En la quiebra del negocio hubo *mano negra*" **30** *Hacer alguien lo que está en su mano* Hacer alguien todo lo que le sea posible para ayudar a alguien o lograr algo **31** *Dar una mano, echar una mano* Ayudar a alguien **32** *Echar mano de* Recurrir a algo o a alguien para resolver un problema o para ayudarse: "Hubo que *echar mano de* todos los bomberos de la ciudad" **33** *Meter la mano en el fuego por alguien* Confiar completamente en alguien **34** *Lavarse las manos* Desentenderse o no asumir la responsabilidad de algo **35** *Ser mano dere-*cha de alguien* Ser su principal ayuda **36** *Tener mano izquierda* Ser alguien hábil para tratar a las personas o para desenvolverse en una situación determinada **37** *Untar la mano de alguien* Sobornarlo **38** Cada una de las veces en que se cubre algo con pintura o alguna otra sustancia: *una mano de esmalte, dar una segunda mano de barniz* **39** *Mano de gato* Arreglo provisional o superficial de algo o de la cara de alguien: "La señora se fue a dar una *mano de gato*" **40** Pedir a una mujer en casamiento, generalmente a sus padres y durante una ceremonia **41** *Darse algo la mano* Tocarse dos cosas entre sí, ayudarse o ser muy similares: "Los extremos políticos *se dan la mano*" **42** *De manos a boca* De pronto, de repente: "*De manos a boca* me encontré con mi antigua novia" **43** *A manos llenas* En abundancia: "Se hizo rico *a manos llenas*" **44** Partida de cartas, cada uno de los juegos que la componen y el conjunto de barajas que tiene cada participante: *echar una mano, dar cartas en cada mano, jugar una mano* **45** *Ser mano* Ser primero en un juego **46** *Llevar la mano* Llevar la iniciativa o ser el primero en un juego **47** *Estar o quedar a mano* Estar o quedar en igualdad de circunstancias, sin deberse uno a otro algo **48** *Mano a mano* Competencia o encuentro en el que alternan dos personas, particularmente toreros.

manteca s f **1** Sustancia sólida y grasosa que se saca de algunos animales, particularmente del puerco, y de algunos vegetales, que se usa en la cocina, como medicina o para comerse: *manteca de cacao, manteca de coco.*

mantener v tr (Se conjuga como *tener*, 12a) **1** Hacer lo necesario para que algo o alguien continúe en cierto estado o situación: *mantener el fuego, mantener con vida a una planta, mantener la lucha, mantenerse quieto* **2** Dar a una persona o a un conjunto de personas, dinero, o alimento, casa, vestido, etc., para que vivan: *mantener a los abuelos, mantener a la familia* **3** Realizar cierta acción con continuidad: *mantenerse en pie, mantener buenas relaciones* **4** Seguir teniendo cierta opinión o cierta actitud a pesar de lo que otras personas argumenten en contra: *mantener una teoría, mantener una declaración.*

mantenimiento s m **1** Acto de mantener algo o a alguien **2** Conjunto de cuidados, reparaciones, etc., que se necesita hacer a alguna instalación o a alguna máquina para que sirva y funcione: *mantenimiento de un edificio, dar mantenimiento al tractor.*

mañana s f **1** Periodo entre la media noche y el medio día, pero especialmente del amanecer al medio día: "Trabajamos hasta las tres de la *mañana*", "Jugaba toda la *mañana*" **2** *De mañana* Temprano, en las primeras horas del día: "Me levanté muy *de mañana*" **3** *En la mañana, por la mañana* Durante las primeras horas del día, antes de mediodía: "*En la mañana* salgo para Navojoa",

"Nos veremos el lunes *por la mañana*" **4** adv En el día siguiente al de hoy: "*Mañana* nos vemos", "*Mañana* en la tarde iremos a la plaza" **5** *Pasado mañana* En el día que sigue al de mañana "Hoy es miércoles, *pasado mañana* es viernes" **6** ¡*Hasta mañana*! Despedida que se da en la noche o cuando dos personas dejan de verse en un día, para volverse a encontrar al día siguiente.

máquina s f **1** Sistema de piezas mecánicas que se utiliza para hacer un trabajo determinado, generalmente transformando cierta energía en otra distinta: *máquina de vapor, máquina de escribir, máquina de coser* **2** Vehículo que lleva el sistema de arrastre en un ferrocarril: "La *máquina* viene echando humo y pitando".

maquinaria s f **1** Conjunto de máquinas: *maquinaria pesada, maquinaria agrícola* **2** Mecanismo: *maquinaria del reloj, maquinaria del pozo.*

mar s m o f **1** Masa de agua salada que cubre gran parte de la superficie terrestre: *la vida en el mar, la explotación del mar, mirar la mar* **2** Cada una de las regiones extensas, cubiertas de agua salada, que se pueden delimitar geográficamente: *mar de Cortés, mar Mediterráneo, mar Báltico* **3** *Mar interior* El que queda dentro de las fronteras de un país o dentro de un continente, como el mar Caspio o el mar Muerto **4** *Mar territorial (Der)* Región del mar comprendida dentro de una faja de 12 millas náuticas a lo largo de las costas de un país, sobre la cual éste tiene soberanía **5** *Mar patrimonial (Der)* Región del mar comprendida dentro de una faja de 200 millas náuticas a lo largo de las costas de un país, sobre la cual se pretende que éste tenga derechos exclusivos de explotación de sus recursos naturales, tanto en la superficie como en el fondo, pero en la que se permita la navegación y el tendido de cables submarinos **6** *Alta mar* Parte del mar situada a una distancia de la costa donde ya no hay la protección que ofrecen los puertos, las bahías, etc. **7** *Mar abierto* El que está lejos de la costa, y el que puede golpear con violencia una costa desprotegida **8** *Mar de fondo* Agitación del agua producida por tormentas en el mar **9** *Haber mar de fondo en algo* Existir dificultades o intereses importantes en determinada situación: *"Hay mar de fondo en la situación centroamericana"* **10** *Hacerse a la mar* Comenzar a navegar una embarcación y entrar en alta mar **11** *Picarse el mar* Agitarse por alguna causa natural, como las tormentas, los vientos fuertes, etc. **12** Gran cantidad de algo: *un mar de lágrimas, un mar, de gente, llorar a mares*

marca s f **1** Acto de marcar: *marca de las reses, la marca de la ropa* **2** Indicación o señal que se pone o que lleva algo para que se lo note, distinga o reconozca: *marca de una ganadería, marca de agua* **3** Huella: *Irse sin dejar marca, la marca de un pie en la arena* **4** *Marca de fábrica* Símbolo o signo con que el fabricante nombra sus productos, para distinguirlos y registrar su legítima propiedad: *marca registrada* **5** Resultado deportivo que se establece como el mejor, que los demás competidores tendrán que sobrepasar: *establecer una marca, romper una marca* **6** *De marca* De una calidad indicada, de lo mejor: *un vino de marca, un caballo de marca, un científico de marca*.

marcar v tr (Se conjuga como *amar*) **1** Poner en algo una señal o una indicación para que se distinga, se note o resalte: *marcar el ganado, marcar los libros, marcar el mapa* **2** Indicar por algún hecho, hacerlo notar: "El Sol *marca* las diez de la mañana", "El reloj *marca* las horas", *marcar los puntos de un juego* **3** Operar las teclas, los botones, el disco, etc., de un aparato para escribir un número y obtener cierto resultado: *marcar un teléfono, marcar en una registradora* **4** Indicar mediante ciertas señales, como golpes o sonidos, el ritmo de algo: *marcar el compás, marcar el paso* **5** Contrarrestar un jugador las acciones de otro contrario en juegos como el futbol, el basketbol, etc.

marco[1] s m **1** Armazón que rodea a un objeto y sirve para reforzarlo, darle forma o adornarlo: *marco de una ventana, marco de una pintura, marco de madera* **2** Conjunto de elementos, ideas, situaciones, etc. que rodean a algo y sirven para comprenderlo o para que se desarrolle: *marco natural, marco de referencia, marco de amistad*

3 Armazón rectángular en donde debe entrar el balón para marcar un gol: en el futbol.

marco² s m Unidad monetaria alemana.

marcha s f **1** Acto de marchar: *la marcha militar, la marcha de la máquina, la marcha del mundo* **2** Mecanismo eléctrico que enciende un motor: *la marcha del coche* **3** Pieza musical para apoyar el ritmo deseado del paso, especialmente de los militares: *marcha dragona, la marcha de Zacatecas* **4** *(Dep)* Competencia atlética que consiste en caminar velozmente, sin que queden en ningún instante ambos pies en el aire **5** *A marchas forzadas* Caminando o haciendo más trabajo de lo normal: "Llegar a Torreón *a marchas forzadas*" **6** *A toda marcha* Con toda la rapidez que sea posible: *irse a toda marcha* **7** *Abrir, romper la marcha* Comenzar a caminar o a hacer algo **8** *Dar marcha atrás* Arrepentirse de algo: "El diputado *dio marcha atrás* al reconocer su error" **9** *En marcha* En camino en movimiento **10** *Sobre la marcha* Al mismo tiempo que se avanza, a medida que se hace algo: "Resolver las dudas *sobre la marcha*".

marchar v intr (Se conjuga como *amar*) **1** Andar, con ritmo y paso continuo, como los militares: *marchar los soldados, marchar en la escuela* **2** Funcionar una máquina o un mecanismo: *marchar el motor, marchar la bomba* **3** Desarrollarse alguna cosa durante cierto tiempo y sin interrumpirse: *marchar los negocios.*

marido s m Hombre casado, con respecto a su mujer.

marinero s m Persona que trabaja en un barco y no forma parte de sus oficiales.

marino adj **1** Que pertenece o está relacionado con el mar: *alga marina, animal marino* **2** s m Militar que presta sus servicios en la armada de un país: *marino mexicano, desfile de marinos* **3** s f Conjunto de barcos, instalaciones y trabajadores del mar: *marina de guerra, marina mercante.*

marítimo adj Que pertenece o se relaciona con la navegación y con el mar: *transportación marítima, industria marítima, zona marítima.*

mas conj Pero, sino "Quiso salir temprano *mas* se quedó dormido" "Recibe bastante dinero *mas* tiene muchos gastos" "No vino Pedro *mas* vino su hermano"

más adv **1** Indica aumento, ampliación, superioridad o exceso de algo en comparación con otra cosa o con otro estado o momento de eso mismo: *más bonito, más perfecto, más fácil, más alto, más lejos, más ancho, trabajar más, comer más, faltar más agua, haber más árboles, tener más brillo,* "El Pico de Orizaba es *más* alto que el Popocatépetl", "El avión viaja *más* rápido que el tren", "Me gusta *más* el invierno que el verano", "Cuídate *más*", "El cielo está *más* azul que ayer" **2** *El, lo, la, los, las más* Manifiesta el grado superlativo de los adjetivos o los adverbios: "El *más guapo*", "*La más* alegre", "*Lo más* pronto", "*Los más* rápidos", "*Las más inteligentes*" **3** Expresa mayor deseo o preferencia: "*Más te querré*", "*Más* camino que tomar ese coche" **4** Especialmente: "Lo acepto con gusto, *más* viniendo de tí", "Iré a Cancún, *más* si tú me invitas" **5** *Más de* Significa una cantidad mayor que otra supuesta o calculada, pero generalmente cercana a ella: "*Más de* la mitad", "*Más de* dos mil pesos", "*Más de* cien años" **6** *Los, las más* La mayoría, la mayor parte: "*Los más* son jóvenes", "*Las más* de las asistentes eran madres de familia" **7** *A lo más* Cuando mucho, como máximo: "Se necesitarán cien copias *a lo más*", "*A lo más* cuesta quinientos pesos" **8** *A más* Además, por añadidura: "¡*A más* de lo que hiciste, no te arrepientes!" **9** *En más* En mayor cantidad o grado: "Vende su casa *en más* de lo que vale", "Juzgó mi trabajo *en más* de lo que supones" **10** *De más* De sobra: "No estaría *de más* insistir en que practiquen las divisiones", "Me dieron veinte pesos *de más* **11** *No haber o no tener más que* No haber o no tener otro además: "*No tengo más que* este abrigo", "*No hay más* avión *que* aquél" **12** *Ni más ni menos* Exactamente, precisamente: "Este abrigo es *ni más ni menos* lo que yo quería", "Se trata *ni más ni menos* que del premio mayor" **13** *No más* Solamente, únicamente: "Vinieron *no más* tres invitados", "*No más* míralo

y lo entenderás" **14** *Sin más (ni más)* Así, sin aviso, sin otras consideraciones: "Lo corrió *sin más ni más*", "Y así, *sin más*, nos van a cobrar cien pesos" **15** *Más bien* Antes bien, sino que: "No te lo presto, *más bien* te lo regalo" **16** *Más que* Sino, excepto, únicamente: "Nadie lo sabe, *más que tú*", "No quiero a nadie *más que* a ti" **17** *Es más* Más aún, inclusive: "No estoy enojada con él, *es más,* ayer lo ví" **18** *Más o menos* Aproximadamente: "Un cálculo *más o menos* exacto" **19** *Signo de más* El que se utiliza en la suma o adición (+).

masa s f **1** Cantidad de la materia que constituye un cuerpo: *una gran masa, una masa de agua, una masa de aire* **2** Mezcla homogénea y relativamente sólida de varias sustancias, como la de nixtamal para hacer tortillas, la de harina y levadura para hacer pan, etc. **3** Cuerpo homogéneo, relativamente sólido y sin forma: "Encontramos una *masa* extraña y húmeda" **4** *(Fís)* Medida de la resistencia de un cuerpo a la aceleración **5** Conjunto de muchos elementos reunidos unos junto a otros e indiferenciados: *masa de nubes, masa humana, lucha de masas* **6** *En masa* Todo junto, en su totalidad: *ejecuciones en masa, ataque en masa.*

masculino adj y s **1** Que pertenece a los hombres o a los machos o se relaciona con ellos: *órgano masculino, población masculina* **2** Que tiene características tradicionalmente consideradas propias de los hombres o rasgos físicos como los de ellos: *manos masculinas, carácter masculino* 3 Tratándose de seres vivos, que tiene los elementos necesarios para fecundar a los femeninos: *flor masculina, célula masculina* 4 (*Gram*) Género que manifiesta el sexo de los animales o el que se atribuye a las cosas, como en *burro, perro, sol, motor, mango, brazo*, y que se expresa en muchos casos por el morfema -*o* de los sustantivos y los adjetivos, como en: *amo, gato negro, planeta rojo, el análisis cuidadoso*.

matar v tr (Se conjuga como *amar*) 1 Quitar la vida a alguien o a algo: *matar a un hombre, matar una gallina, matarse de un balazo* 2 prnl Morir alguien en un accidente: "*Se mató el corredor de coches*", "*Se mataron los tripulantes de un avión*" 3 prnl Trabajar excesivamente o sacrificarse por algo o alguien: *matarse en la oficina, matarse escribiendo, matarse por una idea* 4 Reducir la intensidad o el movimiento de algo: *matar la pelota, matar el color, matar el sonido*.

matemática s f Ciencia que estudia las relaciones entre las cantidades, las magnitudes y las formas espaciales: *estudiar matemáticas, matemática aplicada, un libro de matemáticas, matemática moderna*.

matemático adj Que pertenece a la matemática o se relaciona con ella: *cálculo matemático, problema matemático, física matemática* 2 s Persona que tiene por profesión la matemática 3

Que es exacto o preciso: *mentalidad matemática, conducta matemática*.

materia s f 1 Sustancia de la que están hechos los cuerpos, que ocupa un espacio y se puede percibir con los sentidos: *estructura de la materia, estados de la materia* 2 *Materia prima* Cualquier producto, especialmente vegetal o mineral, que se obtiene de la naturaleza o que se fabrica, para transformarlo en artículos elaborados y mercancías industriales 3 Tema o asunto del que se trata o que se enseña en una escuela: *materia de discusión, lista de materias* 4 *Entrar en materia* Comenzar a tratar a fondo alguna cosa 5 *En materia de* En cuestión de, hablando de: "Un especialista *en materia* de suelos".

material adj m y f 1 Que tiene materia, que se relaciona con la materia: *un mundo material, ser material, cuestión material* 2 Que es perceptible o se puede comprobar: *pruebas materiales* 3 Que se relaciona con la naturaleza física del ser humano: *necesidades materiales, intereses materiales* 4 s m Sustancia o elemento que se utiliza para fabricar o construir algo: *material de construcción, material de curación, ahorro de materiales* 5 Conjunto de instrumentos, aparatos, sustancias de elementos que se emplean en algo: *material de laboratorio, material de investigación*.

materialismo s m 1 (*Fil*) Doctrina filosófica que sostiene que lo primario y fundamental, de lo que se origina el universo y la vida, es la materia o la naturaleza misma, la cual ha existido desde siempre y no ha sido creada. De ahí que afirme que lo real o el ser antecede y determina al pensar y al conocer: *el materialismo de Demócrito, el materialismo francés, el materialismo moderno* **2** *Materialismo dialéctico* El propuesto por Marx y Engels que considera la realidad como un todo estructurado y en constante movimiento según la lucha y mutua influencia de los opuestos que coexisten en todo proceso **3** *Materialismo histórico* Teoría de Marx en la que se explica la historia de la sociedad a partir de la manera en que los hombres se relacionan con la naturaleza y entre sí para producir su vida material. Considera que estas relaciones económicas y la lucha de clase que de ellas se deriva son, en última instancia, las que determinan el curso de la historia y la acción y el pensamiento de los hombres **4** Actitud de una persona más interesada en los bienes materiales y en su propio placer que en otros valores.

matrimonio s m **1** Unión legal o religiosa de un hombre y una mujer: *matrimonio civil, matrimonio religioso* **2** Pareja formada por un hombre y una mujer casados entre sí: "En esta casa vive un *matrimonio*".

máximo 1 adj Que es lo más grande, importante, intenso, etc.: *altura máxima, temperatura máxima, jefe máximo, círculo máximo, autoridad máxima* **2** s m Punto o límite más alto o extremo al que puede llegar algo: *máximo de resistencia, máximo de presión*.

maya s m **1** Pueblo indígena del norte de la Península de Yucatán que creó una gran cultura, como lo muestran las ruinas arqueológicas de Chichén Itzá, Uxmal, Tulum, etc., y entre otros, los libros del *Chilam Balam* y los Cantares de *Dzibalché* **2** Lengua que hablaba ese pueblo y que en su forma moderna se sigue hablando en Yucatán, Campeche y Quintana Roo **3** Grupo de pueblos indígenas de América que desde la antigüedad habita en parte del sureste de México y del territorio de Guatemala, Belice y Honduras, creador de obras arqueológicas como las de Petén, Copán, Palenque y otras **4** Familia de lenguas de las que forma parte el maya y a la que pertenecen el quiché, el chol, el tzotzil, el tzeltal y otras, que hablan los integrantes de ese grupo y en las que se escribió el *Popol Vuh* y el drama *Rabinal Achí* **3** Individuo de ese grupo **4** adj m y f Que pertenece al maya o se relaciona con él: *imperio maya, cultura maya.*

mayor 1 adj m y f Que es superior en calidad o en cantidad, o más grande: *mayor resistencia, mayor cuidado, mayor tamaño* **2** adj m y f Que tiene más edad: *hijo mayor, hermano mayor* **3** s m pl Personas adultas: *respetar a los mayores* **4** *(Mil)* s m Grado militar inferior al de teniente coronel y superior al de capitán primero **5** *(Mat)* s m Signo (>) que, colocado entre dos cantidades, indica que la primera es más grande que la segunda **6** *Al por mayor* Mucho, en gran cantidad: "Hay daños *al por mayor*".

mayoría s f **1** Mayor parte de algo, mayor número de algo: *mayoría de los ciudadanos, mayoría de votos, mayoría de las enfermedades* **2** Conjunto formado por la mayor parte de los miembros de una agrupación o una sociedad: *diputados de la mayoría, votación de la mayoría* **3** *Mayoría de edad* Edad a partir de la cual se considera que una persona puede votar y es responsable de sus actos; en México, los 18 años.

mayúsculo adj Grandísimo: *un susto mayúsculo, letra mayúscula.*

mazorca s f Fruto del maíz, de forma alargada y cónica, que tiene gran cantidad de granos alrededor de una especie de espiga, con los que se preparan muchos alimentos, como la tortilla o el tamal, y que sirve también para alimentar al ganado.

me Forma átona del pronombre de primera persona, masculino y femenino, singular **1** Indica objeto directo: "Matilde *me* vio", "*Me* señaló con el dedo" **2** Indica objeto indirecto: "*Me* dijo que vendría", "*Cántame* una canción" (Cuando se usa con infinitivo, gerundio o imperativo, se pospone al verbo: *mirarme, diciéndome, óyeme*) **3** Es morfema obligatorio en la conjugación de verbos pronominales: *me arrepentí, me senté.*

mecánica s f **1** (*Fís*) Parte de la física que estudia el movimiento y equilibrio de los cuerpos: *leyes de la mecánica* **2** *Mecánica automotriz* La relacionada con la construcción y el mantenimiento de motores de vehículos.

mecánico adj **1** Que se relaciona con la mecánica o que pertenece a ella: *energía mecánica, ingeniero mecánico, taller mecánico* **2** Que es ejecutado por una máquina o que utiliza algún mecanismo para su movimiento: *movimiento mecánico, pala mecánica, juegos mecánicos* **3** Que se ejecuta sin intervención de la conciencia o de la voluntad: *comportamiento mecánico, ejercicio mecánico* **4** s m Persona que tiene por oficio el mantenimiento y la reparación de máquinas o motores.

mecanismo **1** Sistema de piezas o partes que realizan cierta función: *mecanismo digestivo, mecanismo de arrastre* **2** Manera en que funciona una parte de una máquina: *mecanismo de la dirección, mecanismo de conservación.*

media s f Prenda de vestir tejida o de punto. Cuando es de mujer, suele ser de nylon y cubrir todo el pie y la pierna; si es de hombre, suele ser de algodón o de lana y cubrir desde el pie hasta debajo de la rodilla: *medias sin costura, medias elásticas, medias de futbol.*

mediante prep Por medio de, con la ayuda de, haciendo uso de: "Subimos los muebles *mediante* cuerdas y poleas", "Se puede conseguir un pase *mediante* las oficinas indicadas".

medicina s f **1** Ciencia que estudia las enfermedades del cuerpo humano y la manera de prevenirlas y curarlas: *medicina general, medicina interna, medicina nuclear* **2** *Medicina veterinaria* Ciencia que estudia las enfermedades de los animales superiores y la manera de prevenirlas y curarlas **3** Sustancia con la que se previene o se cura una enfermedad, o con la que se calman las molestias que produce.

medición s f Acto de medir y su resultado: *medición del nivel de agua, medición geográfica, medición de la presión.*

médico adj y s **1** Que pertenece o se relaciona con la medicina: *estudios médicos, diagnóstico médico, ciencia médica* **2** s Persona que tiene por profesión la medicina y tiene autorización para ejercerla: *médico general, médico cirujano, médico pediatra, médico veterinario* **3** *Médico de cabecera* El que atiende siempre a una persona y conoce sus particularidades orgánicas **4** *Médico forense, médico legista* El que está asignado a un juzgado para diagnosticar y dictaminar enfermedades, heridas y muertes que tienen efectos legales.

medida s f **1** Acto de medir: *hacer una medida, tomar una medida* **2** Cualquiera de las unidades previamente establecidas con que se mide algo: *medida decimal, medida de volumen, una medida de azúcar* **3** Extensión, volumen, capacidad, etc., de algo: *la medida de un terreno, la medida de la Tierra, la medida de una cubeta* **4** *A medida que* Según, en propor-

ción con otra cosa, en correspondencia con ella: "*A medida que* pasa el tiempo se vuelve uno más viejo", "*A medida que* se resuelven los problemas, aparecen otros" **5** *A la medida o A (la) medida de* De acuerdo o según el tamaño o la dimensión de algo o alguien: *un traje a la medida, una solución a la medida del problema, Lo hice a la medida de tus deseos* **6** Disposición, orden o mandato que se da para solucionar algo: *medida de control, tomar medidas* **7** *Con medida* Con prudencia, cuidadosamente: *comer con medida, divertirse con medida* **8** *Sin medida* Exageradamente: *beber sin medida, llorar sin medida* **9** *En cierta medida* De alguna manera, hasta cierto punto, casi: "*En cierta medida* tiene razón tu madre".

medio **1** adj Que es, tiene o ha llegado a la mitad de algo: *medio día, media botella, medio camino* **2** adj Que está en el centro de algo o cerca de él, que está igualmente alejado de sus extremos o entre dos extremos: *dedo medio, término medio, posición media, oído medio* **3** *En medio* En el centro de algo, entre dos personas o cosas: *en medio del círculo*, "La casa que está *en medio* es la de mi tío" **4** s f *(Mat)* Cantidad que resulta de sacar el promedio de varios números, por ejemplo, la media de $5 + 15 + 10$ es igual a 30 entre $3 = 10$ **5** *A medias* En dos mitades, por mitades: "Pagamos la cuenta *a medias*" **6** *A medias* De manera incompleta, sin terminar, no del todo o sin cuidado:

estudiar a medias. "Lo arregló *a medias*" **7** adj Que agrupa, contiene o constituye a la mayoría de los elementos de un conjunto: *medio mundo*, "*Media* ciudad está en obras" **8** *De por medio* Que determina el desarrollo de una situación o lo dificulta: *intereses de por medio* **9** *Estar algo o alguien de por medio* Estar algo o alguien en peligro o sin seguridad: *estar de por medio la salud* **10** s m Conjunto de condiciones físicas, biológicas, químicas, etc. en las que vive un animal o una planta y que influyen o determinan su desarrollo: *medio de vida, medio ambiente* **11** s m Conjunto de circunstancias y de personas entre las cuales se desenvuelve social o profesionalmente alguien: *el medio de los economistas, el medio teatral* **12** s m Elemento o recurso que sirve o se usa para algo: *medios financieros, medio de transporte.*

medir v tr (Modelo de conjugación 3a) **1** Determinar la extensión, el volumen, la capacidad, la intensidad, etc. de algo con respecto a una unidad establecida, mediante instrumentos graduados con ella o por medio de cálculos: *medir un terreno, medir la temperatura, medir el tiempo* **2** Calcular los efectos que puede tener una acción: *medir las consecuencias, medir las fuerzas* **3** Contenerse al decir o al hacer algo: *medir las palabras, medir los sentimientos* **4** prnl Ponerse una prenda de vestir para ver si queda bien: *medirse un sombrero, medirse unos pantalones.*

mejor adj m y f y adv **1** Que es más bueno, está más bien, o es más adecuado a algo que otra cosa del mismo tipo; que algo se hace más bien con respecto a otro momento o a como lo hace otra persona: *un libro mejor, una casa mejor, mejor de salud, correr mejor, nadar mejor, una mejor solución* **2** *Ser mejor hacer algo* Ser preferible o más adecuado: "*Será mejor irnos*", "*Es mejor olvidarlo*" **3** *A lo mejor* Posiblemente, tal vez: "*A lo mejor me saco la lotería*", "*A lo mejor no viene*".

mejorar v tr (Se conjuga como *amar*) **1** Pasar o hacer pasar algo o a alguien de un cierto estado o situación a otro mejor o preferible: *mejorar la economía, mejorar el tiempo, mejorar un producto*, "José *va mejorando* en sus estudios" **2** Tener alivio o recuperarse la salud de alguien: "Ya *mejoró* el enfermo".

memoria s f **1** Capacidad de guardar en la mente recuerdo de experiencias y sensaciones pasadas, y de reproducirlo en un momento posterior: *memoria humana, pérdida de la memoria* **2** Recuerdo de algo pasado: "Tengo una *memoria* muy clara de mi infancia", "Todavía queda *memoria* de la Revolución" **3** *De memoria* Con lo que uno sabe y recuerda, sin consultarlo o comprobarlo; sin usar la inteligencia: *repetir de memoria, saber de memoria, exponer de memoria, aprender de memoria.* **4** Escrito que contiene datos, antecedentes, desarrollos de algún acontecimiento pasado o de experiencias pasadas de alguien: *memo-*

ria escolar, memoria anual, memoria estadística, "Las *memorias* de Pancho Villa **5** Dispositivo electrónico en el que se almacena información en una computadora o en una calculadora.

memorizar v tr (Se conjuga como *amar*) Aprender algo de memoria, generalmente repitiéndolo varias veces: *memorizar un número, memorizar una obra de teatro.*

mención s f **1** Recuerdo o cita que se hace de algo o de alguien en un escrito o en un discurso: "En las *Cartas de Cortés* hay una mención de Julio César" **2** *Hacer mención* Nombrar algo o a alguien, de paso, en una conversación o en un escrito: "*Hizo mención* de los vascos al hablar de España" **3** *Mención honorífica* Reconocimiento que se hace del valor del trabajo de una persona: *otorgar mención honorífica, aprobar con mención honorífica.*

mencionar v tr (Se conjuga como *amar*) Nombrar algo o a alguien, generalmente de paso, en una conversación o en un escrito: "Cuando hablaba de la guerra de independencia, olvidé *mencionar* al Pípila".

menor adj m y f **1** Que es inferior en calidad o en cantidad, o más pequeño: *menor tamaño, menor efecto, menor esfuerzo* **2** Que tiene menos edad: *hermana menor, hijo menor* **3** s m pl Personas que tienen menos de 18 años: *prohibido a menores* **4** Que tiene menos importancia o valor que otro: *obra menor, escritor menor* **5** *(Mat)* s m Signo (×) que,

colocado entre dos cantidades, indica que la primera es más pequeña que la segunda.

menor adv **1** Indica disminución, restricción inferioridad o falta de algo en comparación con otra cosa o con otro estado o momento de eso mismo: *menos alto, menos productivo, menos lejos, menos lleno, menos tarde, discutir menos, tener menos dinero, conseguir menos comida, haber menos luz,* "Graciela es *menos* afortunada que Victoria", "Este año produjeron *menos* caña que el anterior", "Don Joaquín se siente *menos* bien que ayer", "Gano *menos* que los demás" **2** *El lo, la, los, las menos* adverbios: *la menos elegante, el menos cuidadoso, lo menos fácil, los menos caros, las menos brillantes* **3** Expresa menor deseo o preferencia: "*Menos* te ayudaré", "*Menos* voy si me tratan tan mal" **4** Excepto, a excepción de: "Te doy todo *menos* la vida", "Están todos presentes *menos* los González" **5** *Menos de* Significa una cantidad menor que otra supuesta o calculada, pero generalmente cercana a ella: "*Menos de* cien personas", "Hace *menos de* un mes", "*Menos de* dos kilos" **6** *Los, las menos* La minoría, la menor parte: "*Los menos* son religiosos", "*Las menos* eran enfermeras" **7** *A lo menos, de menos, cuando menos, por lo menos.* Como mínimo, por lo bajo: "*A lo menos* te costará diez pesos", "*De menos* hace cinco años que salí de Tampico", "*Cuando menos* hay cinco centímetros de agua", "*Por lo menos* me pagarán los gastos" **8**

Al menos, cuando menos, por lo menos: Siquiera; en el peor de los casos: "*Al menos* llamó para despedirse", "*Cuando menos* cuida bien a los niños", "*Por lo menos* no dejó deudas" **9** *A, al menos que* A no ser que, sólo que: "No canto, *a menos que* tú me acompañes", "No ha llegado, *al menos que* yo sepa" **10** *En menos* En menor cantidad o grado: "Calculó *en menos* el precio de esa vaca", "Consideró *en menos* el aumento de temperatura" **11** *De menos* En menor cantidad que la esperada o la debida: "Midió diez centímetros *de menos*", "Aquí hay cuatro pesos *de menos*" **12** *Ni más ni menos, nada menos* Precisamente, exactamente: "Le abrió la puerta *ni más ni menos* que su suegro", "Perdí *nada menos* que mi cartera" **13** *Hacer menos* No dar a alguien su lugar o su importancia: "En las fiestas siempre lo *hacen menos*" **14** *Echar de menos* Sentir o notar la falta de algo o la ausencia de alguien: "*Echo de menos* una enciclopedia en esta biblioteca", "*Echo de menos* a mis amigos" **15** *Hacerse menos* Mostrarse inseguro o falto de confianza con alguien o al enfrentar una situación: "Entre tantos eruditos, Javier *se iba haciendo menos*" **16** *Signo de menos* El que se utiliza en la resta o sustracción (−).

mensaje s m **1** Manifestación de un conocimiento, una noticia, un sentimiento, etc. de una persona a otra, oralmente o por escrito: *enviar un mensaje, un mensaje publicitario, un men-*saje secreto **2** Manifestación pública, generalmente ante una asamblea, de ciertas ideas, datos, noticias, etc. importantes para los participantes en ella, cuyos objetivos son generalmente políticos, sociales, humanitarios, etc.: *un mensaje presidencial, un mensaje papal* **3** Sentido, generalmente moral o educativo, que se manifiesta en un libro, una película, un anuncio, etc.: *una novela con mensaje, el mensaje de una película*.

mental adj m y f Que pertenece a la mente o se relaciona con ella: *rigor mental, enfermedad mental, cálculo mental, funcionamiento mental*.

mentalidad s f Manera en que una persona o un pueblo comprende las cosas y se relaciona con ellas: *mentalidad moderna, mentalidad indígena, mentalidad religiosa*.

mente s f **1** Conjunto de las operaciones del pensamiento, la inteligencia, la memoria, el juicio y la conciencia: *enfermedades de la mente, investigación de la mente* **2** Capacidad del ser humano de pensar, imaginar e inventar cosas: *tener una gran mente, una mente clara, una mente diabólica* **3** Lugar supuesto en donde se desarrolla esa capacidad y sus operaciones: "Esos miedos son sólo producto de tu *mente*" **4** *Tener o traer algo en mente* Tener una idea, un proyecto: "*Tengo en mente* viajar el año próximo".

menudo adj **1** Que es pequeño, fino o delgado: *manos menudas, lluvia menuda, trabajo menudo* **2** Que es poco importante, sin valor: *detalles menudos, anota-ciones menudas* **3** *A menudo* Con frecuencia, varias veces: "Los visito *a menudo*", "*A menudo* encuentro errores" **4** Grande, difícil: "¡*Menudo* lío!", "¡*Menudo* problema!", "¡*Menudo* tamaño!" **5** s m Platillo mexicano hecho con panza y patas de res, jitomate, chile, etc.

mercado s m **1** Lugar donde se reúne la gente para comprar y vender mercancías; particular-mente, edificio público grande donde hay puestos para toda clase de alimentos y mercancías como verdura, fruta, carne, flo-res, etc.: *día de mercado, mer-cado de ropa, ir al mercado* **2** Conjunto de las personas o los países que compran cierta mer-cancía o cierto servicio: *mercado del petróleo, mercado del café, mercado de trabajo, mercado tu-rístico, mercado europeo* **3** *Mer-cado negro* El que realiza su ac-tividad en forma clandestina, de mercancías prohibidas y a pre-cios superiores a los autoriza-dos.

mercancía s f Cualquier cosa que sea objeto de compra o venta: "El precio de las *mercan-cías* crece más rápidamente que los salarios".

merecer v tr (Se conjuga como agradecer 1a.) **1** Llegar alguien a cierta situación, después de haber hecho algo, en que deba dársele un premio o un castigo: *merecerse un homenaje, merecer la cárcel* **2** Tener algo o alguien ciertas cualidades o defectos tales que debe tratársele o con-siderársele en cierta forma: *me-recer respeto, merecer atención* **3**

Merecer la pena Valer algo o al-guien el trabajo o el cuidado que pide: "Ese cuadro *merece la pena*; hay que ponerlo en el mu-seo".

mes s m **1** Cada una de las doce partes en que se divide el año: *mes de febrero, mes de diciem-bre, un mes de treinta días* **2** Es-pacio de tiempo de aproxima-damente treinta días: "Se fue hace seis *meses*".

mesa s f **1** Mueble compuesto por una plataforma sostenida por una o varias patas, encima de la cual generalmente se pone o se hace algo: *mesa del come-dor, mesa de centro, mesa de trabajo, mesa de costura, mesa de carpintero, mesa de operacio-nes* **2** *Mesa de noche* Buró **3** *Mesa redonda* Acto durante el cual varias personas se reúnen a discutir acerca de algo **4** *Mesa directiva* Conjunto de personas que tienen a su cargo dirigir una asamblea, una agrupación etc. **5** *Poner la mesa* Poner en ella un mantel, platos, cubier-tos, vasos, etc., para comer **6** *Sentarse a la mesa* Sentarse una o varias personas en un lugar frente a ella, para comenzar a comer **7** *Alzar o levantar la mesa* Recoger el mantel, los pla-tos, cubiertos, vasos, etc. que se usaron para comer, y limpiarla **8** *Tener la mesa puesta* o *encon-trarse con la mesa puesta* Tener o encontrarse con todo dispuesto para algo, sin haber hecho nin-gún mérito o preparativo para ello: "Ramón *se encontró con la mesa puesta*, su padre le heredó la fábrica" **9** (*Geo*) Elevación del terreno cuya parte superior ha quedado plana y horizontal como efecto de la resistencia a la erosión de las rocas que la componen, como las que se encuentran en la región del Bajío.

meta s f 1 Punto final de una carrera: En el maratón sólo cinco corredores llegaron a la *meta*" 2 Zona o instalación a donde debe llegar una pelota, jugada bajo ciertas reglas, en deportes como el futbol, el polo, el hockey, etc. 3 Fin u objetivo al que se dirigen las acciones o deseos de alguien: "Su *meta* era dar la vuelta al mundo".

metáfora s f Figura retórica que consiste en referirse a cierto objeto, acción o relación con palabras cuyo significado, de acuerdo con la tradición, designa objetos, acciones o relaciones diferentes pero con los que guarda un parecido o cierto paralelismo, como: "Un corazón de *oro*", "La *flor* de la vida".

metal s m 1 Cuerpo mineral simple, sólido a temperatura normal (excepto el mercurio), maleable, buen conductor de la electricidad, de cierto brillo característico, capaz de formar óxidos básicos; son metales el hierro, el plomo, el níquel, etc. 2 *Metales preciosos* El oro, la plata y el platino 3 pl (*Mús*) Instrumentos de viento hechos de latón, como la trompeta, el trombón, el saxofón, etc., que forman parte de la orquesta sinfónica ordinaria.

meter v tr (Se conjuga como *comer*) 1 Hacer que algo o alguien quede dentro de alguna cosa o entre en alguna parte: *meter el dinero en la bolsa,* *meter al ladrón en la cárcel,* *meter la llave en la cerradura,* *meter un clavo en la pared* 2 Hacer que alguien tome parte en algo: *meterse en una asociación, meter a un amigo en un negocio* 3 Hacer que alguien crea o acepte algo, o que se produzca cierta emoción en él: *meter ideas en la cabeza, meter miedo* 4 Presentar un documento en cierta oficina para comenzar un trámite: *meter una solicitud, meter una protesta* 5 prnl Dedicarse a algo, hacerlo con entusiasmo y energía, o participar ampliamente en ello: *meterse de cura, meterse en la música, meterse en el trabajo* 6 *Meterse a* Tomar para sí facultades, capacidades o tareas que no le corresponden: *meterse a defensor, meterse a redentor, meterse a juzgar* 7 Dedicar cierto tiempo, esfuerzo o dinero a alguna cosa: *meter ganas, meter años en el diccionario, meter una fortuna en el negocio* 8 Hacer que alguien reciba algo que lo daña o le duele: *meter de golpes, meter una regañada, meter una cuchillada* 9 Recoger la tela que sobra o sobresale de una prenda, para que se ajuste bien a una persona. 10 *Meterse con alguien* Tener una relación estrecha con alguien, o hablar mal de una persona o molestarla: *meterse con la hija del patrón, meterse con el patrón.* 11 *Meter la pata* Hacer algo equivocado o cometer errores 12 *Meter ruido, barullo, etc.* Hacerlo.

metódico adj 1 Que se hace con método: *un análisis metódico,* *una exposición metódica* **2** Que actúa o piensa siguiendo cierto método: *un hombre metódico, un investigador metódico.*

método s m **1** Modo sistemático de hacer alguna cosa: *método de pensamiento, método científico, método de enseñanza* **2** Libro que contiene un conjunto de enseñanzas sistemáticamente expuestas: *un método de inglés, métodos matemáticos.*

metodología s f Estudio y exposición de los métodos que se aplican en cierta disciplina, desde el punto de vista de su sistematicidad, sus aplicaciones, etc.: *metodología pedagógica, metodología de la ciencia.*

metodológico adj Que se relaciona con la metodología: *bases metodológicas, explicaciones metodológicas.*

métrico adj **1** Que pertenece al metro o a la medida o se relaciona con ellos: *cinta métrica, unidad métrica, sistema métrico decimal* **2** s f *(Lit)* Orden o estructura que tiene, en el español y en otras lenguas, la composición de los versos de un poema por su número de sílabas y por la repartición de sus acentos y pausas; estudio que se hace de esta composición.

metro[1] **1** Unidad de medida de longitud en el sistema métrico decimal, equivalente a la distancia que hay entre los dos extremos de una barra de platino e iridio, conservada en la Oficina Internacional de Pesos y Medidas de París **2** *Metro cuadrado* Unidad de medida de superficie en ese mismo sistema, equivalente a un cuadrado de

un metro de lado **3** *Metro cúbico* Unidad de medida de volumen, equivalente a un cubo de un metro de lado **4** *(Lit)* Métrica.

metro[2] s m Apócope de metropolitano, o ferrocarril urbano, subterráneo, de superficie o elevado: *tomar el metro, viajar en metro.*

mexica s y adj m y f (La pronunciación de la *x* es palatal fricativa sorda) **1** en pl Grupo indígena mesoamericano, hablante de náhuatl, que hacia 1327 fundó Tenochtitlán y posteriormente Tlatelolco, las dos ciudades gemelas que después constituirían el centro de la actual ciudad de México. En el siglo XV formó la Triple Alianza, con los tepanecas de Tlacopan y los acolhuas de Texcoco, que dominó políticamente desde la costa del Pacífico a la del Atlántico y hasta la actual zona fronteriza entre México y Guatemala. Junto con otros grupos, se le conoce también como azteca porque se piensa que procede de un lugar hasta hoy desconocido que la tradición llama Aztlán **2** Que pertenece o se relaciona con este grupo indígena: *la tradición mexica, los ritos mexicas.*

mexicano adj y s **1** Que pertenece o se relaciona con México: *territorio mexicano, cocina mexicana, cultura mexicana* **2** s Persona que nació en los Estados Unidos Mexicanos o que tiene esa nacionalidad **3** s Náhuatl.

mezcla s f **1** Acto de mezclar algo: *la mezcla de arena y grava, hacer la mezcla* **2** Materia que resulta de reunir materiales distintos: *mezcla química, mezcla orgánica* **3** Compuesto de arena, cal y agua, o cemento, arena y agua, que se usa en albañilería.

mezclar v tr (Se conjuga como *amar*) **1** Unir varios elementos para que formen una sola materia, una sola sustancia o una sola unidad de carácter uniforme: *mezclar azúcar y agua, mezclar pueblos, mezclarse dos razas* **2** Poner varias cosas diferentes o reunir a personas distintas, de manera no ordenada, en algún lugar: *mezclar libros, mezclar amigos* **3** Comprometer a alguna persona en algún asunto, sin que ella lo desee: "Los acusados *mezclaron* a un amigo en el delito" **4** prnl Meterse en algún asunto o situación, generalmente poco conveniente, o entre cierto grupo de personas: *mezclarse en un pleito, mezclarse con la multitud*.

mi adj y pron Apócope de mío, que precede siempre al sustantivo: *mi libro, mi lápiz, mi abuela, mis tíos, mis primas*.

mí **1** Pronombre de primera persona, singular; se usa siempre con preposición: *para mí, a mí, de mí, por mí, contra mí* (Cuando se utiliza la preposición con, es *conmigo*) **2** ¡A mí qué! No me importa: "Si te reprueban, ¡a mí qué! **3** *Por mí* En cuanto a mí concierne: "*Por mí* puedes hacer lo que quieras".

miedo s m Sensación que se experimenta ante algún peligro o posible daño, o ante algo desconocido, y que se manifiesta generalmente con pérdida de la seguridad, actitudes poco racionales, temblor, escalofríos, palidez, etc.: *miedo al dolor, miedo a la muerte, miedo a las víboras, miedo al castigo*.

miembro s m **1** Cada una de las extremidades del ser humano y de los animales, como los brazos, las piernas, las patas, la cola, etc. **2** *Miembro viril* Pene **3** Individuo que forma parte de una agrupación: *miembro del sindicato, miembro del ejército, miembro de la academia*.

mientras conj y adv **1** Al mismo tiempo que: "Trabaja *mientras* sus hijos están en la escuela", "Lee *mientras* oye música", "Yo limpio la casa, *mientras* tú lavas los platos" **2** Entre tanto, en espera de que algo suceda: "Siéntate *mientras* llegan los demás", "Estudió mecánica *mientras* salía de la prisión" **3** *Mientras tanto* Mientras: "Cristina hace el dibujo, *mientras tanto*, Isabel escribe los letreros" **4** *Mientras que* En tanto que, en contraste, por lo contrario: "El fue amable contigo, *mientras que* tú no dejaste de herirlo" **5** *Mientras más, mientras menos* Cuanto más, cuanto menos: "*Mientras más* gana, menos se siente satisfecho", "*Mientras menos* se entere, menos le dolerá".

militar¹ adj m y f **1** Que se relaciona con la milicia o el ejército: *colegio militar, zona militar* **2** s m y f Persona que tiene la milicia por profesión, miembro del ejército: *un militar de alta graduación, los militares*.

militar² v intr **1** Formar parte de una unidad del ejército: "Víctor *milita* en la caballería" **2** Formar parte de un partido político, de una tendencia o de una doctrina: *militar en el partido comunista, militar en el luteranismo*.

militarismo s m Influencia del ejército en el gobierno de un país; de sus puntos de vista, de su organización, etc: *el militarismo sudamericano, el militarismo internacional*.

milpa s f 1 Tierra donde se cultiva el maíz, y a veces otras plantas. 2 Planta del maíz.

mínimo 1 adj Que es lo más pequeño en cantidad o intensidad: *temperatura mínima, mínimo esfuerzo, detalles mínimos, salario mínimo* 2 s m Cantidad o límite más pequeños a los que se puede reducir algo o con los que puede funcionar: *mínimo de consumo, mínimo de energía*.

minúsculo adj Pequeñísimo: *un animal minúsculo, letra minúscula*.

minuto s m 1 Cada una de las sesenta partes iguales en que se ha dividido un grado de circunferencia 2 Cada una de las sesenta partes iguales en que se divide una hora: "Son las tres de la tarde con quince *minutos*" 3 *Minuto de silencio* Tiempo en el que un grupo de personas se suele mantener silenciosa en señal de duelo por la muerte de una persona.

mío Pronombre y adjetivo posesivo de primera persona. Indica que algo pertenece a la persona que habla: "Esa bicicleta es *mía*", "Un amigo *mío*", "Las camisas son *mías*", "No quiero ese cuaderno, quiero el *mío*" (Siempre concuerda en género y número con lo que se posee).

mirada s f 1 Acto de mirar: "La *mirada* se extendió sobre los cerros" 2 Vista: "Recorrió todo el lugar con la *mirada*" 3 Expresión que se manifiesta al mirar: *una mirada triste, una mirada vaga* 4 *Echar una mirada* Mirar algo rápidamente y a la ligera: "Échale *una mirada* a esta pintura".

mirar v tr (Se conjuga como *amar*) 1 Ver algo o a alguien con atención: *mirar un libro, mirar a las muchachas* 2 *Mirar de reojo* Hacerlo discretamente, con disimulo o con molestia: "Felisa *miraba de reojo* al actor cada vez que éste se descuidaba", "Don Emiliano lo *miró de reojo* y respondió indignado. . ." 3 *Mirar de arriba a abajo* Hacerlo en forma que se examina algo o a alguien completamente, en particular cuando se muestra desaprobación o desprecio: "Mi abuelo lo *miró de arriba a abajo* porque no traía corbata" 4 Considerar algo o a alguien para estimarlo o valorarlo: "Bien *mirado*, el negocio me conviene", "*Mira* con cuidado si José es un buen amigo" 5 Buscar algo o investigar acerca de ello: "*Mira* si encuentras mi reloj", "*Miré* por todas partes, pero nadie sabía nada" 6 *Mirar por algo o alguien* Cuidarlo y protegerlo: "Su tía *miró* por ellos desde que quedaron huérfanos" 7 *Mirar con buenos o malos ojos* Sentir simpatía o antipatía por algo o alguien: "La suegra la *mira con buenos ojos*" 8 *Estar alguien o ser algo de mírame y no me toques* Estar alguien muy débil o muy sensible; ser algo muy frágil: "Este jarrón es de *mírame y no me toques*" **9** intr Estar un lugar orientado en cierta dirección o frente a algo: "Mi casa *mira* a la calzada".

misa s f **1** Ceremonia de la religión católica en la que el sacerdote ofrece a Dios el pan y el vino que representan el sacrificio del cuerpo y la sangre de Jesucristo: *ir a misa, oir misa, misa de difuntos, misa solemne* **2** *Cantar misa* Decir el sacerdote recién ordenado su primera misa **3** *Decir misa* Celebrar esta ceremonia.

misión s f **1** Poder o encargo que se da a alguien para que lleve a cabo cierta tarea: *misión especial, misión diplomática* **2** Grupo formado por las personas encargadas de hacerlo: "La *misión* mexicana en la ONU" **3** Tarea que se ha dado a alguien para que la realice: *una misión educativa, la misión del gobierno* **4** Región o zona en donde predican los misioneros: *tierra de misión, las misiones en Oriente* **5** Conjunto de los edificios religiosos en donde los misioneros viven y predican: *la misión de los Ángeles*.

misionero adj y s **1** Que pertenece o se relaciona con las misiones, particularmente las religiosas o las que se proponen fines humanitarios: *actividad misionera, una brigada misionera, maestros misioneros* **2** s Persona que predica y enseña la religión cristiana entre quienes no la conocen: *los misioneros españoles, un misionero santo*.

mismo adj y pron **1** Que es uno solo en diferentes momentos o circunstancias: "Lleva puesta la *misma* camisa que el otro día", "Es el *mismo* doctor pero con barbas", "Asuntos de la *misma* naturaleza", "Pasan la *misma* película en varios cines" **2** adj y adv Que es precisamente uno y no otro: "Escribe todo en el *mismo* renglón", "Yo *mismo* lo vi", "El doctor *mismo* me dio de alta", "Mañana *mismo* tiene que estar listo", "Aquí *mismo* vamos a vivir", "Tengo confianza en mí *misma*" **3** Que se mantiene igual, que las características que lo identifican no han cambiado: "El pueblo es el *mismo* que hace diez años", "Eres el *mismo* que cuando te conocí" **4** Que es exactamente de igual tamaño, cantidad, etc. o que tiene características muy parecidas: "Tienen el *mismo* dinero en el banco", "Pedro gana el *mismo* sueldo que Arturo", "Tienen la *misma* cara" **4** Que es común, que le corresponde a varios, o que distintas cosas o personas lo comparten: *llevar el mismo nombre, apuntar al mismo blanco*, "Se sientan en la *misma* banca", "Comen del *mismo* plato" **5** *Dar lo mismo, ser lo mismo* Ser algo igual o indiferente: *"Da lo mismo* que corras, no llegarás a tiempo", *"Es lo mismo* que me acompañes, puedo ir sola" **6** *Lo mismo que* De igual manera que, tanto como: "Me gusta bailar *lo mismo que* cantar" **7** *Por lo mismo* Por esa causa o razón, por eso: "–Irán todas tus tías. –*Por lo mismo* no quiero ir" **8** *O lo que es lo mismo* En otras palabras, dicho de otro modo.

mitad s f 1 Cada una de las dos partes iguales en que se divide algo: *la mitad de una naranja, la mitad de un terreno* 2 Punto o parte de alguna cosa que está a la misma distancia de cada uno de sus extremos: *partido por la mitad, a la mitad del río, a la mitad del viaje* 3 *Mitad y mitad* Por partes iguales: "¿Nos comemos un melón *mitad y mitad*?".

moda s f 1 Uso o costumbre en el vestido, en la conducta social, en el gusto, etc. que dura una temporada y después cambia: *moda invernal, moda intelectual, moda francesa* 2 *A la moda* Según el gusto del momento: *un vestido a la moda, una señorita a la moda* 3 *Estar de moda* Corresponder algo al gusto o estilo del momento; tener alguien reconocimiento público en cierto momento: "Los pantalones a la rodilla *están de moda*", "Valente Reyes, el escritor, *está de moda*".

modelar v tr (Se conjuga como *amar*) 1 Hacer figuras con materiales como la cera, el barro, etc.: *modelar un jarrón* 2 Mostrar en público los modelos de ropa que hace un diseñador o vende un almacén.

modelo s m y f 1 Objeto o persona que uno se propone copiar o imitar: *un modelo de casa, una modelo para un pintor* 2 Objeto cuyas características de forma, tamaño, color, etc. lo distinguen de otros objetos de la misma clase: *un modelo de automóvil, un modelo anticuado de muebles* 3 Persona o forma de comportamiento cuyo valor humano o moral se desea o se propone imitar: "El maestro debería ser *modelo* para sus alumnos" 4 Presentación esquemática, abstracta, más pequeña o más simple que se hace de algo: *un modelo matemático, un modelo a escala* 5 Persona generalmente de buena figura que trabaja poniéndose la ropa que vende una tienda de modas o un almacén, que actúa en cine o televisión anunciando algo, o es retratada para aparecer en diarios o revistas con ese mismo objeto.

modernizar v tr (Se conjuga como *amar*) Hacer que algo se adapte, se ajuste o cambie de acuerdo con las exigencias o las necesidades del presente: *modernizar la industria, modernizar la educación*.

moderno adj 1 Que pertenece o se relaciona con la época presente o la más reciente en la historia de algo: *historia moderna, matemáticas modernas, hombre moderno, instrumento moderno.*

modificador s m y adj 1 Que modifica 2 *(Gram)* Palabra o construcción que precisa, delimita o amplía el significado de un núcleo sintáctico que puede ser sustantivo o verbo. Los modificadores del sustantivo son los artículos como *la* y los adjetivos como *rocosa* en "*la* playa *rocosa*" y los complementos con preposición o adnominales como *de rocas* en "la playa *de rocas*". Los modificadores del verbo son el objeto directo, como *manzanas* en "quiero *manzanas*", el objeto indirecto como *le* y *a Juan* en "*le* dí el libro *a Juan*", y el circunstancial como *rápidamente* en "vino *rápidamente*".

modificar v tr (Se conjuga como *amar*) 1 Cambiar algunas partes o aspectos de una cosa sin que se altere el todo o se transforme en otra: *modificar un horario, modificar una ley, modificar la fachada de una casa* 2 Tener influencia un elemento de un sistema o de una estructura sobre otro, sin cambiarlo totalmente.

modo s m 1 Forma en que algo se presenta o manera de hacer algo: "Hay distintos *modos* de resolver un problema" 2 Forma, manera o estilo característico o propio de algo: "El *modo* de actuar de los adolescentes", "Los *modos* de la pintura moderna" 3 pl Manera de ser alguien educado y cortés: *buenos y malos modos* 4 (*Gram*) Flexión o accidente del verbo que manifiesta la actitud del hablante con respecto a lo que está diciendo, es decir, si lo considera como un hecho real, como un hecho pensado o hipotético, o como algo que pide ordena o ruega que se haga. A la primera actitud corresponde el *modo indicativo*, como en "Carlos *vino* ayer", en que se considera un hecho el que Carlos *haya venido*; a la segunda el *modo subjuntivo*, como en "Espero que *venga*", en que sólo se piensa, se desea o se supone el *venir;* a la tercera corresponde el *modo imperativo*, como en "¡*Ven!*", con lo que se ordena o se pide a alguien que venga. En español, el modo indicativo se conjuga en diez tiempos, el subjuntivo en seis,

mientras que el imperativo se expresa con las segundas y terceras personas del indicativo, o con formas del subjuntivo cuando se niega: "¡No *vengas!*" 5 *Al modo de* Como, de la misma manera, según: "Escribe *al modo de los clásicos*" 6 *A (mi, tu, etc.) modo* Como, de la misma manera que yo, tu, etc.: "Trata de resolver las cosas *a tu modo*" 7 *De modo que* Así es que, en conclusión, de tal suerte que: "¡*De modo que* preferiste esconderte!" 8 *De este modo* Así, tal y como 9 *De cierto modo* En cierta forma, en cierto sentido: "*De cierto modo* soy amigo del presidente" 10 *De todos modos* De cualquier manera, sea como sea, inevitablemente 11 *Grosso modo* A grandes rasgos, en general: "El presupuesto de gastos es, *grosso modo*, de diez mil pesos" 12 *Ni modo* Sin remedio, sin otra posibilidad o manera, sin que pueda hacerse otra cosa: "Si no me quieres, *ni modo*".

moler v tr (Se conjuga como *mover*, 2e) 1 Romper algo en trozos muy pequeños o hacerlo polvo: *moler la piedra, moler el maíz* 2 Hacer presión sobre algo hasta que se rompa en trozos muy pequeños y suelte su jugo: *moler la caña, moler el chocolate* 3 Molestar repetidamente a alguien: "¡Nene, deja de *moler!*".

molienda s f 1 Acto de moler granos u otras cosas 2 Cantidad de grano u otros cuerpos que se han molido en un tiempo determinado 3 Temporada durante la cual se efectúa.

molino s m 1 Instrumento que sirve para moler, hacer polvo, o exprimir algo: *molino de café, molino de carne, molino de maíz* **2** Instalación en la que se hace ese trabajo: "Ve al *molino* a comprar harina" **3** *Molino de viento* Construcción metálica que consta de grandes aspas para recibir la fuerza del viento y mover una máquina que muele, o que genera electricidad, o una bomba que extrae agua de un pozo artesiano.

momento s m **1** Periodo o espacio de tiempo muy corto: "Llego en un *momento*", "En este *momento* estoy leyendo", "La velocidad de un coche en un *momento* dado" **2** Tiempo en que sucede algo, simultáneo con otro: *el cantante del momento, la noticia del momento,* "María Consea fue la estrella del *momento* a principios del siglo" **3** *Al momento* De inmediato, en seguida: "Lleva este recado *al momento* **4** *A cada momento* Repetidamente: *"A cada momento te distraes"* **5** *De momento* Por ahora, pasajeramente: "De momento me siento bien", "Tuvimos un obstáculo *de momento"* **6** *Por el momento* Por ahora, en este instante: *"Por el momento ya trabajaste bastante"* **7** *Por momento* A veces, en ocasiones, rápidamente: *"Por momentos me parece ver fantasmas",* "Empeora *por momentos"* **8** *En ningún momento* Jamás, nunca: *"En ningún momento* he dicho eso".

moneda s f **1** Pieza generalmente redonda y plana, hecha de metales como el oro, la plata, el cobre o el níquel, en cuyas caras están grabados su valor y algún símbolo del país al que pertenece, que se utiliza para comprar y vender cosas: *una moneda de a peso, una moneda de a diez* **2** Unidad de valor del dinero de un país determinado, como el peso en México o el quetzal en Guatemala.

montaña s f **1** Terreno muy elevado y de gran extensión que se levanta sobre una planicie: *cruzar la montaña, escalar montañas, una cadena de montañas* **2** *Montaña rusa* Juego mecánico que hay en algunas ferias, que consiste en una construcción, generalmente grande, que sostiene una vía ondulada, con curvas y fuertes subidas y bajadas pronunciadas por la que se deslizan vehículos que transportan personas aficionadas a esas distracciones.

monte s m **1** Terreno extenso, de elevación variada, cubierto de vegetación como árboles, arbustos y matorrales, donde puede haber animales salvajes y caza **2** Terreno cubierto de hierba y matorrales, que no se ha cultivado **3** En ciertos juegos de baraja o el del dominó, conjunto de cartas o fichas que quedan disponibles para todos los jugadores, según las reglas particulares del juego **4** *Monte de piedad* Establecimiento público de ayuda que presta dinero a bajo interés sobre objetos o prendas que se depositan en él en garantía del préstamo.

moral 1 s f Conjunto de valores, principios o normas por las que se rigen, sobre la base de la convicción y la obligación personales, las relaciones que los hombres establecen entre sí y que permiten juzgar, en relación con el bien y el mal, las distintas formas del comportamiento humano: *la moral de la edad media, la moral contemporánea, una moral religiosa, una moral atea, una nueva moral* **2** s f Estudio de estos valores, principios, o normas, y del comportamiento relacionado con ellos **3** adj m y f Que pertenece a la moral, que actúa de acuerdo con ella o se relaciona con el sentido del deber: *problema moral, comportamiento moral, obligación moral* **4** s f Confianza en uno mismo, vitalidad o ánimo con el que se enfrenta alguna situación: *la moral del equipo en un partido, perder la moral,* "Su moral lo sacó adelante".

morfema s m *(Gram)* Parte más pequeña o unidad mínima de un signo o palabra que tiene significado. Se divide en lexemas, que son los morfemas cuyo significado designa objetos del mundo sensible o conceptual, y en gramemas, que son aquéllos cuyo significado es una relación gramatical. El morfema engloba lo que en la gramática tradicional es conocido con los nombres de raíz y desinencia o terminación. En "Los pájaros cantaban", los morfemas son: *los, pájar–, –o–, –s, cant–, –a–, –ba–* y *–n*.

morfología s f **1** Estudio y exposición de la forma y estructura de algo: *morfología animal, morfología terrestre* **2** *(Gram)* Parte de la gramática que se ocupa del estudio de la composición de las palabras en morfemas. Tradicionalmente se divide en flexión y derivación. Estudia, por ejemplo, los morfemas de género y número de los sustantivos, y los de modo, tiempo, número y persona de los verbos, así como la formación de palabras con prefijos o sufijos.

morfosintaxis s f *(Gram)* Parte de la gramática que, según ciertas doctrinas, estudia a la vez la composición de las palabras en morfemas y sus combinaciones en la oración, por considerar que ambos fenómenos son interdependientes.

morir v intr (Se conjuga como *dormir,* 9b) **1** Dejar de vivir una persona, un animal, una planta o cualquier organismo: *morir un anciano, morir un caballo, morir una rosa, morir una célula,* "Se murió en un accidente", "Se murieron sus pájaros" **2** Dejar de existir algo por completo: *morir una lengua, morir una tradición, morir un volcán* **3** *Morir(se) de* Sentir algo con gran intensidad, como una pasión, emoción, etc.: *morir de frío, morirse de vergüenza, morirse de ganas* **4** *Morir por* Desear algo o a alguien con mucha fuerza o ser muy aficionado a alguna cosa: "Me muero por un pastel", *morir por una actriz, morirse por el teatro.*

mostrar v tr (Se conjuga como *soñar,* 2c) **1** Poner a la vista de alguien alguna cosa, señalarla para que se note: *mostrar la mercancía, mostrar un resultado* **2** Explicar a alguien, con la ayuda de ejemplos, alguna cosa o cómo se hace algo: *mostrar un ejercicio, mostrar el procedimiento* **3** Hacer que alguien note un sentimiento o una emoción de uno: *mostrar coraje, mostrar extrañeza.*

motivo s m 1 Hecho o situación que da lugar a algo o lo provoca: *el motivo de un accidente, los motivos de una rebelión, los motivos de una renuncia* 2 Propósito o finalidad que tiene alguien al hacer algo: *motivos personales, tener un buen motivo* 3 *Dar motivo para algo* Dar pretexto para que alguien haga algo, o provocar ese acontecimiento: "No *des motivo* para que te despidan" 4 *Con motivo de* En ocasión de: "Habrá una fiesta *con motivo de* su cumpleaños" 5 *Por ningún motivo* De ningún modo, de ninguna manera: "*Por ningún motivo* se le permitirá la entrada" 6 Elemento de una obra artística que le sirve de tema central, o que se repite muchas veces en ella: *un motivo musical, una fachada con motivos barrocos.*

motor 1 adj Que produce movimiento o se relaciona con él: *neuronas motoras, trastornos motores* 2 s m Aparato que genera fuerza o produce movimiento al transformar un tipo de energía en otro: *motor eléctrico, motor diesel, motor de energía solar.*

mover v tr (Modelo de conjugación 2c) 1 Hacer que algo o alguien deje el lugar o la posición en que estaba y pase a otro lugar o posición: *mover una silla, mover a un niño, mover la cabeza, moverse las hojas de los árboles, moverse la tropa* 2 v intr Ser algo causa de otra cosa o de que alguien haga algo:

mover a compasión, "La pobreza *mueve* a desesperación".

movimiento s m 1 Acto de mover algo o a alguien, o de moverse: *el movimiento de la mano, el movimiento de la Tierra* 2 *(Mús)* Velocidad con la que se ejecuta el compás, como la del allegro, la del andante, la del lento, etc. 3 *(Mús)* Cada una de las partes en que se divide una sonata, una sinfonía, etc., de acuerdo con la velocidad con la que se debe ejecutar 4 Actitud generalizada entre un grupo de personas de búsqueda de algún resultado: *movimiento por la paz, movimiento revolucionario, movimiento surrealista.*

mucho 1 adj y pron Que es abundante, numeroso o de mayor cantidad que lo normal: "Tiene *muchas* ganas de verte", "Ha dado *muchos* problemas", "Son *muchas* las molestias", "Tus *muchos* esfuerzos han valido la pena", "Hay *muchas* más personas que ayer y mañana tendremos *muchos* más invitados", "Vinieron *muchos* a la reunión", "Ese es mal de *muchos*", "*Muchas* de las acusaciones son infundadas" 2 adv En alto grado o intensidad, con abundancia, en mayor cantidad o de mayor duración que la normal: "Trabajaba *mucho*", "Ahora funciona *mucho* mejor", "Está *mucho* peor que entonces", "Si tarda *mucho* no lo podré esperar", "No te detengas *mucho* en ese problema" 3 *Cuando mucho* A lo más, como máximo: "Habrán esperado quince minutos *cuando mucho*" 4 *Ni mucho menos* En absoluto, de ninguna manera: "Esto que te digo no es una crítica *ni mucho menos*", "No es estúpido *ni mucho menos*" 5 *Ni con mucho* Ni lejanamente, por más que se haga: "No terminaremos en diciembre *ni con mucho*", "No se parece a su hermano *ni con mucho*" 6 *Por mucho que* A pesar de todo lo que, por más que: *"Por mucho que* grites te quedarás en casa", *"Por mucho que* te esfuerces no llegarás a tiempo" 7 *Ser mucho, ser mucho para* Ser de gran valor o importancia en sí mismo, o ser excesivo o demasiado en relación con algo o alguien: *"Es mucho maestro", "Es mucho cantante", "Es mucho jugador para un equipo tan mediocre", "Es mucha explicación para un problema tan simple"* 8 interj ¡Bravo! Muy bien, bien hecho: "Hazlo como te dije... *¡Mucho, mucho!* Hazlo otra vez".

muerte s f 1 Fin o término de la vida de algo o de alguien: *la muerte de un anciano, la muerte de un toro, la muerte de un árbol* 2 *Muerte natural* La que sucede por vejez o por alguna enfermedad, y no ha sido causada por un accidente o por una persona 3 Esqueleto humano que, con una guadaña en la mano, simboliza el fin de la vida 4 Desaparición o destrucción total de algo: *la muerte de un imperio, la muerte de un lago, la muerte de una estrella* 5 *Dar muerte* Matar 6 *A muerte* Hasta el final, hasta que alguien muera: *luchar a muerte, odiar a muerte* 7 *De muerte* Muy intenso, muy fuerte, muy grave: *un susto de muerte, un golpe de muerte, un herido de muerte* 8 *De mala muerte* Peligroso y miserable, sin esperanza: *un hotel de mala muerte, un trabajo de mala muerte.*

muerto 1 pp irregular de morir 2 adj y s Que no tiene vida, que ha perdido la vida: *un hombre muerto, un mar muerto,* "Hubo varios *muertos* en el accidente" 3 Que ha perdido color o viveza 4 Que tiene actividad o energía; que ya no rige, no está en vigor: *obra muerta, horas muertas, letra muerta* 5 *Estar muerto de risa, hambre, etc.* Sentir intensamente algo como la risa, el hambre la alegría, etc. 6 *Cargarle a alguien el muerto* Atribuirle a alguien la responsabilidad, culparlo de algo 7 *Estar muerto por alguien* Sentir pasión o deseo por alguien.

muestra s f 1 Parte pequeña de alguna mercancía, que se ofrece o se toma para probar su calidad: *muestra de tela, una muestra gratis* 2 Parte de alguna cosa o conjunto pequeño de elementos de algo que se toma con ciertos métodos para asegurar que sea representativo del total y se somete a estudio, experimentación, etc.: *una muestra de sangre, una muestra estadística, una muestra de lectores* 3 Modelo que se ha de imitar: *poner la muestra, dar la muestra* 4 Señal de alguna cosa *dar muestras de alegría.*

mujer s f 1 Ser humano de sexo femenino 2 Conjunto de esos seres: *los derechos de la mujer,* "Darán una conferencia sobre la situación de la *mujer* campesina" 3 Persona del sexo femenino que ha dejado de ser niña: "Paz, a los trece años, ya es una *mujer*" **4** Persona del sexo femenino que, respecto de un hombre, está casada con él: "Quiero mucho a mi *mujer*" **5** *Mujer de* Persona del sexo femenino que tiene la cualidad, la condición o la ocupación de: *mujer del campo, mujer de hogar, mujer de letras, mujer de empresa* **6** *Mujer pública, de la calle, de la vida alegre* La que se prostituye **7** *Mujer de mundo* La que tiene experiencia en el trato social **8** *Ser muy mujer* Ser, una persona del sexo femenino, valiente, segura de sí misma y llena de las virtudes que tradicionalmente se le atribuyen, como el encanto, la gracia, etc.

multiplicación s f **1** Acto de multiplicar: *la multiplicación de los panes y los peces, la multiplicación de un virus* **2** (*Mat*) Operación aritmética que consiste en sumar abreviadamente un número, llamado multiplicando, tantas veces como lo indica otro, llamado multiplicador, por ejemplo: la multiplicación de 12 por 7 consiste en sumar siete veces el número doce: $12 \times 7 = 84$.

multiplicar v tr (Se conjuga como *amar*) **1** Aumentar la cantidad o el número de elementos de un conjunto: *multiplicar los gastos, multiplicar semillas* **2** prnl Reproducirse los seres vivos y aumentar por eso su número: "Los conejos se multiplican rápidamente" **3** (*Mat*) Hacer la operación aritmética de la multiplicación **4** prnl Aumentar alguien su trabajo y su esfuerzo para resolver o terminar varias cosas a la vez: "Jorge *se multiplica* viajando, dando conferencias, escribiendo libros y dando clases".

múltiplo adj m **1** (*Mat*) Tratándose de un número, el que contiene a otro número exacto de veces. Por ejemplo, 25 es múltiplo de 5; 16 es múltiplo de 4 **2** (*Gram*) Tratándose de un adjetivo numeral, que expresa multiplicación, como *doble, triple, céntuplo*, etc.

mundial adj m y f Que pertenece o se relaciona con el planeta en que vivimos: *guerra mundial, campeonato mundial, clima mundial*.

mundo s m **1** Conjunto de todo lo que existe **2** Planeta Tierra: *dar la vuelta al mundo, recorrer el mundo, geografía del mundo* **3** Cada uno de los planetas en donde pueda haber vida: *viajar a otros mundos, visitantes de otros mundos* **4** Parte de la realidad, de la historia, de la organización social, de la cultura, etc. que tiene ciertas características en común: *mundo animal, mundo mineral, mundo antiguo, mundo indígena, mundo de los negocios, mundo científico* **5** Parte material de la vida: *alejarse del mundo, placeres del mundo* **6** *Tener mundo* Tener experiencia y trato social **7** *El otro mundo* La vida posterior a la muerte; la región donde supuestamente están los muertos **8** *Nuevo Mundo* América: "Colón descubrió el *Nuevo Mundo* en 1492" **9** *Viejo Mundo* Europa, Asia y aquellas partes de África que conocían los europeos antes de 1492 **10** *Un mundo, medio mundo* Una gran cantidad: *un mundo de gente, un mundo de dificultades* "Asistió *medio mundo* a la fiesta" **11** *Todo el mundo* Toda la gente.

municipal adj m y f Que pertenece o se relaciona con el municipio: *palacio municipal, presidente municipal.*

municipio s m **1** Territorio y conjunto de sus habitantes, que constituye la base de la división territorial y de la organización política y administrativa de los estados o las provincias de un país; elige directa y democráticamente a sus gobernantes, que forman el ayuntamiento; tiene personalidad jurídica propia y maneja su propio patrimonio de acuerdo con las leyes correspondientes **2** Gobierno de esta unidad: "El *municipio* organizó una feria".

museo s m Lugar o edificio en donde se conservan y exponen objetos de valor artístico o interés histórico o científico, para que se les contemple, estudie o aprecie: *museo de pintura, museo de antropología, museo de historia natural, museo de arte moderno.*

música s f **1** Conjunto de sonidos combinados entre sí, que producen una sensación de belleza **2** Arte de componer y combinar sonidos entre sí para producir una sensación de belleza entre sus oyentes: *música antigua, música clásica, música contemporánea.*

musical adj m y f Que pertenece o se relaciona con la música: *ideas musicales, obra musical, instrumento musical.*

músico s Persona que tiene por profesión la composición o la ejecución de música: "Carlos Chávez fue un gran *músico*", "La orquesta tiene muy buenos *músicos*".

muy adv Apócope de *mucho.* Modifica adverbios y adjetivos calificativos que no sean comparativos: "Llegó *muy* pronto", "Respondió *muy* tarde", "Se puso *muy* rojo", "Un estadio *muy* grande", "Un niño *muy* vivo", "Él es *muy* hombre".

N n

n s f Decimosexta letra del alfabeto que representa al fonema consonante alveolar nasal sonoro. Su pronunciación se vuelve bilabial, labiodental, dental, palatal o velar según el punto de articulación de las consonantes a las que precede, como en: *enviar, convenir, enfermo, endurecer, blanco*, etc. Su nombre es *ene*.

nacer v intr (Se conjuga como *agradecer*, 1a) **1** Salir un nuevo ser del seno de su madre: *nacer un niño, nacer un becerro* **2** Salir del huevo un animal: *nacer un pollo, nacer un lagarto, nacer un insecto* **3** Brotar vello, pelo o plumas del cuerpo de un animal **4** Brotar ramas, hojas, flores y frutos de una planta **5** Brotar agua naturalmente o comenzar a correr en cierto lugar: *nacer una fuente* **6** Comenzar a formarse o a expresarse alguna cosa: *nacer una idea, nacer un sentimiento, nacer un aplauso* **7** Tener alguien cierta habilidad o capacidad desde niño, o estar aparentemente destinado para algo: *nacer sabio, nacer para pintor, nacer para sufrir* **8** *Nacerle a uno algo* Aparecer un sentimiento, una emoción, una sensación, etc. en uno de pronto: *nacerle a uno ayudar a los demás.*

nacimiento s m **1** Acto de nacer: *el nacimiento de un hijo, el nacimiento de unos perritos, el nacimiento de una mariposa* **2** Representación católica tradicional del momento, situación y lugar en donde nació Jesucristo, hecha generalmente con figuras de barro, que corresponde a la época de la Navidad **3** Lugar en donde nace algo: *el nacimiento del pelo, el nacimiento de las hojas* **4** Lugar en donde brota naturalmente agua o donde comienza a correr: *nacimiento de un manantial, el nacimiento de un río* **5** *De nacimiento* Que se tiene o existe desde ese momento o desde el origen de algo: *tonto de nacimiento, rico de nacimiento.*

nación s f **1** Conjunto de los habitantes de un país que tiene las mismas leyes y el mismo gobierno: *nación mexicana, nación israelita* **2** Territorio de ese país: "Se ha extendido la noticia por toda la *nación*" **3** Conjunto de personas del mismo origen étnico, la misma cultura, y la misma lengua: *la nación otomí, la nación huichol, la nación judía.*

nacional adj m y f Que pertenece a la nación o se relaciona con ella: *territorio nacional, bandera nacional, industria nacional.*

nacionalidad s f Condición jurídica de la persona que ha nacido en cierta nación o país o ha adquirido los derechos y las obligaciones de los nacidos en ella: *nacionalidad mexicana, adquirir la nacionalidad.*

nacionalización s f Acto de nacionalizar algo o a alguien: *nacionalización de inmigrantes, leyes de nacionalización.*

nacionalizar v tr (Se conjuga como *amar*) **1** Otorgar a un extranjero la nacionalidad de un país: *nacionalizar a un inmigrante, nacionalizarse mexicano* **2** Hacer que por adquisición, indemnización o de otra manera, bienes o propiedades que estaban en manos de extranjeros pasen a las de los nacionales de un país: *nacionalizar la industria automotriz* **3** Hacer que ciertos bienes o propiedades pasen a pertenecer al Estado: *nacionalizar el petróleo.*

nada **1** s f Ausencia de cualquier cosa, inexistencia de algo: *surgir de la nada*, "El universo se creó de la *nada*" **2** s f Cosa mínima: "Ganó por una *nada*", "Una *nada* de sal" **3** pron Ninguna cosa: *nada importa*, "El que *nada* debe, *nada* teme", "No quiero *nada*", "Nunca logré *nada*", "Jamás haré *nada* que te dañe" (Cuando va antes del verbo, va solo; cuando va después, necesita un adverbio de negación antes del verbo) **4** Ninguna cosa de un conjunto de ellas: *nada de ropa, nada de dinero* **5** adv Ni un poco: "No está *nada* preocupado", "No ha hecho *nada* para mejorar" **6** *Antes que nada* Primeramente, de inmediato: "*Antes que nada* llámame por teléfono" **7** *Como si nada* Sin esfuerzo, como si no impor-

tara: "Se subió a la montaña *como si nada*" **8** *De, por nada* Expresión cortés con la que se responde a quien da las gracias: "—Gracias por el regalo— ¡*De nada!*" **9** *Nada como* Ninguna cosa mejor que: *Nada como una siesta después de comer*" **10** *Nada más* Sólo, eso es todo: "*Nada más* vine yo", "De la estación regresamos a casa y *nada más*" **11** *Por nada* Bajo ninguna circunstancia, por · ningún motivo: "No lo hago *por nada*", "*Por nada* saldré de la casa".

nadie pron **1** Ninguna persona: "*Nadie* vino", "*Nadie* vive", "*No* vino *nadie*", "*Nunca* vi a *nadie*" (Cuando va antes del verbo, va solo; cuando va después, necesita un adverbio de negación antes del verbo) **2** *Ser alguien un don nadie* Ser alguien poco importante, no tener personalidad ni carácter.

náhuatl **1** s m (En plural: nahuas) Lengua de distintos grupos indígenas, como los mexicas, acolhuas, xochimilcas, tlaxcaltecas, cholultecas, toltecas, etc., que se habla desde la época prehispánica principalmente en algunas regiones de los actuales estados de Morelos, Tlaxcala, Guerrero, Veracruz, Michoacán, el Distrito Federal y en ciertas zonas de América Central. Era la lengua más difundida en Mesoamérica en el momento de la conquista, en ella se escribieron la mayoría de las obras que se refieren al México prehispánico, como los poemas de Nezahualcóyotl, la Crónica Mexicáyotl, etc. y sirvió como medio de comunicación a varias culturas **2** adj y s m y f Que pertenece o se relaciona con la lengua y la cultura de estos grupos indígenas: *literatura náhuatl, poemas nahuas, escritura náhuatl, música náhuatl, palabras nahuas, los nahuas de Tenochtitlán.*

naranja s f **1** Fruta redonda, de color amarillo rojizo, que mide de ocho a diez centímetros de diámetro, y cuya pulpa, jugosa y agridulce, está encerrada en gajos contenidos a su vez en una cáscara más o menos gruesa **2** adj m y f, sing y pl, y s m Que es del color de esa fruta, o parecido: *una pelota naranja, un vestido naranja, unas sillas naranja.*

nasal adj m y f **1** Que pertenece a la nariz o se relaciona con ella: *fosas nasales, gotas nasales* **2** (*Fon*) Que se pronuncia dejando salir el aire por la nariz, como la /m/, la /n/ y la /ñ/.

natural adj m y f **1** Que pertenece a la naturaleza o se relaciona con ella: *ciencia natural, fenómeno natural* **2** Que se ha creado en la naturaleza, existe o se tiene desde su principio, sin que intervenga el ser humano: *instinto natural, un puerto natural, disposición natural para el arte* **3** Que sucede o se comporta de acuerdo con las leyes de la naturaleza, que es normal: *una reacción natural, muerte natural,* **4** Que es sencillo o simple, tal como en la naturaleza, sin modificación o transformación por el ser humano: *alimentos naturales, una mujer muy natural, expresión natural* **5** *Al natural* Tal como es, sin modificación ni adorno: "Las mujeres más bellas *al natural*", "Comerse unos camarones *al natural*" **6** s m y f Persona que es originaria de un lugar, que nació allí: "Soy *natural* de Chilpancingo", "Los *naturales* de Chiapas".

naturaleza s f **1** Conjunto de todas las cosas del universo, y carácter que tienen en su existencia o en su comportamiento: *naturaleza física, la naturaleza terrestre, amar a la naturaleza* **2** Conjunto de las características fundamentales y particulares de algo: *la naturaleza humana, la naturaleza de un mineral, la naturaleza de una doctrina* **3** Carácter de una persona: *naturaleza nerviosa, de naturaleza agresiva* **4** *Naturaleza muerta* Pintura en la que se representan animales muertos, frutos o vegetales cortados y otros objetos de uso doméstico.

naturalismo s m **1** Conjunto de doctrinas filosóficas que consideran que el principio de todas las cosas es la naturaleza y no hay nada superior o diferente de ella **2** Corriente literaria del siglo XIX y principios del XX que trató de destacar el carácter natural del comportamiento humano y la influencia del medio ambiente y de las funciones fisiológicas en él mediante una expresión realista, basada en la observación, y pretendidamente sin prejuicios. Grandes impulsores de la misma fueron Emilio Zolá, en Francia, y Federico Gamboa, en México **3** Actitud que se basa en la confianza y la búsqueda de lo natural en la vida y en la sociedad, a veces por considerar que la cultura y la civilización corrompen una naturaleza buena por principio.

necesario adj 1 Que debe ser de cierta manera, que forzosamente debe ser o suceder: "El oxígeno es *necesario* para la vida", "La comida es *necesaria*" 2 Que hace falta o se requiere para algo: "Es *necesario* trabajar con cuidado y seriedad", *una condición necesaria, un equipo necesario.*

necesidad s f 1 Carácter de lo que debe ser de cierta manera o suceder de cierta forma, por ser esa su naturaleza o sus fundamentos: "La *necesidad* de las leyes físicas", "La *necesidad* del cálculo matemático" 2 Falta de algo para alguien o para que algo suceda: *necesidades alimenticias, necesidad espiritual, la necesidad del país* 3 pl Elementos de alimentación, vestido, alojamiento, diversión, etc. necesarios para alguien: *cubrir sus necesidades, las necesidades del obrero* 4 *Hacer sus necesidades* Bañarse, lavarse, orinar y defecar 5 *De primera necesidad* Que es completamente necesario, especialmente los alimentos, el cuidado higiénico, etc.: *artículos de primera necesidad.*

necesitar v tr (Se conjuga como *amar*) Tener algo o alguien ciertas características particulares o propias, tales que se deben solucionar, resolver, alimentar, etc. con alguna cosa: "El niño *necesita* alimento", "El rosal ya *necesita* agua", "Ese motor sólo *necesita* gasolina".

negación s f 1 Acto de negar

algo: "La *negación* del préstamo fue inmediata", *una negación completa* 2 Expresión lingüística o de cualquier otro lenguaje, que consiste en señalar la falsedad o la inexistencia de algo: "Me contestó con una *negación*", *negación lógica, adverbio de negación.*

negar v tr (Se conjuga como despertar, 2a) 1 Decir que algo es falso o inexistente: "*Niego* que existan los fantasmas", "Colón *negó* que la Tierra fuera plana" 2 Dejar de reconocer o no admitir algún hecho o algún acontecimiento: "El acusado *negó* que fuera culpable", "*Niegan* los derechos del pueblo" 3 Decir que no a algo que se pide o se ofrece o dejar de conceder algo: *negar un permiso, negar una solicitud, negar un favor* 4 Prohibir que alguien haga algo o que algo se realice: *negar la entrada a menores de edad* 5 Desconocer a alguna persona o rechazar su relación o amistad: "*Niega* a sus amigos, es un ingrato" 6 prnl Oponerse a hacer algo: *negarse a trabajar, negarse a confesar.*

negativo adj 1 Que expresa o contiene una negación: *un dato negativo, una respuesta negativa, una actividad negativa* 2 Que no ayuda ni es útil o eficaz: *una solución negativa, una medida negativa* 3 *(Mat)* Que pertenece o se relaciona con los números contrarios a los positivos. Se marca con el símbolo ($-$) 4 *(Fis) Carga negativa* La que tienen los electrones en la materia ordinaria 5 s m Película fotográfica en la que se imprimen las imágenes de forma inversa a su luminosidad real, y de la que luego se sacan las copias con las imágenes reales **6** s f Acto de negar algo: *una clara negativa, la negativa de una autoridad*.

negociante s m y f Persona que se dedica a un negocio determinado: "Su padre es *negociante* en abarrotes".

negociar v intr (Se conjuga como *amar*) **1** Realizar una determinada operación o actividad económica con el fin de obtener ganancias: *negociar con artículos básicos* **2** v tr Tratar, dos personas o agrupaciones, un asunto de interés común, con el fin de llegar a un acuerdo que sea conveniente para ambas partes: "Los dos países *negociaron* el precio del petróleo".

negocio s m **1** Actividad u operación de carácter económico en la que se busca una ganancia, como por ejemplo el comercio, la inversión, etc.: "Su *negocio* es la venta de carros usados" **2** Establecimiento donde se realiza una determinada actividad económica, como una tienda, un restaurante, etc. "Tiene un *negocio* de abarrotes en su pueblo" **3** *Hacer negocio* Obtener una ganancia económica negociando, o sacar utilidad económica de algún asunto: "*Hizo negocio* con la venta de los boletos" **4** Asunto: "Ocúpate de tus *negocios* y no te metas en los míos" **5** *Negocio redondo* El que sale muy bien para alguien **6** *Negocio sucio* El ilegal o deshonesto.

negro adj y s **1** Que tiene un color como el del carbón, el de la noche sin luna o el del petróleo **2** Que es más oscuro que otra cosa: *pan negro, café negro* **3** Que es malo, impuro o cruel: *magia negra, negras intenciones* **4** Que es triste o desfortunado: *suerte negra, negro porvenir, día negro* **5** s Individuo de la raza así llamada, originaria de África **6** *Pasarla o vérselas negras* Vivir con muchas dificultades y penas.

nexo s m **1** Unión o relación entre dos cosas: *nexo diplomáticos, establecer nexos entre países* **2** (Gram) Plabra que sirve para relacionar a otras palabras, construcciones u oraciones entre sí. Los nexos se dividen en *preposiciones y conjunciones*.

ni conj **1** Une oraciones negativas o elementos que tienen la misma función: "No come *ni* duerme", "No encontró a su hermano *ni* a su primo", "*Ni* vino *ni* lo vi", "*Ni* supo como hacerlo *ni* le interesó", "No estaba *ni* Paula *ni* Samuel" (Cuando el verbo se pospone, esta conjunción debe ir antes de las dos construcciones negadas: "*Ni* Paula *ni* Samuel estaban en su casa") **2** *Ni que* Niega una suposición: "*Ni que* fuera tonto", "*Ni que* fuera millonario" **3** *¡ni modo!* ¡Qué lástima!, ¡Ya no hay remedio!: "Se echó a perder el dibujo ¡*Ni modo*!".

ningún adj Apócope de ninguno, que antecede a los sustantivos masculinos singulares, aunque haya otro adjetivo en medio: *ningún niño, ningún pájaro, ningún martillo, ningún otro invitado, ningún gran río, ningún alto puesto*.

ninguno adj 1 Ni una sola persona o cosa: *ninguna alumna, ningunos árboles* 2 Ni uno solo de los elementos de un conjunto: *ninguno de los alumnos, ninguna de las flores* (Cuando va antes del verbo, va solo; cuando va después, necesita un adverbio de negación antes del verbo) 3 pron Refuerza la negación: *"No tiene valor ninguno", "No ofrece ninguna ventaja".*

niña s f Círculo pequeño y negro que se encuentra en el centro del ojo y permite que pase más o menos luz a su interior.

niño s y adj 1 Persona que está en la primera época de su desarrollo físico y mental, que llega hasta los catorce años aproximadamente: *los niños de la escuela, "Las niñas juegan en el patio"* 2 Hijo de poca edad: *"Tengo dos niños"* 3 *Niño de pecho* El que todavía se alimenta de leche materna 4 *Niño de brazos* El que es todavía menor y no camina 5 adj Que se comporta de manera ingenua; inocente, despreocupado, o no tiene madurez: *"Esa mujer todavía es muy niña", "¡No seas niño; contrólate!".*

nivel s m 1 Altura a la que llega una línea horizontal o una superficie: *nivel del agua, nivel de un techo, nivel de una calle* 2 Punto al que ha llegado algo en una escala vertical o en una jerarquía: *nivel de educación, nivel administrativo* 3 Aparato o escala con los que se determina la diferencia de altura de dos o más objetos o el plano en el que se encuentran: *nivel de agua, nivel de albañil* 4 *A nivel* A

cierta altura respecto de otra cosa; en posición horizontal: *un muro a nivel, poner una ventana a nivel* 5 *Al nivel de* A la misma altura que: *al nivel del mar, al nivel de la calle, al nivel de los demás* 6 *A nivel de* A la misma altura que otra cosa, respecto de una escala vertical: *a nivel de directores.*

no adv 1 Niega el significado del verbo al que antecede y el de toda la oración en la que está incluido: *"No vayas", "Margarita no quiere dormir", "No me lo dio", "No todos los jóvenes que estudian en la escuela son deportistas", "No porque tu lo digas tiene que ser cierto", "Ya no llueve", "No hace frío"* (Entre *no* y el verbo se ponen los pronombres de objetos y otras palabras cuya función puede ser sujeto o de complemento) 2 Como respuesta a una pregunta, niega o rechaza lo que se expresa: *"¿Está lloviendo? - No", "¿Quieres venir? - No"* 3 Se antepone al verbo cuando la negación se refuerza con nada, nunca, ninguno, etc.: *"No he visto nada", "No he jugado nunca"* 4 Se usa en interrogaciones en espera de una respuesta afirmativa, para expresar extrañeza o sorpresa, para pedir confirmación de lo que ya se sabe, o como fórmula de cortesía para pedir que alguien actúe como se indica: *"¿No se te antojan unas fresas con crema?", "Ya aprendiste la lección ¿no?", "¿No me pasas el azúcar?"* 5 Expresa duda y temor en ciertas oraciones subordinadas: *"Temo que no vayan a descubrirlo"* 6 Se antepone a sustantivos o adjetivos: *no asistencia, no agresión, no intervención, no alineados* **7** Seguido de la preposición *sin* o palabras con prefijos negativos, forma construcciones afirmativas: "Ganó la carrera *no* sin esfuerzo", "Un departamento *no* desagradable", "Una herramienta *no* inútil" **8** Se sustantiva: "Me contestó con un *no* rotundo" **9** *No bien* Apenas, inmediatamente que, tan luego como: "*No bien* cerré la puerta, me puse a temblar", "*No bien* lo supo, salió corriendo" **10** *No más* Sólo, solamente: "*No más* me pagaron un día de trabajo", "*No más* termino este cuadro y me voy" **11** *No más* Basta de: "*No más* lloras", "*No más* mentiras" **12** *No que no* Manifiesta irónicamente la afirmación de algo: "¿*No que no* lo harías?", "*No que no* la volverías a ver?" **13** *A que no* Expresa un reto: "*A que no* alcanzas el techo".

noche s f **1** Tiempo comprendido entre la puesta del sol y el amanecer, durante el cual hay oscuridad: *noche estrellada, noche de luna, noche de bodas* **2** Clima que hay durante ese tiempo: *noche lluviosa, noche calurosa* **3** *Noche buena* La del 24 de diciembre de cada año, durante la cual se celebra la Navidad **4** *Noche vieja* La del último día de cada año **5** *Cerrar la noche* Hacerse completamente oscuro, cuando se acaba la puesta del sol **6** *Caer la noche, Hacerse de noche* Comenzar la noche **7** *De noche* Cuando ya es noche, durante ese periodo: *llegar de noche, vivir de noche, salir de*

noche **8** *De la noche a la mañana* De pronto, de repente: "*De la noche a la mañana* se volvió millonario" **9** *Hacer uno noche* Dormir o detenerse uno en algún lugar durante la noche, cuando viaja: "De camino a Guaymas, *hicimos noche* en San Blás" **10** *Pasar la noche en blanco* No dormir ni descansar **11** *Buenas noches* Saludo que se da al encontrar a alguien por la noche, y despedida que se da al acostarse.

nomás adv **1** No más **2** Simplemente, exclusivamente: "Estoy aquí *nomás* vigilando", "Vive *nomás* con su madre y su hermana" **3** *Nomás que* Tan pronto como: "*Nomás que* tenga dinero, te invito a comer".

nombrar v tr (Se conjuga como *amar*) **1** Dar nombre a algo o a alguien o decirlo: *nombrar en orden alfabético, nombrar las plantas* **2** Designar a alguien para que desempeñe cierto cargo, cierta tarea, etc.: *nombrar un director, nombrar representantes.*

nombre s m **1** Palabra con la que se distingue y significa cualquier objeto: *el nombre de una estrella, el nombre de una flor, el nombre de una herramienta* **2** Conjunto de palabras con el que se designa a una persona, para distinguirla de las demás: "Mi *nombre* es Páramo" **3** Palabra o conjunto de palabras con los que se designa a una persona para distinguirla del resto de los miembros de su familia; nombre de pila: "Mi *nombre* es Joaquín; mi apellido, Lara" **4** Palabra o conjunto de palabras con los que se designa alguna cosa y se la distingue de otras de su clase: *el nombre de una compañía, el nombre de una mercancía* 5 Fama o buen crédito de algo o alguien: *cuidar el buen nombre, hacerse de nombre* 6 *Nombre comercial* El de algún negocio o producto, que se patenta, o registra 7 *A nombre de* Para cierta persona, en favor suyo: "Un cheque *a nombre de* Juan Luis Vives", "Lo inscribo *a nombre de* mi mejor amigo" 8 *En nombre de* En favor de cierta persona, en representación suya: "Vengo *en nombre de* todos mis compañeros" 9 *En nombre de* Por: "*En el nombre de* Dios, ¡déjenme en paz!*", "¡*En el nombre de* la justicia, no hagan eso!*" 10 *No tener nombre algo* Ser algo indignante: "Robar a los pobres *no tiene nombre* 11 *(Gram)* sustantivo 12 *Nombre propio (Gram)* El que designa algo o a alguien y lo distingue de los demás de su especie, como *Aureliano Buendía, México, Firulais, Volkswagen*, etc. 13 *Nombre común (Gram)* El que designa a todos los elementos de una clase o de la misma especie, como *perro, gato, hombre, país, coche,* etc.

nominal adj m y f 1 Que pertenece o se relaciona con el nombre: *convención nominal, acciones nominales* 2 *(Gram)* Que pertenece o se relaciona con el nombre o sustantivo y el adjetivo: *sintagma nominal, predicado nominal* 3 s m *(Gram)* Clase de palabras formada por el sustantivo y el adjetivo, porque ambos tienen flexión de género y número 4 Que existe solamente de nombre, pero no realmente o no completamente: *sueldo nominal, valor nominal.*

norma s f 1 Idea o juicio que guía la conducta de las personas de acuerdo con ciertos valores y determinados fines: *una norma jurídica, una norma de trabajo* 2 Criterio que establece los procedimientos o métodos más eficaces para hacer o lograr algo: *norma administrativa, normas de empleo* 3 *Norma lingüística* Conjunto de criterios histórico y socialmente establecidos que guían la manera de hablar y escribir una lengua y determinan lo que es correcto o incorrecto 4 Manera usual o común de hacer algo o de suceder algo: "La *norma* es que llegue a trabajar a las diez de la mañana", "La *norma* es que llueva todas las tardes".

normal adj m y f 1 Que sucede o se comporta de acuerdo con una norma: *procedimiento* normal 2 Que es común, usual o frecuente; que sucede en la mayor parte de los casos: *persona normal, situación normal, actividad normal, uso normal, clima normal* 3 s f *(Geom)* Línea o plano perpendicular o otro; con respecto a una curva, perpendicular a su tangente en el punto de tangencia 4 Escuela normal.

norte s m sing 1 Punto del horizonte situado a la izquierda de una persona que ve de frente al este, o punto del horizonte que señala la Estrella Polar 2 Región de la Tierra o de un país situada en esa dirección, respecto de su centro: *América del norte, el norte de México* **3** Temporal con vientos fuertes provenientes de esa dirección, que azota la costa del Golfo de México generalmente entre los meses de octubre y febrero: *un norte en Veracruz.*

nos Forma átona del pronombre de primera persona, masculino y femenino, plural **1** Indica objeto directo: "Elvira *nos* encontró", "Tu hermano *nos* vio cuando entrábamos al mercado" **2** Indica objeto indirecto: "La maestra *nos* dio el libro", "Por favor, *danos* los juguetes" (Cuando se usa con infinitivo, gerundio o imperativo, se pospone al verbo: *cuidarnos, buscándonos, danos;* si se liga a la primera persona del plural, la forma verbal pierde su *–s* final: *vámonos, sentémonos*) **3** Es morfema obligatorio en la conjugación de verbos pronominales: *nos arrepentimos, nos lavamos.*

nosotros pronombre de la primera persona, plural **1** Indica que la persona que lo expresa se incluye en un conjunto de personas que realizan cierta acción: *nosotros cantamos, nosotros corremos, nosotras pensamos* (Cuando forman parte de ese conjunto mujeres y hombres, se usa la forma masculina) **2** Cumple todas las funciones del sustantivo: "*Nosotros* queremos ir", "Habló muy bien de *nosotras*", "A *nosotros* no nos gusta", "Lo hizo por *nosotras*", **3** Algunas personas lo utilizan en vez del pronombre de la primera persona del singular, como efecto de cortesía: "*Nosotros*

creemos que eso es lo correcto" **4** Suelen utilizarlo en vez del de primera persona del singular los representantes de alguna autoridad, jerarquía o institución.

nota s f **1** Escrito breve que informa, aclara, explica o comenta algo: *nota periodística, nota de pie de página, publicar una nota* **2** Papel que comprueba o hace constar un pago: *nota de consumo, nota de remisión* **3** *Tomar nota(s)* Tener en cuenta por medio de la memoria o de un escrito lo esencial de algo con objeto de recordarlo o ampliarlo después **4** Señal o indicio de algo característico: *nota de buen gusto*, "La *nota* dominante de su estilo es el humorismo" **5** *Dar la nota* Mostrar una actitud desfavorable y censurable en determinada situación: "Ramón *dio la nota* en su fiesta de cumpleaños" **6** Cada una de las representaciones de los sonidos que se utilizan en la música, y esos sonidos: *leer las notas, dar una nota aguda, la nota fa.*

notable adj m y f Que se distingue o tiene importancia por ser grande, interesante o extraordinario: *una persona notable, una novela notable, un notable músico.*

notación s f Sistema de signos o símbolos con los que convencionalmente se representa algo, y cada uno de estos signos: *notación musical, notación lógica.*

notar v tr (Se conjuga como *amar*) Observar o darse cuenta de algo que se distingue o sobresale: *notar una ausencia, notar un fenómeno, notar un gesto.*

noticia s f **1** Informe que se da

acerca de algún acontecimiento reciente: *noticias de la guerra, una gran noticia, una mala noticia* **2** *Dar noticia de algo o de alguien* Informar o dejar constancia acerca de algún acontecimiento o de una persona: *"Dan noticia del cometa desde hace muchos siglos"* **3** *Tener noticia(s)* Saber o tener información acerca de algo o alguien: *"No tengo noticias de Gastón desde hace meses".*

noticiero s m Texto o programa de radio o televisión, o película cinematográfica corta, que contiene y da a conocer noticias al público: *noticiero político, noticiero matutino.*

novela s f **1** Obra literaria escrita en prosa, generalmente extensa, en la que se narran acciones de personajes imaginarios: *una buena novela, un escritor de novelas* **2** Conjunto de estas obras pertenecientes a cierto autor, a una corriente o escuela literaria, a cierta región o país, o a cierta época; que trata un tema particular, o que tiene ciertos personajes característicos: *"La novela de José Revueltas", la novela realista, la novela latinoamericana, la novela de la Revolución.*

novio s **1** Respecto de una persona, la que mantiene con ella relaciones amorosas y tiene generalmente la intención de contraer matrimonio **2** Persona que se casa o acaba de hacerlo: *vestido de novia, viaje de novios.*

nuclear adj m y f **1** Que ocupa un lugar central o fundamental, que pertenece al núcleo o se relaciona con él: *un argumento nuclear, una parte nuclear* **2** Que pertenece o se relaciona con el núcleo del átomo: *física nuclear, energía nuclear, guerra nuclear.*

núcleo s m **1** Semilla de los frutos de cáscara dura: *el núcleo de una nuez* **2** Elemento o parte fundamental o central de alguna cosa: *el núcleo de un asunto, un núcleo cultural, el núcleo de un cometa* **3** *(Biol)* Partícula de la célula rica en proteínas, que contiene los cromosomas y tiene una función fundamental en su crecimiento y su producción **4** *(Fís)* Parte central del átomo, que tiene carga positiva **5** *(Gram)* Palabra que ocupa el lugar central de uno de los dos componentes funcionales de la oración, sujeto y predicado, y que por eso no puede omitirse. En la oración *"El tronco del árbol soporta tempestades"*, el sujeto es *el tronco del árbol* y su núcleo es *tronco*; el predicado es *soporta tempestades* y su núcleo es *soporta*. Ambos núcleos concuerdan siempre en número y persona.

nuestro Pronombre y adjetivo posesivo de primera persona, plural **1** Indica que algo pertenece a las personas que hablan, o en cuya representación alguien habla: *nuestro padre, nuestra amiga, nuestros nietos, nuestras casas, "Ese terreno es nuestro", "Tu blusa es amarilla, la nuestra es roja"* (Siempre concuerda en género y número con lo que se posee) **2** Algunas personas lo utilizan en vez del pronombre de la primera persona del singular, como efecto de cortesía: "Esa es *nuestra* opinión" **3** Suelen utilizarlo en vez del de primera persona del singular los representantes de alguna autoridad, jerarquía o institución.

nuevo adj **1** Que tiene poco tiempo o acaba de ser hecho o fabricado: *un pantalón nuevo, una casa nueva* **2** Que se percibe o se conoce por primera vez: *un invento nuevo, un sabor nuevo, una calle nueva* **3** Que se añade o modifica algo que ya existía o se conocía: *una nueva ley, un nuevo impuesto* **4** *De nuevo* Otra vez, una vez más: "Llegó tarde *de nuevo*", "Quiero leer ese libro *de nuevo*" **5** sf Noticia: *buenas nuevas.*

numeración s f **1** Sistema de reglas con las que se pueden expresar los números mediante una cantidad limitada de signos o caracteres: *numeración arábiga, numeración maya* **2** Asignación de números sucesivos a un conjunto o a una serie de elementos de la misma clase: *la numeración de una calle, la numeración de las páginas* **3** Conjunto de los números asignados a elementos de la misma clase: *la numeración de los asientos.*

numerador s m *(Mat)* Número que, en los quebrados o fracciones, indica las partes de la unidad que contiene esa fracción; por ejemplo, en 3/4, el 3 es su numerador.

numeral adj m y f **1** Que se relaciona con el número: *sistema numeral* **2** s m Palabra, signo o carácter que representa a un número, por ejemplo *diez*, 10 ó x representan a ese número (Los numerales tienen función de adjetivo cuando acompañan a un sustantivo, como *dos* en "Tengo *dos* manzanas"; tienen función de pronombre cuando se usan solos, como *dos* en "Tengo *dos*").

numerar v tr (Se conjuga como *amar*) Dar número a cada elemento de un conjunto: *numerar los exámenes, numerar las calles.*

número s m **1** Lo que expresa la cantidad de elementos que contiene un conjunto, o la magnitud de alguna propiedad de una cosa o proceso, como su longitud, superficie, volumen, tiempo, distancia, velocidad, etc.: "El *número* de habitantes de México es de setenta millones", "El *número* de horas trabajadas es de dos mil" **2** Símbolo o signo con el que se expresa dicha cantidad o magnitud, como 7, VII, —, π, etc. **3** *Número par* El que se puede dividir exactamente entre dos, como 2, 4, 6, 8, etc. **4** *Número impar o non* El que no se puede dividir exactamente entre dos, como 1, 3, 5, 7, etc. **5** *Número positivo* El que es mayor que cero, como 0.25, 4, 853, etc. **6** *Número negativo* El que es menor que cero, como −0.25, −4, −853, etc. **7** *Número primo* (Mat) El que solamente es divisible por sí mismo y por la unidad, como 5, 7, 101, etc. **8** *Número natural* (Mat) El que expresa la unidad o cualquier suma de unidades; sirve para contar, como 1, 2, 3, 4, 5, etc. **9** *Número entero* (Mat) El que resulta de sumar o restar números naturales, como 0, 1,

−1, 2, −2, etc. **10** *Número frac-cionario* (*Mat*) El que expresa la cantidad de partes iguales de una unidad, como 3/4, 3.25, 0.40, etc. **11** *Número racional* (*Mat*) El que resulta de dividir un número entero por un número entero; generalmente se usa para medir, como -1/2, 6, −7.31, 0, 3.333. . ., −1.8686. . ., etc. **12** *Número irracional* (*Mat*) El que no se puede expresar como la división de dos enteros, como π, $\sqrt{2}$, *e*, −$\sqrt{5}$, etc. **13** *Número real* (*Mat*) El que es racional o irracional, como 0, 1, −3, −1/2, 5/8, 1.4, 876, *e*, −$\sqrt{7}$, etc. **14** *Número complejo* (*Mat*) El que resulta de sumar un número real al producto de algún número real por $\sqrt{-1}$, como 2+5 $\sqrt{-1}$, 8+5 $\sqrt{-1}$, etc. **15** *Número redondo* El que expresa a otro de manera aproximada, menos precisa pero más práctica de acuerdo con el fin que se persiga, como 100 a 98, 3.70 a 3.68, 5000 a 5010, 4.5 a 4.487: "En *números redondos gasté cuatro mil pesos*" **16** *Número cardinal* (*Gram*) El que expresa unidades de una serie, como uno, dos, cien, etc. **17** *Número ordinal* (*Gram*) El que expresa orden de los elementos en una serie, como primero, segundo, tercero, décimo, décimoquinto, vigésimo, etc. **18** *Número partitivo* (*Gram*) El que expresa parte de una unidad, como mitad, cuarto, quinto, onceavo, quinceavo, vigésimo, veintiochoavo, etc. **19** *Número compuesto* (Gram) El que expresa con más de un signo o símbolo, como 21, 538, etc. **20** (*Gram*) Flexión de los sustanti-

vos, los adjetivos y los verbos, que indica cuándo se trata de uno o de más de un elemento del conjunto significado por ellos. En español se divide en *singular* y en *plural*. Por ejemplo, *casa, manzana, grande, bueno, tiene, quiere* están en singular, mientras que *casas, manzanas, grandes, buenos, tienen, quieren* están en plural. El número plural se expresa mediante el gramema −*s* que se añade al lexema en singular terminado en vocal no acentuada o en *e* acentuada, como en *sillas, libres, manos, pies,* etc., y el gramema −*es* que se añade al lexema en singular cuando acaba en consonante o vocal acentuada que no sea *e*, como en *camiones, mares, cebúes, alhelíes,* etc. Otras maneras de expresar el número son excepcionales **21** Cada uno de los cuadernos o tomos de una publicación periódica: "Un *número* de *La Extra*", "Un *número* de la *Revista de la Universidad*" **22** Cada una de las partes en que se divide una función o espectáculo: *un número acrobático, un número bailable,* "El mejor *número* fue el de los payasos" **23** *De número* Tratándose de una sociedad o agrupación con una cantidad limitada de miembros, cada uno de ellos: *académico de número.*

nunca adv En ningún momento, ni una sola vez: "*Nunca* ha mentido", "*Nunca* ha hecho trampa", "*Nunca* te veré", "*No* confesaré *nunca*", "No he ido *nunca* a Cancún" (Cuando se usa después del verbo, requiere un *no* al principio de la oración).

Ñ ñ

ñ s f Decimoséptima letra del alfabeto que representa al fonema consonante palatal nasal sonoro. Su nombre es *eñe* (Muy pocos vocablos comienzan con eñe en español. Por ser poco usuales no se han incluido en este diccionario).

O o

o¹ s f. Decimoctava letra del alfabeto que representa al fonema vocal posterior medio. Su nombre es *o*.

o² conj 1 Relaciona dos o más personas o cosas significando que hay que escoger entre ellas, o que se contraponen: "¿Quieres pan *o* tortilla?", "¿Vienes *o* te vas?", "Aquello que se ve es una estrella *o* un avión" (Ante una palabra que comience con *o* – o con *ho*–, se cambia por *u*: "uno *u* otro") 2 En ciertos casos, la disyuntiva entre los elementos que relaciona es completa y necesaria: "*O* estudias *o* repruebas", "Tarde *o* temprano lo haré" 3 En otros casos las cosas que relaciona no se excluyen entre sí: "pegamento para papel *o* madera", "Un aviso para el padre *o* la madre" 4 Relaciona dos ideas o expresiones que son lo mismo, quieren decir lo mismo, o la segunda explica a la primera: "La lingüística *o* ciencia del lenguaje", "Napoleón *o* el vencedor de Austerlitz", "El morfema *o* terminación".

obedecer (Se conjuga como *agradecer*, 1a) 1 v tr Cumplir lo que se manda, hacer aquello que algo o alguien ordena, o a lo que se está obligado: *obedecer las leyes, obedecer a los padres, obedecer una sentencia* 2 v intr Tener algo su causa o su origen en otra cosa: "La solución en-

contrada *obedece* a las condiciones del problema".

objetivo adj 1 Que pertenece o se relaciona con el objeto; que existe o sucede realmente o es posible comprobar, independientemente de cada persona: *un cálculo objetivo, la realidad objetiva, un fenómeno objetivo* 2 Que se basa en los hechos, que es imparcial y desinteresado, y está libre de la influencia de otras cosas o de otras personas: *juicio objetivo, un estudio objetivo, una mente objetiva* 3 s m Lente o sistema de lentes que se dirige hacia el objeto que se desea mirar 4 Resultado o finalidad precisos a los que se dirige una acción: "*El objetivo* de la visita era pedir su ayuda", "Uno de mis *objetivos* es escribir un libro de fábulas infantiles" 5 Zona o lugar a donde se dirigen las acciones militares durante una guerra: "El *objetivo* principal era la zona de abastecimientos del puerto".

objeto s m 1 Cosa 2 Todo lo que pueda ser materia, asunto o cuestión que alguien perciba o conozca, particularmente lo que sea real o comprobable por los demás: *un objeto de la naturaleza, un objeto mental, el objeto de la física, un objeto filosófico* 3 Aquello que se intenta hacer o lograr, o hacia donde se dirige la acción: *el objeto de un es-*

fuerzo, el objeto de una reunión, el objeto de una explicación, "Tú eres el *objeto* de mi amor" **4** *(Gram)* Palabra o conjunto de palabras que, en la oración, tienen la función de precisar el significado del verbo designando la persona, el animal o la cosa sobre los cuales cae directa o indirectamente su acción, y adquieren por ello el carácter de modificadores verbales. Se clasifican en *objeto directo,* que es cuando designan el objeto que recibe directamente la acción del verbo, como en "Vendo *flores*", "Leo *un libro*", o "Escribimos *una carta* a nuestros amigos", en donde son las flores lo que se vende, un libro lo que se lee y una carta lo que se escribe; y *objeto indirecto,* que es cuando designan el objeto en que viene a terminar la acción ejercida por el verbo en el objeto directo, como en: "Compré flores *a la vendedora del mercado*", o "Escribimos una carta *a nuestros amigos*", en donde la acción verbal directa sobre las flores y la carta tiene por término la vendedora del mercado y nuestros amigos. La función de objeto directo o indirecto se puede reconocer a partir del sentido de la oración, de la posición de los vocablos dentro de ella, y del uso de las preposiciones. El *objeto directo* se distingue prácticamente si se le puede sustituir por los pronombres de objeto directo *lo, la, los, las*: "Vendo flores" / "*Las* vendo", "Leo un libro" / "*Lo* leo", "Escribimos una carta a nuestros amigos" / "*La* escribimos"; y transformando la

oración en pasiva, en cuyo caso el objeto directo se convierte en sujeto pasivo y el sujeto de la oración activa en agente: "Las flores son vendidas", "El libro es leído", "La carta es escrita". El *objeto indirecto* se reconoce prácticamente si se le puede sustituir por los pronombres de objeto indirecto *le* y *les* "Compré flores a la vendedora del mercado" / "*Le* compré flores", "Escribimos una carta a nuestros amigos" / "*Les* escribimos una carta"; también se reconoce por el hecho de que no se puede transformar en sujeto pasivo, y por la presencia de la preposición *a.* Generalmente el *objeto directo* se construye sin preposición cuando se trata de animales y cosas, y con *a* cuando se trata de personas: "Vendo flores", "Cazamos patos", "Miramos estrellas", "Beso *a* Verónica", "Miro *a* mi tío", pero hay muchas excepciones a esta regla: cuando se personifica alguna cosa: "Temer *a* la muerte", "Llamar *a* la justicia"; cuando la acción del verbo cae sobre los miembros de un conjunto: "Mirar *a* la gente", "Juntar *al* rebaño"; y cuando se trata de destacar el objeto entre otros: "Matar *al* gato", "Observar *a* la estrella".

obligación s f **1** Hecho de tener alguien que actuar o comportarse de cierta manera porque algo o alguien se lo impone o exige con autoridad o por la fuerza: *cumplir una obligación, la obligación de respetar la ley* **2** Cada una de las acciones o de los comportamientos que alguien debe llevar a cabo: *lista de obligaciones, tener obligaciones* 3 Documento notarial o privado por el cual se reconoce una deuda y se promete su pago.

obligar v tr (Se conjuga como *amar*) 1 Hacer que alguien haga algo o se comporte de cierta manera, recurriendo a la autoridad o a la fuerza para ello: *obligar a trabajar, obligar a rendirse* 2 Ganar alguien la voluntad o el compromiso de otra persona, mediante acciones en favor de ella: "El señor Hernández *obligó* mucho a mi hermano hacia él, con tantas atenciones" 3 prnl Adquirir uno voluntariamente cierto compromiso o responsabilidad: *obligarse a respetar lo estipulado en un contrato.*

obra s f 1 Objeto que resulta de la aplicación del trabajo humano a un material o a un conjunto de ideas: *una obra de ingeniería, una obra de arte, una obra científica, una obra literaria* 2 Edificio, puente, carretera, etc. que está en construcción: *visitar las obras, dirigir las obras, maestro de obras* 3 Compostura o renovación que se hace en un edificio e implica trabajo de albañilería: *tener obra en casa, estar en obra* 4 Trabajo puesto en la elaboración o hechura de algo: "Los manteles de Aguascalientes tienen mucha *obra*" 5 Efecto producido por el poder o la fuerza de algo: *obra del clima,* "La inundación fue *obra* de la tormenta", *obra divina* 6 *Por obra de* Por la acción de, a causa de: *por obra de magia, por obra del huracán* 7 Acto de alguien,

considerado por su valor moral: *buenas obras, malas obras, obra de caridad, obra de misericordia* 8 *Obra pública* Cualquier construcción dedicada al servicio de la sociedad, como caminos, monumentos, presas, etc. 9 *Obra de teatro* Texto dramático y representación que se hace de él 10 *De obra* De hecho, realmente: "Pecó de intención y *de obra*" 11 *Hacer mala obra* Causar algún daño o trastorno a alguien.

obrar v intr (Se conjuga como *amar*) 1 Actuar en forma determinada: *obrar de mala fe obrar con inteligencia, obrar según dicta la ley* 2 Estar algo en manos de alguien o en poder de alguna sección administrativa "El manuscrito *obra* en mi poder", "La escritura *obra* en la oficina del notario 3 Hacer efecto algo: *obrar la medicina, obrar la curación* 4 Defecar u orinar: "¿Ya *obró* el enfermo?".

obrero 1 s Persona que gana un salario como pago de su trabajo, especialmente si es manual y en una industria: *obrero calificado, las obreras de la fábrica* 2 adj Que pertenece a los obreros o se relaciona con ellos: *sindicato obrero, clase obrera, vida obrera.*

observación s f 1 Acto de observar: *la observación de un fenómeno, la observación de la conducta* 2 Anotación o comentario corto que se le hace a alguien a propósito de alguna cosa: "El crítico le hizo varias *observaciones* a su obra.

observar v tr (Se conjuga como *amar*) 1 Mirar algo o a alguien con atención y examinando sus detalles o su conducta: *observar un insecto, observar las estrellas, observar a un actor* **2** Darse uno cuenta o notar alguna cosa particular: "*He observado* que la discusión te molesta", "*Observa* cómo vuela esa mosca" **3** Hacer notar algo: "El diputado *observó* que no se había cumplido con el procedimiento" **4** Hacer uno exactamente lo que se ordena o cumplir con la ley: *observar los reglamentos, observar un mandamiento.*

observatorio s m Lugar o edificio desde donde se observa algo, especialmente fenómenos astronómicos o meteorológicos.

obstante adv **1** *No obstante:* Sin que estorbe, perjudique o interfiera: "Estaba muy ocupado, pero, *no obstante,* me recibió", "Lo haré como me gusta, *no obstante* tus consejos" **2** *No obstante que* A pesar de que, aunque: "asistió a clase, *no obstante que* estaba enfermo".

obtención s f Acto de obtener algo: *la obtención de un crédito, la obtención del oxígeno.*

obtener v tr (Se conjuga como *tener,* 12 a) **1** Llegar a tener algo que uno busca, pide o merece: *obtener ganancias, obtener un aumento de sueldo, obtener un premio* **2** Llegar a cierto resultado o producto después de trabajar para alcanzarlo o combinar los elementos necesarios: *obtener buenas calificaciones, obtener ácido sulfúrico.*

ocasión s f **1** Circunstancia o conjunto de circunstancias que rodean un hecho, particularmente las que lo facilitan: "En esa *ocasión* me quedé dormido sin darme cuenta", "¡Qué buena *ocasión* para conocernos!" **2** *De ocasión* De oportunidad y poco precio: *muebles de ocasión, aviso de ocasión.*

ocasionar v tr (Se conjuga como *amar*) Ser algo o alguien causa o motivo para que algo suceda: *ocasionar un accidente, ocasionar disgustos.*

oclusivo adj **1** Que cierra o tapa por completo algún conducto: *un movimiento oclusivo, un fenómeno oclusivo* **2** (*Fon* Que se pronuncia impidiendo por un instante la salida del aire de la boca mediante el contacto completo de los órganos articulatorios, como sucede con los fonemas /p/, /t/ o /k/ en: *padre, acto* y *banco.*

ocultar v tr (Se conjuga como *amar*) Poner o mantener algo de modo que no se pueda percibir o notar: *ocultar un tesoro, ocultar un sentimiento.*

ocupación s f **1** Acto de ocupar: *la ocupación de un edificio* **2** Actividad o trabajo a los que se dedica una persona, especialmente los que hace para ganarse la vida: "Es una mujer llena de *ocupaciones*", "Mi *ocupación* es el comercio" **3** Situación durante la cual un ejército se queda en territorio de otro país, interviniendo en su vida interna: *fuerzas de ocupación, la ocupación francesa.*

ocupar v tr (Se conjuga como *amar*) **1** Llenar algo o alguien un espacio o un lugar: "Los muebles *ocupan* todo el cuarto" **2** Estar alguien en un lugar o entrar en él para habitarlo o para trabajar en su interior "Su nieto *ocupa* la casa", "*Ocupo* la oficina de enfrente" **3** Entrar a un lugar, generalmente por la fuerza, y quedarse en él ejerciendo un dominio: "El ejército *ocupó* la ciudad" **4** Tener alguien determinado puesto o cargo, o tomar posesión de él: "Su padre *ocupa* el puesto de director" **5** Tener algo o alguien una posición determinada dentro de una serie, enumeración o jerarquía: "*Ocupó* el primer lugar en la carrera" **6** Utilizar algo o emplear a alguien para hacer alguna cosa: "*Ocupa* sus ratos libres en leer", "No *ocupan* ayudantes, ellos hacen todo el trabajo" **7** prnl Dedicarse alguien a cierta actividad: *ocuparse de los niños, ocuparse en leer* **8** *Ocupar algo a alguien* Mantener algo la atención de alguien o ser objeto de su actividad por cierto tiempo: "El tema que nos *ocupará* hoy es el de la vacuna".

ocurrir v intr (Se conjuga como *subir*) **1** Producirse un acontecimiento en cierto momento y lugar, o aparecer algo que no se preveía: *ocurrir una desgracia, ocurrir un fenómeno atmosférico* (Generalmente sólo se conjuga en tercera persona del singular y del plural) **2** Ir a algún lugar: "*Ocurrí* a la delegación de policía" **3** prnl Venirle a alguien de repente una idea o un pensamiento a la mente o una palabra a la boca: "*Se me ocurrió* que sería fácil encontrar el fin del arco iris", "*Se me ocurre* que las cosas no son como dices".

oeste s m **1** Punto del horizonte por donde se pone el sol **2** Región de la Tierra que comprende los continentes europeo, americano y parte del africano.

oficial adj m y f **1** Que tiene o le ha sido dada la autorización necesaria para algo: *comunicación oficial, novio oficial, medida oficial* **2** Que proviene del gobierno, se relaciona con él y tiene su autorización: *documento oficial, acto oficial* **3** s m y f Persona que ha terminado de aprender algún oficio manual o mecánico y todavía no es maestro: *un oficial de albañilería* **4** s m y f Persona que prepara los documentos que ha de resolver su jefe en cualquier oficina: *oficial mayor* **5** s m y f (*Mil*) Militar que tiene grado, desde el subteniente hasta el general de división: *escuela de oficiales, un oficial naval.*

oficina s f Lugar de trabajo en el que se realizan actividades administrativas y de atención al público, o donde se ofrece algún servicio profesional: *oficinas de gobierno, oficina del director.*

oficio s m **1** Trabajo al que se dedica alguien, particularmente el manual o mecánico, que se aprende más con la práctica que con estudios especiales: *oficio de pintor, oficio de carpintero, escritor de oficio* **2** Función que cumple alguna cosa: *el oficio de una máquina, el oficio de un verbo* **3** Comunicación escrita de la administración pública, con la cual se exponen, tramitan y resuelven asuntos: *enviar un oficio, presentar un oficio* **4** Ceremonia religiosa: *oficio de difuntos, oficios de Semana Santa* **5** *De oficio* Tratándose de asuntos legales o judiciales, que se practica por ley, sin que se requiera petición de una persona: "El fraude se persigue *de oficio*" **6** *Defensor de oficio* Abogado que asigna el tribunal, gratuitamente y por derecho, a un acusado para que lo defienda **7** *Estar alguien sin oficio ni beneficio* Estar desocupado, no hacer nada, no servir para nada: "Es una persona sin *oficio* ni beneficio".

ofrecer v tr (Se conjuga como *agradecer*, 1a) **1** Dar voluntariamente algo a alguien para que lo aproveche o lo disfrute: *ofrecer recer un ramo de rosas, ofrecer ayuda, ofrecer amistad* **2** Dedicar algo a una divinidad o a quien se aprecia para mostrar sus sentimientos y ganarse su confianza y ayuda: *ofrecer flores a la Virgen, ofrecer un banquete, ofrecer un sacrificio* **3** Decir a alguien que se hará cierta cosa o se actuará en cierta forma para darle gusto y ganar su aprecio: "Heriberto le *ofreció* dejar de fumar" **4** Decir cuánto está uno dispuesto a pagar por algo: *ofrecer en una subasta*, "Le *ofrezco* mil pesos por su becerro" **5** Mostrar algo cierto aspecto: "El castillo de Chapultepec *ofrece* una bellísima vista desde el Paseo de la Reforma".

ofrenda s f Objeto que se ofrece, particularmente a una divinidad o en memoria de alguien: *ofrenda floral, ofrendas a Quetzalcóatl, ofrenda a los muertos*.

oído s m **1** Sentido por el cual se perciben los sonidos: *perder el oído, tener oído* **2** Cada uno de los órganos que sirven para oir, que en los seres humanos y los animales vertebrados están a los lados de la cabeza **3** Aptitud para percibir y reproducir con precisión sonidos musicales: *tener buen oído* **4** *De oído* Que, por tener esa aptitud, se puede tocar música y aprender un instrumento sin enseñanza especial: *tocar de oído, cantar de oído* **5** *Ser alguien duro de oído* Tener poca o ninguna aptitud para la música o el verso **6** *Al oído* En secreto: *hablar al oído, decir al oído* **7** *Dar oídos* Creer alguien lo que se le dice: "No *des oídos* a los rumores" **8** *Ser todo oídos* Estar uno atento a lo que se dice: "Soy todo *oídos* para que me cuentes ese cuento".

oir v tr (Modelo de conjugación 6) **1** Percibir sonidos por medio del oído: *oir música, oir ruido* **2** intr Darse uno cuenta de lo que percibe y considerarlo: "Te *oigo*, sigue cantándome", "*Oye* mis peticiones" **3** *¡Oye!, ¡Oiga!* Expresan una llamada de atención a alguien, a veces con molestia: "¡*Oye*! ¡Ven acá"!, "¡*Oiga*! ¿Qué se está usted creyendo?" **4** *¿Oyes?, ¿Me oye usted?* Expresa la petición de que alguien ponga atención o el deseo de confirmar que alguien está poniendo atención: "¿*Oyes*? Alguien está en el corral", "Le decía que... ¿*Me oye usted?*, Le decía que..."

ojo s m **1** Cada uno de los dos órganos de la vista de los seres humanos y de los animales, con forma parecida a la de un globo, que se encuentran en la cabeza, ya sea al frente o a los lados de la cara: *ojos verdes, ojos rasga-*

dos **2** *Tener alguien (buen) ojo*
Tener aptitud para darse cuenta
de algo con sólo verlo **3** *Ojo clínico* Aptitud de algunos médicos
para darse cuenta de una enfermedad con sólo ver al enfermo **4** *Abrir los ojos* Darse
cuenta con claridad y realismo
de las cosas: "Esa guerra falsa
en la que participamos me *abrió
los ojos*" **5** *A ojo, a ojo de buen
cubero* Al cálculo, a juicio, sin
medir o pesar las cosas: *dibujar
a ojo, valuar una casa a ojo de
buen cubero* **6** *A ojos cerrados*
Sin desconfianza, con completa
buena fe: "Apoyo al candidato *a
ojos cerrados*", "Compré la casa
a ojos cerrados" **7** *A ojos vistas*
Claramente, evidentemente: "*A
ojos vistas* ese reloj es mejor que
el otro" **8** *Saltar algo a los ojos*
Hacerse algo visible o claro:
"Me *saltó a los ojos* el error después de buscarlo por días" **9**
Costar algo un ojo de la cara
Costar mucho: "El hospital le *ha
costado un ojo de la cara*" **10**
Echar (un) ojo Mirar algo superficialmente o con rapidez:
"*échale un ojo* a este libro **11**
Echar el ojo Mirar algo o a alguien mostrando deseo por ello:
"Ya *le eché el ojo* a su hijo para
marido de mi hija" **12** *Irsele a
uno los ojos por algo o por alguien* Desearlo mucho: "*Se le
van los ojos* por ese juguete" **13**
*Llenarle a uno el ojo algo o a
alguien* Gustarle: "Mariquita *le
llena el ojo* a don Simón" **14**
*Mirar con buenos o malos ojos a
alguien o alguna cosa* Apre-
ciarlo bien o mal **15** *No pegar
los ojos* No dormir **16** *Tener o
traer a alguien entre ojos* Vigilar

a alguien por sospechar de él o
tenerle mala voluntad **17** Agujero que atraviesa alguna cosa
de lado a lado: *ojo de una aguja,
ojo de la cerradura, ojos de la
tijera* **18** *Ojo de la tempestad o
del huracán* Parte central en la
que no hay nubes, viento ni lluvia, todo queda en calma y se
mira el cielo **19** *Ojo de agua*
Fuente o manantial.

oler (Se conjuga como *mover*, 2)
1 v tr Percibir los olores con la
nariz: *oler las flores, oler perfume* **2** v intr Echar algo o alguien de sí un olor determinado:
*oler bien, oler a limpio, oler a
basura* **3** v intr Sospechar uno
algo oculto, y a veces malo o dañino: "Me *huele* que nos darán
una sorpresa", "No me *huele*
bien este asunto".

olfato s m **1** Sentido por medio
del cual se perciben los olores a
través de la nariz **2** Intuición,
instinto o facilidad para darse
cuenta de algo que no es muy
claro: "Tiene *olfato* para los
buenos negocios".

olmeca s y adj m y f **1** En pl.
Grupo indígena mesoamericano,
hablante de una lengua hasta
ahora no identificada, posiblemente emparentada con el
maya, que convivió con grupos
de distintas familias lingüísticas, como el zapoteco y el chi-
nanteco. Ocupó la zona comprendida entre el Golfo de México, el río Papaloapan y la
cuenca del Blasillo-Tonalá
desde 1200 hasta el año 100 a.C.
aproximadamente. Los principales centros político-religiosos
pertenecientes a este grupo y
hasta ahora descubiertos son La

Venta, Tres Zapotes, San Lorenzo, Río Chiquito, Laguna de los Cerros, Remolino y Cerro de las Mesas. La Venta es el primer centro mesoamericano que muestra haber sido planeado rigurosamente siguiendo un eje central. Su desarrollo cultural se manifestó en el manejo de la escritura jeroglífica, la numeración y el calendario, en la elaboración de cerámica con distintos estilos artísticos y en el desarrollo de la escultura de grandes monolitos con forma de altares, estelas, figuras humanas y cabezas colosales de 1.60 a 3 m de alto. La calidad pantanosa de la zona que habitó hizo necesaria la construcción de drenajes que permitieron el desarrollo de su agricultura complementada con la caza, la pesca y la recolección. Su influencia cultural fue notable en algunos lugares de Centroamérica, Oaxaca, Guerrero y estado de México 2 *Olmeca xicalanca* Grupo indígena mesoamericano de posible origen popoloca y mixteco que ocupó Cholula hacia 800 d.C. Dominó el centro de Veracruz y el sur de Oaxaca, y posiblemente llegó hasta Centroamérica. Recibió a los toltecas después de la caída de Tula, hasta que fue desalojado por ellos en 1292. Este grupo no guarda ninguna relación con el olmeca del preclásico 3 Que pertenece o se relaciona con alguno de estos dos pueblos: *la escultura olmeca, el dominio olmeca, la herencia olmeca.*

olor s m 1 Sensación que producen a alguien o a un animal ciertos desprendimientos de sustancias químicas de los cuerpos y de muchas cosas, cuando los perciben con la nariz: *olor a perfume, olor suave, olor a campo, olor a bebé* 2 Impresión que causa algo o alguien a ese sentido: *tener buen olor, olor del azufre, olor de la yerbabuena* 3 *En olor de santidad* Con fama de santo "El obispo Guízar y Valencia murió *en olor de santidad*".

olote s m Hueso de la mazorca del maíz.

olvidar v tr (Se conjuga como *amar*) 1 Dejar de tener presente en la memoria algo o a alguien: *olvidar una fecha, olvidar a los abuelos* 2 Dejar algo en alguna parte sin darse cuenta: *olvidar las llaves, olvidar el dinero* 3 Perder el cuidado de algo o dejar de atenderlo: *olvidar un barco, olvidar un cultivo.*

onda s f 1 Cada una de las elevaciones que se forman en la superficie del mar o de un lago por distintas causas, como el viento 2 Cada una de las curvas en forma de *ese* acostada que se producen en ciertas cosas flexibles: *onda de pelo, onda de una tela* 3 (*Fís*) Movimiento que se propaga de un punto a otro de cierto medio, sin comunicarse a la totalidad del mismo, como el del sonido, la vibración, etc. y que se mide en relación con el tiempo en que se vuelve a repetir: *ondas de radio, ondas electromagnéticas.*

ondular (Se conjuga como *amar*) 1 v intr Moverse algo formando ondas: "El lago de Chapala *ondula* con el viento", "La víbora va *ondulando* sobre el piso" **2** v tr Hacer ondas el pelo.

operación s f Acto de operar: *la operación de un tranvía, una operación bancaria, operación aritmética.*

operar v tr (Se conjuga como *amar*) **1** Realizar determinadas acciones y movimientos con algo o sobre algo para lograr cierto resultado o algún propósito: *operar una máquina, operar acciones financieras* **2** Abrir alguna parte del cuerpo humano o animal con los instrumentos apropiados, para quitar órganos externos, corregir su funcionamiento, etc.

opinar v intr (Se conjuga como *amar*) Decir alguien lo que piensa acerca de algo o de alguien, particularmente después de haber reflexionado: *opinar de política, opinar sobre un trabajo.*

opinión s f **1** Juicio o concepto que se forma alguien acerca de algo o de alguna persona: *dar una opinión, una opinión autorizada, buena opinión* **2** *Opinión pública* Conjunto de los juicios o las ideas que se forman en una sociedad, con los que a la vez juzgan y critican los actos de sus miembros o sus gobernantes.

oponer (Se conjuga como *poner*, 10c) **1** v tr Poner una cosa o una persona frente a otra o contra otra, para estorbar a la segunda o impedir su acción: *oponer resistencia al invasor, oponer la honradez a la corrupción* **2** v tr Poner dos o más cosas unas frente a otras o junto o otras para que destaquen sus diferencias: *oponer colores pálidos con colores fuertes, oponer un buen trabajo con uno malo* **3** prnl Ser una cosa contraria a otra, enfrentar uno a alguien o impedir su acción: *oponerse el fascismo y la democracia, oponerse a los abusos.*

oportunidad s f Situación, condición o posibilidad que se ofrece o sucede en cierto momento que resulta conveniente para alguien: *dar una oportunidad, una oportunidad de trabajo, una feliz oportunidad.*

oportuno adj **1** Que se hace o sucede en el momento adecuado o conveniente, o que está en donde hace falta en un momento determinado: *un acontecimiento oportuno, una intervención oportuna, un lugar oportuno* **2** *Ser alguien oportuno* Ser ingenioso o gracioso en un momento o una situación determinada: "Sergio siempre *ha sido oportuno*".

opresión s f Acto de oprimir: *opresión en el pecho, opresión política, opresión militar.*

oprimir v tr (Se conjuga como *subir*) **1** Hacer presión sobre algo: *oprimir un botón, oprimir el pecho* **2** Actuar sobre alguien con fuerza excesiva, con autoritarismo y abusando de él: *oprimir al pueblo, oprimir a los obreros, oprimir a las mujeres.*

oración s f **1** *(Gram)* Unidad de la lengua que se caracteriza por tener un significado completo, es decir, por poderse comprender sin necesidad de otras explicaciones, de señas o de referencias a la situación que rodea su expresión. Así por ejemplo: "Todos los hombres piensan" o "En el campo hay plantas" son enunciados que se pueden entender solos, mientras que: "Hombres", "En el campo", "Hay" siempre dejan con la duda de lo que el hablante habrá querido decir acerca de ellos. Gramaticalmente, la oración se caracteriza por estar compuesta de un sujeto y un predicado, es decir, por signos que refieren a alguien o algo de lo que se habla, y por signos que refieren a lo que se dice de quien o de lo que se habla. Formalmente la oración está compuesta o integrada por lo menos por un verbo conjugado. Estas características son las que hacen decir que la oración es una unidad sintácticamente independiente. Hay oraciones *simples,* las que tienen un solo verbo, como: "Raúl duerme en su casa", "Cantan los pájaros", y *compuestas,* las que están formadas por varias oraciones simples. Hay varios criterios de clasificación de los tipos de oración según la manera como manifiestan el pensamiento del hablante (afirmación, duda, sorpresa, desconocimiento, etc.), según las relaciones que se crean entre el sujeto y el predicado, y según las formas en que se relacionan todos sus elementos y varias oraciones entre sí. Según la manera de expresar las intenciones del hablante, las oraciones pueden ser: *declarativas* como "Un triángulo tiene tres lados", "La tierra no es cuadrada"; *interrogativas* como: "¿Te gusta el paseo?"; *imperativas* como: "¡Come la sopa!", "¡No mires directamente al sol!"; *exclamativas* como: "¡Qué bonitos

son los volcanes!". *Una subclasificación de estas oraciones se hace según que en el predicado haya algo o alguien en que termine o recaiga la acción, es decir, cuando hay complemento directo son transitivas* como: "La señora vende verdura", "Mi madre lava los platos", "No tomes el agua"; aquellas en las que eso no sucede, es decir, que no tienen complemento directo son las *intransitivas* como: "María corre por el campo", "Los animales mueren", "Brillan poco las estrellas". Un caso especial es el de las oraciones *atributivas,* en las que el predicado expresa una característica o cualidad propia del sujeto, por medio de un verbo copulativo y un adjetivo o una frase nominal: "Mi novia es muy bella", "El maestro es inteligente", "La nieve es blanca". Entre estas oraciones se clasifican las *reflexivas,* en que la acción del predicado cae sobre el propio sujeto: "Yo me peino", "Nos bañamos" y las *recíprocas* en que se trata de varias personas o cosas reunidas en el sujeto, que reciben la acción del predicado: "Los amigos se encontraron en la calle", "Fernando y Paula se quieren". Un caso especial es el de las *impersonales* en que no se determina el sujeto: "Anoche llovió", "Nieva en invierno", "Se cree que habrá huelga". Según las relaciones del sujeto con el predicado, las oraciones pueden ser: *activas,* aquellas en las que el predicado recibe la acción del sujeto, como en: "Yo abro la puerta" o "No quiero carne", o *pasivas,* aquellas en las que la relación se invierte y el sujeto pasa a recibir la acción del predicado, como en: "La puerta fue abierta por mí", "El trabajo ha sido terminado", "Fueron rescatados los heridos" (En estos casos lo que era sujeto en la oración activa pasa a ser "agente" de la oración pasiva, también llamado "sujeto lógico"). En español son más comunes las oraciones activas. Según la forma en que se relacionan los elementos de la oración y las oraciones entre sí, las clasificaciones pueden ser muchas, de acuerdo con los puntos de vista de cada gramática o de cada doctrina gramatical. Las más conocidas son: Por la manera de relacionarse las oraciones: *yuxtapuestas,* aquellas en que no hay ningún signo que las una, como: "Yo canto, tú bailas, "La noche cae, los focos se prenden"; *coordinadas,* aquellas en que lo significado por ellas tiene la misma importancia, están unidas por una conjunción y, por lo tanto, están en un mismo nivel sintáctico: "Laura juega y Salvador mira" –que se llaman *copulativas* por el nexo utilizado–, "O vas o te quedas", "Se te antoja café o leche" –llamadas *disyuntivas*–, y las *adversativas* "Corre pero se cansa", "Me gusta el libro pero no lo entiendo"; finalmente las *subordinadas,* en que una de las oraciones se vuelve *principal* y las otras dependen de ella o se le subordinan. Estas últimas se pueden subclasificar de muchas maneras: *sustantivas,* las que se su-

bordinan como parte del sujeto: *"Quienes lleguen temprano* serán premiados", o como parte del objeto: "Dijo *que quería agua*"; *adjetivas* o *relativas,* las que se subordinan para modificar el sujeto o el predicado: "La vaca *que compramos* da poca leche", "Sembramos las semillas *que nos vendieron en la tienda*"; *adverbiales* o *circunstanciales,* las que expresan modo, tiempo, lugar, etc.: "Lo hice *como ordenaste*", "Nos iremos *cuando salga el camión*", "Lo puse *donde todos lo pudieran ver*", "No vino *porque estaba enferma*", "Estudió mucho, *por lo que ganó un premio*", "*Si vienes,* lo hacemos juntos", etc.

orden[1] s m **1** Manera en que se ponen o se arreglan varios elementos de acuerdo con el lugar que les corresponde o con un criterio determinado, y criterio o regla con los que se disponen: *el orden de las calles, el orden de los libros, orden de antigüedad, orden alfabético* **2** Posición seguida de unas cosas o personas tras otras: *el orden de un desfile, el orden de un programa* **3** Posición adecuada o buena de varios elementos entre sí: *el orden de los astros en el cielo, el orden de un salón de clase* **4** Funcionamiento correcto o comportamiento normal de algo: *guardar el orden, orden público* **5** *En orden* Como corresponde, como se debe, en su lugar: *poner la casa en orden, un escritorio en orden* **6** *En orden* Según un criterio o regla determinados: *en orden de aparición, en orden alfabético* **7** *Orden del día* Determinación de los asuntos que deben tratarse en un periodo determinado, así como la sucesión en que debe hacerse: *el orden del día de una sesión* **8** Nivel o grado de importancia, magnitud, calidad, etc. de algo: *una estrella de primer orden, fuerzas del orden de cien toneladas por metro cuadrado* **9** *(Biol)* Categoría de la clasificación de las plantas y los animales inferior a la clase y superior a la familia: "El ratón pertenece al *orden* de los roedores" **10** Cada uno de los estilos de la arquitectura clásica grecorromana: *orden dórico, orden jónico* **11** *Orden sacerdotal* Entre los católicos, sacramento que consagra a alguien como sacerdote.

orden[2] s f **1** Expresión de la voluntad de alguien que tiene autoridad, de que otra persona haga algo o se comporte de cierta manera: *dar una orden, cumplir órdenes* **2** *A la orden de, bajo las órdenes de* En situación de subordinación o de obediencia respecto de alguien: *ponerse a las órdenes del director, estar bajo las órdenes del general,* "¡A la orden, mi coronel!" **3** *A tus, sus órdenes* Manera cortés de ponerse a disposición de otras personas: "Me pongo *a tus órdenes* en mi casa, en la calle de Hidalgo número veinte", "¡A *sus órdenes,* señora!" **4** *A la orden del día* A la moda, al uso: "Está *a la orden del día* la discusión sobre el Tercer Mundo" **5** Pedido de los platillos que uno quiere comer en un restaurante; y cada porción de alguno de ellos: *tomar la orden, una orden*

de frijoles **6** Documento por el cual una persona se obliga o adquiere derechos para realizar algo: *orden de pago, orden de aprehensión, orden de compra* **7** Entre los católicos, grupo de personas que forman una institución regida por ciertas reglas o votos religiosos: *la orden franciscana, la orden agustina* **8** Honor que consiste en considerar a cierta persona miembro de un grupo seleccionado por ciertos méritos: *orden de la legión de Honor, orden del Águila Azteca.*

ordenada s f *(Geom)* En un sistema de coordenadas, línea vertical o eje que sirve para determinar la posición de un punto en el plano (eje de las Y); distancia que separa al punto del eje de las abscisas.

ordenar[1] v tr (Se conjuga como *amar*) Poner varias cosas en el lugar que les corresponde, en cierto arreglo o serie, u organizarlas: *ordenar la ropa, ordenar números, ordenar alfabéticamente.*

ordenar[2] v tr (Se conjuga como *amar*) **1** Decir a alguien que haga algo o se comporte de cierta manera con autoridad o usando la fuerza: "*Ordenó* el fusilamiento de Villa", "Me *ordenó* vaciar el contenido de la bolsa" **2** Entre los católicos, dar a alguien y recibir éste, los grados o las órdenes sacerdotales: *ordenarse sacerdote.*

oreja s f **1** Cada una de las dos partes externas del oído de los seres humanos y de los animales vertebrados, que se sitúan a los lados de la cabeza: *orejas* *grandes, orejas paradas* **2** Cada una de las agarraderas de las ollas, vasijas, etc.

orgánico adj **1** Que pertenece o se relaciona con los órganos de los seres vivos y, en general, con la vida y las sustancias de las que está constituida: *evolución orgánica, química orgánica* **2** Que está constituido por varias partes o elementos que funcionan en un todo: *movimiento orgánico, desarrollo orgánico*.

organismo s m **1** Conjunto de órganos y partes de un ser vivo que funcionan como un todo: *las células del organismo, un organismo joven y sano* **2** Ser vivo: *organismos unicelulares, organismos marinos* **3** Asociación de personas agrupadas para realizar un trabajo y que por lo general es parte de una organización mayor: "El gobierno creó un *organismo* especial para el control de precios".

organización s f **1** Acto de organizar: *la organización de un mitin, la organización de una industria* **2** Conjunto de elementos que forman un todo y su funcionamiento: *la organización de un tejido vegetal, la organización de la sociedad* Agrupación de personas que buscan un objetivo determinado o realizan cierta función: *organización estudiantil, organización campesina*.

organizar v tr (Se conjuga como *amar*) **1** Establecer o modificar algo para que funcione ordenada y efe**organizar** v tr (Se conjuga como *amar*) **1** Establecer o modificar algo para que funcione ordenada y efectiva-

mente: *organizar una oficina, organizar un sindicato* **2** Planear y poner en funcionamiento alguna actividad: *organizar una fiesta, organizar una asociación, organizar una huelga* **3** prnl Formarse espontáneamente alguna actividad entre las personas que asisten a cierto lugar: *organizarse una protesta, organizarse una pelea*.

órgano s m **1** Parte de un animal o de una planta que tiene una función determinada, como el corazón, el hígado, y el oído en los primeros o, en las plantas, la hoja, la raíz, etc. **2** Agrupación que tiene una labor determinada: *órgano del Estado* **3** Medio por el cual se comunica o se informa algo a la gente, como el periódico, el radio, la televisión, etc.: *órgano informativo, órgano de difusión* **4** Instrumento musical de viento que produce sus sonidos por medio de aire que se comprime a través de tubos de diferentes tamaños; tiene uno o varios teclados y pedales: *música de órgano* **5** Planta cactácea formada por columnas o tubos muy espinosos que alcanzan hasta ocho o diez metros de altura, que se encuentra generalmente en la altiplanicie mexicana y que, entre otros usos, sirve para formar cercas o linderos con ella.

orientación s f **1** Determinación o localización de un lugar o de cierto punto con respecto a los puntos cardinales, o posición que tiene algo con respecto del punto al que se dirige: *la orientación de un observatorio, la orientación de un barco* **2** Sen-

tido de orientación Capacidad que tiene alguien o algún animal de ir de un lugar a otro y saber hacia dónde queda su casa, cierto edificio importante, su región o su escondite: "El *sentido de orientación* de las ballenas es sorprendente" **3** Información o conjunto de indicaciones que se la da a alguien sobre la forma de llegar a alguna parte o de alcanzar ciertos objetivos: *orientación escolar, ventanilla de orientación, orientación vocacional* **4** Tendencia que sigue algo o alguien: *orientación científica, orientación marxista.*

orientar v tr (Se conjuga como *amar*) **1** Colocar algo en una posición determinada con respecto a los puntos cardinales o en cierta dirección, o determinar la situación en que se encuentra algo con respecto a esos puntos: *orientar la casa al sur, orientar una antena, orientar un barco a la costa* **2** Dirigir una actividad hacia un fin determinado: "Debemos *orientar* el aprovechamiento de petróleo a fines más productivos" **3** Informar, mostrar o indicar a alguien el camino o la dirección que debe seguir: "En las calles hay letreros que *orientan* a los turistas", "El maestro *orienta* a sus alumnos sobre la investigación que deben presentar".

origen s m **1** Lugar, momento, fenómeno o acto en el que comienza a existir alguna cosa: *el origen del universo, el origen del hombre americano, el origen de la vida, el origen de una idea* **2** País o región del que procede alguien: *origen mexicano, origen alteño* **3** Condición social de la que proviene alguien: *origen humilde, origen burgués* **4** Causa primera de algo: *los orígenes de una guerra, el origen de la falta de producción* **5** De origen Que proviene de cierto lugar o momento, que es así desde su comienzo o nacimiento: *francés de origen, cubano de origen, defectos de origen, envasado de origen.*

original adj m y f **1** Que se relaciona con el origen de algo, o que existe o es de cierta manera desde su principio o nacimiento: *lengua original, forma original* **2** Que es producto de la invención o del ingenio de alguien, sin copiar o imitar algo anterior: *un invento original, una teoría original, una novela original* **3** s m Objeto producido por alguien de su propio ingenio, sin copiar ni imitar algo anterior, y que a su vez no es copia: *un original de Tamayo, un original de Villaurrutia* **4** s m Escrito o dibujo del que se saca una copia: *un original y dos copias* **5** Que es novedoso, singular, único, o extraño y fuera de lo normal: *un hombre muy original, una moda original.*

originar v tr (Se conjuga como *amar*) **1** Ser algo o alguien causa, motivo o pretexto para algo: *originar un debate, originar un desastre* **2** prnl Tener algo su principio, comienzo o causa en alguna parte o cierto acontecimiento: "El incendio se *originó* en el sótano".

originario adj **1** Que da origen a algo: *las fuentes originarias* *del Fausto* **2** Que procede, viene o tiene su origen en algún lugar: *originario del Zacatecas, originario del Brasil.*

oro s m **1** Metal precioso, de color amarillo brillante, que puede cambiar fácilmente de forma. Es muy pesado, inalterable e inoxidable y se encuentra en la naturaleza no combinado con otros metales: *lingotes de oro, oro puro, oro de dieciocho kilates, diente de oro, moneda de oro* **2** Riqueza, dinero: *ambición de oro* **3** *De oro* Que tiene mucho valor, que es muy bueno, que es inmejorable y perfecto: *una mujer de oro, edad de oro, siglos de oro.*

ortografía s f *(Gram)* Conjunto de reglas que establecen cuál es la forma correcta de representar la forma de los sonidos, o fonemas, de una lengua por medio de letras, y manera de hacerlo: *tener buena o mala ortografía*

(Véase la tabla correspondiente, al principio de este libro).

otorgar v tr (Se conjuga como *amar*) Dar algo a una persona como privilegio, gracia, favor o premio: *otorgar un perdón, otorgar un premio, otorgar el indulto* **2** Aceptar una persona alguna cosa, particularmente cuando se le atribuye a ella.

otro adj y pron **1** Indica algo o a alguna persona distintos de aquellos de los que se habla: "Quiero *otro* libro, no ese", "Canta *otra* canción, la anterior ya la oí", "¿En dónde están los *otros* hijos?" **2** Uno más: "Quiero *otro* helado", "Mira *otro* avión", "Dame *otra* vuelta" **3** Siguiente, próximo: "No des vuelta en esa calle, sino en la *otra*", "Al *otro* día se despertó cansado".

oxígeno s m Sustancia simple, gaseosa, invisible y sin olor, esencial para la respiración, que es una de las componentes principales del aire.

P p

p s f Decimonovena letra del alfabeto que representa al fonema consonante bilabial oclusivo sordo. Su nombre es *pe*.

paciente 1 adj m y f Que soporta con tranquilidad y sin desesperarse situaciones dolorosas, que tiene paciencia ante circunstancias difíciles, incómodas o conflictivas: "Los abuelos son muy *pacientes* con sus nietos", "Esa *paciente* enfermera atiende a los enfermos mentales" **2** s m y f Persona que padece una enfermedad y está en tratamiento para curarse, con respecto a aquéllas encargadas de cuidarla y curarla como médicos, enfermeras, etc.: "Está muy grave la *paciente* del Dr. Vallarta", "La Dra. Pérez tiene muchos *pacientes* para la consulta de esta tarde" **3** (*Gram*) Sujeto que recibe la acción del agente en la oración pasiva, como en: "El artista fue saludado por Mario", en donde *el artista* es el sujeto paciente.

padecer v tr (Se conjuga como *agradecer*, 1a) Sentir una persona física o moralmente un dolor, un daño o un castigo, o tener una enfermedad: *padecer de los nervios, padecer unas reumas muy fuertes, padecer un desengaño, padecer una tifoidea*.

padecimiento s m **1** Acto de padecer: *una vida de mucho padecimiento, los padecimientos de un pueblo pobre* **2** Enfermedad, daño o dolor que alguien tiene: *un padecimiento intestinal, un padecimiento nervioso*.

padre s m **1** Hombre o macho de los animales que tiene o ha tenido hijos o crías, con respecto a ellos o a éstas **2** *Padre de familia* El que es cabeza de su casa **3** Hombre que por haber creado, fundado o impulsado notablemente algo es reconocido como la cabeza o figura principal en cualquier actividad humana: "Hidalgo es el *padre* de la Independencia" **4** pl Padre y madre: "María Luisa vive con sus *padres*" **5** Título que reciben los sacerdotes, de la iglesia católica: *padre confesor, padres jesuitas* **6** *Padre nuestro* Oración que, por haber sido enseñada por Jesucristo, es fundamental del cristianismo.

padrino s m **1** Hombre que presenta o acompaña a una persona en la ceremonia de su bautizo, matrimonio, confirmación, etc. y cumple con ciertas obligaciones morales y religiosas: "Desde que murieron sus padres vive con su *padrino* de bautizo" **2** Hombre que representa a las personas que reciben algún honor o grado, o que inaugura alguna cosa durante una ceremonia: "El *padrino* del equipo les regaló los uniformes" **3** Hombre que protege o ayuda a alguien.

pagar v tr (Se conjuga como *amar*) 1 Dar a alguien dinero o alguna otra cosa a cambio de mercancías, del trabajo realizado o por servicios recibidos: *pagar veinte pesos, pagar el sueldo, pagar el autobús* 2 Corresponder al afecto o a algún beneficio recibido: *pagar con respeto, pagar mal* 3 Satisfacer un delito, una falta, un error, etc. con la pena o el castigo que le corresponda: *pagar con cárcel, pagar con la muerte* 4 *Ser alguien pagado de sí* Ser presumido: "Gilberto *es muy pagado de sí*".

pago s m 1 Acto de pagar: *el pago de una deuda, el pago de una cosecha* 2 Cantidad de dinero o de otra cosa que se entrega para pagar algo: *recibir el pago, suspender los pagos* 3 *En pago de* Para pagar algo: *en pago de la consulta, en pago de sus servicios*.

país s m Territorio que constituye una unidad política y generalmente también geográfica, como México, la República Dominicana o los Estados Unidos de América: *país de origen, vino del país, países subdesarrollados*.

palabra s f 1 Unidad del vocabulario de una lengua, formada por uno o más fonemas o una o más letras, a la que corresponde un significado, como todas las que están escritas entre espacios en blanco en este diccionario 2 Capacidad de hablar: *el don de la palabra* 3 *Malas palabras, palabras gruesas, malsonantes, palabrotas* Las que insultan a alguien o molestan su sensibilidad, por significar cosas socialmente mal consideradas o prohibidas 4 *Ser alguien de pocas palabras*: Hablar alguien poco 5 *Hablar a medias palabras* Hablar confusamente, sin decir las cosas claramente 6 *Comerse alguien las palabras* Hablar rápida y confusamente 7 *Cruzar la palabra con alguien* Tener trato con alguna persona 8 *Medir las palabras* Hablar con cuidado, para decir solamente lo conveniente y lo que no moleste a alguien 9 *Palabra por palabra* Tal y como alguien lo dice: "Me repitió la letanía *palabra por palabra*" 10 *No tener uno palabras para algo* No poder uno decir o explicar algo 11 *Quitarle a alguien las palabras de la boca* Decir uno lo que estaba a punto de decir otra persona 12 *Dejar a alguien con la palabra en la boca* Interrumpir o cortar la conversación 13 *En una, en pocas palabras* En resumen, en conclusión: "*En una palabra*: no me gusta esa novela" 14 *Decir alguien la última palabra* Resolver algo definitivamente o dejar de discutir algún asunto, afirmando uno su posición 15 *Ser algo palabras mayores* Ser algo muy importante: "Declarar una guerra *ya son palabras mayores*" 16 *Pedir la palabra* Pedir permiso o turno en una reunión para decir algo 17 *Dar la palabra* Conceder permiso a alguien para decir algo en una reunión 18 *Tomar la palabra* Hablar en una reunión 19 *Hacerse de palabras* Comenzar a discutir o a pelear dos personas 20 *Palabra de honor* Promesa o compromiso que hace alguien de actuar o comportarse en cierta forma, o de que es verdad lo que afirma **21** *Hombre de palabra* El honrado, leal y cumplido **22** *Bajo palabra* Con el compromiso o la promesa de alguien: *libertad bajo palabra* **23** *Faltar a la palabra* Romper uno su compromiso o su promesa de hacer algo o comportarse en cierta forma **24** *No tener uno palabra* Ser incumplido, desleal o insincero **25** *De palabra* Solamente dicho, pero no escrito: *prometer de palabra, resolver un asunto sólo de palabra.*

palacio s m Edificio amplio, monumental y lujoso que, por lo general, ha servido de residencia a un jefe de Estado, alto funcionario o persona acomodada, o edificio público destacado, en particular donde tiene su sede el gobierno de una unidad política: *palacio nacional, palacio real, palacio de gobierno, palacio municipal, ir a palacio.*

palatal adj m y f (*Fon*) Que se pronuncia apoyando el dorso de la lengua en el paladar duro, como en los fonemas /ñ/, /ch/, o /y/.

palo s m **1** Trozo de madera, más largo que grueso, relativamente recto y cilíndrico: *palo de escoba, cerca de palos* **2** Madera de algún árbol: *palo de rosa, silla de palo, cuchara de palo* **3** Cada uno de los maderos largos, redondos y gruesos, fijos verticalmente a una embarcación, de donde se amarran las velas: *palo mayor* **4** Golpe dado con un trozo de madera de esa forma: *dar de palos, moler a palos* **5**

Trazo recto de algunas letras o números que se prolonga hacia arriba o hacia abajo, como en la *p* o en la *d* **6** Cada una de las cuatro series en que se divide una baraja.

pan s m **1** Alimento hecho principalmente de harina de trigo amasada con agua, levadura y sal, que se cuece al horno en piezas de diversas formas y tamaños: *pan blanco, pan negro, pan integral, pan de caja, pan de muerto* **2** Cualquier alimento: *ganarse el pan, robar el pan a los pobres* **3** *Ser algo el pan de cada día* Repetirse algo constantemente, ser algo lo acostumbrado: "La falta de agua *es el pan de cada día*" **4** *Llamar al pan, pan y al vino, vino* Decir las cosas con claridad y sin rodeos.

papá s m **1** Padre, con respecto a sus hijos **2** pl Padre y madre: *respetar a sus papás.*

papel s m **1** Hoja delgada y flexible hecha de fibra de madera, trapo y otras materias vegetales, que sirve para escribir, dibujar e imprimir cosas en ella, para limpiar envolver o cubrir objetos, absorber líquidos, filtrarlos, etc.: *papel rayado, papel cuadriculado, papel carbón, papel de china, papel higiénico, papel manila, flores de papel, palomitas de papel* **2** pl Documentos oficiales que identifican a una persona o una cosa ante diversas autoridades o instituciones: *tener papeles en regla, mostrar los papeles en regla, mostrar los papeles en la aduana, salir sin papeles* **3** Documento financiero que se negocia en la bolsa de valores **4** Parte de una obra de teatro que representa un actor: *aprender el papel, el papel de Celestina, el papel de Don Juan Tenorio* **5** Función que cumple algo o alguien en alguna situación o en alguna organización: *hacer el papel de mandadero, un papel muy importante en el municipio.*

papelería s f **1** Tienda en donde se vende papel y otros materiales para escribir, dibujar, envolver, etc. **2** Conjunto formado por el papel y los otros materiales que se requieren para escribir, dibujar, envolver, etc.: *venta de papelería, fabricantes de papelería.*

par adj y s m y f **1** Que es igual a otra cosa **2** sm y f Conjunto de dos elementos: *un par de zapatos, un par de medias, un par de bueyes* **3** *Sin par* Sin igual, único: *un artesano sin par, una belleza sin par* **4** *A la par* Al mismo tiempo, en la misma situación, sin distinción: *correr a la par, juzgar a la par,* "*A la par que baila, toca el violín*" **5** *De par en par* Completamente: *abrir la ventana de par en par.*

para prep **1** Señala el objetivo, fin, término o destino de una acción: "*Trabaja para vivir*", "*Estudia para aprender*", "*Te ayudo para que acabes pronto*" **2** Indica el lugar o el punto en donde termina la acción: "*El tren va para Oaxaca*", "*Voy para mi casa*", "*Corrió para el fondo del patio*" **3** Señala un plazo determinado: "*Un pastel para el día de tu santo*", "*Termino el trabajo para la semana próxima*", "*Diez minutos para las cinco*" **4** Indica la

persona a la que está destinado algo: "*Un regalo para el maestro*", "*Películas para niños*" **5** Con los pronombres mí, sí, etc., indica que el destino de algo es uno mismo: "*Pensé para mí*", "*Lo tomó para sí*", "*Para nosotros es lo mismo*" **6** Indica la función de un instrumento o de otra cosa, o el objetivo que se les da: "*Lámpara para escritorio*", "*Agua para beber*", "*Alimento para pájaros*", "*Tierra para macetas*", "*¿Para qué sirve un martillo?*" **7** Indica también aquello en contra de lo cual actúa algo: "*Pastillas para la tos*", "*Vacuna para el sarampión*" **8** Señala la manera como alguien considera o juzga algo: "*Para muchos países, el peor problema es el hambre*", "*Para la Ley, todos somos iguales*" **9** Expresa cierta comparación o el modo de considerar algo en ciertas circunstancias "*Es alto para su edad*", "*Para haberlo sabido, no venía*" **10** Indica la proximidad del inicio de una acción: "*Estoy para salir*", "*La función está para comenzar*" **11** Señala la consecuencia de una acción: "*Para colmo, se fue la luz*", "*Para su desgracia, descubrieron el fraude*" **12** Manifiesta aptitud o capacidad de alguien: "*Facilidad para las matemáticas*", "*Oído para la música*".

paradigma s m **1** Ejemplo o modelo que se ha de imitar: *un paradigma de bondad, un paradigma de democracia* **2** (*Gram*) Conjunto de formas flexionadas de un vocablo, formadas por su lexema y los gramemas correspondientes, como el de la conjugación de los verbos regulares terminados en -ar: *amo, amas, ama, ... amé, amaste, amó,* etc. **3** (*Ling*) Conjunto de elementos lingüísticos relacionados entre sí por las relaciones de oposición que los estructuran y que se reconocen mediante sucesivas sustituciones de cada uno de ellos en un contexto determinado; por ejemplo el paradigma de sufijos diminutivos en español: con *pie* se forman *piecito, piececito, piecico, piececillo, piecillo,* y cada uno de los sufijos sustituye al otro en la misma palabra por lo que el paradigma está formado por *-ito, -ecito, -ico, -ecillo, -ecillo,* (también se puede analizar como *-cito, -cecito, -cico, -cecillo* y *-cillo*

paralelo adj y s **1** (*Geom*) Tratándose de líneas o planos, cuando sus puntos están siempre a la misma distancia de los de otra línea o plano y nunca se cortan: *trazar una línea paralela, una calle paralela a otra* **2** s f pl Aparato de gimnasia que consiste en dos barras colocadas de esta forma **3** Que sucede o se desarrolla de manera semejante o al mismo tiempo que otra cosa: *vidas paralelas, fenómenos paralelos* **4** s m (*Geogr*) Cada uno de los círculos imaginarios paralelos al ecuador que se utilizan como punto de referencia para determinar la latitud de un lugar en la Tierra.

paralelogramo s m (*Geom*) Cuadrilátero cuyos lados opuestos son paralelos entre sí.

parar v tr (Se conjuga como *amar*) **1** Poner algo o a alguien verticalmente: *parar una viga,*

parar un anuncio, parar a un enfermo **2** prnl Ponerse en pie: *pararse de la mesa, pararse de la cama, pararse ante los mayores* **3** Dejar de mover o de actuar algo o impedir que siga moviéndose: *parar una máquina, pararse un reloj, parar de llover, parar de hablar, parar un tren* **4** intr Hacer un alto alguna cosa o alguna persona cuando se mueve: *parar un autobús, parar en un puesto de periódicos* **5** Impedir que algo continúe su acción: *parar un golpe, parar un levantamiento* **6** intr Llegar algo o alguien a cierto estado o situación como final de un recorrido o un esfuerzo: *parar en la cárcel, ir a parar en manos ajenas, parar en director de una compañía* **7** intr Quedarse alguien por cierto tiempo en algún lugar cuando está de viaje: *parar en un hotel, parar en la casa de un amigo, parar en Morelia* **8** Preparar alguna cosa para algo: *parar un gran equipo de básquetbol.*

parecer[1] v intr (Se conjuga como *agradecer*, 1a) **1** Tener algo o alguien cierto aspecto o apariencia, o producir la impresión de ser de cierta manera: *parecer listo, parecer tonto, parecer bueno, parecer fácil* **2** prnl Tener algo o alguien un aspecto o una apariencia semejante al de otra cosa o al de otra persona: *parecerse a su abuelo, parecerse a Acapulco* **3** Resultar algo o alguien de cierto aspecto o apariencia conocidos o experimentados por uno (Solamente en tercera persona): "Me *parece* sencillo de copiar", "Me *pareció* que lo había visto antes" 4 *Según parece, parece que, a lo que parece* Por lo que se ve, como se observa, por lo que se sabe: "*Según parece* hoy no vendrá nadie", "*Parece que* llueve", "*A lo que parece* la tormenta fue muy fuerte".

parecer[2] sm Opinión o juicio que tiene una persona acerca de otra o de alguna cosa: "Dio su *parecer* sobre el asunto", "Coincidieron todos los *pareceres* sobre esa secretaria".

pared s f 1 Obra de albañilería que se levanta del suelo hasta una altura generalmente superior a la de las personas, hecha de adobe, ladrillo, piedra, madera, etc., que sirve para sostener un techo o dividir un cuarto o un terreno: *las paredes de una casa, reloj de pared* 2 Cualquier división o envoltura de algo: *las paredes de la nariz, las paredes del intestino*.

pareja s f 1 Conjunto formado por dos personas o cosas que se complementan, son semejantes o tienen alguna relación entre sí, como macho y hembra, hombre y mujer, etc. 2 Cada uno de los miembros de ese conjunto con respecto al otro: *tener pareja, ser pareja de baile, la pareja de un calcetín*.

paréntesis s m 1 Oración o construcción que se intercala en otra, sin alterar su significado y sin que necesariamente se articule con ella sintácticamente, como en: "Llegaron las golondrinas (y mira que son bonitas) y comenzaron a hacer sus nidos bajo el tejado" 2 Signo ( ) en el que se encierra generalmente la oración o construcción, pero que también sirve para otras cosas (Ver tablas de puntuación) 3 Interrupción de algo por cierto tiempo: "Se hizo un *paréntesis* en la conversación".

parque s m 1 Terreno de cierta extensión, sembrado con árboles, flores y pasto, a veces con fuentes y estatuas, dedicado al descanso, el placer y la distracción: *parque público, el parque de un palacio* 2 *Parque zoológico* Terreno en donde se cuidan y exhiben animales de diferentes especies, particularmente los salvajes: *ir al parque zoológico* 3 *Parque nacional* Zona de alguna región del país cuya flora y fauna se protege de la acción del ser humano para conservar sus especies y sus condiciones de vida 4 Lugar dedicado al almacenamiento de instrumentos, herramientas y materiales de una actividad particular: *parque de ferrocarriles, parque de intendencia, parque de artillería* 5 Conjunto de las balas y las municiones de que dispone un ejército o un grupo de soldados: "Si el general Anaya hubiera tenido *parque*, los invasores norteamericanos no habrían vencido en Churubusco".

parte s f 1 Cierta cantidad de algo mayor, determinada o indeterminada, que se toma, se da, se separa o se divide de ello: *parte del pueblo, una parte de una manzana, parte del tiempo, parte del dinero, una gran parte de los regalos, parte de una herencia* 2 Cierta región, lugar, zona o punto de la Tierra o del universo: *una parte de América,* *parte de la selva, algunas partes de la ciudad, en partes del camino, parte del cielo, en la parte más profunda del mar* **3** *De parte a parte* De un lugar a otro, de un lado al otro, de un extremo a otro: "Los viajeros cruzaron México *de parte a parte*" **4** Cierto aspecto, característica, lado, matiz de algo o alguien: *la parte trasera, la parte alta, una parte bella, las partes interesantes, una parte de un prisma, parte del carácter* **5** *En parte* De manera incompleta, no del todo: "Esa ciudad es bonita *en parte*", "*En parte* sí me gusta estudiar biología" **6** *Parte por parte* Una cosa o aspecto tras otro, sin dejar de tomar o considerar nada: "Resuelve el problema *parte por parte*", "Fuimos buscando la solución *parte por parte*" **7** *Por partes* Una cosa después de otra, separándolas y distinguiéndolas con cuidado: *limpiar la casa por partes, revisar el trabajo por partes, ir por partes* **8** *Ser algo o alguien parte* Pertenecer a un conjunto mayor o constituirlo junto con otros elementos: "*Somos parte* del pueblo mexicano", "Estos tornillos *son parte* del motor" **9** Cada una de las personas o agrupaciones que tienen que ver o que participar en algo común a ellas: *la parte acusadora, un acuerdo entre las partes* **10** *Tomar parte* Entrar en un asunto común a varios, estar presente y actuar en alguna cosa junto con otros: *tomar parte en las decisiones, tomar parte en la conversación, tomar parte en el delito* **11** *Ponerse de parte de*

alguien o de algo Apoyar a una persona, o contribuir a sostener alguna cosa, cuando hay otras que participan en el mismo acto o el mismo asunto: *ponerse de parte de los débiles, ponerse de parte de la ley, ponerse de parte de sus amigos* **12** *De parte de* Por encargo o petición de, en favor de: "Le envían esta gallina *de parte de* Don Zenón", "Vine a hablarte *de parte de* tu novio", "¿*De parte de* quién?" **13** *Hacer alguien lo que está de su parte* Hacer lo que debe, le corresponde o lo que puede: "*Hemos hecho* todo cuanto *estaba de nuestra parte* para complacerlos" **14** Cada uno de los personajes de una obra de teatro, cine, televisión o radio, que toca representar a un actor: "Tú haces la *parte* de Don Juan, tú la de Doña Inés y tú la de Don Luis" **15** Cada uno de los fragmentos musicales de una obra, que corresponde tocar a un músico: *la parte del corno, la parte del violín* **16** s m Noticia que da regularmente una persona a su superior acerca del desarrollo de algo, especialmente entre militares: *un parte de guerra, los partes del frente, un parte de sin novedad* **17** s m Escrito con el cual se comunica algún acontecimiento a quien corresponde conocerlo: *un parte médico, un parte oficial* **18** *Dar parte* Avisar algo a quien corresponde saber de ello, para que actúe: *dar parte a la Cruz Roja, dar parte de un accidente* **19** *Partes de la oración* (*Gram*) Cada una de las distintas clases de palabras en que la gramática tradicional clasifica los signos que intervienen en una oración, de acuerdo con ciertos criterios, sea por la forma que tienen, por la función que desempeñan en ella o por el significado que portan. Como la clasificación proviene de la gramática griega y se ha venido discutiendo y modificando durante siglos, hay varias clasificaciones: Para la Academia de la Lengua son nueve: artículo, nombre, adjetivo, pronombre, verbo, adverbio, preposición, conjunción e interjección; para Andrés Bello, el gran gramático del siglo XIX, son siete: sustantivo, adjetivo, verbo, adverbio, preposición, conjunción e interjección (el artículo y el pronombre pasan a definirse entre los nombres, sustantivos o adjetivos). Cada clasificación hecha implica una doctrina gramatical que la fundamente.

participación s f 1 Acto de participar: *participación en una reunión, participación de un sentimiento, participación de matrimonio* 2 Tarjeta generalmente impresa en la que se da a conocer algo a familiares y amigos: *una participación de boda, enviar participaciones.*

participar v intr (Se conjuga como *amar*) 1 Tener o tomar uno parte en alguna cosa: *participar en un concurso, participar en un negocio* 2 Tener alguien algo en común con otra persona: *participar de una opinión, participar de la alegría* 3 tr Hacer saber a otra persona alguna cosa, generalmente con cierta formalidad: *participar una noticia, participar un nuevo horario.*

participio s m *(Gram)* Forma no personal del verbo, que puede tener carácter verbal, adjetival y aun de sustantivo. Se divide en *participio presente* o *activo* y *participio pretérito* o *pasivo*. El primero se forma con los sufijos *–ante* para los verbos terminados en *–er* e *–iente* para los terminados en *–er*, *–ir*: *humeante, amante, doliente, pudiente, durmiente, sonriente.* El segundo, con los sufijos *–ado* para los verbos de la primera conjugación e *–ido* para los de la segunda y la tercera conjugación: *amado, comido, subido.* Algunos se forman de manera irregular, con los sufijos *–to, –so* y *–cho: roto, visto, impreso, dicho,* etc. El *pasivo* forma los tiempos compuestos de la conjugación: *he amado, he comido, he subido,* así como ciertas perífrasis: *estar cansado, ir dormido.* Con el verbo *ser* forma oraciones pasivas: "El libro fue *publicado*", "La manzana fue *cortada*". Tiene valor adjetivo en casos como: *la niña consentida, un mueble roto, una cara lavada;* y sustantivo en *partido, amada, vista,* etc. Tanto en sus usos perifrásticos como en sus valores adjetivo y sustantivo, tiene flexión de número y género. El *participio activo* se usa poco y casi todos se han convertido en adjetivos y sustantivos, como: *hirviente, teniente, sirviente, amante, oyente, pendiente,* etc.

partícula s f 1 Parte muy pequeña de algo: *una partícula de polvo, una partícula de oro* 2 *(Fís)* Parte muy pequeña de materia, como el átomo, la molécula, etc. 3 *(Fís) Partícula elemental* La que no se puede considerar como divisible, sino unitaria, como el mesón y el quark 4 *(Gram)* Parte invariable de la oración particularmente la conjunción y la preposición.

particular adj m y f 1 Que es propio de una sola persona o de un solo grupo, de su carácter, interés o pertenencia, de su uso o provecho exclusivo: *vida particular, gusto particular, asunto particular, coche particular,* "Por las tardes toma clases *particulares*", *fiesta particular, colegio particular* 2 Que es diferente o extraño, que no tiene las características propias del género, clase, etc. al que pertenece o del modelo con el que se compara: *un comportamiento muy particular, un sabor particular, una historia muy particular* 3 Que es específico: *una cuestión particular, un tema particular* 4 s m Tema o asunto del que se trata: "Y sobre este *particular* dijo:..." 5 *En particular* Especialmente, con la atención puesta en cierto asunto: "Esta obra se interesa *en particular* por el español mexicano".

partida s f 1 Acto de partir alguien hacia alguna parte: *la partida de una expedición, un punto de partida* 2 Grupo pequeño de personas armadas que recorren alguna región persiguiendo ciertos fines: *una partida de soldados, una partida de cuatreros* 3 Registro civil o eclesiástico de nacimiento, bautizo, matrimonio o defunción 4 Cada uno de los apartados o tipos de gastos de un presupuesto financiero: *la partida de maquinaria, la partida de sueldos* 5 Cada cantidad de una mercancía que se entrega junta: *una partida de aceite, una partida de trigo* 6 Cada una de las veces en que se juega algún juego de salón, como el ajedrez, el dominó, etc. 7 *Jugarle a alguien una mala partida* Causarle daño con algún acto voluntario o involuntario.

partido 1 p p de partir 2 s m Agrupación de personas con los mismos intereses, opiniones o aficiones: "Tú eres de mi *partido*", "Somos del *partido* de los madrugadores" 3 *Tomar partido* Decidirse por alguna cosa, luchar por ella o defenderla: *tomar partido en una discusión,* "Tomó *partido* por los intereses nacionales" 4 *Partido político* Organización de ciudadanos que comparten la misma ideología y el mismo conjunto de valores políticos y que luchan por tomar o mantener el poder 5 Cada una de las competencias o de los juegos que llevan a cabo los participantes en ellos, de acuerdo con ciertas reglas: *un partido de futbol, un partido de tenis, un partido de ajedrez* 6 *Sacar partido* Sacar ventaja o provecho de alguna cosa o hacer que rinda más: "Podrías *sacar partido* de tus conocimientos del náhuatl", "Hay que *sacarle partido* al salario" 7 *Tener partido alguien* Tener una persona varios admiradores o pretendientes del sexo opuesto: "¿Cómo hará Rosita para *tener* tanto *partido*?" 8 *Ser alguien un buen partido* Tener alguien suficiente preparación y dinero como para suponerse que ofrece a otro una vida matrimonial segura.

partir v tr (Se conjuga como *subir*) **1** Hacer de algo varias partes: *partir una naranja, partir un lápiz, partir una propiedad, partir en dos, partir en pedazos* **2** Abrir en pedazos alguna cosa con una arma, una herramienta o un golpe violento: *partir un coco, partir una piedra, partirse la cabeza* **3** Abrir la cáscara o el hueso de algún fruto: *partir nueces, partir un pistache* **4** En ciertos juegos de cartas, levantar una parte de la baraja y ponerla debajo de las demás, para acabar de barajarla e iniciar un juego **5** intr Irse una persona o un grupo de personas de algún lugar para comenzar un viaje: *"Partirán* de Ciudad Juárez hacia Tapachula", "Cortés *partió* de Cholula para conquistar Tenochtitlan" **6** Tomar un hecho, un acontecimiento o una proposición como base para discutirlos, analizarlos, contarlos, etc., o tener alguna cosa su principio en algún momento: "Si *partimos* de que la Tierra no es plana...", "Nuestro trabajo *parte* de 1972" **7** *A partir de* Desde, tomando en consideración: *"A partir de* 1810, México es independiente", *"A partir de* lo que se sabe, no es posible sacar una conclusión".

pasada s f **1** Acto de pasar: *la pasada del río, la hora de pasada del tren* **2** Cada aplicación de algo a otra cosa: *una pasada de pintura, una pasada de barniz* **3** *De pasada* Sin detenerse

mucho tiempo en alguna parte, o de manera que se aproveche ir a hacer algo para hacer también otra cosa: "Te iré a ver aunque sólo sea *de pasada*", "Si vas al centro, *de pasada* compra los libros" **4** *Jugar a alguien una mala pasada* Hacer algún daño o mal a alguien: "Le *jugaron una mala pasada* y no le dieron su dinero".

pasado 1 pp de pasar **2** adj y s Que ha sucedido, que ya terminó, o que es inmediatamente anterior a hoy o a lo que es actual: "Todo tiempo *pasado* fue mejor", *la vida pasada, la noche pasada, el año pasado,* "Las enseñanzas del *pasado*" **3** adj Que ya no es actual, que ha sido superado o ha perdido importancia: *una noticia pasada, una teoría pasada, un sistema pasado* **4** adj Que está echado a perder o que ha perdido su consistencia, principalmente los alimentos: *una fruta pasada* **5** s m Tiempo que ya sucedió o terminó y las cosas que ocurrieron en él: *el pasado de la humanidad, el pasado de una vida, mirar al pasado* **6** s m *(Gram)* Pretérito (Véase tabla de tiempos verbales).

pasar v tr (Se conjuga como *amar*) **1** Hacer que algo o alguien deje de estar en algún lugar o situación para que esté en otro, o deje de estar algo o alguien en alguna parte o en alguna situación para estar en otra: "Pasa esos libros del estante al escritorio", "Pasaron al inspector de la zona norte a la sur", "El niño *pasó* a segundo de primaria", "*Pasó* a primer lugar" **2** Hacer llegar o dar algo a alguien: *pasar la voz, pasar la noticia, pasar la cuenta, "Pásame la sal"* **3** Atravesar o cruzar algo de un lado a otro: *pasar el río, pasar la calle, pasar la sierra* **4** Hacer que algo vaya o ir una cosa o una persona a través de algo: *"Pasa el hilo por el ojo de la aguja", "El tren pasa por el tunel"* **5** Tragar algo: *pasarse el bocado, pasar la medicina con dificultad, pasarse el humo* **6** Dejar alguna cosa que algo fluya por su interior, o que salga o se filtre a través de ella: *"El tubo pasa mucha agua", "El motor pasa aceite"* **7** Introducir algo o a alguien en algún lugar atravesando una frontera, una barrera o burlando la vigilancia: *pasar braceros, pasar contrabando*, "Me dejaron *pasar* unos chocolates" **8** Hacer una escala o cruzar por cierto lugar una persona o un transporte durante su recorrido entre dos puntos: "¿Por aquí *pasa* el tren para Tehuacán?", "Aída *pasó* por mi casa antes de irse al trabajo" **9** *Pasar de largo* Seguir algo o alguien su curso o camino sin detenerse: "El autobús *pasó de largo* y nos dejó en el pueblo" **10** Ir una persona hacia el interior de algún lugar, o dirigirla o acompañarla para que lo haga: *pasar a la sala*, "Buenos días, *pase* usted a la casa", *pasar a las visitas al comedor* **11** *Pasar a* Dejar de hacer algo para comenzar a hacer otra cosa: *pasar al ataque, pasar a la discusión* **12** Hacer que algo recorra una superficie o un lugar: *pasarse la mano por la cabeza, pasar un trapo por la mesa, pasar la vista por el paisaje* **13** intr Cambiar algo o alguien de situación o de estado: *pasar de contador a gerente, pasar de frío a caliente, pasar de héroe a traidor* **14** prnl Cambiar de bando o de partido una persona: "Iturbide *se pasó* a los insurgentes", *pasarse a la reacción* **15** Ir algo o alguien más allá de cierto punto, de un límite determinado, o de la posición o situación en que está otra cosa o persona: *pasar en estatura a los demás, pasarse de la raya, pasarse de cortés, pasarse de listo* **16** Escribir un texto determinado en otro lugar o con otras características, o traducirlo a otro idioma: *pasar a máquina, pasar en limpio, pasar al inglés* **17** Dar vuelta o mover una hoja, una tarjeta, etc. para ver la siguiente: *pasar las páginas de un libro, pasar las fichas de la biblioteca* **18** intr Transcurrir el tiempo: *pasar los años, pasar las horas* **19** intr Suceder cierto fenómeno o acontecimiento: "¿Qué está *pasando*?", "Lo que *pasa* es que así no se trabaja", "¿Qué *pasó*, por qué no viniste?" **19** intr Haber terminado de suceder o de realizarse alguna cosa: *pasar la lluvia, pasar el dolor, pasar las elecciones* **20** Vivir o experimentar por un tiempo determinado alguna situación generalmente poco común: *pasar por una operación, pasar tristeza, pasar hambre* **21** Proyectar o transmitir algo como una película, un programa de televisión, etc.: "A las siete *pasan* el noticiero" **22** Contagiar una enfermedad, o provocar que alguien sienta, sufra, etc. algo que uno tiene: *pasar la tos ferina, pasar el miedo, pasar la mala suerte* **23** Aceptar o no tomar en cuenta alguna cosa: *pasar un error, pasar una ofensa* **24** *Pasar por alto* No tomar en cuenta alguna cosa: *pasar por alto un dato, pasar por alto la conducta del alumno* **25** Cumplir algo o alguien con los requisitos necesarios para algo: *pasar una examen, pasar los trámites, pasar el control de calidad* **26** *Pasarla sin* Poder hacer algo sin la ayuda o sin la presencia de algo o de alguien: *pasarla sin alimentos, pasarla sin marido* **27** En cierto juegos como la baraja o el dominó, no jugar o apostar en el turno que le corresponde a uno **28** *Pasarle algo por la mente, la cabeza, etc. a alguien* Aparecer una idea momentáneamente en el pensamiento de alguien: *"Me pasó por la mente que ese número sacaría el premio"* **29** prnl Olvidársele a uno algo o no darse cuenta de alguna cosa: *"Se me pasó avisarte", "Se te pasó el acento"* **30** prnl Echarse a perder un alimento por no haberse consumido a tiempo: *pasarse la fruta, pasarse el queso* **31** *Pasar por* Hacer que alguien crea que uno es de cierto carácter o que tiene ciertas cualidades: *pasar por listo, pasar por abogado* **32** *Pasar a mejor vida* Morirse: *"Su padre ya pasó a mejor vida"*.

pasear v intr (Se conjuga como *amar*) Ir por alguna parte, por diversión y por gusto: *pasear por el campo, pasear a caballo, llevar a pasear al perro*.

paseo s m **1** Acto de pasear: *un bonito paseo, irse de paseo* **2** Lugar por donde se puede pasear, en especial una calle ancha, con árboles, fuentes y monumentos, como el Paseo de la Reforma.

pasión s f **1** Sentimiento o deseo muy intenso: *las pasiones del alma, la pasión amorosa* **2** Sufrimiento muy fuerte de alguien: *la pasión de Jesucristo* **3** Estado de un objeto que recibe la acción de algo.

pasivo adj **1** Que no actúa por sí mismo, que deja actuar a los demás sin hacer él nada: *un hombre muy pasivo, una actitud pasiva* **2** Oración pasiva **3** (Adm) Cantidad total de las deudas de una persona o de una empresa.

paso s m **1** Acto de pasar: *el paso de los caminos, el paso del tiempo, el paso de las aves* **2** Lugar o camino por donde se puede cruzar de un lado a otro o que se dispone para facilitar la circulación: *el paso de la montaña, paso de peatones, paso provisional* **3** Posibilidad de circular por algún lugar o de entrar a alguna parte: *"No hay paso", "Nos dieron paso por la calle lateral"* **4** Región estrecha de mar o de un río: *Paso del Norte* **5** *De paso* Sin detenerse, por poco tiempo, al tratar otro asunto, aprovechando la ocasión: *ir de paso, estar de paso, "Hablamos también de la cosecha, pero de paso al tratar del ganado"* **6** *Salir al paso* Detener algo o a alguien de repente o bruscamente, por lo general para impedirle que continúe su camino o lo que estaba haciendo: "Hay que *salirles al paso* a los acaparadores", "Le *salieron al paso* los ladrones" **7** Cada uno de los movimientos que hace una persona al andar, entre el momento en que levanta y adelanta un pie y el momento en que pisa, para que el otro pie haga lo mismo: *un paso firme, dar un paso, oír pasos* **8** Espacio que se adelanta en cada uno de esos movimientos, medido del talón de un pie al talón del otro: "La tienda está a poco *pasos* de aquí", "Camina veinte *pasos* al norte y treinta y uno al oeste para encontrar el tesoro" **9** Manera de caminar o ritmo con el que se camina: *paso redoblado, paso corto, paso veloz, paso lento, a paso de carga, apretar el paso, marcar el paso, cambiar el paso* **10** *Al paso* A buen ritmo pero descansadamente: *ir al paso* **11** *A ese, este paso* Con esa velocidad, con ese ritmo: *"A ese paso*, no terminarán nunca el edificio" **12** Cada uno de los movimientos que se ejecutan en un baile: *paso de ballet, paso de son jarocho, un paso del jarabe tapatío* **13** Movimiento regular de un caballo, una mula, etc. cuando camina **14** *A cada paso* En cada instante, repetidamente: "No me interrumpan *a cada paso*" **15** *Paso a paso* Poco a poco, lenta y cuidadosamente: "Se acercó *paso a paso* a la puerta" **16** Cada uno de los puntos o etapas que hay que seguir o cumplir para hacer o lograr algo: "El primer *paso* es entregar los documentos", *los pasos para hacer*

una resta **17** *Paso por paso* Con rigor y cuidado siguiendo o cumpliendo uno a uno los requerimientos o las reglas de algo: "Haz esa investigación *paso por paso* para que te salga bien" **18** *Al paso que* A la misma velocidad que, a la vez que: "Trabaja *al paso que* los demás", "Ella escribía los nombres *al paso que* yo se los dictaba" **19** *Seguir los pasos de alguien* Seguir su ejemplo: *"Ha seguido los pasos de* su abuelo y será un gran ingeniero" **20** *Andar en malos pasos* Portarse alguien mal o tener malas compañías: "Ese muchacho *anda en malos pasos*" **21** *Volver uno sobre sus pasos* Repetir o corregir uno lo que ha hecho **22** *Salir del paso* Resolver una situación en cierta forma, a veces improvisadamente: *"Salimos del paso* con una buena excusa", *"Salieron del paso* vendiendo la casa" **23** Pieza teatral cómica y breve del teatro español clásico, que se representaba en los intermedios de otras obras, como los de Lope de Rueda.

patio s m **1** Espacio abierto en el interior de una casa o de un edificio donde suele haber plantas y alguna fuente y en donde juegan los niños: *los patios de palacio, el patio de mi casa* **2** Espacio abierto en una fábrica o en una estación de ferrocarril donde se almacenan materiales o por donde pueden transitar las máquinas sin precaución: *máquina de patio, maniobras de patio.*

patria s f **1** Nación en la que se ha nacido y a la que uno siente pertenecer: *la patria mexicana,* *honores a la patria* **2** *Patria potestad* Conjunto de las facultades y deberes que tienen los padres o reciben los tutores para con los menores, en relación con su persona y sus bienes.

patriotismo s m Sentimiento de pertenecer a una patria, amarla, respetarla y trabajar o luchar por ella.

patrón s **1** Persona que dirige o manda en alguna cosa, o que es propietaria de una fábrica o un negocio y paga por su trabajo a los trabajadores: *el patrón de una oficina, el patrón de un barco, la patrona de una casa, los patrones de la empresa* **2** Santo bajo cuya protección se pone una iglesia, un pueblo, una persona, etc.: *el patrón de los albañiles, San José, patrón de los carpinteros* **3** Objeto que se toma como regla o modelo de otros que lo han de imitar: *un patrón para un vestido, el metro patrón.*

patronímico adj y s *(Gram)* Nombre de una familia, que se transmite de padres a hijos, como González, López, García, etc.; apellido.

patrona s **1** Persona que protege y ayuda a algo o a alguien: *patrono de las artes, patrono de pintores* **2** Miembro de un patronato: *patrono del Monte de Piedad* **3** Santo bajo cuya protección y cuidado se pone algo o alguien: *Santa Cecilia, patrona de la música.*

paz s f **1** Situación o estado de las personas y las sociedades de tener tranquilidad y calma en su vida y en sus relaciones con los demás: *paz en la conciencia, paz interior, paz doméstica, paz social* **2** Estado de respeto mutuo, tranquilidad y buenas relaciones entre dos o más países: *hacer la paz, firmar un tratado de paz,* "El respeto al derecho ajeno es la *paz*" **3** *Descansar en paz* Estar ya muerta una persona y quedar sólo su memoria: "Mis padres *descansan en paz*".

pecho s m **1** Parte del cuerpo humano y de los animales superiores situada entre el cuello y el vientre, y en cuyo interior se encuentran los pulmones y el corazón protegido por las costillas **2** Cada una de las mamas de una mujer **3** Valor y emoción: *ponerle pecho al trabajo, sacar el pecho, erguir el pecho* **4** *Tomar a pecho algo* Tomarlo con mucha seriedad y sensibilidad: "Me *tomé a pecho* las críticas de mis amigos".

pedir v tr (Se conjuga como *medir,* 3a) **1** Expresar una persona a otra lo que desea, necesita o requiere para que se lo dé o se lo conceda: *pedir dinero, pedir limosna, pedir cariño, pedir ayuda, pedir paz y tranquilidad* **2** Expresar un hombre o un enviado suyo a los padres de su novia su deseo de casarse con ella, generalmente durante una ceremonia: "¡Mañana *piden* a mi hermana mayor!" **3** Estar algo o alguien en tal situación que parece necesitar alguna cosa: "Los vidrios ya *piden* que los laves", "La huelga *pide* a gritos una solución".

pegar[1] v tr (Se conjuga como *amar*) **1** Hacer que una cosa quede fija o unida a otra, generalmente mediante alguna sustancia u otro material para que no se pueda separar: *pegar una estampa, pegar las patas de la silla, pegar un botón* **2** prnl Unirse dos cosas entre sí por sus propias características o naturaleza: *pegarse los imanes* **3** Poner una cosa muy cerca de otra o de manera que se toquen: *pegar los muebles a la pared* **4** prnl Acercarse mucho una persona a otra hasta tocarla, o seguirla continuamente por acompañarla o sacar provecho de ella: *pegarse la gente en el autobús, pegarse al líder, pegársele a un político* **5** prnl Juntarse una persona a otras sin que la inviten a hacerlo: *pegarse a un desfile, pegarse con los invitados a una fiesta* **6** intr Combinar o quedar bien una cosa con otra: "No *pegan* los zapatos negros con el pantalón café" **7** Lograrse algo o tener éxito: pegar la enredadera, pegar el fuego, pegar una moda.

pegar² v (Se conjuga como *amar*) **1** v intr Dar de golpes a algo o a alguien: *pegar a la pelota, pegar a un niño, pegar con un palo a la piñata* **2** intr Golpear una cosa con otra: "El viento *pega* en la ventana", "Los cables *pegan* en los árboles" **3** tr Realizar alguien o algo cierta acción de manera sorpresiva, brusca y con fuerza: *pegar un salto, pegar un grito, pegar un susto.*

pelea s f Acto de pelear: *una pelea cuerpo a cuerpo, una pelea de gallos, una pelea de pandillas.*

pelear v intr (Se conjuga como *amar*) **1** Usar su fuerza o sus armas personas o animales para oponerse a otros e intentar de-rrotarlos, dominarlos o matar-los: *pelear dos ejércitos, pelear los niños en el patio, pelear dos perros* **2** Esforzarse alguien mucho por alcanzar o lograr algo, particularmente cuando hay dificultades u obstáculos que lo impidan: *pelear por una vida mejor, pelear por dar educación a los hijos.*

película s f **1** Capa sólida o líquida, muy delgada, que recubre o que se forma en la superficie de cualquier cosa: *una película de hielo, la película que rodea a un órgano* **2** Cinta preparada con ciertas sustancias químicas que permiten grabar en ella imágenes tomadas a través de la lente de una cámara fotográfica: *una película en blanco y negro, una película a color* **3** Obra cinematográfica impresa sobre esas cintas: *una película de charros, una película de Cantinflas, una gran película de Fernando de Fuentes.*

peligro s m Circunstancia en la que existe la posibilidad de que suceda algo malo o dañino y objeto o persona que puede causar o producir ese mal o ese daño: "Hay el *peligro* de que el río se desborde", "Intentemos alejar el *peligro* de una guerra nuclear", "Ese hombre borracho es un *peligro* para todos".

pelo s m **1** Especie de hilo delgado y flexible que nace en la cabeza y otras partes del cuerpo humano, en la piel de los animales como el chango, el gato, el caballo, etc. y en ciertas plantas como el maíz **2** Conjunto de esos hilos: *tener un pelo bonito, cortarse el pelo, cepillar el pelo* **3**

Montar a pelo Montar un caballo, una mula o un burro sin silla **4** *A contrapelo* En sentido contrario a como sucede o se desarrolla algo, contra la tendencia **5** *Al pelo* A la medida del deseo, con oportunidad: "La camisa que me regalaron me cae *al pelo*", "Esa decisión tuya me viene *al pelo*" **6** *De medio pelo* De poca calidad, valor o categoría: un teatro *de medio pelo*, una persona *de medio pelo*, una novela *de medio pelo* **7** *De pelo en pecho* Valiente y serio: *un hombre de pelo en pecho* **8** *Tomar el pelo a alguien* Engañarlo, burlarse de él: "Me *tomaron el pelo*: me dijeron que regalaban la leche" **9** *Con pelos y señales* Con todo detalle: "Cuéntame las aventuras *con pelos y señales* **10** *No tener pelos en la lengua* Decir las cosas con claridad y franqueza **11** *Poner algo los pelos de punta a alguien* Causar algo mucho miedo o terror a alguien: "El bulto que vi en el campo me *puso los pelos de punta*".

pena s f **1** Castigo que impone una autoridad a quien ha cometido un delito: *pena de prisión*, *pena de muerte* **2** *So pena de* Bajo la amenaza o el castigo de: "Nadie debe salir del salón *so pena de* expulsión" **3** *Pena capital* La de muerte **4** Tristeza o compasión que produce en alguien el daño, el dolor, la pobreza, la enfermedad, etc. de otra persona: "Siento *pena* por la muerte de tu abuelo", "Me da *pena* ver a esa niña tan triste", "¡Cuánta *pena* me dan los ancianos abandonados!" **5** Dificul-

tad y esfuerzo que implica lograr algo: "Ya veo la *pena* que te has tomado para coser este mantel" **6** *Valer o merecer algo la pena* Valer o merecer el esfuerzo: "La alegría de los niños *merece la pena* de trabajar para ellos", "Ese muchacho no *vale la pena*" **7** *A penas* Con dificultad, con esfuerzo, en el momento en que: "*A penas* logré terminar esta silla", "*A penas* llegues, nos iremos juntos" **8** *A duras penas* Con mucho esfuerzo: "*A duras penas* logró decir tres palabras" **9** *Sin pena ni gloria*, Sin interés, sin destacar: "Terminó la obra de teatro *sin pena ni gloria*" **10** Vergüenza que siente alguien por algo o timidez delante de alguien: "Me da *pena* molestar", "Tiene *pena* de hablar contigo".

penar v (Se conjuga como *amar*) **1** tr Imponer una pena a alguien o señalar la ley el castigo que corresponde a cierta falta o delito: "Al prisionero lo *penaron* con diez años de cárcel", "Aprovechar el cargo para enriquecerse, legalmente está *penado* por la Ley" **2** intr Sufrir un dolor o una pena: "La Llorona *penaba* todas las noches", "El muerto ha de estar *penando* en el purgatorio".

penetración s f **1** Acto de penetrar: *la penetración del agua por las rendijas, la penetración de la vista, la penetración en la fortaleza enemiga* **2** Capacidad que tiene alguien para darse cuenta de cosas difíciles o sutiles: *la penetración de un detective, la penetración de un médico*.

penetrar v tr (Se conjuga como *amar*) **1** Entrar algo en otra cosa cuya materia ofrece resistencia, o entrar alguien con esfuerzo y dificultad en algún lugar protegido o defendido: *penetrar una aguja la carne, penetrar una flecha en el agua, penetrar la vista en el espacio, penetrar la luz en una cueva, penetrar una línea de batalla, penetrar los ladrones en un banco* 2 Afectar algo con mucha intensidad los sentidos o los sentimientos: *penetrar un grito los oídos, penetrar una traición el alma* 3 Llegar a entender o a descubrir algo oculto, secreto o complicado: *penetrar en el pensamiento budista, penetrar una explicación gramatical.*

pensamiento s m 1 Capacidad que tiene el ser humano de someter su experiencia a análisis, juicio, deducción, etc. y de sacar de ello ideas, conclusiones, invenciones, etc. 2 Acto de ejercer esa capacidad y cada uno de sus resultados: *el pensamiento acerca de la libertad, un pensamiento sobre la ley, tener muchos pensamientos* 3 Lugar supuesto donde se ejerce esa capacidad: "Tengo varias ideas en mi *pensamiento*", "No puedo sacar ese tema de mi *pensamiento*" 4 Conjunto de ideas y conceptos que tiene o ha desarrollado una persona o un grupo de personas: "El *pensamiento* de Samuel Ramos", "El *pensamiento* de la Revolución Mexicana" 5 *Buenos o malos pensamientos* Ideas buenas o malas que puede tener alguien, particularmente las de carácter moral o sexual.

pensar v tr (Se conjuga como *despertar*, 2a) 1 Ejercer la capacidad del pensamiento para formarse ideas acerca de lo que uno percibe y siente, someterlas a juicio y sacar conclusiones a propósito de ellas: *pensar las cosas, pensar las acciones, pensar lo dicho, pensar en los demás, pensar en un sentimiento, pensar acerca de las estrellas, pensar acerca de la naturaleza* 2 Tener o formarse una idea, opinión, etc. acerca de algo o de alguien, o llegar a una conclusión a propósito de algo: "*Pensé* que era más joven", "*Pensaba* que no te iba a gustar" "*Piensa* que convendría estudiar mejor la historia" 3 Tener la intención de hacer algo: "*Piensa* visitar el museo el sábado próximo" 4 *Pensar bien o mal de alguien* Formarse buena o mala opinión de alguien, confiar o desconfiar de él 5 *Dar algo o alguien que pensar* Producir en uno preocupación alguna cosa o alguna persona: "La falta de lluvia por tantos años *da que pensar*", "La amistad de Orlando con los contrabandistas *da que pensar*".

pequeño adj 1 Que es de poco tamaño, intensidad, importancia, cantidad, etc: *hombre pequeño, ruido pequeño, sueldo pequeño, pequeña fiesta* 2 Que es de poca edad: *niño pequeño.*

percepción s f 1 Acto y capacidad de percibir: *percepción visual* 2 Dinero que cobra una persona por su trabajo, una institución por sus servicios o el gobierno como impuestos.

percibir v tr (Se conjuga como *subir*) 1 Recibir en los centros nerviosos superiores las impresiones que registran los sentidos al ser estimulados: *percibir un sonido, percibir un olor* 2 Darse cuenta de algo: *percibir la diferencia entre dos cosas, percibir un peligro* 3 Recibir una cantidad de dinero como pago por un trabajo, como sueldo, como pensión, etc.: *percibir dos mil pesos mensuales.*

perder v tr (Modelo de conjugación 2a) 1 Dejar de tener algo, no saber dónde quedó una cosa que se tenía o alguna persona con la que se estaba, o no conseguir algo que se esperaba: *perder la pluma, perder las llaves,* "Si no quieres *perder* ese dinero guárdalo bien", "Rosa *perdió* a su niño en el parque", *perder un trabajo, perder un premio, perder una oportunidad, perder el avión* 2 Dejar de percibir las cosas con los sentidos o con alguno de ellos, a causa de una enfermedad, un golpe, etc.: *perder la conciencia, perder el habla* 3 *Perder la cabeza, el habla, el control, etc.* Dejar de tener dominio de sí mismo, generalmente por alguna emoción intensa: "Vi una sombra en la ventana y *perdí el habla*" 4 Resultar derrotado en una competencia, en un juego o en la guerra: *perder un partido, perder por dos puntos, perder al ajedrez, perder una batalla* 5 Dejar de tener el dinero que uno apostó en un juego de azar: *perder en las carreras de caballos, perder cien pesos en la ruleta* 6 Equivocarse de dirección y no llegar al lugar que se quería, o no saber dónde se está: *perder la ruta, perder el camino, perderse en el bosque, perderse en la ciu-*

dad, "El abuelo se *perdió*" 7 Dejar de seguir el desarrollo o la continuidad de algo, o no entender sus relaciones: *perder el hilo de la plática, perder la trama.* "Nos *perdimos* el final de la película", *perder el paso,* "Son cifras tan grandes que uno se *pierde*", *perderse en un problema* 8 Disminuir la intensidad, la calidad, o la cantidad de algo: *perder el ánimo, perder el afecto, perder fuerza, perder energía, perder calor, perder diez kilos* 9 Causar un daño moral duradero y grave a alguien: "El vicio lo *perdió*", "Se *perdió* por sus malas compañías" 10 *Perder a una persona* Sufrir su ausencia o su muerte: *perder a un compañero.*

pérdida s f 1 Acto de perder: *la pérdida de un libro, pérdida de valor, pérdida de la memoria, pérdida de la salud, pérdida de la conciencia, pérdida de energía* 2 pl Cosas que se pierden: "No se ha calculado el valor de las *pérdidas*", "Las *pérdidas* ascienden a cinco millones de pesos".

perdón s m 1 Acto de perdonar algo a alguien: *el perdón de un error, pedir perdón, dar el perdón* 2 Manera cortés de introducir la petición de algo o intervenir en algo: "*Perdón*, ¿qué hora es?"

perdonar v tr (Se conjuga como *amar*) 1 Renunciar a castigar una culpa, una falta, una ofensa o a cobrar una deuda de alguien: "Le *perdonaron* dos años de cárcel", "Me *perdonó* los cincuenta pesos que le debía" 2 Permitir que alguien no cumpla con una obligación: "Me *perdonaron* el pago de los impuestos" **3** *No perdonar algo* No poder estar sin algo: "*No perdona* su café por la mañana" **4** Manera de introducir la petición de algo o de intervenir en algo: "*Perdone*: ¿Hacia dónde queda el Zócalo?", "Me *perdonaría* una palabra?"

perfecto adj **1** Que tiene el mayor grado de calidad o de valor que se puede encontrar o desear: *una mujer perfecta, un ejemplo perfecto, un perfecto caballero* **2** Que ha alcanzado un estado o una situación insuperable: *un orden perfecto, un crecimiento perfecto* **3** Que es completo, total o logrado: *un perfecto idiota, un egoísmo perfecto, no hay crimen perfecto*.

perífrasis s f (*Gram*) **1** Construcción que consta de un verbo auxiliar conjugado, seguido de otro en infinitivo, gerundio o participio. Muchas veces se utiliza en lugar de una forma verbal flexionada para dar ciertos matices a su significado. El infinitivo suele ir precedido por la conjunción *que* o por alguna preposición. Entre las perífrasis más usuales en español están: *ir a + infinitivo*: "Voy a escribir", que indica una acción futura o el propósito de realizarla, *tener que + infinitivo*: "Tengo que trabajar", que expresa obligación o necesidad; *haber de + infinitivo*: "Han de ser las siete", que manifiesta la posibilidad de que algo suceda o esté sucediendo; *estar + gerundio*: "Estoy estudiando", cuyo sentido es de duración; y *haber + participio*: "No he ido al cine en mucho tiempo", que forma los tiempos compuestos del indicativo y el subjuntivo **2** *Perífrasis pasiva* La que se forma con el verbo *ser* como auxiliar y el participio del verbo principal: *ser amado, fue comido, fue cantado*.

perímetro s m (*Geom*) Línea que rodea o limita una figura, y medida de esta línea: *el perímetro de un terreno, el perímetro de un círculo*.

periódico 1 Adj Que sucede, aparece o se repite cada cierto tiempo: *reunión periódica, crisis periódicas, movimiento periódico* **2** sm Publicación diaria o a espacios regulares de tiempo, que da noticias, relata acontecimientos actuales y anuncia cuestiones o acontecimientos de interés: *leer los periódicos, un gran periódico, periódico mensual*.

periodo s m **1** Espacio de tiempo durante el cual sucede algo: *un periodo de ocho meses, periodo de crecimiento, periodo precolombino* **2** Espacio de tiempo, de una duración bien determinada, en el que sucede algún fenómeno: *el periodo de una enfermedad, el periodo de rotación de la Tierra* **3** Tiempo que tarda en producirse en todas sus etapas un fenómeno repetitivo: *el periodo de una onda, el periodo de un cometa* **4** Salida de sangre de la matriz de una mujer o de las hembras de muchos mamíferos, producida por la función biológica natural de desechar los óvulos que no resultaron fertilizados durante el espacio de tiempo inmediatamente anterior; este fenómeno se repite en la mujer, generalmente, cada veintiocho días.

permanecer v intr (Se conjuga como agradecer, 1a) Estar algo o alguien en un lugar, estado o situación determinado y continuar en él sin presentar cambios: *permanecer en la capital*, *permanecer en casa*, *permanecer enfermo*, *permanecer inundado*.

permanencia s f Estado de aquello que se mantiene, se queda o se conserva en un mismo lugar, actitud o situación: "La *permanencia* de los edificios a través de la historia", "La *permanencia* de problemas sociales", "Su *permanencia* en el extranjero lo hizo madurar".

permanente adj m y f **1** Que dura, se mantiene o se conserva indefinidamente: *trabajo permanente*, *daño permanente*, *daño permanente*, *comisión permanente* **2** s m Ondulación artificial del pelo que dura mucho: *hacerse un permanente*.

permiso sm **1** Declaración mediante la cual una persona o una autoridad anuncia o avisa que otra puede hacer algo o comportarse de cierta manera: *pedir permiso*, *dar permiso*, *faltar sin permiso*, *tener permiso para entrar al hospital* **2** Escrito en el que se hace esa declaración: *permiso de importación*, *permiso de entrada* **3** Con permiso Dicho con el cual se pide a alguien cortésmente que le permita pasar de un lugar a otro, o con el que se interviene en alguna conversación: "*Con permiso*, voy a salir", "*Con permiso*, yo no estoy de acuerdo".

permitir v tr (Se conjuga como *subir*) **1** Dar alguien permiso a otra persona para que haga algo o se comporte en cierta forma: *permitir la salida*, *permitir la importación de leche* **2** Tener algo la capacidad de hacer cierta cosa o las características necesarias para obtener un resultado determinado: "Esta máquina *permite* cosechar más rápido", "Sus aptitudes le *permitieron* encontrar un buen trabajo".

pero conj **1** Indica oposición, contradicción o restricción entre los significados de dos oraciones: "Quiere sacar buenas calificaciones, *pero* no estudia", "Quise salir temprano de mi casa, *pero* no pude", "Trabaja mucho, *pero* no le pagan" **2** Introduce cierto matiz de aprobación o desaprobación de algo: "Ese actor es bueno, *pero* no me simpatiza", "Ella es fea, *pero* amable" **3** Señala el carácter aparentemente opuesto entre dos significados, aunque matizado por otras consideraciones: "Mi caballo es viejo, *pero* muy fiel", "Tiene una camisa descolorida y fea, *pero* muy limpia" **4** Introduce la justificación de algo, cuya equivocación o cuyo carácter negativo se reconoce: "Es cierto que no hizo la tarea, *pero* es que estuvo enfermo", "Claro que debía haberle avisado, *pero* no encontré la manera de hacerlo" **5** Enfatiza la oración a la que introduce, destacando un matiz contradictorio o de desaprobación: "*Pero* ¡Cómo se atrevió a hablarte así?", "¡*Pero* es injusto!", "Haz lo que quieras, *pero* no dejes de estudiar" **6** s m Defecto u objeción: "Este dibujo no tiene *pero*", "Tengo varios *peros* que ponerle al trabajo".

perpendicular adj m y f y s f (*Geom*) Que forma un ángulo recto con otra línea o plano: *trazar una perpendicular, una calle perpendicular a la avenida*.

perro s **1** Mamífero carnívoro de la familia de los cánidos, domesticado desde hace mucho tiempo, de varias razas, tamaños y pelajes. Lo caracteriza su ladrido, el modo como manifiesta alegría o excitación moviendo rápidamente la cola y la ayuda que presta al ser humano como guardián, pastor y cazador: *perro chihuahueño, perro pastor, perro callejero* **2** *Ser alguien un perro* Ser persistente y bravo para algo.

persecución s f Acto de perseguir: *la persecución de los criminales, una persecución política, una campaña de persecución*.

perseguir v tr (Se conjuga como *medir*, 3a) **1** Seguir a alguien o a algún animal para alcanzarlo: *perseguir a un ladrón, perseguir una fiera* **2** Buscar insistentemente a alguien causándole molestias: "Lo *persiguen* sus acreedores", "Las adolescentes *persiguen* al actor" **3** Molestar y tratar de causar daño una persona a otra: "Lo *persiguen* por sus ideas políticas", "La *persigue* el jefe de la oficina" **4** Presentarse alguna cosa con insistencia a la conciencia o al ánimo de una persona: "Lo *persiguen* los remordimientos", "Nos *persigue* la

mala suerte" **5** Tratar de destruir por completo algún animal o alguna cosa dañina: *perseguir la garrapata, perseguir un virus*.

persona s f **1** Individuo de la especie humana: *una buena persona*, "Vinieron varias *personas*" **2** *En persona* Por lo mismo o uno mismo presente: "Cantó Caruso *en persona*", "Allí estaba Vasconcelos *en persona*" **3** *Persona física* La que tiene derechos y obligaciones determinados por la ley **4** *Persona moral* Conjunto de individuos que forman una asociación o grupo con una personalidad jurídica distinta de la de cada uno de sus miembros **5** Entre los cristianos, el Padre, el Hijo y el Espíritu Santo, que forman la Santísima Trinidad **6** (*Gram*) Flexión del verbo y del pronombre manifestada en gramemas o morfemas gramaticales que señalan a cada uno de los participantes en una conversación o de los que se habla en ella. *Primera persona* es la que habla; en los pronombres personales la designan *yo* y *nosotros*; en los posesivos *mío, nuestro*, etc.; en el verbo *-o* en la mayor parte de los casos, y *-nos* (en): *amo, como, subo, amamos, comemos, subimos. Segunda persona* es a la que uno habla: *tú, usted, (vosotros), ustedes, tuyo, suyos*, etc., y *-s* y *-n* (o *-is*) en: *amas, comes, subes, aman (amais), comen (comeis), suben (subis). Tercera persona* es aquella de la que se habla: *él, ella, ellos, suyo, suyos*, etc., y *-a, -e* en la mayor parte de los casos, y *-n* en: *ama, come, sube, aman, comen, suben*.

personaje s m 1 Persona cuyas cualidades o características, o el cargo que desempeña, la distinguen de las demás y la vuelven importante: *un personaje del cine, una fiesta llena de personajes, un personaje criminal* 2 Cada uno de los seres humanos o animales, reales, ficticios o simbólicos, que participan en una obra literaria o dramática: *un personaje de novela, un personaje de cine, los personajes de una obra teatral.*

personal 1 adj m y f Que pertenece a la persona, o se relaciona con una sola persona: *interés personal, asunto personal, impresión personal* 2 s m sing Conjunto de las personas que trabajan en un establecimiento o institución: *el personal de una fábrica.*

personalidad s f 1 Forma de organización de las distintas características que determinan el comportamiento y la apariencia de una persona: *desórdenes de la personalidad, una personalidad agradable, una personalidad agresiva* 2 Manera de ser característica y original que tiene una persona y que hace que su presencia llame la atención de los demás: *tener personalidad* 3 Persona que destaca en un determinado campo o actividad: *personalidades políticas, una personalidad de las letras.*

pertenecer v intr (Se conjuga como *agradecer*, 1a) 1 Ser algo propiedad de alguien: "Ese libro *me pertenece*" 2 Formar parte de algo: *pertenecer a un sindicato, pertenecer a un país, pertenecer a una categoría.*

pertenencia s f 1 Acto de formar parte de algo: *pertenencia a un partido, pertenencia a un sindicato, pertenencia a una clase social* 2 s f pl Cosas que son propiedad de alguien: "Le robaron todas sus *pertenencias*".

pesado adj 1 Que pesa mucho: *un mueble pesado* 2 Que se hace con mucho esfuerzo o cuesta trabajo terminar: *trabajo pesado, un día pesado* 3 Que está muy cargado de materia o de adornos: *un edificio pesado, una escultura pesada* 4 Que es lento o de movimientos difíciles y confusos: *un camión pesado, un animal pesado* 5 Que es molesto o difícil de soportar: *broma pesada, persona pesada* 6 Que es aburrido y falto de interés: *una novela pesada, un tema pesado* 7 Que es difícil de digerir o asimilar: *comida pesada, argumento pesado.*

pesar[1] v intr (Se conjuga como *amar*) 1 Tener algo o alguien peso: *pesar mucho, pesar toneladas* 2 Medir con algún instrumento el peso de algo: *pesar en una báscula, pesar con una balanza, pesar diez kilos* 3 Considerar alguien que algo tiene un peso mayor que el esperado o deseado: "Empaca primero todo lo que *pesa*", "Este diccionario no *pesa*" 4 Ser algo o alguien una fuerte responsabilidad, obligación, carga o motivo de cansancio para una persona: "El cuidado de sus padres *pesa* sobre sus hombros", "Los años ya le *pesan* a Don Benito" 5 Tener algo o alguien mucha influencia en algo o ser algo importante para que algo se realice o se decida: "El voto obrero *pesará* en las elecciones", "La opinión de Don Serapio *pesa* mucho en la decisión" **6** Causar algo o alguien a una persona un sentimiento o una emoción de culpa, de responsabilidad o de tristeza: "esa mentira te *pesará* siempre", "Me *pesó* mucho la muerte de mis padres" **7** *Pese a* Aunque moleste o disguste a, sin tomar en cuenta: "Defenderé mis ideas *pese a* todos", "*Pese a* mis súplicas, se fue de la casa" **8** *Pese a que* Aunque, a pesar de que: "*Pese a que* no me invitaron, iré a la fiesta" **9** *Mal que me, te, etc. pese* Aunque no quiera, quieras, etc.: "*Mal que me pese* tendré que sonreír".

pesar[2] s m **1** Sentimiento o emoción de culpa, de responsabilidad, de tristeza o de nostalgia: *pesar por la muerte de un gran hombre, pesar por una falla, pesar por abandonar su país* **2** *A pesar de* Sin tomar en cuenta algo, aun en contra de algo o alguien: "Salió *a pesar de* estar enfermo", "Siguió fumando *a pesar de* la orden del médico", "*A pesar de* que no entendí todo, la obra me gustó".

pesca s f **1** Acto de pescar: *la pesca del atún, salir de pesca* **2** Oficio de pescar **3** Conjunto de animales que se pueden pescar o que se han pescado: *zona de pesca, buena pesca* **4** *Pesca de altura* La que se efectúa en aguas relativamente alejadas de la costa.

pescado s m Pez sacado del agua y muerto, particularmente el comestible: *comer pescado, comprar pescado.*

pescar v tr (Se conjuga como *amar*) **1** Sacar del agua peces y otros animales marinos por medio de anzuelos, redes, etc.: *pescar un robalo, pescar camarón* **2** Alcanzar o detener algo o a alguien, principalmente cuando está en movimiento, a punto de irse o cuando puede escapar: *pescar una pelota*, "*Pescaron* al niño antes de que se cayera", *pescar un taxi*, "Todavía *pescamos* el tren de las seis"; *pescar al ladrón* **3** Sorprender a una persona haciendo algo indebido o que no quería que se supiera: "Lo *pescó* durmiendo en el trabajo", "La *pesqué* dándole un beso" **4** Contraer o coger una enfermedad: *pescar un catarro, pescar una tifoidea.*

peso[1] s m **1** Fuerza con la que un cuerpo es atraído hacia el suelo a causa de la gravedad de la Tierra, y que aumenta en la misma medida que la masa del cuerpo: *el peso de una persona, el peso de una caja, el peso de una pluma* **2** Cosa que pesa: *cargar pesos, llevar mucho peso* **3** Medida de esa propiedad de los cuerpos: *calcular el peso de una carga de leña* **4** *Peso bruto* El que tiene una mercancía con todo y envase o empaque **5** *Peso neto* El de la materia o la sustancia de una mercancía sin considerar su envase o empaque **6** Sensación de carga y dificultad que produce una preocupación, una pena, un remordimiento, etc.: *sentir un peso en el alma, quitarse un peso de encima* **7** *De peso* De importancia, fuerte o considerable: *razones de peso, argumentos de peso, una* *persona de peso* **8** *En peso* En el aire, sin apoyo: *llevar a una persona en peso* **9** s f Objeto que sirve para medir el peso de algo por comparación con el suyo, o que se utiliza para fortalecer los músculos: *una pesa de un kilo, hacer pesas*.

peso[2] s m Unidad monetaria de México y muchos otros países hispanoamericanos: *un peso mexicano, un peso cubano.*

petróleo s m Aceite mineral natural consistente en una mezcla principalmente de hidrocarburos; se encuentra en yacimientos en el interior de la tierra y en el fondo del mar y de las lagunas; es de olor fuerte y de color oscuro. De su destilación se obtienen productos empleados como fuentes de energía, como la gasolina y el diesel, y de sus derivados, tales como plásticos, fibras sintéticas, disolventes, aceites, lubricantes, adhesivos, etc. se fabrican muy diversos objetos.

petroquímica s f y adj Industria que emplea el petróleo y sus derivados para producir productos químicos como los plásticos, fertilizantes, sustancias medicinales, etc.: *desarrollo de la petroquímica, planta petroquímica, productos petroquímicos.*

pez s m **1** Animal vertebrado acuático, ovíparo, de sangre fría, que tiene branquias para respirar, generalmente escamas en el cuerpo y varias aletas para moverse. Por lo general su cuerpo es alargado y comprimido a los lados, aunque también los hay de muchas otras formas: *pez gato, peces de colo-*

res, pez espada **2** *Pez gordo,* Persona muy importante y rica: *una fiesta llena de peces gordos.*

picar v tr (Se conjuga como *amar*) **1** Tomar las aves su alimento **2** Morder o herir las aves con el pico, o ciertos animales como los insectos o las víboras: "Me *picó* el perico", "¡Cómo *pican* los mosquitos", "Hay víboras que *pican* muy fuerte" **3** Herir con algo puntiagudo pero superficialmente: *picar al toro, picar con una jeringa* **4** Morder los peces el anzuelo **5** Avivar a un caballo, un burro o una mula con la espuela, con las piernas o a gritos: *picar al caballo* **6** Golpear con algún instrumento puntiagudo la piedra o algún material duro para labrarlos **7** Cortar algo en trozos muy pequeños: *picar papel, picar cebolla* **8** Comer una persona muy poco de una comida o de algún alimento: "El bebé apenas *picó* las zanahorias" **9** prnl Agujerearse la ropa, la madera o algunos metales por causa del clima o de los insectos **10** Producir algo comezón o ardor en una persona o en un animal: *picar la lana, picar las mordeduras de los mosquitos, picar el sol* **11** Producir ardor en el paladar algún alimento, como el chile: *picar el mole, picar la salsa* **12** Hacer algo o alguien que una persona tome interés en alguna cosa: *picarse en el juego, picar al jugador contrario* **13** prnl Producirse oleaje en el mar o en una laguna a causa del viento **14** Golpear una bola o una pelota en tal forma que se mueva a pequeños saltos.

pico s m **1** Parte de la cabeza de las aves que recubre las mandíbulas y les sirve para tomar sus alimentos o defenderse: *un pájaro de pico largo, pico de un águila* **2** Extremo de ciertos objetos que termina en punta: *pico de una aguja, el pico de una reja* **3** Herramienta formada por un palo de madera en uno de cuyos extremos lleva una barra de acero terminada en punta que se utiliza para excavar: "Llevaron sus *picos* y empezaron a escarbar" **4** Saliente de algunas vasijas o vasos por donde corre el líquido cuando se vierte o se sirve: *el pico de una jarra* **5** Parte alta y con forma de punta de una montaña, y la misma montaña en ciertos casos: *el Pico del Águila, el Pico de Orizaba* **6** Cantidad de dinero indeterminada o que pasa un poco de cierto límite: "Hacer una carretera cuesta un *pico*", "Traigo tres pesos y *pico*".

pie s m **1** Parte inferior de cada una de las dos piernas del cuerpo humano, en la que se sostiene y con la que se camina: *planta del pie, dedos del pie, pies grandes, pies planos* **2** Parte parecida en algunos animales: *los pies de un mono* **3** *A pie* Caminando, sin usar otro medio de transporte: *ir a pie, llegar a pie, andar a pie* **4** *De pie* En posición vertical, parado: *estar de pie, ponerse de pie* **5** Parte de un calcetín o de una bota que cubre esa parte del cuerpo **6** Parte inferior de algo, que le sirve de apoyo: *pie de una lámpara, pie de una copa* **7** *Al pie, a los pies de* En la parte inferior a donde comienza algo: *al pie de la montaña, a los pies de la sierra* **8** Parte de la cama opuesta a la cabecera **9** Parte inferior de un escrito o de una hoja de papel: *firmar al pie de la página, una nota de pie de página* **10** *Pie de imprenta* Indicación que se pone en un libro acerca de su editor, lugar y año de edición **11** Explicación o comentario que se pone en la parte interior de un grabado o de una fotografía **12** Medida de longitud usada principalmente en países de cultura inglesa, equivalente a 30.5 cm **13** Tallo o tronco de una planta, particularmente cuando se siembra o se usa para un injerto: *un pie de rosal* **14** Cada parte de dos o más sílabas en que se divide el verso en lenguas, como el griego y el latín, en que importa la cantidad silábica: *pie yámbico, pie jónico* **15** Cada medida de versificación de la poesía clásica española **16** *Dar pie a algo* Dar ocasión o motivo para algo: "Su mala explicación *dio pie* a muchas confusiones" **17** *Creer algo a pie juntillas* Creerlo firmemente y por completo **18** *Buscarle tres o cinco pies al gato* Buscar dificultades o peligros por actuar con demasiada audacia o descuido: "Le estás *buscando tres pies al gato* si peleas con ese boxeador" **19** *Cojear alguien de un pie, o del mismo pie que otro* Tener cierta debilidad, defecto o vicio, o los mismos que otro **20** *Irse o andarse con pies de plomo* Actuar con mucha prudencia y precaución **21** *Con pie derecho* Con éxito, con buena suerte: *le-*

vantarse con pie derecho **22** *De pies a cabeza* Por completo: *mojado de pies a cabeza* **23** *Echar pie a tierra* Bajarse del caballo **24** *Estar uno al pie del cañón* Cuidar algo constantemente, vigilarlo, estar siempre dispuesto **25** *Estar uno con el pie en el estribo* Estar a punto de irse o de comenzar un viaje **26** *Estar algo en pie* Continuar algo siendo válido: "Mi ofrecimiento *está en pie*" **27** *Ir uno por su (propio) pie* Ir uno mismo a alguna parte sin ayuda o por su propia voluntad **28** *Írsele a uno los pies* Equivocarse, cometer una imprudencia **29** *No dar pie con bola* Equivocarse por completo, no entender nada **30** *Perder pie* Dejar de tocar el fondo de un río, del mar, etc. **31** *Poner pies en polvorosa* Huir, escapar **32** *En pie de guerra* Preparado para la guerra o con aspecto amenazante.

piedra s f **1** Cuerpo mineral, sólido y duro que se encuentra por todas partes, especialmente en regiones montañosas, en los acantilados junto al mar, en el interior de la tierra cuando se escarba, como pedazos de alguna construcción destruida, etc.: *piedra de río, piedra volcánica, lanzar piedras, recoger piedras* **2** Material sólido y duro, de diferentes composiciones minerales, que se utiliza en la construcción, generalmente cortado en forma de cubos o de prismas: *muro de piedra, camino de piedra* **3** *Piedra angular* La que se pone en la esquina de un edificio y sostiene dos paredes **4** *Ser algo la piedra angular*

Ser algo la base o fundamento de otra cosa: "La Revolución Mexicana es la *piedra angular* del México contemporáneo" **5** *Piedra de toque* La que usan los plateros en su trabajo **6** *Ser algo piedra de toque* Valer algo como muestra o punto de referencia de otra cosa con la que se relaciona o a la que pertenece: "Los discursos del diputado *son la piedra de toque* para imaginar lo que hace en la cámara" **7** *A piedra y lodo* Cerrado por completo: "A las once de la noche la tienda está ya a *piedra y lodo*" **8** *Poner la primera piedra* Dar inicio simbólicamentnte a la construcción de algo: "Doña Esther *puso la primera piedra* del hospital" **9** *Piedra filosofal* La que, según los antiguos alquimistas, servía para convertirlo todo en oro.

piel s f **1** Tejido resistente y flexible que cubre el cuerpo de los seres humanos y de muchos animales: *una piel suave, cuidarse la piel, enfermedad de la piel* **2** Este tejido, separado del cuerpo del animal después de muerto, y tratado para usarlo como tapete, abrigo, etc.: *piel de tigre, piel de víbora, una cartera de piel, un abrigo de pieles* **3** Tejido que cubre ciertos frutos, como el durazno, el nanche, la ciruela, etc.

pieza s f **1** Cada uno de los elementos que constituyen una unidad o un conjunto: *pieza de motor, pieza de ajedrez, pieza de artillería, un traje de dos piezas* **2** Obra teatral o musical: *interpretar una pieza, pieza para bailar* **3** Cada uno de los espacios limitados por paredes en que se divide una casa o un departamento y que se comunican entre sí **4** Cada uno de los animales que se ha cazado o pescado: *cobrar una buena pieza* **5** *Quedar alguien o dejarlo de una pieza* Quedar asombrado y sorprendido **6** *Ser alguien de una pieza* Ser honrado y firme: "Cirilo *es de una pieza*".

pimienta s f **1** (Pimenta dioica) Arbol de la familia de las mirtáceas que alcanza hasta quince metros de alto, de corteza lisa, blanco amarillenta, hojas opuestas, medianas, oblongas o elípticas y con puntas transparentes. Sus flores están divididas en cuatro partes y son pequeñas **2** Fruto que da este árbol, en forma de globo, pequeño y aromático. Se usa principalmente como condimento, pero también de él se extrae un aceite que se usa en medicina como estimulante y antiséptico.

pintar v tr (Se conjuga como *amar*) **1** Cubrir con pintura la superficie de un objeto: *pintar una casa, pintar un mueble* **2** prnl Ponerse pintura en la cara: *pintarse la boca, pintarse los ojos* **3** Representar algo o a alguien sobre alguna superficie como el papel, la tela, un muro, etc. por medio de líneas y colores: *pintar un paisaje, pintar un retrato, pintar un mural* **4** Describir o representar vívamente algo o a alguien con palabras: "Tu hermano es muy distinto a como me lo *pintaste*" **5** Empezar a mostrarse la inclinación, desarrollo o camino que seguirá algo o alguien: "Esto *pinta* muy mal", "Yo creo que tu hijo *pinta* para arquitecto".

pintor s **1** Persona que tiene por oficio pintar objetos como paredes, puertas, muebles, etc. **2** Persona que se dedica al arte de la pintura: "José Clemente Orozco fue un gran *pintor* mexicano"

pintura s f **1** Sustancia generalmente líquida o espesa con la que se da color a alguna cosa *pintura roja, pintura negra, pintura de agua, pintura de aceite* **2** Arte de combinar líneas, colores, composiciones, etc. en un papel, una tela o un muro para producir una sensación de belleza en quienes los contemplan: *pintura clásica, pintura mexicana, pintura moderna* **3** Obra que se produce con ese arte: "Una *pintura* de Rufino Tamayo", "¡Qué bonitas *pinturas* las de José María Velasco!" **4** *Pintura a la acuarela* La que se hace con sustancias de color disueltas en agua **5** *Pintura al fresco* La que se hace sobre techos o muros con ciertas técnicas especiales **6** *Pintura al óleo* La que se hace con sustancias de color disueltas en aceite **7** *Pintura al pastel* La que se hace con lápices blandos de colores **8** pl Lápices de colores, tubos de pasta, etc. que se usan para pintar: *llevar sus pinturas a la escuela.*

piso s m **1** Superficie por donde se camina, particularmente dentro de las casas y los edificios: *piso de tierra, piso de madera, mirar al piso, caer al piso* **2** Cada uno de los niveles de un edificio o de una casa: *una casa* *de dos pisos, subir al tercer piso, alquilar un piso.*

placer[1] s m **1** Sensación o emoción agradable que se tiene cuando se ha satisfecho una necesidad o un deseo: *el placer de comer, el placer de dormir, el placer de la música, el placer de leer un buen libro, el placer de besar* **2** *A placer* En el grado o la medida en que produce satisfacción: *dormir a placer, platicar a placer.*

placer[2] v intr (Se conjuga como *agradecer*, 1a, pero su pretérito de indicativo en primera persona del singular también puede ser *plugo* y en tercera persona del plural *pluguieron;* su presente de subjuntivo en primera persona del singular *plega* o *plegue;* su pretérito de subjuntivo en primera persona del singular *pluguiera; y su futuro de subjuntivo en primera persona del singular pluguiere;* sólo se usa en textos muy cultos o antiguos) Causar satisfacción o agrado: "Me *place* invitarte a cenar".

plaga s f **1** Colonia de insectos, animales o plantas que atacan los cultivos y los dañan: *la plaga del gusano barrenador* **2** *Ser alguien o algo una plaga* Ser molesto, estorboso o dañino.

plan s m **1** Conjunto de los propósitos que tiene alguien y de la forma en que piensa llevarlos a cabo: *un plan de vacaciones, hacer planes para mejorar la alimentación de la familia* **2** Programa de acciones, procedimientos y objetivos que se piensa para algo: *plan de trabajo, plan de estudios, plan de*

ataque **3** *En plan (de)* En actitud o disposición de: *estar en plan de fiesta, andar en plan de pelea, en plan amigable.*

planeación s f **1** Acto de planear algo: *la planeación de la siembra, la planeación de un festival* **2** Conjunto de las medidas y los procedimientos que se hacen para realizar algo: *planeación educativa, planeación familiar.*

planear[1] v tr (Se conjuga como *amar*) Hacer planes sobre la manera en que se habrá de llevar a efecto cierto propósito: *planear un edificio, planear un viaje, planear cómo levantar la cosecha.*

planear[2] v intr (Se conjuga como *amar*) Mantenerse en el aire o descender lentamente un ave sin mover las alas, o un avión sin usar el motor: "Un águila *planeaba* en el desierto buscando alimento".

plano 1 adj Que tiene un suelo, un piso, un aspecto parejo, uniforme, nivelado o relativamente sin elevaciones o agujeros: *una calle plana, un terreno plano, una montaña plana* **2** s m (Geom) Superficie que generan dos rectas que se cortan en un punto: *un plano de un cubo* **3** s m Dibujo que representa, mediante ciertas técnicas y geométricamente, la forma y distribución de las características de un terreno, un edificio, una ciudad, una máquina etc.: *el plano de una escuela, el plano de Villahermosa, el plano de un tractor, un plano de nivel* **4** s m Cada una de las superficies imaginarias verticales que representan las distintas profundidades o distancias de una escena real o en perspectiva, como una pintura, una fotografía, un escenario teatral o de televisión, etc.: *estar en primer plano, poner en segundo plano* **5** *Plano inclinado* Superficie que forma un ángulo agudo con el suelo o con el horizonte, por medio de la cual se facilita el movimiento de algo pesado **6** s f Cada una de las dos caras de una hoja de papel: *una plana del periódico, una plana del cuaderno, primera plana* **7** *Corregir o enmendar la plana a alguien* Corregir a alguien los errores que ha cometido: "El presidente le *corrigió la plana* al funcionario en su discurso" **8** *Plana mayor* Conjunto de los jefes militares o de cualquier otra organización que tiene a su cargo las decisiones más importantes acerca de algo: "El General Ángeles era de la *plana mayor* del ejército de Pancho Villa", "La *plana mayor* de la industria se reunió el jueves" **9** *De plano* Sin duda, sin reservas, definitivamente: "*De plano me gusta mucho esa película*", "*De plano no te creo*".

planta s f **1** Parte inferior del pie con la que se pisa y en la que se apoya el cuerpo: *apoyar las plantas* **2** Ser orgánico que vive sin poder cambiar de lugar, particularmente el que es verde y tiene raíz, tallo, hojas, etc. como la alfalfa, el maíz, el pasto, la hiedra, el maguey, el pirul, la rosa o el naranjo **3** Cada uno de los niveles o pisos de una casa o un edificio: *casa de dos plantas, planta baja* **4** Plano de la sección horizontal de cada uno de los pisos o niveles de una construcción **5** Instalación en la que se produce energía o se fabrican ciertos productos: *una planta de luz, planta textil, planta petroquímica* **6** Conjunto de herramientas y trabajadores de los que se dispone para hacer cierto trabajo: *planta industrial, planta mecánica* **7** Conjunto de trabajadores relativamente fijos con los que cuenta un negocio o una institución: *planta de empleados, planta de profesores* **8** *De planta* Con carácter permanente o fijo: *velador de planta, investigador de planta*.

plantación s f **1** Acto de plantar **2** Terreno plantado con plantas de cierta especie: *una plantación de caña, una plantación de algodón*.

plantar v tr (Se conjuga como *amar*) **1** Meter en la tierra una semilla o una planta para que eche raíces y viva: *plantar árboles, plantar maíz, plantar papas* **2** Poner algo en posición vertical introduciéndolo parcialmente en el suelo para que quede fijo: *plantar postes, plantar una cerca* **3** Dar un golpe brusca y determinadamente: *plantar una cachetada* **4** Abandonar a alguien o faltar a una cita con alguien sin aviso y sorpresivamente: *plantar a la novia, plantar a un amigo* **5** prnl Mantenerse alguien firme y decididamente en un lugar o en una opinión: *plantarse en medio del camino, plantarse en una idea*.

plantear v tr (Se conjuga como *amar*) Exponer las características o las particularidades de algún asunto para que se pueda discutir y resolver o solucionar: *plantear un problema, plantear una propuesta, plantear una hipótesis*.

plata s f sing Metal precioso, blanco, brillante, sonoro, flexible, fácil de combinar con otros y buen conductor del calor y la electricidad, que se usa para hacer moneda, obras artísticas, joyas y algunos instrumentos de precisión: *plata mexicana, minas de plata, monedas de plata*.

plática s f 1 Acto de hablar acerca de algo o de alguien dos o más personas: *una plática de sobremesa, una plática muy agradable, estar de plática* 2 Conferencia que sostiene alguien acerca de alguna cosa: *dar una plática, una plática sobre el cuidado de los niños* 3 Capacidad que tiene alguien de hablar acerca de muchos temas con conocimiento, amenidad y gusto: "La *plática* del boticario nos absorbía durante horas".

platicar (Se conjuga como *amar*) 1 v intr Hablar dos o más personas unas con otras intercambiando ideas, contando cosas, etc.: *platicar con los amigos* 2 v tr Contar o relatar algo: *es una historia que me platicaron*.

playa s f 1 Terreno más o menos plano, cubierto de arena o de piedras pequeñas, a la orilla del mar, de un lago o de un río: *una bella playa de arena fina* 2 Lugar a la orilla del mar en donde se va a vacacionar: *pasar una semana en la playa, viajar a la playa*.

plaza s f 1 Lugar amplio en el interior de una población en donde se reúne la gente para platicar, comerciar, manifestar sus ideas y divertirse; como el Zócalo de la ciudad de México, la Plaza de Armas de Veracruz, la de Aranzazú de Guadalajara, etc. 2 Lugar amplio o edificio en donde se venden alimentos, utensilios domésticos, ropa, etc.: *hacer la plaza, ir a la plaza* 3 Edificio o instalación circular en cuyo centro hay un ruedo de arena, y alrededor gradas, en donde se celebran corridas de toros: 4 Población o lugar en donde se prepara un ejército para luchar contra otro: *defender la plaza, rendir la plaza* 5 Lugar destinado a que lo ocupe una persona en un vehículo, o puesto que se ofrece para una persona en un negocio o en una institución: *un autobús de cuarenta plazas, una plaza de secretaria*.

plazo s m 1 Espacio limitado de tiempo durante el cual se tiene que hacer algo: *tener un plazo de dos meses para presentar un trabajo, terminarse el plazo para inscribirse* 2 Cada una de las partes de una cantidad total de dinero, que se pagan en fechas fijadas de antemano: *pagar un plazo, plazos mensuales* 3 A plazos En varios pagos, en abonos: *venta a plazos*.

plural 1 adj m y f Que es variado, que tiene diferentes elementos o aspectos, que reúne distintas características, condiciones o tendencias: *un problema plural, una sociedad plural, un pensamiento plural* 2 s m

(Gram) Número que tienen los sustantivos, adjetivos y artículos cuando se refieren a más de un objeto, y los verbos cuando su sujeto es más de una persona o cosa. El sustantivo *casas* está en *plural*, así como el adjetivo *rojos* y el verbo *comieron*. El plural de los sustantivos y los adjetivos se forma generalmente con los gramemas *-s* y *-es* como en: *coches* y *peces*. El de los verbos con los gramemas *-mos*, *(-áis, -éis)* y *-n* en *comemos, amáis, queréis, corren*, etc.

población s f **1** Conjunto de personas que habitan un territorio: *la población de una ciudad, población mundial* **2** Conjunto de individuos o elementos que pertenecen a la misma especie o tienen algo en común: *población de bacterias, población universitaria* **3** Lugar habitado: "Nos faltan treinta kilómetros para llegar a la siguiente *población*".

poblado 1 adj Que está habitado u ocupado por cierta cantidad de seres o de cosas: *una región muy poblada, un bosque poblado, cejas pobladas* **2** s m Lugar habitado por pocas personas: *los poblados de la sierra de Puebla, un poblado ribereño*.

poblar v tr (Se conjuga como *soñar*, 2c) **1** Ocupar un lugar, de manera estable y permanente, con cualquier clase de seres vivos: *poblar una región con habitantes, poblar un bosque de pinos, poblar una colmena* **2** Haber en un lugar determinado cierta cantidad de cosas de la misma clase: "Las estrellas *pueblan* el cielo".

pobre 1 adj y s m y f Que carece de lo necesario para vivir o lo tiene muy limitado: *una familia pobre, un pueblo pobre, un país pobre*, "En México hay muchísimos *pobres*" **2** Que carece de alguna cosa necesaria para producir cierto resultado o cumplir ciertas condiciones: *tierra pobre, una cosecha pobre, una inteligencia pobre* **3** Que es ingenuo, de buena intención, modesto, o apocado y corto: *pobre de espíritu, un pobre hombre* **4** Que inspira lástima o compasión: *pobre gente, pobre animal, pobre de mí*.

pobreza s f **1** Situación o estado de las personas en que carecen de lo necesario para vivir o lo tienen muy limitado: *la pobreza de los otomíes, la pobreza de un maestro* **2** Estado o condición de alguna cosa que carece de lo necesario para producir cierto resultado o cumplir con ciertas condiciones: *la pobreza del Valle del Mezquital, la pobreza de un mineral*.

poco 1 adj y pron Que es de menor cantidad que lo normal, que es limitado: "Tiene *poco* apetito", "Vinieron *pocos* visitantes", "Sale *poca* agua", "Con tus *pocas* fuerzas no podrás levantarlo", "Se presentaron *pocos* al examen", "Son *pocos* los que escriben" **2** adv En menor cantidad o duración que lo normal, con baja intensidad: "El autobús paró *poco* en Tlaxcala", "Duerme *poco*", "Estudia *poco*", "Se siente *poco* el frío" **3** adv Próximamente o inmediatamente: "Vino *poco* después", "*Poco* antes de que llegaras" **4** A *poco de* En corto tiempo, unos instantes después de: *"A poco de terminar la clase comenzó el aguacero"* **5** *Un poco de* Una pequeña cantidad de: *un poco de agua, un poco de dinero, unos pocos de los visitantes* **6** *Poco a poco* Despacio, lentamente: *caminar poco a poco, avanzar poco a poco, aprender a leer poco a poco* **7** *Dentro de poco* Próximamente, en un tiempo cercano: *"Dentro de poco saldremos de viaje"* **8** *Hace poco* Recientemente, últimamente: *"Hace poco leí ese libro"* **9** *Por poco (y)* Casi: *"Por poco me caigo", "Por poco y me equivoco"* **10** *Poco más o menos* Aproximadamente: *"Tiene poco más o menos catorce años"* **11** *Tener en poco algo o a alguien* Considerar algo o a alguien sin valor o no darle la importancia que tiene **12** *¡A poco?* Expresión que indica admiración, sorpresa o incredulidad: *"¡A poco no vas a venir?".*

poder[1] v tr (Modelo de conjugación 11b; precede siempre a otro verbo en infinitivo) **1** Tener o recibir algo o alguien la capacidad, la fuerza o el derecho de hacer algo: *poder mirar, poder trabajar, poder caminar, poder golpear, poder ordenar, poder salir, poder descansar* **2** Tener o recibir algo o alguien la posibilidad, la autorización o el permiso de actuar en cierta manera: *poder entender, poder faltar a clases, poder resistir el cansancio, poder besar a la novia* **3** Haber la posibilidad de que algo suceda: *"Puede estallar una huelga", "Pudo haber caído un meteorito", "Podrá llegar*

Susana el día menos esperado" **4** *Puede que* Es posible que: *"Puede que llueva", "Puede que haga calor", "Puede que pierda"* **5** Encontrar o hallar la posibilidad, la oportunidad o el momento de hacer algo: *"Pude conocer a María Félix, pero llegué tarde al teatro"*, *"¿Podrías traerme unas frutas del mercado?", "Si puedo, te llevaré el periódico"* **6** *Poder con alguien o con algo* Ser uno capaz de comprenderlo, dominarlo o soportarlo: *"Yo puedo con las matemáticas", "Veré si puedo con este niño tan travieso", "No puedo con el pesado de tu marido"* **7** *No poder más con* Estar uno tan cansado o molesto con algo, que ya no es capaz de seguir con ello o continuarlo: *"No puedo más con esta caminata", "No puedo más con los alumnos de la escuela"* **8** *Poderle algo a uno* Serle doloroso moralmente: *"Me pudo mucho que Antonio me abandonara"* **9** *A más no poder* Con el máximo esfuerzo, en grado máximo: *"Estudió a más no poder", "Es valiente a más no poder"* **10** *No poder menos que* Ser incapaz de dejar de hacer algo o de actuar en cierta forma: *"No pude menos que aceptar la invitación", "No puedes menos que agradecérsela"* **11** *¿Se puede?* Expresión con que se pide permiso para entrar en algún lugar.

poder[2] s m **1** Capacidad, derecho o fuerza que tiene o recibe algo o alguien para hacer algo: *"Tiene mucho poder de concentración", "¿Conoces a alguien con poder de adivinar el fu-*

turo?" "El presidente tiene *poder* para gobernar al país", "El *poder* de las armas es terrible" **2** Capacidad legal o autorizada que tiene o recibe alguien para actuar en ciertos asuntos y a nombre de otro, y documento que lo certifica: "No tiene *poder* de decisión", "Le doy *poder* para que hable por mí", "Se casaron por *poder*" **3** *Carta poder* Documento en que una persona autoriza a otra para tramitar algo o actuar en su nombre en cierto asunto, verificado por testigos **4** Capacidad que tiene algo o alguien, por su naturaleza o composición, para actuar o comportarse de cierta manera: "Esta máquina tiene *poder* para levantar veinte toneladas", "Mi rifle es de alto *poder*", "Esa medicina tiene *poder* suficiente para acabar con la enfermedad" **5** Hecho de tener alguien algo consigo o bajo su dominio o cuidado: "La carta está en *poder* de un notario", "Los documentos obran en *poder* del juez" **6** Gobierno de un Estado: *el poder político,* "Hay países en que los militares han tomado el *poder*", *la lucha por el poder* **7** Conjunto de personas o de organizaciones que dominan sobre ciertos asuntos e imponen su voluntad e intereses en ellos: *el poder financiero, el poder religioso, el poder científico* **8** *Poderes públicos* Los que forman el gobierno de un Estado democrático; se dividen en *poder legislativo,* el que se ocupa de elaborar, discutir y aprobar las leyes; *poder ejecutivo,* el que se ocupa de hacer ejecutar esas leyes; y *poder ju-*

dicial, el que se ocupa de vigilar el cumplimiento de las leyes y administrar justicia **9** *De poder a poder* De igual a igual, cada uno con toda su capacidad y fuerza: "El toro y el torero se enfrentaron *de poder a poder*".

poderío s m Dominio, fuerza o influencia que se tiene y se puede ejercer sobre algo o alguien: *poderío azteca, poderío español, poderío económico, poderío técnico, poderío militar.*

poema s m Obra literaria, de extensión variable, generalmente escrita en versos rimados y medidos, o libres con cierto ritmo. Por ejemplo:

"¿Quién me compra una naranja
para mi consolación
una naranja madura
en forma de corazón?"
(José Gorostiza)

"Adiós también el reloj,
las horas me atormentaban
pues clarito me decían
las horas que me faltaban"
(Corrido de Benjamín Argumedo)

poesía s f Uso artístico de la lengua que generalmente se vale del verso (medido o no, con rima o sin ella), las metáforas, las imágenes y otros recursos para expresar alguna cosa, como las ideas o los sentimientos del autor —poesía lírica—, las hazañas de un héroe —poesía épica—, etc.

poeta s m y f Persona que escribe poesía: *un poeta modernista, una poeta contemporánea.*

policía 1 s f Cuerpo civil o militar encargado de vigilar el orden público, garantizar la seguridad de los ciudadanos y perseguir a los delincuentes de acuerdo con las leyes de un Estado: *policía judicial, policía federal, policía militar* **2** s f Cuerpo civil encargado de vigilar el cumplimiento de ciertas leyes de un Estado: *policía fiscal, policía sanitaria* **3** s m y f Miembro de uno de estos cuerpos.

polígono s m *(Geom)* Figura geométrica plana y cerrada, limitada únicamente por segmentos de recta, como el triángulo, el cuadrado, el pentágono, etc.

política s f **1** Manera en que se dirigen, organizan y administran las actividades de una sociedad o de un país con respecto a sus diferentes componentes y a su relación con otros países: "La *política* interna de México", "La *política internacional* de Cuba", *el arte de la política* **2** Conjunto de las medidas, orientaciones y procedimientos que se establece para dirigir y organizar cierto aspecto de la actividad de una sociedad o de un país: *una política económica, la política de población, establecer una política de investigación científica* **3** Conjunto de las actividades que llevan a cabo los ciudadanos, organizados en partidos, asociaciones, grupos, etc., para obtener el apoyo de los demás, derrotar a sus contrarios y ganar el poder en un Estado: *hacer política, dedicarse a la política, lucha política* **4** *Hacerle política a alguien* Hablar mal de alguien, ponerle trampas, cau-

sarle molestias, etc. para deshacerse de él un grupo de personas.

político 1 adj Que pertenece a la política o se relaciona con ella: *autoridad política, ideas políticas, fuerza política, partido político* **2** s m y f Persona que se dedica a la política: "Es un gran *político*" **3** adj Que sabe cómo tratar a la gente para conseguir lo que quiere "Siempre te trata bien, es muy buen *político*" **4** *Parentesco político* El que se adquiere por afinidad, al casarse, con la familia del cónyuge.

polvo s m **1** Conjunto de partículas muy pequeñas de tierra y otras sustancias, que están dispersas por el aire y que suelen caer poco a poco sobre las cosas: "Cuando regresó de vacaciones su escritorio estaba lleno de *polvo*" **2** Cualquier sustancia reducida a partículas muy finas y secas: *polvo de oro, leche en polvo* **3** *Hacer polvo a alguien* Derrotar, acabar con alguien, dejarlo triste o apenado: "La muerte de su padre *lo hizo polvo*" **4** *No verle a alguien (ni) el polvo* Perder de vista a alguien que se ha alejado muy rápidamente de uno; quedar en gran desventaja con respecto a él: "Está tan bien entrenado que los demás competidores *no le van a ver ni el polvo*".

pollo s **1** Cría de cualquier ave, especialmente de la gallina **2** Persona joven y guapa: "Conocí a una *pollita* preciosa en la alameda".

poner v tr (Modelo de conjugación 10c) **1** Hacer que algo o alguien pase a estar o quede en cierto lugar, posición, circunstancia o estado: *poner los platos en la mesa, poner la ropa en el cajón, poner al niño boca arriba, poner en dificultades, poner en duda, poner en ridículo, poner de mal humor* **2** prnl Tomar o quedar algo o alguien en cierto lugar, posición, circunstancia o estado: *ponerse a la sombra, ponerse de rodillas, ponerse de frente, ponerse enfermo, ponerse caro, ponerse a estudiar, ponerse triste, ponerse rojo de vergüenza* **3** Dar, dedicar o aplicar algo que uno tiene, como un sentimiento, una facultad, etc., a algo o a alguien: *poner la confianza en los alumnos, poner esperanzas en la lotería, poner el trabajo al servicio de la causa, poner atención, poner esfuerzo, "Puso todo su cariño en ella"* **4** Hacer que algo quede preparado o dispuesto para cumplir cierta función o determinado objetivo: *poner la mesa, poner el café, poner una escuela* **5** Dejar algo al juicio, responsabilidad, cuidado, etc. de una persona: *"Pongo el asunto en tus manos"* **6** Hacer que algo pase a formar parte de otra cosa: *poner sal a la comida, poner cal al cemento, ponerle leche al café* **7** Dar a algo o a alguien un nombre: *"Le pusieron Juan al niño", "Le pondremos "Charamusca" matarile —rile— ron"* **8** Dar a algo o a alguien cierta característica, papel o función: *"A la niña la pusieron de ángel", "Lo puso de ejemplo", poner a un amigo por testigo, "Lo pondremos a cargar cajas"* **9** Tratar o considerar algo o a alguien de cierta forma: *poner como lazo de cochino, poner barrido y regado, poner como trapeador* **10** Representar algo en el teatro o exhibir una película o un programa determinado en cine, televisión o radio: *poner "La Celestina", poner "El Compadre Mendoza", poner el noticiero* **11** Cubrir el cuerpo de alguien con una prenda de vestir: *poner los pañales al bebé, ponerse las enaguas, ponerse de traje* **12** Enfrentar a alguien con otra persona, medirse o compararse con ella: *ponerse con alguien de su tamaño, "Ponte con mi hermano"* **13** Dar algo por real o verdadero: *"Pon que encuentras un tesoro ¿Qué harías?"* **14** *Poner por caso* Suponer algo: *"Pongamos por caso que dice la verdad"* **15** *Ponerse al corriente o al día* Actualizarse en algo, dejar de tener algo pendiente o atrasado: *ponerse al día en conocimientos, ponerse al corriente en el trabajo, ponerse al día en los pagos* **16** *Poner algo o a alguien por encima* Preferirlo o darle un lugar de mayor importancia: *"Pongo por encima la salud de mi familia"* **17** *Ponerse el sol* Meterse el sol, dejarse de ver tras el horizonte **18** Expulsar o dejar salir sus huevos los animales ovíparos, como las gallinas, las tortugas, etc. **19** En infinitivo, seguido de la preposición *a* y de otro verbo en infinitivo indica el inicio de una acción, como en *poner a cantar, poner a correr, ponerse a comer, ponerse a llorar,* etc.

popular adj m y f **1** Que se relaciona, pertenece al pueblo, o se origina en él: *fiesta popular,*

sector popular **2** Que es conocido
o tiene fama entre la mayoría:
"Llegó a ser el cantante más *popular* de su época".

popularidad s f Aceptación o
éxito que algo o alguien tiene
entre un grupo de personas: "La
popularidad de Pedro Infante,
Jorge Negrete y Javier Solís fue
enorme"

popularizar v tr (Se conjuga
como *amar*) **1** Dar a conocer
algo a la mayoría de la gente:
"Pedro Vargas *popularizó* esa
canción en México" **2** Poner al
alcance del pueblo alguna cosa:
"Entre los proyectos del nuevo
gobierno está el de *popularizar*
la educación".

populismo s m Conjunto de corrientes sociales, económicas y
políticas que se extendieron
particularmente en América
Latina después de la segunda
guerra mundial, caracterizadas
por su antiliberalismo, su fuerte
nacionalismo, su oposición al
control del poder por ciertos
grupos, y la movilización de
masas en torno a un líder apreciado y seguido por todos; se
apoyó, en donde logró triunfar,
en los sindicatos obreros y parte
del ejército. El ejemplo más
claro es el de Juan Domingo
Perón en Argentina.

por prep **1** Indica el agente que
realiza la acción del verbo en
construcciones con sentido pasivo: "Las heridas causadas *por*
él mismo", "Se vieron cercados
por la tropa", "La atmósfera recién lavada *por* la lluvia", "Lo
supe *por* los vecinos" **2** Señala la
causa o el motivo de algo, el
medio o la manera en que se

realiza una acción: "Nunca me
perdonaré que *por* mi culpa le
haya sucedido ese accidente",
"*Por* eso decidí volver a la escuela", "Lo hace *por* tu bien",
"Se impuso *por* su inteligencia",
"Aceptó *por* la fuerza", "Escribe
por gusto", "Lo puso *por* orden
alfabético" **3** Indica el lugar encima o a través del cual se pasa
o se transita: *por la calle, por la
banqueta, por la puerta, por la
escalera, por mar, por aire, por
aquí, por arriba, por debajo, por
los lados* **4** Indica la zona o región sobre o en la cual se realiza
una acción: *pasar el peine por el
pelo, cortar la madera por la
parte más débil, hablar por la
boca* **5** Señala aproximación a
cierto tiempo o fecha: "Regresa
por Navidad", "Salió *por* un
mes", "*Por* ahora es suficiente",
"*Por* lo pronto no diré más" **6**
Indica cierta proporción de algo
respecto del total o de una medida: *por año, por hora, por metro, por kilo, por docena, por
ciento* **7** Expresa repartición de
algo entre varios: *por cabeza,
por niño, por escuela* **8** Introduce
el precio o la cantidad de algo:
"Lo vendió *por* mil pesos", **9** Indica epuivalencia o intercambio
de dos cosas: "Cambio pesos *por*
tostones", "Te doy un caramelo
por tu lápiz" **10** Manifiesta
apoyo o favor hacia alguien o
algo: "Vote *por* líderes honrados", "Haré todo lo que pueda
por ti", "Brindo *por* tu felicidad"
11 Expresa la opinión que tiene
alguien de otra persona o lo que
supone de ella: "Lo da *por* sabio", "La toma *por* mentirosa"
12 Introduce el modo como al-

guien se relaciona con otra persona: "Te acepto *por* amigo", "La toma *por* esposa" **13** Introduce algo o a alguien que toma el lugar o papel de otro: "No uses el cuchillo *por* cuchara", "Vinieron mis tíos *por* mis padres" **14** Expresa la operación aritmética de la multiplicación, que se representa con (×), colocado entre dos cantidades: "Cinco *por* cinco, 5 × 5" **15** Señala lo que se va a buscar o a llevar de un lado a otro: "Voy *por* agua", "Salió *por* pan", "Subió *por* el libro" **16** Manifiesta una acción que debe realizarse o está en espera de efectuarse: *un trabajo por entregar, una investigación por terminar* **17** Señala la manera como se realiza una acción: "Acabó *por* llorar", "Empieza *por* explicarme todo", "Termina *por* cantar" **18** Entre dos repeticiones de un mismo verbo en infinitivo, expresa generalmente la falta de objetivo o de sentido de la acción: *hablar por hablar, decir por decir* **19** Entre dos repeticiones de un mismo sustantivo, indica generalmente la validez o justificación intrínseca de lo que se expresa: *el arte por el arte, la bondad por la bondad* **20** Forma una gran cantidad de construcciones, como: *por lo tanto, por más que, por poco, por si acaso, por si las dudas, por si no, por ejemplo, por favor, por fin*, etc.

porcentaje s m Medida de la proporción efectiva o real de una cosa con respecto al total supuesto o requerido de ella, o al total de otra de la que forma parte, calculada sobre cien: *el porcentaje de grasa en la leche, el porcentaje de humedad en la atmósfera, el porcentaje de la población económicamente activa.*

porque conj Debido a que, a causa de que, por motivo o razón de que: "No vino *porque* estaba enfermo", "El campo está muy verde *porque* ya llovió", "No terminé la tarea *porque* se fue la luz".

porqué s m (Siempre precedido del artículo) Motivo, causa o razón de algo: "El libro de los *porqués*", "No entiendo el *porqué* de su actitud", "Dame un buen *porqué* de tu comportamiento".

poseer v tr (Se conjuga como *comer*) **1** Tener alguien algo de lo cual puede disponer, usar y aprovechar según su propia voluntad: *poseer propiedades, poseer tierras, poseer una fábrica* **2** *Estar alguien poseído* Actuar como si no fuera dueño de su voluntad, sino que dependiera de otra o de otra cosa: *estar poseído de celos, estar poseído del diablo, estar poseído por los dioses* **3** *Poseer a una mujer* Tener con ella relaciones sexuales.

posesión s f **1** Hecho o circunstancia de poseer algo: *la posesión de un rancho*, "La posesión de las riquezas por unos cuantos" **2** Objeto que alguien posee: *tener muchas posesiones, una posesión en Guelatao, extender sus posesiones* **3** *Estar algo en posesión de alguien* Tenerlo alguien: "Sus bienes *están en posesión* del juez", "*En posesión* de todas sus facultades mentales..." **4** *Dar posesión* Entregar

algo a alguien formal u oficialmente: *dar posesión de la presidencia, dar posesión de la oficina* **5** *Tomar posesión* Recibir
algo formal u oficialmente, o
ponerse alguien en algún lugar
para usarlo o dedicarlo a sus fines: "El presidente electo *toma
posesión* el primero de diciembre", "Doña Julia *tomó posesión*
de su vivienda" **6** Estado mental
o emocional de un ser humano
en que parece no tener voluntad
propia, sino estar dominado por
otra o por alguna cosa que no
controla: *posesión diabólica, posesión divina, posesión pasional.*

posesivo adj **1** Que tiene la actitud o el deseo de poseer algo o
de imponer su voluntad sobre
otros: *un hombre posesivo, una
madre posesiva* (Véase pronombre y adjetivo).

posibilidad sf **1** Hecho o circunstancia de ser posible algo:
*"La posibilidad de que haya ha-
bitantes en otros mundos",*
"Una gran *posibilidad* de tener
éxito", "Calcular las *posibilidades* de que gane uno un juego" **2**
Aptitud o capacidad que tiene
algo o alguien de hacer algo o
comportarse de cierta manera:
"En este banco, tienes la *posibilidad* de ahorrar", "Esta máquina tiene la *posibilidad* de
adaptarse a cualquier clima y
trabajo" **3** pl Medios físicos,
mentales, financieros, etc. que
tiene alguien o algo para hacer
alguna cosa: *ganar un salario de
acuerdo con sus posibilidades,*
"Las *posibilidades* de la administración son pocas", *un estudiante con muchas posibilidades.*

posible adj m y f **1** Que su existencia, realidad, acontecimiento
o acción no se niega ni se
afirma, y depende de ciertas circunstancias o condiciones: *un
mundo posible, una amistad posible, una enfermedad posible,
un instrumento posible, una respuesta posible*, "Es *posible* que
me vaya", "Es *posible* que haga
frío", "Es *posible* que te equivo-
ques" **2** *Hacer algo posible* Ser
algo o alguien causa o motivo
para que algo exista o se realice:
"El esfuerzo de los campesinos
hace posible que comamos todos".

posición s f **1** Manera de estar
algo o alguien en sí mismo o
respecto de otras personas o cosas: *ponerse en posición vertical,
tener la cabeza en posición
erecta*, "La torre está en *posición*
inclinada" **2** Lugar que ocupa
algo o alguien en cierto espacio
o respecto de otras personas o
cosas: "Encontramos muy buenas *posiciones* para ver el desfile", *la posición de la Luna respecto de la Tierra* **3** Situación o
condición que tiene alguien dentro de su sociedad o respecto de
una jerarquía: *estar en posición
desahogada, tener una buena
posición, una mujer de posición,
hacerse una posición* **4** Manera
de pensar y actuar alguien con
respecto a algún asunto o tema:
*una posición liberal, una posi-
ción intransigente* **5** *Posición militar* Lugar protegido y estraté-
gicamente situado, de donde se
lanzan ataques o se vigila al
enemigo.

posterior adj m y f Que pasa o
está después que otra cosa o de-

trás de ella: *una fecha posterior, la página posterior, la parte posterior del edificio.*

potencia s f 1 Capacidad que tiene algo o alguien para realizar cierta función o actividad, particularmente las que requieren energía física: *potencia visual, potencia auditiva, potencia sexual, la potencia de un motor, la potencia de un radio* 2 (*Fís*) Capacidad para producir trabajo, medida por la cantidad producida en una unidad de tiempo; se mide en caballos de vapor, caballos de fuerza, vatios, etc. 3 Capacidad principalmente militar que tiene un país para influir sobre otros y llegar a imponerles su voluntad: *una potencia naval, un enfrentamiento de potencias* 4 (*Mat*) Producto que resulta de multiplicar un número por sí mismo cierto número de veces: *elevar a la segunda potencia* 5 En potencia Con capacidad o posibilidad de convertirse en algo: *un artista en potencia, una bailarina en potencia.*

potencial adj m y f y s m 1 Que tiene capacidad para algo, pero no se ha manifestado; que tiene la posibilidad de realizarse o manifestarse: *una fuente potencial de energía, un enemigo potencial, el potencial hidroeléctrico de México.*

práctica s f 1 Ejercicio de una capacidad, habilidad, conocimiento o arte: *la práctica del discurso, la práctica de un deporte, la práctica de la medicina, la práctica de la danza* 2 Habilidad adquirida por ese ejercicio: *tener práctica, la práctica de un maestro* 3 Uso constante que alguien hace de su movimiento y habilidad, y método o costumbre que sigue en ello: "Tiene una *práctica* muy personal desde hace veinte años", "Su *práctica* consiste en poner primero los ladrillos a cierta distancia" 4 Uso habitual y acostumbrado de algo: *las antiguas prácticas religiosas,* "La *práctica* aconseja poner primero estos tornillos y después aquéllos" 5 Ejercicio de un conocimiento o habilidad guiado por un maestro: *una práctica atlética, prácticas de campo* 6 Aplicación de un conocimiento elaborado en la teoría o la especulación, para comprobar su validez y contrastar la realidad con la teoría: *poner en práctica una teoría, comprobar una ley física en la práctica* 7 Cumplimiento de los mandamientos de una religión: *la práctica del catolicismo.*

practicar v tr (Se conjuga como *amar*) 1 Poner en actividad o ejercer una capacidad, habilidad, conocimiento o arte: *practicar la lengua, practicar la dicción, practicar la competencia, practicar el piano, practicar la biología* 2 Hacer algo constante y repetidamente: *practicar caminatas, practicar visitas a los museos* 3 Poner en actividad una costumbre o un conocimiento de manera regular y tradicional: *practicar la agricultura,* "Los aztecas *practicaban* sacrificios humanos" 4 Hacer cierta operación o actividad con conocimiento y eficacia *practicar una intervención quirúrgica, practicar una auditoría* 5 Ejercer una profesión: *practicar la ingeniería, practicar la abogacía* **6** Cumplir con los mandamientos de una religión: *practicar el luteranismo, practicar el cristianismo.*

práctico adj **1** Que pertenece a la práctica o se relaciona con ella: *un conocimiento práctico, una habilidad práctica, un trabajo práctico, una guía práctica* **2** Que sabe cómo hacer con habilidad, eficacia y utilidad: *un hombre práctico, un médico muy práctico* **3** Que sabe cómo hacer algo por haberlo hecho por mucho tiempo, y no por haber tenido una enseñanza formal: *un médico práctico, un aficionado práctico* **4** Que es útil, cómodo, sencillo y fácil de usar: *un aparato muy práctico, una casa práctica* **5** s m Marino cuyo trabajo consiste en dirigir la entrada de los barcos a puerto, porque conoce muy bien el lugar: "Al entrar a Veracruz, el capitán deja el timón al *práctico*".

precio s f **1** Cantidad de dinero que hay que pagar por algo: *el precio de la carne, aumentar los precios* **2** Esfuerzo o sacrificio que uno tiene que se hace u ofrece para conseguir algo: "El sacrificio de muchas vidas fue el *precio* de la libertad" **3** *No tener precio una cosa* Valer mucho: "Su ayuda *no tiene precio*" **4** *A cualquier precio* A costa de lo que sea, sin importar el esfuerzo, el sacrificio o el dinero que se tenga que pagar: "Conseguirá lo que quiere *a cualquier precio*".

precisar v tr (Se conjuga como *amar*) **1** Necesitar algo o a alguien para alguna cosa particular y bien determinada: "*Preciso* los servicios de un anestesista", "El ejido *precisa* de agua para producir" **2** Explicar, aclarar o concretar algo con todo detalle y sin lugar a dudas: *precisar un experimento, precisar los planes* **3** Pedir a alguien con urgencia y exigencia, u obligarlo a actuar de cierta manera: "Hay que *precisar* al empleado para que resuelva el asunto".

precisión s f **1** Carácter de ser preciso: *la precisión de un horario, la precisión de una cita, la precisión de un informe, la precisión de un escrito, la precisión de un arma* **2** *De precisión* Que actúa o funciona con seguridad, eficacia y exactitud: *instrumentos de precisión, mecanismo de precisión.*

preciso adj **1** Que es necesario o se requiere para una finalidad particular y determinada: "Es *preciso* que seas tú quien firme el documento", "Será *preciso* que vayas a la reunión a explicar las cosas" **2** Que sucede o se realiza en un momento bien determinado o en cierto instante particular: "La obra comienza a la hora *precisa*", "Hay una fecha *precisa* para inscribirse en la escuela" **3** Que se distingue con claridad y detalle: *una información precisa, unas reglas precisas, una definición precisa* **4** Que trabaja o actúa con extremo cuidado, rigor, detalle o puntualidad: *un hombre preciso, un reloj muy preciso, una máquina precisa* **5** Que produce resultados seguros, bien definidos y exactos: *un cálculo preciso, una observación precisa.*

predicado s m *(Gram)* Conjunto de signos lingüísticos que manifiestan aquello que se dice del sujeto de la oración, es decir, expresan la acción que realiza, una propiedad, una característica o una situación suyas. Se reconoce preguntándose: "¿Cuál es la cosa que hace el sujeto?" Así, en "El niño prepara todas las tardes sus tareas para la escuela", a la pregunta "¿Qué hace el *niño*?" (sujeto) la contestación es: *prepara todas las tardes sus tareas para la escuela* (predicado). El núcleo del predicado es el verbo. Su significación la modifican o la completan los adverbios ("prepara *bien*", por ejemplo) y las construcciones o complementos de objeto directo, indirecto o circunstancial. En el ejemplo anterior, el núcleo del predicado es *prepara* y tiene tres modificadores, uno circunstancial *todas las tardes,* uno directo *sus tareas* y uno indirecto *para la escuela.* El núcleo del predicado concuerda con el núcleo del sujeto en número y persona: *prepara,* tercera persona, número singular, concuerda con *el niño.* Al predicado se le llama *simple* cuando consiste en una sola palabra: "Juan *canta*", o en una perífrasis: "Juan *está cantando*", y se le llama *compuesto* cuando tiene uno o varios modificadores: "Juan *canta en el teatro*". Cuando el núcleo del predicado es el verbo *ser* recibe el nombre de *predicado nominal:* "Este torito *es* pinto".

predicativo s m y adj *(Gram)*
Parte del predicado que modifica al mismo tiempo al núcleo del predicado y al núcleo del sujeto, con el cual concuerda en género y número; esta función se manifiesta generalmente con adjetivo, una construcción adjetiva, un participio o un sustantivo, como en los ejemplos siguientes: "El hombre llegó *triste*", "La gente cantaba *llena de felicidad*", "Los cuadros están *colgados*", "Mi tío es *agricultor*".

predicar v tr (Se conjuga como *amar*) **1** Explicar alguna cosa, particularmente de carácter moral o religioso, con el propósito de convencer a los demás y de hacerlos seguir su ejemplo o enseñanza: *predicar el patriotismo, predicar la bondad, predicar el comunismo* **2** Decir un sacerdote o un pastor un sermón en el templo: "Fray Servando *predicó* el doce de diciembre" **3** prnl *(Lóg y Gram)* Establecerse una función del predicado al término o sujeto de un enunciado de manera que manifieste una propiedad suya, por ejemplo, en el enunciado "Sócrates es mortal", "es mortal" *se predica* de Sócrates.

preferencia s f **1** Hecho de preferir algo o a alguien: "Tenía *preferencia* para los ancianos, sobre los adultos", "Mostraba una clara *preferencia* por el ganado vacuno sobre el lanar" **2** Circunstancia de considerar algo o a alguien en primer lugar o antes que a los demás: "Al producirse el incendio se atendió con *preferencia* a las mujeres y a los niños", "Los empresarios de los cines deberían tener *pre-*

ferencia por las buenas películas".

preferir v tr (Se conjuga como
sugerir, 2a) Decidir que uno
gusta más de una cosa o una
persona que de otra, que la considera más útil, adecuada, deseable, etc. que otra u otras:
"Prefiero más comer espinacas
que frijoles", *"Prefiero* a Al-
berto", *"Preferiríamos* más ir al
cine que al teatro".

prefijo s m *(Ling)* Morfema que
se antepone a un lexema o raíz
y que modifica su sentido, como
re– en *rehacer, releer, recensar*
que indica repetición; como *in–,
im–, i–* en *inaceptable, improba-
ble, ilegible* que indican negación; *pre–* en *preprimaria* que
indica anterioridad, etc.

pregunta s f 1 Manifestación de
lo que uno desea conocer o saber
a otra persona, dándole a entender que uno espera respuesta: *hacer una pregunta, responder una pregunta, una pregunta sin respuesta, una buena
pregunta* 2 Cada uno de los
temas o puntos que forman
parte de un examen: *resolver las
preguntas, tener preguntas malas.*

preguntar v tr (Se conjuga
como *amar*) Manifestar a alguien aquello que uno quiere
saber o conocer y que espera le
sea respondido: "Los niños de
poca edad se pasan la vida *pre-
guntando*", "Me *preguntó* a
dónde iba".

premiar v tr (Se conjuga como
amar) Dar un premio a algo o a
alguien: *premiar a los alumnos,*

*premiar al equipo ganador,
premiar al producto más atractivo y barato.*

premio s m 1 Objeto que se da a
alguien como regalo por haber
hecho algo importante, valioso,
destacado o extraordinario: *dar
un premio al mejor estudiante,
un premio al mejor atleta*, "Recibió un *premio* por haber inventado una medicina que sal-
vará muchas vidas" 2 Objeto o
cantidad de dinero que recibe
quien gana una rifa, un sorteo o
un concurso: *el premio mayor de
la lotería, los premios de la tóm-
bola, un premio de literatura* 3
Objeto o cantidad de la misma
sustancia del mismo material
que se añade a una mercancía,
para atraer más compradores:
"Esa caja de galletas trae *premio*".

prensa s f 1 Máquina que sirve
para apretar, comprimir o exprimir algo, compuesta generalmente por dos plataformas
entre las cuales se pone el objeto
de la presión: *una prensa de
uva, una prensa de metal, una
prensa de papel* 2 Máquina con
la que se imprimen libros, periódicos, hojas, etc. y taller en
donde se hace ese trabajo: *meter
en la prensa, parar las prensas,
montar una prensa* 3 Conjunto
de las publicaciones periódicas,
particularmente los diarios, y de
los que trabajan en ellas, cuyo
objetivo es informar a la opinión
pública de los acontecimientos
importantes y del estado del gobierno y orientarla en sus juicios: *dar a la prensa, la prensa
local, la prensa internacional, un
corresponsal de prensa, leer una*

noticia en la prensa, libertad de prensa.

preocupar v tr (Se conjuga como *amar*) **1** Ocupar constantemente el pensamiento de alguien alguna cosa que le causa inquietud, temor o ansiedad, o algún asunto que debe resolver o solucionar: "Los estudios de su hijo lo *preocupan*" *preocupar a los amigos, preocuparse por un trabajo* **2** prnl Dedicar atención, esfuerzo y tiempo a algo o a alguien, porque siente uno responsabilidad acerca de ello: *preocuparse de los invitados, preocuparse de que todo salga bien.*

preparación s f **1** Acto de *preparar: la preparación de una fiesta, la preparación de una máquina, la preparación de un examen* **2** Conjunto de los conocimientos que alguien tiene acerca de una materia determinada: "Esa escuela da una buena *preparación*", "Tiene *preparación científica*" **3** Sustancia o tejido preparado para que se le examine en un laboratorio **4** Sustancia preparada en una farmacia: *hacer preparaciones, tomar una preparación.*

preparar v tr (Se conjuga como *amar*) **1** Hacer lo necesario para que algo o alguien esté listo o dispuesto para usarse, cumplir una función o alcanzar un objetivo: *preparar una sorpresa, preparar a un familiar para darle una noticia, prepararse para el invierno, preparar a un alumno para el examen* **2** Hacer las operaciones necesarias para obtener un producto, particularmente químico o farmacéu-tico: *preparar la comida, preparar una medicina, preparar un compuesto.*

preparatorio adj **1** Que antecede a otra cosa y la prepara: *una reunión preparatoria,* "Se impartirá un curso *preparatorio* para los profesores interesados" **2** s f Conjunto de estudios, posteriores a los de la secundaria, que capacitan a una persona para cursar la educación superior, y local en donde se imparten dichos estudios: "Cuando termine la *preparatoria* voy a estudiar economía", "Voy a la *preparatoria* del pueblo", "La *preparatoria* de la esquina".

preposición s f **1** (Gram) Palabra invariable que establece un nexo entre cualquier elemento de una oración y un complemento, constituido generalmente por un sustantivo o un pronombre, que recibe el nombre de *término de la preposición.* Manifiesta relaciones de muy variados significados, por ejemplo: "Vi *a* tu hermano", "Voy *a* salir", "Viene *de* Durango", "Jarra *de* vidrio", "Vaso *de* leche", "Vive *con* su hermano", "Habla *desde* allá", "Llegó *en* diciembre", "Lo hace por sus hijos", "Me habló *sobre* la situación", etc.

presa s f **1** Cualquier cosa que se agarra, prende o caza, principalmente un animal: "La *presa* escapó a pesar de estar herida" **2** *Ser alguien presa de algo* Ser víctima o estar dominado por algo: *ser presa del miedo* **3** *Hacer presa de alguien o de algo* Agarrar algo e impedir que se escape, o dominar algo a alguien: "El águila *hizo presa* del conejo", "El terror *hizo presa* del público" **4** Construcción con la que se retiene y almacena el agua en una región para conservarla y repartirla durante todo el año en las tierras a las que riega, y en muchas de ellas para generar electricidad, compuesta generalmente por un muro alto, construido en el cauce de un río o al final de un cauce artifical y unas compuertas que permiten el paso regulado del agua. Son importantes las presas de Malpaso, la Falcón, la Alemán, etc.

presencia s f **1** Hecho o circunstancia de estar algo o alguien en un lugar determinado: "La *presencia* de una banda de asaltantes alarmó a los habitantes del pueblo" **2** *En presencia de* Delante de, frente a: "No hables así *en presencia de* tu padre", "Estamos *en presencia del* monumento más importante de la ciudad" **3** Aspecto o apariencia física de alguien: "Es una mujer de *presencia* agradable" **4** *Tener alguien presencia* Tener alguien personalidad atractiva o que se hace notar: "Es un científico desgarbado pero *tiene* mucha *presencia*" **5** *Presencia de ánimo* Serenidad o control ante circunstancias difíciles.

presenciar v tr (Se conjuga como *amar*) **1** Estar uno presente cuando sucede algo: *presenciar una discusión, presenciar un accidente* **2** Asistir uno a un espectáculo: *presenciar un desfile, presenciar una función teatral*.

presentación s f **1** Acto de presentar: *la presentación de una mercancía nueva, la presentación de una exposición, la presentación de los novios* **2** Manera como se presenta una cosa: *una medicina en dos presentaciones* **3** Apariencia que tiene una persona: *buena presentación*.

presentar v tr (Se conjuga como *amar*) **1** Poner algo o a alguien de manera que pueda verse, generalmente para que pueda ser reconocido, examinado o juzgado: *presentar nuevos vestidos, presentar a los detenidos, presentar pruebas, presentar un espectáculo* **2** Tener algo o alguien cierto aspecto o característica a la vista o al juicio de alguien: *presentar síntomas, presentar dificultades* **3** Dar a conocer a alguien a otras personas: *presentar a un artista, presentar al nuevo director, presentar al novio con los padres* **4** prnl Asistir alguien a algún lugar: *presentarse a las autoridades* **5** Presentarse algo (a alguien) Suceder(le) *"Se me presentaron problemas", "Se me presentó una oportunidad", "Se presentó de nuevo el fenómeno"*.

presente adj m y f **1** Que está en el mismo lugar que quien habla, que sucede en el momento en que se habla, o que está o sucede en el momento del que se habla: "La señora, aquí *presente*, es una gran pianista", "Frente a las dificultades *presentes* es necesario encontrar una solución", "Mi abuelo estuvo *presente* en la toma de Torreón por los villistas" **2** s m Época o momento actual, que se vive ahora: *vivir el presente*, "La enseñanza del *presente* ha cambiado mucho" 3 Regalo (Véase el cuadro de usos de los tiempos verbales).

presentimiento s m Sensación que tiene alguien de que algo va a ocurrir sin tener razones o motivos para suponerlo: "Tuvo el *presentimiento* de que algo bueno iba a pasar", "Jugué a la lotería con el *presentimiento* de que me la sacaría".

presentir v tr (Se conjuga como *sentir*, 9a) Tener la sensación de que algo va a ocurrir sin tener razones o motivos para suponerlo: *presentir la muerte, presentir un temblor, presentir un accidente.*

presidencia s f 1 Acto de presidir: *la presidencia de una asamblea* 2 Empleo, cargo o función del presidente de una empresa, institución, país, etc. 3 Local en el que están sus oficinas: "Mañana habrá un concierto en la *presidencia* municipal".

presidencial adj m y f Que pertenece al presidente de algo o se relaciona con él: *silla presidencial, campaña presidencial, elecciones presidenciales, acuerdo presidencial.*

presidente s 1 Persona que está al frente de algo, particularmente de una institución, una asociación, un comité, etc.: *el presidente de la reunión, el presidente de una empresa* 2 Persona que, en una república, resulta electa para dirigir el gobierno o el poder ejecutivo del Estado: *presidente de la república, presidente del gobierno,* *presidente del consejo de ministros.*

presidir v tr (Se conjuga como *subir*) 1 Tener la dirección o la máxima autoridad en una institución, una asociación, una empresa, etc.: *presidir una compañía financiera, presidir un país* 2 Estar alguien presente como personaje principal en una reunión acto social o ceremonia: "El director de la escuela *presidió* la entrega de premios" 3 Ser algo el elemento predominante en otra cosa: "El buen humor y la cordialidad *presidieron* la entrevista".

presión s f 1 Fuerza que ejerce algo o alguien sobre la superficie de un cuerpo y que produce el efecto de apretarlo o comprimirlo: *hacer presión con los dedos, poner presión sobre la plastilina* 2 (*Fís*) Esfuerzo que se ejerce uniformemente en todas direcciones, y se mide por su fuerza en una unidad de área 3 (*Fís*) *Presión atmosférica* La que hay en cualquier punto de una atmósfera por efecto del peso de los gases que la componen: *la presión atmosférica al nivel del mar, la presión atmosférica de Venus* 4 *Presión arterial* Tensión arterial 5 *Tomar la presión a alguien* Medir su tensión arterial 6 Insistencia con la que alguien demanda a una persona que actúe o se comporte de cierta manera: *ejercer presión sobre un empleado, trabajar bajo presión* 7 *A presión* Que ejerce o recibe la acción de una fuerza de esa clase: *cierre a presión, envase a presión.*

préstamo s m Cantidad de dinero u objeto que se presta a alguien: *pedir un préstamo, pagar un préstamo, conseguir un préstamo, devolver un préstamo.*

prestar v tr (Se conjuga como *amar*) **1** Dar a alguien alguna cosa o dinero de uno para que lo tenga, lo use o lo aproveche durante cierto tiempo, con la condición de que después lo devuelva: *prestar cien pesos, prestar un libro, prestar ropa* **2** Dedicar uno trabajo, atención o cuidado a alguna actividad de otra persona o a otra persona para ayudarla: *prestar ayuda, prestar auxilio, prestar fuerzas, prestar entusiasmo* **3** Estar uno dispuesto a recibir alguna información de otra persona: *prestar oídos, prestar atención, prestar crédito* **4** *Presatr silencio* Mantenerse en silencio **5** prnl Ofrecerse uno a hacer algo en beneficio de otra persona: *prestarse a ayudar, prestarse a trabajar* **6** Dar algo ocasión u oportunidad para otra cosa (sólo en tercera persona) "La reunión *se prestó* a muchos comentarios", "El eclipse *se presta* para estudiar la corona solar".

pretender v tr (Se conjuga como *comer*) **1** Querer alguien conseguir alguna cosa, porque la merece o porque espera se le conceda: *pretender un premio, pretender terminar los estudios,* "Los objetivos que se *pretenden* son importantes" **2** Afirmar alguien alguna cosa de la que los demás dudan: "*Pretende* haber visto marcianos", "*Pretendía* ser enviado del emperador de Alemania" **3** Aspirar una persona a

hacerse novia o esposa de otra y hacérselo notar con regalos, cortesías, etc.

pretensión s f **1** Hecho de pretender algo: "Tener buenas escuelas es una justa *pretensión* popular", "Tiene la *pretensión* de ser el mejor científico del mundo" **2** Ambición desmedida de lograr algo: *un hombre de muchas pretensiones, una obra sin pretensiones.*

prima s f **1** Cuerda más delgada y primera en orden, que produce el sonido más agudo, de un instrumento como la guitarra **2** Cantidad que se paga como garantía de un contrato **3** Precio proporcional que se paga en la compra de un seguro de vida, de pérdidas materiales, etc. **4** Cantidad adicional de dinero, proporcional al trabajo o a la producción, que se otorga a un trabajador como premio o gratificación: *prima de vacaciones.*

primario adj **1** Que está al principio de algo o en una primera etapa: *enseñanza primaria, era primaria, infección primaria, instintos primarios* **2** Que es básico o fundamental: *colores primarios, necesidades primarias* **3** s f Escuela primaria: *estudiar la primaria, maestra de primaria.*

primate s m Mamífero de organización superior como el mono el hombre, que tiene dentadura completa, las extremidades superiores terminadas en cinco dedos protegidos por uñas, de los cuales uno, el pulgar, se opone a los demás y permite agarrar los objetos, dos mamas en el pecho de las hembras y la corteza cerebral más desarrollada, como características principales.

primer adj Apócope de primero cuando precede a un sustantivo masculino singular: *primer ministro, primer jefe, un primer momento, primer movimiento.*

primero adj 1 Que aparece, sucede, se percibe o se considera antes que otra cosa o que otra persona: *primera intención, primeras letras, artículo primero, primeros pasos* 2 Que es mejor, más importante o principal: *primera calidad, primera mujer, el primero de la clase, el primer ministro* 3 adv Antes, en un momento anterior a otra cosa, o antes que otra persona: "*Primero* estudia y luego juegas", "Llegó *primero*" 4 adv Con mejor gusto, con preferencia: "*Primero* muerto, que ladrón", "*Primero* me quedo sin trabajo, que aceptar esa situación" 5 *De primera* De la mejor calidad, de lo mejor, *un trabajo de primera, ropa de primera.*

primitivo adj 1 Que pertenece o se relaciona con el comienzo o el origen de algo, que está más cerca de su principio: *mundo primitivo, arte primitivo, forma primitiva, estado primitivo* 2 Que pertenece o se relaciona con grupos humanos que desconocen la escritura y ciertas técnicas agrícolas y de caza: *sociedad primitiva, pueblos primitivos, los primitivos de Australia* 3 s m (*Gram*) Palabra que, por no poderse reducir a otra más simple dentro de la misma lengua, se considera originaria para todas las de su familia formal y se

mántica, que se convierten en sus derivadas, como *pan, leche, amar, mirar, ver*, etc. 4 Que es tosco, rudo, sin educación: *costumbres primitivas, modales primitivos.*

primo s 1 Hijo del tío o la tía de alguien: *tener primos, conocer a las primas* 2 *Primo hermano* El que es hijo de un hermano del padre o la madre de alguien 3 *Primo segundo* El que es hijo de un primo del padre o la madre de alguien.

principal adj m y f Que se considera en primer lugar, más importante o destacado: *personaje principal, motivo principal, puerta principal, el principal científico de un país.*

principio s m 1 Primer instante de la existencia de algo: *el principio del mundo, el principio del tiempo, el principio de la vida* 2 Causa primera o creadora de alguna cosa "¿El universo tuvo *principio*?" 3 Lugar o momento en el que nace, de donde parte o de donde surge algo: *el principio de un río, el principio de un camino, el principio de un cuento* 4 *Dar principio* Tener algo su momento de partida o su primer momento: *dar principio una función* 5 *Al principio, a principios de* En el primer momento, cuando comienza: *al principio de la obra, a principios de siglo* 6 Cualquiera de las primeras verdades o proposiciones de una ciencia, o de los fundamentos de un conocimiento o de una técnica: *principios de física, principios de lógica, principios de contabilidad* 7 Cada uno de los criterios morales fundamentales que guían la conducta de una persona: *un principio de honradez, principios éticos, tener principios* **8** Ley fundamental o conjunto de criterios que determinan el funcionamiento de algo: *los principios de la máquina, el principio de Arquímedes* **9** *Principios generales del derecho* Cada uno de los criterios o ideas fundamentales de un sistema jurídico determinado, que suelen presentarse en forma de aforismos y que guían la interpretación jurídica **10** *En principio* Provisionalmente, en general: *"En principio estoy de acuerdo con tus ideas"*.

privado adj **1** Que no tiene cierta capacidad o cierta cosa: *un hombre privado de la vista, un niño privado del habla* **2** Que se hace con la participación de pocas personas, entre los amigos más cercanos o la familia: *fiesta privada, función privada* **3** Que tiene carácter personal, particular o íntimo: *vida privada, asunto privado* **4** Que se relaciona con las personas en su carácter de individuos y no en el de su actividad social o pública; particularmente, en el régimen liberal, que pertenece a los individuos y no al Estado: *propiedad privada, capital privado, derecho privado* **5** s m Lugar cuya entrada está permitida a poca gente, especialmente para asegurar que lo que allí se trata no se haga público: *el privado de una oficina* **6** s f Calle que está cerrada en uno de sus extremos.

privar v tr (Se conjuga como *amar*) **1** Quitar algo que le pertenecía, formaba parte suya, necesitaba o lo completaba, a una cosa o a una persona: *privar de la libertad, privar de adornos, privar de facultades, privar de un órgano* **2** Prohibir a alguien alguna cosa a la que estaba acostumbrado, que le causaba placer, etc.: *privar de dulces, privar de descanso, privar de visitas* **3** Hacer que alguien pierda la conciencia con un golpe o una emoción muy intensa: *"Le pegó tan fuerte que lo privó"*, *"Se privó de coraje"* **4** prnl Dejar de tener o hacer alguna cosa voluntariamente: *"Se privó de las fiestas, y los bailes"* **5** Tener algo mucha aceptación o llegar a dominar, por su interés o valor, entre las personas: *"Privaba un ambiente de seriedad"*, *"Priva el gusto por los colores fuertes"*.

probabilidad s f **1** Circunstancia de que algo pueda suceder o existir, o de que sea verdadero: *la probabilidad de encontrar petróleo, la probabilidad de una hipótesis* **2** (*Mat*) Relación que existe entre el número de acontecimientos o de casos que se presentan realmente y el número de los que son posibles: *la probabilidad de un error, la probabilidad de una reacción*.

probable adj m y f **1** Que puede creerse que suceda o que exista, que se puede demostrar: *el clima probable para el día de hoy, una solución probable* **2** *Ser algo probable* Ser de creerse o de esperarse que algo suceda o exista: *"Es probable que llueva"*, *"Es probable que venga hoy"* (Sólo en tercera persona).

probar v tr (Se conjuga como *soñar*, 2c) **1** Examinar alguna cosa haciéndola pasar por diferentes experimentos y dándole distintos tratamientos para determinar sus cualidades, características y capacidades en relación con su naturaleza o con lo que se busca en ella: *probar la resistencia de un cable, probar una veta de mineral, probar la reacción de un organismo* **2** Comparar alguna cosa con las necesidades de otra o con lo que se espera de ella: *probar una herramienta, probarse un vestido, probar un producto* **3** Tomar un poco de algún alimento para conocer su sabor: *probar la barbacoa, probar un pastel* **4** Someter a alguien a varias situaciones, experiencias, etc. para conocer su carácter, su capacidad y sus límites: *probar a un empleado, probar a un amigo* **5** Dar todos los datos, informes, testimonios, razonamientos y experimentos necesarios para demostrar que algo es verdadero: *probar una teoría, probar una acusación* **6** intr Resultar algo conveniente o adecuado para otra cosa o para una persona: "Le *prueba* el clima frío".

problema s f **1** Conjunto de hechos, acontecimientos o ideas que constituyen una dificultad, una contradicción o un asunto de solución desconocida: *un problema laboral, un problema moral, un problema científico* **2** Planteamiento que se hace de un conjunto de datos conocidos sobre algún objeto, situación, acontecimiento o idea, para encontrar los datos que se desconocen acerca de ello y solucionar las preguntas que uno se hace a ese propósito: *problema aritmético, problemas de física.*

problemático adj **1** Que causa problema, que es difícil o dudoso: "Las teorías físicas son muchas veces *problemáticas*" **2** s f Conjunto de problemas relacionados con alguna disciplina, actividad o situación: *la problemática del campo, la problemática de la psicología.*

proceder[1] v intr (Se conjuga como *comer*) **1** Tener algo o alguien su origen o su principio en otra cosa o en algún lugar: *proceder del mono, proceder de Australia* **2** Venir algo o alguien de cierto lugar en donde comenzó su camino: "Llegó el tren que *procede* de Tehuantepec" **3** Pasar a poner en obra o en acción alguna cosa para la que se hicieron preparativos anteriormente: *proceder a abrir la sesión, proceder a explicar la lección de historia* **4** Comprender algo con una ley, un reglamento o una costumbre, como consecuencia natural, razonable u oportuna de ellos o de alguna acción o acontecimiento anteriores: "La demanda de extradición no *procede*", "Después de lo ocurrido, *procede* pedir una explicación a las autoridades" **5** Actuar o comportarse una persona de cierta manera, en correspondencia o a consecuencia de una circunstancia determinada: *proceder bien, proceder con prudencia, proceder equivocadamente.*

proceder[2] s m Modo de actuar o de comportarse alguien en correspondencia o como consecuencia de una circunstancia determinada: "Has equivocado tu *proceder* en esta situación".

procedimiento s m Serie de instrucciones, pasos y operaciones que se siguen con cierto orden para realizar algo: *un procedimiento matemático, los procedimientos legales, manual de procedimientos*.

procesar v tr (Se conjuga como *amar*) 1 Someter algo a un conjunto de tratamientos u operaciones con un fin determinado para que se produzcan cambios, modificaciones o transformaciones en su naturaleza o características: *procesar la caña, procesar basura, procesar información* 2 Declarar a alguien sometido a un proceso judicial: *procesar por robo, procesar por violación*.

proceso s m 1 Conjunto de los cambios y las modificaciones que se producen en las características o en la naturaleza de algún objeto o de algún fenómeno durante su evolución o desarrollo: *el proceso de una enfermedad, el proceso de formación del hierro, el proceso de la fotosíntesis* 2 Conjunto de los cambios o las transformaciones que sufre algún material o alguna sustancia durante el tratamiento al que se les somete, y este tratamiento: *el proceso de refinación del petróleo, un proceso químico* 3 *En proceso* En elaboración, en construcción: "La obra está *en proceso*" 4 *(Der)* Conjunto de los actos regulados por la Ley con los cuales se busca, se desarrolla y se obtiene la aplicación del derecho en el caso que se trate: *un proceso penal, un proceso civil*.

procurar v tr (Se conjuga como *amar*) 1 Intentar con esfuerzo hacer o lograr algo: "*Procura* terminar tu tarea con más cuidado", "*Procuraremos* llegar más temprano" 2 Contribuir con alguien en su actividad, su bienestar o su trabajo ofreciéndole los medios para lograrlo: *procurar alojamiento, procurar herramientas y semillas, procurar cuidados* 3 intr Cuidar del bienestar de alguien: "Su mamá los *procura* mucho con la comida".

producción s f 1 Acto de producir y efecto, resultado u objeto producido: *la producción minera, la producción ganadera, un aumento de producción, la producción textil, la producción literaria* 2 *Producción en serie* o *en cadena* Procedimiento industrial que consiste en dividir el proceso de fabricación de un objeto en partes, de acuerdo con el tipo de trabajo que requieren, la maquinaria que utilizan y la especialización de los obreros, con el fin de producir más y en menos tiempo.

producir v tr (Modelo de conjugación 7a) 1 Dar la Tierra, su suelo, los elementos que la componen o los seres que en ella vivan, sustancias, materiales, frutos o crías: *producir una cosecha, producir plata, producir azufre, producir ganado* 2 Fabricar objetos o mercancías una industria con maquinaria, materia prima y trabajo de sus obreros: *producir acero, producir cemento, producir radios* 3 Dar una ganancia o un beneficio el trabajo o el dinero invertido en la explotación de la Tierra, en una industria o en las finanzas: *producir capital, producir plusvalía, producir intereses* **4** Tener cierto resultado el esfuerzo y el trabajo de una persona: *producir una obra de arte, producir un objeto artesanal, producir una investigación científica* **5** *Producir cine, teatro, radio o televisión* Financiar la elaboración de una película o la puesta de una obra de teatro, o dirigir un programa de radio y televisión y la realización de todos los procesos técnicos que requieren **6** Tener algo efecto o causarlo alguien en el cuerpo o en el ánimo de una persona: *producir heridas, producir dolor, producir alegría, producir tristeza* **7** *prnl* Suceder algo como efecto de ciertas circunstancias: *producirse un temblor, producirse una pelea.*

productividad s f **1** Capacidad para producir algo: *la productividad del campo* **2** Capacidad para producir más de algo en relación con el trabajo y los medios que se invierten en ello: *aumentar la productividad.*

producto s m **1** Objeto producido, beneficio obtenido o resultado de una actividad: *productos minerales, un producto eléctrico, los productos de una inversión, el producto de una discusión* **2** *(Mat)* Cantidad que resulta de una multiplicación.

productor adj y s **1** Que se dedica a producir algo: *una fábrica productora de muebles, un productor de café* **2** s Persona que financia la elaboración de una

película o la presentación de una obra de teatro, o que dirige la realización de un programa de radio o televisión y las tareas técnicas que requieren.

profesor v tr (Se conjuga como *amar*) **1** Ejercer una profesión: *profesar la filosofía, profesar la abogacía* **2** Declarar o practicar una creencia o una doctrina, particularmente cuando es religiosa: *profesar el cristianismo, profesar el mahometanismo* **3** Entre los católicos, ingresar en una orden religiosa haciendo los votos correspondientes: *profesar de religiosa* **4** Tener o mostrar cierto sentimiento hacia alguien: *profesar admiración, profesar antipatía.*

profesión s f **1** Acto de profesar: *profesión de fe, profesión de lealtad* **2** Actividad u ocupación a la que alguien se dedica, especialmente la que requiere estudios universitarios, algún entrenamiento especial y licencia para ejercerla, como la medicina, la ingeniería, la antropología, la música, etc. **3** *De profesión* Con los estudios y el entrenamiento necesarios o con dedicación completa: "Es abogado *de profesión* pero trabaja como comerciante"; *un marino de profesión.*

profesional adj m y f **1** Que pertenece o se relaciona con alguna profesión o carrera: *título profesional, examen profesional, capacitación profesional, estudios profesionales* **2** Que demuestra habilidad, conocimiento y seriedad por parte de quien lo hace o lo dice: *un trabajo profesional, ser muy profesional* **3** Que se dedica a alguna actividad u ocupación de tiempo completo y para ganarse la vida: *jugador profesional, piloto profesional* 4 s m y f Persona que se dedica a alguna actividad de tiempo completo y como medio de vida o que tiene un gran dominio de su profesión: *un profesional de la danza*.

profesionista s m y f Persona que ha estudiado una profesión y la ejerce: *un profesionista de gran valor, una gran profesionista*.

profesor s Persona que enseña una ciencia, un arte u otra actividad: *profesor de física, profesora de primaria, profesor de gimnasia, profesor universitario*.

profundidad s f 1 Distancia que hay entre la superficie de algo y su fondo, o entre su parte delantera y la de atrás: *la profundidad de un pozo, aguas de mucha profundidad, excavaciones de 15 m de profundidad* 2 *Las profundidades* Lugar o parte más profunda, central o escondida de algo: *en las profundidades del alma* 3 Penetración, hondura, intensidad o fuerza a la que llega algo: *la profundidad de sus conocimientos, una novela sin profundidad, la profundidad de su sueño, la profundidad de su amor*.

profundo adj 1 Que tiene su parte más baja a gran distancia de su boca, sus bordes o la superficie desde donde se le considera: *un pozo profundo, un barranco muy profundo, un mar profundo, un río profundo* 2 Que llega o se encuentra a una distancia mayor de la normal hacia abajo o hacia adentro: *una cueva*

profunda, una raíz profunda, una mina profunda* 3 Que tiene una gran distancia desde su parte delantera hacia atrás o hacia adentro: *una selva profunda, un salón profundo* 4 Que penetra, alcanza o se encuentra en la parte más interna, importante o central de algo, o a los pensamientos y las emociones más íntimas de alguien: *análisis profundo, exploración profunda, reflexión profunda, amor profundo* 5 Que alcanza gran intensidad: *sueño profundo, rojo profundo* 6 Que puede penetrar en lo más lejano, interno o íntimo de algo: *una vista profunda, una inteligencia profunda* 7 Que proviene de lo más lejano o interno de alguien: *una voz profunda, una mirada profunda*.

programa s m 1 Exposición previa de las partes que componen una actividad y del orden en que habrán de presentarse y cumplirse: *un programa de trabajo, un programa para el impulso a la pesca* 2 Lista de los actos de que habrá de constar una reunión o un espectáculo: *un programa de festival, el programa del teatro, un programa de la conmemoración de la Independencia* 3 Exposición de la distribución y el orden de las materias de un curso o de los cursos que componen cierto grado de enseñanza: *el programa de ciencias sociales, el programa de la enseñanza secundaria* 4 Conjunto de instrucciones claramente establecidas y ordenadas, escritas en un código o lenguaje determinado, con el que se hace funcionar una computadora para resolver cierto problema o cumplir cierta finalidad 5 Cada una de las funciones, películas, noticieros, etc. que transmite una estación de radio o de televisión: *un programa policiaco, un programa en vivo*.

progresar v intr (Se conjuga como *amar*) 1 Moverse algo en cierta dirección o desarrollarse en el tiempo: *progresar una curación, progresar un vehículo* 2 Desarrollarse en cierta medida una sociedad, un país o la humanidad hacia las finalidades de la idea del progreso: *progresar el pueblo de Real del Monte, progresar México* 3 Desarrollarse en cierta medida alguno de los aspectos de la civilización: *progresar la técnica, progresar las comunicaciones* 4 Mejorar la vida, el estado económico o cultural, etc. de una persona: "Ricardo *ha progresado mucho*: de barrendero ha llegado a jefe de oficina".

progreso s m 1 Movimiento de algo hacia adelante o desarrollo de algo en el tiempo: *el progreso de un planeta en su órbita, el progreso de una enfermedad* 2 Idea del desarrollo gradual e ilimitado de la civilización humana hacia mejores formas de existencia, de conocimiento y de comportamiento moral: *luchar por el progreso* 3 Idea de ese desarrollo en cada aspecto de la humanidad: *progreso científico, progreso económico*.

promedio s m 1 Resultado que se obtiene al sumar varias cantidades y dividir el total entre el número de cantidades sumadas: *el promedio de 4, 5 y 9 es 6* 2 *En promedio* Por término medio, en general: *"En promedio* hay 15 niños por salón" 3 adj m Que es común, normal o general: *inteligencia promedio, estudiante promedio*.

promesa s f 1 Expresión de la voluntad de una persona por la que se obliga a hacer algo o a dar alguna cosa a alguien: "Le hizo la *promesa* de estudiar más", "No hagas *promesas* que no puedas cumplir" 2 *Promesa de venta* Contrato preparatorio de uno definitivo de compra venta 3 Persona que parece tener las características necesarias para realizar algo con perfección o de manera destacada: "Esta niña es una *promesa* de la natación", "Ese muchacho es una *promesa* literaria".

prometer v tr (Se conjuga como *comer*) 1 Declarar alguien su voluntad de obligarse a hacer o dar algo a otra persona, por gusto o por agradecimiento de un favor recibido: *prometer un premio, prometer un sacrificio* 2 intr Dar algo o alguien muestras de que puede convertirse en algo bueno para los demás o para alguna cosa: "Ese alumno *promete*", "La temporada de lluvias *promete* para la cosecha".

promover v tr (Se conjuga como *mover*, 2c) 1 Favorecer la realización de algo: *promover una fiesta, promover una manifestación* 2 Hacer que una acción ya iniciada continúe o se desarrolle con más efectividad: *promover un trámite, promover la cultura, promover el ahorro* 3

Elevar a una persona a un nivel jerárquico o a un puesto de mayor importancia: *promover un coronel a general, promover a un contador a contralor general*.

pronombre s m *(Gram)* **1** Clase de palabras que sustituyen al sustantivo o a una construcción sustantiva y desempeñan todas sus funciones en la oración. Su designación no es fija como la de aquéllos, sino que depende de la persona que habla en una conversación. Así *yo* designa al que lee estas líneas y no a una persona particular; *tuyo* designa a cualquier persona u objeto que pertenezca a aquella con la que se hable y no a una determinada y fija para siempre. De acuerdo con el significado que tienen, los pronombres se clasifican en: *personales, que* son los que sustituyen al sustantivo en diferentes funciones sintácticas: *de sujeto: yo, tú, él, ella, ello, nosotros, (vosotros), ustedes, ellos, ellas: "Tú corriste muy rápido", "Ella comió manzanas"; de objeto directo: me, te, lo, la, nos, (os), los, las* y el reflexivo *se:* "El maestro *nos* vio", "Rita *se* bañó"; *de objeto indirecto: me, te, le, nos, (os), les* y el reflexivo *se:* "*Te* dio una manzana", "Nos contó un cuento", "*Se* lavó las manos"; *de complemento con preposición: mí, ti, él, ella, ello, nosotros, (vosotros), ustedes, ellos, ellas:* y el reflexivo *sí:* "El libro es para *mí*", "Lo hizo por *ti*", "Pensó para *sí* mismo". *Los pronombres demostrativos* son los que señalan cosas o personas: *éste, ése,* y *aquél,* según la cercanía o la lejanía de aquello

que se señala respecto del que habla "¿Qué libro?– *Ése*", "¿Cuáles niños? *–Aquéllos*". *Los pronombres indefinidos* señalan cosas o personas pero sin especificar su identidad, porque no se conoce o no se requiere: *alguien, alguno, nadie, otro, cualquiera,* etc. o porque su cantidad es imprecisa: *algunos, pocos, muchos,* etc.: "¿Viste a *alguien*?", "No vino *nadie*", "Sírveme *poco*" *Los pronombres posesivos* son los que significan posesión o pertenencia de algo o alguien por algo o alguien: *mío, tuyo, suyo, nuestro, (vuestro), suyo:* "Ese lápiz es *mío*", "Aquella casa es *nuestra*". Los *pronombres relativos*, por último, son los que indican alguna cosa o persona de la que se ha hablado antes: *quien, cuyo, cual, que:* "Mi amigo, de *quien* le hablé, vendrá hoy", "Leí el libro del *cual* me habías dicho tantas cosas". Gramaticalmente, relacionan una oración subordinada que funciona como adjetivo con un elemento de la oración principal, y sustituyen a ese elemento –llamado antecedente– en la subordinada. Por ejemplo, en "El niño que vino ayer era simpático", *que* relaciona a *vino ayer* con su antecedente *el niño,* y sustituye a *el niño* en la subordinada *(el niño) vino ayer*.

pronominal adj m y f *(Gram)* Que se relaciona con el pronombre o participa de su valor o función: *relación pronominal, oración pronominal, verbo pronominal*.

pronto adv y adj **1** En poco tiempo, en breve: "Volveré pronto", "Se curó *pronto*" **2** En menor tiempo del que se espera: "El invierno llegó *pronto*", "Hoy atardeció *pronto*" **3** *Tan pronto como* En el momento en que, inmediatamente: "Búscame *tan pronto como* llegues", "Tomó la palabra *tan pronto como* se lo permitieron" **4** *Por lo pronto* Por el momento, hasta ahora, provisionalmente: *"Por lo pronto, hemos terminado la primera etapa", "Por lo pronto,* tenemos que repetir el trabajo" **5** *De pronto* De repente, instantáneamente: "Platicábamos tranquilamente; *de pronto* se oyó un disparo" **6** adj Que sucede en poco tiempo: "Exigieron su *pronto* pago", "Reclaman la *pronta* solución del problema", "Deseamos su *pronta* recuperación" **7** adj Que está dispuesto para ser usado o para hacer algo, listo: "Está *pronto* para responderle", "La comida está *pronta*".

propiedad s f **1** Derecho que tiene o recibe alguien de usar y disponer de alguna cosa para sí mismo, según su voluntad y de manera exclusiva, dentro de los límites permitidos por la Ley: *propiedad privada, propiedad estatal, pequeña propiedad, piedad en condominio* **2** Objeto del que usa y dispone alguien con ese derecho: *tener una propiedad, vender una propiedad,* "Los muebles son de mi propiedad" **3** Cada una de las características o rasgos esenciales de una cosa, o de una persona que la definen y la determinan en su naturaleza y su conducta: *las propiedades físicas de la mate-*

ria, una propiedad de la inteligencia, las propiedades curativas de una planta **4** Carácter adecuado e indicado de alguna cosa para cierta conducta o cierto propósito: *la propiedad de las maneras de una persona, la propiedad de una palabra*.

propio adj **1** Que es de alguien o de algo, de su propiedad o pertenencia: *nombre propio, casa propia, luz propia, caballo propio* **2** Que es característico de algo o de alguien, lo distingue o lo manifiesta en cierta forma: *una enfermedad propia de la vejez, un entusiasmo propio de la juventud, propio de los hombres, propio de las matemáticas* **3** Que corresponde a otra cosa, le resulta adecuado o indicado: "Un vestido *propio* para la ocasión", "Una idea *propia* del nacionalismo", "Una aclaración *propia* para la situación" **4** De sí mismo, para uno mismo: *defensa propia, provecho propio* **5** Mismo: "Lo supe por el *propio* Erasmo", "El armamento mundial es una amenaza no sólo para cada país, sino para la *propia* existencia humana" **6** sm Mensajero de alguna persona: "Te enviaré un *propio* con el libro que necesitas".

proponer v tr (Se conjuga como *poner*, 10c) **1** Manifestar una persona a otra las razones que tiene para desear o considerar conveniente la realización de algo: *proponer un plan, proponer un convenio, proponer un tema de estudio* **2** Presentar una persona a otra o a una institución, explicando las razones para hacerlo y señalando las virtudes o las ventajas que tiene aquélla para cumplir una función, merecer una ayuda o un premio, etc.: *proponer la candidatura, proponer a un alumno para una beca* 3 prnl Decidir uno llevar a cabo una tarea o un plan determinado: *proponerse ser el mejor estudiante, proponerse resolver un problema.*

proporción s f 1 Relación de correspondencia, de posición, de dimensión o de cantidad entre las partes de un todo o de las partes entre sí: *una proporción de dos a uno, las proporciones del cuerpo humano, la proporción de un edificio, las proporciones de un compuesto químico* 2 Relación entre las dimensiones de una superficie o de un volumen: *las proporciones de una hoja, las proporciones de un cubo* 3 *(Mat)* Igualdad de dos razones, por ejemplo, $1/2 = 3/6$ o uno es a dos como tres es a seis 4 pl Medida de la intensidad, la fuerza, o la importancia de algo o de alguien: *las proporciones de un temblor, una explosión de grandes proporciones, las proporciones de un descubrimiento, un sabio de grandes proporciones.*

proporcional adj m y f Que tiene o está en proporción con otra cosa: "La fuerza de atracción de dos cuerpos es directamente *proporcional* al producto de las masas de ambos cuerpos", *un aumento de sueldos proporcional al del costo de la vida.*

proporcionar v tr (Se conjuga como *amar*) 1 Establecer ciertas relaciones de disposición, orden, tamaño, cantidad, etc. entre las partes de un todo o de las partes entre sí: *proporcionar una pintura, proporcionar un compuesto, proporcionar la fachada de una iglesia* 2 Dar a alguien aquello que necesita para cierta finalidad y que por sí mismo no podría obtener: *proporcionar herramientas, proporcionar una oportunidad.*

proposición s f 1 Acto de proponer: *una proposición formal, una proposición matrimonial* 2 Acción, actividad, plan a propósito propuestos: *tener varias proposiciones de trabajo, una proposición concreta, proposición de paz* 3 *(Lóg)* Expresión de un juicio, formada por dos términos: el sujeto y el predicado.

propósito s m 1 Voluntad que tiene alguien de actuar o comportarse de cierta manera: *buenos propósitos*, "La maestra tiene el *propósito* de enseñar a pintar a su alumnos" 2 Objeto, situación o estado al que alguien quiere llegar o se propone obtener: "Mi *propósito* es lograr una mejor cosecha este año", "Tiene el claro *propósito* de llegar a ser astronauta" 3 *A propósito* Adecuado o conveniente: "Traer un lápiz *a propósito* para la clase de letra que usaremos" 4 *A propósito* Con intención, voluntariamente: "Me pegó a *propósito*", "Lo hizo *a propósito*" 5 *A propósito de, a este propósito* Acerca de lo que se dice o se trata: *"A propósito de* significados ¿entiendes éste?", *A este propósito*, querría añadir..."

prosa s f Forma común de la expresión lingüística hablada o escrita que se rige por normas y medidas literarias distintas de las que rigen al verso: *prosa poética, una obra en prosa.*

prosodia s f 1 *(Gram)* Parte de la gramática que trata de la correcta pronunciación de los fonemas, la acentuación de las sílabas y las palabras, y la medida de las sílabas en el verso, según la concepción tradicional 2 *(Fon)* Estudio de los rasgos sonoros que afectan la cadena hablada, cuyos límites no corresponden a los de los fonemas sino a los de la sílaba, la palabra o la oración, como el acento, la duración de la sílaba, la nasalidad, el tono, etc.

prosódico adj Que pertenece a la prosodia o se relaciona con ella: *rasgo prosódico, acento prosódico* (Véase las reglas de acentuación).

protección s f 1 Acto de proteger: *la protección del ganado, la protección de una casa, la protección sanitaria* 2 Objeto con el cual se protege algo: *la protección de un mecanismo, una protección antimagnética, poner protecciones en los postes.*

proteger v tr (Se conjuga como *comer*) 1 Poner algo delante de algo o alguien para impedir que pueda sufrir algún daño: *proteger del sol, proteger la semilla de los pájaros, proteger las manos con guantes* 2 Hacer lo necesario para impedir que algo o alguien pueda sufrir algún daño o quede expuesto a un peligro: *proteger a los niños de las enfermedades, protegerse de los ladrones, proteger la libertad, proteger al país* 3 Ayudar a una persona facilitándole medios

para que se desenvuelva e impidiendo que algo o alguien la moleste o la dañe: *proteger a un amigo, proteger a un pariente.*

provincia s f 1 Conjunto del territorio de un país, exceptuando su capital: *viajar por la provincia, vivir en provincia, plazas de provincia, ciudades de provincia* 2 División administrativa del territorio en ciertos países: *La provincia de Cuenca, las provincias de Italia.*

provocación s f Acto de provocar: *la provocación de una guerra, la provocación de una reacción, una provocación policiaca.*

provocar v tr (Se conjuga como *amar*) 1 Hacer que ocurra una cosa como consecuencia de otra: *provocar una explosión, provocar un dolor, provocar un accidente, provocar una discusión* 2 Causar en una persona una reacción violenta o precipitada debido a determinadas actitudes o palabras: "Mide tus palabras, no lo *provoques*", "Esos vestidos tan escotados *provocan* al público" 3 Despertar un sentimiento o una sensación en alguien: *provocar ternura, provocar alegría, provocar tristeza, provocar miedo, provocar angustia.*

próximo 1 adj y pron Que está o sigue inmediatamente después de otro: *año próximo, mes próximo, poblado próximo, acontecimiento próximo, próximo problema, próximo campeonato* 2 adj Que está cerca: *próximo a mi casa, próximos a casarse, parientes próximos.*

proyectar v tr (Se conjuga como *amar*) 1 Echar algo o a alguien con violencia en cierta dirección o en varias direcciones como efecto de una explosión o un golpe: "El volcán *proyecta* piedras, gases y cenizas en torno de su cráter" 2 Extender un rayo de luz o el contorno de una imagen sobre una superficie: "El faro *proyecta* su luz desde gran distancia", "La Tierra *se proyecta* sobre la Luna durante el eclipse" 3 Hacer visible una imagen sobre una superficie o en un punto determinado: *proyectar una película, proyectar por televisión* 4 *(Geom)* Trazar en un papel las líneas que corresponden al corte de la figura de un objeto por un plano determinado 5 Dibujar en un papel todos los detalles correspondientes a los distintos planos de una construcción: *proyectar una presa, proyectar una carretera* 6 Idear la elaboración o la construcción de una cosa y el modo de efectuarla: *proyectar una máquina, proyectar un sistema de control industrial.*

proyecto s m 1 Idea que se tiene de algo que se quiere hacer y de cómo hacerlo: *tener proyectos, proyecto de viaje, proyecto de trabajo* 2 Dibujo o escrito en que está contenida esa idea y los detalles acerca de cómo debe realizarse: *un proyecto arquitectónico, un proyecto de investigación* 3 Elaboración provisional o preliminar de un estudio, un convenio, una Ley, etc. que se presenta a quien habrá de darles su carácter definitivo: "El presidente envió un *proyecto* de Ley a las cámaras".

prueba s f 1 Acto de probar: *una prueba de resistencia, una*

prueba química, una prueba de inmunidad, hacer una prueba al empleado, las pruebas de una teoría, tener pruebas 2 Cada uno de los actos en que se llevan a cabo experimentos o ciertos tratamientos, o de los datos, informes, argumentos y experimentos con los que se demuestra la verdad o la realidad de algo: *dar pruebas, hacer pruebas, una serie de pruebas mecánicas, ofrecer pruebas, presentar pruebas al tribunal* 3 Cantidad o pedazo pequeño de alguna sustancia o material que se toma para conocer su sabor o someterlo a examen y experimento: *una prueba de tierra, una prueba de tela, una prueba de comida* 4 Periodo durante el cual se somete a los estudiantes a la comprobación de su aprendizaje, y cada una de esas comprobaciones: *temporada de pruebas, pasar la prueba de español* 5 Impresión de un texto, una fotografía, un grabado, etc., que se hace para revisarlo y corregirlo antes de hacer la impresión definitiva: *las pruebas de un libro, las pruebas fotográficas* 6 A prueba Para comprobar, examinar o experimentar las características o la calidad de algo: *un radio a prueba, tener una máquina a prueba* 7 A prueba de Con la fuerza, resistencia y calidad necesarias para soportar la acción de algo: *un abrigo a prueba de agua, un reloj a prueba de golpes* 8 De prueba Para comprobar lo que se afirma de algo o de alguien: *una carrera de prueba, una función teatral de prueba.*

publicación s f 1 Acto de publicar: *la publicación de una noticia, la publicación de un libro* 2 Cualquier texto impreso o que se ha dado a conocer al público, particularmente un libro, una revista, un periódico, un folleto o un artículo.

publicar v tr (Se conjuga como *amar*) 1 Hacer algo del conocimiento de todos: *publicar una noticia, publicar una sentencia* 2 Imprimir, editar y sacar al mercado un texto: *publicar un libro, publicar un artículo, publicar un folleto, publicar una novela, publicar un cuento, publicar un poema.*

publicidad s f 1 Circunstancia de ser o de hacerse algo del conocimiento público: "La *publicidad* del asunto ha contribuido a que se solucione" 2 Conjunto de medios y procedimientos empleados para dar a conocer algo, generalmente para llamar la atención del público hacia ello o para fomentar la adquisición y el consumo de mercancías: *agencia de publicidad, publicidad comercial, publicidad moderna* 3 Conjunto de anuncios, programas de radio, cine o televisión, concursos, etc. destinados a atraer la atención del público para alcanzar diversos fines: *una campaña de publicidad, publicidad impresa, publicidad radiofónica.*

público adj 1 Que es del conocimiento o del interés de todas las personas: *un asunto público, una necesidad pública* 2 Que es para el uso, el aprovechamiento o el beneficio de todos: *un parque público, la vía pública, los servicios públicos, la hacienda pública, una escuela pública* 3 Que sucede o se hace delante de todos: *un escándalo público, una reunión pública, una discusión pública* 4 Que se relaciona con el Estado o con el gobierno de un país, o pertenece al Estado: *funcionario público, finanzas públicas, acto público, terrenos públicos, edificios públicos* 5 s m Conjunto de los miembros de una sociedad o de los ciudadanos de un país, en cuanto fundamento de su existencia y su historia, y en cuanto corresponsable de su gobierno: "Se dio a conocer al *público* un nuevo proyecto de ley agraria" 6 s m Conjunto de personas que presencian cierto espectáculo o a las que se dirige cierta información: *el público del teatro, el público de un cine, el público de un periódico* 7 *En público* A la vista de todos, delante de todos: "Los dirigentes de los sindicatos discutieron *en público*".

pueblo s m 1 Conjunto de personas que habitan un territorio y tienen una cultura, unas tradiciones y unas formas de comportamiento comunes: *el pueblo mexicano, el pueblo yaqui, el pueblo totonaca, un pueblo primitivo, el arte de un pueblo, el trabajo del pueblo* 2 Conjunto de los habitantes de un país o un Estado: *el pueblo de Nicaragua, el pueblo nayarita* 3 Cualquier conjunto indiferenciado de personas en un lugar determinado: *gente del pueblo, hablar con el pueblo* 4 Población de un número reducido de habitantes: *el pueblo de Totolapan, el pueblo* *de Paso del Macho, los pueblos del Estado de Tamaulipas.*

puente s m 1 Construcción u objeto hecho de piedra, madera o metal, fijo, provisional o desmontable, que comunica dos lugares separados por agua, un barranco, etc.: *puente levadizo, puente colgante, puente giratorio, puente para peatones, puente de un río, puente de los anteojos,* 2 Pieza metálica que usan los dentistas para sujetar los dientes artificiales en los naturales: *tener un puente, ponerse un puente* 3 Periodo en el que se une un fin de semana con uno o más días de fiesta, incluyendo días en los que administrativamente se debe trabajar: *hacer puente, haber puente* 4 Tablilla que se coloca perpendicularmente sobre la tapa de los instrumentos de cuerda con el fin de mantener elevadas las cuerdas 5 Elemento que sirve para establecer una relación entre dos cosas "En la pintura se establece un *puente* entre el alma de los personajes y el espectador" 6 *Puente aéreo* Servicio ininterrumpido de transporte por avión que se establece con el fin de abastecer o evacuar un lugar aislado 7 Plataforma con barandilla que va a cierta altura y de un costado al otro del barco, desde la que el oficial de guardia comunica las órdenes.

puerta s f 1 Abertura en un muro o en una pared que comunica el exterior con el interior de un edificio, una habitación con otra, etc.: *la puerta de la calle, puerta principal, puerta de la cocina, tocar la puerta, abrir*

la puerta 2 Superficie de madera, metal o algún otro material, generalmente fija por uno de sus lados a la pared o a un objeto de manera que cubre una abertura y permite o impide el acceso: *la puerta de una iglesia,* "La *puerta* de mi casa", *la puerta del coche, la puerta del buró, puerta giratoria, puerta corrediza* 3 *Abrir la puerta a o para algo* Permitir o dar ocasión a que algo suceda, comience o se desarrolle: "La falta de información *abre la puerta* a los rumores" 4 *A puerta cerrada* En privado, sin participación pública: *una reunión a puerta cerrada* 5 *De puerta en puerta* De una casa a otra: *una encuesta de puerta en puerta* 6 *Estar algo en puerta* Estar próximo o en posibilidades de suceder: "La crisis *está en puerta*" 7 *Cerrar la puerta a algo o a alguien* Impedir que algo se realice o que alguien logre lo que busca: "La actitud del funcionario *cerró las puertas* a una solución pacífica: 8 Llamar a la puerta de alguien Pedirle ayuda.

puerto s m 1 Lugar de la costa del mar o de la orilla de un río, natural o artificialmente protegido del viento y de los golpes del agua, que sirve para desembarcar los pasajeros y descargar las mercancías: *llegar a puerto, puerto pesquero, puerto de altura* 2 Lugar situado en un paso entre montañas, en donde puede haber refugio.

pues conj 1 Ya que, debido a que, puesto que: "Esperamos las lluvias, *pues* aquí no hay agua", "Les gustó la obra *pues* estaba bien actuada", "No lo visité, *pues* no tuve tiempo" **2** En consecuencia, por lo tanto; "La solución del problema sirvió, *pues*, para unir grupos enemigos", "Su curación depende, *pues*, de que permanezca en cama", "Espero, *pues*, su más pronta respuesta", "*Pues* habría que pensarlo" **3** Subraya o enfatiza una expresión: "*Pues sí*", "*Pues* claro", "*Pues* se lo merecía", "*Pues* cállate", "*Pues* deja de molestar".

puesto 1 pp irregular de poner **2** *Bien o mal puesto* Bien o mal presentado o arreglado: *una mujer bien puesta, una exposición mal puesta* **3** sf Acto de poner o ponerse algo: *una puesta en funcionamiento, una puesta de sol, una puesta de escena* **4** sm Lugar que corresponde ocupar a algo o a alguien: "Los alumnos están en sus *puestos* en el patio", "El músico tiene su *puesto* al lado del director" **5** Empleo o cargo de una persona en un negocio, una institución o una agrupación: "Tiene un *puesto* de cobrador", "Le dieron el *puesto* de secretario", "Concursó por un *puesto* de profesor" **6** Lugar o zona destinados a cierta actividad: *un puesto de observación, un puesto de vigilancia* **7** Lugar o pequeña instalación, generalmente temporal, que se pone en la calle, en una feria o en una exposición para mostrar algo o vender alguna mercancía: *los puestos del mercado, el puesto de una fábrica de coches en la exposición* **8** *Puesto que* Debido a que, ya que: "*Puesto que* tienes pruebas, debe

ser cierto", "*Puesto que* no quieres salir, te tendrás que quedar solo".

punto s m **1** Marca o señal muy pequeña, casi sin dimensiones, que se manifiesta a la vista por contraste con la superficie de diferente color al suyo en la que aparece; al oído, por su corta duración y el contraste de intensidad que tenga con otros sonidos, o al tacto por su relieve o depresión con respecto a la superficie lisa en que se encuentre: *un punto luminoso, puntos rojos, los puntos de la clave Morse, un punto sonoro, un punto en la piel, los puntos de una pared* **2** (*Gram*) Signo ortográfico (.) que indica una pausa larga **3** (*Gram*) *Punto y coma* Signo ortográfico (;) que señala una pausa mayor que la de la coma y menor que la del punto **4** (*Gram*) *Dos puntos* Signo ortográfico (:) que anuncia una explicación, una enumeración o una cita posterior **5** (*Gram*) *Puntos suspensivos* Signo ortográfico (...) que indica que la expresión no es completa (Véanse las reglas de puntuación) **6** *Punto decimal* Aquél que se utiliza con frecuencia para separar los números enteros de las fracciones, como 1.5, 2.67, etc. **7** *Poner los puntos sobre las íes* Aclarar algo que se discute para que no haya duda ni confusión **8** Posición exacta y precisa en cierto espacio: *un punto del mapa, encontrarse en un punto de la ciudad* **9** (*Geom*) Lugar o posición geométrica sin longitud, anchura ni profundidad: *un punto de una recta,* *punto de intersección* **10** *Punto cardinal* Cada una de las cuatro direcciones en que se divide el horizonte, determinadas por la posición del Sol en los equinoccios: la salida, el Este; la puesta, el Oeste; y la de los dos polos, Norte y Sur, de la Tierra **11** *Punto de vista* Posición, actitud o criterio con los que se considera o se juzga algo: *tener un punto de vista, cambiar puntos de vista* **12** *Hasta cierto punto* En cierta medida, en cierto modo: "*Hasta cierto punto* estoy contento de terminar el trabajo" **13** Estado en que se encuentra algo o alguien en un momento determinado de una acción: *punto crítico, punto de arranque, un punto conflictivo, un punto estable* **14** Estado en que se encuentra la preparación de un alimento: *a punto de turrón, en punto de caramelo* **15** *Estar o poner algo en su punto* Estar o ponerlo en su mejor condición: "La fiesta *está en su punto*", "Hay que poner la máquina *en su punto* para que funcione" **16** *Punto muerto* Posición del engranaje de la caja de velocidades de un motor, particularmente un coche o un camión, en el que el movimiento del árbol o del cigüeñal no se transmite a las ruedas para que caminen **17** *Punto muerto* Situación de algo en que no hay movimiento, no avanza o no hay cambio: "Las conversaciones para el desarme están en *punto muerto*" **18** Grado al que llega una situación, un sentimiento, etc.: *llegar a un punto de enfrentamiento, estar en un punto insostenible* **19**

Subir algo de punto Llegar alguna situación a un nivel difícil o pasar de lo normal, deseado o conveniente: "La pelea *subió de punto*" **20** Instante preciso en que sucede algo o en que se encuentra un fenómeno o un acontecimiento: *el punto culminante de la historia, punto de evaporación* **21** *A punto de* Inmediatamente antes de, casi por o para: *a punto de estallar, a punto de comer, a punto de salir* **22** *En punto* A la hora exacta: *ocho en punto,* "Nos veremos en la plaza *en punto* de las seis" **23** *Al punto* De inmediato, sin retardo: "*Al punto salió gritando: ahí vienen los colorados*" **24** *Poner punto final a algo* Terminarlo por completo: "Hay que *poner punto final* a la corrupción" **25** Unidad con la que se cuentan los objetos ganados en un juego, los resultados obtenidos en una competencia o los aciertos de un alumno en un examen: *ganar un punto, llevar varios puntos, tener setenta puntos sobre cien* **26** Cada uno de los temas, asuntos o cuestiones que forman parte de un escrito, una exposición, una discusión, etc.: *un punto filosófico, un punto de debate, un punto de interés, un punto clave, un texto compuesto por varios puntos* **27** *Punto por punto* Cada uno de esos temas, asuntos o cuestiones, uno tras otro: *discutir punto por punto, revisar punto por punto* **28** Medida del grueso de la punta de un lápiz o de una pluma: *punto fino, punto mediano, punto duro* **29** Cada una de las diferentes maneras de pasar el hilo con una aguja por la tela: *punto de cruz, punto atrás* **30** Rotura pequeña que se hace en las medias de las mujeres cuando se suelta una costura: *irse un punto* **31** Aspecto del carácter o del conocimiento de una persona que se destaca en cierta manera: *punto débil, punto fuerte*.

puntuación s f **1** Conjunto de los signos como el punto, la coma, el punto y coma, etc., que sirven para precisar el significado de las oraciones en un texto, marcar las pausas en la lectura que lo destacan, señalar partes importantes y guiar la entonación que le corresponde si se lee en voz alta (Véanse sus reglas al principio de este diccionario) **2** Acto de poner esos signos en un escrito.

purificar v tr (Se conjuga como *amar*) Quitar de algo o de alguien lo que lo ensucia, daña o contamina para que quede en un estado de pureza o limpieza: *purificar el agua, purificar el alma*.

puro[1] adj **1** Que no está mezclado con nada, que no tiene elementos extraños: *oxígeno puro, oro puro, café puro, seda pura* **2** Que está limpio, que no está contaminado: *agua pura, leche pura, aire puro, un cielo purísimo* **3** Que es sincero, honesto, que no tiene nada de maldad: *un corazón puro, una mirada pura, un amor puro, sentimientos puros* **4** Que no ha tenido relaciones sexuales: *una mujer pura* **5** Que no tiene aplicación práctica, que es teórico: *matemáticas puras, ciencias puras* **6** (Antepuesto al sustantivo) Nada más que, solamente: *pura verdad, pura mentira, pura envidia, pura piedra, puras mujeres, puras tortillas, puras promesas, puro sufrir, puro jugo, con las puras manos* **7** De puro, por puro Sólo por: *de puro coraje no fui, de puro gritar se quedó ronco, por pura casualidad lo vi, lo hice por puro gusto* **8** A puro (s) A base de: *lo trata a puro golpe, le habla a puros gritos, bailan a puro brinco*.

puro[2] s m Rollo de hojas de tabaco, alargado y grueso, que se hace para fumar.

Q q

q s f Vigésima letra del alfabeto. Su nombre es *cu*. Representa al fonema velar oclusivo sordo /k/ unida a una *u* ante *e* e *i*: *quemar, quince, queso, quizá*. Algunas palabras que provienen de lenguas extranjeras, o algunos latinismos en español la conservan con valor de /k/: *quantum, quorum, quid, quark, quasar, Qatar*, etc.

que[1] pron relativo (Esta forma sirve para los dos géneros y los dos números) **1** Introduce una oración subordinada con valor adjetivo, u oración de relativo y, dentro de ésta, sustituye a la construcción nominal que le sirve de antecedente. Por ejemplo en "Los alumnos *que* apenas comienzan sus estudios necesitan más ayuda", *que* introduce la oración de relativo *que apenas comienzan sus estudios* y, en ésta, sustituye al antecedente *los alumnos*, por lo que la oración subordinada sería "Los alumnos apenas comienzan sus estudios". Dentro de la oración de relativo, *que* puede tener cualquiera de las funciones del sustantivo; como sujeto: "El niño *que* vino preguntó por ti"; como objeto directo: "Devuélveme el libro *que* te presté"; como complemento circunstancial: "La pluma con *que* escribes es mía", etc. **2** *Lo ... que* Tan, cuán, cuánto: "*Lo* bonita *que*

era", "*Lo* fácil *que* resultó", "*Lo* bien *que* se porta", "Tú no sabes *lo que* te quiero", "No te imaginas *lo* divertido *que* resultó".

que[2] conj **1** Introduce oraciones subordinadas que desempeñan algunas de las funciones del sustantivo, es decir, indica que la oración que le sigue tiene valor de sujeto: "Me gusta *que* canten", "Es posible *que* llueva"; de objeto directo: "Supe *que* vendrán a visitarnos", "Me pidieron *que* vayas a la oficina"; o de complemento circunstancial: "Aspira a *que* lo elijan" **2** Introduce oraciones con significado de deseo, petición, orden, etc. (en las que se considera sobreentendido el verbo principal): "*Que* entren", "¡*Que* se callen!", "Ojalá *que* ganes" **3** Introduce oraciones que sirven de complemento a ciertos sustantivos: "El hecho de *que* no venga", "La esperanza de *que* se alivie" **4** Con los adverbios *más* y *menos* forma el grado comparativo de los adjetivos: *más grande que, menos fuerte que, más bello que, menos oscuro que* **5** Introduce el segundo término de una comparación cuando sigue a adjetivos comparativos como *mayor, menor, mejor, peor, igual mismo*, etc.: "El Pico de Orizaba es mayor *que* el Popocatépetl", "Su hijo es igual *que* él" **6** Introduce verbos en infinitivo después de *haber* y *tener* para significar obligación: "Hay *que* ir", "Tenemos *que* estudiar" **7** Entre oraciones coordinadas puede tener valor de conjunción copulativa, disyuntiva o causal: "El podrá decirlo mejor *que* no yo", "No iré a la fiesta, *que* seas tú, *que* sea el mismo presidente municipal quien me lo pida", "Con seguridad viene, *que* ya lo prometió" **8** En oraciones adverbiales actúa como conjunción consecutiva: "Tanto me dijo *que* me convenció"; final: "Le pidió *que* le enseñara la tarea"; concesiva: "Tuvo *que* reconocer su error, *que* no suele hacerlo"; o disyuntiva: "Quiera *que* no, lo tendrá que hacer" **9** Entre repeticiones del mismo verbo en tercera persona del singular del presente de indicativo, significa la repetición de la acción, su progreso o su persistencia: "Ese señor habla *que* habla y no hace nada", "Y venía la hormiguita corre *que* corre a guardar su comida" **10** Entre dos verbos, el segundo de los cuales no esté subordinado al primero, expresa el modo en que se realiza éste: "Baila *que* da gusto", "La cosa está *que* arde" **11** Forma una gran cantidad de construcciones adverbiales: *antes que, luego que, así que, bien que, ya que, ahora que, siempre que, con tal que, a menos que, por mucho que,* etc. **12** *Uno que otro* Alguno, algunos entre varios: "Conozco a uno *que* otro de los invitados" **13** *A que* Es probable que, seguro que: "*A que* no empieza puntual la función", "*A que* te gano una carrera" **14** *Yo*

que tú, él, etc. Yo en tu, su, etc. lugar: "*Yo que tú* no le hacía caso a ese muchacho"

qué 1 pron interrogativo Indica o manifiesta la interrogación, pregunta por el sujeto, el objeto, el complemento indirecto o el circunstancial, interroga acerca de la naturaleza, la cantidad, la calidad, la manera, la dirección, etc. de algo: "¿*Qué* es esto?", "¿*Qué* comes?", "¿*Qué* miras?", "¿*Qué* quieres?", "¿De *qué* es?", "¿A *qué* vinieron?", "¿Ya sabes *qué* hacer?" **2** adj interrogativo (Precede a la palabra a la que se refiere) Indica la pregunta sobre un atributo del sujeto: "¿*Qué* tinta usas?", "No sé *qué* tinta usas", "¿En *qué* escuela estudia?", "No nos dijo en *qué* escuela estudia", "¿*Qué* niños han llegado?", "No sabemos *qué* niños han llegado" **3** En oraciones exclamativas enfatiza su significado: "¡Ay *qué* tiempos, señor don Simón!", "¡*Qué* gran edificio!", "¡*Qué* bien hiciste la tarea!" **4** ¡*Qué* de! ¡Cuánto! ¡cuánta! etc: "¡*Qué* de gente!", "¡*Qué* de libros!" **5** ¿*Qué* tal, qué hay, qué hubo?* Expresiones de saludo **6** ¿*Y qué?* Pues no importa, pues no me importa: "No haré la limpieza, ¿*y qué?*" **7** Según el significado negativo o afirmativo de una oración exclamativa o interrogativa, enfatiza el significado contrario: "¡*Qué* no habrá de suceder en adelante!", "¡De *qué* sirve esforzarse tanto!"

quebrado 1 pp de quebrar: *un vaso quebrado, un hueso quebrado, una rama quebrada, terreno quebrado* **2** *Línea que-*

brada La compuesta de segmentos rectos en distinta dirección **3** adj que está en quiebra: un negocio quebrado, un industrial quebrado **4** s m (*Mat*) Expresión numérica de las porciones que se toman de una unidad dividida en partes iguales, por ejemplo 3/4, 1/4, etc.

quebrar v tr (Se conjuga como *despertar*, 2a) **1** Romper algo rígido y frágil, separarlo en dos o más partes o hacerle una ranura por efecto de un golpe, una caída o una presión muy fuerte: *quebrar un vaso, quebrar un plato, quebrar una piñata, quebrar un huevo, quebrarse una pierna, quebrarse un diente* **2** intr Cambiar la dirección de una línea o de un plano: "La carretera *quiebra* a la derecha", "La luz se *quiebra* al pasar por el agua" **3** Dar vuelta alguien o hacer que dé vuelta un vehículo hacia un lado, por lo general con brusquedad: "En la esquina *quiebras* a la derecha", "*Quiebra* el volante a la izquierda" **4** Mover bruscamente la cintura o la cadera hacia un lado **5** Fracasar económicamente un negocio porque su capital no es suficiente para pagar las deudas contraídas **6** prnl Darse por vencido o sentirse derrotado ante una situación: "No se *quiebra* ante las amenazas" **7** *Quebrarse la cabeza* Pensar mucho en algo: "Se *quiebra la cabeza* pero no puede resolver el problema" **8** *Quebrársele la voz a alguien* Hablar con voz débil y entrecortada a causa de una emoción o del llanto.

quedar v intr (Se conjuga como *amar*) **1** Haber alguna cosa después de que se resolvió, se solucionó, se redujo, se terminó o se gastó aquello de lo que formaba parte: *quedar la duda, quedar la tristeza, quedar más por añadir, quedar una respuesta, quedar una incógnita, quedar medio litro de leche, quedar tres manzanas, quedar poca gasolina* **2** Haber algo como único resultado, respuesta o posibilidad para una acción o una situación determinada: *quedar la alegría, quedar las ganas de vivir*, "No me *queda* sino la resignación", "Sólo *queda* agradecérselo" **3** Haber todavía alguna cosa por hacerse después de que otras ya se hicieron: *quedar mucho trabajo, quedar problemas por resolver* **4** Pasar algo o alguien a cierta situación o estado como resultado de alguna acción o acontecimiento: *quedar tranquilo, quedar conforme, quedar enterado, quedar claro, quedar ciego, quedar malherido* **5** *Quedar de, quedar en* Ponerse de acuerdo dos o más personas o convenir en hacer alguna cosa: "*Quedamos en* vernos a las cinco de la tarde", "*Quedamos de* comer juntos pasado mañana" **6** *Quedar bien o mal con alguien* Producir en alguien cierta impresión o motivarle cierta opinión buena o mala acerca de uno: "Con mi regalo, *quedé* muy bien con mi suegro" **7** *Quedar bien o mal algo* Tener algo un resultado bueno o malo: "Te *quedó bien* la pintura", "nos *quedó mal* la decoración" **8** *Quedar a deber algo* No pagar todo el precio o el monto de algo en un momento determinado: "Me *quedó a deber* mil pesos" **9** *Quedar algo en veremos* Estar algo pendiente, sin solución ni término: "Las obras de la nueva carretera *quedaron en veremos*" **10** *Quedar en pie* Mantener un compromiso o una obligación: "*Queda en pie* mi ofrecimiento" **11** *Quedar algo o alguien hecho trizas* Estar algo completamente destruido como efecto de algún golpe o estar alguien muy triste y deprimido por algún acontecimiento **12** Haber todavía cierta distancia por recorrer para llegar a algún lugar, o cierto periodo entre el presente y uno futuro en que algo se efectuará o sucederá: "*Quedan* muchos kilómetros para Yurira", "*Quedan* tres días para mi cumpleaños" **13** Estar algo situado en determinado lugar o a cierta distancia de otro: "La escuela *queda* en la calle principal", "Su casa *queda* lejos de aquí" **14** Llegar algo o alguien a cierto lugar y no serle posible continuar: "La mula *quedó* a mitad de camino", "Emilio *quedó* enmedio del campo" **15** prnl Llegar alguien a algún lugar y pasar en él cierto tiempo o estar en algún lugar realizando cierta acción durante cierto tiempo: "*Se quedó* en Alvarado una semana", "*Nos quedamos* platicando toda la noche" **16** *Quedarse con algo* Conservar alguien algo en su poder, en lugar de devolverlo o hacerlo llegar a otra persona: "*Quédate con* el cambio", "*Se quedó* con mis apuntes" **17** *Quedarse con los brazos cruzados* No actuar frente a una situación o no intervenir en ella **18** *Quedarse en blanco* No entender lo que se ha visto o escuchado: "*Me quedé en blanco* cuando explicaron la ecuación" **19** *Quedarse (para vestir santos)* No casarse una persona **20** *Quedarse vestido y alborotado* Esperar inútilmente que algo suceda **21** *Quedarle algo a otra cosa o a una persona* Tener algo, con respecto a una cosa o a una persona, cierto tamaño más o menos adecuado para ella: "El pantalón *le queda* al niño", "La cobija no *le queda* a la cama", "La camisa *te queda* bien".

quemar v tr (Se conjuga como *amar*) **1** Destruir o consumir el fuego algo o a alguien: *quemar un árbol, quemar una casa*, "En la antigüedad creían en las brujerías y por eso *quemaban* a las brujas" **2** Producir el fuego una herida característica en el cuerpo humano o algunas de sus partes: "La lumbre le *quemó* la mano" **3** Producir ciertas sustancias o ciertas radiaciones heridas como las que produce el fuego en el cuerpo humano: *quemarse con agua hirviente, quemar un ácido, quemar los rayos cósmicos* **4** Producir algo una sensación de ardor y dolor como la que produce el fuego: *quemar los rayos del Sol, quemar la piel una planta* **5** Gastar o consumir alguna cosa: *quemar la gasolina, quemar energías, quemar esfuerzos* **6** *Quemarse las pestañas* Leer o estudiar mucho **7** *Quemar las naves* Tomar una decisión extrema, de la que ya no se puede uno arrepentir.

querer v tr (Modelo de conjugación 11a) **1** Tener el deseo, la voluntad o las ganas de obtener o de hacer algo: "*Quiere* una casa nueva", "*Quieres* todo lo que ves", "Yo *quiero* platicar con usted", "*Quiere* que vengas", "*Queremos* jugar", "*Quiero* tomar té" **2** Sentir cariño o amor por alguien o por algo: "*Quiero* a mis amigos", "Su esposa lo *quiere* mucho", "*Quiere* a sus muñecas" **3** Tener alguien la intención de hacer o de lograr alguna cosa: "*Quiero* terminar pronto el trabajo", "¿Qué *quieres* ser cuando seas grande?" **4** Pedir una determinada cantidad de dinero por alguna cosa: "¿Cuánto *quieres* por ese abrigo?" **5** Entre interrogaciones y en 2a o 3a persona, expresa cortésmente una petición o una orden: "¿*Quieres* darme la sal?", "¿*Quieres* hacerme el favor de pasar?", "¿*Quieres* callarte?" **6** Existir la posibilidad de que suceda algo; estar algo a punto de ocurrir o estar alguien próximo a hacer una cosa: "*Quiere* llover", "Ya *quiere* salir el sol", "El niño ya *quiere* empezar a caminar" **7** Necesitar algo alguna cosa: "Esa planta *quiere* más sol" **8** Poder ponerse una cosa a funcionar después de haberlo intentado varias veces: "El coche no *quiere* arrancar", "Ya *quiso* prender la lavadora" **9** *Sin querer* Involuntariamente, por descuido: "Te pegó *sin querer*" **10** *Querer decir* Significar, dar a entender una cosa: "Semestral *quiere decir* que aparece o sucede cada seis meses" **11** *Como quiera que sea* De cualquier modo: "*Como quiera que sea,*

podría haberse disculpado por su violencia" **12** *Cuando quiera* En cualquier momento, cuando sea: "*Cuando quiera* que salgas, avísame" **13** *Donde quiera* En cualquier lugar, donde sea: "*Donde quiera* que estés" **14** *Quien quiera* Cualquier persona, el que sea: "*quien quiera puede entrar al cine*" **15** *Quiera que no* A pesar de todo: "*Quiera que no* vamos a terminar a tiempo" **16** *Quiera, quieras, etc. que no* Aunque no esté, estés, etc. de acuerdo; aunque no lo crea, creas, etc.: "*Quiera que no*, tiene que tomar su medicina", "*Quieras que no*, me espantaste".

queso s m **1** Producto alimenticio, sólido, que se obtiene de la leche cuando se cuaja y se le quita el agua. Sus diferentes variedades dependen de los procedimientos empleados para hacerlas y del grado de madurez que alcance: *queso fresco, queso añejo, queso de cabra, queso de Oaxaca* **2** *Queso de puerco* Alimento hecho con carne de puerco picada y prensada en forma de queso **3** *Queso de tuna* Dulce hecho con tunas secas, prensadas en una pasta sólida como el queso.

quien pron relativo m y f **1** Señala generalmente a una persona en la oración de relativo, en la que puede ser sujeto: "Tu amigo, *quien* estaba presente, me lo dijo", o complemento: "Las personas a *quienes* saludaste son muy famosas" **2** La persona que, aquél que (cuando no se expresa su antecedente): "*Quien* encuentre una bolsa que la entregue al vigilante".

quién pron interrogativo, m y f
1 Qué persona: "¿*Quién* vino?",
"¿*Quiénes* cantaron?", "Te diré
quién vino" 2 Tiene valor ex-
clamativo: "¡*Quién* lo hubiera
dicho!", "¡*Quién* fuera tú para
divertirse tanto!" 3 *Quién...,
quién... Uno..., otro...:* "*Ante
la crisis, quién* aconseja una
cosa, *quién* la otra"

química s f Ciencia que estudia
las propiedades, la composición
y la estructura de la materia,
los cambios o transformaciones
que se producen en ella al combinarse y la energía que resulta
de ellos: *química inorgánica,
química orgánica.*

químico 1 adj Que se relaciona
con las propiedades, la composición, la estructura y las combinaciones de la materia, y con las
transformaciones y la energía
que se producen en ella; que
pertenece o se relaciona con la
química 2 s Persona que tiene
por profesión la química.

quitar v tr (Se conjuga como
amar) 1 Tomar algo o a alguien
del lugar en que estaba, apartarlo o separarlo de donde estaba, de lo que tomaba parte o
de quien lo tenía: *quitar los libros de la mesa, quitar la tranca
de la puerta, quitar el mueble de
la entrada, quitar el niño de la
corriente de aire, quitar los botones de la camisa, quitarle la
comida a una persona* 2 prnl
Tomar uno lo que traía puesto y
apartarlo de sí: *quitarse los zapatos, quitarse los anteojos* 3
Hacer que desaparezca o se eli-
mine algo que causa daño, estorba o ensucia: *quitar las manchas, quitarse el frío, quitar la*

hierba, quitarse una enfermedad
4 Actuar algo o alguien para
que una persona deje de sentir
algo: *quitar la tristeza, quitar el
hambre, quitar las ilusiones* 5
Quitar un peso de encima Actuar algo o alguien para que
una persona deje de tener una
preocupación: "Las noticias me
quitaron un peso de encima" 6
Interrumpir la acción, el funcionamiento o el servicio de
algo: *quitar el agua, quitar las
medicinas, quitar la luz* 7 prnl
Dejar de manifestarse algún fenómeno: *quitarse la lluvia, quitarse el calor, quitarse el ruido* 8
Disminuir la cantidad o la intensidad de algo: *quitar trabajo,
quitar responsabilidades, quitar
luz, quitar presión* 9 *No quitar
algo* No impedir una cosa que
otra se realice, no importar para
otra cosa: "Lo cortés *no quita* lo
valiente", "La ignorancia de la
Ley *no quita* la responsabilidad"
10 Impedir que alguien, disfrute
de un bien: *quitar la libertad,
quitar la tranquilidad* 11 *Quitar
la vida* Matar 12 prnl Dejar una
cosa o apartarse de ella: *quitarse del cigarro, quitarse de
tonterías* 13 *Quitarse algo de la
cabeza* Dejar de pensar en algo y
de preocuparse por ello 14
Quien quita y Ojalá, con suerte:
"*Quien quita* y encuentre novio"
15 *Quitando a* con excepción de,
salvo: "*Quitando a* los más chi-
cos, todos pueden entrar a la
fiesta".

quizá, quizás adv Tal vez,
acaso, posiblemente: "*Quizá*
venga mañana", "*Quizás* no te
llegó mi carta", "*Quizá* no me
hayas entendido".

R r

r s f Vigésimo primera letra del alfabeto. En posición inicial de la palabra, como es el caso en un diccionario, representa al fonema consonante ápico-alveolar sonoro vibrante múltiple, como en *ratón, roto, real*, etc. Su nombre es *erre*. En posición intermedia, entre vocales o después de consonante que no sea *l, n* o *s,* representa al fonema consonante ápico-alveolar vibrante simple, como en *cara, aro, cría, trío, primero, abrir,* etc. Su nombre es *ere* o *erre*.

radiación s f **1** Emisión y propagación de energía en forma de ondas a través del espacio o de cierto medio **2** Corriente de partículas como los electrones, los neutrones, las partículas alfa o gamma, los fotones, etc.

radiar v tr (Se conjuga como *amar*) **1** Emitir o propagar energía en forma de ondas o de partículas **2** Aplicar radiaciones en tumores cancerosos con el fin de destruirlos **3** Transmitir algo por radio: *radiar un partido de futbol.*

radio[1] s m **1** (*Geom*) Segmento de recta que une el centro de un círculo con cualquier punto de su circunferencia **2** *Radio de acción* Alcance máximo de influencia, eficacia o acción de algo o de alguien en todas las direcciones: *el radio de acción de una emisión, el radio de acción de una compañía, el radio de acción de una autoridad.*

radio[2] s m Hueso un poco más corto que el cúbito, con el cual forma el antebrazo.

radio[3] s m (*Quím*) Elemento metálico sólido, de color blanco; se vuelve negro cuando está en contacto con el aire; es muy tóxico; se le conoce por su radioactividad. Se usa en medicina, radiografía y laboratorios de investigación nuclear.

radio[4] s m o f **1** Transmisión de señales, particularmente las sonoras y las telegráficas, a través del espacio mediante ondas electromagnéticas **2** Aparato eléctrico con el que se envían y reciben esas señales: *llamar por radio, escuchar el radio.*

radiodifusión Emisión a través de la radio de mensajes, información, música, etc. destinados al público.

raíz s f **1** Parte de la planta que está dentro de la tierra, por la que toma las sustancias necesarias para nutrirse **2** Parte de una cosa que, metida en otra, le sirve de sostén: *la raíz de un diente, la raíz del pelo* **3** Causa u origen de una persona o de alguna cosa: *tener raíces mexicanas, la raíz de un problema* **4** *Echar raíces* Quedarse alguien a vivir o a trabajar en algún lugar y compartir su historia **5** *De raíz* Por completo, desde sus causas:

atacar *la injusticia de raíz, resolver un problema de raíz* **6** *A raíz de* A causa de, con motivo de: "*A raíz de* la independencia, muchos colonos se fueron del país" **7** (*Gram*) Lexema **8** (*Mat*) Operación que consiste en encontrar un número que, multiplicado por sí mismo tantas veces como lo indique el índice, dé por resultado el radicando; por ejemplo, la raíz de 25 es 5, la raíz cúbica de 27 es 3, etc. **9** (*Mat*) Resultado de esta operación, por ejemplo, 5 es raíz de 25, 3 es raíz cúbica de 27, etc.

rama s f **1** Cada una de las partes que nacen del tronco o del tallo de una planta, en las que brotan las hojas, las flores y los frutos **2** Cada una de las partes en que se divide algo considerado como origen o núcleo de algo: *una rama genealógica, las ramas de la medicina, una lengua de la rama latina* **3** *Andarse uno por las ramas* Desviarse del asunto central e importante de una discusión **4** *En rama* Recién cortado, sin elaboración: *algodón en rama*

ranchería s f Conjunto de ranchos pequeños o de pocas casas en el campo: "Al ir a San Cristóbal cruza uno por varias *rancherías*".

ranchero 1 s Persona que es dueña de un rancho o vive en él y se dedica al trabajo del campo **2** adj Que pertenece a los ranchos y sus habitantes o trabajadores, o se relaciona con ellos: *unas botas rancheras, una salsa ranchera, vida ranchera, canción ranchera* **3** adj y s Que es tímido o vergonzoso: *una mu-* chacha muy ranchera, "¡No seas ranchero, saluda a los demás!"

rancho s m **1** Terreno, relativamente extenso, dedicado al cultivo y a la cría de animales y las casas o edificios en donde viven sus dueños y trabajadores y en donde se guarde la herramienta, el grano, etc. **2** Comida que se hace para muchos, como la que se les da a los soldados.

rápido 1 adj y adv Que dura o tarda poco tiempo, que se mueve, actúa o se realiza con velocidad: *movimiento rápido, un viaje rápido, un caballo rápido, un atleta rápido, correr rápido, ser rápido para multiplicar* **2** sm Lugar en el cauce de un río en donde su corriente se mueve a mayor velocidad y es muy tumultuosa: *los rápidos del río Balsas.*

rato s m **1** Espacio corto de tiempo: *esperar un rato, tardar un rato* **2** *Al rato* Dentro de poco tiempo, en poco tiempo: *comer al rato, estudiar al rato* **3** *A ratos* De vez en cuando, con interrupciones o intervalos: *dormir a ratos, caminar a ratos,* "Tener dolor de cabeza *a ratos*" **4** *Haber para rato* Durar algo, alguien o la acción de alguien más tiempo del que se creería: "Hay campeón *para rato*", "Entonces había peces *para rato*" **5** *Pasar el rato* Pasar el tiempo haciendo algo entretenido y agradable **6** *Pasar un buen o mal rato* Gozar o sufrir algún acontecimiento: "La simpatía del licenciado nos hizo *pasar un buen rato*".

raza s f **1** Cada uno de los grupos en los que se divide una especie, particularmente animal, de acuerdo con ciertas características que tienen en común, como el color de la piel, la estatura, el tipo de pelo, etc.: *la raza blanca, la raza negra, una raza de toros, las razas de perros* **2** *De raza* Que pertenece a un grupo animal de características seleccionadas, en particular los caballos y los perros: *un caballo de pura raza*.

razón s f **1** Capacidad de la inteligencia por la cual se pueden considerar varios datos, argumentos o proposiciones y sacar de ellos conclusiones y juicios: *usar la razón, aplicar la razón* **2** Cada uno de los argumentos, proposiciones, demostraciones, etc. que se dan para convencer a alguien de lo verdadero o cierto que uno afirma: *dar razones, ofrecer razones, tener una razón* **3** *Razón de Estado* Justificación que ofrece el gobierno de un país o su dirigente para hacer algo o actuar de una manera conveniente a la situación política pero no siempre apegada a la justicia **4** Verdad o justicia que hay en lo que alguien hace o dice: *tener razón, dar la razón, asistir la razón* **5** *Con razón* Con motivo justo, con buena justificación: "*Con razón* quiere renunciar si lo tratan tan mal" **6** *Perder uno la razón* Volverse loco **7** *Dar razón de algo o de alguien* Informar acerca de algo o de alguien: "*Dame razón de tu familia*" **8** Causa o motivo para que algo suceda o alguien haga algo: "Todos los fenómenos tienen su *razón*", "¿Qué *razón* tienes para comportarte así?" **9** *Razón de ser* Motivo fundamental de algo: "La *razón de ser* de esta ley es la paz y el respeto entre los ciudadanos" **10** *Poner o meter a alguien en razón* Hacer que actúe o se comporte con inteligencia, respeto y prudencia **11** (*Mat*) Cociente que representa la relación entre dos cantidades o magnitudes, por ejemplo 2/3 o dos es a tres **12** *A razón de* En la proporción de: "Se repartieron los lápices *a razón de* cuatro por persona" **13** *En razón de* En cuanto a, por lo que se refiere a, por lo que toca a: "*En razón de* su edad, decidieron no tomarla en cuenta" **14** *Razón social* Nombre por el cual se identifica legalmente un negocio o una institución.

razonamiento s m **1** Acto de razonar **2** Serie de ideas o de proposiciones que sirven para llegar a una conclusión o para demostrar algo: "No entiendo tu *razonamiento*"

razonar v tr (Se conjuga como *amar*) **1** Elaborar las ideas, las proposiciones y los argumentos que se ofrecen a propósito de algo, para llegar a cierta conclusión o juicio: *razonar un teorema matemático, razonar un proyecto* **2** Dar motivos, los argumentos y las pruebas que uno tiene para proponer cierta idea o afirmación: *razonar un voto* **3** Discutir con alguien acerca de alguna cosa, estableciendo los motivos, los argumentos y las conclusiones que van sacándose: *razonar con un niño, razonar con los miembros del sindicato*.

reacción s f **1** (*Fís*) Acción de un cuerpo contraria a otra ejercida sobre él: *la reacción a* *una fuerza* **2** Respuesta que da un organismo vivo a un estímulo ejercido sobre él: *reacción a una enfermedad, reacción al dolor, reacción a los antibióticos* **3** Transformación y efectos que produce la combinación de sustancias químicas: *la reacción del ácido sulfúrico con el agua* **4** *Reacción en cadena* Aquélla en la cual su efecto en una molécula se transmite repitiéndose en las demás **5** Manera en que alguien responde a una situación o a un acontecimiento: *una reacción de sorpresa, una fuerte reacción* **6** Manera de actuar contraria a la actuación o al comportamiento de otras personas; en particular la que se opone a los cambios políticos, sociales, económicos, etc. llevados a cabo por tendencias progresistas: *cerrarle el paso a la reacción, las fuerzas de la reacción.*

reaccionar v intr (Se conjuga como *amar*) **1** Responder a cierto estímulo una persona o un ser orgánico: *reaccionar a la luz, reaccionar al ruido* **2** Responder en cierta forma una persona a algún estímulo o a algún acontecimiento: *reaccionar con furia* **3** Producir cierta transformación o ciertos efectos en una sustancia al combinarse con otra: "El sodio *reacciona* al agua" **4** Responder positivamente un organismo o un órgano a un tratamiento médico; defenderse, luchar o resistir a una enfermedad: "Un organismo que *reacciona* contra las enfermedades infecciosas", "No *reaccionó* después de la transfusión de sangre".

reaccionario adj y s Que se opone a cualquier cambio o progreso en lo político, lo social o lo económico: *ideas reaccionarias, pensamiento reaccionario.*

reactor s m **1** *(Quím)* Aparato en el que tienen lugar reacciones químicas durante cierto proceso **2** *(Fís)* Aparato que sirve para que se produzcan en su interior y de manera controlada reacciones nucleares, sea para investigarlas o sea para producir energía **3** Avión cuyo motor o motores trabajan a base de reacciones a la presión que produce en su interior el aire que se le inyecta.

real[1] adj m y f Que existe o ha existido; que no es imaginario ni supuesto; que es verdadero: *un personaje real, hechos reales, un peligro real, la vida real, el mundo real, un beneficio real.*

real[2] adj m y f Que pertenece o se relaciona con algún rey, alguna reina o una monarquía: *la familia real.*

realidad s f **1** Existencia verdadera de algo o de alguien: *la realidad de un hecho físico, la realidad de una guerra* **2** Verdad de algo: *la realidad de la situación económica* **3** *En realidad* De veras, verdaderamente: "*En realidad* no tengo el dinero que tú crees".

realismo[1] s m **1** Conjunto de ideas filosóficas según las cuales las cosas existen por sí mismas, independientemente de la conciencia de quien las percibe **2** Corriente artística particularmente literaria, que se propone reflejar fielmente la vida real, por desagradable o dolorosa que sea. Se considera a Benito Pérez Galdós un representante de esa corriente **3** Manera de comprender la vida y de actuar tratando de considerar las cosas tal como son, sin ilusiones ni falsas esperanzas **4** Manera en que se presenta algo como verdadero y fiel a la realidad en un escrito, una pintura, una fotografía, una película, etc.: "El *realismo* de los personajes de Mariano Azuela".

realismo[2] s m Tendencia política favorable a la monarquía.

realista[1] adj m y f **1** Que pertenece al realismo o se relaciona con él: *un escritor realista, una película realista* **2** Que ve o se enfrenta a la realidad tal como es: *una mujer realista, una medida realista.*

realista[2] adj y s m y f Que es partidario de la monarquía: *el ejército realista.*

realización s f Acto de realizar o realizarse algo o alguien: *la realización de una labor, la realización de un proyecto, la realización de un almacén, la realización de sí mismo.*

realizar v tr (Se conjuga como *amar*) **1** Hacer algo real y efectivamente: *realizar un trabajo, realizar una inspección, realizar una labor educativa, realizar un viaje,* "El congreso *se realizó* en la ciudad de la Paz" **2** Convertir algo en realidad al hacerlo o ponerlo en obra: *realizar los sueños, realizar las ilusiones, realizarse un plan* **3** Vender algo a bajo precio para que se acaben sus existencias o para tener pronto su valor en dinero: *realizar la ropa de mezclilla, realizar un rancho* **4** prnl Lograr alguien

su pleno desarrollo en alguna actividad o mediante cierta conducta: *realizarse en el trabajo, realizarse, realizarse en la ciencia, realizarse como mujer, realizarse como maestro.*

rebelarse v prnl (Se conjuga como *amar*) **1** Negarse una persona o un grupo de personas a obedecer a quien tiene autoridad o ejerce poder sobre ellos: *rebelarse contra la dictadura, rebelarse contra el patrón, rebelarse contra los padres* **2** Oponer resistencia a algo o a alguien: *rebelarse contra la injusticia, rebelarse contra la arbitrariedad del cacique, rebelarse contra las modas dominantes.*

rebelde 1 adj y s m y f Que se niega a obedecer a la autoridad o a cumplir con las imposiciones de alguien: *los ejércitos rebeldes, un ataque de los rebeldes* **2** adj m y f Que es difícil de dirigir, guiar, educar o ajustar a los deseos de alguien: *un caballo rebelde, un niño rebelde, cabello rebelde* **3** adj m y f Que es difícil de solucionar o de vencer: *una situación rebelde, una enfermedad rebelde.*

rebelión s f **1** Acto de rebelarse: *la rebelión contra la tiranía, una rebelión familiar* **2** Levantamiento de gran cantidad de personas; generalmente para protestar contra alguna autoridad o para combatirla violentamente: *una rebelión popular, la rebelión en Yucatán.*

recepción s f **1** Acto de recibir o recibirse: "La *recepción* de documentos es de seis a ocho", "Después de su *recepción* como abogado, empezó a trabajar en la Suprema Corte de Justicia" **2** Oficina de un hotel, una tienda, una empresa, etc., destinada a recibir al público para atenderlo y, en general, darle información sobre el lugar en que se encuentra: "Pregunté en la *recepción* y me dijeron que ya no tenían lugares vacantes" **3** Reunión social en la que suelen servirse bebidas y alimentos, que se hace para recibir a alguien o, en general, para celebrar algo: "Antes de comenzar el Congreso, el presidente ofreció una *recepción* a los enviados de los diferentes países", "Para celebrar el premio, sus padres organizaron una *recepción*".

recibir v tr (Se conjuga como *subir*) **1** Tomar uno algo que le dan o que le envían: *recibir un regalo, recibir una carta* **2** Ser uno objeto de algo o verse afectado por alguna cosa que llega hasta él: *recibir un homenaje, recibir una felicitación, recibir un castigo, recibir una ofensa* **3** Haber llegado hasta el conocimiento de uno alguna noticia, informe, etc.: *recibir una orden, recibir un encargo, recibir un recado* **4** Hacer pasar a alguien a donde uno está o admitirlo dentro de algún grupo, sociedad, etc.: *recibir a los invitados*, "Sólo *recibirán* a diez estudiantes más" **5** Salir a encontrarse con alguien que va a llegar, o ir a esperarlo en algún lugar: "Todas las tardes *recibía* a su papá en la puerta", "*Recibió* a Julio en la estación" **6** Servir algo de apoyo y sostén a otra cosa que se le pone encima: "La pared *recibe* la carga del techo" **7** prnl

Obtener una persona su título profesional: "*Se recibió* de antropólogo".

recién adv (Apócope de *reciente*, que se antepone al participio) Hace poco tiempo: *un recién nacido, recién llegados, recién casados, recién terminado, recién hecho*.

reciente adj m y f Que ha sucedido o se ha producido hace relativamente poco tiempo, que pertenece al pasado cercano: *libro reciente, historia reciente*.

recíproco adj **1** Que se corresponde de uno a otro: *confianza recíproca, atracción recíproca, verbo recíproco* **2** A la recíproca En correspondencia de uno a otro: *jugar a la recíproca*.

recoger v tr (Se conjuga como *comer*) **1** Juntar lo que está separado o tirado: *recoger papeles, recoger el grano, recoger la fruta* **2** Coger lo que se ha caído o está fuera del lugar que le corresponde: *recoger la basura del suelo, recoger los libros de la mesa* **3** Recibir en un solo lugar algo para que no se separe, se pierda o se disperse: *recoger el agua de lluvia, recoger resultados de las escuelas* **4** Juntar algo que a uno le interesa o le hace falta, para darle cierto uso: *recoger la cosecha, recoger dinero, recoger apoyo* **5** Reunir algo para guardarlo y limpiar el lugar en el que estaba: *recoger la mesa, recoger la casa* **6** Recibir algo o alguien alguna cosa que le llega y conservarla en sí mismo: "Esta tela *recoge* mucho polvo", "Es tan débil, que *recoge* todas las enfermedades" **7** Doblar o enrollar algo que estaba abierto o extendido: *recoger un cable, recoger el telón, recoger el brazo* **8** Hacer que algo reduzca su tamaño o la extensión que cubre: *recoger el vuelo del vestido, recoger las líneas de batalla* **9** Sacar del agua las redes con la pesca: "Ya *recogimos* la red" **10** Ir a buscar a alguien al lugar en donde está, para llevarlo a otra parte: *recoger a un amigo en la estación, recoger a los niños de la escuela* **11** Quitar a alguien alguna cosa que no debe tener: *recoger el contrabando, recoger la licencia* **12** Dar a alguien protección, ayuda, casa y alimento: *recoger a un huérfano, recoger a un inválido* **13** prnl Retirarse a algún lugar apartado o concentrar los pensamientos en alguna cosa, apartándose de todo lo demás: *recogerse en un convento, recogerse a reflexionar, recogerse a rezar* **14** prnl Regresar alguien a su casa al final del día, a descansar y a dormir: "*Nos recogemos temprano*".

recomendar v tr (Se conjuga como *despertar*, 2a) **1** Encargar a alguien que ponga atención o cuide alguna cosa o a otra persona: *recomendar a un niño con el maestro, recomendar la vigilancia de una máquina* **2** Aconsejar a alguien que haga algo por su propio bien: "Te *recomiendo* que estudies", "No les *recomiendo* que vean esa película" **3** Hablar a alguien en favor de cierta persona o de cierto asunto: *recomendar a un estudiante, recomendar un proyecto*.

reconocer v tr (Se conjuga como *agradecer*, 1a) **1** Examinar algo cuidadosamente para establecer su naturaleza o identidad, formarse un juicio acerca de ello y actuar en consecuencia: *reconocer la superficie de la luna, reconocer el territorio enemigo, reconocer un cadáver* **2** Examinar algo o a alguien detenidamente para darse cuenta de su estado o de las circunstancias en que se encuentra: *reconocer a un enfermo, reconocer el interior de un barco* **3** Distinguir algo o a alguien del resto de las personas o de otras cosas por alguna característica que le sea particular: *reconocer a un amigo entre la multitud, reconocer una cara, reconocer un caballo, reconocer una joya* **4** Afirmar o aceptar que algo le pertenece a uno o es responsable de ello: *reconocer la firma, reconocer una culpa, reconocer un error* **5** Aceptar uno que tiene cierta relación de parentesco con alguien: *reconocer a un hijo*, "Ante el juez la *reconoció* por esposa" **6** Aceptar, en contra de lo que se había afirmado antes, que algo o que la afirmación de otra persona, es verdadero o cierto: *reconocer una razón*, "*Reconozco* que tu idea es mejor que la mía", "*Reconoce* que Rodolfo es inteligente" **7** Aceptar a alguien como superior o como autoridad, o aceptar que algo es válido o legítimo: "*Reconocieron* al Sr. Hernández como nuevo director", *reconocer a un gobierno, reconocer la independencia de un país* **8** *Estar reconocido con alguien* Sentir agradecimiento por lo que ha hecho al-

guien: "Le *estoy reconocida* por
su ayuda en momentos difíciles.

reconocimiento s m **1** Acto de
reconocer: *reconocimiento de un
territorio, reconocimiento de
un enfermo, reconocimiento de un
compromiso, reconocimiento de
un sindicato* **2** Manifestación de
agradecimiento a alguien por el
esfuerzo que se tomó por algo o
por alguien o por la ayuda que
dio: *un reconocimiento público,
un reconocimiento oficial.*

recordar v tr (Se conjuga como
soñar, 2c) **1** Hacerse presente en
la mente la experiencia pasada
de un acontecimiento, una situación, un sentimiento, una
idea, una persona, etc. o algo
previsto para el futuro: *recordar
una fiesta, recordar una excursión, recordar una emoción, recordar a los abuelos, recordar
una cita* **2** Hacer que alguien
lleve a su mente una experiencia pasada o algo previsto para
el futuro: "Le *recordé* a una antigua novia", "Te *recuerdo* que
debes tomar tu medicina" **3** Ser
para alguien alguna cosa, alguna característica, etc. de algo
o de alguien parecida a otra de
otra cosa o de otra persona: "Tu
hijo *me recuerda* a tu abuela",
"Este bosque *nos recordaba* los
de los cuentos de hadas".

recorrer v tr (Se conjuga como
comer) **1** Andar cierta distancia:
recorrer diez kilómetros **2** Andar
todos los puntos o estaciones de
cierto camino, trayecto o ruta:
*recorrer la carretera a Tuxpan,
recorrer toda la república* **3**
Pasar algo por todos los puntos
que debe tocar: *recorrer las manecillas la carátula del reloj,*
"Armando *recorrió* a besos el
brazo de Margarita" **4** Revisar
algún lugar o algún objeto parte
por parte: *recorrer un cuarto
buscando cuarteaduras, recorrer
una chamarra para ver que no
esté rota* **5** Mover algo o a alguien de un lado a otro para que
ocupe más o menos espacio o
para dejar un espacio libre: *recorrer la sillas, recorrerse hacia
la salida del camión.*

recta s f **1** Movimiento que describe un punto sujeto exclusivamente a las leyes de la iner-
cia **2** *Recta numérica* (Mat La
que representa gráficamente al
conjunto de los números reales;
por convención, a la derecha del
cero se consideran los positivos
y a la izquierda los negativos **3**
Recta final Último tramo de una
pista de carreras antes de llegar
a la meta.

rectangular adj m y f Que
tiene la forma de un rectángulo
o que tiene un ángulo recto: *una
cajita rectangular.*

rectángulo s m (geom) Paralelogramo cuyos lados forman ángulos rectos.

recto adj **1** Que no tiene curvas
ni ángulos: *un camino recto, una
tabla recta* **2** Que no pierde su
carácter vertical inclinándose
hacia algún lado: *una silla
recta, un edificio recto, una
pared recta* **3** Que no se desvía
de la dirección que lleva: *un
golpe recto, un trazo recto* **4** Que
no se desvía de su deber bajo
ninguna circunstancia: *un juez
recto, un policía recto* **5** sm Página de un libro que, cuando se
lo abre, queda a la derecha de
uno **6** sm Última parte del in-

375 reducir

testino de muchos animales que termina en el ano.

recuerdo s m **1** Presencia en la mente de una experiencia pasada: *recuerdos de la infancia, el recuerdo de un amigo, guardar un bello recuerdo, tener un buen recuerdo* **2** Objeto, generalmente regalado, que simboliza una experiencia pasada: *dar un recuerdo,* "Quédate con ese caracol como *recuerdo* de tu visita al mar"

recurso s m **1** Acto de recurrir **2** Cada uno de los bienes o medios de que dispone alguien para realizar algo: *recursos materiales, recursos económicos, un recurso ganadero* **3** Cada una de las capacidades, habilidades o posibilidades que tiene alguien para hacer alguna cosa o resolver alguna dificultad: *un hombre de recursos,* "Mi único *recurso* es mi trabajo" **4** pl Medios materiales de que dispone una persona para vivir: *una familia con pocos recursos* **5** Cada uno de los medios judiciales con los que se impugnan decisiones administrativas o judiciales con los que se impugnan decisiones administrativas o judiciales: *recurso de queja, recurso de amparo.*

rechazar v tr (Se conjuga como *amar*) **1** Hacer algo o alguien que otra cosa u otra persona se aleje o se separe de ella: *rechazar a un pretendiente, rechazar al enemigo, rechazarse dos polos del mismo signo* **2** Negarse alguien a aceptar alguna cosa: *rechazar una oferta, rechazar una acusación.*

red s f **1** Instrumento hecho de hilo, cuerda o alambre tejido en forma de cuadrícula, de diferentes formas y tamaños, que se usa para pescar, cazar, separar espacios, etc.: *echar la red, caer en las redes, una red de ping-pong* **2** Conjunto de líneas, aparatos, vías de comunicación, etc. que funcionan sistemáticamente para cumplir ciertos fines: *una red telefónica, una red de caminos, una red de espionaje* **3** Conjunto de establecimientos comerciales que se distribuyen por varios lugares de una ciudad o de un país para abarcar un mercado mayor.

reducción s f **1** Acto de reducir algo: *una reducción de la presión, una reducción de la jornada de trabajo, una reducción de impuestos, la reducción de una novela, una reducción intelectual* **2** *Reducción al absurdo* Prueba de la falsedad de un juicio mediante la falsedad de sus consecuencias, y también de la verdad de un juicio mediante la falsedad de su juicio contradictorio.

reducir v tr (Se conjuga como *producir,* 7a) **1** Disminuir algo en su tamaño, intensidad, cantidad, etc. sin que se alteren sus características: *reducir una fotografía, reducir la fuerza de la voz, reducir el peso de un paquete* **2** Disminuir la cantidad de algo hasta un límite que le permita todavía ser de utilidad o cumplir con su función: *reducir la ración de comida, reducir el gasto de combustible* **3** Quitar de algo cierta cantidad de elementos o partes para dejar lo más esencial de ello: *reducir un* *argumento, reducir una historia, reducirse a unas cuantas palabras* 4 Sacar cierta conclusión mínima de un tema complejo y amplio, frecuentemente perdiendo la riqueza de su contenido: "Todo lo *reduce* a agresión y necesidad material" 5 Quedar de algo una poca de sustancia después de gastarse o consumirse: "El cine se *redujo* a cenizas" 6 Volver a poner en su lugar o en la situación que le corresponde algún órgano o músculo del cuerpo: *reducir una hernia* 7 Obligar a alguien, generalmente por la fuerza, a respetar algo o a no pasar de ciertos límites en su comportamiento o acción: *reducir al enemigo, reducir a la impotencia.*

referencia s f 1 Acto de referir o referirse a algo: *una referencia histórica, hacer referencia* 2 Relación entre dos cosas según la cual una indica, señala o significa a la otra 3 Indicación en un escrito del lugar en el que se puede encontrar mayor información o explicación acerca de alguna cosa: *las referencias de un diccionario, las referencias del catálogo de una biblioteca* 4 Informe que se da acerca de la personalidad, honradez, capacidad, etc. de una persona: *dar referencias, pedir referencias.*

referir v tr (Se conjuga como *sugerir*, 2a) 1 Dar a conocer un acontecimiento, un pensamiento, una experiencia, etc. contándolo a otra persona o escribiéndolo: "Nos *refirió* sus aventuras en el mar", "Este libro *refiere* la caída de Montealbán en manos de los mixte-cos" 2 Indicar con la mano o con alguna seña alguna cosa, o significar un signo alguna cosa, alguna acción o alguna relación entre cosas que existen o suceden en la realidad o en la imaginación de alguien: "¿A qué se *refiere* ese cartel en la calle?", "Esta palabra *refiere* a una situación particular", "¿A qué te *refieres* cuando dices eso?" 3 Indicar en alguna forma hacia dónde debe ir una persona, a quién debe ver o en dónde debe buscar para lograr o resolver algo: "Me *refirió* al jefe de la oficina" "*Refiérase* al registro electoral", "Te puedes *referir* a una enciclopedia".

reflejar v tr (Se conjuga como *amar*) 1 Recibir una superficie la acción de algo como un rayo de luz una onda de radio y devolverlo en cierto ángulo y cierta dirección con la misma o menor intensidad: *reflejar la luz, reflejar una microonda, reflejar una imagen el espejo* 2 Manifestar algo con menor intensidad o densidad alguna cosa: *reflejarse el dolor en la cara.*

reflejo s m 1 Efecto que produce la acción de algo como un rayo de luz o una onda de radio al chocar con una superficie y regresar en alguna dirección: *un reflejo luminoso, el reflejo de la luz del Sol en la Luna* 2 Reacción automática e involuntaria del sistema nervioso a algún estímulo: *tener reflejos, un reflejo condicionado* 3 Efecto o reproducción disminuida de alguna cosa en otra: "Ese ejercicio es el simple *reflejo* de un trabajo mayor y mejor realizado".

reflexión s f 1 Acto de reflejar una cosa algo como un rayo de luz o una onda de radio: *la reflexión de la luz, la reflexión de una imagen en el espejo* 2 *(Fís)* Fenómeno que consiste en el regreso de partículas o rayos después de chocar contra una superficie 3 Capacidad de someter ciertas ideas, datos o argumentos a crítica y juicio para sí mismo, antes de manifestarlos: *una reflexión profunda* 4 Resultado del acto de someter ideas, datos y argumentos a crítica y juicio para uno mismo: *hacerse una reflexión, una reflexión filosófica.*

reflexivo adj 1 Que pertenece a la reflexión o se relaciona con ella: *un espíritu reflexivo, ángulo reflexivo* 2 *(Gram)* Que se refiere al sujeto de la oración: *pronombre reflexivo, oración reflexiva.*

reforma s f 1 Acto de reformar: *la reforma de una casa, la reforma religiosa, una reforma constitucional, las leyes de reforma.*

reformar v tr (Se conjuga como *amar*) 1 Hacer cambios, modificaciones o correcciones a algo para rehacerlo, restablecerlo, quitarle defectos o volver a ponerlo en actividad o funcionamiento: *reformar un edificio, reformar un vestido, reformar una orden religiosa, reformar una ley* 2 prnl Corregir alguien su conducta: "El papá de Pedro ya *se reformó* y dejó de beber".

regalar v tr (Se conjuga como *amar*) 1 Dar algo a alguien con la idea de agradarlo o festejarlo o como muestra de afecto: "Le *regalé* un libro", "Le *regaló* un retrato", "Le *regaló* cien pesos", "Le *regaló* unas gorditas de harina", "Le *regalaron* un vestido", "Le *regaló* un violín", "Le *regalamos* juguetes", "*Regaló* medicinas" 2 Dar o darse algún placer, deleitarse: "Se *regaló* con una buena cena", "Me *regaló* con un viaje".

regalo s m 1 Cosa que uno da a alguien para complacerlo, para festejarlo, etc.: *regalo de cumpleaños, hacer un regalo* 2 *De regalo* Como regalo, sin costo, gratis: *recibir unos patines de regalo, comprar un producto y recibir dos jabones de regalo.*

régimen s m 1 Conjunto de las características generales de una forma de gobierno de una sociedad o de un Estado: *régimen capitalista, régimen colonial, regímenes monárquicos* 2 Manera de dirigir un gobierno: *el régimen cardenista, los regímenes revolucionarios* 3 Conjunto de reglas, disposiciones y prácticas por el que se rige o funciona algo: *el régimen de una prisión, el régimen de propiedad ejidal* 4 Conjunto de reglas y prescripciones que guían el cuidado de la salud: *régimen alimenticio, régimen de ejercicio* 5 *(Gram)* Determinación sistemática de la forma en que una palabra se relaciona con otra en la oración, especialmente la de la preposición con el verbo que la precede, como: *arrepentirse de, carecer de, consistir en, luchar contra,* etc.

región s f 1 Parte de un territorio, más o menos extensa, que forma una unidad según ciertas determinaciones geográficas, económicas, étnicas, etc.: *regiones de un país, regiones polares, región agrícola, región de clima templado, región pantanosa* **2** Parte o zona determinada de un organismo o un órgano: *región torácica, región frontal de la cabeza.*

regional adj Que pertenece a cierta región o que se relaciona con ella: *economía regional, organismo regional, reunión regional, lengua regional.*

regir v tr (Se conjuga como *medir,* 3a) **1** Determinar o señalar la manera en que deben comportarse los miembros de una sociedad y el modo en que ésta debe organizarse: "La Ley *rige* para todos", "Son varios los principios que *rigen* la vida social" **2** Determinar algo la manera de ocurrir o de llevarse a cabo cierta cosa: "La gravedad *rige* al sistema planetario" **3** prnl Apegarse algo o alguien a determinado principio, costumbre, norma, etc., o tener algo como referencia para comportarse de determinada manera: "*Se rigen* por una moral muy severa", "*Se regían* por el calendario lunar" **4** Estar vigente una ley o una obligación: "El contrato *rige* por tres años" **5** *(Gram)* Determinar una palabra la forma que debe tener la que la acompaña o la relación en que debe estar con ella; por ejemplo, el verbo *querer rige* subjuntivo, por lo que se dice *quiero que vayas* y no *quiero que vas.*

registrar v tr (Se conjuga como *amar*) **1** Revisar con cuidado y parte por parte alguna cosa para descubrir lo que hay en ella: *registrar un camión, registrar los bolsillos* **2** Escribir, anotar o hacer constar algún dato, testimonio, información, etc. generalmente en un libro o en un cuaderno destinado para ello: *registrar una fecha, registrar una firma, registrar un hecho histórico, registrar un contrato, registrar un nacimiento, registrarse en un hotel, registrarse en Hacienda* **3** Hacer constar un aparato o un instrumento determinada señal: "Los sismógrafos *registraron* un temblor", "La computadora no *registró* esos nombres".

registro s m **1** Acto de registrar: *el registro del equipaje, el registro de un accidente, el registro de una sociedad* **2** Anotación y declaración escritas que se hacen de un dato, una referencia, un hecho, etc.: *el registro de una farmacia, tener registro* **3** Libro, lista o cualquier otro objeto en el que se hace esta clase de anotaciones: *registro notarial, registro de nacimientos* **4** Oficina en donde se guardan estos documentos e institución que se encarga de ello: *registro municipal, registro de la propiedad* **5** *Registro civil* Institución que se encarga de anotar los nacimientos, matrimonios, divorcios y defunciones de las personas para todas las finalidades a que puedan servir **6** Abertura en el suelo o en la pared de algún lugar por donde se puede examinar o reparar una instalación oculta: *el registro de una cisterna, un registro eléctrico* **7**

Pieza movible del órgano y otros instrumentos de teclado, con la que se varía el timbre y la intensidad de los sonidos, y cada timbre que produce **8** Rango de sonidos que alcanza una voz humana o algún instrumento musical.

regla s f **1** Instrumento hecho con distintos materiales, delgado, largo y con o sin graduación, que sirve para trazar o medir líneas rectas **2** Expresión o enunciado que señala lo que se considera bueno y justo para el hombre y que por ello debe determinar o guiar su conducta **3** Principio o enunciado que dirige o señala la manera de hacer algo, o procedimiento que debe seguirse para lograr cierta cosa: *regla de trabajo, reglas de un juego, reglas de ortografía, reglas de versificación, una regla matemática* **4** Indicación que establece los límites dentro de los cuales se puede hacer algo: *una regla de conducta* **5** Relación de constancia y regularidad entre la ocurrencia de dos o más fenómenos o sucesos: "Los nortes aparecen entre octubre y marzo, por *regla* general" **6** *En regla* De acuerdo con el reglamento, en la forma debida, según lo manda la Ley: *papeles en regla, documentos en regla* **7** Periodo de tres a ocho días, que ocurre por lo general cada veintiocho días, durante el cual, al no haber fecundación, el organismo de las mujeres elimina por la vagina los óvulos y la membrana sanguínea que recubre la parte interior de la matriz.

reglamento s m Conjunto de reglas, procedimientos y guías que elabora una autoridad para determinar la aplicación de una ley, o que elabora alguien para regir una actividad colectiva: *reglamento de la ley del trabajo, reglamento de construcción, reglamento escolar, reglamento de futbol.*

regresar v intr (Se conjuga como *amar*) **1** Volver algo o alguien al lugar de donde salió: *regresar al pueblo, regresar a la casa* **2** Visitar nuevamente a alguien o algún lugar: *regresar a Campeche, regresar al museo* **3** Volver a hacer cierta actividad que se había dejado o abandonado: *regresar a clases, regresar al comercio* **4** tr Dar a una persona el objeto que se le había perdido o que ella había prestado, o dar a alguna institución o alguna persona algo que no tenía pero que pertenece a aquélla: *regresar un préstamo, regresar un libro.*

regreso s m Acto de regresar: *el regreso a la casa, el viaje de regreso, el regreso a la escuela.*

regular[1] v tr (Se conjuga como *amar*) **1** Hacer que algo funcione o se produzca de acuerdo con un orden, regla o ley, o de manera uniforme o bajo control: *regular la salida de agua, regular la venta de artículos de lujo* **2** Determinar la ley, una norma, un principio, o una regla la actividad o el comportamiento de algo o de alguien: "Esta ley *regula* las relaciones comerciales".

regular[2] adj m y f **1** Que es uniforme, que está determinado por una regla o un orden: *respiración regular, el desarrollo regu-*

lar de las clases, el servicio regular de autobuses **2** Que vive bajo las reglas de cierta agrupación: *ejército regular, clero regular* **3** adj y adv Que tiene un tamaño, una calidad, una intensidad o una cantidad media, ni mucho ni poco, ni bueno ni malo: *una comida regular, sentirse regular de salud, un comportamiento regular, trabajar regular* **4** *Por lo regular* General, usualmente: *"Por lo regular no trabajo los sábados"*.

reina s f **1** Mujer que gobierna un país por elección o derecho hereditario y tiene poder soberano: *la reina de Inglaterra, la reina de Holanda* **2** Esposa del rey **3** Persona del sexo femenino o cosa que tiene mucho poder o influencia o que tiene ciertas características que la hacen sobresalir entre las demás: *la reina de la danza, la reina de la comedia*, "Venecia la *reina* del Adriático" **4** Hembra fértil entre los insectos que viven en enjambre: *abeja reina* **5** Pieza de ajedrez, la más importante para atacar o defender **6** Carta de la baraja con la figura de una reina: *reina de corazones*.

reír v intr (Modelo de conjugación 3 b) **1** Expresar alguien alegría y placer ensanchando o abriendo la boca y produciendo ciertos sonidos con el diafragma: *reír de un chiste, reírse de las tonterías, reír con las cosquillas* **2** prnl Burlarse de algo o de alguien: "*Se rieron* de mí", "*Me río* de tantas mentiras".

relación s f **1** Circunstancia, estado o comprensión que se tiene de lo que une, acerca, caracteriza o distingue dos o más elementos, objetos o personas, por ejemplo la circunstancia de que haya agua en algún lugar y sus alrededores sean fértiles; el estado de pobreza en que se encuentre una población y las posibilidades de trabajo que ofrezca; la idea de que saber leer y contar es muy importante para alcanzar una vida más rica y libre **2** Cada una de las formas en que dos o más elementos, objetos o personas se colocan, se influyen o se corresponden: *relaciones de lugar, una relación de dependencia, relaciones recíprocas, relaciones cercanas, relaciones de dominación* **3** Trato social entre personas: *relaciones familiares, tener buenas relaciones* **4** *Tener relaciones* Tener amigos en actividades importantes, particularmente del gobierno **5** *Tener relaciones dos personas* Tener contacto sexual **6** Narración que se hace de algún acontecimiento, particularmente con fines históricos o jurídicos: *una relación de los hechos, relación de una guerra, la relación de un congreso* **7** Lista de personas o de cosas sobre la que se basa una revisión o un control: *relación de personal, relación de tareas, relación de pasajeros* **8** Trozo largo que dice un personaje en un poema dramático.

relacionar v tr (Se conjuga como *amar*) **1** Establecer alguna relación entre dos o más elementos, objetos o personas: *relacionar dos fenómenos, relacionar ideas* **2** Poner a una persona en relación con otra: "Me *relacionó* con un científico muy importante", "*Se* sabe *relacionar*" **3** Hacer una lista de objetos o de personas: *relacionar mercancías*.

religión s f **1** Conjunto de las creencias acerca de la existencia de una o varias divinidades, de las relaciones que los humanos establecen con ellas, así como de las normas que rigen dichas relaciones, y de las prácticas, ritos o comportamientos con que se manifiestan en una sociedad, como resultado de su cultura y sus tradiciones: *religión politeísta, religión cristiana, religión prehispánica* **2** Cada uno de los sistemas, normas o prácticas de esa clase a los que se adhieren las personas o en los que son educadas: *religión católica, religión protestante*.

religioso adj **1** Que pertenece a la religión o se relaciona con ella: *creencias religiosas, ceremonia religiosa, emoción religiosa* **2** Que tiene religión y particularmente que actúa siempre de acuerdo con ella y en relación con ella: *una persona religiosa* **3** s Persona que ha profesado en una orden religiosa: *un religioso franciscano*.

remedio s m **1** Cualquier medio o procedimiento que se sigue para resolver o solucionar algo: *un remedio para la falta de agua, poner remedio al alcoholismo* **2** Sustancia con la que se busca curar una enfermedad o una herida: *un remedio casero, dar un remedio, un remedio a base de hierbas* **3** Ni para remedio Nada en absoluto: "No tengo dinero *ni para remedio*" **4** No tener o hacer más remedio que Ser completamente necesario que: "*No tuvo más remedio que* buscar ayuda".

rendición s f Acto de rendir o rendirse: *la rendición incondicional de un regimiento, la rendición del ejército enemigo*.

rendimiento s m Proporción en la que algo o alguien produce un resultado en lo que respecta al trabajo o el esfuerzo invertido: *rendimiento de una fábrica, aumentar el rendimiento del material, rendimiento financiero*.

rendir v tr (Se conjuga como *medir*, 3a) **1** Obligar a una persona o particularmente a la tropa a dejar de combatir y entregar sus armas y la plaza: "Los insurgentes lograron *rendir* al ejército de la tiranía" **2** prnl Declarar una persona o un ejército que ha perdido una batalla o una guerra y entregar sus armas a su vencedor: "Los huertistas *se rindieron* al general Villa" **3** Producir algo o alguien el fruto o los resultados esperados: *rendir una cosecha, rendir una máquina, rendir un obrero* **4** Cansar algo o a una persona: "*Lo rindió* el sueño", "*Está rendido* de tanto caminar".

repetición s f **1** Acto de repetir: *la repetición de un discurso, la repetición de una obra de teatro, la repetición de una investigación* **2** Mecanismo que hace que ciertos aparatos repitan cierta acción o movimiento, generalmente en espacios regulares de tiempo: *un rifle de repetición, un reloj de repetición*.

repetir v tr (Se conjuga como

subir) **1** Volver a hacer o a decir algo que se hizo o se dijo antes: *repetir la tarea, repetir una canción, repetir la lección* **2** Hacer alguien lo que otra persona ya hizo antes: *repetir un experimento* **3** Suceder algo en la misma forma que antes: *repetirse un fenómeno, repetir un huracán* **4** Venir a la boca el sabor de algo que se comió: *repetir el ajo, repetir la cebolla*.

representación s f **1** Acto de representar: *una representación gráfica, la representación del director, una representación teatral, una representación diplomática* **2** Figura o signo que representa algo o alguien: *una representación de Tláloc, una representación matemática de la energía* **3** Imagen de algo o de alguien que uno se forma en la mente: "Mi *representación* de tu pueblo era distinta a la realidad".

representante 1 adj m y f Que representa algo o a alguien: *una agencia representante* **2** s m y f Persona que representa a alguien o tiene la responsabilidad y el derecho de hablar, juzgar y decidir en nombre de algo o de alguien: *un representante oficial, un representante escolar, una representante comercial.*

representar v tr (Se conjuga como *amar*) **1** Reproducir por medio de algún dibujo, pintura, fotografía, gráfica, etc. la imagen o las características visibles de algo o de alguien: "Ese mural *representa* la vida en México hace cinco siglos", "La foto te *representa* cuando eras niño" **2** Reproducir simbólicamente o

por ciertos signos convenidos de antemano las características o la imagen de algo o de alguien: "El ángel *representa* a la independencia", "La cruz *representa* a Cristo", "Esta gráfica *representa* el aumento de precios" **3** Estar alguien en lugar de otra persona o tener delante de alguien la responsabilidad y el derecho de hablar, juzgar o decidir en nombre de otra persona, de una institución o de un país "El ministro *representó* al presidente en la ceremonia", "Los diputados *representan* al pueblo en el congreso" **4** Actuar una obra teatral en un escenario: "*Representaron* una obra de Calderón de la Barca en la escuela" **5** Dar alguien la impresión de tener cierta edad o de sentirse en cierto estado: "*Representa* veinticinco años", "Su aspecto *representa* cansancio" **6** Dar alguien la impresión de ser algo o actuar de cierto modo: "*Representas* muy bien al funcionario ocupado e importante" **7** Equivaler una cosa a otra en cierta proporción: "Este libro *representa* un largo esfuerzo", "La decisión de autorizar la vacunación escolar *representó* un gran adelanto social".

representativo adj **1** Que sirve para representar algo; que puede tomarse como muestra o ejemplo de una cosa: "El incidente que vimos ayer es *representativo* de la sociedad en que vivimos", "Es el pintor más *representativo* de su escuela" **2** *Gobierno representativo* El constituido por los representantes de la voluntad de la mayoría elegi-

dos en votación secreta, para
ejercer el poder.

reproducción s f 1 Acto de reproducir o reproducirse: *la reproducción de una planta, órganos de la reproducción* 2 Copia
idéntica o equivalente a la cosa
copiada: *una reproducción del
calendario azteca.*

reproducir v tr (Se conjuga
como *producir*, 7a) 1 Volver a
producir algo, hacer de nuevo
una cosa o imitarla: "Para estudiar esas plantas tuvo que *reproducir* en un invernadero el
clima de la selva", *reproducir
un cuadro, reproducir un barco
en miniatura, reproducir el contenido de un libro*, etc. 2 prnl
Producir un ser viviente otros
seres semejantes a sí mismo: *reproducirse los conejos.*

república s f 1 Forma de gobierno de una nación en la que
la soberanía reside en el pueblo,
que elige a sus representantes y
gobernantes para que ejerzan el
poder durante un plazo determinado en su constitución: *república central, república federal, república socialista, república popular* 2 País que tiene
esta forma de gobierno: *la República Mexicana, la capital de
la república* 3 *República de las
letras* Conjunto de las personas
sabias y eruditas.

republicano 1 adj Que pertenece a o se relaciona con la república: *gobierno republicano,
constitución republicana, institución republicana, sentimiento
republicano* 2 adj y s que es partidario de la república: *espíritu
republicano, periódico republicano, un verdadero republicano,*
los republicanos españoles.

requerir v tr (Se conjuga como
sugerir, 2a) 1 Necesitar algo o
alguien que se le dedique cierta
cosa o cierta atención: *requerir
ayuda, requerir material, requerir esfuerzo y cuidado* 2 Hacer
saber a alguien que se necesita
algo de él, particularmente una
autoridad a una persona: "Se
requiere su presencia en el juzgado".

resistencia s f 1 Acto de resistir: *la resistencia a un esfuerzo,
una resistencia de siglos, la resistencia de un organismo, la resistencia militar* 2 *(Fís)* Fuerza
con la que se opone un cuerpo a
otros que actúan sobre él: *la resistencia del aire, la resistencia
del acero* 3 *(Elec)* Cuerpo que se
pone en un circuito eléctrico
para que se oponga al paso de la
corriente o la convierta en calor:
la resistencia de una plancha.

resistir v tr (Se conjuga como
subir) 1 Tener algo o alguien la
dureza, la fuerza o la capacidad
interna para recibir la acción de
una fuerza, una presión o un
golpe sin romperse, destruirse o
debilitarse: *resistir una carga,
resistir una tonelada, resistir el
viento, resistir un esfuerzo* 2
Durar algo o alguien por mucho
tiempo sin perder su fuerza, su
dureza, su capacidad interna:
*resistir por años, resistir sin
cambios, resistir un edificio colonial* 3 Tener alguien o alguna
parte de su organismo la capacidad o la fuerza interna necesarias para oponerse a una enfermedad o a una presión moral:
*resistir el corazón, resistir el
chantaje, resistir una pena* 4

prnl Oponerse uno con paciencia, valor y fuerza moral a que alguien lo moleste o le haga daño: *resistirse a la traición, resistirse al halago* **5** Luchar en contra de un enemigo que ataca para que no lo derrote a uno: *resistir el ataque enemigo, resistir el avance de la infantería.*

resolución s f **1** Decisión que se toma para terminar algún asunto o alguna dificultad: *la resolución de un conflicto* **2** Cualidad de una persona para actuar de cierta forma con decisión y valor: "Encaró la crisis con *resolución*".

resolver v tr (Se conjuga como *mover* 2c) **1** Encontrar la solución o la respuesta a una duda, problema o dificultad: *resolver una operación, resolver un conflicto* **2** Tomar una decisión o determinación acerca de algo: "Le *resolveré* acerca de su petición la semana que entra", "El juez *ha resuelto* en su favor".

resolutivo adj Que corresponde o pertenece a determinada persona o cosa, o a determinado miembro de un conjunto: "Los invitados asistieron con sus *respectivas esposas*", "Cada quien arregló como quiso su *respectivo* departamento".

respecto adv **1** En relación con, acerca de, concerniente a, referente a, sobre: *al respecto, con respecto a, respecto de* En relación con, acerca de, en lo referente a, sobre: "Hay poca claridad *con respecto a* este asunto", "¿Cuál es el tipo de cambio del peso *con respecto al* dólar?", "No me dijo nada *respecto de ti*" **2** *En lo que respecta, por lo que res-*

pecta a En cuanto a, por lo que se refiere a: "*En lo que respecta* al clima..."

respetar v tr (Se conjuga como *amar*) **1** Apreciar la dignidad de una persona y ser solidario con su manera de ser, o reconocer el valor, importancia, seriedad, etc. de algo o de alguien: *respetar a los compañeros, respetarse los esposos, respetar el trabajo de los demás, respetar una opinión, respetar el medio ambiente* **2** Cumplir voluntariamente alguna norma o disciplina, o adaptar el comportamiento de uno a lo señalado por alguna ley o reglamento: *respetar la vigilia, respetar una dieta, respetar un horario, respetar las señales de tránsito* **3** Tratar a alguien con atención, cuidado y cortesía: *respetar a los mayores.*

respeto s m **1** Actitud moral por la que se aprecia la dignidad de una persona y se considera su libertad para comportarse tal cual es, de acuerdo con su voluntad, intereses, opiniones, etc., sin tratar de imponerle una determinada forma de ser y de pensar: *tener respeto por los demás, el respeto de los amigos, el respeto entre padres e hijos* **2** Reconocimiento del valor, la importancia, la seriedad, etc. de algo o de alguien, y el comportamiento que lo manifiesta: *respeto a la vida, respeto a la naturaleza, respeto a la libertad,* "Siente mucho *respeto* por los grandes artistas", "Sócrates se ganó el *respeto* de sus conciudadanos" **3** *Respeto a o de sí mismo* Sentimiento de aprecio por la persona de uno mismo y por la dignidad que uno tiene **4** Actitud de atención, cuidado y cortesía con que uno trata a otra persona: *respeto a los ancianos, faltar al respeto* **5** Actitud de aceptación o de conformidad de una persona con una norma moral, social o religiosa: *respeto a la Ley, respeto a la Constitución, respeto al reglamento, respeto a los mandamientos.*

respiración s f **1** Función del organismo de los seres vivos que consiste en tomar oxígeno del aire o del agua y eliminar gas carbónico para vivir: *la respiración humana, la respiración de las plantas* **2** Realización de esta función: *perder la respiración, respiración artificial* **3** Entrada y salida de aire en un lugar cerrado: *la respiración de una mina.*

respirar v (Se conjuga como *amar*) **1** intr Tomar los seres vivos por la nariz, la boca o las branquias, etc. el aire o el oxígeno que necesitan para vivir **2** tr Tomar por la nariz cualquier sustancia gaseosa: *respirar aire puro, respirar el perfume de las flores* **3** intr Tener salida o contacto con el aire líquido que está encerrado: *dejar respirar al vino, respirar el pulque* **4** tr Tener alguien calma, tranquilidad o descanso después de salir de una preocupación o temor: "Cuando supe que no estabas enferma, *respiré*".

respiratorio adj Que se relaciona con la respiración o sirve para ella: *aparato respiratorio, vías respiratorias, paro respiratorio, enfermedad respiratoria.*

responder v tr (Se conjuga como *comer*) **1** Decir alguien algo, oralmente o por escrito, en relación con una pregunta, petición o demanda que le ha hecho otra persona, o dar señales de que se ha escuchado o percibido algo: *responder una llamada, responder un saludo, responder una carta, responder una señal* **2** intr Actuar de cierta manera o adoptar cierta actitud como consecuencia de algo hecho por otra persona o de cierto acontecimiento: *responder con una sonrisa, responder a balazos, responder con precaución a un peligro* **3** Dar algo a alguien el resultado esperado o el fruto o rendimiento correspondiente al interés, el esfuerzo, el trabajo o la inversión que se puso en él o en ello: "Los alumnos *responden* al trabajo del maestro", "El campo *respondió* a las necesidades del país", "La tierra *responde* a las lluvias" **4** Reaccionar algo o alguien a cierta acción ejercida sobre ello: *responder a las medicinas, responder al castigo, responder al mal trato* **5** Ser algo adecuado, conforme o consecuente con otra cosa: "Los resultados *responden* a lo esperado", "Su actitud no *responde* a su deber", "Su calidad *responde* a su fama" **6** Mostrar algo o alguien semejanza o parecido con lo que se había anunciado acerca de ello o de él: "La belleza de Pátzcuaro *responde* a lo que se dice de ese lago" **7** Tener o tomar alguien la responsabilidad de alguna acción o encargo, o la responsabilidad por las acciones y el comportamiento de otra persona:

responder por el dinero, responder por la seguridad, responder por sus hijos, responder por un amigo **8** *Responder a cierto nombre* Tener cierto nombre, así llamarse: "El gato *responde al nombre* de Anacleto".

responsabilidad s f **1** Condición de la persona que, en situación de libertad, se hace sujeto de obligación en lo que respecta al valor moral de los actos que realice o el comportamiento que tenga: *tener responsabilidad, aceptar responsabilidad, la responsabilidad de una buena obra, la responsabilidad de un error* **2** Cada una de las actividades o de las personas cuyo bienestar, cuidado, dirección, desarrollo, vigilancia, etc. quedan bajo la obligación y la voluntad de otra persona: "La educación de los hijos es *responsabilidad* de los padres", "Trabajar bien es *responsabilidad* de cada uno", "Proteger y ayudar a las personas es *responsabilidad* de la policía" **3** Circunstancia de ser alguien causante o de haber participado en un acto malo, equivocado o dañino: "La *responsabilidad* del accidente es del chofer del camión".

responsable adj y s m y f **1** Que tiene o acepta responsabilidad: *una mujer responsable, un estudiante responsable, un funcionario responsable* **2** Que está encargado de algo y tiene la obligación de dirigirlo, cuidarlo, mantenerlo, etc.: *el médico responsable de un hospital, el químico responsable de una planta, el responsable de una farmacia.*

respuesta s f **1** Acto de responder: *la respuesta a una pregunta, la respuesta a un mensaje, una respuesta violenta, una buena respuesta por parte de los obreros, la respuesta a una enfermedad* **2** Solución que se da a un problema: *hallar la respuesta, tener una respuesta.*

resta s f Operación aritmética que consiste en quitar una cantidad de otra para encontrar la diferencia entre ellas: *hacer una resta, comprobar una resta.*

restar v tr (Se conjuga como *amar*) **1** (*Mat*) Quitar una cantidad de otra mayor para encontrar la diferencia que queda entre ambas; por ejemplo, al quitar siete a doce, quedan cinco **2** Quitar a algo alguna parte suya o disminuirle su capacidad, intensidad, importancia, etc: *restar energía a un motor, restar volumen a un sonido, restar autoridad a una persona* **3** Quedar todavía algo de alguna cosa a la que se le ha quitado alguna parte o quedar todavía algo por hacer o suceder de alguna tarea o acontecimiento: "*Restan* cinco minutos de juego", "*Resta* un poco de frijoles", "Nos *resta* limpiar la cocina".

resto s m **1** Parte que queda de algo: *un resto de tela, el resto del tiempo* **2** pl Partes o elementos que quedan de algo o de alguien roto, destruido, acabado o muerto: *los restos mortales, restos de una época, restos de una iglesia* **3** *Echar el resto* Poner un jugador todo lo que le queda por apostar en una sola jugada; poner todos los medios que uno tiene en un último intento por lograr algo: *"Echó el resto* al final de la carrera y ganó".

resultado 1 pp de resultar 2 sm Efecto, consecuencia o conclusión de una acción, un proceso, un cálculo, etc.: *el resultado de un experimento, el resultado de una presión, el resultado de un comportamiento, el resultado de una resta, los resultados de un juego.*

resultar v intr (Se conjuga como *amar*) 1 Suceder alguna cosa o producirse algún acontecimiento o fenómeno como consecuencia de otro anterior: *resultar herido*, "De este trabajo han *resultado* muchas cosas útiles" 2 Ofrecerse cierta conclusión después de considerar algunas razones, situaciones o circunstancias: "Porque no entendieron mis explicaciones, ahora *resulto* culpable", "El viaje *resultó* muy divertido" 3 Venir algo o alguien a tener cierta situación o a producir ciertos efectos de manera relativamente inesperada o no prevista: "¡Y la tortuga *resultó* vencedora sobre el conejo!" "El volcán *resultó* benéfico para la agricultura después de cinco años" 4 Dar algo buen efecto o venir a ser consecuente o provechoso: "Trabajar en casa *resulta*, pues está uno más tranquilo" 5 Manifestarse algo o alguien con cierta apariencia o con ciertas características: "Su cara redonda, de ojillos vivos y sonrisa abierta, *resulta* simpática".

resumen s m 1 Exposición oral o escrita de las ideas, aspectos o partes más importantes de algo: *resumen de un libro, resumen de una novela, resumen de un artículo, resumen de una conferencia* 2 *En resumen* En pocas palabras "*En resumen,* los insurgentes ganaron a los realistas"

resumir v tr (Se conjuga como *subir*) Hacer una descripción, una exposición, un relato, un texto, etc. más corto, conservando sus partes, aspectos o ideas más importantes: *resumir un libro, resumir una clase.*

retirar v tr (Se conjuga como *amar*) 1 Mover algo o a alguien del lugar en que estaba hacia otro más apartado o alejado de otra cosa: *retirar las sillas de la pared, retirarse del borde de una barranca* 2 Quitar alguna cosa donde estorba o porque ya no se usa y ponerla en otra parte: *retirar una señal de tránsito, retirar los restos de un accidente* 3 Declarar alguien que ya no mantiene lo que proponía o afirmaba: *retirar un proyecto, retirar una protesta* 4 Sacar dinero o valores de una cuenta o de un depósito bancacio propio: *retirar diez mil pesos* 5 prnl Dejar una persona de trabajar o prestar servicios en donde lo hacía por haber alcanzado cierta edad o cierto número de años de trabajo: "El médico *se retiró* a los ochenta años de edad" 6 *Estar algo retirado* Estar un lugar más lejos de lo que creía o de lo que parece conveniente en un momento dado: "*Casas grandes está* bastante *retirado* de la costa".

reunión s f 1 Conjunto de objetos reunidos para alguna finalidad particular: *reunión de documentos, reunión de datos* 2

Conjunto de personas que se juntan para alguna finalidad y espacio de tiempo durante el cual lo hacen: "La *reunión* se cambió de casa para tener más espacio", "La *reunión* se efectuará a las siete de la noche", "La *reunión* duró dos horas".

reunir v tr (Se conjuga como *subir*) 1 Volver a unir lo que se ha separado: *reunir a la familia, reunir los pedazos de un florero, reunir las partes de una máquina* 2 Formar con varias cosas o varios elementos algún objeto nuevo, o formar con el trabajo, el esfuerzo o la actividad de varios alguna actividad o empresa nueva: *reunir fuerzas en un ejército, reunir una biblioteca, reunir capitales, reunirse dos bancos* 3 Hacer que varias personas participen en alguna actividad o vayan a cierto lugar: *reunir a los amigos, reunirse los ex alumnos en la escuela.*

revelación s f 1 Acto de revelar: *la revelación de un crimen, la revelación de un secreto* 2 Manifestación, generalmente a una persona, de ciertas verdades ocultas o que no se podrían conocer con la simple inteligencia humana, según cierto pensamiento religioso: *la revelación de los misterios divinos* 3 Persona o cosa que inesperadamente muestra talento, valor, calidad, etc.: "Este actor fue una *revelación*", "La novela premiada fue una *revelación*".

revelar v tr (Se conjuga como *amar*) 1 Dar a conocer algo que se mantenía oculto o secreto: *revelar una opinión, revelar un secreto, revelar una confesión, revelar un sentimiento* 2 Dar a conocer algo por medio de una determinada actitud o característica: "Su mirada *revela* una gran fuerza", "Se *revelaba* como un gran actor", "Con esta novela *se reveló* como un gran escritor" 3 Dar a conocer algo que el hombre ignora o que no puede conocer por medio de la razón: *revelar el futuro, revelar algo la magia* 4 Hacer visible, utilizando determinadas sustancias, la imagen impresa en una placa o película fotográfica: *revelar una película, revelar un rollo, revelar una fotografía, revelar un negativo.*

revisar v tr (Se conjuga como *amar*) 1 Mirar algo o a alguien con cuidado y parte por parte, para asegurarse del estado en que se encuentra: *revisar la limpieza de las manos, revisar los uniformes, revisar una máquina* 2 Examinar algo para poderlo arreglar o corregir: *revisar los ejercicios, revisar el trabajo* 3 Examinar algo con la intención de encontrar alguna cosa que se busca: *revisar los periódicos, revisar la lista de inscripciones.*

revista s f 1 Publicación periódica en la que aparecen artículos de diferentes temas o sobre cierto tema en especial: *revista científica ganadera, revista de modas* 2 *Pasar revista* Revisar un grupo de personas o cosas para ver si están en el lugar o el estado debidos; especialmente, un militar a sus tropas 3 *Revista musical* Espectáculo teatral que generalmente consiste en una serie de cuadros en los que hay música, canciones y bailes.

revolución s f 1 Cada una de las vueltas completas que da alguna cosa, como una rueda, una manecilla de reloj, etc: *la revolución de la Tierra en torno al Sol, un motor que gira a cinco mil revoluciones por minuto* 2 Movimiento político, generalmente acompañado de lucha armada, que tiene por consecuencia el rompimiento con la situación anterior de una sociedad y la creación de nuevas formas de gobierno, de nuevas leyes y de nuevas maneras de comportarse sus miembros: *la revolución de 1910, la revolución francesa, la revolución cubana* 3 Cambio profundo e importante de alguna cosa o de alguna actividad humana: *la revolución industrial, una revolución científica, la revolución cibernética.*

rey s m (El femenino es *reina*) 1 Hombre que gobierna un país por elección o derecho hereditario y tiene poder soberano: *el rey de España, el rey de Suecia* 2 A cuerpo de rey En forma espléndida; ofreciendo todas las comodidades: *recibir a alguien a cuerpo de rey* 3 Persona del sexo masculino u objeto que tiene mucho poder o influencia o que tiene ciertas características que lo hacen sobresalir entre los demás: *el rey del acero, el rey de la selva* 4 Carta de la baraja con la figura de un rey: *rey de diamantes* 5 Pieza del juego del ajedrez.

rezar v tr (Se conjuga como *amar*) 1 Dirigirse a la divinidad con palabras para alabarla, pe-

dirle gracias o perdón por alguna falta: *rezar a Huitzilopochtli, rezar el Padre Nuestro* 2 Estar dicho algo en ciertos términos: "La canción *reza* así. . .", "La carta *reza*. . ." 3 Ser algo del gusto o de la responsabilidad de alguien: "Dejar de dormir en las noches no *reza* conmigo".

rico adj y s 1 Que tiene mucho dinero o bienes: *un hombre rico, una empresa rica* 2 Que tiene gran variedad y abundancia de características, recursos, bienes, ideas, etc.: *regiones ricas, lenguaje rico, historia rica* 3 *Rico en algo* Que lo tiene en abundancia: *rico en proteínas, rico en experiencias* 4 Que es lujoso o caro: *ricas telas, palacio rico* 5 Que sabe bien: *un pastel rico, una fruta rica.*

riego s m 1 Acto de echar agua sobre la tierra y las plantas para nutrirlas: *sistema de riego, el riego de la parcela* 2 *Riego por aspersión* Sistema de riego en que por unos tubos que van girando salen chorros de agua finos que caen como gotas de lluvia 3 *De riego* Que está destinada al riego o que toma parte de un sistema de riego: *agua de riego, tierras de riego.*

río s m 1 Corriente continua de agua que va por un cauce natural y desemboca en otra, en un lago o en el mar: *río Bravo, río Suchiate* 2 Gran cantidad de algo que fluye o circula: *ríos de gente saliendo del cine, ríos de lava.*

riqueza s f 1 Abundancia de dinero o bienes que alguien posee: *su riqueza asciende a muchos millones* 2 Abundancia, diversidad, alta calidad o valor de los recursos, productos, elementos, cualidades que algo o alguien tiene: *la riqueza de la tierra, la riqueza del lenguaje, riqueza de colorido, riqueza espiritual, la riqueza histórica de México.*

risa s f Contracción de la boca y de los músculos de la cara, acompañada de sonidos entrecortados, que expresa principalmente alegría, contento o burla: *mucha risa, atacarse de la risa, morirse de risa, risa forzada, risa amarga, risa loca.*

ritmo s m 1 Relación que existe entre la aparición o manifestación y la combinación de ciertos sonidos, golpes o fenómenos de cualquier clase, y el modo en que se repiten en cierto periodo de tiempo que se toma como referencia: *el ritmo de un baile, un ritmo sincopado, a ritmo de marcha, el ritmo del corazón, ritmo de la presentación de las lluvias, ritmo biológico* 2 *(Mús)* Relación que guardan los valores temporales de las notas con el compás requerido por la pieza que se toca y el acento que se pone en él 3 *(Lit)* Manera en que se combinan sílabas largas y breves en los metros latinos y griegos, y acentos, pausas, rimas, aliteraciones, etc. en el verso español.

robar v tr (Se conjuga como *amar*) 1 Quitar a alguien algo que tiene o le pertenece, sin su permiso, con violencia o con engaño: *robar una herramienta, robar dinero* 2 Robar una casa Entrar ladrones en ella y llevarse cuanto encuentran 3 Quitar indebidamente o en contra

de su naturaleza una cosa a otra: *robar horas al sueño, robar tierra al mar* 4 Atraer la atención, los sentimientos, etc. de alguien, generalmente en contra de su voluntad: *robarle el corazón, robarle tiempo* 5 En ciertos juegos, como el dominó o las cartas, tomar fichas o cartas de las que están disponibles en el monte, de acuerdo con las reglas.

robo s m 1 Acto de robar: *el robo de una vaca, el robo a un banco* 2 Actividad de los que se dedican a robar: *el robo de casas, el robo de llantas* 3 Cada uno de los objetos robados o su conjunto: *un robo por un millón de pesos.*

rodear v tr (Se conjuga como *amar*) 1 Ir algo o alguien alrededor de otra cosa: *rodear un cerro, rodear un lago* 2 Haber o poner varias cosas o personas alrededor de algo o de alguien: "Los árboles *rodean* la laguna", "El cementerio *rodea* la iglesia", "La abuela *está rodeada* por sus nietos", "La policía *rodeó* a los asaltantes" 3 Tomar un camino más largo que el usual para llegar a alguna parte o para evitar pasar por otra: *rodear por la orilla del río:* "Tuve que *rodear* para no encontrarme con los enemigos" 4 Reunir el ganado en un lugar determinado del campo, arreándolo, para algún propósito.

rodeo s m 1 Acto de rodear 2 Camino más largo que el usual, tomado o seguido para llegar a alguna parte: *hacer un rodeo, dar un rodeo, seguir un rodeo* 3 Reunión de ganado en algún lugar y para diferentes propósitos; particularmente la que se hace en un corral o una plaza para ejercitar la habilidad de montar potros salvajes o reses, lazarlos, etc.

rojo adj y s m **1** Que tiene un color como el de la sangre: *un lápiz rojo, un sol rojo* **2** *Al rojo* Tan caliente y en tal estado como el de un carbón encendido: *un hierro al rojo* **3** *Poner (se) alguien rojo* Subirle la sangre a la cabeza por vergüenza o timidez **4** sm Que tiene actitudes políticas revolucionarias, particularmente los comunistas: *los rojos tomaron el poder.*

rombo s m *(Geom)* Paralelogramo que tiene sus cuatro lados iguales y dos de sus ángulos mayores que los otros dos.

romboide s m *(Geom)* Paralelogramo cuyos lados adyacentes son desiguales y dos de sus ángulos mayores que los otros dos.

romper v tr (Se conjuga como *comer*) **1** Hacer pedazos una cosa: *romper un vaso, romper un vestido, romper un papel, romperse un hueso, romper una pared* **2** Hacer agujeros en una tela, en un cuero o en una placa delgada de algo por efecto del uso, de un golpe, etc.: *romper los pantalones, romperse los zapatos, romper el asiento de una silla* **3** Abrir la tierra con el arado **4** Hacer que se detenga brusca y sorpresivamente el desarrollo de algo: *romper la plática, romper el orden del desfile, romper relaciones diplomáticas, romper un noviazgo* **5** No cumplir, en un momento o en un caso dado, una ley o un acuerdo:

romper un contrato, romper un mandato constitucional **6** Entrar algo violenta y fuertemente en un medio que después recupera sus condiciones anteriores: *romper el aire, romper el agua, romper la selva* **7** Vencer la resistencia de algo contra lo que se lucha o terminar con una cosa que representa una limitación, una dificultad o un peligro, generalmente utilizando la fuerza: *romper el sitio, romper las formaciones enemigas, romper la presión administrativa* **8** Ir más allá de un límite determinado o llevar una actividad más allá de los límites conocidos o aceptados: *romper la barrera del sonido, romper una marca, romper con la tradición, romper con la costumbre* **9** Golpear violentamente una cosa contra otra y destruirse o deshacerla: *romper el viento en la sierra, romper las olas en el arrecife* **10** Comenzar algo de pronto: *romper el día, romper el fuego, romper a llorar, romper a hablar.*

ropa s f **1** Cualquier prenda, generalmente de tela, que sirve para vestir: *ropa de cama, ropa de mujer, ropa blanca* **2** *Ropa interior* La que se usa debajo del vestido exterior, como los calzones, las camisetas, etc.

rosa s f **1** Flor del rosal muy apreciada por su aroma agradable y por la textura y el color de sus pétalos, rojo, amarillo, rosa, blanco, etc.: "Llenó la casa de *rosas* rojas para recibir a su mujer" **2** adj y s m Que tiene un color como el de las encías **3** *Rosa de los vientos* Figura en forma de estrella con treinta y dos puntas que marcan los treinta y dos rumbos en que se dividen las direcciones del círculo del horizonte a partir del norte, como: nornoreste, este noreste, este sureste, etc. **4** *Pintarle o ponerle a alguien el mundo de color de rosa* Descubrir o mostrar a alguien una situación como si fuera muy fácil, agradable, bonita, etc.

rostro s m **1** Cara de las personas: *un rostro desencajado, un rostro lívido* **2** Pico de un ave.

rr s f Letra compuesta con la que se representa el fonema consonante ápico-alveolar sonoro vibrante múltiple entre vocales, como *perro, correr, arroz*, etc. Su nombre es *erre*.

rueda s f **1** Instrumento circular, de lado poco ancho, generalmente hecho de metal, madera, plástico, etc., que gira en torno a su eje: *una rueda de vagón, las ruedas de una carreta* **2** Cualquier objeto con esa forma: *una rueda de pescado, una rueda de reloj* **3** *Rueda de la fortuna* Máquina formada por una o hasta tres grandes ruedas a cuyo alrededor cuelgan canastillas con asientos para las personas, que gira verticalmente con ayuda de un motor, muy usual en las ferias o parques de juegos mecánicos **4** Reunión de personas alrededor de otra: *una rueda de prensa, hacer una rueda.*

ruido s m **1** Cualquier sonido o conjunto de sonidos sin orden ni sentido, desagradable, repentino o poco claro, como el de una máquina, el de un palo al caer al suelo, el de mucha gente en la calle, etc.: *hacer ruido, un ruido en la noche, el ruido de la feria* **2** Gran cantidad de comentarios, exclamaciones, discusiones, etc. que produce algo entre el público: *meter ruido, provocar mucho ruido una noticia.*

rural adj m y f **1** Que pertenece o está relacionado con el campo: *escuela rural, comunidad rural, comercio rural* **2** adj y s m y f Que forma parte de la guardia militar o de policía que vigila el campo: "Llegaron los *rurales* a perseguir a los contrabandistas".

S s

s s f Vigesimosegunda letra del alfabeto que representa al fonema consonante fricativo sordo, predorso-alveolar en la mayor parte de México, Hispanoamérica y Andalucía, y ápico-alveolar en Castilla y otras regiones de España. Su nombre es *ese*.

saber[1] v tr (Modelo de conjugación 10 d) **1** Tener en la mente ideas, juicios y conocimientos bien formados a propósito de alguna cosa: *saber mucho, saber matemáticas, saber historia* **2** Tener alguien información acerca de algo o alguien, o darse cuenta de lo que sucede alrededor: *"Sé que es una persona muy amable", "Sabemos claramente en qué situación estamos"* **3** Tener alguien la educación, habilidad y práctica necesarias para hacer algo: *saber leer, saber nadar, saber cocinar* **4** Ser alguien capaz de hacer algo: *saber resolver problemas, saber convencer a los demás, saber ir a otro lado de la población* **5** A saber Introduce una enumeración: *"Los días de la semana son siete, a saber: lunes, martes,. . ."*

saber[2] s m Conjunto de los conocimientos, los juicios y las maneras de comprender la experiencia y la vida natural y social que rodean a una persona o a una comunidad: *una mujer de gran saber, el saber del maestro, el saber de los griegos antiguos, el saber de los mayas.*

saber[3] v intr (Modelo de conjugación 10d) **1** Tener alguna cosa, como una fruta, la comida, un dulce, una bebida, etc. cierto sabor: *"Sabe dulce", "Sabe mal", "Sabe a chile", "Sabe a limón"* **2** Producir algo en uno cierta sensación o gusto: *"El viaje fue tan corto que no me supo", "Su actitud me sabe a mala fe".*

sabiduría s f Conjunto de los conocimientos profundos de la vida y la naturaleza que permiten la comprensión general de las cosas y de las acciones y la elaboración de juicios claros, generosos y prudentes: *la sabiduría del mundo antiguo, la sabiduría de un anciano, la sabiduría de un buen maestro.*

sabio adj y s **1** Que tiene conocimientos profundos de algo: *una persona sabia, un sabio en química* **2** Que tiene una comprensión general de la vida y el medio en que se desarrolla, tiene buen juicio y es prudente: *"Conocí a un pescador muy sabio, a pesar de no haber ido nunca a la escuela"* **3** Que contiene o muestra algún conocimiento profundo de algo: *un consejo sabio, una obra sabia, una actitud sabia.*

sabor s m **1** Sensación que algunas sustancias producen en la lengua: *sabor dulce, sabor amargo, sabor de naranja, sabor a chocolate, gelatina sin sabor* **2** Impresión o gusto que provoca en uno alguna cosa, algún acontecimiento o alguna emoción: *el sabor de la provincia, el sabor de un buen concierto.*

saborear v tr (Se conjuga como *amar*) **1** Percibir con atención el sabor de algo, particularmente cuando agrada o se disfruta: *saborear un pescado, saborear un vino* **2** Percibir con gusto y placer alguna cosa: *saborear la música, saborear una conversación.*

sacar v tr (Se conjuga como *amar*) **1** Tomar algo de donde estaba guardado, metido u oculto y ponerlo para que se vea o en otro lugar: *sacar los libros de la mochila, sacar dinero de la caja, sacar un pañuelo de la bolsa, sacar la pistola, sacar las plantas al patio* **2** Hacer que salga alguna sustancia de otra o de algún cuerpo, haciendo presión sobre él o sometiéndolo a cierto proceso: *sacar el jugo, sacar sangre, sacar el oro de la veta* **3** Hacer que se quite alguna cosa que ensucia otra: *sacar una mancha, sacar la basura del agua* **4** Apartar a una persona o a una cosa del lugar o de la situación en que se encuentra: *sacar a un hombre del vicio, sacar al niño de la escuela, sacar la ropa de la lluvia* **5** Encontrar la respuesta o la solución a algún problema, deduciéndola de los datos considerados o a partir de ciertas señales o indicios que se tienen: *sacar cuentas, sacar la conclusión, sacar una idea* **6** Sacar en claro

Llegar a una conclusión o a un término respecto de algo: "Lo que pude *sacar en claro* es que no nos pagarán mañana" **7** *Sacar jugo a algo* Obtener de ello el mayor provecho: "*Sácale jugo* a tus estudios, no te arrepentirás" **8** Lograr con esfuerzo y habilidad que alguien acepte, conceda o regale alguna cosa: *sacar dinero a un millonario, sacar un permiso al director* **9** Obtener cierto documento después de hacer los trámites necesarios en la oficina que lo prepara y controla: *sacar licencia, sacar pasaporte, sacar un acta de nacimiento* **10** Ganar alguna cosa en un juego de azar: *sacarse la lotería, sacar un premio* **11** Alcanzar cierto resultado después de esforzarse por ello: *sacar buenas calificaciones, sacar un buen trabajo, sacar una recomendación* **12** Ir una persona a donde está otra para pedirle que baile con ella: *sacar a bailar, sacar a la hija del presidente municipal* **13** *Sacar una fotografía* Tomarla con una cámara en un momento dado, o revelarla **14** Tomar tela o algún otro material de una cosa para agrandarla: *sacarle el dobladillo a la falda, sacarle a la ventana* **15** Heredar una persona o un animal ciertos rasgos de sus ascendientes: *sacar los ojos del padre, sacar el buen carácter de la abuela* **16** En un partido de futbol, enviar una pelota del lugar donde está uno a donde está algún compañero para comenzar un juego o para continuarlo: *sacar el portero, sacar el basquetbolista* **17** Hacer que sobresalga algo de un límite, de una línea o de un cuerpo: "Juan le *saca* la cabeza a Pedro", *sacar la cabeza del agua, sacar la mano por la ventana, sacar una bandera de la pared* **18** Hacer visible o dar a conocer alguna cosa: *sacar una noticia en el periódico, sacar a luz un libro, sacar un secreto al público* **19** Hacer, producir o inventar alguna cosa y darla a conocer al público: *sacar una nueva máquina, sacar una moda* **20** *Sacar algo o a alguien adelante* Ayudarlo, protegerlo e impulsarlo **21** Tomar notas de un libro: *sacar datos, sacar copias.*

sacrificar v tr (Se conjuga como *amar*) **1** Ofrecer alguna cosa, generalmente la vida de algún animal, a la divinidad en señal de homenaje, petición o arrepentimiento de algo: "Los antiguos hebreos *sacrificaban* corderos a Dios", "Los guerreros enemigos *eran sacrificados* a los dioses" **2** Imponer a alguien cierta tarea, renuncia o esfuerzo para que merezca algo o para procurarle bienestar a otras personas: *sacrificar jóvenes en la guerra, sacrificarse uno por la justicia* **3** Someter la calidad o el éxito de alguna cosa a disminución en favor de otra que interese más: *sacrificar la belleza por la utilidad, sacrificar un programa de riego por llevar agua a la ciudad* **4** Matar animales en el rastro.

sacrificio s m **1** Ofrecimiento de alguna cosa, generalmente un animal, a la divinidad en señal de homenaje, petición o arrepentimiento de algo: *un sacrifi-*

cio a Huitzilopochtli, hacer sacrificios a los dioses **2** Esfuerzo, pena o trabajo que se impone una persona para conseguir o merecer algo, o para ganar la voluntad o el bienestar de otra: *un sacrificio económico, hacer un sacrificio para ganarse el amor* **3** Matanza de animales en el rastro: *el sacrificio de mil reses.*

sal s f **1** Sustancia blanca, cristalina, muy soluble en agua, que se encuentra en el agua del mar, en minas, manantiales, etc., importante para la vida, muy usada para condimentar o conservar alimentos: *sal de cocina, sal de mesa* **2** Compuesto químico que se forma al sustituirse los átomos de hidrógeno de un ácido por los de alguna sustancia radical básica, como la sal de potasio, de yodo, etc. **3** Gracia, ingenio o alegría con la que actúa alguien o que tiene alguna cosa: *una bailarina con mucha sal, un cuento con mucha sal* **4** *Echarle a alguien la sal* Provocar que alguien tenga mala suerte.

sala s f **1** Habitación grande de una casa en donde se reciben visitas, y muebles que se usan en ella: *pasar a la sala, muebles de sala, comprar una sala* **2** Espacio amplio y principal de un edificio en el que se realizan reuniones y otros actos: *sala de conferencias, sala de conciertos, sala de cine* **3** Habitación amplia destinada a alguna actividad particular: *sala de operaciones, sala de espera, sala de documentos* **4** Habitación en donde se reúne un tribunal de justicia para celebrar audiencias y despachar los asuntos que le corresponden, y conjunto de magistrados o jueces que resuelven cierta clase de asuntos: *sala de lo civil, sala de apelación, quinta sala.*

salario s m 1 Cantidad fija de dinero que recibe regularmente una persona, generalmente un obrero, a cambio de su trabajo: *aumento de salario, salario de un trabajador, salario de un jardinero, salario mínimo.*

salida s f 1 Acto de salir: *la salida de la Luna, la salida de Toluca hacia Zitácuaro, la salida de la escuela, una salida al cine, una salida de la vía* 2 Momento en que se sale de algún lugar: *la salida de la fábrica, la salida de un cine* 3 Momento en que un medio de transporte sale hacia su destino: *la salida del tren, la salida de un vuelo* 4 Lugar por donde se sale de algún edificio, alguna ciudad, etc.: *la salida de emergencia, la salida de la ciudad de Colima* 5 Paseo que realizan varias personas: *una salida al campo, una salida al mar* 6 Solución que se encuentra o se ofrece para algo: "No hay otra *salida* que enfrentar el problema" 7 Dicho ingenioso, sorpresivo y adecuado a la situación, que expresa alguien: "Nos hace reír mucho con sus *salidas*".

salir v intr (Modelo de conjugación 8) 1 Pasar algo o alguien de la parte interior de algo a la exterior, o de adentro hacia afuera: *salir de la casa, salir del autobús, salir de una cueva, salir del mar* 2 Partir algo o alguien de un lugar para llegar a otro: *salir de México a Panamá, salir de Juchitán a Tehuantepec* 3 Dejar de asistir a algún lugar en donde se ha pasado cierto tiempo o dejar de realizar cierta actividad a la que se ha dedicado algún tiempo: *salir de secundaria, salir del trabajo, salir de la oficina, salir de la cárcel, salir del comercio, salir del mercado* 4 Ir alguien a divertirse o a pasar algo de tiempo en actividades diferentes de las cotidianas: "Hace mucho que no *salimos*", *salir al teatro, invitar a salir* 5 Dejar de sufrir alguna molestia o de tener alguna dificultad o preocupación: *salir de una enfermedad, salir de un peligro, salir de un apuro, salir de deudas* 6 Representar alguien cierto papel en una obra de teatro, cine o televisión: *salir de Melibea, salir de agente secreto* 7 Llegar la corriente de un río o la circulación de alguna cosa a cierto punto de otra: "La avenida Juárez *sale* a la plaza", "El río Tula *sale* al Pánuco" 8 Dejarse ver o manifestarse algo en cierto momento o en cierto punto: *salir el Sol, salir un grano, salir el pelo, salir una noticia* 9 Brotar algo de alguna cosa: *salir hojas, salir frutos* 10 Tener algo su origen en otra cosa: "La idea *sale* de la experiencia", "Todos *salimos* de los mismos antepasados" 11 Parecerse una persona a alguno de sus ascendientes: "*Salió* a su padre", "En los ojos *salió* a su tía" 12 Resultar algo de una operación o como efecto de otra cosa: *salir las cuentas, salir bien* *los exámenes, salir muy sabrosa la comida, salir electo un diputado, salir un premio* **13** Manifestarse una característica de alguien en cierto momento: "Le *salió* lo travieso al niño", "Le *salió* el genio a la maestra" **14** Decir alguien algo de pronto y a veces sin consecuencia con lo dicho anteriormente: "Ya *salió* con sus tonterías", "Me *sale* con que no quiere estudiar, después de diez años de escuela" **15** Ofrecerse cierta oportunidad o cierto asunto a alguien de pronto e inesperadamente: "Le *salió* un viaje", "Nos *salió* trabajo" **16** Costar algo cierta cantidad de dinero: "¿A cómo *sale* esta tela?", "Me *sale* caro pagar tanta comida" **17** prnl Dejar algo o alguien de seguir cierto comportamiento, cierta línea de acción o de funcionamiento o cierto cauce: *salirse del tema, salirse de la norma, salirse del carril, salirse de madre un río* **18** prnl Pasar un líquido los límites de lo que lo contiene, o tener lo que lo contiene alguna fuga por donde se pasa el líquido: *salirse el agua del tanque*, "Esta botella *se sale*" **19** Deshacerse uno de algo que le estorba: *salir de un mal negocio.*

salón s m **1** Habitación de una casa o de un edificio, de mayor tamaño que la sala, destinada a diferentes finalidades: *salón de clases, los salones de palacio, salón de actos, salón de fiestas, salón de baile* **2** *Salón de belleza* Establecimiento comercial en el que se dan tratamientos a la piel, el pelo, las uñas, etc. de las mujeres.

salsa s f **1** Mezcla de sustancias comestibles que se prepara para condimentar ciertos platillos: *salsa de chile pasilla, salsa mexicana, salsa blanca.*

saltar v intr (Se conjuga como *amar*) **1** Levantarse con fuerza y ligereza del suelo una persona o un animal para caer en el mismo lugar o en otro diferente: *saltar mucho, saltar a tierra, saltar al agua, saltar sobre su presa* **2** Echarse o tirarse una persona o un animal desde cierta altura, en general para caer de pie: *saltar en paracaídas, saltar de un tren, saltar de un árbol* **3** Levantarse alguna cosa del suelo a cierta altura, para caer en el mismo lugar o en otro distinto: *saltar una pelota, saltar una rueda* **4** Salir algo hacia arriba con fuerza y repentinamente: *saltar agua del manantial, saltar lumbre de un cable* **5** Romperse o quebrarse alguna cosa de repente y con fuerza, como efecto de la presión, de un golpe, etc.: *saltar chispas, saltar en pedazos un vidrio, saltar un resorte* **6** Desprenderse algo del lugar en que estaba fijo o del que formaba parte: *saltar un adorno de la fachada, saltar un botón, saltar los tornillos de una máquina* **7** tr Pasar por encima de algo sin tocarlo, levantándose con fuerza del lugar en que se estaba, para caer del otro lado: *saltar una barda, saltar obstáculos, saltar una zanja* **8** Pasar algo o alguien de una posición, de un lugar o de una situación a otra, sin tocar o cruzar las posiciones, lugares o situaciones intermedios: *saltarse una cadena el engranaje, saltar de cartero a jefe de oficina postal, saltar de la alegría a la tristeza* **9** prnl Dejar de decir, leer, escribir o copiar parte de algo: *saltarse un tema, saltarse un párrafo* **10** Levantarse de un lugar brusca y repentinamente: *saltar de la cama, saltar de la silla* **11** Manifestar un sentimiento levantándose una o varias veces, brusca y repentinamente de donde uno está: *saltar de gusto, saltar de contento, saltar del susto* **12** Hacerse notar algo o alguien entre los de su misma especie: *saltar a la vista, saltar al oído*.

salto s m **1** Movimiento mediante el cual el cuerpo se levanta del suelo para caer en el mismo lugar, encima de algo, o para pasarlo o atravesarlo: *dar un salto, salto de altura, salto de longitud, salto de obstáculos, un salto desde un trampolín* **2** *De un salto* Dando un salto: *"De un salto subió al escenario"* **3** *Salto mortal* Salto en el cual el cuerpo da una vuelta completa en el aire antes de volver a caer. **4** Movimiento brusco con el que se cambia la posición del cuerpo: *levantarse de un salto* **5** Movimiento brusco con el que se expresa un sentimiento o emoción fuertes: *daba saltos de alegría, le dio un salto el corazón* **6** Paso o cambio más o menos repentino de una cosa a otra: *un salto en la historia, el salto de lo moderno a lo contemporáneo* **7** Cambio considerable en el valor, la medida, la cantidad de algo: *un salto en los precios, un salto brusco en la temperatura* **8**

Salto de agua Caída de agua donde hay un desnivel grande en el terreno **9** *A salto de mata* De un lugar a otro, sin residencia fija, huyendo: *"Los bandidos andaban a salto de mata"*.

salubridad s f **1** Condición de salud e higiene en que alguien o algo se encuentra: *la salubridad de los alimentos, la salubridad del salón de clase, la salubridad del medio ambiente* **2** Conjunto de los servicios relacionados con la protección y conservación de la salud pública.

salud s f sing **1** Condición del organismo de los seres vivos, o de alguna de sus partes, en que su vida se desarrolla y funciona normalmente: *tener buena salud, estar delicado de salud, una planta llena de salud* **2** Buen funcionamiento de algo: *la salud de la sociedad, la salud de la economía* **3** interj Expresión con la que se desea bienestar a alguien después de que estornuda, y con la que se brinda: *"¡Salud por tu éxito!"*.

salvación s f Acto de salvar o de salvarse: *la salvación de los heridos, el equipo de salvación, la salvación del alma*.

salvar v tr (Se conjuga como *amar*) **1** Lograr que algo o alguien no sufra un daño, no caiga en un peligro, no corra un riesgo o no muera: *salvar de un accidente, salvar de una trampa, salvar de una caída* **2** prnl Entre los cristianos, ir al cielo cuando mueren **3** Evitar una dificultad, un riesgo o un obstáculo: *salvar una situación difícil, salvar la barrera, salvar las trincheras enemigas* **4** Cruzar algo dejándolo atrás o hacerlo en cierto tiempo: *salvar la sierra, salvar el mar, salvar la cordillera en tres días*.

salvo[1] prep y adv **1** Con o a excepción de, excluyendo a, sin incluir a, fuera de: "Todos los maestros vinieron, *salvo* dos", "Hace de todo, *salvo* cocinar", "Asistieron todos, *salvo* su papá", "*Salvo* raras excepciones, a todos los niños les gusta el agua", "Todos se fueron de vacaciones, *salvo* yo" **2** *Salvo que* A menos que: "Allí estaré a primera hora, *salvo que* no quieras que vaya".

salvo[2] adj **1** Que se ha salvado o escapado de un peligro, que no ha sufrido daño: "Lo encontraron sano y salvo" **2** *A salvo* Fuera de peligro: "Poner *a salvo* las provisiones", "Estar *a salvo* de las envidias".

san adj m sing Apócope de santo: *San Andrés, San Martín, San Felipe*.

sangre s f **1** Líquido más o menos espeso, de color rojo, que circula por las venas y arterias del cuerpo del hombre y de algunos animales **2** Parentesco, familia o raza: "Un hombre de sangre mestiza", "Desprecia a los de su misma sangre" **3** *Ser de sangre azul* Para algunas personas de otros tiempos, ser de ascendencia noble o aristocrática **4** *Traer, llevar algo en la sangre* Tener alguna característica muy profunda por naturaleza o por herencia: "*Trae en la sangre* la pasión por la pintura" **5** *Subírsele a uno la sangre a la cabeza* Perder la calma, enojarse uno al grado de perder el control

6 *Hervirle a uno la sangre* Estar uno muy enojado **7** *Helársele a uno la sangre* Tener uno mucho miedo **8** *Irsele a uno la sangre a los pies* Asustarse mucho, horrorizarse **9** *Sangre fría* Calma y tranquilidad que no se pierde fácilmente; capacidad de hacer cualquier cosa sin remordimiento: "Me asombra su *sangre fría*" **10** *A sangre fría* En forma premeditada; sin ninguna compasión: *asesinato a sangre fría* **11** *A sangre y fuego* Con violencia, destruyéndolo todo: *conquistar un pueblo a sangre y fuego* **12** *Beberle o chuparle la sangre a otro* Hacerle pasar malos ratos y muchos corajes **13** *Sudar sangre* Pasar uno muchos trabajos y penalidades **14** *Hacerse uno mala sangre* Preocuparse o atormentarse de antemano por algo que puede suceder **15** *Sangre ligera* Persona simpática **16** *Sangre pesada* Persona antipática **17** *Tener sangre de horchata, de atole* Ser una persona calmada que no se altera fácilmente.

sanguíneo adj **1** Que pertenece a la sangre o a su circulación, o que se relaciona con ellas: *vaso sanguíneo, presión sanguínea* **2** *Grupo sanguíneo* Cada uno de los diferentes tipos en que se ha clasificado la sangre humana de acuerdo con la posibilidad de que la de un individuo sea compatible con la de otro.

sano adj **1** Que tiene buena salud; que no está enfermo: *niños fuertes y sanos* **2** *Sano y salvo* Sin haber sufrido ningún daño: "Llegó *sano y salvo*" **3** Que está en buen estado; que no está echado a perder ni dañado: *madera sana, manzana sana, dientes sanos, un plato sano* **4** Que es bueno para la salud física y mental: *un clima sano, alimentación sana, lecturas sanas, vida sana* **5** Sin vicios, sin perversión ni malicia: *sana intención, actitud sana, un consejo sano, una política sana* **6** *Cortar por lo sano* Poner fin en forma rápida a algún asunto que causa problemas o preocupaciones.

santo adj **1** Que es perfecto y libre de todo pecado, según el cristianismo **2** adj y s Que, según la iglesia cristiana, ha alcanzado la perfección y la salvación en Dios: *santo Tomás, santa Cecilia,* "Ese hombre ha sido declarado *santo*" **3** Que pertenece a Dios o a algo sagrado, o se relaciona con ello: *la santa iglesia, un lugar santo, los santos evangelios* **4** Que sigue cuidadosamente los mandamientos religiosos y lleva una vida ejemplar: *una mujer santa, una persona santa* **5** Cada uno de los seis días de la semana entre el domingo de Ramos y el de Pascua: *lunes santo, jueves santo* **6** s m Día en que se celebra a la persona que ha alcanzado la perfección y la salvación, cuyo nombre lleva otra persona: "Hoy por ser día de tu *santo*, te las cantamos así", "Un regalo por tu *santo*" **7** *No ser algo o alguien santo de la devoción de uno* No sentir simpatía o aprecio por algo o alguien **8** *Irsele a uno el santo al cielo* Distraerse de algo **9** *A santo de* Con motivo de: "¿A *santo* de qué tengo que darle dinero?" **10** *Santo y seña* Palabra

o expresión que debe decir alguien para que se le reconozca y se le admita en algo, particularmente los soldados en la noche, cuando hacen guardia **11** Seguido de ciertos sustantivos, enfatiza su significado: *mi santa voluntad, santo remedio,* "Lo esperé toda la *santa* tarde".

satisfacción s f **1** Acto de satisfacer: *la satisfacción del hambre, la satisfacción del deseo* **2** Sensación placentera que resulta del satisfecho o la necesidad cumplidos: *una satisfacción profunda, llenarse de satisfacción.*

satisfacer v tr (Se conjuga como *hacer,* 10b) **1** Hacer que una necesidad desaparezca o se cumpla un deseo: *satisfacer la sed, satisfacer un capricho* **2** Cumplir algo o alguien los requisitos o las condiciones de algo: *satisfacer los cálculos, satisfacer los términos de un contrato* **3** Pagar lo que se debe por algo: *satisfacer una deuda* **4** Dar alguien las explicaciones y excusas necesarias a otra persona para borrar una ofensa.

se[1] Pronombre de tercera persona, masculino y femenino, singular y plural. Indica objeto indirecto y sólo se usa cuando hay un pronombre de objeto directo combinado con él; si no, es *le.* Por ejemplo: *se lo dio, se los dio, se lo gritó.*

se[2] Forma reflexiva y recíproca del pronombre de tercera persona, masculino y femenino, singular y plural **1** Indica que el sujeto de la oración es el mismo que recibe la acción del verbo y por ello funciona bien como objeto directo: "El niño *se* baña",

"La maestra *se* disfrazó de payaso", o bien como objeto indirecto: "Las muchachas *se* lavaron las manos", "El señor *se* puso el sombrero" **2** Indica que la acción del verbo es hecha y recibida por las dos o más personas o cosas que forman el sujeto: "Mi padre y el arriero *se* saludaban todas las mañanas", "Los hermanos *se* peleaban a diario" **3** Indica que el sujeto de la oración recibe la acción del verbo, pero no la ejecuta: "La casa *se* cayó", "La puerta *se* abrió", "El vidrio *se* rompió", "El nadador *se* ahogó" **4** Enfatiza la participación del sujeto en la acción del verbo (y se podrían hacer oraciones sin él): "La señora *se* bebió el café", "Los turistas *se* subieron a la pirámide" **5** Añade cierto matiz de costumbre a ciertos verbos intransitivos que significan movimiento o desarrollo de algo: "Mi primo *se* dormía en clase de historia", "Aquí los sábados *se* va a la plaza" **6** Forma oraciones pasivas, generalmente sin agente expreso: "*Se* rentan departamentos", "La caña *se* cultiva en Veracruz" **7** Forma oraciones en que el sujeto es impersonal: "*Se* dice que habrá guerra", "*Se* avisa al público que no habrá función" **8** Forma parte obligatoriamente de la conjugación de verbos pronominales como *arrepentirse*, *dignarse*, etc.

secar v tr (Se conjuga como *amar*) **1** Dejar o quedarse algo sin humedad o sin agua: *secar la ropa*, *secar los platos*, *secarse el pelo*, *secarse la tierra*, *secarse un río* **2** prnl Perder una planta su

savia y dejar por ello de florecer y vivir.

sección s f **1** Corte que se hace en un cuerpo sólido, generalmente en sentido transversal al de la dirección de su fibra: *una sección de un tallo, una sección de un hueso* **2** (*Geom*) Figura que resulta de la intersección de un plano con otro o, con un cuerpo: *sección horizontal de una máquina, sección vertical de un edificio* **3** Cada una de las partes en las que se divide un todo o un conjunto: *sección de una oficina, sección de una universidad, sección de un libro* **4** (*Mil*) Cada uno de los tres grupos en que se divide una compañía de soldados, formados a su vez por tres pelotones, y dirigidos por un teniente.

seco adj **1** Que carece de agua o tiene poca agua o humedad: *tierra seca, clima seco, viento seco, un arroyo seco, fruta seca* **2** Que perdió su savia y por ello ha dejado de vivir: *una planta seca, hojas secas* **3** s f pl Temporada en la que no llueve; en México, por lo general, entre noviembre y abril **4** Que carece de gracia, de adornos, de riqueza de expresión, de ingenio, etc.: *un estilo seco, una expresión seca, una mujer seca* **5** Que es poco cariñoso, demasiado serio y cortante en su trato: *un director seco, un joven muy seco* **6** Que es ronco, áspero y sordo: *una tos seca* **7** *Golpe seco* El que es fuerte, rápido, preciso y sin resonancia **8** *Vino seco* El que no contiene azúcar **9** *A secas* Simplemente, sin adornos ni rodeos, sin nada más: "Y me dijo que no me quedaría; así, *a secas*" 10 *En seco* De pronto, bruscamente, sin rodeos: "Lo tuve que parar *en seco* pues estaba tomándose más atribuciones que las permitidas".

secretaría s f 1 Cargo de secretario 2 Oficina en cualquier establecimiento o institución, generalmente público, que se encarga de los asuntos administrativos y donde trabaja el secretario: *secretaría de Hacienda, secretaría de la escuela, secretaría del hospital.*

secretario s 1 Persona encargada de cumplir las órdenes, tomar dictado, escribir correspondencia, llevar los archivos, etc. de un empleado superior en una oficina: *secretaria taquígrafa, secretaria bilingüe, secretaria ejecutiva* 2 Persona encargada de establecer correspondencia con otras personas, redactar actas, dar fe de acuerdos y registros, etc. de una asociación, sindicato, etc.: *secretario de actas, secretario de organización* 3 *Secretario de Estado* Persona nombrada por el jefe de Estado de una nación para que se encargue de ejecutar los acuerdos correspondientes a cierta rama de la administración pública: *secretario de gobernación, secretario de agricultura* 4 *Secretario particular* El que se encarga de los asuntos particulares de su jefe y no de los que pertenecen a su cargo o autoridad.

sector s m 1 (*Geom*) Parte del círculo comprendida entre dos radios y el arco que delimitan 2 Cada una de las partes de una sociedad o de una agrupación, tomadas por personas de la misma actividad, de la misma posición política, etc.: *sector campesino, sector progresista, sector público* 3 Cada una de las partes en que se divide cierto conjunto con el fin de revisarlo, vigilarlo, administrarlo, etc.: *sector norte de la ciudad, sector de máquinas, sector militar.*

secundario adj 1 Que es o que está en segundo lugar, que no es fundamental, que es menos importante: *personajes secundarios, caracteres sexuales secundarios* 2 s f Conjunto de estudios que se realizan después de los elementales y antes de la preparatoria o bachillerato "Acabo de terminar la *secundaria*" 3 s f Lugar o edificio en donde se realizan estos estudios: "Íbamos a la *secundaria* pero hubo un accidente y no pudimos llegar."

seguir v tr (Se conjuga como *medir*, 3a) 1 Ir detrás de algo o de alguien recorriendo el mismo camino: "Para no perderme *seguí* a mi hermano hasta aquí" 2 Ir detrás de algo o alguien para atraparlo, detenerlo o vigilarlo: *seguir a una persona, seguir la presa, seguir a un ladrón* 3 intr Estar una casa junto a otra o después de ella: "La casa que *sigue* es la de mi hermano", "Lea usted el párrafo que *sigue*" 4 Ir en una dirección determinada o recorrer el camino o trayectoria de algo: *seguir el río, seguir la calle, seguir sus pasos* 5 Dejarse llevar por algo: "Sólo *sigue* sus ideas y sus instintos" 6 Pensar o actuar de acuerdo con las ideas de alguien o apoyarse en ellas: "En este párrafo el autor *sigue* a un filósofo alemán" **7** Permanecer atento y entender en su desarrollo algo como un negocio, una conferencia, un discurso, una ceremonia, etc. *seguir el hilo de la conversación, seguir un debate* **8** Mantenerse enterado o al corriente de los cambios o evoluciones de algo: *seguir una intriga, seguir una noticia* **9** Mantener algo evitando que se interrumpa o se corte; estar todavía haciendo lo mismo o en el mismo estado: *seguir el ritmo, seguir enfermo, seguir en un lugar* **10** Volver a hacer algo que se ha interrumpido momentáneamente: "En cuanto tengan dinero *seguirán* las obras" **11** "Llevar, cursar o asistir regularmente a algún tipo de enseñanza: *seguir una carrera, seguir una clase, seguir un curso* **12** prnl Ser consecuencia una cosa de la otra: "De tu afirmación *se sigue* que vas a dejar de estudiar".

según prep y adv **1** De acuerdo con, conforme a, de igual o similar manera que: "Actuamos *según* sus instrucciones", "*Según* vea las cosas, decidiré qué hacer", "Procedamos *según* la Ley" **2** De acuerdo con cierto autor o con cierto escrito, sobre la base de: "El evangelio *según* San Marcos", "La política *según* Platón" **3** Tan pronto como, al mismo tiempo que: "Guardaban los costales *según* iban saliendo del camión."

segundo adj **1** Que es o que está inmediatamente después de lo primero en orden, en el tiempo o en el espacio: *segundo*

lugar, segunda mesa, segunda edición **2** Cada una de las sesenta partes en que se divide un minuto.

seguridad s f **1** Condición o estado de algo o de alguien de estar libre de peligro, daño, pérdida o falla: *la seguridad de un edificio, la seguridad de un puente, la seguridad de un ciudadano, la seguridad de un avión* **2** Situación del ánimo de una persona por la que tiene firmeza, certeza y confianza en lo que hace y en lo que dice: *la seguridad de sus afirmaciones, la seguridad de un chofer, la seguridad de un funcionario* **3** Circunstancia de que algo pueda efectivamente suceder o realizarse: *la seguridad de un fenómeno atmosférico, la seguridad de una cita* **4** De seguridad Que impide o quita peligro o fuerza a algún daño o accidente: *cinturón de seguridad, fusible de seguridad* **5** Seguridad social Organización pública que ofrece a los trabajadores inscritos en ella servicios médicos, cuidado y alojamiento a los ancianos, ayuda a los hijos de los derecho-habientes, pensiones a los jubilados, etc., a cambio de una cuota proporcional a la capacidad económica de cada asegurado.

seguro adj **1** Que es o que está libre de todo peligro, daño, pérdida o falla: *una casa segura, un refugio seguro, una máquina segura, una inversión segura* **2** Que es firme, constante, invariable: *una pared segura, una decisión segura, un proyecto seguro, una sustancia segura* **3**

Que tiene certeza y confianza en sus afirmaciones y actitudes, que sabe lo que hace y dice: *un hombre seco, un maestro muy seguro, una mujer segura de sí misma* **4** adv De manera cierta o verdadera, sin duda: "*Seguro voy a la fiesta*", "*Seguro que nos equivocamos* **5** s m Contrato por el cual una compañía dedicada a ello, se compromete a pagar a una persona, a una empresa o institución, o a quien ellos designen, cierta cantidad de dinero por una pérdida o un daño que puedan suceder, a cambio del pago de una cuota proporcional al valor de lo perdido o dañado, o prima: *seguro de vida, seguro contra incendios, seguro contra accidentes de trabajo* **6** s m Cualquier instrumento que sirva para que el funcionamiento de algún aparato sea regular y no falle: *seguro de un arma, seguro eléctrico* **7** s m Alfiler doblado, cuya punta se encaja en una entrada que impide que se suelte y pueda hacer daño: *poner un seguro al pañal del niño* **8** *A buen seguro, de seguro* Ciertamente, con seguridad: "*De seguro encuentro a mis amigos en la plaza*" **9** *Sobre seguro* Sin riesgo ni peligro: *trabajar sobre seguro, decidir sobre seguro*.

selección s f **1** Acto de separar, tomar o escoger de un conjunto de personas o de cosas, las que se consideren mejores de acuerdo con cierto criterio: *la selección de los estudiantes, una selección de canciones, una selección de libros infantiles* **2** *Selección natural* Elemento de la teoría de la evolución de Carlos Darwin que, de acuerdo con ella, es el que provoca el cambio de las características de una especie hacia la sobrevivencia de sus individuos mejor adaptados al medio y con mayor capacidad para defenderse de las enfermedades, de otras especies enemigas, etc.

seleccionar v tr (Se conjuga como *amar*) Separar o escoger entre un conjunto de cosas o elementos que se consideren mejores con arreglo a cierto criterio: *seleccionar alumnos, seleccionar deportistas, seleccionar animales, seleccionar libros*.

semana s f **1** Conjunto de siete días consecutivos, medido bien de domingo a sábado, o bien de lunes a domingo **2** Cualquier conjunto de esos siete días: "*El miércoles hará una semana que vi a mi abuelo*" **3** *Fin de semana* Días sábado y domingo, en los que algunas personas no asisten a su lugar de trabajo y se dedican a descansar y a sus ocupaciones personales **4** *Entre semana* En cualquier día que no sea sábado o domingo: *trabajar bien entre semana* **5** *Semana inglesa* Periodo de ocho horas de trabajo de lunes a viernes, y cuatro horas (sólo la mañana), el sábado **6** *Semana Santa o Mayor* La que celebran los católicos entre el domingo anterior a la Pascua y el domingo de Pascua de Resurrección.

semántica s f Parte de la lingüística y de la lógica que tiene por objeto de estudio el significado de las palabras o de las expresiones lingüísticas.

sembradío s m Terreno que se siembra o que está sembrado: *un sembradío de calabaza.*

sembrado 1 p. p. de *sembrar* 2 s m Terreno cultivado: *tener un sembrado de papas.*

sembrar v tr (Se conjuga como *despertar*, 2a) 1 Poner semillas de alguna planta o repartirlas en cierta cantidad y orden en la tierra que se va a cultivar: *sembrar maíz, sembrar alcachofas* 2 Poner los elementos, dar lugar y facilitar la formación, el crecimiento o la difusión de algo: *sembrar conocimientos, sembrar lealtad, sembrar discordia, sembrar miedo* 3 Repartir alguna cosa con abundancia: *sembrar de flores el camino, sembrar de confeti las calles.*

semilla s f 1 Parte de la planta que se encuentra en el interior del fruto y que, una vez fecundada, puesta en la tierra o en condiciones adecuadas, germina y produce una nueva planta de la misma especie 2 Conjunto de estas partes, que se siembra en un terreno: *echar semilla, guardar semilla* 3 Causa u origen de algo: *una semilla de esperanza, una semilla de una gran obra.*

sencillo adj 1 Que es natural y no tiene complejidad: *una planta sencilla, una persona sencilla, un trabajo sencillo* 2 Que se hace o se presenta tal como es, en su forma original, sin adornos ni complicaciones: *una obra sencilla, un edificio sencillo, un estilo sencillo* 3 Que está constituido por uno solo de los elementos que pueden formarlo, que corresponde a un solo elemento o a una sola per-

sona: *una cama sencilla, un tallo sencillo* 4 Que no ofrece dificultad: *un asunto sencillo, un trabajo sencillo.*

sentar v tr (Se conjuga como *despertar*, 2a) 1 Poner a alguien de manera que se apoye sobre sus nalgas en una silla o cualquier otra cosa que sirva de asiento: *sentar al niño en su silla, sentar al enfermo, sentarse en una silla* 2 Colocar alguna cosa sobre otra o al lado de otra, de manera que queden bien apoyadas entre sí, o una en otra: *sentar un muro, sentar una viga* 3 *Sentarse a la mesa* Ponerse una persona enfrente de una mesa y sentado en una silla para comenzar a comer o a discutir algún asunto 4 Hacer que algo sirva como punto de apoyo o de partida para alguna cosa o considerarlo como tal: *sentar las bases, sentar precedentes* 5 Producir alguna cosa cierto efecto en una persona, en su organismo o en su apariencia: "Me *sentó* bien el descanso", "Al niño le *sienta* mal el jugo de naranja", "A Alejandra le *sienta* muy bien el vestido negro" 6 *Sentar cabeza* Llegar alguien a una situación estable y segura, económica y emocionalmente.

sentido 1 adj Que manifiesta o explica un sentimiento: *un discurso muy sentido, un sentido pésame* 2 adj Que se ofende muy fácilmente: *una mujer muy sentida* 3 sm Cada una de las capacidades que tienen los seres humanos y los animales de percibir acontecimientos y estímulos físicos: *sentido de la vista, sentido del oído, sentido del* *tacto* **4** Capacidad de los seres humanos para percibir, comprender, apreciar y razonar alguna cosa, o de los animales para percibir o apreciar algo: *sentido de orientación, sentido musical* **5** *Perder el sentido* Desmayarse **6** *Poner uno sus cinco sentidos en algo o en alguien* Ponerle toda la atención, cuidado y concentración de que se es capaz **7** *Estar alguien en sus cinco sentidos* Tener conciencia de sí mismo, estar despierto **8** Comprensión que tiene alguien de lo que otra persona quiere comunicarle, de lo que él mismo intenta manifestar o de lo que vale, importa, señala o se propone algún escrito, alguna conversación, alguna acción o algún acontecimiento: "¿Cuál es el *sentido* de lo que dices?", "El *sentido* de una afirmación es que interesa más explicarse con claridad que hacerlo elegantemente", "El *sentido* del esfuerzo humano es la superación de sus propias limitaciones", "No sé qué *sentido* tenga pelearse dos países por una isla miserable" **9** Cada una de las maneras en las que se pueden interpretar las palabras de alguien: "La justicia, en su *sentido* de valor moral. . .", "Ese dicho tiene dos *sentidos*" **10** *Sentido común* Comprensión general y regular que se supone tienen todas las personas acerca de las cosas **11** Modo de apreciar la dirección de una línea o de un movimiento desde cada uno de sus extremos: *el sentido de una calle, el sentido de un vector.*

sentimiento s m **1** Estado mental producido por la percepción de alguna cosa alegre, triste, tierna, molesta, etc. en la persona que la experimenta: *un sentimiento de dolor, un sentimiento de entusiasmo, un sentimiento de compasión, un sentimiento de amor* **2** Capacidad que tiene alguien para manifestar esos estados mentales: *cantar con sentimiento, hablar con sentimiento.*

sentir[1] v tr (Modelo de conjugación 9a) **1** Percibir algo por medio de los sentidos y experimentar el efecto que causa en el cuerpo y en la mente de uno: *sentir frío, sentir hambre, sentir miedo, sentir la proximidad de una persona, sentir celos, sentir una gran pasión* **2** prnl Tener uno la sensación o la idea de algo que le sucede o le afecta: *sentirse enfermo, sentirse mal, sentirse responsable, sentirse libre* **3** Tener por triste o doloroso algún acontecimiento: *sentir la muerte de un familiar* **4** Tener cierta opinión a partir del modo en que ha percibido y experimentado uno algo: "Lo digo como lo *siento*", "*Siento* que el problema es diferente" **5** prnl Ofenderse uno por lo que otra persona le ha dicho o hecho: "*Me sentí* con él por no invitarme a su fiesta" **6** Percibir con anticipación algunos animales algún acontecimiento: "Los perros se pusieron a ladrar cuando *sintieron* que temblaría" **7** prnl Debilitarse alguna cosa por efecto de alguna fuerza excesiva o algún golpe: *sentirse una pared, sentirse un hueso.*

sentir[2] s m Opinión que se

forma alguien de algo según el modo en que lo percibe y experimenta: "Explicó su *sentir* en lo que respecta a la ayuda que se les da a los huérfanos".

señal s f 1 Marca que se pone en alguna cosa para separarla o distinguirla de otras: *una señal en un árbol, las señales de un terreno, una señal en un libro* 2 Indicación o aviso de algún acontecimiento, que se interpreta como tal en ciertos fenómenos naturales o en ciertas características de las cosas a partir de las experiencias comunes de los miembros de una comunidad y una cultura: "Cuando vi el cielo gris, pensé que era *señal* de tormenta", "Los aztecas creían que los eclipses eran *señal* de daño para las mujeres embarazadas", "Apareció el cometa y lo vieron como *señal* de catástrofe" 3 Cualquier trazo, dibujo, representación o gesto que se conviene como indicación de otra cosa: *señales de tránsito, la señal de la cruz, la señal para comenzar una carrera* 4 Marca, indicio o huella que queda de algún acontecimiento, y que permite conocer sus características: *una señal en la cara, señales de una erupción volcánica* 5 Cada uno de los estímulos eléctricos, luminosos, de radio, etc. y el conjunto de todos ellos, con los que se envía un mensaje cifrado o codificado: *señales de radar, señales de televisión, señales Morse* 6 Cantidad que se da como anticipo del pago de una cosa, para garantizar la operación de compraventa.

señalar v tr (Se conjuga como *amar*) 1 Poner o colocar en algo una marca o cualquier otra cosa que sirva para hacerlo notar o distinguirlo: "Para no perder la página del libro, la *señalé* con un doblez", "Para poder estudiar la migración de algunos animales, los *señalan* con una cinta en la oreja" 2 Mostrar o indicar con el dedo o de otra manera algo o a alguien: "Como había mucha gente lo *señaló* para que pudiera verlo" 3 Ser algo señal de otra cosa: "Las golondrinas *señalan* el verano" 4 Llamar la atención hacia algo o subrayarlo: "Debemos *señalar* la importancia de este trabajo" 5 prnl Destacarse una persona o hacer que algo destaque: "*Se ha señalado* por sus servicios a la Nación" 6 Determinar o fijar algo como un plazo, una obligación, etc.: "Acabo de entrar y aún no me *señalan* mis obligaciones", "Hay que *señalar* la fecha del examen."

señor s 1 Persona adulta: "Ese *señor* me dijo que viniera aquí", "Había una *señora* que no dejaba de hablar" 2 Tratamiento de cortesía que se da a cualquier hombre o mujer adulto 3 Dueño de una cosa o que tiene poder o dominio sobre algo o alguien: "El rey es mi *señor*", "La *señora* de la casa no está" 4 adj (Siempre antepuesto al sustantivo) Que es grande, muy bueno o de mucha calidad: "Tienen una *señora* casa", "Es un *señor* cantante" 5 *Ser alguien todo un señor* Ser una persona que inspira respeto y estimación, generalmente por su personalidad fuerte o por su trato amable y distinguido **6** s f Esposa: "Le presento a mi *señora*" **7** Cualquier dios: "Tláloc, *señor* del agua", "*Señor* de Israel."

señorita s f Mujer joven, soltera o virgen.

separación s f **1** Acto de separar: *separación de una pareja, separación de poderes, separación de elementos* **2** Objeto o espacio que impide la unión entre dos o más objetos lugares, etc.: *muro de separación, separación entre dos cosas* **3** *Separación de bienes* Régimen matrimonial en el que cada uno de los esposos conserva la propiedad de sus bienes personales y ninguno de los dos tiene derecho a disponer de los bienes del otro.

separar v tr (Se conjuga como *amar*) **1** Tomar elementos de un conjunto o partes de alguna cosa deshaciendo o descomponiendo su unidad: *separar átomos de hidrógeno y oxígeno del agua, separar la plata de las piedras, separar el grano de la paja, separarse dos esposos* **2** Quitar alguna cosa de entre otras para lograr cierto propósito: *separar las terneras de las vacas, separar la fruta buena de la podrida* **3** Alejarse entre sí dos o más cosas o personas, cuyo contacto generalmente es dañino, peligroso, inconveniente, etc.: *separar a los que rodean, separar los cables de electricidad, separar a un enfermo contagioso, separar las sillas de la pared para que no la lastimen* **4** Hacer que alguien deje de desempeñar cierta función o cierto empleo, generalmente por decisión de su superior: *separar al jefe de oficina,* *separarse de una compañía.*

ser[1] v copulativo o predicativo (Modelo de conjugación 18) **1** Afirmar la existencia de algo o de alguien, de su naturaleza o de una parte de ella, o de su identidad: "*Soy* el único habitante de esta casa", "*Somos* mujeres", "*Es* una piedra", "*Son* coyotes, no lobos", "*Son* mis dedos", "Los niños *son* inteligentes", "Esta señora *es* mentirosa", "Mi papá *es* campesino", "Ese señor *era* el mejor médico del pueblo", "La casa *es* de adobe", "Matar *es* delito", "El lunes *es* el primer día de la semana" **2** Formar parte de algo, tener su origen en ello o pertenecer a algo o a alguien: "El joven *es* de la clase vecina", "Mi familia *es* de Córdoba", "El caballo *es* de su hijo", "El libro *era* mío" **3** Considerar o juzgar algo o a alguien de una manera determinada: "*Es* necesario que trabajes", "*Fue* fácil convencerlo", "*Sería* justo que lo premiaras" (En todas las acepciones anteriores, este verbo introduce el *predicado nominal*, cuya función es relacionar al sujeto de la oración con su atributo; el predicado nominal puede formarse con un sustantivo, un adjetivo, un pronombre o una construcción nominal) **4** intr Existir algo o alguien en sí o por sí mismo: "*Ser* o no *ser*", "Dios *es*", "El universo *es*" **5** intr Tener algo o alguien cierta característica, cierta manera de presentarse o cierto objetivo: "Esta camisa es para tu hermano", "La fiesta *es* de niños", "Los pagos *son* a plazos", "La discusión *era* en serio", "La meta *será* aquí", "Tomás no *es* para estos asuntos" **6** intr Suceder algo o efectuarse; "Las carreras *serán* el domingo en el rancho", "La pelea *fue* en ese lugar", "¿Dónde *son* las inscripciones?" **7** intr Valer algo cierta cantidad: "¿A cómo *son* los jitomates?", "¿Cuánto *es*?", "*Son* diez pesos por lasespinaca" **8** intr Servir algo o alguien para alguna cosa, resultar útil para algo: "Esta agua *es* para beber", "El libro *es* para leer" **9** aux Forma oraciones pasivas con el participio de los verbos transitivos: "Ese maestro *es* querido por todos sus alumnos", "Las calificaciones *serán* entregadas por el director" **10** Destaca cualquier función de la oración a la que se anteponga: "*Fue* el clima lo que dañó la cosecha", "Así *es* como se hace el mole" **11** *Ser de* Tener algo o alguien alguna característica o valor particular: "*Es de* ver cómo se prepara el atleta", "Tanta riqueza no *es de* creerse" **12** *A no ser que* A menos que: "Llegaré a tiempo, *a no ser que* pierda el camión" **13** *De no ser por* De no haber actuado, ayudado, contribuido, etc.: "*De no ser por* tu ayuda, habría reprobado el examen" **14** *Es decir, o sea, esto es* Lo que es lo mismo o significa lo mismo "Los vertebrados, *es decir*, los animales que tienen columna vertebral" **15** *Como sea, cuando sea, donde sea* De cualquier manera, en cualquier momento, en cualquier lugar: "Termínalo *como sea, cuando sea* y *donde sea*".

ser[2] s m **1** Lo que tiene existencia en sí mismo, se comprenda como objeto real, efectivo, con una naturaleza y características que le pertenezcan o se le atribuya alguna de ellas: *los seres vivos, seres imaginarios, un ser dotado de razón, un ser acuático* **2** Naturaleza de alguien y conciencia que tiene de ello: "Lo creo desde lo más profundo de mi *ser*", "Tiene un *ser* muy resistente, vigoroso y prudente" **3** *Ser humano* Cada uno de los individuos de la especie humana **4** Carácter esencial, fundamental de algo o de alguien, o valor e importancia que tiene: *el ser de lo mexicano, el ser de la lengua, el ser de una idea.*

serie s f **1** Conjunto de cosas relacionadas entre sí o con ciertas características comunes, que están puestas, aparecen o suceden una tras otra: *una serie de edificios públicos, una serie de fenómenos, una serie de notas musicales, una serie de preguntas* **2** (*Mat*) Sucesión de cantidades que se derivan unas de otras según una ley determinada: *serie estadística, serie cronológica* **3** *En serie* Uno tras otro: *producción en serie, dificultades en serie* **4** *Fuera de serie* Poco común, extraordinario: *un científico fuera de serie.*

seriedad s f **1** Actitud de reflexión, responsabilidad, rigor o atención que manifiesta una persona: *hablar con seriedad, la seriedad de un periodista* **2** Actitud de rigidez para manifestar alguien sus sentimientos, tomar las cosas con buen humor, etc: *la seriedad de un hombre* **3** Circunstancia de ser algo cierto, real, verdadero y por ello importante y de cuidado: *la seriedad de la situación económica, la seriedad de un asunto oficial.*

serio adj 1 Que actúa o se comporta con cuidado, reflexión, responsabilidad, rigor y atención: *un hombre serio, un médico serio, un chofer serio* 2 Que ríe poco, tiene poco humor o manifiesta poco sus sentimientos: "Tiene un marido muy *serio*, por eso no la invitamos" 3 adv Con poco humor, con preocupación, dándole a las cosas cierta importancia: *mirar serio, hablar serio, ponerse serio* 4 Que es real, cierto, verdadero y por ello importante y de cuidado: *un descubrimiento serio, una afirmación seria, una enfermedad seria* 5 *En serio* De verdad, sin bromas: *hablar en serio, pensar en serio, trabajar en serio.*

servicio s m 1 Actividad, trabajo o esfuerzo que lleva alguien a cabo cuando está sometido a la voluntad de otra persona que le da órdenes y tiene poder sobre él: "Los esclavos hacían el *servicio* que les mandaban sus amos por más cruel y cansado que fuera" 2 Conjunto de personas que están sometidas a alguien en esa forma: *el servicio del rey, el servicio de una casa* 3 Conjunto de las actividades o los trabajos que desempeña alguien voluntariamente para otra persona, particularmente los que se hacen para la nación o el gobierno, y conjunto de las personas que las realizan: *servicio diplomático, servicio secreto, servicio divino, servicio militar* 4 Trabajo que realiza alguien voluntariamente en favor de otra persona o como contribución a una tarea colectiva: *prestar servicios, hoja de servicios, servicios distinguidos* 5 Conjunto de actividades, equipos, organización y personal que se dedican a satisfacer las necesidades del público: *servicios públicos, servicio telefónico, servicio de limpieza, jefe de servicios, servicio mecánico* 6 *Hacer alguien un servicio* Ayudarlo con algo: "Me hizo un gran *servicio* con las explicaciones que me dio para los exámenes" 7 *En servicio* Preparado para funcionar o funcionando o trabajando en un momento dado: *cochera en servicio, teléfono en servicio* 8 *Al servicio de* Bajo las órdenes de, para satisfacer las necesidades o deseos de: *al servicio de la reina, al servicio de los clientes, al servicio del Estado* 9 Rendimiento, calidad del trabajo y eficacia de algo o de alguien: *un buen servicio, el servicio de una máquina, el servicio de un empleado* 10 *Poner algo en servicio* Ponerlo a trabajar o a funcionar: *poner en servicio un hotel, poner en servicio un coche* 11 Conjunto de platos, tazas, cubiertos, vasos, manteles, etc. que se utilizan para servir comida 12 Lanzamiento de una pelota al jugador contrario en un partido de tenis, volibol, etc.

servir v intr (Se conjuga como *medir*, 3a) 1 Estar alguien en condición de dependencia de la voluntad, el mandato o los deseos de otra persona: *servir al amo, servir al diablo, servir al emperador* 2 Poner alguien su trabajo, su esfuerzo o su capacidad bajo las órdenes de otra persona: *servir a la nación, servir al gobierno, servir a una dama* 3 Estar alguien en actividad en el ejército: *servir en la caballería, servir en la zona militar* 4 Trabajar alguien para el público, a cuyas necesidades se somete: *servir en una oficina de gobierno, servir en un almacén, servir en un restaurante* 5 Poner algún alimento en el plato, el vaso, etc. de una persona: *servir la sopa, servir arroz, servir agua* 6 Ser algo o alguien útil para alguna finalidad: "Sus errores le *sirvieron* para que no le dieran el empleo", "Este puente *servirá* para llegar más pronto" 7 prnl Hacer uso alguien de alguna cosa para cierta finalidad: *servirse de la cuchara, servirse del arado* 8 Estar algo en condiciones de funcionamiento, de uso o de capacidad para algo: *servir un martillo, servir un pantalón* 9 En un partido de tenis, poner en juego la pelota 10 *Para servirle, para servir a usted* Expresión cortés para ofrecer ayuda o atención a alguien.

sexo s m 1 Condición orgánica de los animales y las plantas que divide las funciones de la reproducción entre machos y hembras: *sexo masculino, sexo femenino* 2 Conjunto de hombres o de mujeres: *el sexo fuerte, el sexo débil* 3 Cada uno de los órganos externos de la reproducción: "Se tapó el *sexo* con las manos."

sexual adj Que pertenece a o se relaciona con el sexo: *comportamiento sexual, relación sexual,* *órganos sexuales, moral sexual.*

si conj 1 Introduce la condición, la suposición o la hipótesis en una oración de esas clases: "*Si* estudias, apruebas", "Te lo doy, *si* me prometes cuidarlo", "*Si* lloviera no podré salir de casa", "*Si* mi vista no falla, quien viene es tu hermano", "*Si* los cálculos son correctos, llegaremos en la noche", "*Si* Juan tiene veinticinco manzanas y *si* las quiere repartir a cinco amigos..." 2 Resalta la contradicción existente entre dos acciones o acontecimientos sucesivos: "*Si* ayer me dijiste que no venías ¿Qué haces ahora aquí?", "*Si* yo no lo he visto, ¿Cómo podré señalártelo?" 3 Da mayor énfasis a la expresión de una duda, un deseo o una afirmación: "¿*Si* no me hubiera podido encontrar?", "¡*Si* tú me quisieras!", "¡*Si* ya lo he dicho muchas veces!" 4 Manifiesta la ignorancia de uno con respecto a alguna cosa, o su carácter dudoso e indefinido: "No sé *si* había leído ya este libro", "A ver *si* puedes venir a visitarme" 5 Introduce una oración interrogativa indirecta: "Pregúntale *si* quiere chocolate", "Dile que *si* quiere bailar" 6 Expresa la importancia o el valor que le da uno a algo o a alguien: "Tú sabes *si* soy capaz de eso y de mucho más", "Valiente, *si* los hay" 7 *Como si, que si* Expresa comparación: "Me vio *como si* no me conociera", "Iba por la calle *como si* el mundo le perteneciera", "Había más ruido y gente *que si* fuera cinco de mayo en Puebla" 8 *Por si* Por si acaso, porque tal vez:

"Te lo digo *por si* te interesa" **9** *Si no* De otra manera, en otro caso: "Llega temprano a la plaza, *si no* ya no encontrarás nada" **10** *Si bien* Aunque: "*Si bien* ya lo sabía, es mejor que me lo repitas."

sí[1] **1** Forma reflexiva del pronombre de tercera persona, masculino y femenino, singular y plural, cuando sigue a una preposición: "Lo hizo por *sí* mismo", "Piensa para *sí*", "Está fuera de *sí*", "Volvió en *sí*" (Cuando se utiliza la preposición *con*, es *consigo*) **2** *De por sí* Por sí solo, sin tomar en cuenta otra cosa: "Entender otro idioma ya es *de por sí* difícil."

sí[2] adv **1** Manifiesta una respuesta afirmativa a una pregunta: "¿Te gusta el limón? –*Sí*", "¿Quieres venir conmigo? –*Sí*" **2** Da énfasis a una afirmación: "Ella *sí* quiere ir de paseo", "Esto *sí* que me gusta", "Ahora *sí* lo logré" **3** s m Permiso o aceptación: "Hay que conseguir el *sí* del director" **4** *Dar el sí* Conceder algo o permitirlo, particularmente una mujer al hombre que le propone noviazgo o matrimonio **5** *Porque sí* Sin causa justificada, por capricho: "Vine *porque sí*", "¿Por qué le pegaste? –*Porque sí*."

siembra s f **1** Acto de sembrar: *la siembra del algodón*, *la siembra del trigo* **2** Tiempo en que se efectúa ese acto: *llegar las siembras* **3** Campo sembrado con alguna planta particular: *regar la siembra*.

siempre adv **1** En todo tiempo o en cualquier momento; constantemente: "*Siempre* hace calor en Villahermosa", "*Siempre* viene", "Trabaja *siempre*" **2** Cada vez: "*Siempre* que te llaman te escondes", "*Siempre* podré ayudarte, cuando me lo pidas" **3** *De siempre* Que se acostumbre, acostumbrado, usual: "La clase comienza a la hora *de siempre*", "Vendrán los amigos *de siempre*" **4** *Desde siempre* Desde que uno sabe o recuerda, desde un principio: "Los conozco *desde siempre*", "La Tierra es redonda *desde siempre*" **5** *Para siempre*, *por siempre jamás* Para todo el tiempo: "Se fue *para siempre*", "Te lo juro *por siempre jamás*" **6** En todo caso, de todas maneras, cuando menos: "Lo entrego así, pero *siempre* podré modificarlo si es necesario", "Quizá no te convenza, pero *siempre* podré estar tranquilo de haberlo intentado" **7** *Siempre que*, *siempre y cuando* Bajo la condición de que, si: "Te regalaré un libro, *siempre que* te lo merezcas", "Podremos salir de viaje, *siempre y cuando* tenga dinero" **8** De todos modos, definitivamente: "*Siempre* sí, quiero estudiar", "*Siempre* prefiero la carne, aunque haya verduras".

sierra s f **1** Herramienta que consiste en una hoja de acero con dientes en uno de los bordes, sostenida por mango o armazón adecuado, que se emplea para cortar cosas duras, como madera, piedra o metal: *sierra de mano*, *sierra circular* **2** Cadena de montañas: *Sierra Madre Occidental*, *Sierra de la Bufa* **3** *(Scombero morus sierra)* Pez que alcanza hasta metro y medio de longitud, de color plateado, azuloso en la porción dorsal y con manchas bronceadas en el cuerpo. Muy apreciado como alimento.

siglo s m 1 Periodo de cien años: *un cuarto de siglo, medio siglo, vivir un siglo* 2 Periodo de cien años que se cuenta antes o a partir del nacimiento de Jesucristo, y entre un año uno y un año cien: *varios siglos antes de Jesucristo, siglo veinte, escritores del siglo dieciocho* 3 Época en la que se vive: *habitantes del siglo, ideas del siglo* 4 Espacio muy largo de tiempo: "Hace *siglos* que no te veo".

significado 1 pp de significar 2 s m objeto, acción, relación, idea o emoción a los que refiere o remite cierta expresión lingüística: "Un diccionario describe siempre los *significados* de las palabras" 3 *(Ling)* Parte del signo lingüístico correspondiente a las ideas, imágenes o formas de los objetos, las acciones, las relaciones, etc. del mundo sensible representadas en una lengua.

significar v tr (Se conjuga como *amar*) 1 Indicar alguna cosa, representar cierta relación, o manifestar cierta idea o emoción por medio de alguna señal, algún símbolo o algún signo: "Esa fecha *significa* que debe recordarse la expropiación petrolera", "¿Qué *significa* la palabra gramema?", "El águila *significa* poder, altura y fuerza para algunas culturas" 2 Equivaler alguna acción a otra o tener alguna cosa cierta importancia para alguien: "Un error *significaría* la muerte", "Gastar

diez mil pesos no *significa* nada para un banquero".

signo s m 1 Objeto, fenómeno o forma que representa a otra cosa, bien sea por la experiencia de una persona, bien por la tradición social o bien por convención, como que las gaviotas son *signo* de la cercanía del mar, que una palabra es *signo* de alguna cosa para una comunidad lingüística, o que las indicaciones de tránsito son *signo* de la dirección que deben seguir los vehículos 2 *(Ling)* Unidad de una forma sonora, compuesta por una serie de fonemas, perceptibles por el oído o, cuando se trata de letras, por la vista o el tacto, llamada *significante*, y una forma conceptual que representa algún objeto, alguna acción o alguna relación del mundo sensible o mental, llamada *significado*, que se reconoce como tal a través de la materialidad del significante y bajo la condición de que el hablante que la emite y el oyente que lo recibe sepan la misma lengua. La extensión de un signo lingüístico puede ser mínima, como la del morfema, o llegar a tener el tamaño de una oración o de un texto cuando se los analiza con ciertas características. En los signos *viv-ir, gato, un elefantito* sus significantes son: /bibír/, /gáto/, /un elefantito/, y sus significados 'hecho de tener vida', 'infinitivo', 'felino doméstico', 'artículo indefinido, masculino, singular', 'mamífero paquidermo', 'pequeño', independientemente del caso que tengan en una oración particular 3

Cualquier marca o trazo que se utilice para representar algo: *signos de puntuación, signos musicales, signos aritméticos, signos del Zodiaco.*

siguiente adj Que está o que va inmediatamente después de algo: *el siguiente libro, día siguiente, la calle siguiente.*

sílaba s f *(Ling)* Estructura fundamental de la agrupación de fonemas en una lengua, basada en la combinación de vocales y consonantes que se produce en una sola emisión de voz; puede haber diferentes combinaciones de esas dos clases de fonemas; en español, por ejemplo, hay sílabas de una sola vocal, como *a, o, y;* otras formadas por una o dos consonantes seguidas de vocal, como *tra–, ve–* en *atravesar,* llamadas sílabas abiertas; y otras que llevan vocal pero terminan en consonante, como *–sar* en *atravesar,* llamadas *sílabas cerradas.* Por su acento, en español hay *sílabas tónicas,* como *li–* en *libro, –lor* en *calor* o *rá–* en *rápido,* mientras que las no acentuadas son *sílabas átonas* como *–bro* en *libro, ca–* en *calor* y *–pi–, –do* en *rápido.* Otras lenguas, como el latín o el griego, consideraban sus sílabas largas o breves por la duración de sus fonemas vocálicos.

silla s f **1** Mueble que sirve para sentarse una persona, generalmente con patas y respaldo **2** *Silla curul* La que ocupan los diputados y los senadores en las cámaras **3** *Silla gestatoria* La portátil en la que es llevado el Papa católico en ciertas ceremonias **4** *Silla de montar* Armazón, generalmente de madera cubierta con cuero, en la que se sienta el jinete de un caballo.

simple adj m y f **1** Que está constituido por una sola sustancia: *elementos simples, gases simples* **2** Que tiene una naturaleza o una composición hecha con pocos elementos: *forma simple, un vestido simple, una comida simple* **3** Que es poco complicado o implica poca dificultad: *un problema simple, una solución simple* **4** Que es ingenuo o tonto: *una persona simple* **5** Que no está repetido, que está formado por un solo elemento: *un documento simple, un juego simple.*

simplificar v tr (Se conjuga como *amar*) Hacer algo más fácil, más sencillo o menos complicado: *simplificar un trámite, simplificar las cosas.*

sin prep **1** Expresa falta o carencia de algo: "Estamos *sin* pan", "Nos quedamos *sin* luz", "Está *sin* trabajo", "Lo hice *sin* ganas" **2** Además de, aparte de: "Le robaron veinte mil pesos *sin* contar las alhajas" **3** Seguida de infinitivo, niega la acción del verbo: "Se fue *sin* comer", "Faltó *sin* avisar" **4** *No sin* Expresa una afirmación débil: "Aceptó, *no sin* poner muchas condiciones".

singular 1 adj m y f Que es único, raro, extraordinario: *una habilidad singular, un empleo singular, un carácter singular* **2** s m *(Gram)* Número que tienen los sustantivos, adjetivos y artículos cuando se refieren a un solo objeto, y los verbos cuando su sujeto es una sola persona o cosa. El sustantivo *casa* está en singular, así como el adjetivo *rojo* y el verbo *comió*. En vista de que este número no se exprese con una determinada terminación o gramema propio, como sucede en el plural, algunas doctrinas lingüísticas propugnan porque se considere la existencia de un "gramema cero" para dicho caso.

sino¹ conj **1** Niega una expresión afirmando su contraria: "No come carne *sino* verduras", "No me gusta cantar *sino* bailar", "No me simpatiza, *sino* que me irrita" **2** Excepto, exclusivamente, tan sólo: "A nadie se lo he dicho, *sino* a mi hermana", "No te pido más *sino* que me oigas".

sino² s m Destino, suerte: "Su *sino* es trabajar sin descanso", "Su *sino* fue que se encontraran diez años después".

sinónimo adj y s *(Ling)* Tratándose de palabras, que tiene el mismo significado que otra de significante diferente. Así, *comenzar* y *empezar; pavo, pípil* y *guajolote; puerco, cerdo* y *cochino; platicar* y *conversar; aburrimiento* y *fastidio; vientre* y *panza,* etc. En realidad, siempre se pueden diferenciar dos palabras que parecen ser sinónimos por el nivel de lengua en que se usan, como *vientre* y *panza,* por la región en que se acostumbran, como *pípil* y *guajolote, aburrimiento* y *fastidio,* por su valor más general en el conjunto de la lengua española como *platicar* y *conversar,* etc. También se puede afirmar que

en cada una de las palabras que se consideran sinónimas pueden existir matices o puntos de vista que las hacen diferentes. De ahí que para una persona que cuide su expresión, o en un diccionario, se prefiera buscar diferencias y aprovecharlas en vez de limitarse a un simple uso de sinónimos.

sintagma s m *(Ling)* Orden sucesivo o temporal que siguen los elementos lingüísticos al hablar o escribir: dos o más fonemas en contraste en la cadena hablada, como /eskuela/; dos o más morfemas que componen una palabra, como *cant-ar;* dos o más palabras que componen una oración, como *los gatos persiguen a los ratones,* forman sintagmas.

sintaxis s f *(Gram)* Parte de la gramática que se ocupa del estudio de las combinaciones de palabras y de las funciones que desempeñan en la oración, y del modo en que se relacionan las oraciones entre ellas.

siquiera adv Cuando menos, por lo menos, tan sólo: "*Siquiera* tendrá donde comer", "Quédate *siquiera* una semana", "No se le ocurrió *siquiera* desmentirla", "Ni *siquiera* respondió", "*Siquiera* préstame diez pesos".

sistema s f Conjunto de elementos, reglas, partes, etc. relacionados entre sí, particularmente el que sirve para alguna cosa, permite el funcionamiento de algo o produce cierto resultado: *sistema orgánico, sistema nervioso, sistema lingüístico, sistema solar.*

sitio¹ s m **1** Lugar que ocupa o puede ocupar algo o alguien:

"Ponlo en este *sitio*", "No irán a ningún *sitio*" 2 Lugar en donde esperan taxis o coches de alquiler a que se les llame para salir a dar servicio 3 Lugar que le corresponde a algo o a alguien entre los de su clase o especie: "La sociología tiene su *sitio* entre las ciencias humanas", "Ese artista ya tiene su *sitio* bien ganado" 4 *Poner a alguien en su sitio* Hacerle entender a alguien que se ha tomado atribuciones indebidas.

sitio² s m Rodear una fuerza militar a otra, que generalmente se refugia en una población o en una fortaleza, e impedir que entren o salgan alimentos, armas, etc. para debilitarla y atacarla posteriormente: *el sitio de Cuautla, romper el sitio*.

situación s f 1 Posición que guarda algo o alguien en relación con otra persona o con otra cosa: *la situación de un edificio en la avenida, un hotel en la mejor situación, la situación de una ciudad en el mapa* 2 Estado pasajero o momentáneo en que se encuentra algo o alguien en relación con otros anteriores o posteriores: *la situación política, la situación del mundo, una buena situación, una mala situación del ánimo* 3 *Tener o estar alguien (en) una situación* Tener los medios económicos y el prestigio social convenientes para algo: "*Está en muy buena situación*", "No tiene una *situación* apropiada para darse esos lujos" 4 *Estar algo o alguien en situación de* Tener a alguien los medios o la capacidad de: "*Estoy en situación de* ayudarle".

situar v tr (Se conjuga como *amar*) 1 Poner algo o a alguien en un lugar determinado con respecto a otro o localizarlo con precisión en relación con otro: *situar una población en el mapa, situar bien una casa, situar las coordenadas de un punto* 2 Determinar con cierta precisión el momento en que sucede algo, con respecto a otro conocido: "La peregrinación de los aztecas se *sitúa* en una época crítica", "La acción se *sitúa* en el siglo XVIII" 3 Depositar cierta cantidad de dinero a nombre de alguien, en un lugar preciso o para cierta finalidad: "*Situó* mil francos en un banco de París".

so prep 1 *So pena de* A riesgo de, bajo la amenaza de: "Hay que hacerlo con cuidado, *so pena de* equivocarse" 2 *So pretexto de* Con el pretexto de: "No lo dejaron entrar *so pretexto de* su edad".

sobre¹ prep 1 Indica la posición de algo a mayor altura que otra cosa o que se apoya en ella por su parte de arriba: "Las nubes están *sobre* los cerros", "El pájaro vuela *sobre* los árboles", "El libro está *sobre* el escritorio", "Se puso el rebozo *sobre* la cabeza" 2 Expresa aumento o añadido de alguna cosa a otra ya existente: "Les piden dos mil pesos más *sobre* lo convenido", "*Sobre* el trabajo que ya tenía, le piden todavía más", "Pagar peso *sobre* peso", "*Sobre* cornudo, apaleado" 3 Indica que algo o alguien está situado en un nivel o en una jerarquía mayor o superior a la de otra cosa, o que tiene mayor importancia: "El presidente está *sobre* sus ministros", "*Sobre* el sargento hay una larga jerarquía militar", "El interés del país está *sobre* los intereses personales" 4 Indica que algo está situado en un punto de mayor altura, que domina a otros: "Las ventanas se abren *sobre* el río", "Las montañas se alzan *sobre* el valle" 5 Introduce el tema o el asunto de que trata algo: "Un curso *sobre* cuidados infantiles", "Habló sobre sus experiencias didácticas" 6 Señala el objeto que tiene alguna relación financiera: *impuesto sobre la renta, préstamo sobre una casa* 7 *Estar sobre algo o alguien* Introduce el objeto o la persona que se cuida o se vigila: "Está *sobre* sus hijos para que estudien", "Hay que estar *sobre* el trabajo diariamente" 8 Indica la persona o la institución a la que se envía cierta cantidad de dinero mediante un cheque o un giro: "Enviar cien pesos *sobre* Torreón".

sobre[2] s m Cubierta o especie de bolsa, generalmente de papel, en la que se meten las cartas o documentos que se llevan o se envían de un lugar a otro: "En el *sobre* escribes su nombre y dirección", "Mete los papeles en un *sobre* que no se te pierdan".

social adj m y f 1 Que pertenece o se relaciona con las sociedades humanas o animales: *organización social, vida social, fenómeno social, actividad social, ciencias sociales* 2 Que se relaciona con las necesidades, los derechos o el bienestar de la mayor parte de los miembros de una sociedad: *revolución social, lucha social, justicia social, seguridad social* 3 Que pertenece a las agrupaciones mercantiles o financieras o se relaciona con ellas: *capital social, razón social* 4 Que se relaciona con el trato, la cortesía, los valores, etc. de un grupo de miembros de la sociedad: "Las actividades sociales de un club", "Tiene muchas relaciones *sociales* con los banqueros".

socialismo s m 1 Conjunto de ideas y movimientos políticos, económicos y sociales que se basan en el reconocimiento de la vida, los derechos y la propiedad colectiva como el desarrollo de la sociedad, en contraposición a los intereses individuales y a la propiedad privada, y que por ello busca transformar principalmente las relaciones económicas que dan origen a las diferencias sociales y establecer un gobierno en que participen y estén representados todos los ciudadanos 2 Sistema político, social y económico basado en esas ideas: *socialismo marxista, socialismo de Estado*.

socialista adj y s m y f Que se relaciona con el socialismo, que simpatiza con él o que pertenece a un partido socialista: *pensamiento socialista, la Internacional socialista, países socialistas*.

socializar v tr (Se conjuga como *amar*) 1 Pasar al Estado, u otro organismo colectivo, las industrias, propiedades, etc. particulares: *socializar los ferrocarriles, socializar los medios de producción* 2 Introducir a una persona a las formas de comportamiento, los valores, las costumbres, etc. de la sociedad de la que habrá de formar parte: *socializar a los niños*.

sociedad s f 1 Conjunto de seres humanos que conviven entre sí, comparten el trabajo y el desarrollo de su historia, se organizan para cumplir ciertas tareas, y desarrollan una cultura que los caracteriza: *la sociedad mexicana, la sociedad azteca, las sociedades indígenas* 2 Grupo de personas que se reúnen o se asocian para realizar cierta actividad común o para defender ciertos intereses comunes: *sociedad filatélica, sociedad de amigos de la música, sociedad deportiva, sociedad de padres de familia* 3 Agrupación de personas que reúnen su capital, sus propiedades o su trabajo para producir o fabricar algo, dar algún servicio, etc. y ganar dinero con ello: *una sociedad anónima, sociedad de responsabilidad limitada* 4 *Sociedad conyugal* Régimen por el que pueden optar dos personas al casarse, que establece la comunidad de sus bienes durante el matrimonio 5 Grupo de personas con cierto nivel alto de vida entre las que organizan fiestas, comidas, juegos, etc., se establecen relaciones de amistad y de parentesco, se crean patrones de conducta o códigos de comportamiento, e influyen en la orientación de ciertos valores sociales en cierta época: *un baile de sociedad, una mujer de sociedad, una presentación en sociedad, la alta sociedad* 6 Conjunto de animales que conviven en el mismo espacio y comparten su existencia: *sociedad de las abejas, sociedad de los chimpancés*.

sociología s f Ciencia que estudia las sociedades humanas, sus características, su historia, sus conflictos, etc.: *sociología mexicana, sociología de la pobreza, sociología demográfica*.

sociólogo s Persona que tiene por profesión la sociología.

sol s m 1 Estrella alrededor de la cual giran la Tierra y los otros planetas que forman parte del mismo sistema y de la cual reciben luz y calor 2 Conjunto de las radiaciones que emite esta estrella y que llegan a la Tierra como luz o calor: *sentarse al sol, tomar el sol, hacer mucho sol* 3 *De sol a sol* Desde que sale hasta que se pone esta estrella en el horizonte: *trabajar de sol a sol* 4 Cualquier estrella que tenga un sistema de satélites.

solar[1] adj m y f Que pertenece al sol, proviene de él o se relaciona con él: *corona solar, actividad solar, rayos solares, atracción solar*.

solar s m 1 Terreno en el que se puede construir un edificio o está ya construido: *registro del solar, tener un solar* 2 Suelo en donde se ha nacido: *el solar patrio*.

soldado s m 1 Persona que sirve en el ejército de un país 2 Militar sin graduación: *soldado raso, soldado de primera* 3 Partidario disciplinado de alguna doctrina: *los soldados de Cristo*.

soler v intr (Se conjuga como *mover*, 2c) 1 Tener alguien la costumbre de hacer algo: "El vendedor *suele* venir los viernes", "*Suele* trabajar hasta muy tarde" 2 Ser algo frecuente: "*Suele* llover en la tarde", "*Suele* haber temblores" (Sólo se conjuga en presente y copretérito de indicativo, y es raro en presente de subjuntivo).

solicitar v tr (Se conjuga como *amar*) 1 Pedir algo con cuidado y de acuerdo con ciertos procedimientos: *solicitar audiencia, solicitar un permiso, solicitar la inscripción a la escuela* 2 Buscar la atención, la compañía o la amistad de una persona, particularmente la de alguna persona atractiva y simpática: "*Solicitar* al médico toda la noche", "*Solicitar* mucho a la vecina".

sólido s m y adj 1 Estado de la materia cuyas moléculas están muy cercanas unas de otras y por ello presentan un volumen estable, relativamente invariable y resistente a la deformación 2 adj Que es resistente, que no se deforma fácilmente: *un sillón sólido, unos zapatos sólidos* 3 Que es firme, estable, serio en sus actitudes, opiniones, sentimientos: *decisiones sólidas, base sólida, amistad sólida*.

solo adj 1 Que es uno, que es único, que no está junto con otro de la misma clase: *un solo sombrero, un solo hombre, una sola mano, una casa sola* 2 Que no tiene compañía ni ayuda, que se encuentra sin gente: *una mujer sola, un niño solo*, "Se quedó *sola* la oficina" 3 A *solas* Sin ayuda o compañía: *viajar a solas, estudiar a solas* 4 sm Paso de baile que se ejecuta sin pareja 5 sm Pieza o parte de una pieza que se toca o se canta sin

acompañamiento: *un solo de violín*.

sólo adv Únicamente, solamente: "*Sólo* tengo un día para hacerlo".

soltar v tr (Se conjuga como soñar, 2c) 1 Dejar de tener algo en las manos o dejar de sostenerlo de pronto: *soltar la bolsa, soltar un libro, soltar la mano de una persona* 2 Permitir o hacer que algo deje de estar fijo en otra cosa, sostenido o amarrado en algo: *soltar un broche, soltar un cable, soltar la carga, soltar al perro* 3 Dejar en libertad personas o animales que estaban encerrados, encarcelados o sometidos por la fuerza: *soltar a un preso, soltar a un venado, soltar a un rehén* 4 Dejar que algo que estaba detenido o interrumpido siga su curso o su desarrollo: *soltar el agua, soltar la corriente* 5 Dejar de hacer presión sobre algo o sobre alguien: *soltar el botón, soltar el acelerador, soltar al empleado* 6 prnl Evacuar frecuentemente el estómago de alguien a causa de alguna indigestión o enfermedad: *soltarse el niño*, "La papaya me *soltó*" 7 Dejar que salga de uno alguna manifestación, soltar un estornudo, soltar un ¡ay! 8 Echar algo de sí alguna cosa: *soltar jugo la carne, soltar olor la sopa* 9 prnl Alcanzar alguien habilidad y facilidad para hacer algo: *soltarse hablando inglés, soltarse a caminar el bebé* 10 *Soltar la lengua* Empezar a hablar, empezar a decir algo que uno sabe 11 *Soltar el hervor* Comenzar algo a hervir 12 Hacer uno algo brusca y repentinamente o comenzar de pronto a hacer algo: *soltar un golpe, soltar una carcajada, soltarse a llorar, soltarse corriendo, soltarse a cantar, soltar la risa.*

solución[1] s f **1** Respuesta que se encuentra a un problema o término feliz y aceptable para los participantes en un conflicto: *la solución de un problema matemático, una solución exacta, la solución de una guerra* **2** *Solución de continuidad* Interrupción que aparece en el desarrollo de algo.

solución[2] s f Mezcla de dos o más sustancias disueltas en un líquido: *una solución yodatada.*

sombra s f **1** Zona oscura formada en una superficie por la proyección de la figura o silueta de un cuerpo que recibe la luz, como la de uno mismo en las paredes cuando le da el Sol o lo alumbra una lámpara **2** Lugar o zona en donde la luz del Sol o de una lámpara no llega: *estar en la sombra, buscar la sombra* **3** *Estar o poner a la sombra* Estar alguien en la cárcel o encarcelado **4** *A la sombra* Bajo la protección o bajo el dominio de: "Guadalupe estuvo muchos años *a la sombra* de Miguel" **5** *Hacer sombra a alguien* Ser una persona motivo de que otra no destaque: "Su hermana siempre le *hizo sombra*" **6** *Ser sombra de alguien* Seguir siempre una persona a otra **7** Aparición confusa que alguien cree ver: "Vimos *sombras* en el rancho."

sombrero s m **1** Prenda de vestir con la que se cubre la cabeza; generalmente consta de un ala alrededor de la copa: *sombrero de palma, sombrero de charro, sombrero de copa* **2** *Quitarse el sombrero ante alguien* Reconocer el valor de alguien, sentir admiración por alguna persona.

someter v tr (Se conjuga como *comer*) **1** Imponer alguien a otra persona o a un conjunto de personas su voluntad, su fuerza o su dominio: *someter al enemigo, someter a un pueblo, someter a los conservadores* **2** Poner a la consideración y al juicio de alguna autoridad alguna cosa: *someter un proyecto, someter un informe* **3** prnl Aceptar uno lo que le imponen las circunstancias o la decisión de otras personas: *someterse al voto mayoritario, someterse a la opinión de los demás* **4** Hacer que alguna cosa o alguna persona reciba la acción de algo: *someter a examen, someterse a una operación.*

sonar[1] v intr (Se conjuga como *soñar*, 2c) **1** Producir ruido o sonido una cosa: "Su voz *sonó* ronca", *sonar el teléfono, sonar el despertador* **2** Pronunciarse las letras: "La *h* no *suena* en español", "La *u suena* diferente en francés y en español" **3** Parecer o tener algo cierta apariencia: "Eso *suena* a telecomedia", "Este apellido y, sobre todo, su cara me *suena* familiar", *sonar bien un negocio* **4** tr Limpiar de mucosidades la nariz expulsándolas bruscamente: *sonarse la nariz, sonar al bebé* **5** tr Tocar un instrumento musical o algún objeto que produzca ruido: "Mi primo *suena* los tambores con maestría", "Hizo *sonar* las monedas en el mostrador de la tienda", "Tú *suenas* el timbre" **6**

Oírse alguna cosa o el nombre de alguien en público a propósito de algo o de alguien: "Arturo *suena* para diputado", "*Suena* que aumentarán los precios."

sonar[2] s m 1 Sonido propio de algo: *el sonar de las campanas, el sonar de los tambores* 2 (*Mar*) Aparato que sirve para localizar submarinos, bancos de peces y, en general, objetos sumergidos.

sonido s m 1 Sensación que causa en el oído cierta clase de vibraciones producidas por los cuerpos, como el canto de los pájaros, el ruido del mar o la voz humana 2 Sensación característica que produce en el oído la vibración de algunos instrumentos, de otros objetos o de la voz humana: *sonido de flauta, sonido de guitarra, sonido de tambor.*

sonoro adj 1 Que suena o va acompañado de sonido: *golpe sonoro, película sonora* 2 que produce un sonido muy agradable, intenso o vibrante: *instrumento sonoro, verso sonoro* 3 Que hace o permite que el sonido se difunda y se oiga bien: *habitación sonora* 4 (*Fon*) Que se pronuncia haciendo vibrar las cuerdas vocales, como en la /b/, la /m/ o la /d/.

sonreír v intr (Se conjuga como *reír*, 3b) 1 Hacer un gesto que consiste sobre todo en alargar ligeramente los labios a lo ancho de la cara, generalmente para expresar satisfacción, simpatía, o bien ironía, burla, etc. 2 Mostrarse una cosa con buen aspecto o favorable a alguien: "El porvenir te *sonríe*".

sonrisa s f Gesto de la cara en el que se alargan un poco los labios hacia los lados, con el que se expresa simpatía, agrado, satisfacción o cierta ironía.

soñar v tr (Modelo de conjugación 2e) 1 Representar en la imaginación o en el inconsciente hechos que se perciben como reales, mientras se duerme: "Anoche *soñé* que era una niña", "*Soñé* que me iba de viaje contigo" 2 Imaginar como posibles o reales cosas o hechos agradables: "*Soñaba* con dedicarse a la pintura", "*Soñaba* con escribir una novela", "*Sueña* con tener una cosa", *soñar despierto.*

sopa s f 1 Platillo líquido que se hace cociendo carne, verdura, pasta, etc., en agua: *sopa de fideo, sopa de frijol, sopa de pescado* 2 *Darle a alguien una sopa de su propio chocolate* Vengarse de alguien utilizando sus mismos métodos.

soportar v tr (Se conjuga como *amar*) 1 Sostener el peso de algo para impedir que se caiga: "Las columnas *soportan* el edificio" 2 Sufrir con paciencia algo desagradable o la presencia y la actitud de una persona: "No *soporto* el dolor", "*Soportaba* sus gritos", "*Soportaba* los regaños", "No *soporto* el calor".

sordo adj y s 1 Que no puede oír o que no oye bien: *ser sordo de nacimiento* 2 *Sordo mudo* Que no puede oír ni hablar 3 Que no hace caso a lo que se le pide o se le dice: "Permaneció *sordo* a mis ruegos" 4 Que es de sonido bajo o apagado o de timbre poco claro: *una voz sorda, un* *zumbido sordo, un gemido sordo* **5** Que no se muestra o se manifiesta en forma clara y abierta: *un dolor sordo, una lucha sorda entre dos sindicatos* **6** adj (*Fon*) Que se pronuncia sin vibración de las cuerdas vocales, como /p/, /t/, /k/, o /s/.

sorprender v tr (Se conjuga como *comer*) **1** Producir en alguien una reacción repentina de sorpresa o asombro con algo que no esperaba: "Nos *sorprendió* la noticia de que todo estaba resuelto", "Me *sorprende* que vengas a la fiesta" **2** Descubrir a alguien en una situación o cuando realiza cierta acción en la que no esperaba o suponía ser visto: *sorprender al ladrón, sorprender a un niño que copia*.

sorpresa s f **1** Reacción emocional espontánea que produce en alguien algún acontecimiento inesperado: "¡Qué *sorpresa* encontrarte aquí!", "Fue una agradable *sorpresa* saber que aprobaste el examen" **2** Acontecimiento, acción u objeto que produce esa clase de reacción: "Te voy a dar una *sorpresa*", "Me encontré con la *sorpresa* de que llegó antes" **3** adj m y f Que es inesperado, que sucede sin aviso previo: *un regalo sorpresa, una fiesta sorpresa* **4** *Tomar o coger algo a alguien por sorpresa* Sucederle o presentársele algo a alguien inesperadamente: "La noticia del premio lo tomó por sorpresa."

sostener v tr (Se conjuga como *tener*, 12 a) **1** Coger algo o a alguien con las manos para que no se caiga o poner alguna cosa que lo cargue o en la que se apoye: *sostener a un anciano, sostener la bolsa, sostener un techo, sostener una escalera* **2** Continuar alguien haciendo alguna cosa que requiere esfuerzo o trabajo, o continuar desarrollándose cierto acontecimiento: *sostener la carrera por kilómetros, sostener el ritmo, sostener la lucha, sostenerse una huelga* **3** Afirmar alguna cosa en contra de opiniones o argumentos contrarios y hacerlo durante cierto tiempo: *sostener sus ideas, sostener la imposibilidad de su actitud, sus compromisos o sus dificultades: sostener a un amigo* **5** Pagar alguien los gastos de alimentación, habitación, vestido, etc. de otra persona: *sostener a la familia, sostenerse solo* **6** Realizar varias personas durante cierto tiempo entrevistas, conversaciones, etc. en las que discuten puntos de vista contrarios: "Los estadistas *sostuvieron* una reunión en Viena".

su Apócope de suyo que precede siempre al sustantivo: *su lápiz, su silla, su padre, sus animales, sus temores.*

suave adj m y f **1** Que es blando y liso al tacto: *piel suave, madera suave, papel suave* **2** Que es agradable y dulce a los sentidos: *viento suave, música suave, sabor suave* **3** Que es tranquilo y quieto: *vida suave, un espíritu suave* **4** Que es lento, medido o acompasado: *una corriente suave, un movimiento suave, una voz suave* **5** Que tiene poca intensidad: *color suave, sonido suave, fuego suave* **6** Que cambia poco a poco, sin brusquedad: *bajada suave, curva suave.*

subir v intr **1** Pasar de un lugar a otro más alto: *subir a la azotea, subirse a un árbol, subir un escalón* **2** tr Llevar alguna cosa o alguna persona de un lugar a otro más alto, o ponerla en ese otro lugar: *subir las maletas al tren, subir la comida a la alacena, subir a los niños al camión* **3** tr Ir por alguna cosa que va de un lugar a otro más alto: *subir una escalera, subir un cerro* **4** Hacer más alta una cosa o aumentarla hacia arriba: *subir la pared, subir una viga* **5** Aumentar la cantidad, la intensidad, la calidad, etc. de algo: *subir los precios, subir el nivel del agua, subir el volumen, subir el ruido, subir la producción de acero* **6** Aumentar algo la altura en la que se mueve: *subir un globo, subir un papalote, subir un avión* **7** Pasar alguien a ocupar un nivel o grado mejor de empleo, o de categoría social: *subir a gerente, subir mucho* **8** *Subírsele algo a uno* Provocar mareo el vino o hacer algo que se sienta alguien de mayor importancia o valor que los que tiene: "Se le *subió* el puesto de secretario".

subordinación s f **1** Relación de dependencia de un elemento a otro, o de dependencia de la autoridad, las órdenes, el dominio, etc. de una persona con respecto a otra: *la subordinación de la economía al interés de la sociedad, la subordinación del Tercer Mundo* **2** (*Gram*) Relación de dependencia entre dos oraciones, de las cuales una de-

pende sintácticamente de la otra, que se convierte en la principal. Se puede clasificar en varios tipos según la función que desempeñe la construcción subordinada en la oración principal: *la subordinación sustantiva*, que a su vez puede ser *de sujeto*, como en: "*Quienes madruguen* llegarán a tiempo", o *de objeto*, como en: "Dijo que *quería agua*"; la *subordinación adjetiva*, como en: "La fruta *que comemos* está sabrosa", y *la subordinación adverbial*, que puede ser *de modo*: "Lo pintaron *como les pedí*", *de tiempo*, "Saldremos *cuando estés preparado*", *causal*, como: "La visitó *porque estaba enferma*"; *consecutiva*, como: "Llovió demasiado, *por lo que se perdió la cosecha*"; *condicional*, como: "*Si lo encuentro*, te lo doy", etc.

subordinado adj y s **1** Que depende de otra cosa o de otra persona: *empleado subordinado, los subordinados del jefe* **2** (*Gram*) Oración subordinada.

suceder[1] v intr (Se conjuga como *comer*) Producirse o tener lugar un fenómeno o un acontecimiento: *suceder una desgracia, suceder un eclipse de Luna* (Sólo se conjuga en tercera persona singular o plural).

suceder[2] v intr (Se conjuga como *comer*) Seguir una cosa a otra en una serie, o una persona a otra en algún puesto o capacidad: "Los números se suceden unos a otros", "Al día *sucede* la noche", "Su hijo lo *sucedió* al frente de la compañía."

sucesión s f **1** Serie de personas o cosas que se siguen una después de la otra: *una sucesión rápida, de imágenes, una larga sucesión de reyes* 2 Transmisión legal, a un heredero, de los bienes de una persona muerta: *repartir una sucesión* 3 Ocupación de un puesto, un título, un trono, etc. después de otra persona: *la sucesión presidencial.*

suceso s m Acontecimiento, hecho o cosa de interés o importancia: *un suceso real, comentar los sucesos del día.*

sueldo s m Cantidad fija de dinero que se paga regularmente a un trabajador, particularmente al empleado de una empresa, una institución, etc.: *cobrar el sueldo, subir el sueldo.*

suelo s m 1 Superficie que se pisa: *el suelo de una casa, el suelo de un carro* 2 Superficie de la Tierra: *echarse al suelo, sembrar el suelo* 3 Superficie artificial, plana y lisa que se construye en alguna parte para facilitar la pisada: *suelo de asfalto, suelo de cemento, suelo de plástico* 4 Superficie terrestre de una nación, de un Estado o de una región cualquiera: *el suelo mexicano, el suelo de Aguascalientes, pisar suelo americano* 5 Superficie inferior de alguna cosa: *el suelo de una cazuela, el suelo de un zapato* 6 *Poner a alguien por los suelos* Regañar fuertemente a alguien o hablar muy mal de él 7 *Estar algo por los suelos* Estar algo muy desprestigiado o en malas condiciones: "La administración *está por los suelos*".

sueño s m 1 Estado de una persona o de un animal que duerme, durante el cual el cuerpo descansa: *sueño reparador, sueño ligero, sueño pesado* 2 Representación inconsciente de fantasías, recuerdos y deseos de una persona mientras duerme: *tener un sueño, interpretación de los sueños, un sueño horrible* 3 Necesidad o gana de dormir: *tener sueño,* "Lo venció el *sueño*" 4 Esperanza, deseo o proyecto que crea uno y posiblemente nunca logre realizarse: *un sueño dorado,* "Vivir en el campo es mi *sueño*" 5 *Echar un sueño* Dormir un rato: "Voy a *echar un sueño* mientras espero" 6 *Entre sueños* Despierto a medias: "Oí un ruido *entre sueños*."

suerte s f 1 Manera casual o debida al azar de encadenarse los acontecimientos o los hechos de la vida de alguien: "Ha sido la *suerte* la que determinó mis estudios" 2 Circunstancia de resultar un acontecimiento o una acción favorable o no para alguien: *tener suerte, tener mal suerte,* "¡Qué *suerte* que te encontré!" 3 Casualidad o azar al que se deja la solución, el desarrollo o el resultado de algo: *echar a la suerte, decidir la suerte* 4 Clase o tipo de cosas, considerada entre muchas: "En el mercado hay toda *suerte* de frutas" 5 Manera de hacer algo: "Si lo haces de esta *suerte*, te será más sencillo" 6 Demostración de alguna habilidad, particularmente la de los magos: *hacer suertes, una suerte charra* 7 Cada una de las partes de la corrida de toros o de los pases que se dan en ella: *la suerte de banderillas, la suerte de Chicuelo* 8 *De suerte que* De manera que, por lo que: "Ya sabía que no tendría clases, *de suerte que no vine*" **9** *Por suerte* Afortunadamente: "¡*Por suerte* lo supe a tiempo!" **10** *Tocarle a uno algo en suerte* Ganarlo en un sorteo o de casualidad.

suficiente adj m y f Que tiene la cantidad, la capacidad, la fuerza, la importancia, etc. necesarias para algo: "Ya tenemos *suficiente* agua", "Tiene *suficiente* inteligencia para estudiar cualquier cosa", "No hay motivo *suficiente* para aumentar los precios" **2** *Ser o sentirse alguien suficiente* Creer una persona que es capaz de hacer algo o que puede comportarse como si lo fuera; presumido o pedante: "Se siente muy *suficiente* para vencer a todos".

sufijo s m *(Ling)* Morfema que se añade al final de un lexema o raíz, como *-ismo, -ero, -ería, -ble*, etc. en: *agrarismo, zapatero, frutería, contable.*

sufrimiento s m Hecho o circunstancia de sufrir alguien algún dolor o alguna pena: *sufrimiento físico, sufrimiento moral.*

sufrir v tr (Se conjuga como subir) **1** Experimentar o sentir un dolor físico o moral: "*Sufre* de dolores de cabeza", "*Sufre* mucho por la enfermedad de su esposa" **2** Aguantar con paciencia o resignación algún dolor o algún motivo de pena: "*Sufrió* persecuciones políticas", "*Sufre* la muerte de su hijo **3** Resistir con paciencia alguna cosa o a alguna persona molesta: "Tiene que *sufrir* las tonterías de su jefe" **4** Experimentar alguna

cosa particularmente si es dañina o molesta: "Los niños *sufren* mucho del aire contaminado", "La ciudad ha *sufrido* cambios enormes".

sujetar v tr (Se conjuga como *amar*) **1** Someter algo o a alguien al dominio de alguien: Los aztecas lograron *sujetar* a todos los pueblos vecinos" **2** Coger, amarrar o fijar algo o alguien con firmeza: "Sujeta bien esa tabla", "*Sujetó* el azadón con una sola mano" **3** Obligar a alguien a cumplir ciertas condiciones o a comportarse dentro de ciertos límites: "Hay que *sujetarse* a lo convenido", "Se *sujeta* a una fuerte disciplina."

sujeto 1 pp irregular de sujetar **2** adj Que depende de otra cosa o está condicionada por ella: "La fecha del concierto está *sujeta* a cambio", "El reglamento está *sujeto* a aprobación" **3** s m Asunto o materia de los que se habla o se escribe **4** s m Persona: "Viven cuatro *sujetos*", "Este *sujeto* es un poco sospechoso" **5** s m Persona en tanto que individuo que tiene percepciones, emociones y pensamientos a propósito del mundo que la rodea, los forma según su propia experiencia, su propio criterio o juicio y actúa o se comporta consecuentemente con su voluntad y su libertad: "Yo quiero ser el *sujeto* de mi propia historia", "Son los pueblos el verdadero *sujeto* de la historia" **6** *(Lóg)* Término del que se predica alguna cosa **7** *(Gram)* Conjunto de signos lingüísticos que significan personas, animales o cosas que realizan alguna acción, que tienen alguna característica o alguna propiedad, o que se sitúan en alguna circunstancia. Se reconoce preguntándose: "¿Quién o qué es lo que actúa o a lo que se refiere el predicado? Así, en: "El niño prepara todas las tardes sus tareas para la escuela", a la pregunta "¿Quién prepara todas las tardes sus tareas para la escuela?" (predicado) la contestación es: *el niño* (sujeto). El núcleo del sujeto suele ser un sustantivo, su significado lo completan varios modificadores, como el artículo *(el)*, el adjetivo ("pequeño", por ejemplo) o alguna construcción nominal, como: "de la casa vecina" en "El niño *de la casa vecina* prepara todas las tardes sus tareas para la escuela". El núcleo del sujeto y el del predicado concuerdan en número y persona: *el niño prepara*, "Tú dijiste que vendrías". Al sujeto se le llama *simple* cuando consiste en un solo núcleo o una sola construcción nominal, por ejemplo: "Juan estudia historia", y *compuesto* cuando tiene más de un núcleo, por ejemplo: "*Juan e Inés* estudian historia" o "*El perro de la esquina y el gato de mi casa* se pelean". Cuando el sujeto se indica solamente con el gramema de persona del verbo, como en "grito", "gritamos", se llama *sujeto morfológico, implícito* o *tácito*.

suma s f 1 *(Mat)* Operación aritmética que consiste en agregar una cantidad a otra, o varias cantidades unas a otras, y resultado de ello 2 Reunión de varios elementos, particular-

mente de dinero; *una suma de factores, una suma de dinero* 3 Recopilación de todos los asuntos o temas de una disciplina o de una ciencia: "La *Suma Teológica* de Santo Tomás de Aquino" 4 *En suma* En resumen.

sumamente adv En sumo grado; muy: "Le estoy *sumamente* agradecido".

sumando s m *(Mat)* Cada una de las cantidades que se suman: "El orden de los *sumandos* no altera la suma".

sumar v tr (Se conjuga como *amar*) 1 Reunir en una sola varias cantidades: "4+6 suman 10", "Sus cartas sumaban 500" 2 Agregar, añadir: "A esta situación hay que *sumar* una creciente presión demográfica" 3 v prnl Adherirse a alguna causa, opinión o grupo: "Nuestro sindicato se *suma* a los sindicatos independientes existentes", "Se *suman* a una actitud de solidaridad social", "Me *sumo* a la protesta por la injusticia".

sumo adj 1 Que es lo más alto; superior; supremo: *el sumo sacerdote* 2 Mucho o muy grande: *hacer algo con sumo cuidado, Ser algo de suma importancia* 3 *A lo sumo* Cuando mucho "A lo *sumo* tendría veinte años".

superación s f 1 Acto de superar o superarse: *la superación de un problema, la superación del trabajo de sí mismo* 2 Mejoramiento de alguna cosa: *superación profesional*.

superar v tr (Se conjuga como *amar*) 1 Ser algo o alguien mayor o mejor que otro cuando se les compara, o resultar algo de mayor tamaño, intensidad, fuerza, cantidad, etc.: "El nuevo edificio *supera* al viejo en capacidad", "Su hermano lo *supera* en inteligencia" **2** Pasar más allá de algún punto o límite, o vencer cierto obstáculo: *superar una etapa, superar dificultades* **3** v prnl Lograr alguien mejorar su trabajo, su conducta o sus ideas: *superarse a sí mismo*.

superficie s f **1** Límite exterior de un cuerpo, que lo separa de los demás: *la superficie de la tierra, la superficie del agua, la superficie de la piel* **2** (Geom) Extensión formada por una longitud y una anchura **3** Aspecto exterior de algo: *mirar un libro por la superficie* **4** *De superficie* Que se mueve o manifiesta sobre la superficie terrestre o del mar: *correo de superficie*.

superior adj m y f **1** Que está en la parte más alta de algo, o más arriba que otra cosa: *extremidades superiores, piso superior, ángulo superior derecho de la hoja* **2** Que alcanza un nivel, grado, calidad, etc. mayor que otro anterior o mejor que otro: *una temperatura superior a mil grados, una inversión superior a cincuenta millones de pesos, un vino superior* **3** s Persona que tiene un rango mayor que otra, particularmente la que dirige alguna empresa, institución, etc.: *consultar a los superiores, la superiora en un convento*.

suponer v tr (Se conjuga como *poner*, 10c) **1** Considerar algo como existente, cierto o verdadero en apoyo de un determinado argumento o de cierto pro-

pósito: "*Supongamos* que hay habitantes en otros mundos", "*Supón* que tienes diez pesos" **2** Creer que algo sucede o alguien actúa en cierta forma a partir de lo que se sabe o se tiene noticia: "*Supongo* que llegará tarde", "*Supongo* que llueve, pues se siente húmedo el viento" **3** Volver necesaria alguna cosa otra que se afirma: "Un cambio de trabajo *supone* otros cambios, como de horario, de amigos, etc."

suposición s f **1** Acto de suponer: "Bajo la *suposición* de que viajaremos a cien kilómetros por hora. . .", "Mi *suposición* es que no aceptará tu propuesta" **2** Afirmación, idea, acontecimiento, etc. que se considera cierta, verdadera o real provisionalmente: "Es sólo una *suposición*, no estoy seguro."

supuesto 1 pp irregular de suponer **2** adj Que es dudoso, que no es cierto sino fingido: *una supuesta amistad, un supuesto tesoro* **3** s m Cada una de las afirmaciones, los acontecimientos o hechos que se consideran ciertos, reales o verdaderos para algún propósito: *un supuesto equivocado*, "Bajo el *supuesto* de que tenga razón. . ." **4** *Supuesto que* Ya que, puesto que: "*Supuesto que* ya entendieron, pasaremos a otra lección" **5** *Dar algo por supuesto* Partir de la base de que algo es cierto, verdadero o conocido por todos: "*Doy por supuesto* que ya saben leer" **6** *Por supuesto que* Claro que, ciertamente que: "*Por supuesto* que iremos a visitarte" **7** *¡Por supuesto!* ¡Claro!, ¡Cierto!,

¡Sin duda!: "¿Aprobé el examen? –¡Por supuesto!

sur s m 1 Punto del horizonte situado a la derecha de una persona que ve de frente al este, o contrario al que señala la Estrella Polar 2 Región de un país situada en esa dirección, con respecto a su centro; en esa dirección con respecto al Ecuador, o en esa dirección con respecto a Europa y a los Estados Unidos de América: *el sur de México, América del Sur, el diálogo norte-sur* 3 Viento que sopla de esa dirección.

surgir v intr (Se conjuga como *subir*) 1 Salir algo de la tierra o de otra parte en la que no se percibía nada, particularmente el agua: *surgir flores, surgir un manantial, surgir árboles* 2 Presentarse o manifestarse alguna cosa de pronto e inesperadamente: *surgir una propuesta, surgir una dificultad, surgir un negocio* 3 Destacarse alguna cosa notablemente entre otras o sobre cierta superficie regular: *surgir un rascacielos, surgir un pueblo en el desierto.*

suspender v tr (Se conjuga como *comer*) 1 Colgar o detener una cosa en alto o en el aire: *suspender una lámpara* 2 Detener por algún tiempo una acción o una obra: *suspender una conferencia, suspender una fiesta, suspender un trabajo* 3 Quitar a alguien por un tiempo un beneficio, un sueldo o un empleo: "*Suspendieron* al profesor de matemáticas", "Lo *suspendieron* de su trabajo por dos meses".

suspensión s f 1 Acto de detener o interrumpir el desarrollo de alguna cosa por cierto tiempo: *la suspensión de una obra, la suspensión de los pagos* 2 Orden y acto por los que se impide a alguien recibir cierto beneficio o continuar haciendo algo: *la suspensión del salario, una suspensión administrativa* 3 Manera de estar en un líquido una sustancia que no se mezcla con él, y compuesto de esta clase: *partículas en suspensión, una suspensión medicinal* 4 Conjunto de piezas mecánicas que soportan la carrocería de un vehículo para protegerla de los golpes y movimientos bruscos que se producen cuando camina: *la suspensión de un coche.*

sustancia s f 1 Parte fundamental y constituyente de las cosas: *la sustancia de un cuerpo, la sustancia de una ida, la sustancia de un conocimiento* 2 Materia líquida que se saca de la fruta o de algún cuerpo, o que se produce para algún propósito medicinal, químico, etc.: *sacar la sustancia de un coco, una sustancia vegetal, una mezcla de sustancias.*

sustantivo 1 adj Que es esencial o importante: *una contribución sustantiva al pensamiento* 2 s m *(Gram)* Clase de palabras que significan objetos, procesos, etc. distinguidos e identificados como tales por una comunidad lingüística; su principal función es la de constituir el núcleo del sujeto de la oración, además funciona como núcleo de los complementos directo, indirecto y circunstancial, por ejemplo, en: "Los niños cantaron una canción a sus papás", *niños* cumple la función de núcleo del sujeto; *canción,* la de núcleo del complemento directo y *papás* la de núcleo del complemento indirecto. Suele tener marcas de género y número (*-o* para el masculino: *maestro, gato, freno; -a* para el femenino: *maestra, gata, piedra; -s* para el plural: *maestros, gatas, ramas*). Se clasifican en *sustantivos propios,* los que designan personas: *María, Pedro, Hernández;* países, ciudades, estados, accidentes geográficos: *Francia, Italia, Montevideo, La Paz, Zacatecas, Tamaulipas, Pánuco, Ceboruco,* etc; títulos de libros u otras obras: *Santa, Muerte sin fin, Redes,* etc. (Se escriben siempre con mayúscula); y *sustantivos comunes,* los que significan clases de objetos, personas, relaciones, acciones u objetos, etc. individuales de esas clases, como *niño, arañas, lluvia, correspondencia,* etc.

sustitución s f Acto y resultado de poner a una persona o cosa en lugar de otra: *sustitución de un sistema político, sustitución del maíz por trigo, sustitución de una rueda.*

sustituir v tr (Se conjuga como *construir,* 4) Poner a una persona o cosa en lugar de otra: *sustituir un mueble, sustituir un análisis, sustituir un término, sustituir a un empleado.*

sustracción s f 1 Acto de sustraer: *sustracción de documentos, sustracción de agua* 2 *(Mat)* Resta.

sustraendo s m *(Mat)* Canti-

dad que se resta de otra, por ejemplo, en 8 − 6, 6 es el *sustraendo.*

sustraer v tr (Se conjuga como *traer,* 7b) 1 Sacar algo de donde está, particularmente una cosa de otra de la que forma parte 2 Robar o apoderarse de algo sin violencia: "*Sustrajo* mil pesos de la caja" 3 *(Mat)* Restar 4 Evitar algo o apartarse de ello: "No es posible *sustraerse* al cambio".

suyo Pronombre y adjetivo posesivo de tercera persona. Indica que algo pertenece a la persona de quien se habla, a la persona a la que se habla cortésmente, o a las que se habla: "Esa casa es mía y no *suya*", "No hablemos de usted ni de mí, sino de los *suyos*", "Estas flores son mías, y *suyas* también", "La tierra es *suya*" (Siempre concuerda en género y número con la cosa que se posee) 2 *De suyo* En sí mismo, de por sí: "Escribir un cuento ya es *de suyo* difícil como para que me lo pidas en un día" 3 *Tener algo lo suyo* Tener algo dificultad o importancia en sí mismo: "Ganar un juego al mejor equipo *tiene lo suyo*" 4 *Hacer alguien de las suyas* Actuar alguien con sus maneras características, particularmente cuando molesta, daña o crea dificultades: "El zorro ya anda *haciendo de las suyas* en el gallinero" 5 *Salirse alguien con la suya* Conseguir o lograr alguien lo que ha buscado insistentemente: "La muchacha *se salió con la suya* y se fue al baile".

T t

t s f Vigesimotercera letra del alfabeto, que representa al fonema consonante dental oclusivo sonoro; su nombre es *te*.

tabla s f **1** Pieza de madera delgada y plana que se usa en la construcción de muebles, casas, etc.: "Se necesitan diez *tablas* para hacer la cama" **2** Pieza delgada y plana de cualquier otro material: *tabla de mármol, tabla de acero* **3** pl Escenario de un teatro **4** *Tener alguien muchas tablas* Tener experiencia en alguna profesión, principalmente en el teatro **5** Cada uno de los pliegues que van superpuestos en una falda, vestido o blusa, y se usan como adorno **6** Lista, catálogo o cuadro de materias, temas, números, etc.: *tabla de precios, tabla de elementos químicos, tablas de multiplicar* **7** *Quedar tablas* Empatar en un juego, particularmente en el ajedrez.

tacto s m **1** Sentido con el que se perciben ciertas características de las cosas al tocarlas, como su textura, temperatura, forma, etc., y que está localizado en toda la piel, principalmente en la de las manos **2** Manera en que los objetos se presentan a este sentido: "La seda tiene un *tacto* muy suave" **3** Acto de tocar: "Es muy frío al *tacto*" **4** Habilidad que tiene alguien para tratar a otra persona o para re-

solver un problema: "Tiene mucho *tacto* con los niños".

tal adj m y f pron **1** Que es como se indica o se afirma, igual, semejante o de las mismas características: "Hay que inventar métodos adecuados para lograr *tal* producción", "Hizo un esfuerzo *tal*, que se lastimó", "*Tales* asuntos deben resolverse con cuidado", "Es el representante de la colonia, ya hablando como *tal* se comprometió a mejorar los servicios", "El *tal* aumento de sueldos no lo hemos visto" **2** Tanto o tan grande: "Cometió *tal* que falta, que lo castigaron", "Se organizó *tal* protesta, que tuvieron que huir", "Hay *tal* ruido que no te oigo" **3** *Un, una tal* Seguido por el nombre de una persona, expresa poco conocimiento de ella o saber de ella solamente de oídas: "*Un tal* Pedro Páramo", "*Una tal* Güera Rodríguez" **4** adv De igual manera, así, en la misma forma: "*Tal* se sentía, que no podía articular palabra", "Termina *tal* como comenzó" **5** *Tal cual, tal como, tal y como* En la misma forma, así: "Te entrego el dinero *tal como* lo encontré", "Lo repetí *tal y como* me lo dijiste", "A mí me gusta el tequila *tal cual*, sin sal ni limón" **6** *Con tal de* Siempre y cuando, bajo la condición de: "Me esforzaré mucho, *con tal de* sentirme tranquilo al final",

"No importa cómo lo logres hacer, *con tal de* que lo intentes" **7**
¿Qué tal? Expresión familiar de
saludo **8** ¿Qué tal? Cómo, qué
pasaría o que se pensaría:
"*¿Qué tal* se portaron en la
fiesta?", "*¿Qué tal* que se apa-
gara la luz en este momento?" **9**
Tal para cual Uno para otro, de
la misma manera lo uno que lo
otro: "Se entienden muy bien,
son *tal para cual*", "Uno llevaba
una macana, pero el otro un
palo ¡*Tal para cual!*."

tamaño 1 s m Conjunto de las
medidas o las proporciones de
alguna cosa: *el tamaño de un
mueble, el tamaño de una persona, el tamaño de una mano* **2**
adj (Se usa antepuesto al sustantivo) Que tiene un gran volumen, gran cantidad, importancia, etc.: *tamaña casa, tamaño perro, tamaño problema*.

también adv **1** De la misma
manera, igualmente, en la
misma forma, de modo parecido:
"Tú *también* lávate las manos",
"A mí *también* me invitaron",
"Conozco la Villa y *también* el
Zócalo", "*También* me gustan
las manzanas" **2** Además:
"Baila y *también* canta".

tampoco adv Expresa la negación de algo después de que se
ha negado otra cosa: "*Tampoco*
he vista esa película", "No conozco a tus padres y *tampoco* a
tus hermanos", "El niño no
durmió y *tampoco* su madre",
"No fueron a la plaza temprano
y *tampoco* más tarde".

tan adv Apócope de *tanto*, que
antecede al adjetivo o al adverbio, a los que modifica: "¡Qué
canción *tan* bella!", "No era *tan*

fácil derrotar al enemigo",
"Puedes intentarlo, todavía no
es *tan* tarde", "El castigo fue *tan*
grande *como* la culpa", "Ponlo
tan estirado *como* puedas", "Es
tan alto *que* impresiona", "De
tan amable resulta empala-
goso."

tanto adj, pron y adv **1** Que hay
en gran cantidad o en alto
grado, que actúa o sucede con
intensidad: *tanto trabajo, tanta
sopa, tantos problemas, tantí-
sima gente*, "Vinieron *tantos* que
no pude contarlos", *amar tanto,
esperar tanto, comer tanto* **2**
Tanto... cuanto, tanto... como
En mayor, igual o menor medida, cantidad, intensidad que:
"Estudia *tanto como* se lo permite su trabajo", "*Tanto* más
quiere, *cuanto* más tiene",
"Tiene *tanto* menos harina *como*
es posible" **3** adj pl Tratándose
de números, que se desconoce o
se mantiene impreciso: "Estamos a *tantos* de julio", "Tiene
treinta y *tantos* años" **4** *Uno de
tantos* Uno entre varios: "En
una de tantas me saco el premio" **5** *Un tanto* Un poco, algo:
"Está *un tanto* triste" **6** *Por
tanto, por lo tanto* En consecuencia, en conclusión **7** *En
tanto que, entre tanto* Mientras
que, al mismo tiempo que: "Estudia tu lección, *en tanto que yo*
acabo de coser", "Muele el maíz,
entre tanto yo traigo la sal" **8** s
m Cantidad de alguna cosa: "Un
tanto de café y dos de leche",
"Quiero otro *tanto* de verdura" **9**
s m Unidad con la que se cuentan los puntos en ciertos juegos:
"Ganamos por tres *tantos* a
cero" **10** *Estar o ponerse al tanto*

Tener conocimiento de algo o adquirirlo: "*Estoy al tanto* de la noticia".

tapar v tr (Se conjuga como *amar*) **1** Impedir algo o alguien que otra cosa u otra persona se vea, se note, quede al descubierto o sin protección: *tapar el sol, tapar un cuadro, tapar una ventana* **2** Poner algo encima a alguien para protegerlo del frío, la lluvia, etc.: "*Tapé* al niño con una cobija", "*Tápate* la espalda para que no te quemes" **3** Impedir alguna cosa que haya circulación de una parte a otra de algún objeto o entre dos lugares cercanos: *tapar un agujero, tapar un frasco, tapar la entrada* **4** Evitar que los errores o las fallas de alguien sean notadas: "Entre todos lo *tapamos* con el director" **5** *Tapar el sol con un dedo* Tratar inútilmente de ocultar algo que es demasiado notorio.

tarasco 1 s m Grupo indígena mesoamericano que habitó la mayor parte del estado de Michoacán desde una época no determinada. Era un pueblo sedentario, agricultor y pescador que habitaba las islas y los alrededores de los lagos michoacanos y convivía con otros grupos étnicos como los nahuas. Hacia el siglo XIII d.C. los tarascos huacúsechas o guanáxeos, un grupo de nómadas procedentes de algún lugar septentrional montañoso próximo a la zona de Pátzcuaro, sostuvo guerras y contactos pacíficos con el pueblo anterior en la zona de los lagos y fundó Pátzcuaro como centro militar y religioso. Hacia finales del siglo XIV, la alianza formada por algunos descendientes de los tarascos sedentarios, y los sucesores del pueblo huacúsecha fue dirigida por el caudillo Tariácuri en la conquista de la zona de los lagos y la de tierra caliente hasta las márgenes del río Balsas. Hacia principios del siglo XV el pueblo tarasco estableció Cuyuacan-Ihuatzio, Pátzcuaro y Michuacan-Tzintzunzan como tres capitales dedicadas a Curicaueri, dios del fuego, y Xarátanga, diosa de los agricultores. Militarmente se distinguió por haber resistido el ataque de los mexicas en distintas épocas. Su trabajo de metales, como el cobre, a base de martillado en frío, fundición, filigrana y soldadura fue el más adelantado de Mesoamérica; también es de importancia la elaboración de distintos objetos de madera, plumas y pieles, el desarrollo de la alfarería, la pintura y el laqueado, así como el labrado de piedras duras, entre otras la obsidiana, el cristal de roca y la turquesa. Actualmente habita las zonas montañosas y las de los lagos de la región noroccidental del estado de Michoacán. Vive de la pesca, la agricultura y la ganadería, y produce una gran variedad de artesanías de cerámica, piel, madera y cobre **2** adj y s Que es originario de este grupo indígena o que se relaciona con él: *la cerámica tarasca, el cobre tarasco* **3** s m Lengua de este grupo.

tardar v intr (Se conjuga como *amar*) **1** Ocupar algo o alguien un tiempo determinado para hacer algo: "El tren *tarda* doce horas en llegar a Guadalajara", "*Me tardé* tres días en terminar el trabajo" **2** Ocupar algo o alguien más tiempo del normal, conveniente o esperado para hacer algo: "Ya *tardó mucho en salir*", "*No te tardes* por favor" **3** *A más tardar* En un tiempo máximo de, cuando más: "Te pago *a más tardar* en tres días", "Dáselo *a más tardar* el lunes".

tarde 1 s f Periodo o espacio de tiempo que hay desde el mediodía hasta el anochecer: "Lo busqué toda la *tarde*", "Nos vemos en la *tarde*", "Va a la escuela por la *tarde*", "Pasó a recogerlo ayer en la *tarde*" **2** *Buenas tardes* Saludo que se da durante este periodo **3** adv A hora avanzada del día o de la noche: "Se levanta muy *tarde*", "Llegó *tarde* y ya todos estábamos dormidos" **4** adv Después de la hora fijada, acostumbrada o conveniente: "Siempre llega *tarde* a trabajar", "Llegaron *tarde* y ya no pudieron hacer nada", "Aquí desayunamos *tarde*" **5** *Más tarde* Algún tiempo después: "Me regaló una pluma y *más tarde* me pidió que se la devolviera" **6** *Tarde o temprano* En un momento u otro, quiera o no quiera: "*Tarde o temprano* se sabrá la verdad" **7** *De tarde en tarde* De vez en cuando, raramente: "Voy a los toros *de tarde en tarde*".

tarea s f **1** Trabajo que alguien tiene la obligación de hacer: *las tareas de un empleado, las tareas de la casa* **2** Trabajo que se encarga a los alumnos para que lo hagan en su casa: "Me dejaron mucha *tarea* de matemáticas" **3** Trabajo que se asigna a un jornalero para que lo realice en un tiempo determinado, por lo general en un día **4** Medida de volumen, peso o superficie que varía según el producto y la región de que se trate.

tasa s m **1** Cantidad fijada por una autoridad como precio de un artículo o como pago por algo **2** Proporción o porcentaje de algo: *tasa de interés, tasa de mortalidad, tasa de natalidad*.

tasar v tr (Se conjuga como *amar*) **1** Fijar una autoridad el precio de un artículo o la cantidad mínima o máxima que se debe pagar por algo **2** Determinar el valor de algo.

taza s f **1** Recipiente pequeño con oreja o asa, de cerámica, plástico o algún otro material, que se usa por lo general para tomar líquidos: *una taza de porcelana china, una taza de Tonalá* **2** Cantidad de algo que cabe en ella: "Por cada *taza* de arroz se ponen dos *tazas* de agua" **3** Recipiente del excusado.

te Forma átona del pronombre de segunda persona, masculino y femenino, singular **1** Indica objeto directo: "Luis *te* vio", "*Te* escribió una hermosa carta" **2** Indica objeto indirecto: "Juan *te* prestó el libro", "*Te* dijo que estudiaría", "*Cómete* esa sopa" (Cuando se usa en infinitivo, gerundio o imperativo, se pospone al verbo: *buscarte, llamándote, vete*) **3** Es morfema obligatorio en la conjugación de verbos pronominales: *te arrepentiste, te sentaste.*

té s m Bebida que se obtiene hirviendo en agua hojas, tallos, flores, cortezas, etc. de ciertas plantas: *té de manzanilla, té de limón, té de canela, té negro.*

teatro s m 1 Arte de representar mediante la actuación historias o argumentos reales o ficticios por lo general basados en un texto, y con la ayuda de ciertos recursos como telones, muebles, luces, vestidos especiales, etc.: *teatro clásico, teatro realista, teatro de lo absurdo, teatro experimental* 2 Género literario de las obras escritas para ser representadas y en las que la narración de los hechos está dada por las acciones y los diálogos de los personajes 3 Lugar especialmente acondicionado para representar en él obras de este género u otros espectáculos: "En este *teatro* se han presentado los mejores actores" 4 Conjunto de las obras dramáticas de un autor, una época, un país, etc.: *el teatro de Carballido, el teatro del Siglo de Oro español, el teatro mexicano* 5 Lugar en el que ocurre algún hecho importante o sobresaliente: *el teatro de una batalla* 6 Fingimiento.

técnica s f Conjunto de recursos de que se dispone para hacer alguna cosa, de procedimientos que se siguen para lograrla y de la habilidad que se tiene en su manejo: *la técnica de un artesano, la técnica de un pintor, la técnica agrícola, un nadador con técnica.*

técnico adj 1 Que se relaciona con la aplicación de conocimientos para obtener resultados prácticos o con el empleo de ciertos instrumentos y determinados materiales en la elaboración o producción de algo: *carrera técnica, planeación técnica, apoyo técnico, desarrollo técnico* 2 s m Persona que está capacitada para realizar un trabajo especializado, generalmente práctico o de apoyo a los profesionales: *técnico automotriz, técnico en aparatos domésticos, técnico en dibujo, técnico en computación* 3 Que se orienta a la obtención de resultados prácticos, supeditando la teoría a dicho fin 4 *Nombre, vocabulario, lenguaje, etc. técnico* Palabra o conjunto de términos que son exclusivos de una ciencia o arte, o que tienen un sentido propio dentro de ellos.

tecnología s f Conjunto de medios, recursos o procedimientos empleados por el ser humano para producir objetos útiles o para hacer funcionar algo, particularmente los instrumentos o aparatos que se dedican a este fin: *intercambiar tecnología dos países, desarrollar la tecnología, tecnología industrial.*

tejer v tr (Se conjuga como *comer*) 1 Entrelazar hilos para formar una tela 2 Entrelazar estambre, hilos, cordones, tiras de mimbre, etc., para producir un objeto determinado: *tejer un suéter, tejer un sombrero de palma, tejer una canasta* 3 Formar ciertos animales, como las arañas, una especie de red con el hilo que segregan 4 Preparar poco a poco y haciendo coincidir distintas cosas, el desenlace de algo, o elaborar una trama, un argumento, etc. uniendo ideas o sucesos: *tejer su propio destino, tejer un fraude.*

tejido 1 pp de tejer: "Una prenda *tejida* a mano" **2** s m Labor que consiste en entrelazar estambre, hilos, listones, etc. para producir, por ejemplo, prendas de vestir: "Dedica sus tardes al *tejido*", clases de tejido **3** s m Manera de realizar dicha labor y el objeto que resulta de ella: "Le gustan los *tejidos* a gancho", *un tejido artístico* **4** s m Agrupación de células o de fibras anatómicas que entrelazadas o adheridas entre sí forman un conjunto estructural: *tejido muscular, tejido nervioso.*

tela s f **1** Producto que se hace entrelazando hilos de materiales como el algodón, la lana o alguna fibra sintética, hasta lograr una superficie apretada y relativamente lisa, con la que se fabrica ropa, tapices, etc.: una camisa de tela, "Compró diez metros de *tela* para las cortinas", "Encuadernamos los libros con tela" **2** Película o membrana delgada que cubre alguna cosa: *tela de cebolla* **3** *Tela de alambre o metálica* Red hecha de alambre, como la que se usa para cercar **4** Tejido que hacen las arañas y algunos gusanos **5** *Poner o estar algo en tela de juicio* Poner algo en duda o estar sujeto a discusión **6** *Haber tela de donde cortar* Haber mucho que decir acerca de algo.

teléfono s m **1** Sistema eléctrico que permite la comunicación oral a larga distancia, generalmente mediante la conexión de cables y de aparatos: *el invento del teléfono*, "En su pueblo no hay *teléfono*" **2** Aparato por el cual se emite y se recibe dicha comunicación: *un teléfono antiguo*, "En su cuarto tiene un *teléfono*" **3** Número o clave que permite establecer dicha comunicación.

telégrafo s m Sistema de señales que permite establecer una comunicación a larga distancia, particularmente el que emplea el alfabeto Morse, y los aparatos que para ello se usan.

telescopio s m Instrumento óptico que, mediante lentes y espejos que amplían las imágenes, permite ver objetos lejanos; se utiliza principalmente para observar los astros.

televisión s f **1** Sistema de transmisión de imágenes a distancia mediante determinadas ondas electromagnéticas **2** Aparato receptor y reproductor de dichas imágenes: *comprarse una televisión, apagar la televisión* **3** Conjunto de instalaciones, equipo, etc. relacionado con dicha transmisión y el contenido de la misma: *un canal de televisión, un programa de televisión, televisión educativa.*

tema s m **1** Idea, asunto o motivo principal sobre el que gira el desarrollo de una conversación, discurso, novela, película, etc.: "El *tema* de la obra es la revolución mexicana" **2** (*Mús*) Idea musical que constituye el punto de partida de una composición, o melodía que se repite, en distintas formas, en el desarrollo de una obra musical.

temor s m Sentimiento de inquietud y miedo prolongado, causados por un peligro o un daño posibles: "Vive lleno de *temores*", *temor a la enfermedad*.

temperatura s f 1 Grado de calor de los cuerpos o del ambiente: "Estos motores funcionan a altas *temperaturas*", "Se registraron bajas *temperaturas*" 2 Calor anormal del cuerpo, producido generalmente por alguna enfermedad: "El niño tiene *temperatura*."

templar v tr (Se conjuga como *amar*) 1 Quitarle intensidad a algo, suavizarlo o darle la tensión que requiere 2 Poner algo a una temperatura media, de manera que no quede ni frío ni caliente: *templar el agua, templar la leche* 3 Dar a un material la dureza, fuerza o elasticidad que requiere: *templar el acero* 4 Dar al carácter serenidad, fortaleza y seguridad 5 (*Mús*) Preparar un instrumento musical para que dé las notas debidas: *templar el violín*.

templo s m Construcción o lugar destinado al culto religioso: *un templo azteca, un templo católico*.

temporada s f 1 Espacio determinado de tiempo durante el cual sucede algo o se lleva a cabo alguna actividad especial: *temporada de vacaciones, temporada de conciertos, temporada de mucho trabajo* 2 *De temporada* Que se da o se usa sólo en cierta época: *fruta de temporada, un vestido de temporada*.

temprano 1 adj y adv Que sucede o se manifiesta antes de lo esperado o de lo normal: *una lluvia temprana, una actividad temprana, un nacimiento temprano, una inteligencia temprana, llegar temprano, comer temprano* 2 adv En las primeras horas del día: *salir temprano, despertar temprano* 3 adv Antes de tiempo o del momento oportuno: "Se presentaron *temprano* para el examen".

tendencia s f Dirección que lleva o tiene algo o alguien en relación con cierto objetivo o límite que persigue: *tendencia de un movimiento, una tendencia artística, una tendencia democrática*.

tender v tr (Se conjuga como *perder*, 2a) 1 Poner alguna cosa horizontalmente y a lo largo de otra superficie horizontal: *tender una tela sobre la mesa, tender los papeles en el escritorio, tender las cartas* 2 Poner la ropa mojada al aire y al sol para que se seque 3 Poner alguna cosa paralelamente a una superficie horizontal o paralela al suelo, apoyándola en varios puntos: *tender un cable de electricidad, tender la vía del ferrocarril, tender un puente* 4 prnl Echarse uno horizontalmente: *tenderse en la cama* 5 intr. Tener algo o alguien cierto objetivo o límite hacia el cual dirigirse: *tender un número a cero, tender a correr, tender hacia la familia*.

tener v tr (Modelo de conjugación 12a) 1 Haber alguna cosa entre las manos de una persona, a su alcance o bajo su cuidado: "Aquí *tengo* las llaves", "*Tenemos* varios libros en la biblioteca", "*Tengo* un grupo de cuarenta niños" 2 Formar parte de

una persona cierto rasgo físico o cierta cualidad, o estar sometida a cierta acción temporal: *"Tiene unos ojos preciosos"*, *"Tiene mucha inteligencia"*, *"Tenía cinco años cuando visitó a su abuelo"* **3** Sentir alguien alguna cosa en su cuerpo o alguna emoción: *"Tengo mucho frío"*, *"Tenemos mucha tristeza por lo sucedido"* **4** Estar algo o alguien compuesto por varias cosas, órganos o elementos: *"Los humanos tenemos cinco dedos en cada mano"*, *"El coche tiene cinco asientos"* **5** Haber alguna cosa o existir personas en cierta relación con uno o suceder algo que lo afecta, o en lo que toma o debe tomar parte: *"Tendrás muchos amigos"*, *"¿Tienes novia?"*, *"Mañana tendremos una junta"*, *"Tuve una pelea con el vecino"*, *"Que tengas un buen día"*, *"Tuvimos una agradable sorpresa"* **6** Estar alguien en capacidad de hacer algo o de actuar de cierta manera: *"Tiene fuerza suficiente para resistir el trabajo"*, *"Ese hombre tiene mucha influencia en los demás"* **7** Considerar algo o a alguien en cierta forma o haberse formado cierta opinión de él: *"Lo tengo por estudioso"*, *"Tengo a orgullo el recibirle en mi casa"* **8** Haber alguna cosa en propiedad de alguien o bajo su dominio y voluntad: *"Tienen mucho dinero"*, *"Tiene una fábrica y cincuenta obreros a su servicio"*, *"El cacique tiene casas, ranchos, caballos y peones"* **9** prnl Dejar alguien de avanzar, moverse o actuar: *"Ténganse de entrar en este lugar"*, *"Tente Satanás"* **10**
Tener que Estar alguien en la necesidad o la obligación de hacer algo: *"Tengo que salir temprano"*, *"Tendrás que repetir la pregunta"*, *"Tuvimos que aceptar la oferta"* **11** *Tener a bien* Considerar conveniente: *"Tuvo a bien invitarme"* **12** *Tener que ver una cosa con otra* Estar ambas relacionadas: "Un buen producto siempre *tiene que ver* con la calidad del trabajo" **13** Seguido de participio, manifiesta una acción terminada: *"Tengo terminada la mesa"*, *"Tiene preparado su discurso"* **14** *Tener para sí* Considerar o juzgar uno algo: *"Tengo para mí que eso es mentira"* **15** *Tener lugar algo* Realizarse, suceder, ocurrir: "El examen *tendrá lugar* el lunes" **16** Seguido de sustantivo, forma muchas construcciones de significados diversos, que se pueden comprender según las acepciones anteriores: *tener fe, tener memoria, tener confianza, tener control, tener la culpa, tener cuidado, tener conciencia, etc.*

tensión s f **1** Fuerza que actúa entre las partes o las moléculas de un cuerpo, que impide que se separen cuando están sometidas a fuerzas contrarias: *tensión de un resorte, la tensión de una liga, la tensión de una viga* **2** Estado de un cuerpo sometido a esas fuerzas: *estar un material en tensión, poner un cable en tensión* **3** *Tensión arterial* Presión de la sangre sobre las paredes de las arterias, producida por la intensidad de los latidos del corazón, la resistencia que le oponen los vasos sanguíneos, la circulación y el volumen de la sangre 4 (*Elec*) Diferencia de potencial eléctrico entre dos puntos, que se mide en voltios: *alta tensión* 5 Estado físico y mental de una persona sometida a fuerte presión de trabajo, a angustia, impaciencia o intranquilidad: *estar en tensión, una enorme tensión emocional* 6 Estado de conflicto entre personas, comunidades o países, en que la situación puede estallar violentamente: *tensión internacional*.

teoría s f 1 Conjunto ordenado y organizado de proposiciones, relaciones y demostraciones con el que se da una explicación acerca de cierto objeto considerado: *una teoría de la materia, la teoría de la evolución, hacer una teoría* 2 Conjunto de conocimientos que se tiene acerca de algo, considerados aparte de su práctica: *teoría musical, teoría política* 3 *En teoría* En principio, sin considerar la práctica o la realidad: *saber medicina en teoría*, "*En teoría*, todos somos geniales".

tercer Apócope de *tercero*, que antecede al sustantivo masculino: "*Tercer día*", "*Tercer acto*", "*Tercer mundo*".

tercero adj y pron 1 Que ocupa el lugar inmediatamente posterior al segundo en una serie: "*Tercera categoría*", "*Tercera columna*", "Tu caballo entró en segundo lugar y el mío en *tercero*", "Mi hija fue la *tercera* del salón", "Llamé al *tercero* de la fila" 2 *Tercera parte* Cada una de las tres porciones iguales en que se divide algo: "Todavía nos deben las dos *terceras partes* del sueldo" 3 Que no forma parte de la relación entre hablante y oyente, o del trato o convenio entre dos o más personas: "La acción no afecta a *terceros*", "No hemos considerado a un *tercero*, cuya opinión puede ser importante".

terminación s f 1 Acto de terminar algo: *la terminación de un mueble, la terminación de un plazo, la terminación de las actividades* 2 (*Gram*) Gramema.

terminar v (Se conjuga como *amar*) 1 tr Poner término a alguna cosa o llevar a su fin una acción: *terminar un vestido, terminar una casa, terminar de comer, terminar la lectura* 2 intr Llegar algún acontecimiento o alguna actividad a su fin, o tener algo su fin en cierto punto o en cierto momento: "Las clases ya *terminaron*", "*Terminarán* las lluvias", "Aquí *termina* esta canción", "La obra *termina* en mucho ruido y confusión", "Sus zapatos *terminan* en punta" 3 intr Llegar alguien a cierta conclusión o decisión como resultado de un acontecimiento o una situación anterior: "*Terminó* por aburrirse e irse", "*Terminó* por aceptar la oferta".

término s m 1 Punto último al que llega algo o momento final de algún acontecimiento o alguna acción: *el término de un viaje, llegar una carrera a su término, el término de un plazo, el término de un ejercicio* 2 Señal que fija los límites de un terreno, de una división política o administrativa o de la extensión que cubre una autoridad: *el término norte de una propiedad, los términos del Estado de Hidalgo, el término municipal* **3** Espacio de tiempo señalado para que algo suceda o se cumpla: "Presentarse a la oficina en un *término* de diez días" **4** Situación o estado en que alguien encuentra a otra persona o una cosa en cierto momento: "Encontré la casa en unos *términos* desastrosos" **5** Posición que ocupa algo en una serie o en una enumeración: *en primer término, poner en segundo término* **6** (*Lóg* y *Gram*) Cada uno de los dos elementos que forman la proposición: sujeto y predicado **7** (*Mat*) Cada una de las expresiones numéricas o algebraicas que intervienen en una operación o en un cálculo; por ejemplo en: $4+8+(2\times3)$, cada número es un término y 2×3 es término a su vez **8** *Por término medio* En promedio, más o menos, aproximadamente: "Por *término medio* los niños entran a primaria a los siete años de edad" **9** Cada uno de los puntos, datos, reglas, condiciones, razones o argumentos que entran en una exposición, una discusión, un contrato, etc.: *los términos de la ley, los términos de la propuesta, establecer los términos del debate* **10** Palabra, considerada en relación con aquello que designa: *un término científico, un término técnico* **11** *En último término* Como último recurso, si no hay otra solución: "*En último término*, le avisaremos más tarde lo que ha pasado" **12** *Estar en buenos o malos términos con*

alguien Tener con alguien amistad o enemistad.

terreno **1** adj Que pertenece a o se relaciona con la Tierra o con la vida material: *existencia terrena, vida terrena, comunidad terrena, realidades terrenas* **2** s m Extensión variable de tierra: "Compré un *terreno* para construir una casa", "Voy a cultivar mi *terreno*" **3** s m Conjunto de técnica, conocimientos, etc. que forman una actividad determinada: *el terreno de las artes, el terreno de la literatura, el terreno de la economía.*

terrible adj m y f **1** Que causa o inspira terror: *una guerra terrible, un temblor terrible, un miedo terrible* **2** Que causa una impresión fuerte y mala: *una película terrible, un actor terrible* **3** *Ser alguien terrible* Tener alguien un comportamiento que causa dificultades: "El niño *es* terrible", "El jefe *es* terrible".

territorio s m **1** Extensión de tierra que pertenece a una nación, un país, un estado o una región: *territorio nacional, territorio mexicano, recorrer un territorio, territorio de Sonora* **2** Zona que cubre una autoridad: *el territorio de un juzgado.*

terror s m Miedo muy intenso, particularmente el causado por un peligro o una amenaza desconocidos o ante los cuales no encuentra uno cómo protegerse: *terror a los reptiles, causar terror un maremoto, época del terror.*

terrorismo s m Uso de la violencia, particularmente a base de bombas, secuestros, asesinatos, sabotajes, etc., con el fin de causar terror e inseguridad entre los habitantes de una población o entre los miembros de un grupo social, y para alcanzar ciertos fines políticos.

tesis s f sing y pl **1** Proposición o conjunto de proposiciones acerca de algún tema o problema, a los que se llega por medio de razonamientos y argumentos: *sostener una tesis, las tesis de la física contemporánea* **2** Trabajo que presenta un estudiante universitario a propósito de algún tema, para aspirar al título correspondiente: *una tesis de licenciatura, defender la tesis*.

texto s m **1** Conjunto de signos lingüísticos, en particular los escritos, con el que se comunica algo: *un texto científico, un texto literario, el texto de un discurso* **2** Parte citada de una obra escrita: *un texto constitucional, un texto bíblico* **3** Conjunto de lo escrito en un libro, aparte de su portada, sus notas, sus índices, etc. **4** *Texto de enseñanza* El que se considera como base para la enseñanza de algo.

ti Pronombre de segunda persona, singular; se usa siempre con preposición: *a ti, de ti, hacia ti, por ti*. (Cuando se utiliza la preposición *con*, es *contigo*).

tiempo s m **1** Medida de la sucesión de estados por los que pasa la materia, de su movimiento, su cambio o su transformación: *el tiempo del universo, el tiempo del mundo, el tiempo de la vida* **2** Cualquier medida que se convenga para el desarrollo de algo, como los segundos, las horas, los años, los siglos, etc. **3** Medida de la exis-

tencia de alguna cosa o de alguna acción desde su principio o nacimiento: *un corto tiempo, un tiempo de cinco años*, "Te espero desde hace *tiempo*" **4** Momento o plazo adecuado, posible u oportuno para hacer algo: *tener tiempo, cada cosa a su tiempo* **5** Cada uno de los actos, acciones o partes en que se divide algún acontecimiento, alguna actividad o algún fenómeno: "El primer *tiempo* de un partido de futbol", "Un *tiempo* de una sinfonía", "El *tiempo* de maduración de una fruta" **6** (*Mús*) Velocidad con la que se ejecuta un movimiento de una obra musical: *a tiempo de vals, a tiempo lento, a tiempo de allegro* **7** (*Mús*) Medida de la duración de las notas que forman un compás, como 2/4, 3/4, 6/8, etc. **8** Estado de la atmósfera en un momento dado: *hacer buen tiempo, tiempo lluvioso* **9** (*Gram*) Flexión del verbo, que sitúa la acción significada por él con respecto al momento en que se enuncia –antes, simultáneamente o después– o con respecto a algún otro momento determinado en la propia oración en que aparece –anterior, simultáneo o posterior–. En español se expresa en formas simples, como *amo, amaba, canté, subiría*, etc. y *compuestas* por el verbo auxiliar *haber* y el participio del verbo en cuestión (Véase tabla de usos del tiempo verbal) **10** *A tiempo* En el momento debido u oportuno: *llegar a tiempo, huir a tiempo* **11** *Al tiempo* A la temperatura ambiente: *un refresco al tiempo* **12** *De tiempo en tiempo*

De vez en cuando, a veces: "Hagamos fiestas *de tiempo en tiempo*" **13** *Matar el tiempo* Hacer alguna cosa entre tanto sucede otra o sólo para divertirse.

tienda s f **1** Establecimiento o local en el que se vende cierto tipo de mercancías: *una tienda de ropa, una tienda de abarrotes* **2** *Tienda de campaña* Casa o refugio armable para dormir en el campo, que consiste en una estructura o armazón que se encaja en la tierra para sostener una tela de la cubre, con frecuencia impermeable para proteger de la lluvia.

tierra s f **1** Planeta en el que vivimos, tercero en distancia de los que giran alrededor del Sol (Se usa mayúscula para nombrarlo) **2** Superficie de este planeta que no está cubierta por agua: *llegar a tierra, tomar tierra, tierra a la vista* **3** Conjunto de partículas minerales y orgánicas que forman esa superficie o el suelo del planeta: *un puño de tierra, productos de la tierra, arar la tierra* **4** *Tierra vegetal o de hoja* La muy rica en materias minerales y orgánicas, que se puede sembrar o ayuda a fertilizar otra **5** Cada una de las superficies que se pueden cultivar, delimitadas en propiedades: *tierra de cultivo, tener tierras,* "La *tierra es de quien la trabaja*" **6** Nación, país o región en que nació alguien: "Me voy a mi *tierra*", "¡Viva mi *tierra*!" **7** Cable con el que se conecta un aparato eléctrico, una máquina, un pararrayos, etc. con el suelo **8** *Dar en tierra algo o alguien* Caer

una cosa o una persona, tirarla o hacerla caer: "El papalote *dio en tierra*", "El luchador *dio en tierra* con su enemigo" **9** *Echar algo por tierra* Deshacer o echar a perder algo: "*Echó por tierra* sus cálculos" **10** *Echarle tierra a alguien* Hablar en perjuicio de una persona **11** *Echarle tierra a un asunto* Olvidarlo a propósito **12** *Venirse a tierra un asunto* Fracasar.

tilde s m o f **1** Pequeño trazo que se escribe sobre alguna letra para distinguirla de otras, como el acento, el que caracteriza a la letra *ñ*, etc.

tío s Hermano o primo del padre o la madre de alguien: *tío paterno, tía materna, mis tíos.*

tipo s m **1** Objeto que sirve como ejemplar, modelo o paradigma de otros que se basan en él o se copian en él: *un tipo de avión, un nuevo tipo de estructura* **2** Conjunto de las características o propiedades que definen a un conjunto de cosas o de personas: *un tipo de individuo, tipo asiático, un vestido de tipo juvenil, un tipo de queso* **3** Clase o naturaleza de algo: *cierto tipo de trabajo, mercancías de varios tipos* **4** Figura o actitud corporal de una persona: *buen tipo, una mujer de tipo distinguido* **5** s Persona, considerada como diferente de otras, pero sin individualizarla o caracterizarla: *un tipo con cara criminal,* "¡Qué *tipo*! ¡Siempre ha sido así", "¿Y quién es esa *tipa*?" **6** Cada una de las figuras de letras, números, etc., de metal u otro material, que se usan en imprenta: *tipo Bodoni, tipo Baskerville.*

tirar v tr (Se conjuga como *amar*) 1 Hacer caer alguna cosa o a alguna persona o causar su caída: *tirar el libro, tirar la leche, tirar a un anciano, tirar a un niño* 2 Echar algo a la basura o deshacerse de ello: *tirar los huesos del pollo, tirar papeles, tirar un suéter viejo* 3 Destruir alguna construcción o alguna cosa que está en pie: *tirar una casa, tirar una estatua, tirar una pared, tirar un árbol* 4 Dar cierto impulso, particularmente con la mano, a alguna cosa, para que caiga a cierta distancia o golpee en alguna parte: *tirar piedras, tirar la pelota* 5 Lanzar algún proyectil a un punto determinado: *tirar flechas, tirar un palazo, tirar una bomba* 6 Mover alguna parte del cuerpo para golpear o dañar algo o a alguien: *tirar una patada, tirar un mordisco* 7 prnl Darse uno impulso para caer de cierta manera en alguna parte: *tirarse un clavado, tirarse en paracaídas, tirarse al suelo* 8 prnl Dejarse uno caer horizontalmente en alguna parte: *tirarse en la cama, tirarse en el suelo* 9 Usar alguna cosa inadecuadamente y causar con ello su desgaste, su consumo o su pérdida: *tirar el agua, tirar el dinero* 10 Dibujar una línea de un punto a otro 11 Imprimir cierto número de ejemplares de un libro, un periódico, etc.: *"Tiraron una edición de diez mil ejemplares"* 12 intr Hacer fuerza algo o alguien para que otra cosa u otra persona lo siga, se le acerque o tienda a ello: *tirar los bueyes de una carreta, tirar la cuerda hacia uno* 13 Tener algo o alguien cierta cualidad o característica que parece semejante a otra o a alguna de otra cosa o de otra persona: *"Su pelo tira a negro", "Los rasgos de su cara tiran a los de su padre", "Su hija tira cada vez más a soltera"* 14 Tender alguien a convertirse en alguna cosa o a lograr algo, o desearlo: *tirar a presidente, tirar a ser el jefe máximo.*

titular[1] v tr (Se conjuga como *amar*) 1 Poner título a algo: *"Le es muy difícil titular sus cuadros"* 2 prnl Llamarse algo, como una obra artística, de determinada manera: *"Su próximo libro se titulará 'Viaje a Plutón' "* 3 prnl Obtener una persona su título profesional: *"El año pasado se titularon casi todos mis compañeros de generación".*

titular[2] 1 adj m y f Que ha sido nombrado para ejercer cierto cargo o empleo: *profesor titular, director titular* 2 s m Expresión lingüística que, en grandes letras, encabeza una noticia de un periódico o una revista: *aparecer un titular, los grandes titulares.*

título s m 1 Palabra o conjunto de palabras con que se da a conocer el nombre, el tema o el asunto de un libro, de una obra teatral, de una película, etc. 2 Nombre que se da a alguna persona por sus méritos o sus cualidades: *título de campeón, título de mejor estudiante* 3 Dignidad como la de lord, conde, marqués, etc. que otorga a sus súbditos un rey, un Papa, etc. 4 Documento en el que se declara por una autoridad, la profesión o la especialidad comprobada académicamente de alguien: *título de dentista, título de maestro* **5** Cada una de las partes, numeradas o designadas con cierto nombre, en que se divide una ley, un estatuto, etc. **6** Documento jurídico en el que se otorga un derecho o se establece una obligación: *título de propiedad, título de inafectabilidad* **7** Documento financiero: *título al portador, título nominal* **8** A título de En calidad de: "Lo dijo *a título de* respuesta".

tocar v tr (Se conjuga como *amar*) **1** Poner la mano o alguna parte del cuerpo, generalmente con suavidad, en algo o en alguien y percibirlo con el tacto: *tocar una rosa, tocar un alambre, tocar el hombro, tocar la frente* **2** Poner momentáneamente una cosa que uno tiene en contacto con otra o con alguien: *tocar un alacrán con un palo, tocar una sustancia con una tablilla, tocar a alguien con un bastón* **3** Estar en contacto una cosa o una persona con otra totalmente o en alguna de sus partes: "Las ramas del árbol *tocan* mi ventana", *tocarse dos cables, tocar un barco el fondo* **4** Llegar una persona o un transporte a cierto punto o lugar durante su recorrido: *tocar puerto, tocar el avión varias ciudades* **5** Hacer sonar alguna cosa, particularmente un instrumento musical según un arte para hacerlo: *tocar la campana, tocar la guitarra* **6** Hacer sonar algo como señal o aviso de algún acontecimiento: *tocar la sirena, tocar a muerto, tocar diana* **7** Producir algún acontecimiento

un efecto emocional en alguien: "La miseria nos *toca* a todos profundamente", "El llanto de un niño siempre *toca* el corazón de los adultos" **8** Hablar o tratar de cierto tema al margen de otro tema o superficialmente: "Este libro *toca* la época del virreinato", "*Tocamos* el asunto de los inmigrantes con el embajador" **9** Tocarle algo a alguien Corresponder alguna cosa a una persona, pertenecerle o ser tarea o responsabilidad suya: "A cada niño *le tocan* dos lápices", "*Nos tocó* lavar las paredes", "*Me tocaba* la mitad de la herencia" **10** Por lo que toca a, en cuanto toca a, en la tocante a Por lo que se refiere a, o corresponde a: "*Por lo que toca a ti*, con lo que has hecho basta", "*En lo tocante a* campañas de vacunación, se han efectuado varias".

todavía adv **1** Hasta este momento o hasta cierto momento: "*todavía* está dormido", "No ha acabado *todavía*" **2** Aún, en mayor grado o cantidad: "Es *todavía* más estudioso que su hermano", "Jugó *todavía* mejor que la vez pasada" **3** A pesar de ello, por si fuera poco, encima: "Te hizo daño y *todavía* lo justificas", "Tienes de todo y *todavía* buscas más".

todo adj y pron **1** Que se considera, se manifiesta, se ofrece, se toma o se comprende por completo, en su totalidad, en cada uno de sus elementos o partes: *todo México, toda la ropa, todos los perros, todo el mundo, todo el libro, todas las mujeres, vinieron todos, bailan todas*, "*Todo* está listo" **2** sing Que es característico o propio de la naturaleza de la totalidad de los miembros de un conjunto: *"Todo* hombre es mortal", *"Toda* persona tiene sentimientos" **3** Cada determinado tiempo, sin excepción: "Nos vemos *todos* los domingos", "Le pagan su sueldo *todas* las quincenas" **4** Pone énfasis sobre cierto aspecto o cualidad de algo o alguien: "Lorenza es *toda* ojos", "Soy *todo* oídos", "Ese elefante es *todo* trompa" **5** adv Por completo, enteramente: "Tiene el pelo *todo blanco", "Llegó todo* mojado" **6** sm Cualquier objeto entero, en su totalidad o integridad: *el todo y sus partes, jugar el todo* **7** *A todo* Con el máximo esfuerzo, la máxima energía, la máxima capacidad, la máxima velocidad, etc: "Vino a *todo* correr", "Me llamó a *toda* prisa", "Trabaja a *todo* vapor" **8** *Ante todo* Principalmente, primeramente, especialmente: "La salud *ante todo"*, "Lo diré *ante todo* a ti", *"Ante todo,* descansa" **9** *Sobre todo* Principalmente, particularmente, en especial: "Quisiera, *sobre todo,* visitar las pirámides", "Me gusta la música *sobre todo"* **10** *Del todo* Completamente: "El vestido está *del todo* terminado" **11** *Después de todo* A fin de cuentas, por el contrario de lo dicho o sucedido: "*Después de todo* ya trabajé veinte años", *"Después de todo,* la película no fue mala" **12** *Con todo y todo* A pesar de lo dicho o sucedido: *"Con todo y todo* yo prefiero al otro candidato".

tolteca s y adj m y f **1** en pl. Grupo indígena hablante de náhuatl que penetró en Mesoamérica hacia el siglo VIII d.C. Ocupó la ciudad de Tula: al aliarse con los pueblos de Culhuacán y Otompan, entre los siglos X y XII, tuvo su época de mayor esplendor cultural y militar y se supone que mantuvo intercambio comercial con la mayoría de los pueblos mesoamericanos. Después de la decadencia de Tula se vio obligado a refugiarse en Cholula como pueblo vasallo de los olmecas xicalancas hasta que los expulsó y dominó dicha ciudad. Su desarrollo cultural se manifiesta principalmente en la arquitectura, fuertemente influida por Teotihuacan y Xochicalco. Sus rasgos más característicos son una decoración suntuosa, y una exaltación de los valores militares con figuras humanas y animales (ocelotes, pumas, águilas, zopilotes y seres monstruosos) y con abundancia de relieves policromos de colores fuertes y vivos. La similitud estilística, tanto en escultura como en cerámica, entre Tula y Chichén Itzá permite suponer que hubo relaciones frecuentes entre mayas y toltecas. Su influencia cultural se extendió a la zona central de México y fue determinante en el desenvolvimiento de la cultura mexica **2** Que pertenece o se relaciona con este grupo indígena: *la cultura tolteca, los guerreros toltecas.*

tomar v tr (Se conjuga como *amar*) **1** Coger o agarrar algo, principalmente con la mano: *tomar un libro, tomar un lápiz, tomar una herramienta, tomar* *el pan con las pinzas* **2** Comer, beber o ingerir algo: *tomar el desayuno, tomar un café, tomar leche, tomar una medicina* **3** Ingerir bebidas alcohólicas: "Se fue a *tomar* con sus amigos", "*Toma* todos los días" **4** Recibir o aceptar una persona algo que otra le da, le ofrece o le enseña: *tomar un regalo, tomar una propina, tomar una clase* **5** Recibir voluntariamente el efecto de algo, como el sol, el aire, etc. **6** Pasar a tener, imitar o adoptar las características de alguien, o empezar a adquirir cierta cualidad: *tomar costumbres extranjeras*, "*Tomó* los modales de su hermano", "*Toma* el estilo de los clásicos", *tomar conciencia, tomar inpulso, tomar vuelo, tomar forma* **7** Ocupar un lugar por la fuerza o conquistar en la guerra una posición: *tomar una provincia, tomar una plaza, tomar las instalaciones, tomar el local* **8** Considerar una cosa de determinada manera, interpretarla o sentirla de cierto modo: *tomar en serio, tomar a broma, tomar como ofensa*, "No sé cómo *tomará* la noticia" **9** *Tomar a pecho* Dar mucha importancia una cosa: "*Tomó* muy *a pecho* la noticia" **10** Empezar a tener determinado sentimiento por algo o por alguien: *tomar cariño, tomar gusto* **11** *Tomar en cuenta* Tener en consideración, no perder de vista: "*Toma* en cuenta nuestra situación" "*Toma* en cuenta que mañana no se trabaja" **12** *Tomar por* Considerar algo o a alguien de manera equivocada, creer que una cosa es otra: "Lo *tomé por* un poli-

cía", "Me *tomó por* un ladrón", "*Tomaron* la reproducción por el original" **13** Contratar a alguien, alquilar algo o hacer uso de un servicio, principalmente de transporte: *tomar un profesor, tomar un mozo, tomar un departamento, tomar un camión, tomar un taxi, tomar un avión* **14** Entrar en un camino o circular por él: *tomar la carretera, tomar la avenida principal* **15** intr Seguir una dirección determinada: *tomar a la derecha, tomar a la izquierda* **16** Hacer lo necesario para obtener una información o un resultado: *tomar la temperatura, tomar las medidas de un cuarto* **17** Pedir o adquirir algo, o recibir o aceptar a alguien bajo ciertas condiciones: *tomar prestado, tomar a prueba* **18** Hacerse cargo de algo o de alguien, o empezar a desempeñar un puesto o una función: "*Tomó* el asunto en sus manos", *tomar la responsabilidad de un negocio*, "*Tomé* bajo mi cuidado a los hijos de mi prima", *tomar la dirección* **19** Llegar a algo como un acuerdo, una decisión, etc., o llevar a la práctica medidas, disposiciones, etc. **20** prnl Tener alguien el cuidado, la atención, etc. de hacer alguna cosa: "*Se tomó* la molestia de venir a vernos", "No *se toma* el trabajo de preguntar por su negocio" **21** Implicar algo determinado tiempo o esfuerzo: "El arreglo *tomará* dos semanas", "Hacer su tesis le *tomó* mucho trabajo" **22** *Tomar ventaja o tomar la delantera* Empezar a llevar diferencia favorable sobre otro con el que se compite **23**

Tomarla o *tenerla tomada con alguien* Comportarse con alguien de manera diferente que con los demás, imponiéndole muchas exigencias, o haciéndole reproches o críticas constantemente: "La *tiene tomada con* la secretaria" **24** Seguido de algunos sustantivos indica que se realiza o se lleva a cabo lo que éstos expresan: *tomar una foto, tomar apuntes, tomar vacaciones.*

tomate s m **1** Fruto redondo, de aproximadamente cinco centímetros de diámetro, verde o amarillento, lustroso, algo ácido, muy usado en salsas, que se obtiene de una planta solanácea, cuyas variedades más conocidas son *Physalis peruviana L.* y *Physalis angulata* **2** jitomate.

tonelada s f Unidad de peso y de capacidad que equivale a mil kilogramos.

tono s f **1** Elevación de un sonido, producida por la mayor o menor frecuencia de las vibraciones que lo forman: *tono alto, tono bajo* **2** *(Mús)* Intervalo que hay entre cada nota de la escala musical, excepto entre mi y fa, y si y do, que son semitonos **3** *(Mús)* Cada una de las notas a partir de las cuales se forman combinaciones armónicas: *tono mayor, tono menor, tono de sol mayor* **4** Carácter especial de la voz, o manera particular de decir algo según el ánimo del hablante o el efecto que quiere producir en su oyente: *un tono imperativo, un tono cortante, un tono tranquilizador* **5** Tendencia o carácter que tiene algún escrito o alguna discusión: *tono festivo, tono formal, tono religioso* **6** *Darse tono* Darse importancia, presumir: "*Se da* mucho *tono* porque lo invitaron a palacio" **7** *De buen* o *mal tono* De gente distinguida y educada o lo contrario: *un restaurante de buen tono* **8** *Estar o ponerse a tono* Ponerse o estar de acuerdo con la situación o con las exigencias **9** *Salirse de tono* Adoptar una actitud desorbitada o en desacuerdo con la discreción **10** *Subir de tono* Aumentar la violencia con que se discute algo o el aspecto relacionado con el sexo de lo que se dice: "Un cuento *subido de tono*" **11** Estado de vigor o de tensión propio de los músculos del cuerpo o de otra parte del organismo: *tono intestinal.*

torno s m **1** Máquina que consta de un cilindro o una rueda alrededor de su eje, impulsados por energía animal, eléctrica, etc., que se usa particularmente para pulir, redondear, cortar, etc. materiales como la piedra, el hierro y otros en herrería, carpintería, alfarería, etc. **2** Mueble giratorio que consiste en una superficie circular y una pared perpendicular a ella sobre su diámetro, que se utiliza para hacer pasar de una habitación a otra alguna cosa, por ejemplo alimentos, sin que se vea la persona que lo maneja o se pase el olor de un cuarto a otro **3** *En torno a* Alrededor de, acerca de: "Un tratado *en torno a* lo mexicano", "Da de vueltas *en torno al* pozo".

toro s m **1** Mamífero rumiante, macho de la vaca, que tiene dos cuernos grandes en la cabeza, de cerca de un metro y medio de altura y dos y medio de largo, de pelo corto y duro y cola larga. Los mejores ejemplares se utilizan como sementales para la reproducción de la especie y castrados y hechos bueyes sirven para jalar carros y arados: *toro criollo, toro cebú, toro bravo* **2** s m pl Fiesta o corrida en que se lidian estos animales: *ir a los toros*, "Le gustan *los toros*" **3** *Echarle a alguien un torito* Hacer a alguien una pregunta difícil.

tortilla s f **1** Alimento de forma circular y aplanada, que se hace con masa de maíz hervido en agua con cal y cocida al fuego. Es fundamental en la alimentación mexicana: *echar tortillas, hacer una tortilla* **2** *Tortilla de harina* Alimento que tiene la misma forma pero está hecho de harina de trigo **3** Alimento hecho con huevos batidos y papas mezcladas que se fríen en una sartén: *tortilla a la española*.

total **1** adj m y f Que comprende todos los elementos de su clase, que es general y completo: *una acción total, un resultado total, una idea total, un cambio total* **2** s m Resultado de una operación aritmética, particularmente de la suma: *el total de un balance* **3** adv En suma, en resumen, en conclusión; "*Total*, así terminó el libro", "*Total* ¡ni siquiera te importa!"

trabajador adj y s **1** Que trabaja, que le gusta trabajar: *una mujer trabajadora, los trabaja-*

dores de una fábrica, un hombre muy trabajador.

trabajar v intr (Se conjuga como *amar*) **1** Realizar una actividad física o intelectual en forma continuada para producir algo: "*Trabajamos* cuarenta horas a la semana", "Tiene que *trabajar* para vivir", "Está *trabajando* en una nueva novela", "*Trabaja* en el campo", "Ella *trabaja* en un colegio", "Mañana no se *trabaja*" **2** tr Someter una materia a una acción continua y metódica para darle una forma o una consistencia particular: "Se *trabaja* la mantequilla para que no esté demasiado dura", "Hay que *trabajar* la masa para hacer el pan" **3** tr Poner esfuerzo y ejercicio en alguna cosa para que resulte mejor o tenga mejor calidad: *trabajar el idioma, trabajar mucho una pintura* **4** Actuar alguna pieza de una construcción o de una máquina sobre otra o estar sometida a la acción de otra pieza: "Esta viga *trabaja* entre las dos trabes", "El cilindro *trabaja* sobre el pistón".

trabajo s m **1** Actividad física o intelectual que se realiza continuadamente y con energía para producir algo: *trabajo manual, trabajo mecánico, trabajo mental* **2** *División del trabajo* Manera en que éste se divide, considerando las capacidades que supone, las distintas etapas en que se realiza, los instrumentos que emplea, etc. **3** Actividad de esa clase con la que uno se gana la vida: *tener trabajo, encontrar trabajo, un trabajo de velador, un trabajo de educadora* **4**

Lugar en donde se realiza esa actividad: *ir al trabajo, salir del trabajo* 5 Conjunto de los trabajadores que prestan sus servicios a un patrón: "El *trabajo* es el verdadero productor de la riqueza", "Un enfrentamiento entre *trabajo* y capital" 6 Obra o producto que resulta de esa actividad: *un trabajo de carpintería, un trabajo lingüístico* 7 Esfuerzo o energía que requiere una acción: "He puesto mucho *trabajo* en esta tierra" 8 Conjunto de las tareas propias de cierta actividad: *trabajo agrícola, trabajos hidráulicos* 9 Operación de un instrumento, una máquina o una pieza: *el trabajo de un motor, el trabajo de una viga* 10 *Trabajo mecánico (Fís)* Producto de la fuerza aplicada a un cuerpo por la distancia que recorre 11 *Con trabajo(s)* Con gran esfuerzo, con dificultad: "*Con trabajos* encontramos el camino" 12 *Tomarse uno el trabajo* Tomarse uno la molestia o esforzarse por algo: "*Se tomó el trabajo* de avisarme".

tradición s f 1 Comunicación de unas personas a otras, a lo largo del tiempo, de ciertas experiencias, ideas, técnicas, relatos, etc.: "Las *Mañanitas* se cantan por *tradición*" 2 Comunicación, de generación en generación de miembros de una comunidad, de ciertas maneras de comprender sus experiencias, sus hechos históricos, etc. y de sus costumbres, creencias, técnicas, reglas de conducta y formas lingüísticas, y conjunto de esos conocimientos: *la tradición mexicana, las tradiciones indígenas*.

tradicional adj m y f Que pertenece a la tradición, se relaciona con ella o se comunica en esa forma: *una costumbre tradicional, un canto tradicional*.

traducir v tr (Se conjuga como *producir*, 7a) 1 Expresar en una lengua lo dicho o escrito en otra: *traducir del italiano al español, traducir una obra científica* 2 Hacer que lo que se había dicho, interpretado o mostrado en una forma, se interprete o se presente de manera diferente: "*Traduje* su petición en demanda", "El esfuerzo *se tradujo* en cansancio".

traer v tr (Modelo de conjugación 7b) 1 Tomar una persona algo o a alguien y hacerlo llegar a donde está uno: *traer agua a la casa*, "Cuando vengas *trae* la comida" 2 Ser algún acontecimiento, o alguna acción, la causa o el motivo de algo que sucede o se hace en el presente: "Las mentiras siempre *traen* dificultades", "La sequía *trajo* la muerte del ganado" 3 Tener alguien puesta cierta ropa, cierto adorno o alguna cosa consigo cuando se presenta delante de una persona: "*Trae* un vestido de flores", "*Trae* un brillante precioso", "*Trae* sombrero" 4 Proponer ciertas razones, explicaciones o justificaciones cuando se discute alguna cosa: *traer una hipótesis nueva, traer a Aristóteles en apoyo* 5 Estar alguien en una situación determinada en un momento dado: *traer un problema, traer una pena, traer un negocio entre manos*.

traje s m 1 Ropa con que se

viste la gente de un cierto lugar: *un traje típico de Chiapas, un traje regional* **2** Conjunto de pantalón y saco generalmente de la misma tela: *un traje negro, un traje elegante* **3** *Traje sastre* Ropa para mujer consistente en falda y saco, generalmente de lana **4** *Traje de baño* Pieza o piezas con las que se cubre parte del cuerpo para meterse al mar, a una alberca, etc. y nadar **5** *Traje de luces* El que usan los matadores de toros para torear, hecho de seda y bordado en oro, en plata, con lentejuelas **6** *Traje de etiqueta* El que algunos hombres usan en ceremonias formales, como el frac, el jaqué y el smoking.

transformación s f Acto de transformar y su resultado: *la transformación de un personaje, la transformación del príncipe en sapo, la transformación de la energía*.

transformar v tr (Se conjuga como *amar*) **1** Cambiar la forma, la constitución o el aspecto de alguien o de algo por otros distintos: *transformar un mueble, transformar un negocio, transformarse en payaso* **2** Hacer que un cuerpo o cierta materia produzcan otros diferentes: *transformar energía solar en electricidad, transformar minerales*.

transitivo adj **1** Que pasa o se comunica de un elemento a otro, o de una persona a otra: *relación transitiva, verbo transitivo*.

transportador 1 adj Que transporta o lleva algo de un lugar a otro: *máquina transportadora* **2** s m Instrumento utilizado en geometría para medir ángulos, que tiene forma de semicírculo y las medidas de los grados marcadas alrededor.

transporte s m **1** Acto y resultado de llevar algo de un lugar a otro: *transporte de mercancías* **2** Vehículo o medio que se utiliza para ir de un lugar a otro: *el transporte urbano*.

trapecio s m **1** (*Geom*) Cuadrilátero irregular que tiene paralelos sólo dos de sus lados **2** Barra horizontal, suspendida de dos cuerdas, que sirve para hacer acrobacias o ejercicios gimnásticos **3** (*Anat*) Primer hueso de la segunda fila de la muñeca, o carpo, donde comienza la mano **4** (*Anat*) Cada uno de los músculos de los vertebrados que, en los mamíferos, están situados en la parte posterior del cuello y superior de la espalda, entre el occipucio, el omóplato y las vértebras dorsales.

tras prep **1** Después de, enseguida de: "*Tras* el otoño viene el invierno", "*Tras* el esfuerzo viene el descanso", "Ha caído nevada *tras* nevada" **2** En la parte posterior de, detrás de, en seguida de: "Se escondió *tras* la puerta", "*Tras* esa cara seria, hay un espíritu suave", "Salió corriendo *tras* los bandidos" **3** En busca de, en persecución de: "Anda *tras* mi hermana", "Está *tras* el dinero" **4** Además, encima de: "*Tras* cornudo apaleado", "*Tras* de que llegas tarde, todavía te enojas".

tratado s m **1** Documento donde se especifican formalmente los convenios, decisiones, reglas, etc. que dos o más gobiernos establecen: *tratado de paz, tratado de comercio, firmar un tratado* **2** Libro, generalmente didáctico, en el que se expone un tema o un conjunto de temas referentes a una determinada materia: *tratado de educación, tratado de química.*

tratamiento s m **1** Acto de tratar: *el tratamiento de un producto, un tratamiento adecuado de las gallinas* **2** Conjunto de medios y procedimientos con los que se intenta curar una enfermedad: *seguir un tratamiento, un tratamiento intensivo, ponerse bajo tratamiento* **3** Manera en que se comporta alguien con alguna persona, y como la considera: *un tratamiento educado, un tratamiento familiar, fórmulas de tratamiento* **4** Manera en que se considera, razona, expone, etc. algún asunto o materia: *un tratamiento superficial, un tratamiento científico.*

tratar v tr (Se conjuga como *amar*) **1** Tomar una cosa o tenerla y darle cierto manejo, uso o empleo: *tratar sustancias químicas, saber tratar animales, tratar con máquinas, tratar bien un instrumento* **2** Comportarse con alguna persona de cierta manera: *tratar bien a los empleados, tratar al director de la escuela, tratar a la señora con respeto, tratarse de tú* **3** intr Considerar a alguien en cierta forma y comportarse con él consecuentemente con lo que se piensa: "Lo admira tanto, que lo *trata* de maestro", "Siempre lo *trató* de tonto" **4** intr Comunicarse con alguna persona para discutir algo, negociar o hacer

algo juntos: *tratar con los patrones, tratar con los padres de familia, tratar con el fabricante* **5** Discutir, negociar o ponerse de acuerdo dos o más personas acerca de algún asunto o negocio: *tratar una compraventa, tratar un convenio, tratar la paz* **6** Dar a un asunto o tema cierta consideración, estudio o exposición: "El conferencista *trató* profundamente el tema de la enseñanza de otras lenguas", "El libro *trata* de las guerras entre aztecas y tlaxcaltecas", "La reunión *tratará* sobre enfermedades del corazón" **7** intr Intentar realizar o alcanzar algo: *tratar de ganar, tratar de moverse* **8** Cuidar algo o a alguien en cierto modo: *tratarse bien, tratar a los invitados como a reyes.*

través **1** *A través de* De un lado al otro de algo, en dirección o posición transversal, por entre algo: "Instalaron un cable *a través de* la calle", "Nadó *a través de* la laguna", "Lo llevaron *a través de* la ciudad", "El sol pasa *a través de* los árboles" **2** *De través* En posición transversal, de un lado a otro de algo pero oblicuamente: "Se acostó *de través* en la hamaca", "Pusieron una viga *de través* frente a la puerta" **3** *Mirar de través* Mirar algo o a alguien sin dirigir la cabeza hacia ello: "La miró *de través* para que no se diera cuenta."

trayecto s m **1** Camino o ruta que algo o alguien recorre o ha de recorrer de un lugar a otro: "El *trayecto* de Ciudad Victoria a Tampico está lleno de curvas", "Hubo un accidente en el *trayecto* que sigo de mi casa al trabajo" **2** Acto de recorrer un camino: "Hicimos el *trayecto* juntos."

trazar v tr (Se conjuga como *amar*) **1** Dibujar líneas sobre algún papel, u otra superficie: *trazar una letra, trazar un plano, trazar un triángulo* **2** Dibujar y establecer las características que debe tener alguna construcción o algún producto: *trazar una carretera, trazar una calle, trazar los planos de un coche* **3** Establecer sobre un plano o un mapa la ruta o la dirección que se ha de seguir para llegar de un lugar a otro **4** Dibujar imaginariamente una línea en el espacio el movimiento y la dirección de un cuerpo: "El Sol *traza* una curva del este al oeste", "El avión *trazó* una extraña figura en el cielo" **5** Describir en términos generales y esquemáticos un proyecto, un acontecimiento o una acción: "Nos *trazó* el futuro de la humanidad de manera sombría", "*Trazaron* muy bien la forma en que enfrentarán el problema."

trazo s m **1** Línea que se dibuja en algo: *hacer trazos, limpieza en sus trazos* **2** Cada una de las líneas en que se divide una figura: *trazo curvo, trazo recto, los trazos de una letra* **3** Acto de trazar la figura, las características de una construcción, o la ruta de un camino: *el trazo del edificio, el trazo de un puente, el trazo de un recorrido.*

tren s m **1** Transporte formado por una locomotora o máquina y varios vagones, que se mueve sobre dos rieles, y lleva personas o mercancías de un lugar a otro: *tren de vapor, tren eléctrico, viajar en tren* **2** Transporte urbano que se mueve sobre dos rieles y generalmente se impulsa con energía eléctrica que toma de un cable suspendido sobre la vía o bajo ella; tranvía **3** Serie de elementos que se siguen unos a otros: *un tren de ondas, un tren de impulsos eléctricos* **4** *Tren de vida* Manera y ritmo en que vive alguien diariamente: *un tren de vida temible, un tren de vida tranquilo* **5** *Tren de aterrizaje* Mecanismo compuesto por ciertos postes en cuyo extremo hay ruedas, flotadores o patines, con el que aterrizan o amarizan los aviones, helicópteros, etc.

triángulo s m **1** (*Geom*) Figura plana y cerrada con tres lados y tres ángulos **2** *Triángulo equilátero* (*Geom*) Triángulo cuyos tres lados miden lo mismo **3** *Triángulo isósceles* (*Geom*) Triángulo con dos lados iguales y uno desigual **4** *Triángulo escaleno* (*Geom*) Triángulo cuyos tres lados tienen diferente longitud **5** Instrumento musical de metal, con esa figura, que se golpea con una barra también de metal para producir el sonido.

triptongo s m (*Fon*) Conjunto de tres vocales que se pronuncian en una sola sílaba, como: *uei* en *buey, uau* en *Cuautla,* etc.

triste adj m y f **1** Que está sin alegría, sin ánimo por alguna pena: "Andaba callado y triste" **2** Que expresa o muestra infelicidad, pena, pesadumbre: *mirada triste, cara triste* 3 Que causa pena, dolor, vergüenza, desilusión: *una triste noticia, esa es la triste verdad, aquel triste episodio* 4 Que es oscuro, apagado; que despierta en uno la melancolía o la tristeza: *¿colores tristes, un día nublado y triste* 5 Que es insignificante, de poco valor o importancia: "Ese día ganó dos *tristes* pesos" (Cuando precede al sustantivo).

tristeza s f Estado emocional por el que pasa una persona cuando tiene alguna pena o sufrimiento: *llorar de tristeza*.

tu adj m y f Apócope de *tuyo*, que precede siempre al sustantivo: *tu cara, tu vaso, tu canción, tus primos, tus tías*.

tú Pronombre de la segunda persona, masculino y femenino, singular 1 Señala a la persona a la que se habla o se escribe en un momento dado o en cierto texto: "*Tú* lees el libro", "Eras *tú* quien me buscaba" 2 *Tutearse, hablarse de tú* Tratarse dos personas con familiaridad y compañerismo, sin distinguir posiciones sociales 3 *Al tú por tú* En igualdad de fuerza, de capacidad o de actitud: "Los obreros se pusieron *al tú por tú* con sus patrones."

tubo s m 1 Objeto cilíndrico, largo y hueco, a veces abierto por sus extremos, a veces cerrado por uno de ellos, que sirve para dejar correr o para contener líquidos, gases, sustancias cremosas, etc.: *tubo de drenaje, tubo de ensayo, tubo de pasta de dientes* 2 Parte del organismo con esta forma, que sirve de conducto: *tubo digestivo, tubos renales*.

turismo s m 1 Afición por viajar y disfrutar lugares, regiones o países distintos de donde vive uno 2 Conjunto de personas que viajan por placer y para conocer diferentes lugares: *época de turismo, turismo nacional* 3 Conjunto de las actividades, la organización y los servicios que ofrecen y procuran esa afición: *departamento de turismo, oficina de turismo*.

turista s m y f Persona que viaja por placer para recorrer y conocer diferentes lugares: *un grupo de turistas griegos*.

tuyo Pronombre y adjetivo posesivo de segunda persona, singular. Indica que algo pertenece o se relaciona con la persona a la que se habla: "Una amiga *tuya*", "Ese lápiz es *tuyo*", "Las canicas son *tuyas*", "Esta silla es mía y aquélla es *tuya* (Siempre concuerda en género y número con lo que se posee).

U u

u¹ s f Vigesimocuarta letra del alfabeto, que representa al fonema vocal cerrado posterior; su nombre es *u*. Cuando aparece en las sílabas *que, qui* es muda, como en *quelite* y *quince*; también es muda cuando aparece en las sílabas *gue, gui,* como en *guerra, guirnalda*; para que suene entre *g* y *e, i*, es necesario usar diéresis, como en *güero, pingüino*.

u² conj Forma que adopta la conjunción *o* ante palabras que empiezan con *o–, ho–*, como en: "uno *u* otro", "días *u* horas".

último adj 1 Que ocupa o le corresponde, en una serie, el lugar o la posición más extrema, al final de ella, a los que ya no siguen otros lugares o posiciones: *el último día del mes, la última casa de la calle, el último virrey de la Nueva España* 2 Que está en el lugar más lejano con respecto a algo o a alguien: "Se sentó en la *última* banca", "Llegó hasta el *último* árbol del parque" 3 Que es definitivo, que ya no tiene otra solución, que ya no tiene otro medio posible: *la última palabra, el último recurso* 4 Que es lo más reciente en el tiempo: *la última noticia, la última moda* 5 *Al último* Al final, después de todos: *llegar al último, comer al último*.

un artículo indefinido 1 Indica cualquier objeto o persona desconocidos para el hablante y posiblemente para el oyente: "Había *un* hombre en la calle", "Te busca *un* señor Pérez", "*Un* estudiante me hizo *una* pregunta" 2 Expresa cualquier elemento de un conjunto, sin distinguirlo especialmente: "Busca a *una* señora entre el público", "Escribe *una* oración", "Dame *unos* ejemplos" 3 Manifiesta el carácter singular o individual de algo pero sin identificarlo: "Vive en *una* casa muy grande", "Tiene *un* futuro magnífico", "Es *un* buen niño" 4 En relación con una familia, una región o un país, destaca la pertenencia de alguien a ello: "Es todo *un* mexicano", "No es un cualquiera, es *un* Rincón Gallardo" 5 Destaca a alguien comparándolo con otra persona cuyas características se conocen: "Sólo *un* Juárez es capaz de enfrentarse a la reacción", "Se cree *un* genio."

único adj 1 Que es uno solo en su clase o especie, que el conjunto al que pertenece es solamente ese mismo: *una planta única, el único hijo* 2 Que es el elemento que queda de un conjunto: *el único sobreviviente, el único boleto para el cine* 3 Que es muy raro o extraordinario: *un pianista único, un espectáculo único*.

unidad s f 1 Característica de ser algo una sola cosa, o de estar contenido en sí mismo, sin separación de sus partes o elementos: *la unidad de un país, la unidad de la mente y el cuerpo* 2 Cada uno de los elementos de un conjunto: "La fábrica de tractores produce veinte *unidades* diarias", "Llegó una *unidad* militar" 3 Base de una medida, a partir de la cual se cuenta o se mide algo: *la unidad de tiempo, una unidad de volumen* 4 Situación de estar reunidas varias personas o agrupaciones en su opinión, interés o propósito: *la unidad sindical, la unidad de los trabajadores.*

unificar v tr (Se conjuga como *amar*) 1 Hacer que varias personas, acciones, opiniones, etc. distintas y aisladas se unan para conseguir cierto propósito común a todas ellas: *unificar dos sindicatos, unificarse varios partidos políticos, unificar esfuerzos, unificar dos oficinas* 2 Hacer que varias cosas diferentes o desiguales se guíen o se comporten con un mismo criterio, o se ajusten a las mismas reglas: *unificar sueldos, unificar tarifas, unificar reglamentos.*

uniforme adj m y f 1 Que tiene la misma forma, las mismas características, etc. que otras cosas: *una estructura uniforme, un paisaje uniforme, una obra uniforme* 2 Que sucede con la misma o pareja intensidad, fuerza, etc. sin grandes variaciones: *movimiento uniforme, corriente uniforme* 3 Vestido que caracteriza a un grupo de personas por la forma, el color, los adornos, etc. iguales que tiene: *uniforme escolar, uniforme mili-*

tar, uniforme deportivo.

unión s f 1 Relación entre varios elementos que componen una unidad: *la unión de los pares y los nones, una unión de moléculas, la unión de un artículo y un sustantivo, la unión del hombre y la mujer* 2 Operación que consiste en formar un conjunto con los elementos de los conjuntos que se consideran, por ejemplo, la *unión* del conjunto de las peras y el conjunto de las manzanas es el conjunto formado por las peras y las manzanas 3 Agrupamiento de varias personas con intereses comunes, particularmente en los negocios, el trabajo o la producción para defenderlos y defenderse a sí mismos: *unión ganadera, unión sindical, unión de productores.*

unir v tr (Se conjuga como *subir*) 1 Poner dos o más elementos en relación para que formen un solo conjunto, una unidad o un objeto nuevo: *unir las partes de un mueble, unir dos personas en matrimonio, unir las fuerzas de varios hombres* 2 Poner dos o más objetos en situación de que se comuniquen algo de unos a otros: *unir dos cables eléctricos, unir dos pueblos mediante una carretera.*

universal adj m y f 1 Que pertenece o está relacionado con el universo: *la gravitación universal* 2 Que comprende a todos los elementos de un conjunto o es característico de todos ellos: *un comportamiento universal, una regla universal.*

universidad s f 1 Establecimiento de enseñanza superior, formado por facultades, colegios o institutos, en donde se enseñan carreras profesionales, se investigan materias como la física, la filosofía, la ingeniería, etc. y se otorgan los grados académicos correspondientes 2 Conjunto de los edificios y las instalaciones de esa clase de establecimientos: *ir a la universidad, recorrer la universidad.*

universo s m 1 Conjunto de todo lo que existe, en forma de materia y energía, como los cuerpos celestes, lo que se encuentra en ellos y el espacio en el que están: *viajar por el universo, estudiar el universo* 2 Conjunto de los objetos o las ideas que componen una actividad o un conocimiento: *el universo musical, el universo tecnológico* 3 Idea general de lo que le rodea, que tiene una persona: *un universo amplio, un universo de cuatro paredes.*

uno adj y pron 1 Que es o existe en su integridad, sin división: "Dios es *uno*" 2 Que manifiesta al individuo o al elemento aislado o solo de un conjunto: "El número *uno*", "Cuatro y *uno* son cinco", "Es la *una* de la tarde" 3 s m Signo con el que se expresa esa característica: (*1*) 4 Que se identifica o une a otro: "Tú y yo somos *uno* en las buenas y en las malas" 5 adj y pron indefinido Alguno, algunos, unos cuantos: "Hay *unas* personas en la puerta", "Para *unos* el viaje es muy difícil", "Tiene *unos* años" 6 pron impersonal Sustituye a cualquier persona, incluido quien habla: "*Uno* se cansa y se preocupa", "*Uno* vivi-

ría muy feliz si hubiera alimento para todos" 7 *Unos* Poco más o menos, aproximadamente: "Cuesta *unos* cuantos pesos", "Son *unos* veinte kilómetros", "Eran *unas* cien mil personas" 8 *De uno en uno, uno a uno* Un elemento tras otro, sin saltar alguno de la serie 9 *Una de dos* O bien una cosa o bien la otra: "*Una de dos*, o nos vamos o nos quedamos" 10 *Uno de tantos* Cualquiera: "*Uno de tantos* días no regresaré."

urbanidad s f Comportamiento educado, cortés, correcto o respetuoso de alguien hacia los demás: *tener urbanidad, regla de urbanidad.*

urbanismo s m Estudio de las características, la formación, la reforma, el desarrollo, la construcción, etc. de las ciudades, y conjunto de técnicas necesarias para llevar a cabo las conclusiones que se sacan del estudio.

urbano adj 1 Que pertenece o está relacionado con la ciudad: *transporte urbano, servicio urbano* 2 Que se comporta con buenas maneras, cortesía, educación o civilización: *una persona muy urbana, un trato urbano.*

urbe s f Ciudad grande e importante: *una urbe internacional, una urbe comercial.*

usar v tr (Se conjuga como *amar*) 1 Hacer servir alguna cosa para algo: *usar las manos, usar herramientas, usar la lengua, usar el agua, usar electricidad* 2 Tener la costumbre de llevar cierta ropa: *usar corbata, usar vestidos negros, usar sombrero* 3 Acostumbrar cierta cosa o cierto comportamiento: "Las espadas ya no se *usan*", "Entonces *usábamos* el pelo muy corto".

uso s m 1 Acto de usar: *el uso de un instrumento, el uso de una medicina, el uso de la energía* 2 Manejo o empleo que se da o se hace de algo: *uso medicinal, uso agrícola, los usos del petróleo* 3 Manera acostumbrada o tradicional de comportarse o actuar alguien, alguna comunidad o algún pueblo: "Hay *usos* aztecas que sobreviven en México", *un uso popular, el toreo al uso actual* 4 *Hacer uso* Usar, utilizar: "*Hacer uso* de la publicidad".

usted Pronombre de la segunda persona, masculino y femenino, singular 1 Señala a la persona a la que se habla o se escribe, cuando se la considera con el respeto que corresponde a diferente posición social, a falta de trato social con ella o a la cortesía y el formalismo que se tiene hacia una autoridad: "Pase *usted*, por favor", "Oiga *usted*, señora", "*Usted* propuso que lo hiciéramos" 2 Cumple todas las funciones del sustantivo: "*Usted* lo pidió", "Habló muy bien de usted"; "Lo digo por *usted*", "Le di a *usted* las llaves".

ustedes Pronombre de la segunda persona, masculino y femenino, plural 1 Señala a las personas a las que se habla o se escribe: "¿Vieron *ustedes* la película?", "Todos *ustedes*, síganme" 2 Cumple todas las funciones del sustantivo: "*Ustedes* lo hicieron", "Tiene muy buena impresión de *ustedes*", "¿A *ustedes* les parece?", "Se sacrificó

por *ustedes*" (En español peninsular, éstas son funciones de *vosotros*, que en México sólo se utiliza en algunos discursos de gobierno o en sermones religiosos muy solemnes).

usurpación s f Acto y resultado de apoderarse de una propiedad, un derecho o un cargo que pertenece a otro: *la usurpación del trono, la usurpación de la presidencia, usurpación de funciones*.

usurpar v tr (Se conjuga como *amar*) Apoderarse injusta e ilegalmente, con violencia o por fraude de una propiedad, un derecho o un cargo que pertenece a otro: "*Usurpar* el poder", "*Usurpar* el trono", "*Usurpar* un título".

útil 1 adj m y f Que sirve para algo, que ayuda, que produce un beneficio: "Se separa la fibra *útil* del material que no sirve", "Escucha consejos *útiles* para tu vida". 2 s m Cualquier objeto o instrumento que sirve para alguna cosa, particularmente los que usan los niños en la escuela: *un útil de trabajo, útiles escolares*.

utilidad s f 1 Servicio, ayuda o ventaja que puede dar o producir algo o alguien: "Sus instrumentos nos serán de gran *utilidad*" 2 Ganancia que se obtiene en algún negocio: "La empresa cerró por tener muchas pérdidas y pocas *utilidades*".

utilización s f Acto de utilizar: "La *utilización* adecuada de la herramienta es muy importante en los talleres".

utilizar v tr (Se conjuga como *amar*) Usar algo para cierto fin específico: "El petróleo se *utiliza* para fabricar plásticos", "Para combatir infecciones *utilizamos* antibióticos" **2** Aprovechar la ingenuidad o la humildad de una persona para hacerla realizar lo que uno desea: *"Utilizó a los campesinos para subir de puesto".*

V v

v s f Vigesimoquinta letra del alfabeto que representa, al igual que la *be*, al fonema consonante bilabial oclusivo sonoro. Su nombre es *uve* o *be chica*.

vaca s f Mamífero rumiante, de pelo corto, cola larga y provisto de cuernos, hembra del toro, del que se aprovecha la carne, la leche y la piel 2 *Hacer una vaca* Reunir dinero entre varias personas, generalmente para participar en un juego de azar: "Hicimos una *vaca* para la lotería de Navidad" 3 Dinero que queda de una apuesta en la que no hay ganador y que se acumula para una nueva apuesta.

valer v tr (Se conjuga como *salir* 8) 1 Tener algo o alguien calidad, mérito, significación, etc. o atribuírsele importancia de oído a sus cualidades o por cumplir con ciertos requisitos: *valer mucho una obra de arte, una persona que vale* 2 Ser el precio de algo cierta cantidad de dinero o equivaler una moneda a cierta cantidad de otra de diferente tipo: "El coche *vale* cien mil pesos", "El dólar *vale* ahora casi cincuenta pesos" 3 Ser algo igual a cierta cantidad, número, etc. o tener el mismo valor que otra cosa por la cual puede sustituirse: "El ángulo recto *vale* noventa grados", "Ese cupón *vale* por dos vestidos" 4 Tener una cosa vigencia, validez, etc. o

contar para algo: "Ese documento no *vale* como acta de nacimiento", "Sus estudios le *valieron* para ir al extranjero", "Los renglones de abajo no *valen*" 5 Estar algo permitido: "Sólo se *vale* hacer tres preguntas", "No se *vale* hacer trampa" 6 prnl Ser alguien capaz de hacer lo necesario para vivir, mantenerse y cuidar de sí mismo: "Ese anciano todavía *se vale* muy bien por sí mismo" 7 *Tener alguien valores* Creer y comportarse de acuerdo con un conjunto de normas y principios que se consideran buenos, deseables, etc.: "Muchos jóvenes ya no *tienen valores*" 8 *Más vale* Ser mejor: "*Más vale* tarde que nunca", "*Más* le *valiera* haber aprobado" 9 *Valerle algo a alguien otra cosa* Producir algo a alguien ciertos resultados o servirle una cosa para alcanzar o lograr algo: "Su conferencia le *valió* el reconocimiento de todos", "Mi indisciplina *me valió* un castigo" 10 *Valerse alguien de* Servirse de, utilizar algo: *valerse de lo que se tiene al alcance, valerse de todas sus fuerzas* 11 *Hacer valer alguien una opinión, un juicio, etc.* Servirse de una opinión, un juicio, etc., hacer que se acepten o imponerlos: "*Hizo valer* sus derechos como ciudadano" 12 *Valer algo un ojo de la cara* Ser muy caro o muy estimado: "Esas joyas *valen un ojo de la cara*" 13 *Valga la comparación, la expresión, etc.* Considerando lo que se dice como aproximado a otra cosa o como que sirve o permite expresarla: "Parecía un león, *valga la comparación*", "Me muero de hambre, *valga la expresión*" 14 *¡Válgame (Dios)!* Expresión que indica sorpresa, disgusto, desamparo: ¡Qué temblor, *válgame Dios*!

valor s m 1 Importancia, mérito, significación, etc. que tiene o se le atribuye a algo o a alguien por sus cualidades o por cumplir con ciertos requisitos: *el valor histórico de una novela*, "Ya no tiene *valor* este contrato" 2 *(Econ) Valor de uso* Propiedad que tiene una mercancía de satisfacer una necesidad 3 *(Econ) Valor de cambio* Cantidad de trabajo socialmente necesario para producir una mercancía 4 Precio real o estimado de alguna cosa: "Su *valor* es de cien pesos", "Me costó mil pesos, pero su *valor* es mucho mayor" 5 *Valor adquisitivo* El que tiene una moneda en relación con las mercancías que puede comprar y no con otros tipos de moneda 6 pl Documentos que representan el dinero invertido en alguna empresa o negocio: *abrir una cuenta de valores* 7 Cantidad, número, duración, etc. por el que puede sustituirse algo o que lo representa en un determinado sistema: "El *valor* de x es 10", *el valor de una nota musical* 8 pl Conjunto de principios, normas, etc. que guían el comportamiento de al-

guien o su manera de hacer algo, de acuerdo con lo que se considera bueno, deseable, etc.: *valores morales,* "¡Ya no hay *valores*!" 9 *Valor cívico* Cualidad de un ciudadano que cumple con sus deberes sociales a pesar de los riesgos que pueda enfrentar o los daños que pueda sufrir: "Hay que tener *valor cívico* para confesar un delito" 10 Cualidad de una persona que decide actuar enfrentando una situación a pesar de sus peligros: "Para ese trabajo se necesita mucho *valor*".

vapor s m 1 Gas en que se transforman los líquidos y ciertos sólidos cuando se calientan, como el que forma las nubes o la niebla: *vapor de agua, vapor de sodio* 2 *A o al vapor* Muy rápidamente, con poco cuidado, precipitación o sin haberse planeado: *salir todo a vapor, hacer un trabajo al vapor, un matrimonio al vapor.*

variación s f 1 Acto de variar: *la variación de los alimentos* 2 Conjunto de diferencias que, dentro de ciertos márgenes, presenta el desarrollo de un acontecimiento o de una actividad: *la variación de la luz, la variación de un proceso* 3 Cada una de las imitaciones de una melodía, que se repiten con distintos ritmos o adornos, o en diferentes tonos en una obra musical: *variaciones sobre un tema de Mozart.*

variedad s f 1 Cada uno de los subconjuntos en que se divide una especie o clase de seres o de cosas, y que se distinguen entre sí por las características secundarias de sus elementos: *una variedad de mariposas, una variedad de porcelana* 2 Diferencia que hay entre los elementos de un conjunto o las partes de un todo: "Es importante la *variedad* en la alimentación" 3 Espectáculo formado por varios números de cantantes, cómicos, bailarines, etc.: "En este café hay *variedad*".

variar v tr (Se conjuga como *amar*) 1 Hacer que algo sea diferente de como era antes: *variar la composición de una pintura, variar el decorado, variar las figuras del baile* 2 intr Presentar algo o alguien ciertas diferencias durante su desarrollo o su actividad: variar la temperatura, variar el ánimo, variar la bolsa de valores.

varios adj pl 1 Que son distintos, que son diversos, que tienen características diferentes o múltiples: *varios colores, varios tipos de letra, artículos varios para el hogar* 2 Más de dos, algunos, unos cuantos: *varias personas, varios años, varias cosas*.

vaso s m 1 Recipiente generalmente de vidrio y de forma cilíndrica que sirve para contener y beber líquidos 2 Cantidad de algo que cabe en dicho recipiente 3 Conducto por el que circulan los líquidos del cuerpo, especialmente la sangre.

vecino 1 s Persona que habita en cierta población o en cierto barrio: *vecino de Tehuacán, vecino de Azcapotzalco, vecino de la colonia nueva* 2 s Persona que, con respecto a otra, vive cerca de ella u ocupa un lugar próximo al suyo: "Invité a tomar café a mis *vecinos*", "Don Facundo y yo somos *vecinos*", "¿Quién es tu *vecino* de banca?" 3 adj Que está junto, próximo o a corta distancia de otra cosa o de otra persona: *país vecino, casa vecina, tienda vecina* 4 adj Que es parecido o tiene algo en común con otra cosa: "Tú y yo tenemos ideas *vecinas*".

vegetación s f 1 Conjunto de plantas, como árboles, arbustos, hierbas, etc., que crecen en un lugar 2 Conjunto de plantas que son características de una región o de un clima determinado: *vegetación tropical*.

vegetal 1 adj m y f Que pertenece a las plantas o se relaciona con ellas: *mundo vegetal, especie vegetal, aceite vegetal* 2 s m Planta: *la composición de los vegetales*.

vehículo s m 1 Cualquier cosa que lleve algo de un lugar a otro, transmita o comunique algo, o haga más fácil el paso o la acción de alguna cosa o de alguna persona: "El agua contaminada es *vehículo* de enfermedades", "El *vehículo* de esa medicina es jarabe de fresa", "La lengua es *vehículo* de comunicación" 2 Instrumento o máquina que puede llevar carga o personas de un lugar a otro, por tierra, mar o aire: *un vehículo de vapor, un vehículo de gasolina, un vehículo aéreo*.

velar[1] (Se conjuga como *amar*) 1 intr Quedarse alguien despierto voluntariamente durante la noche para trabajar, estudiar o hacer alguna otra cosa: "Tuve que *velar* para terminar el vestido a tiempo", "*Veló* toda la noche esperando tener noticias tuyas" **2** tr Cuidar con mucha atención durante toda la noche a un enfermo o acompañar el cadáver de una persona muerta: "*Ha velado* a su madre todo el tiempo que ha estado enferma", "A mi abuelo lo *velan* en la agencia funeraria" **3** Cuidar con mucha atención que alguna cosa se desenvuelva bien o tenga el resultado esperado: *velar por el bienestar*, *velar por la realización de un proyecto*.

velar² v tr (Se conjuga como *amar*) Cubrir algo o a alguien con un velo, para ocultarlo o hacerlo menos visible: "La ventana está *velada* por cortinas de gasa" **2** Borrarse la imagen de una fotografía por haber un rayo de luz en un momento inadecuado.

velar³ adj m y f Que se pronuncia entre el dorso de la lengua y el velo del paladar, como los fonemas /k/, /g/ y /x/.

vencer v tr (Se conjuga como *comer*) **1** Obligar al enemigo o al competidor, por medio de las armas, la fuerza o alguna otra cosa, a dejar de luchar, e imponerle, por lo general, su dominio o condiciones: *vencer a un ejército*, *vencer al equipo contrario* **2** Obligar alguna necesidad natural a que quien la tiene, la satisfaga: *vencer a uno el sueño*, *vencer a uno el cansancio* **3** Superar un obstáculo o resolver una dificultad seria: *vencer el miedo*, *vencer a una montaña* **4** Hacer o causar alguna cosa que otra se debilite, se doble o se rompa por el peso o la fuerza que soporta: *vencerse una columna*, *vencerse*

una puerta **5** intr Terminarse un plazo previamente fijado a alguna cosa: *vencer un recibo*, *vencer un permiso*.

vender v tr (Se conjuga como *comer*) **1** Dar algo a alguien a cambio de cierta cantidad de dinero: *vender un cochino*, *vender flores*, *vender una casa* **2** prnl Hacer alguien algo en contra de sus convicciones o de lo moral para obtener un provecho material: "El juez se *vendió* al acusado".

venganza s f Daño o mal que se causa a alguien como reacción a un daño o un mal que se ha recibido de él: *tomar venganza*, *la venganza de una ofensa*, *pedir venganza*.

vengar v tr (Se conjuga como *amar*) Satisfacer una ofensa, daño, etc. que uno o alguien cercano a uno ha recibido, haciendo que el autor o alguien relacionado con él se vea perjudicado o agraviado: *vengar una derrota*, *vengar a un amigo*, "*Vengó* el crimen en los hijos del asesino", "Me *vengaré* de ti".

venir v intr (Modelo de conjugación 12b) **1** Moverse algo o alguien hacia el lugar en que está el que habla: *venir a México*, *venir a la casa*, *venir de su rancho*, *venir de otro lado*, *venir de allá*, *venir en cajas*, *venir en avión*, *venir en septiembre*, *venir mañana* **2** Moverse o desarrollarse algo o alguien de determinada forma o haciendo alguna cosa, acercándose al que habla o en su misma dirección: *venir caminando*, *venir sentado*, "*Venía* hablando solo", "*Vino* dormido todo el viaje", "Ahora venía triste", "*Venimos* de prisa" 3 Acercarse, estar cerca o llegar el tiempo en que una cosa sucede: "El mes que *viene*", "El jueves que *viene*", "Después del verano *viene* el otoño", "Ya *vienen* las fiestas", "Ya *viene* el frío" 4 *Ir y venir* Moverse continuamente algo o alguien de un lugar a otro, o cambiar algo constantemente de estado, valor, etc.: *el ir y venir de la gente, el ir y venir de los precios* 5 Asistir alguien a algún lugar, donde está el que habla: "José *vino* a la casa", "Todos *vinieron* a la junta" 6 *Venir de* Presentarse o asistir alguien a un lugar, donde está el que habla, para cumplir una función, o disfrazado de algo: "*Vino* de embajador", *venir de maestro, venir de payaso al baile* 7 *Venir de* Asistir a alguna parte, donde está el que habla, con el propósito de hacer algo determinado: *venir de compras, venir de viaje, venir de vacaciones* 8 *Venir con cuentos, chismes, etc.* Llegar a contarlos donde está el que habla: "*Le vino con cuentos* al patrón" 9 Tener su origen o empezar en; proceder, descender de: "*Viene* de buena familia", "La noticia *viene* de la página cuatro", "Los buenos zapatos *vienen* de León" 10 Aparecer o figurar en alguna lista, texto, publicación, etc.: "Mi número *viene* en la lista de la lotería", "Los datos *vienen* en el periódico" 11 v prnl Suceder algo con intensidad, rápida o repentinamente: "*Se vino* la tormenta", "*Se vinieron* las heladas" 12 Llegar un camino, una calle, etc. al lugar en donde

está el que habla: "La carretera que *viene* de Morelia está en reparación", "La calle de Madero *viene* desde el Zócalo" 13 Combinar una cosa con otra o quedarle bien a algo o a alguien: "Ese color no le *viene* bien a tu cuarto", "Esa camisa le *viene* a tu hermano" 14 *Venirle algo a la mente, a la memoria, cabeza, etc. a alguien* Ocurrírsele algo a alguien o recordar algo repentinamente: "*Le vino* la idea cuando desayunaba", "Me *vino* a la mente mi niñez" 15 *Venir al caso o venir a cuento* Tener algo relación con lo que ocurre o con lo que se está diciendo: "Tus comentarios no *vienen al caso*", "Viene a cuento porque trabajan juntos" 16 *No irle ni venirle algo a alguien* No importarle: "Esa noticia *ni le va ni le viene*" 17 *Venir a menos* Empobrecerse, ir perdiendo fuerza, valor, calidad, etc.: "Una familia *venida a menos*", "El equipo *vino a menos* y terminó perdiendo" 18 *Venirse algo abajo* Fracasar o decaer algo: "El proyecto turístico *se vino abajo*" 19 *Venirse abajo* Caerse o derrumbarse, o perder alguien el ánimo: "*Se vino abajo* el edificio", "Al perder esa oportunidad *se vino abajo*" 20 *Venirse encima* Caerse una cosa o una persona sobre o arriba de algo o de alguien: "*Se le vino encima* el librero" 21 *Venirse el tiempo encima* Hacérsele a uno tarde o terminarse un plazo 22 *Venir al mundo* Nacer 23 Seguido de la preposición *de* y un infinitivo, indica el resultado o la conclusión de algo: "*Viene a ser* lo mismo", "*Vino a salir* en mil pesos" **24** Seguido de un gerundio, indica que una acción ya comenzada aún continúa: "Las actividades que *venimos ofreciendo*", "Los cambios que se han *venido dando*".

venta s f **1** Acto de vender: *la venta de un toro, la venta de un terreno* **2** Conjunto de objetos vendidos: *una buena venta*, "La *venta* estuvo floja el día de hoy".

ventaja s f **1** Superioridad de alguien respecto de otro, o circunstancia de estar una persona en mejores condiciones que otra: "Su *ventaja* está en la fuerza", "Tiene la *ventaja* de conocer el ambiente" **2** Diferencia favorable que alguien tiene o lleva sobre otro: *una ventaja de dos puntos*, "Aumentó su *ventaja* a tres minutos" **3** Condición favorable de algo: "Las *ventajas* de viajar en tren", "La *ventaja* de tener un título" **4** *Sacar ventaja* Obtener un beneficio aprovechando una situación **5** *Tener algo sus ventajas y sus desventajas* Tener algo, al mismo tiempo, beneficios e inconvenientes.

ver v tr (Modelo de conjugación 14) **1** Percibir por los ojos la luz reflejada por las cosas: *ver una nube, ver las piedras, verse las manos* **2** Poner atención en algo o en alguien para cuidarlo, revisarlo o considerarlo: *ver al niño mientras duerme, ver un libro, ver la posibilidad de un asunto* **3** Darse cuenta de algún acontecimiento o llegar a entender algo: "*Veo* que ha llovido mucho", "Ya *veo:* las cosas son de otro modo" **4** Encontrar a alguien para hablar con él o visi-

tarlo: "Fuimos a *ver* a nuestros abuelos", "Te *veré* en el café", "Pasé a *ver* al jefe, como me lo pidió" **5** prnl Encontrarse algo o alguien en cierta situación o estado: "Me *vi* en la necesidad de pedir prestado", "De pronto *se vio* rodeado de toros bravos" **6** *A ver* Expresión con la que se pide a alguien que muestre alguna cosa o con la que interviene uno en algo que le interesa o le compete: "*A ver*, enséñame tu dibujo", "*A ver* ¿qué estás haciendo?" **7** *A ver(si)* Indica la posibilidad de que suceda algo que generalmente se desea o espera: "*A ver* que nos dice el doctor", "*A ver si* puedes asistir al concierto" **8** *Echarse algo de ver* Dejarse ver o notar claramente alguna cosa: "*Se echa de ver* que estás contento" **9** *Estar algo o dejarlo en veremos* Estar o dejar alguna cosa pendiente o sin solución: "La decisión de construir una nueva presa *está en veremos*" **10** *No poderse ver dos personas o no poder ver alguna cosa* Tenerse antipatía o molestarle algo a alguien **11** *Por lo visto* Por lo que parece, aparentemente: "*Por lo visto* no vino nadie" **12** *De buen ver* De apariencia agradable: "Una muchacha *de buen ver*" **13** *No tener mal ver* No tener mal aspecto.

veras *De veras* De verdad, realmente, sin mentir: *un caballo de veras*, "*De veras* iré a la fiesta".

verbo s m **1** Capacidad de expresar por medio de una lengua, y la expresión misma: *un verbo abundante y colorido, el verbo de López Velarde, el verbo popular*

2 *(Gram)* Clase de palabras que significan acciones o procesos distinguidos e identificados como tales por una comunidad lingüística; su función es la de constituir el núcleo del predicado de la oración; morfológicamente tiene flexión de modo, tiempo, número y persona, la cual forma su *conjugación* (Véase la tabla correspondiente al inicio de este diccionario). Se llaman *formas no personales del verbo o verboides* las de infinitivo, participio y gerundio, que no se conjugan. Se clasifican los verbos en *regulares* e *irregulares* según que la manera de conjugarlos siga un modelo sistemático, como *amar, comer* y *subir*, o tenga ciertas variaciones contrarias a ese modelo, como *andar, perder, tener, ir*, etc. Son *verbos defectivos* aquellos que no se conjugan en todos los tiempos, modos o personas, como *abolir*, o *soler*. Son *verbos impersonales* Los que solamente se conjugan en tercera persona, generalmente del singular, porque no refieren a un sujeto determinado, como *haber* en: "*Hay* muchas fiestas en septiembre" o *decir* en: "*Se dice* que lloverá mañana". Cuando se conjugan también en tercera persona solamente porque no hay un sujeto al que atribuirle la acción o la causa de la acción, se llaman *verbos impersonales*, como *llover, nevar*, etc. Según las relaciones del verbo con el agente y el paciente de la acción, se les clasifica en: *transitivos*, aquellos que tienen complemento de objeto directo, como *querer, besar*,

golpear, etc.; *intransitivos*, aquellos que no tienen complemento directo, como: *mirar, caminar, dormir*, etc.; *pronominales*, aquellos cuya acción se ejerce siempre sobre su propio sujeto agente, como *arrepentirse, quejarse*, etc.; *reflexivos*, aquellos cuya acción puede ejercerse sobre su propio sujeto, como: *peinarse, lavarse, bañarse*, etc.; y *recíprocos*, aquellos cuya acción la ejercen dos o más personas entre sí y sobre sí mismas, como: *tutearse, encontrarse*, etc. Son *verbos auxiliares* los que sirven para formar tiempos compuestos, como *haber* y *tener*. Se llaman verbos copulativos a los que relacionan al sujeto con su atributo, como *ser, estar, quedar, parecer*.

verboide s m Cada una de las formas no personales del verbo: infinitivo, gerundio y participio.

verdad s f **1** Correspondencia del juicio, el concepto o la proposición que elabora una persona acerca de un objeto, un acontecimiento o un acto, con la realidad o la naturaleza del mismo: *la verdad de una noticia, la verdad de un fenómeno físico* **2** Correspondencia de las acciones de una persona con lo que piensa, afirma o sostiene: *hablar con la verdad* **3** *(Lóg)* Enunciado a propósito de algún objeto que se cumple con todos los objetos de esa clase a los que se aplique **4** *De verdad, de veras* De manera cierta, segura, firme: "*De verdad* ya hice la tarea", "*¿De veras* me quieres?"

verdadero adj **1** Que es verdad, que existe realmente, que es cierto: *una historia verdadera, un juicio verdadero* 2 Que tiene todas las propiedades o todas las características de lo que es; que es auténtico: *un verdadero problema, un verdadero ladrón, joyas verdaderas.*

verde adj m y f 1 Que es del color de la hierba fresca, del limón o de la esmeralda: *hojas verdes, vestido verde, ojos verdes* 2 Que todavía no está maduro, no se puede utilizar o le falta mucho para poder aprovecharse o para alcanzar su completo desarrollo: *fruta verde, leña verde,* "Los preparativos para el viaje están muy *verdes.*"

verdura s f Hoja o fruto comestible de las plantas herbáceas, como la lechuga, el chayote, las espinacas, etc.

verificar v tr (Se conjuga como *amar*) 1 Repetir un análisis, una investigación, una operación, etc. antes hechos, para comprobar su exactitud o los resultados encontrados, o someter a prueba una afirmación o una hipótesis para estar seguro de su exactitud o su veracidad: *verificar un experimento, verificar un resultado, verificar una multiplicación* 2 Llevar a cabo o tener lugar algo: "*Verificaron* la reunión con sólo cinco asistentes", "La boda se *verificará* el viernes próximo."

verso s m 1 Palabra o conjunto de palabras que forma una unidad rítmica entre dos pausas o una línea dentro de una composición poética, y que puede tener o no metro y rima: *hacer un verso* 2 Poema: *libro de versos, declamar un verso* 3 *Verso libre*

El que no obedece un patrón métrico.

vertebrado 1 adj Que tiene un esqueleto interno óseo o cartilaginoso formado principalmente por la columna vertebral y el cráneo, los cuales protegen al sistema nervioso constituido básicamente por la médula espinal y el encéfalo. Su cuerpo está dividido en cabeza, tronco, cola y extremidades: *animal vertebrado* 2 s m pl Subdivisión de la rama de los cordados, formada por estos animales, que incluye a los peces, los reptiles, los batracios, los mamíferos y, entre éstos, al hombre.

vertical adj Que sus puntos o partes forman una línea ascendente perpendicular al plano del horizonte: *eje vertical, posición vertical.*

vestido s m 1 Cualquier prenda que se pone sobre el cuerpo para cubrirlo 2 Prenda de vestir de una sola pieza, que usan las mujeres: *un vestido de algodón, un vestido largo.*

vestir v tr (Se conjuga como *medir* 3a) 1 Cubrir el cuerpo con ropa: "Se tarda una hora en *vestirse*", "Tiene tres años y ya se *viste* solo", "La *vistió* con ropa limpia" 2 Usar alguien cierta clase de ropa: "*Vestía* de negro", "Se *vestía* con sus rebozos y sus faldas", "Está *vestido* de torero" 3 Dar a alguien lo necesario para comprarse ropa: "Todavía lo *visten* sus padres" 4 Hacer la ropa para otros: "La *viste* un modisto famoso" 5 *De vestir* Adecuado o conveniente para vestirlo en ceremonias, fiestas, etc.: *un traje de vestir, zapatos* *de vestir* **6** *Vestir bien, saber vestir* Hacerlo con elegancia **7** *Vestir mal, no saber vestir* Tener mal gusto o no ser cuidadoso con la ropa **8** Cubrir alguna cosa a otra o con otra para darle cierta apariencia: *vestir de gala las calles, vestir una fachada con adornos, vestirse el campo de flores, vestir una idea.*

vez s f **1** Cada una de las ocasiones en que se realiza una acción o se repite un determinado hecho: "Te he dicho esto muchas *veces*", "Es la segunda *vez* que llueve hoy", "La primera *vez* que leí el libro no lo entendí" **2** Ocasión, momento o tiempo en el que ocurre algo o se lleva a cabo algún acto: "¿Te acuerdas de aquella *vez* que nos encontramos en el parque?", "Esa *vez* en su casa hubo una comida" **3** *A la vez* Al mismo tiempo: "Todos gritaron *a la vez*" **4** *De una vez* En este momento, sin esperar a que pase más tiempo, o aprovechando una situación: "*De una vez* dime que pasa", "Si vas a la tienda *de una vez* compra el pan" **5** *De uan vez* Continuamente y hasta terminar: "Hizo todo su trabajo *de una vez*", "Voy a leer los dos libros *de una vez*" **6** *De una (buena) vez (para siempre, por todas)* En definitiva y en este momento: "Acabemos *de una vez* con la discusión", "*De una vez por todas* hay que aclarar las cosas" **7** *De vez en cuando* Ocasionalmente: *visitar a alguien de vez en cuando* **8** *A veces* En algunas ocasiones: "*A veces* le trae regalos" **9** *Cada vez* En cada ocasión o momento: "*Cada vez* te veo

más grande" **10** *Tal vez* Posiblemente: "*Tal vez* no pueda venir mañana" **11** *En vez de* En sustitución, a cambio o en lugar de: "*En vez de* salir mañana lo hará por la noche", "*En vez de* tomar tus cosas te llevaste las mías" **12** *Una vez* Después de, apenas: "*Una vez* terminado el banco, hay que pintarlo."

vía s f **1** Camino por donde pasa algo o alguien para ir de un lugar a otro, como una carretera, una calle, etc.: *vías principales, vía rápida* **2** *Vía pública* Cada uno de los lugares en una población, como las plazas, los jardines, las calles, etc. por donde pasa la gente **3** Cada una de las rutas o líneas establecidas por tierra, mar o aire: *vía corta*, "Voy a Laredo, *vía* Querétaro", "Manda la carta por *vía* aérea" **4** Cada una de las dos barras de acero paralelas sobre las que pasan las ruedas del ferrocarril o del tranvía: "El tren se salió de la *vía*" **5** Conducto por el que circulan líquidos, aire, etc. dentro del cuerpo de los animales: *vía oral, vías respiratorias, vías urinarias* **6** Procedimiento que se sigue para lograr algo, principalmente el que es judicial: *vía ejecutiva, vía pacífica* **7** *En vías de* En camino de, en proceso de: "México es un país *en vías de* desarrollo", "El problema está *en vías de* ser resuelto" **8** *Vía Láctea* Galaxia a la que pertenece nuestro sistema solar.

viajar v intr (Se conjuga como *amar*) Ir de un lugar a otro, particularmente cuando están lejanos entre sí, como de una población a otra, de un país a otro, etc.: *viajar en tren, viajar en avión, viajar a caballo, viajar a Oaxaca, viajar por Europa.*

viaje s m **1** Recorrido que se hace de un lugar a otro: *un viaje a la capital, un viaje por todo Michoacán, dos viajes diarios para transportar la mercancía* **2** *Viaje redondo* El de ida y vuelta entre dos lugares: *un boleto de viaje redondo* **3** Ida que hace alguien a alguna parte para llevar una carga o a alguien: "El taxista hizo cuatro *viajes* en este día" **4** Cantidad de carga que se lleva de un lugar a otro cada vez: *comprar dos viajes de leña.*

vibración s f **1** Acción de vibrar **2** Cada uno de los movimientos rápidos y completos que van de un lado a otro del punto de equilibrio de una partícula o de un cuerpo: *la vibración del aire, la vibración de un tallo, la vibración de una cuerda de violín.*

vibrante adj **1** Que vibra **2** (*Fon*) Que se pronuncia haciendo vibrar algún órgano particulatorio elástico, como la punta de la lengua o la úvula. Los fonemas /r/ y /rr/ son vibrantes, como en *caro* y *carro.*

vibrar v intr (Se conjuga como *amar*) **1** Moverse rápidamente un cuerpo, generalmente elástico y delgado, con un movimiento periódico de un lado a otro de su punto de equilibrio: "Las cuerdas de la guitarra *vibran* demasiado", "Este motor *vibra* mucho" **2** Moverse en esa forma las partículas de la materia: *vibrar el aire, vibrar un metal* **3** Producir alguna cosa, como la voz, un instrumento

musical, una máquina, etc. un movimiento de esa clase: "Su voz *vibra* desde el fondo del salón."

vida s f **1** Estado de actividad de los seres orgánicos, por el que se desarrollan, evolucionan y se reproducen: *la vida humana, la vida vegetal, la vida de los microbios* **2** Tiempo que pasa entre el nacimiento y la muerte de algo o de alguien: *la vida de un hombre, la vida de un árbol, la vida de una tortuga* **3** Modo de pasar este tiempo las personas, según su actividad, su conducta, la satisfacción de sus necesidades y de sus deseos, etc.: *una buena vida, una vida de aventura, una vida sencilla, una vida de sufrimiento* **4** Estado de actividad propia de cualquier objeto material: *la vida del Sol, la vida del universo* **5** Duración o estado de funcionamiento de un objeto: *la vida de una camisa, la vida de un radio, la vida de un edificio* **6** Manifestación de entusiasmo, actividad, fuerza, etc. de una persona: *estar lleno de vida, una mirada con vida* **7** *Mala vida* La de vicio, inactividad o prostitución de alguien: "Ese hombre se dio a la *mala vida*", *una mujer de mala vida* **8** *Costar algo a alguien la vida* Perderla por alguna causa o motivo: "Ese disgusto le *costó la vida*" **9** *En vida* Mientras alguien vive: *heredar en vida* **10** *En la vida* Jamás: "*En la vida* aceptaré robar" **11** *Pasar la vida* Hacer uno algo durante su existencia, particularmente lo que no destaca ni es extraordinario: "¿Cómo estás? —Pues *pasando* la vida" **12** *Tener la vida en un hilo* Estar en peligro o en gran angustia: "Durante la enfermedad de su hijo *tuvo la vida en un hilo*".

vidrio s m **1** Material duro, quebradizo, generalmente transparente, fabricado a base de silicio, muy usado para hacer vasos, jarra, lentes, etc.: *vidrio soplado, vidrio opaco* **2** Placa hecha de ese material, particularmente la que se pone en los marcos de las ventanas.

viejo adj y s **1** Que tiene mucha edad o está en la última etapa de su vida: *un hombre viejo, un caballo viejo* **2** adj Que tiene mayor edad que otro **3** Que existe, se conoce o se tiene desde mucho tiempo atrás: *un camino viejo, una canción vieja, un viejo amigo* **4** Que ya está muy usado o acabado: *unos zapatos viejos, un coche viejo*.

viento s m **1** Corriente de aire que sopla en una dirección determinada, producida principalmente por las diferencias de temperatura y presión que hay en la atmósfera **2** *A los cuatro vientos* En todas direcciones o a toda la gente: "Anda contando tus secretos *a los cuatro vientos*" **3** *Viento en popa* A la perfección, sin ninguna dificultad: "Sus negocios marchan *viento en popa*" **4** *Contra viento y marea* Contra cualquier obstáculo o dificultad: "Hay que luchar *contra viento y marea* para conseguir lo que queremos."

vigilancia s f **1** Acto de vigilar: *la vigilancia de los guardias,* "Juan está bajo *vigilancia* médica" **2** Conjunto de personas encargadas de vigilar algo, y de los sistemas o dispositivos que se utilizan para ello: *la vigilancia del banco, la vigilancia de un aeropuerto*.

vigilar v tr (Se conjuga como *amar*) Poner atención sobre algo o alguien para conocer su desarrollo o su actividad, o para impedir que cause o reciba un daño, o que actúe indebidamente: *vigilar la sopa, vigilar el proceso industrial, vigilar a un niño, vigilar a un prisionero*.

vino s m **1** Bebida que se obtiene de la fermentación del jugo de la uva: *vino tinto, vino blanco, vino dulce* **2** Bebida que se obtiene de la fermentación de ciertas frutas.

violencia s f **1** Comportamiento de muchos seres humanos en el que dejan a su fuerza física que actúe sin dirección o control sobre algo o alguien, y por ello generalmente ocasionan daño o destrucción: *la violencia de los terroristas, violencia policiaca, violencia contra los niños* **2** Acción brusca y fuerte de algo o alguien: *la violencia del huracán, la violencia de los animales salvajes* **3** Presión fuerte y brusca de alguna cosa o de una persona sobre las emociones o los sentimientos de otra: *la violencia de una obra teatral, la violencia de los celos, la violencia de un regaño* **4** *Hacer violencia a algo o a alguien* Obligarlo o forzarlo con algo o para que acepte alguna cosa: "Hizo *violencia* a su novia para que se casara", "Habrá que hacerle *violencia* a esta caja para que le quepa todo."

virtud s f **1** Capacidad de algo o

de alguien para producir cierto efecto benéfico: *la virtud curativa de una planta, la virtud tranquilizadora de un amigo* **2** Disposición de una persona para comportarse de acuerdo con el bien, la justicia, etc. hacia los demás: *una mujer llena de virtudes, la virtud de sentir compasión* **3** *En virtud de* Como consecuencia de algo: *"En virtud de su aplicación, le otorgamos este premio."*

visión s f **1** Capacidad de ver: *órganos de la visión, perder la visión* **2** Circunstancia en que se ve algo o a alguien: *"En el desierto la visión era borrosa"*, *"Cuando hay niebla la visión se reduce"* **3** Persona ridícula en su apariencia o en su vestido: *"Los niños salieron hechos una visión cuando se pusieron la ropa de los abuelos"* **4** Cosa o persona que la fantasía o la imaginación hacen ver: *tener una visión, ver visiones* **5** Manera en que alguien entiende o se explica algo: *"¿Has leído la Visión de Anáhuac de Alfonso Reyes?"*.

visita s f **1** Acto de visitar: *la visita de un amigo, las visitas de un médico, una visita turística* **2** Persona a la que alguien recibe en su casa y que viene a verlo y a saludarlo: *"Las visitas se fueron a las tres."*

visitar v tr (Se conjuga como *amar*) **1** Ir a ver a alguien a su casa, a su oficina, etc., generalmente para saludarlo y estar con él: *visitar a la familia* **2** Ir el médico a casa del enfermo o al hospital donde éste está internado, para examinarlo **3** Ir una autoridad al domicilio de una persona, de una empresa, etc. para examinar o inspeccionar alguna cosa, como su estado fiscal, sus condiciones sanitarias, etc. **4** Ir a un lugar para conocerlo: *visitar un museo, visitar México.*

vista s f **1** Sentido con el que se percibe la luz, el color y la forma de las cosas: su órgano principal son los ojos: *tener buena vista, nublarse la vista*, *"Su vista parecía cansada"* **2** Acto de ver: *"Le basta la vista de la ciudad para quedar contento"* **3** Lugar como un paisaje, un panorama, etc. que se presenta ante los ojos: *"Desde el balcón se aprecia una vista muy bella de la ciudad"*, *"Me mandó una postal cun una vista de Acapulco"* **4** Posición en la que está algo, respecto de un punto que se toma como referencia: *vista frontal, vista lateral* **5** (*Der*) Conjunto de pasos o actuaciones que se llevan a cabo en un caso o proceso **6** *De o con mucha vista* De apariencia elegante, atractiva o lujosa: *"unas cortinas de mucha vista"*, *"Un platillo con mucha vista"* **7** *A la vista* De manera inmediata o con su sola presentación: *"El problema no tiene solución a la vista"*, *"Pagará quinientos pesos a la vista al portador"* **8** *Saltar algo a la vista* Resultar evidente: *"Salta a la vista que es una muchacha muy educada"* **9** *A primera o a simple vista* De primera impresión, sin profundizar: *"A primera vista me pareció un buen empleo"*, *"A simple vista se nota que es de mala calidad"* **10** *Tener la vista puesta en algo o en alguien* Tratar de conseguirlo, de relacionarse o de lograr algo con ello: "El niño *tiene la vista puesta* en un perrito", "Juan *tiene la vista puesta* en una compañera de clase" **11** *Con vistas a* Con el propósito o la intención de: "Presentó su solicitud *con vistas a* obtener el puesto" **12** *En vista de* Debido a o a causa de: "Lo reprobaron *en vista de* sus malas calificaciones" **13** *Echar una vista* Cuidar o revisar algo: "*Échale una vista* a la leche" **14** *No perder o sin perder de vista algo o a alguien* Vigilarlo o tenerlo presente: "*No pierde de vista* sus negocios" **15** *Hacerse de la vista gorda* Hacer alguien como que no se entera de cierta cosa que le interesa o es de su responsabilidad: "*Se hizo de la vista gorda* para revisar las tareas" **16** *Hasta la vista* Expresión de despedida **17** *Vista aduanal* Persona que revisa y controla las mercancías que se introducen al país y lugar en que se lleva a cabo dicha revisión.

visto 1 pp. irregular de ver **2** *Visto bueno* Aprobación que da una autoridad o un superior a algún documento que se le ha presentado, después de revisarlo.

vital adj m y f **1** Qe pertenece a la vida o se relaciona con ella: *ciclo vital, energía vital, persona vital* **2** Que es indispensable, muy importante: *pregunta vital, valor vital, líquido vital.*

vivir v intr (Se conjuga como *subir*) **1** Tener vida: *dejar de vivir, alegría de vivir, comer para vivir* **2** Tener vida durante un tiempo determinado: "*Vivió* cincuenta años", "Mi abuela *vivió*

muchos años" **3** Habitar en un determinado lugar o país: "*Vivió* tres años en Puebla", "*Vive* con sus tíos desde hace un mes" **4** Llevar o tener un tipo de vida determinado: *vivir con alegría, vivir bien, vivir en paz, saber vivir, vivir como artista* **5** Tener los medios materiales necesarios para satisfacer sus necesidades: *trabajar para vivir* **6** Permanecer en alguien cierto recuerdo: "Estos momentos *vivirán* siempre conmigo" **7** Estar presente o tomar parte en ciertos acontecimientos: "*Vivimos* muchos momentos de tristeza", "*Vivimos* la guerra intensamente" **8** *Vivir bien* Tener buena posición económica: **9** *Vivir en grande* Tener muchas comodidades **10** *Saber vivir* Tener la habilidad de obtener el mayor provecho de la vida **11** *¡Quién vive?* Pregunta que hacen los soldados que vigilan algo durante la noche, cuando alguien se acerca.

vivo adj **1** adj y s Que pertenece o se relaciona con la vida; que tiene vida: *materia viva, seres vivos, los vivos y los muertos* **2** Que es intenso, fuerte, grande: *recuerdo vivo, color vivo, luz viva* **3** Que es ágil, rápido, ingenioso, hábil, listo: *conversación viva* **4** Que está en funcionamiento, en actividad, en ejercicio: *un reglamento vivo, una obra viva* **5** s m Adorno de color diferente al resto de la ropa, generalmente una banda, un listón, etc. **6** *En vivo* En el momento en que sucede, transmitido simultáneamente: *un programa de televisión en vivo.*

vocablo s m 1 Palabra 2 *(Ling)* Unidad lexicográfica de una lengua, considerada a partir de la forma con que se la incluye en un diccionario; los sustantivos, por ejemplo en su forma singular, o los verbos en su forma infinitiva.

vocabulario s m Conjunto de los vocablos de una lengua, o de los que se utilizan en una región o en un grupo social particular: *vocabulario mexicano, vocabulario sonorense, vocabulario de la minería.*

vocal adj 1 Que pertenece a la voz o se relaciona con ella: *cuerdas vocales, música vocal* 2 sf *(Fon)* Fonema que se produce cuando sale el aire de los pulmones haciendo vibrar las cuerdas vocales sin que intervengan otros órganos de la boca en su articulación, pero cuya característica fonética se determina por la mayor o menor resonancia que ofrezca la cavidad bucal; en español son /a, e, i, o, u/. 3 sm Cada una de las personas que tienen voz en un consejo, un cuerpo directivo, etc.: *vocal ejecutivo, vocal tesorero.*

volar v intr (Se conjuga como *soñar*, 2c) 1 Moverse y sostenerse por el aire un pájaro, ciertos insectos o un avión 2 Viajar en avión, globo, helicóptero, etc. de un lugar a otro: *volar a Tijuana, volar de Monterrey* 3 tr Elevar algo en el aire: *volar un papalote, volar un avión* 4 Ir por el aire alguna cosa que se lanzó con suficiente fuerza para hacerlo: *volar un cohete, volar una bala* 5 tr Poner algo encima de otra cosa, de modo que una parte suya sobresalga: *volar un techo, volar un balcón* 6 Moverse algo o alguien con mucha rapidez: *volar a la oficina, volar el tren sobre la vía* 7 Hacer algo o suceder algo con mucha rapidez: "Terminó su tarea *volando*", "*Voló* la noticia" 8 tr Hacer explotar algo: *volar un cerro con dinamita, volar un tanque de gas* 9 Acabarse algo rápidamente: "*Volaron* las tortillas", "*Vuelan* los periódicos" 10 Desaparecer o hacer desaparecer repentinamente alguna cosa: "*Voló* el dinero de mi bolsa".

voltaje s m Medida de la diferencia de potencial eléctrico entre dos puntos por los que se mueve una carga eléctrica, expresada en voltios: *alto voltaje, el voltaje de un foco.*

voltear v tr (Se conjuga como *amar*) 1 Hacer que algo o alguien cambie de posición y quede en dirección opuesta a la que tenía: *voltear la mano, voltear una tortilla, voltear la página, voltearse en la cama, voltear la espalda* 2 prnl Cambiar alguien de ideas, opiniones, juicios, etc. por los opuestos: *voltearse contra un amigo, voltearse políticamente.*

volumen s m 1 Espacio ocupado por un cuerpo y medida del espacio ocupado o que puede ocupar en algún lugar o dentro de un recipiente: *un gran volumen, un volumen de agua, el volumen de un barril* 2 *(Geom)* Medida del espacio de tres dimensiones ocupado por un cuerpo; en el sistema métrico decimal se mide en metros cúbicos (m³) 3 Cantidad de alguna cosa: *volumen de* *grano, volumen de ventas* **4** Cada uno de los libros impresos y encuadernados en los que está dividida la publicación de una obra: "La *Historia general de México* tiene dos *volúmenes*" **5** Intensidad de un sonido: *subir el volumen del radio.*

voluntad s f **1** Capacidad del ser humano para actuar y decidir por sí mismo: *tener voluntad, una fuerte voluntad, una voluntad de hierro, por propia voluntad* **2** Disposición que tiene alguien para hacer algo o considerar a una persona: *buena voluntad, mucha voluntad, voluntad para trabajar, mirar con mala voluntad* **3** Intención que tiene alguien de hacer algo: "Vine por mi *voluntad*", "No tengo *voluntad* de ofender", "Haces siempre tu santa *voluntad*" **4** *Última voluntad* última intención o deseo de alguien antes de morir **5** *A voluntad* Según se quiera, como se desee: *comer a voluntad, bailar a voluntad.*

voluntario 1 adj Que se hace por voluntad y no por necesidad, deber o fuerza: *trabajo voluntario, renuncia voluntaria* **2** adj y s Que cumple cierta función por deseo propio, gratuitamente y no por obligación: *vigilante voluntario, enfermeras voluntarias.*

volver v tr (Se conjuga como *mover*, 2c) **1** Hacer que algo muestre o dirija su frente en dirección contraria a la que tenía antes: *volver una hoja, volver la cabeza* **2** Dar vuelta algo en alguna dirección: *volver a la derecha, volver hacia el norte* **3** intr Moverse alguien hacia el lugar de donde salió o llegar a él nue-

vamente: *volver a su pueblo, volver a la tienda* **4** intr Realizar cierta acción nuevamente o repetirla: *volver a caminar, volver a contestar una pregunta, volver a hacer un ejercicio* **5** *Volver en sí* Recuperar el sentido o la conciencia: "*Volvió en sí* después de cinco días de estar en coma", "*Volví en mí* un poco más tarde, cuando me habían curado la herida" **6** Echar uno por la boca lo que tenía en el estómago: "Está embarazada y *vuelve* constantemente" **7** Hacer que algo o alguien se convierta en otra cosa, pierda alguna característica y gane otra o cambie de estado o situación: "El príncipe *se volvió* sapo", *volverse loco, volver árida una tierra.*

voz s f **1** Sonido que sale de la boca de los seres humanos y algunos animales, producido por el aire que pasa de sus pulmones al exterior a través de la garganta, las cuerdas vocales, etc.: *una voz ronca, voz de hombre, buena voz* **2** Calidad o timbre del sonido producido por un instrumento musical o un aparato electrónico: *la voz del violín, la voz de una bocina* **3** (*Mús*) Cada una de las líneas melódicas que componen una obra polifónica: *una fuga a cuatro voces* **4** Músico que canta: "Ahora entran las segundas *voces*" **5** *A media voz* Con menor intensidad que lo normal en la voz: *hablar a media voz* **6** *A voz en cuello* Con la voz muy intensa: "Salió diciendo *a voz en cuello*: ¡Ahí vienen los soldados!" **7** Derecho que tiene o se da a una persona para que opine en cierta reunión o asamblea, pero sin que pueda decidir o votar en ella **8** *Correr la voz* Dar a conocer o extender alguna noticia **9** *Levantar la voz a alguien* Hablarle con intensidad y falta de respeto o de consideración: "A ninguna persona *se le levanta la voz* sin insultarla" **10** *Llevar la voz cantante* Ser alguien quien dirige alguna cosa, sin haberlo buscado, en una reunión: "Conchita siempre *llevaba la voz cantante* en las protestas" **11** *(Gram)* Categoría gramatical expresada en el verbo que indica si el sujeto es agente o paciente de la acción. En español no se traduce en flexión sino solamente por el significado de la oración en cuestión; así, en "Juan besa a María", el hecho de que el sujeto sea el agente de la acción es lo que define la oración —y la voz— como *activa;* mientras que en "María es besada por Juan", en tanto Juan es el agente introducido por preposición, la oración —y la voz— se define como *pasiva.*

vuelo s m **1** Acto de volar **2** Viaje que realiza un transporte aéreo: "Esa línea tiene varios *vuelos* diarios a Monterrey" **3** Amplitud de una tela, una prenda de vestir o de parte de ella, que a partir de la parte más estrecha o fruncida se va ensanchando **4** *Al vuelo* Inmediatamente, conforme sucede o pasa algo: *entender algo al vuelo, oír algo al vuelo, agarrar algo al vuelo* **5** *Dar vuelo a algo o a alguien* Impulsar algo o a alguien o darle fuerza: "Le *dio vuelo* para que terminara sus estudios" **6** *Agarrar o tomar*

vuelo Impulsarse, reunir la fuerza necesaria para hacer algo: "*Toma vuelo* para saltar" **7** *Darse vuelo* Hacer algo sin limitaciones, con mucho gusto, etc.: "*Se dio vuelo* gastando dinero que no era suyo."

vuelta s f **1** Movimiento de algo o de alguien que gira alrededor de un punto o sobre sí mismo hasta invertir su posición original o regresar a la misma: "No le puedo dar una *vuelta* más al tornillo", "Con tres *vueltas* al circuito se completan cinco kilómetros" **2** Cambio en la dirección de un camino o en el curso de algo: "Seguimos una carretera con muchas *vueltas*", "La vida da muchas *vueltas*" **3** Cada una de las veces en que se hace algo: "Presentó su examen en la primera *vuelta*", "Hasta la tercera *vuelta* de la votación no se sabrá el resultado" **4** *Dar vueltas a algo* Pensar mucho alguna cosa: "Le *doy vueltas* al problema pero no le encuentro solución" **5** *A la vuelta* En la parte opuesta del lugar en que está ubicado algo, o al voltear en un determinado lugar: "Vive *a la vuelta* de mi casa", "La tienda está *a la vuelta de la esquina*" **6** *A la vuelta* Al regresar de algún lugar: "*A la vuelta* de mi viaje te vengo a visitar" **7** *Dar una vuelta* Dar un paseo: *dar una vuelta por el bosque* **8** *A la vuelta de* Después de un tiempo determinado: "*A la vuelta de* los años nos volvimos a encontrar" **9** *Sacarle la vuelta a algo o a alguien* Tratar de evitarlo **10** *No tener algo vuelta de hoja* Ser definitivo, no prestarse a duda.

W w

w s f Vigesimosexta letra del alfabeto, cuyo nombre es *doble u*. No representa a ningún fonema del español; aparece en palabras que provienen de otras lenguas, como *watt, waterpolo, welter, whisky, wolframio*, etc., que por ser poco usuales no se incluyen en este diccionario. Se pronuncia como *u* en palabras de origen inglés: *whisky, waterpolo* y como *b* en palabras de *Volkswagen, Wagner*.

X x

x s f Vigesimoséptima letra del alfabeto; su nombre es *equis*. Representa en español moderno la combinación de los sonidos /ks/, como en *examen, oxígeno, éxito*. Muchas palabras del español mexicano provenientes del náhuatl y otras lenguas amerindias se escriben *x* pero se pronuncian con un sonido palatal fricativo sordo, como en *mixiote, quexquémetl, ixtle, xocoyote*, etc. Este sonido que en las lenguas originarias de estas palabras tiene valor de fonema, también lo tenía en el español del siglo XVI, por lo que *México, Xalisco, Tlaxiaco*, etc. son grafías etimológicas de larga tradición. La lengua española cambió después y el antiguo fonema /sh/ se transformó en el moderno /x/, escrito con *j*. De allí que *Don Quixote* pasara a escribirse *Don Quijote, relox* como *reloj*, y *México* como *Méjico* (en España y varios países hispanoamericanos). La pronunciación de *x* puede ser también como *s* en *Xochimilco, cacaxtle*, etc.

xenofobia s f Odio o desprecio hacia lo extranjero.

xerófila s f Planta que almacena agua en el tallo, raíz u hojas y puede vivir en lugares secos, como el maguey.

xilófono s m Instrumento musical de percusión, formado por una serie de bloques de madera o metal de distinta longitud que se tocan con dos palos pequeños.

Y y

y[1] s f Vigésimo octava letra del alfabeto, que representa al fonema consonante palatal sonoro, como en *maya, yema,* etc., su nombre es *ye* o *i griega*. En final de palabra o entre dos palabras, cuando la primera termina en consonante y la segunda comienza también en consonante, su pronunciación es /i/: *rey, maguey, buey, niños y niñas, bastón y sombrero.*

y[2] conj 1 Une palabras, construcciones u oraciones cuyas funciones gramaticales son las mismas: *blanco y negro, pies y manos, feliz y contento, alegremente y con entusiasmo, cantaba y bailaba,* "Ellos corrían hacia la puerta y los demás corrían detrás" (Cuando hay una enumeración generalmente sólo aparece antes del último elemento enunciado, aunque puede repetirse entre cada uno de ellos para resaltarlos: "peras, manzanas y mangos", "Es tranquilo, y suave, y prudente") 2 Entre oraciones, en ciertos casos, manifiesta oposición o consecuencia: "Te busqué y no estabas", "Te enojas y echas todo a perder" 3 Al principio de una oración, enfatiza su significado: "¿Y si no es verdad, qué hacemos?" 4 Entre repeticiones de la misma expresión, manifiesta repetición indefinida: *corre y corre, trabaja y trabaja, días y días.*

ya adv 1 Manifiesta la realización de una acción simultáneamente con el momento en que se habla, o su terminación antes o en un momento tan cercano o inmediato a aquél, que se da por segura: "*Ya* vine", "*Ya* llegó tu carta", "*Ya* no quiero comer", "*Ya* terminó sus estudios" 2 Manifiesta la realización inmediata y segura de alguna acción: "*Ya* vete", "*Ya* viene el tren", "*Ya* estaré con ustedes" 3 Expresa la seguridad de que una acción se realizará o resultará como uno supone: "*Ya* lo entenderás", "*Ya* verás cuando te alcance" 4 *Ya... ya* Se introduce entre expresiones para indicar posibilidades de algo o de alguien, o la sucesión de ciertas acciones diferentes: "*Ya* lo pidas, *ya* lo exijas, *ya* lo ordenes, no te aseguro que te hagan caso", "*Ya* por tierra, *ya* por aire, *ya* por mar, siempre me siento contento viajando" 5 *Ya que* Puesto que, dado que, en vista de que: "*Ya que* me lo ofrecen, lo aceptaré."

yacimiento s m Lugar, generalmente bajo la superficie del suelo, donde se acumula naturalmente un mineral: *un yacimiento de cobre, yacimientos de petróleo.*

yanqui adj y s m y f 1 Que es natural de los Estados Unidos de América o se relaciona con ese país: *soldado yanqui, película yanqui* **2** Que es originario de alguno de los estados del noreste de los Estados Unidos de América o se relaciona con ellos.

yema s f **1** Parte central del huevo de los vertebrados ovíparos en la que se desarrolla el embrión; en los huevos de ave es de color amarillo **2** Brote redondeado que aparece en los tallos de las plantas, formado por las ramas, las flores o las hojas que comienzan a desarrollarse **3** *Yema del dedo* Parte de la punta del dedo opuesta a la uña.

yerbabuena s f (*Mentha piperita*) Planta herbácea con hojas dentales y vellosas, de olor fresco y agradable, que se utiliza para hacer té y como condimento.

yeso s m Sustancia blanca o transparente de sulfato de calcio que se encuentra naturalmente en la corteza terrestre en forma de polvo, masa rocosa, láminas, etc. o disuelta en el agua del mar o de los ríos. Tiene la propiedad de endurecer al secar cuando se mezcla con agua, y por ello se utiliza en construcción para unir ladrillos, tabiques, etc. o para emparejar superficies, y también en el moldeo de figuras.

yo Pronombre de la primera persona, masculino y femenino singular **1** Señala a la persona que habla o escribe en un momento dado o en cierto texto: "*Yo* digo", "*Yo* trabajo", "Fui *yo* quien te llamó" **2** *Yo que tú, él, etc.* Si yo estuviera en tu, su, etc. lugar o situación: "*Yo que tú* no me preocupaba."

yodo s m Elemento sólido, negro, de brillo metálico, que desprende vapores violetas cuando se calienta y que se sublima, es decir, pasa del estado sólido al estado gaseoso sin pasar por el estado líquido; se encuentra en las algas, los peces y el agua del mar, y se utiliza en la fabricación de colorantes, en fotografía y en medicina.

yunque s m **1** Instrumento de hierro sobre el que se martillan los metales para labrarlos o darles forma **2** Nombre que se le ha dado, por la forma que tiene, a uno de los tres pequeños huesos del oído medio de los mamíferos.

yunta s f Par de animales, como bueyes o mulas, que se utilizan juntos para arar, jalar, etc.

Z z

z s f Vigesimonovena y última letra del alfabeto que representa en México, en el resto de Hispanoamérica, en buena parte de Andalucía y en las islas Canarias, al fonema consonante predorso-alveolar fricativo sordo /s/; en el resto de España donde se habla castellano representa al fonema consonante interdental fricativo sordo /θ/. Su nombre es *zeta*.

zacate s m 1 Planta gramínea de distintas especies que cubre los campos y es usada·como alimento para el ganado 2 Hierba seca, paja, etc. que sirve de alimento para el ganado 3 Fibra vegetal seca que se utiliza para frotar cosas al lavarlas.

zafra s f Cosecha o recolección de la caña de azúcar y tiempo durante el cual se realiza.

zambo 1 adj Que tiene las piernas separadas y arqueadas hacia afuera de las rodillas para abajo 2 Durante la época colonial, persona hija de indio y negra, o de india y negro, y casta de la que formaban parte.

zapatero 1 adj Que pertenece a los zapatos o se relaciona con ellos: *industria zapatera* 2 s Persona que se dedica a la fabricación o al arreglo de zapatos.

zapatismo s m Movimiento campesino encabezado por Emiliano Zapata durante la revolución mexicana, que se desarrolló de 1911 a 1919 en los estados del centro y el sur del país, principalmente en Morelos. Se caracterizó por haber intentado recuperar las tierras de que fueron despojados los pueblos campesinos por los hacendados; sus objetivos fueron planteados en el Plan de Ayala, firmado en 1911. Fue rebelde a los gobiernos de Madero, Huerta y Carranza, y junto con el movimiento villista estableció el gobierno de la Soberana Convención Revolucionaria que actuó de 1914 a 1916.

zapatista adj y s m y f 1 Que se relaciona con el zapatismo o es partidario de esta corriente 2 s m y f Miembro del ejército que comandó Emiliano Zapata.

zapato s m Prenda de vestir que cubre total o parcialmente el pie, generalmente de piel, aunque puede ser de tela o plástico, y tiene en la parte inferior una suela de material más duro y resistente que protege la planta del pie.

zapote s m 1 Fruto comestible de sabor dulce y forma similar a la de la manzana, que mide de 8 a 10 cm de diámetro; su cáscara es verde y la pulpa casi negra, y tiene varias semillas en su interior 3 (*Dyospyros digyna*) Árbol de la familia de las ebenáceas que da este fruto, mide hasta 15 m de alto y crece en las zonas cálidas del sur del país **3** Cada una de las plantas de distintas especies con fruto comestible casi todas y pertenecientes en su mayoría a la familia de las sapotáceas, como el *zapote chico*, el *zapote colorado*, el *zapote amarillo*, el *zapote cainito*, etc.

zapoteco s m o f y adj **1** en pl Grupo indígena mesoamericano formado por la mezcla de grupos aborígenes que habitan la zona oaxaqueña, con grupos olmecas que se supone arribaron hacia el año 800 a.C. Se cree que posteriormente, hacia el año 300 a.C. se fundió con los pueblos procedentes de la actual zona alta de Guatemala y Chiapas. A partir de esta época se dio un desarrollo social, económico y político importante en algunos centros del valle de Oaxaca, de los cuales el principal fue Monte Albán. Hacia el año 800 d.C. esta capital decayó y fue ocupada por los mixtecos. El pueblo zapoteco siguió habitando los valles centrales de esa región y mantuvo relaciones tanto pacíficas como bélicas con los mixtecos. Como consecuencia de los ataques de este pueblo, algunos zapotecos abandonaron el valle de Oaxaca y ocuparon el Istmo de Tehuantepec, mientras que los otros permanecieron en el valle, fundaron el centro religioso-ceremonial de Zaachila y sostuvieron distintas guerras en contra de los mixes, los chontales, los mixtecos y los mexicas. A pesar de que en la escultura se puede reconocer la influencia de los olmecas, y en la cerámica la de los pueblos de Guatemala y Teotihuacán, el desarrollo de su cultura tiene características propias, como el culto a la muerte, que se manifiesta en la construcción de bóvedas y antecámaras funerarias; una religión compleja, que se reconoce en las imágenes abigarradas de sus dioses; el desarrollo de la escritura jeroglífica, las matemáticas y el calendario; la construcción del tablero de escapulario y la elaboración de una cerámica con características propias. Actualmente habita el Istmo de Tehuantepec, la sierra de Miahuatlán, los valles centrales de Oaxaca, la sierra que abarca desde Ixtlán hasta la región mixe y el Cempoaltépetl, y algunas zonas de Veracruz, Chiapas y Guerrero **2** Lengua o conjunto de lenguas que habla este grupo indígena **3** Que pertenece a este grupo o se relaciona con él: *la tradición zapoteca, los vocablos zapotecos, las lenguas zapotecas*.

zar s m Título que se daba, antes de la revolución rusa, al emperador de Rusia y al soberano de Bulgaria.

zinc s m Metal de color blanco brillante que no se encuentra libre en la naturaleza. Se utiliza en aleaciones, como el latón o el bronce, en la fabricación de baterías y otros productos, y como medicamento en algunos compuestos.

zona s f **1** Espacio limitado de una superficie: "En esta *zona* no hay árboles" **2** Extensión de terreno cuyos límites están determinados por razones administrativas, políticas, sociales, etc.: *zona fronteriza, zona comercial.*

zoología s f Parte de la biología que estudia los animales.

zoológico 1 adj Que pertenece a la zoología o se relaciona con ella: *escala zoológica, clasificación zoológica* **2** s m Lugar en donde se reúnen y exhiben animales vivos pertenecientes a diferentes especies, particularmente salvajes o poco comunes.

zoólogo s Persona que tiene por profesión el estudio de los animales.

zorrillo s m **1** *(Mephitis mephitis)* Mamífero carnívoro de la familia de los mustélidos, de 50 centímetros de largo, de pelo oscuro con una o dos rayas blancas que van desde la cabeza hasta la cola, que es muy esponjada; para defenderse arroja un líquido de olor intenso y muy desagradable **2** *Ser alguien (un) zorrillo* Ser tonto o torpe.

zorro s **1** *(Vulpes vulgaris)* Mamífero carnívoro de la familia de los cánidos, el hocico puntiagudo, cola larga y pelaje poblado de color pardo rojizo **2** *Ser alguien un zorro* Ser muy astuto: "Es un zorro en los negocios."

Este libro se terminó de imprimir y encuadernar en el mes de diciembre de 1995 en Impresora y Encuadernadora Progreso, S. A. de C. V. (IEPSA), Calz. de San Lorenzo, 244; 09830 México, D. F. Se tiraron 4 000 ejemplares.